岳麓書社

读名著　选岳麓

中国古典小说普及文库

说唐传

[清] 无名氏 著

岳麓书社 · 长沙

秦瓊賣馬

程咬金

李元霸大戰宇文成都

羅成

出版说明

说唐故事由来已久，从宋元说话中的“讲史”，到明代的演义小说，罗贯中《隋唐两朝志传》为开山之作，熊大木《唐书志传通俗演义》接踵其后，齐东野人《隋炀帝艳史》与袁于令《隋史遗文》相继创新，至清康熙年间，褚人获《隋唐演义》采撷诸篇，增删改作，为集大成者。稍后乾隆年间，便有《说唐传》问世。以往的隋唐演义小说，多以帝王为中心，至袁于令《隋史遗文》方以秦琼微时故事为主，褚人获《隋唐演义》在帝王故事中以草莽英雄穿插其间，而《说唐传》则以瓦岗英雄为中心，叙述“十八路反王”“六十四路烟尘”的反隋故事，一变诸往历史演义而成英雄传奇。

《说唐传》又称《说唐演义全传》《说唐前传》，作者不详，有人据诸版本中的序跋认为作者为“鸳湖渔叟”“如莲居士”，然证据不足，此处阙如。全书共六十八回，从秦彝托孤说起，以隋文帝平陈、唐太宗登基为背景，讲述了瓦岗寨英雄从聚义反隋到归附秦王的传奇故事。故事素材或来源于以往隋唐历史演义小说，如对《隋史遗文》中秦琼故事的借鉴采用；又有对民间说唱文学的合理吸收，如元代《尉迟恭单鞭夺槊》、明代《大唐秦王词话》等关于隋唐故事的杂剧、评书等。尤其晚明时期，说书艺人柳敬亭以善说隋唐故事著称，多得权贵文人青睐，其传承亦广，以致清初“书词到处说隋唐，好汉英雄各一方”。这种背景下，《说唐传》也难以不受其影响。

《说唐传》的情节单线发展，故事紧凑，很是热闹。第一至十三回写秦叔宝的故事，第十四至二十回写伍云召为父报仇，第二十一至四十三回重点写程咬金，第四十四至五十三回主要写尉迟恭，第五十四至六十一回写少年英雄罗成，第六十二至六十八回写诸江归海，为大唐征战,名列麒麟阁上,后拥秦王上位。其中塑造了多个传奇英雄人物形象,如面如锅底、虎眼粗眉、勇猛忠义、善使单鞭的尉迟敬德,"尖嘴缩腮,面如病鬼,骨瘦如柴,却力大无穷"、使两柄各重四百斤大锤的李元霸。同时,《说唐传》也演述了多个脍炙人口的故事,如程咬金三斧取瓦岗、单雄信哭别娇妻等。此外"杀手锏""回马枪"转为熟语,应用颇广,足见《说唐传》的魅力。

因受民间说唱文学的影响较大,《说唐传》的语言较为通俗俚浅,但也不失生动形象。如第五回"潞洲城秦琼卖马,二贤庄雄信驰名",写秦琼落魄无计,只得卖去宝马,马通人性望着主人摇头流泪,叔宝此时"止不住眼中流泪,叫声:'马啊马……'",英雄失意的千般苦楚、万般无奈皆在这"马啊马……"的吁嘘长叹中。穷途叹马,以秦琼当时身在贫微、居于草泽的处境,这一番白话感叹的语言,更加符合实情。之后,秦琼远见单雄信走来,"觉得自身不象个样,便躲在树后,抖下衣袖,牵过马来",从自惭形秽的心理描写到整理衣袖的动作描写,寥寥数句,使得秦琼英雄落魄、敏感脆弱但自尊犹在的形象毕现出来,使人动容,令人感动。类似的描写,书中俯拾皆是,读者细观,自可领会。

此次出版的《说唐传》以清渔古山房刊本《绣像说唐前传》为底本,参校流行别本,择善而从,力图呈现古籍原貌,满足读者需求。

目　录

第一回　秦彝托孤宁夫人　李渊决杀张丽华

诗曰：

繁华消长似浮云，不朽还须建大勋。
壮略欲扶天月坠，雄心岂入驽骀群。
时危俊杰姑埋迹，运启英雄早致君。
怪是史书收不尽，故将彩笔补奇文。

从古三皇相传五帝、虞、夏、商、周、秦、汉、两晋，晋自五马渡江，天下已一分二，号称南北两朝。刘裕篡晋称宋，萧道成篡宋号齐，萧衍篡齐称梁，陈霸先篡梁号陈。那北朝拓跋称魏，后又分东西两魏。东魏被高洋所篡，称号北齐；西魏宇文泰篡位，称周。其时周主国富兵强，起师吞并北齐，封护卫大将军杨忠为帅，其弟杨林为行军都总管，发大兵六十万，侵征北齐。

这杨林生得面如傅粉，两道黄眉。力能举鼎，善格飞禽，两臂有千斤之力，身长九尺，腰大十围，善使两根囚龙棒，每根重一百五十斤，有万夫不当之勇。按上界计都星下凡，大隋称第八条好汉。逢州杀州，逢府夺府，所到之处，势如破竹。兵到济州，离城扎寨。

且说济州镇守武卫大将军秦彝，父名秦旭，在齐授亲军护卫。夫人宁氏，妹名胜珠，远嫁勋爵燕公罗艺为妻。宁夫人只生一子，名唤太平郎，按上界左天蓬大将临凡，隋唐称第十六条好汉。生时，秦旭道："目今我邦南连陈国，西接周朝，干戈不已，只要使我祖孙父子同建太平之意。"年方五岁，齐主差秦彝领兵镇守济州，父旭在晋阳护驾。因周兵大至，齐主出奔檀州，只留秦旭、高延宗把守。与周兵相持月余，延宗被擒，杨林奋勇打破城池，秦旭孤军力战死节。正是：

苦战阵云香，轻身报主恩。
吞兵空有恨，厉鬼尚犹存。

周兵攻破晋阳，起兵复犯济州，离城下寨。探子飞报入城，秦彝闻报,放声大哭,欲报父仇,提兵欲出。有齐主差丞相高阿古协助,高阿古惧杨林威风,急止住道:“将军且住!晋阳已破,孤城被围,何不开城投降?此为上策。”秦彝道:“主公恐我兵单力弱,故令丞相协助,岂可偷生无志?”阿古道:“将军好不见机,周兵势大,杨林猛勇,守此孤城,亦徒劳耳!”秦彝道:“我父子誓死国家,各尽臣节。”传令紧守城门,自己回府进衙,见夫人道:“公公晋阳被难守节,这周兵已至城下,高丞相决意投降。我想我父子世事北齐,岂可偷生苟延性命?若势败,我当以死报国,见先人于地下。妹子远适罗门,音信杳然,只有太平郎这点骨血,我今托孤与汝,切勿轻生。可将金装锏留下,以为日后存念。秦氏一脉,赖你保全,我死亦瞑目矣!”

正在悲泣之际,忽听外面金鼓振天,军声鼎沸,原来高丞相已开门投降了。秦彝连忙出厅上马,手提浑铁枪,正欲交战,只见周兵如潮一般涌来;部下虽有数百精锐,如何挡得杨林这员骁将?被他左冲右突,如入无人之境。秦彝部军十不存一,杀得血透重袍,箭攒遍体。他遂大叫道:“非臣不能御敌,实被奸臣卖主求荣,臣力竭矣!”手提短刀,连杀数人。被杨林抢入,望咽喉下要的一枪,结果了性命,亡年四十三岁。杨林遂得了秦彝的盔甲。正是:

父子轻生全社稷,忠魂应向白云来。

此时城中鼎沸,宁夫人收拾细软,同秦安即出私衙。周兵填街塞巷,使婢家奴,俱各乱窜,单剩太平郎母子二人,东跑西走,无处安身。又是黄昏天黑,十分着急,忽转到一条僻静小巷,家家门户紧闭,听得一家有小儿啼哭甚响,知道有人在内,连忙叩门。却走出个妇人和个三岁孩子来,把夫人看了一看,见夫人不是下人,连忙接进,关了门,问道:“这样兵慌马乱,娘子却从何处来的?”夫人把家庭被难、仆从俱无、没处栖身,哭诉一遍。那妇人道:“原来是一位夫人,失敬了!我家丈夫程有德,不幸早丧,妾身莫氏,守寡在家,此儿一郎,别无他人,至亲两口度日。夫人何不在此权住,候乱定再去?”夫人千恩万谢,就在程家住下。

不几日,杨忠收拾册籍,安民退兵。夫人将所带金珠出来腾换,就在本巷觅了一个所房,与莫氏一同居住。却喜两姓孩子,却是一对顽皮，甚是相合。按程一郎是上界土德星临凡。大唐福将二人，镇日打街骂巷，闯祸生非。直至太平郎长成十五岁，生得方面大耳，身长八尺，腰大十围，河目海口，燕颔虎头，最喜读书。宁夫人将他送入馆内攻书，先生为他取名秦琼，字叔宝。程一郎取名咬金，讳知节。后因济州年荒，咬金母子别了夫人，自往历城去了。这是后话。

且说杨忠，自获胜班师，周主十分大喜，封为隋公，自此江北已成一统。这杨忠所生一子，名杨坚，生得目如朗星，手有奇文，俨成“王”字。杨忠夫妇知他是个异人，后来有个老尼对他母亲道：“此儿贵不可言，但须离父母方得长大，贫尼愿为抚视。”其母便托老尼抚育，直至杨忠封了隋公，老尼将来还与杨家。不几年，杨忠病亡，遂袭了隋公之职。其周主见杨坚相貌瑰奇，十分忌他，累次着人相他。相者知他后有大福，俱各为彼周全。杨坚知道后主疑他，遂将一女，夤缘做了太子宠妃。直至周主晏驾，幼主庸懦，他倚着杨林之力，将太子废了，竟篡夺了周主江山，改称国号大隋。正是：

莽因后父移刘祚，操纳娇儿覆汉家。
自古奸雄同一辙，莫将邦国易如花。

杨坚即了帝位，称为隋文帝，立长子杨勇为太子，次子杨广为晋王，封杨林为靠山王，独孤氏为正宫，勤修国政，早朝晏罢。文有李德邻、高颎、苏威等，武有杨素、李国贤、贺若弼、韩擒虎等，一班君臣，并胆同心，渐有辟土开疆，混一天下的意思，意欲并吞南陈不表。

且说陈后主是个聪明颖异之人，因宠了两个美人张丽华、孔贵嫔，每日锦帐风流，管弦沸耳。又有两个宠臣孔范、江总，他二人百般迎顺，每日里扛帮主上，不过是杯中快乐，被里欢娱，何曾把山河为念，只图眼前快乐。有《玉树后庭花》之曲。正是：

陈主机权未有涯，如何不惜恋娇奢。
将来即入宫前井，犹自催歌玉树花。

隋主驾坐早朝，与杨素等计议：陈主荒淫，欲起兵吞陈，恐北汉起兵。正在议论间，忽见次子杨广出班奏道：“陈后主荒淫无度，自取灭亡。臣儿请一旅之师，誓灭南陈，混一天下，臣之愿也！”你道晋王那一刀一枪不相让的事业，如何亲自要去？因哥哥杨勇虽然仁孝，却是慈懦，杨广却不甘心日后面北称臣，遂起夺嫡之念，故要统兵伐陈，贪图可以立功。又且总握兵权，还好结交外臣，收纳英雄，以作羽翼。那隋主怀疑不决，忽报罗艺兵犯河北冀州一带地方，即下旨着杨林领兵平定复旨。又差晋王领兵为都元帅，杨素为副元帅，高颎、李渊为长史司马。晋王发兵二十万，以韩擒虎、贺若弼为先锋；这两人都是杀人不转眼的魔君。自六合县出兵，由永安而下，总管九十员，胜兵二十万，皆听晋王节制。一路进发，东连沧海，西接川巴，舟楫连接千里，一路金鼓喧天，干戈耀日，所到之处，望风而降。按晋王乃上界珠婆龙临凡，后为炀帝。陈国边将雪片告急，俱被江总、孔范捺过不奏。仆射袁宪连朝候驾面君，不想隋兵已至广陵了。正是：

北来烽火照长江，血战将军志未降。

赢得深宫明月夜，银筝弦板度新腔。

却说左先锋韩擒虎，兵至广陵，悄悄渡江。贺若弼又自横江，直犯采石。守将徐子健正欲整兵迎敌，不料韩擒虎轻兵直上，已至采石了。徐子健只得弃了采石，赶至石头城。又值后主醉极，自早至晚才得到见，后主道："卿且退，明日会议出兵。"次日，又鬼混了一日。一连数日，方议得二员将官出兵拒战，一个武贲将军肖摩诃，一个武英将军任忠。二人结束齐整，领兵到钟山，与贺若弼会战。只见若弼怎生打扮？

面如蟹壳双眉拂，狻猊铠甲丝蛮结。

胭脂马上火尖枪，大隋首将贺若弼。

两下排成队伍，肖摩诃出马当先，抡手中大刀搦战，贺若弼挺枪迎战。两下战有十五个回合，三十个照面，贺若弼大喊一声，把摩诃挑于马下。那陈兵大败，任忠匹马逃生，回见后主。后主并不责他，道："王气在此，昔日齐王兵来，周师再至，无不立败，隋兵岂能奈何我哉？"于是反与任忠黄金二柜，叫做重赏之下，必有勇夫的意思。这任忠只得再整兵马出城，到石子岗，却撞着韩擒虎的人马排立陈前。但见韩擒虎：

凤翅金盔寒气吐，红袍战甲麒麟补。

五明花马绿沉枪，大隋上将韩擒虎。

那任忠一见，不敢交兵，倒戈投降，反引得隋兵入城，以作初见首功。这时城中百姓，乱窜逃生，可笑后主还呆呆坐在殿上，等诸将报捷；及至隋兵进城，连忙跳下御座便走。仆射袁宪上前一把扯住道："陛下衣冠御殿，料他不敢加害。"后主忙忙的道："兵马杀来不是当要的，怎么不要走？性命为重！"死命挣脱，飞走入后宫，寻了张、孔二妃道："北兵已来，我们一处去躲，不可失落！"左手挽了贵嫔，右手挽了丽华，慌慌忙忙走得到景阳井边。只听一派军声呐喊，后主道："罢罢，去不得了，同死在一处罢！"一齐跳下井去。喜是冬尽春初，井中水只打在膝下，后主道："纵躲得过，不知杀得怎样了，决难出去。"正是：

凯歌却换后庭花，萧鼓翻成羯鼓挝。

王气六朝今日息，阿谁不笑井中蛙。

三人躲了半日，只听人声喧嚷，是隋兵搜掳珠宝宫女。见正宫端坐宫中，太子闭门而坐，单不见后主，兵士四下找寻，擒了宫女，吓他，要他说。宫女实说道："适见跑至井边，想是投井死了。"众人听说，都到井边探望，见黑洞洞的。军士用撩钩来搭，后主躲过，却钩不着。众人无计，遂把大石打下。后主见大石飞下来，着了急，大喊道："不要打，快把绳筐放下来扯我便了。"众军急取绳筐放下井去，等了半日，听得后主道："你等须要牢牢扯紧，不可跌坏了人，我将金玉重重赏你们。"初时两个扯，扯不动；又加两个，也扯不动。众兵道："毕竟是个帝王，所以骨头重。"一个道："毕竟是个蠢物。"发声喊，扯得起来，却是三个人束做一堆，故此这等沉重。军士簇拥了去见韩、贺二人。后主倒也冠冕，对着二人一揖，贺若弼笑道："不必恐惧，不失作一归命侯耳！"着他领了宫眷，暂住德教殿，外面派军把守。

这时晋王领兵在后，闻得后主作俘，建康已破，先着李渊、高颎进城安抚百姓，禁止焚掠。不数日，晋王遣高颎之子记室高德宏，来取美人张丽华，营前听用。高颎道："晋王为元帅，伐暴救民，岂可先以女色为事？"不肯发遣。高德宏道："晋王兵权在手，取一女子若抗不与，恐触其怒。"李渊道："张贵妃狐媚迷君，窃权乱政，陈国灭亡，本于二人，岂可留此祸祟，再秽隋王？不如杀却，以正晋王邪念。"高颎

点头道:“是。”高德宏苦苦争阻,李渊决意不听,叫军士带出张丽华、孔贵嫔,双双斩于清溪之畔。可怜正是:

秋水为神冰玉骨,等闲一笑国城芜。

却怜血染清溪草,不及夷光泛五湖。

李渊斩却二妃,陈国军民无不欢悦,弄得个高德宏有兴而来,没兴而去。回到行宫参见晋王,晋王笑容可掬道:“张美人可到了么?”高德宏恐晋王怪他父亲,把这事都推在李渊身上道:“小臣承命去取,父亲不敢怠慢,着备香车细辇,还选美貌嫔御十人陪送军前。”晋王笑道:“若非记室去取,高长史也未必如此知趣。”高德宏道:“只是奈何李渊……”晋王道:“李渊便怎么?”高德宏道:“他言祸根,不肯容留,连孔贵嫔都将来斩了。”晋王失惊道:“你父亲怎不作主?”高德宏道:“臣与父亲三番五次阻挡,他只是不依,反说:‘你们父子做美人局,愚媚大王。’”晋王闻言,大怒道:“这厮可恶,他是个酒色之徒,定看上这两个美人,怪我取他,故此捻酸捻醋,把两个美人双双杀了。”心中暗想道:“我虽不杀二妃,二妃因我而死,毕竟杀此贼子,方遂吾愿!”恨恨不已,当下懊恼一场,早已种下祸根了。

头悬小白惩亡陈,谁道匡君是忤君;

最羡鸱夷东海畔,智全家国又全身。

当下晋王闻李渊将张、孔二妃斩了,一团高兴付之流水,心中恨这李渊,存忍在心,留意害他,不表。

且说这李渊,乃成纪人也,按上界亢金龙临凡,后兵举太原,称号唐王。夫人窦氏,乃周主之甥女。颇有英名,胸生三乳,天日之表,曾在龙门镇破贼,发七十箭,杀七十二人,如此威名,远近皆知。当下灭陈,杀却张、孔二妃,却不致紧,早与晋王结下一段深仇了。不期晋王兵到,勉强做个好人,把江总、孔范尽行斩首,以息三吴民怨。只收图籍,封固府库,厘毫不动,只将营内之物散给三军,以博贤名。却道贺若弼先期有违军令,李渊怠惰不修职事,上疏拘拿问罪。隋主知灭陈贺若弼功劳居首,俱免罪,还朝赐绢万匹。封晋王为太尉,赐衮冕之服,元圭白璧。封杨素为越国公,其子杨元感为开府仪同三司。贺若弼封宋公。韩擒虎纵放士卒淫污陈宫,不与爵禄,封上柱国。高颎为齐公，李渊为唐公。随征将士，俱各重赏。

但是晋王威权日盛，名望日增，奇谋私计之士多入幕府，使他图谋之心越急了。重用一个宇文述，叫做小陈平，晋王曾荐他为州刺史，因欲议谋密事，故留在府。又有左庶子张衡，同谋不轨。这宇文述有一子，名叫化及，按上界壁水貐临凡，后篡位灭隋，于扬州称大许王，此是后话不表。

再说张衡，却教晋王在皇后处阳为孝敬，阴布腹心，说东宫过失，称晋王贤孝。却又重贿内宫，使他们张扬晋王勤修国政，功高望重。内庭无一个不赞晋王威能才德，都说东宫懦弱无能，满宫中说个不了。宇文述道："大王要成此事，还少三件大事。"晋王忙问道："不知还少什么三件大事？卿且说来。"正是：

若非天意兴唐业，那许隋炀篡逆成。

不知宇文述怎样说来，且听下回分解。

第二回　谋东宫晋王纳贿　定燕山罗艺兴兵

诗曰：

四皓招来羽翼成，雄心岂肯老公卿；
直教豆向釜中泣，宁论燃萁一体生。

宇文述道：“大王，那第一件，皇后虽不大深喜东宫，然还在两便；必须大王做个苦肉计，动皇后之怜，激皇后之怒，以坚其心，此其一也。第二件，须要一位亲信大臣，言语足以取信于上，平日间进些谗言，临期一力撺掇，这便是内外夹攻，万无一失了。第三件，废斥东宫是件大事，若没罪恶，怎好废斥？须是买他一个亲信，要他首发。无事认有事，小事认大事，有了此见证，使他分辨不得，那时不怕不废。内有皇后作主，中有大臣取信，外有首人作证，何愁此事不稳？必须万全方可。”晋王道：“我自有备，只要足下为我谋之，他日功成，富贵共享。”正是：

巧计欲移云掩日，深谋致令腊回春。

当下晋王不惜赀财，从朝中宰执起，下至僚属，俱各有厚赠馈送；宫中宦官姬侍，皆重赏赐。在朝各官，只有唐公虽为旧属，却不受晋王礼物。时有大理寺卿杨约，乃越公之弟，却与宇文述是厚交好友。一日偶来拜望，宇文述延至内坐，但见：

商彝、周鼎、秦环、汉玉。彝上朱砂连翡翠，鼎中烟内结青云。琼脂玉碾就双扣连环，玻璃盏镶嵌玛瑙珍珠。玉鸳鸯玩夜光珠，珊瑚树伴金如意。正是漫道王宫多富贵，安排妙策动人心。

杨约见奇珍异宝辉煌射目，不转睛观看道：“小弟家中金珠颇有，此类甚少；常从家兄处见来，觉兄所有更胜。”宇文述道：“弟乃武夫，如何有这些古玩？此皆晋王有求于兄处，故托弟送上。”杨约道：“晋王之物，弟如何敢领？”宇文述道：“弟有一论，还有一场大富贵送与令兄，可容纳否？”杨约道：“请教。”宇文述道：“兄知东宫所不欲于令兄久矣！他日得登大位，则岂有与令兄专权乎？况权高招谮，今之屈首于贤昆玉之下者，安知他日不危及贤昆玉乎？今幸东宫失德，晋王溺爱于宫中，主上久有废立之心，若贤昆玉有赞成之功，能援立之，则晋王当铭于肺腑，这才算永远悠久的富贵。兄以为何如？”杨约点头道：“兄言固是，但废立是件大事，容回舍慢慢与兄图之。”二人痛饮至夜而散。

至次日，杨约心中想道：“得了晋王许多古玩，须为他转回吾兄之心方好。”故意每值杨素回府相见之际，假作愁容。一日杨素问道：“每见汝愁容可掬，却是为何？”杨约道：“前日东宫护卫苏孝慈道：‘兄长过傲太子，太子道，必须杀此老贼。’老贼非兄而何？愁兄白首，恐遭危耳！”杨素道：“太子无奈何我。”杨约道：“不然。太子乃将来人主，若有不测，身命所关，岂可不作深虑？”杨素道：“据你意思，还是谢位避他，还是改心顺他？”杨约道：“谢位失势，顺他不能释怨，只有废得他更立一人，不惟免祸，还有大功。”杨素抚掌道：“不料你有奇谋，出我意外！”杨约道：“这事若行，宜速不宜迟，若太子一旦用事，祸无日矣！”杨素点头会意。

于是杨素在隋主面前把晋王好东宫歹，一齐搬将出来。隋主十分听信。起初，杨素还忌皇后，后来皇后反要他相帮。内外谗言，使个东宫太子如坐针毡，十分难过。那宇文述却又打听得东宫有个幸臣，唤作姬威，与段达相厚。宇文述便多将金宝托段达买嘱姬威，要伺太子动静。又密对段达道：“若见姬威，且许他日后晋王自立，富贵共之。千乞留心。”那段达受托而去。自此积毁成山。晋王又每日与张衡谋划，将玩好之物，百般献进后宫，孝顺皇后，欲使母子离心，按下不表。

且说靠山王杨林，统兵五万，直抵冀州。那罗艺，字廉庵。父名允刚，乃北齐驾下勋爵，因功高望重，封在燕山，世袭燕公。因罗允刚中年早丧，那罗艺少年就袭了燕公之职。他为人刚勇异常，一生耿介，淡薄清廉；能使一杆滚银枪，沙漠驰名。夫人秦氏，乃亲军护卫秦旭之孙女，结发二十载，并无所出。其时罗艺闻杨林兵破马鸣关，秦旭父子尽忠死节，夫人闻得这个消息，一哭几绝。后闻杨坚篡位，灭了周主。罗艺得了此报，心中大喜，正好复仇，遂起强兵十万，战将千员，俱系训练精锐，即日起身，进犯河北冀州等处。所到之处，势如破竹。忽报隋主着杨林领兵五万前来，罗艺一闻此报，派兵镇守冀州，自却领兵迎敌。

且说杨林，先锋乃是四太保张开，七太保纪曾。二人正行，忽报罗艺兵马挡住去路。张开闻报，吩咐扎下营寨，次日开兵。来日，那张开、纪曾全身披挂，立于旗门之下。只见对阵上，二根素罗旗迎风飘荡，闪出一位英雄，坐在马上，面如满月，海下一部美髯。怎生打扮？但见：

头戴金盔镶珠嵌宝，身穿银甲雪片飞飘。勒甲绦上排八宝，白罗袍暗绣神鳌。烂银枪神愁鬼泣，银花锏打将英雄。五明马如龙似虎，统貔貅燕郡名标。

张开一见，知是罗艺，举手中丈八蛇矛，当心便刺。罗艺挺枪劈面来迎。不数合，张开看来招架不住，怎当罗爷这杆枪神出鬼没，只望左腋下不离心窠腹上，一枪紧一枪。战到情浓，罗艺逼开蛇矛，扯起银花锏，道声："我的儿，照爷爷的家伙罢！"耍的一锏打中后心。张开叫声："不好！"吐血伏鞍而走。

纪曾大怒，仗着开山斧厉声高叫："呔！罗艺，休得无礼！太保爷爷抓你驴头下来！"举斧盖顶劈来。罗艺回马便走，纪曾随后追赶；罗艺看得真切，将坐骑一磕，那马忽失前蹄，纪曾取斧照顶砍下，罗艺举枪一晃，向纪曾咽喉耍的一枪，挑于马下。这便是罗家"回马杀手独门枪"。罗艺挥兵过来，冲杀有数里之遥。杨林大兵已到，闻得罗艺锏打张开，枪挑纪曾，好不骁勇，领兵冲杀过来了。杨林大怒，催兵前进，到了九龙山，扎下营寨。次日摆齐队伍，亲出营前。

那边罗艺用强弓硬弩射住阵脚，见对阵白旗招展，闪出一位英雄。怎生结束？

头戴烂银冠，上插冲天金翅；身披素锦袍，时新巧绣飞龙。外着鱼鳞镔铁甲，紧系蓝田碧玉带；手执虎头枪，暗插囚龙棒。坐下抓蹄白虎马。按天官计都星，大隋首将，横行天下，靠山王位，四海驰名。

罗艺见杨林白面黄眉，髭须三绺，勒马横枪，立于旗门之下，遂叫道："杨林，俺闻你名称大将，曾保隋帝南征北讨，以成天下，尚且贪心不足，灭北齐。恨不踏平营寨，灭你邦家，吾之愿也！"杨林道："罗将军，汝之所论，理固当然；但知其一，不知其二。古云：'天下非一人之天下，惟有德者居之。'今天时在隋，故一战而定北，再战而平陈，四海咸平，边疆敬服。将军虽有旧仇宿怨，亦只好待时而动。陈、齐一灭，天下归隋，料不能再兴齐室。看将军拥甲兵十万，虎视一方，何不归我大隋？老夫到长安，自当保奏将军永镇燕山，自有蟒袍挂体，玉带垂腰，不知将军意下若何？"罗艺闻言，心中想了一想，叫道："杨林，且休饶舌，惑俺三军。自古兵来将挡，水来土掩，俺何惧之有？你今巧言抵饰，要俺顺隋。也罢，必须依俺三件，俺就降隋；如若不依，俺誓死不降。"杨林道："将军，那三件？乞道其详。"正是：

永镇燕山寰宇宙，虎踞北地显威风。

当下罗艺据鞍说道："第一件，我虽降隋，但俺部下有十万精兵须听俺自调度，永镇燕山。这可使得么？"杨林道："这件且便依你。""第二件，俺罗艺名虽降隋，却不上朝见驾，听调不听宣。这可使得么？"杨林道："且依你。""第三件，凡有诛戮，不行文书，生杀自专。这使得么？"杨林笑道："将军，此三件乃易事，都在老夫身上。"遂吩咐三军退下十里之路。罗艺见杨林退兵，自把鞭梢一展，大小三军也退十里。罗艺邀杨林去燕山府，杨林道："将军如不放心，老夫同将军到府，动表奏闻圣上，候旨下，却再长行。"

罗艺大喜，同杨林并辔而行。不一日，已至燕山府。大开四门，迎接杨林入城，竟至帅府。罗艺大排筵宴，犒赏三军。杨林忙修表章，差官星夜至长安上表章。这边罗艺三日一小宴，五日一大宴，每日请杨林观兵，以候圣旨。非止一日，忽报隋主差夏国公赍表，已离城二十里了。罗艺闻报，吩咐三军摆齐队伍，出城迎接。不一时，夏国公窦建德入城。罗艺忙摆香案，窦建德开读诏书曰：

奉天承运皇帝诏曰：今据靠山王所奏，燕公罗艺，廉明刚勇，腹隐忠良，实乃干城之将，堪为冀北屏藩。兹尔，罗艺加封为靖边侯，统本部强兵百万，虎据冀北，使沙漠丧胆，屈突寒心；听调不听宣，生杀自专，永为镇主，世袭斯职，无负朕意。钦哉！谢恩！

大隋开皇二年　　月　　日敕

罗艺接过圣旨，命香案供着。即杀牛宰马，大排筵宴，厚待天使。送杨林赤金五千两，白银五万两，彩缎千端，明珠一匣。又送窦建德黄白金银各一千两，彩缎百端。以下三军，俱各重赐。次日，罗艺摆酒长亭，与杨林饯别，亲送十里而别。正是：

丈夫踪迹类如此，应作风云变豹斑。

却说杨林收服罗艺，就同窦建德出巡冀州、大同，只要有强人贼盗生发之处，即便提兵征灭。忽报登州海寇作乱，上岸抢掳子女金帛，杀人放火，十分急迫。杨林闻报，对窦建德道："汝且先回复旨，老夫亲往登州便宜行事。"于是带领大小儿郎，竟往登州而来。正是：

凛凛威风镇六州，南征北讨显奇谋；
观兵海寇抚夷乱，从此经纶辅帝猷。

杨林兵到登州，那边海寇闻知杨林兵到，不敢交战，各各呼哨而散，杨林却扑个空。但见人烟稀少，半为瓦砾之场；屋宇零星，难作皇华之地。那杨林十分叹息，就屯兵城内，令军士帮民修造屋宇，动表奏闻。自却镇守登州，亲行临督，整治府库，作筑城垣，不一年，把登州修得十分齐整坚固，按下不表。

单讲晋王日日图谋东宫之事，凡朝中宰执僚属，皆有厚赠；就是宫中姬侍宦官，皆有赏赐；在朝各官，只有李渊不受礼物，道："臣虽旧属，但人臣不敢私交。"这晋王见李渊不受礼物，心中好生不喜道："我的内外已成，不怕你怎的。若我如愿，必杀此老贼，方消我恨。"不想一废一兴，自有定数。那杨素得了晋王厚礼，素知文帝惧内，最听妇人之言，每每乘内宴之时，在皇后面前称扬晋王贤孝，挑拨独孤皇后。妇人心地偏窄，见识浅露，常在文帝面前冷言冷语，外面又加杨素赞成废立之事，弄得他父子们百般猜忌；况文帝素性多疑，常常遣精勇卫尉，打听太子消息，宫门不时差禁军把守。

到开皇三年十月，有东宫幸臣姬威出首太子，道："东宫叫师姥卜吉凶，道圣上忌在十八年，此期速矣！又于厩中养马千匹。"只这两件，把个太子生扭做悖逆的罪子。大凡失子遗爱的，内有母亲救解，外有大臣谏诤，有这两件，就好挽回若干。杨林去镇山东登州，一发无人解救了。文帝得这个首章，大怒，亲御武殿，身着戎服，排立勇士，敕召太子。太子跪在殿下。宣读诏书，废东宫太子为庶人，立晋王为东宫，宇文述为护卫。东宫旧臣唐令臣、邹文胜等，皆被杨素诳奏，斩首市朝。朝中侧目，无敢言者。

大夫袁旻奏道："父子乃天性至亲，今主公反听谗言，有伤天性。今依臣奏，将杨素、姬威以诬罪太子之事反坐，伏乞主公将杨素等俱皆斩首，则朝野肃清，臣等幸甚。"又有文林郎杨孝政进章谏诤，略曰：

> 臣文林郎杨孝政，诚惶诚恐，稽首顿首！切念东宫贤孝素著，有何师巫之事？况深居内宫，所养之马何在？有何实据？乞圣上将出首之奸徒杨素等，同着法司审明果否，废立不迟，不可误听谗言，有伤天性。此奏。

当下，杨孝政言道："只宜训诲，不当废黜。"文帝不准所奏，将袁、杨二臣并皆拿下，再无敢言者。只有不怕事的李渊上疏道："太子失德，既经废黜，但不可废天下之重任；况几件事情俱无实据，又无对证，还宜悯恤。"文帝虽不全听，却给五品俸禄终养太子于内苑。太子不甘，常常扒在树上申冤叫屈，皆被杨素蒙蔽，言是疯颠之疾，文帝置之不理。还有太子的亲弟名秀王，因见晋王与杨素诬陷太子，心中常常不平，要与他申冤理白。不期又被张衡用计，埋两木人在华山之上，身藏杨坚、杨谅名讳，反缚钉心，诬奏是秀王做魇圣主，也将来废了。似此非礼，满朝俱各不服。适有贝州刺史裴肃上本道："二庶人得罪内庭，宁无革心？伏愿君父天心之容，封小国观其所为，若能迁善，永作藩篱，亦圣上之宏恩也。"这裴肃，乃李渊亲故，太子见本，大怒大恼，即召宇文述、张衡计议道："这明明是李渊那厮为斩丽华之故，恐我怀恨，怕我为君，故行阻挠。必须杀此老贼，你我方得安稳！"张衡道："这却不难。主上素性猜疑，常梦洪水淹没都城，心中不悦。前日成公李浑之子，名唤洪儿，圣上疑他名应图谶，叫他自尽，全家自行杀害。只要散布流言，说渊洪从水，却是一体，未有不动疑者。只如此谣言，恐难免杀身之祸。”正是：

奸谋阴自蜮，暗里欲飞灾；
世乱忠良厄，无端履祸芽。

自此张衡暗布谣言，道“李子结实而得天下，杨主虚花而没根基”。又道：

日月照龙舟，淮黄水逆流；
扫尽杨花落，天子季无头。

初时乡村乱说，后来街市喧喧，巡城官禁约不住，渐渐传入禁中。

晋王故意奏道：“里巷妖言，大是不祥，乞行禁止。”文帝听了，甚是不悦；连李渊也担着一身干系，坐立不安。但文帝只疑在李浑身上，又值中郎将裴仁基上表道：“李浑之子名唤洪儿，暗合图谶，阴谋不轨。”正是：

妖言暗播害忠良，李浑无辜却受殃。

这本一上，不知文帝怎么批发，且听下回分解。

第三回　造流言李渊避祸　当马快叔宝听差

诗曰：

决杀陈宫双美人，皆因一片赤忠心；
岂知谄谀将谗献，勋业名臣受害侵。

那晓圣旨发下来，可怜把成公合家五十三口，尽赴市曹。又有晋王心腹方士安伽陀奏道："李氏当为天子。"劝文帝尽杀天下李姓之人。亏得丞相高颎奏道："主上若再务杀戮，反至人心动摇，大为不可。如圣上有疑，可将一应姓李的不用，在朝不管兵事便了。"此时蒲山公李密，文帝心甚疑他，却喜杨素与密相交最厚，杨素要保全李密，遂赞美高颎之言，密令李密暂且退避。按李密系上界娄金狗临凡，后兵反金墉，称西魏王不表。其时在朝姓李者多有乞归田里，乞解兵权，李渊也趁这势，乞回太原。圣上准行，令他为太原留守，节制西京，克日起程。

晋王闻李渊解任，对张衡道："计策虽好，只是不能杀他。"宇文述道："饶得过，便罢；饶不过时，下一计，把他全家不留一个便了。"晋王大喜道："计将安出？"宇文述道："只消点东宫骠骑，命臣子化及，悄悄出城，到临潼山预先埋伏，扮作强人，把他父子一齐杀绝，岂不干净！"晋王拍掌道："若得如此，孤尽将他家口、内囊、女眷一并赐汝。只是他系武官，须再得一勇士方好。"宇文述道："臣子足矣！又得殿下亲行，何愁大事不成？"晋王欢喜无限，依计而行不表。

且说唐公见圣上允奏，心中大喜，忙收拾起程。着宗弟李道宗，长子建成，带领四十名家将，护着夫人小姐车辇。只见夫人道："得回故里，乃是好事；但妾身怀六甲，出去陆路车马劳顿，况分娩将及，不若俄延半月起程。"唐公道："夫人有所不知，目今主上多疑，奸人造谤，今圣上要杀尽姓李的，我在此一刻，如居虎穴龙潭。今幸旨意着我还乡，如放笼内之鸟，若再羁迟，李浑榜样不远，那时要想回家，

除非再世了!”窦夫人嘿嘿无言,于是众人一齐上路。正是:

回首长安不胜情,惊心客路白云横;

纷纷尘起随征骑,几阵昏鸦噪暮晴。

此是中秋天气,一路轻车快马,望太原进发不表。

且说秦叔宝久居山东城县,学得一身好武艺,在街坊专打抱不平,好出死力,不顾口舌。宁夫人常常哭着对他道:“秦氏三代,只你一人,不可负气轻生以绝秦后。”自此与人斗口,一闻母唤,飞身跑回家去了。因此人便叫他“赛专诸”。幸家中还稍有积蓄,叔宝又情性豪爽,济困扶危,结交附近好汉,因又称为“小孟尝”。他的祖上传流下来一件绝世武艺,是两条一百三十斤镀金熟铜锏。他有万夫不当之勇。娶妻张氏,贤德无比。最相好的是济州捕快都头,姓樊名虎,号建威,也有三五百斤气力,为人慷慨好义,与叔宝通家往来,如一个人相似。又一个豪杰姓王名勇,字伯当,此人胸襟洒落,器宇轩昂,且志气不凡,武艺绝伦,又每每忠义自许,所以常人没几个与他说得来,正如鹤立鸡群。他时时听叔宝议论,辄自叹服。还有两个是历城东门头开鞭杖行的贾顺甫,伙计柳周臣。他两个不但全身武艺,还有一桩好处,但是过往豪杰,无不交结,他宅子又宽大得紧,所以叔宝在他家时居多。正是:

才奇惊海宇,谊重世人钦;

莫恨无知己,天涯尽弟昆。

且说当时青齐一带,连年荒旱,又兼盗贼四起,本州刺史刘芳,出了一张告示,召募有谋勇的充当本州捕快。这日,叔宝正在贾顺甫家闲话,只见樊虎走来对叔宝道:“今日州里发下告示,新招有勇谋的充当捕快。小弟一时在本官面前赞得哥哥武艺好,做人又慷慨,智勇双全。本官欢喜得紧,道:‘若如此,得他来时,就把他做个都头。’因此着小弟奉请哥哥,不知哥哥意下如何?”叔宝道:“你不知身不入官为贵。况我屡代将门,若得志,斩将搴旗,开疆展土,也得耀祖荣宗;若不能,守几亩田园,供养母亲,一样足以栖身,村酒野蔬,亦可与知己谈心。虽不会吟诗和赋,抡枪论剑,也是英雄待时之法,强如向这些贼辈,听他使动,拿得贼是他的功,起得赃是他的钱。至于尽心竭力拼命拿着真盗，他暗地得钱买放了，反坐个诬良的罪名到你。若一味掇臀捧屁，狐假虎威，诈害良善，这便是畜生所为。你想这捕快，劝我当他则甚?”叔宝说了这一遍话，拂然竟走回去了。

樊虎见叔宝去了，自想在官府面前夸了口，不料他不肯，又想道：“再往他家里去说说看。”于是一径也往秦家来。只见宁夫人在堂前，樊虎作了个揖，把前事一一告诉。宁夫人道：“小儿怎样推辞?”樊虎将叔宝的言语叙了一遍。宁夫人听了便说道：“做官也非容易，祖上有甚荫袭，也想将就靠他。”樊虎道：“如今后生时的所为，一刀一枪的事业，谁不愿为？奈时未至，如今且将就从权，哥哥偏不肯！”樊虎正咭嗒未了，叔宝从里面走出来道：“母亲不要听他。”宁夫人道：“你虽志大，但樊家哥哥的话，我想也是。你终日游手好闲，也无出息；且进公门，身子有管，不至胡为，倘得机会，把个出身，从来人不可料，不宜固执。”叔宝是个孝顺的，只得诺诺连声道是。樊虎见允了，道：“如此，明日我来约会哥哥同去。”次日两人同见刺史，刺史问道：“你是秦琼么?”叔宝道：“是。”刺史又道：“我这里也要论功才升，因闻你是个了得的人，一来就与你做个都头，须要小心任事。”叔宝叩谢了出来。樊虎道：“哥哥当差，须要个好脚力。”叔宝道：“如此，我们就到贾顺甫行中去看看。”

二人径到行内，贾顺甫远远看见，拱手道：“恭喜叔宝兄，还不曾奉贺。”叔宝道：“何喜可贺？不过是奉母命耳！但今新充差役，须早晚有差，要寻个脚力，故到你这边。”贾顺甫道：“马是昨日又到好些，只是要好眼力看了。”叔宝道：“这还仗你。”于是三人齐向后来看，果然又到了四百匹好马。顺甫、樊虎两个道这一匹好，那一匹强。叔宝只不中意，踱来踱去。顺甫道：“这一群马才到，难道都看不中?”正说间，听得后边槽头有马嘶之声，叔宝举目观看，却是一匹羸瘦黄骠马。虽身高八尺，却是毛长筋露，不十分雄壮。叔宝问贾顺甫道：“此马为何这般瘦?”顺甫道：“一言难尽。这马是关西客贩来到此，三月有余，每日上料喂养，无奈只是落膘不起，谁肯要他？那客人不能担搁，弟这里应了三十两马价与他，两月前起身去了。此马又养两月，总是这样羸瘦。若只如此，弃了这宗马价，要当头口卖了。”

叔宝到槽边细看，那马一见叔宝，把领鬃毛一扇，双眼圆睁，蹀躞之状如见故主一般。叔宝已知是一匹好马未遇其主，就对顺甫道："此马待弟收养了罢！"樊虎笑道："花朵般坐骑，却不中意，哥哥偏要这匹瘦马。"叔宝微笑不言。贾顺甫道："既叔宝兄爱此坐骑，即当解槽相赠。"叔宝又与樊虎拣了一匹青花马，兑银五十两作马价。顺甫置酒与叔宝相贺，尽醉而散。

叔宝带了那匹黄骠马回家，不上半月，养得十分肥润，十分峥嵘，人人多夸奖叔宝眼力，无不钦服。正是：

马逢伯乐能知骨，琴遇知音作刎交。

是时秦叔宝与樊虎、连明奉公缉盗。叔宝人又威风，马又强壮，远近盗寇谁不羡慕，都愿结交叔宝，因此济州七府、山东一省，无不驰名捕快秦琼是个豪杰。

忽一日，刘刺史发下一案，未得财的盗犯，律该充军，要发往平阳驿、潞州府收管。恐山西地面有失，当堂就点了叔宝、樊虎二人。樊虎该解往平阳驿进发，秦琼往潞州府投递，当堂点明起解。叔宝将十二名人犯交与连明，自回家中装束行李，拜别母亲妻子，同樊虎往长安司处挂了号，然后押着人犯，望山西进发。

正值暮秋天气，红叶黄花，西风飒飒，一路饥餐渴饮，夜住晓行。不止一日，到了长安道上。离长安五十里有一山，名临潼山，上有伍相国神祠。此山颇是险峻：

高冈连野岫，古木带云阴。
红绣天孙锦，黄飘佛国金。
林深鸟自乐，风紧叶长吟。
萧瑟生疏意，征人恐不禁。

叔宝对樊虎道："我闻伍子胥，昔日身为明辅，挟制诸侯，临潼会上举鼎千斤，名震海宇；生前忠义，死后为神。我欲上山瞻仰一番，以便胸襟省悟。可代我押着人犯到关外等我便了。"樊虎欣然应诺，把人犯缓缓带过，自到关口去了。

那叔宝纵马由大路上山，只见殿宇萧条，人烟冷落。下马进庙，拜了神圣，站起来，见神像威仪，十分钦仰。正在闲玩之际，不觉十分困倦,就在拜板上打盹片时,不表。

却说唐公李渊,辞朝别驾,于路饥食渴饮,夜住晓行,陆续望太原进发,不止一日,来到临潼道上。日当正午,过了村镇方到临潼山楂树冈地方。李道宗和建成并马前行,唐公保着家眷在后,那晋王等扮着响马在此伺候,却好等个正着。那李道宗和建成指点山冈峻岭,林木深幽,正在赞叹,只听得树林中一声呐喊,抢出无数强人来,都用白布缠头,黑煤涂面,长枪阔斧,拦住去路,厉声高叫道:“咦!留下买路钱来!”建成吃了一惊,带回马路往原路去了。李道宗大着胆喝道:“你这班该死男女,吃了大虫心狮子胆来的么?谁不知洒家是陇西李府,你敢来阻截道路!”说罢,拔出腰刀便砍。这些家丁都拔短刀相助。那建成骤马跑回,对唐公道:“不好了!前面都是强人,围住叔父要钱买路。”唐公道:“怎么辇毂之下,就有贼盗?”叫家将取过方天画杆银剪戟,叫建成看着家小,却待上前,不料后面又有贼人一齐杀来。唐公不敢上前,与建成保着家眷,欲待冲出郡道,贼人围上数重,焉能得出?骑马纵然得去,车辆焉能冲突得出?唐公大吼一声,摆开银戟,同家将左冲右突,众贼虽有着伤,死不肯退。

却说晋王同宇文父子闪在林中,见唐公威武,兵丁不敢近身,晋王自用青纱蒙面,手提大刀,冲杀过来。宇文父子随后夹攻,把李渊团团围住,十分危急,此话不表。正是:

九里山前列阵图,征尘荡漾日模糊;
项王纵有千斤力,垓下兵多也着魔。

却说叔宝在伍员庙中拜毕,就蒙胧睡去。梦中来到一高台,叔宝徐步上台,台上有块大匾,匾上大书“麒麟阁”三个金字,两边挂着一副对联,上写道:双锏打成唐世界,单鞭挣定李乾坤。

正看之间,只听得正南上一声响,现出五朵彩云,拥护着一条五爪金龙,正在半空盘旋;忽见西天上一派乌云,云内现出一物,似龙非龙,似犴非犴,骋强飞来,把金龙便咬,十分凶勇。金龙虽然迎斗,到底势弱。正是危急之际,只听脑后叫道:“秦琼!还不救驾,更待何时?”叔宝一闻此言,精神抖擞,手提双锏。忽台前坠下一骑,乃麒麟也。叔宝跨上麒麟,手提金锏,看得较真,望那怪物嗖的一锏,正中那物。那物大吼一声，坠下云头。忽听得黄骠马连声嘶叫，把叔宝惊醒，却是南柯一梦。于是叔宝重把神明再叩，暗诉道："若得如梦中之事，重修庙宇，再塑金身。"只听那马嘶鸣不已，叔宝出看，竟有奔驰之势。叔宝心疑，牵缰上马，那马如飞，奔下山冈。行至半山，只见山下平冈上烟尘四起，喊杀连天。叔宝勒住马定睛一望，却是无数强人，围住了一起隋兵，在那边厮杀。叔宝一见，心上半疑，按一按范阳毡笠，扣紧了挺带，提着金装锏，把马一夹，借那山势冲将下来，厉声高叫："呔！响马不要逞强，'赛专诸'来也！"只这一声，似牙缝内迸起春雷，舌尖上跳起霹雳。众强人吃了一惊，回头一看，见只是一个人，那里放在心上？及至叔宝马至垓心，方有三五个上来抵敌，被叔宝手提锏落，耍耍耍一连几下，把强徒打死十数个。

话说那唐公正在危急，听得一声喝响，有数人落马，一员壮士撞围而入；偷眼一看，那人头戴白色范阳毡笠，身穿皂色箭衣，外罩淡黄短褂，脚蹬虎皮靴，坐下黄骠马，手提金装锏，左冲右突，如弄风猛虎，醉酒斑斓。但见：

一锏起斜冲白雾，两锏来冷透寒泉。飘飘密雪向空旋，滚滚怒涛随风卷。也有着伤落骑，也有跌倒岸边。征尘滚滚欲遮天，猛虎潜藏胆战。

战不多时，叔宝顺手一锏，照晋王顶上打来。晋王眼快，忙忙侧身一闪，那锏梢打中晋王肩上。晋王负痛，大叫一声，败下阵去。宇文化及刚欲上前，见晋王着伤，不敢上来，勒回马，保着晋王败下阵来。众人见晋王受伤，各各无心恋战，被叔宝一路锏打将下来。只打得：

犹如落叶遭风卷，却似轻冰见日消。

众人四散乱窜。叔宝早追一人至山湾，拿住问道："你等何处毛贼，敢在皇都地面行劫？"那人慌了道："爷爷饶命！只因东宫太子与唐公不睦，故扮作强人欲行杀害，适才爷爷打伤的就是。求爷爷饶命！"叔宝听罢，吓出一身冷汗，想道：太子与唐公不睦，我在是非丛里管他怎的，若还认出，性命难保。便喝道："这厮胡言，谁知真假，饶你狗命去罢！"那人抱头鼠窜而去。叔宝自思：若再迟延，必然有祸。将范阳毡笠向前一按，遮下脸，放开坐骑，豁辣辣一马，竟望长安大道而去。

那唐公既离虎口，见那壮士一马跑去，忙对道宗道："你快护住家小，待我亲自赶去谢他。"遂弯弓插箭，紧紧赶来，大叫道："壮士请住，受我李渊一礼。"叔宝只是跑。此时早已赶下十余里远，叔宝见唐公不舍，紧紧赶来，只得回头道："李爷休赶，小人姓秦名琼便是。"把手摇上两摇，将马一夹，如飞的去了。唐公再欲追赶，奈马是战疲了的，不能前去。止听得风送銮铃响处，他说一个"琼"字，只见他把手一摇，错认为"五"，牢牢记在心上。正要回马，忽见尘头起处一马飞来。唐公道："不好，这厮们又来了！"急忙扯满雕弓，嗖的照面一箭射去，早见那人两脚蹬空，翻身落马。正是：

误将一箭伤行客，惹出英雄结怨深。

不知射死者是谁，且看下回分解。

第四回　临潼山秦琼救驾　承福寺真主临凡

诗曰：

天佑唐公福庆多，晋王枉自起风波；
紫微星降兴唐室，梵院祥光映碧罗。

那唐公一箭射去，来人应弦落马。再看尘头起处，乃是自家家将。唐公对道宗道："幸亏了壮士，救我一家性命，这莫大之恩不可忘了！"只见几个彪形大汉，与村庄农夫赶到马前啼哭道："不知小人家主何事触犯老爷，被老爷射死？"唐公道："我并未射死你家主。"众人道："适喉下拔出箭来，现有老爷名号。"唐公想道："呀！是了！方才与一班强盗厮杀方散，遇你主人飞马而来，我只道是响马余党，误伤你家主人。你主人姓甚名谁？待我与你白银百两，买棺收殓回籍，待我前面去，多做功德超度他便了。"家人道："俺主人乃潞州单道便是。二贤庄人，今往长安贩缎回来，被你射死，谁要你的银子？俺还有二主人单二员外，名通号雄信在家，他自会问你讨命。"唐公道："死者不能复生，教我也无可奈何。"众人不理，自去买棺收殓，打点回乡。此话不表。

唐公见这个意思十分过意不去，心灰意懒，教家将一齐同回。至车辇前，问说："夫人受惊了！贼已退去，好赶路矣！"于是一齐起行。夫人因受惊恐，忽然腹痛，待要安顿，又没个驿处，旁边有个大寺，名曰承福寺。只得差人到寺中，说要暂借安歇。本寺住持法名五空，连忙聚集僧众，迎接进殿。唐公领家眷在附近后房暂宿，明日早行。又着家将巡哨，以防不虞。自却全装甲胄，带剑观书。刚定三更时候，忽闻异香阵阵扑鼻，十分惊讶，步出房外时，只见半空中箫韶迭奏，剑佩铿锵，紫雾盘旋，祥云缭绕。却是中天紫薇临凡，满天香雾氤氲，一寺瑞烟笼罩。惊异间，忽有侍儿来报："夫人分娩世子了！"李渊大喜。捱到天明，参拜如来，住持率众僧叩贺。唐公道："寄居分娩，污秽如来住持清静，罪归下官，何喜可贺？怎奈夫人分娩，未可路途辛苦，欲待再借上刹，宽住几时，如何？”五空道：“贵人降世，古刹生光，何敢不留？”唐公称谢。吩咐家丁不许生事，暂住半月，候夫人身健，起行回太原后，发钱粮，重修庙宇，再整金容。此时却在寺中闲玩，见屏门上有副对联，上写道：

宝塔凌云，一目江山，无边清静；

金钟代月，十方世界，何等悠闲！

侧边写道：“汾河柴绍薰沐手拜书。”唐公见词义深奥，笔法雄劲，问五空道：“这柴绍是甚人？”五空道：“这是汾阳县柴爷公子，向在寺内攻书，见此浮屠，偶题此联。”唐公十分羡慕，对五空道：“你可领我去看。”于是五空在前，唐公在后，向柴绍书房而来。只见曲径幽深，竹林丛茂；左右苍松掩映，两行翠柏参天。唐公好生称赞。五空道：“那厢垂丝柳下，斑竹荆扉，即是书房。”唐公行至门前，听得琴声正美，五空即欲叩门，唐公止住道：“琴韵甚美，且慢叩门。”不一时，琮琮声定，五空上前叩门。见一书童启扉，问是何人。五空道：“是太原唐公，特来相访。”柴绍听得，即忙迎接。逊至书斋，柴绍下拜道：“久违年伯，不知驾临，有失远迎！”唐公道：“贤契少礼。”连忙扶起。唐公逊坐，柴绍移座于侧，彼此闲叙。看柴绍时，果然好个郎君。但见：

双眉入鬓，凤眼朝天；目炯明星，鼻如悬胆。语言洪亮神清朗，玉骨冰心气宇昂；胸襟豁达称英俊，善武能文是丈夫。

按柴绍号嗣昌，乃上界金府星君临凡，后为大唐驸马护国公之职。那唐公询知未有妻室，对柴绍道：“老夫有一小女，年已及笄，尚未受聘，贤契不弃，可托住持为媒，愿将小女以附丝罗，不知贤契意下如何？”柴绍道：“小侄一介寒儒，蒙年伯不弃寒微，敢不如命？”唐公大喜，一茶而别。至方丈，对人说知，即令五空为媒，择日行聘。已毕。光阴迅速，不觉半月有余，窦夫人身体已健，着五空通知柴绍，收拾起行。柴绍将一应事体，托了得力家人，自随唐公往太原进发，就亲去了。正是：

云拥蛟龙奋远扬，风从虎豹啸琳琅；

天为唐家开帝业，致令英杰赘东床。

当下唐公回返太原，按下不表。

且叙秦叔宝，单身独骑，一马跑有八九里路程，方才住鞭。见樊虎在店，把打抱不平的话说了一遍。到次日，早饭已过，匆匆的分了行李，各带犯人分路了。这叔宝不止一日，到了潞州，寻了王小二家做下处，赶早把人犯带到衙门前，投过了文，少时发出来，着禁子把人犯收监；回批要候蔡太爷太原贺唐公李爷回来才发。叔宝只得回到下处，耐心等候。

不想叔宝十分量大，一日三餐要吃斗米。王小二些小本钱，二十余天都被他嚼完了。只得与妻柳氏计议道："这秦差公是个退财白虎，自从他进门，并无别客来下顾，几两本钱都葬送在他肚里了。这几日，连招牌灯笼都不挂出去，再是数天，大门都不必下了。怎么处？我要开口，又恐他着恼，故此与你商量。"柳氏道："你这人不识面目，那秦爷是山东豪杰，难道少了饭钱不成？等官府回来，领了批文，少不得算还你。"又过数日，实是挨不过了，只得候他得便时，陪过笑面道："秦爷，小人有句话对爷说，犹恐见怪，不敢启口。"叔宝道："俺与你宾主之间，有话便说，怎的却恐见怪？"王小二道："只因小店连日没有生意，本钱短少，菜蔬都是不敷，我的意思要问秦爷预支几两银子，不知使得么？"叔宝道："这是正理，怎么要你这等虚心下气？是我忽略了，不曾与你银子，你去那里有这长本钱供得起我？你停一会，秤与你罢！"那王小二千欢万喜，走出去了。叔宝却在挂箱里去摸一摸，吃了一惊。你道他是个好汉，为何吃惊起来？却有个缘故：因在关内与樊虎分行李时，急促了些，有一宗银子是州里发出做盘缠的，库吏因樊虎与叔宝交厚，故一总兑与樊虎。这宗盘费都在樊虎身边，及至匆匆分别，他二人那里把这几两银子放在心中，行李文书件件分开，单有银子不曾分得。心内踌躇，想起母亲要做寿衣买潞绸的十两银子，且喜还在挂箱内，且用了再处。就取出来，对王小二道："这几两银子交与你，写了收帐。"王小二收了。叔宝口中不言，心里焦闷。

又过数日，蔡刺史到了马头，本州应役人员都出郭迎接，叔宝是当差的人，随着众人迎接。刺史上轿回衙，因一路辛苦，乘暖轿进城。叔宝跟进城门，事急难忍，于心内想道："这一进衙门，事体忙乱，就难得禀见了，不如在此禀明。"只得当街跪下，禀道："小的是山东济南府解差，伺候太爷回批。"蔡刺史在轿内半眠半睡，那里去答应。从役们喝道："太爷难道没有衙门的？却在这里领回批！还不起去！"说罢，轿夫一发走得快了。

叔宝只得立起身来，心内想道："在此一日，多一日盘缠；若是官府辛苦了，倘有几日不坐堂，怎么了得？"便抢几步赶上前去，意思要求轿上人慢走，再禀。不想，一则性急，二则力大，用手在轿杠上一把，将轿子拖向一侧，四个轿夫、两个扶轿的，都一闪支撑不定。幸喜太爷是睡在轿里，实实坐着，不曾跌将出来。刺史大怒道："这等无礼，没我的宪体！"叫皂隶扯下去打。叔宝自知理屈，被皂隶按翻了重打十下。

叔宝被责，回到店中，晚饭不吃，竟去睡了。等到天明，负痛到府中领文。正是：

在他檐下过，怎敢不低头。

那蔡知府果是贤能，到此早升堂；文书积案甚多，赏罚极明，人人感戴。叔宝这番直等公事将完，方才跪将下去，禀道："小的是济州刘爷差人，伺候老爷文批回去。"叔宝今日怎么说出刘爷差人？因刺史与刘爷是个同年好友，要使他周全的意思，果然，那蔡刺史回嗔作喜道："你就是济南刘爷的差人么？昨日鲁莽得紧，故此责你几板。"遂唤经承取批过来签押，着库吏取银三两，付与叔宝道："本州与你家爷俱系同年，念你千里路程，这些银两赏你为路费。"叔宝叩头谢了，接着批文银两出府回店。

王小二在柜上结算饭钱，抬头看见叔宝领批文回来，满脸堆着笑道："秦爷，饯行酒还不曾齐备，却怎么好？"叔宝道："不消了。"王小二道："如今闲着，且把帐算算，如何？"叔宝道："拿帐来。"小二道："秦爷是八月十六到的，如今是九月十八了，共三十二日。前后两日不算，共三十日。每日却是六钱算的，该十八两纹银，收过秦爷好银子十两，尚少八两。"叔宝道："这三两是蔡太爷赏的，也与你罢！"王小二道:“再收三两,还欠五两,乞秦爷付足。”叔宝道:“小二哥且莫忙,我还未去。”小二道:“回批领了,没甚事了。”叔宝道:“我有个朋友到泽州投文,有些盘费银两都在他身边,等他来会我,才有银子还你。”那王小二听了这句话,即变下脸来道:“小人是开饭铺的,只要你老人家住一年,才是好生意;只是小人店内乏本,设或那朋友亦象你老人家的性子,忘怀了,竟回济州去了怎处?”一边说一边想道:“他行李又不多,马又是开口货,若骑去饮水,一溜风走了,我怎得到济州寻他?只有回批是件出手货,留住他的倒是稳当。”即赔下一脸冷笑道:“秦爷,这文书是要紧的,拿在里面去,着拙荆收藏,你老人家也好放心盘桓。”叔宝不知是计,就将回批递与王小二了。正是:

无情诈摘神仙佩,巧计生留卿相貂。

叔宝自此,日日去到官塘大路去寻樊虎,那里见他个影儿。远远望见个公门中打扮的长大汉子,及至走到面前,却又不是,只急得两眼火星直喷。自古道:“嫌人易丑,等人易久。”早见金风送暑,红叶飘零,只是痴心呆等,那里见个建威影子?茶饭不是隔宿,就是冷的;到晚来又听小二冷言冷语,受那腌脏之气。一日晚上回来,见房中已点灯了,叔宝心中想道:“这厮为何今日如此小心,老早的掌灯了?”住一步看时,见里面猜三喝五,掷骰饮酒。王小二跑将出来道:“我的秦爷,不是我有心得罪爷的。偏今日一伙客人是贩什么珠宝古董的,可可里看得秦爷房好,要住;偏生你老人家房门又不锁,被他把铺盖搬进里面去,道三五日就去的。我怕搬错了行李,故搬到后面一间僻静小房内,秦爷权宿数夜,待他去了,依然移进。”叔宝此时人穷志短,见小二和颜悦色的奉承,便道:“小二哥,屋随主便,怎么说这等话?但是有房与我安身就罢。”王小二掌灯引路,叔宝后跟,转弯抹角,到后面一间靠厨房的破屋,地上铺着一堆草,叔宝的铺盖却在草上,四面风来,灯儿也没挂处。只听得王小二虚心冷气的道:“秦爷只好权住住儿,等他们去了,仍旧搬到房内去。”叔宝也不答应。小二带上门,竟走去了。叔宝坐在草铺上,把金装锏按在自己膝上,用手指弹锏,口内作歌道:

旅舍荒凉风又雨,英雄守困无知己;

平生弹锏有谁知，尽在一声长叹矣。

正吟之间，忽闻脚步到门口，将门上搭钮反扣了。叔宝住手道："你这小人，我秦琼来清去白，焉肯做无耻之事？况有文书鞍马俱在你家，难道我走去不成？"外边道："秦爷切勿高声，妾乃王小二之妻柳氏便是。"叔宝道："你素有贤名，今夜黄昏来此何干？"妇人道："我那拙夫是个小人，见秦爷少了几两银子，出言无理，秦爷是个大丈夫，把他海涵些儿。我丈夫睡了，存得些晚饭在此；还有几索线，如今深秋时候，身上还是夏衣，背上碎绽，故将针线在此，秦爷自己缝好；外有钱数百，买些点心充饥，晚间早些回寓。"叔宝闻言，不觉眼中落下几点英雄泪来，道："贤人，你就是昔日淮阴的漂母，恨秦琼他日不能如三齐王答报千金耳！鄙人若得侥幸，自当厚报。"那柳氏道："我是小人之辈，不敢自比君子施恩，岂望报耶？"说完，才把门钮开了，将饭篮放在地上，竟自去了。正是：

萧萧囊橐已成空，谁复留心恤困穷；
一饭淮阴遗国士，却输妇女识英雄。

叔宝开门，将饭掇进，又见青布条捻成钱串，穿着三百文青钱，针线完备，盘中却是一碗肉羹，叔宝只得连忙吃了。此时秋宵耿耿，月魄清清，总是难成梦来；乘着月色将衣脱下，乱缝一番，披在身上，趁早出门。正是：

补衮方奇识者稀，鹑衣百结事多非；
缝时惊见慈亲线，惹得英雄泪洒衣。

叔宝身边有了三百文钱，每日望樊虎，不几日用尽了，又受小二冷言冷语，忽然想道："我又没甚么当头，只有两条金装锏，拿来变卖，还了饭钱，也得早回乡井。"于是回店对小二道："我望朋友不来，只有一对金装锏在此，拿去卖了罢！"小二痴心想道："他有金装锏，今日才说，若是卖与别人，便宜他了。"因说道："秦爷，这锏不要卖罢，一时那个来买？何不拿到三义坊典铺中，当他几两银子，将就度过去，等泽州朋友来，有银子赎回去，岂不两便？"叔宝闻言大喜，只道王小二是个好人，忙去把锏将来拿了，别了店主，望三义坊来。正是：

穷途谁是知心友，失路多逢轻薄儿。

当下叔宝只道这锏是人人晓得是个祖上遗下的，犹如传家之宝一般。急忙拿着到三义坊，问到当铺内，将锏放在柜上。当铺内的人看了道："兵器不当，只好作废铜秤。"叔宝等着要银子，见管当的装腔，没奈何，说道："就当铜秤罢！"当铺人拿大秤来秤，两根锏，重一百二十八斤，又要除些折耗，四分一斤算，该五两银子，做几日吃在肚里，又端的不能回乡。只得说："价少，不当。"拿了回店。

王小二如逼命的一般，进来道："你老人家怎的依旧拿了回来？"叔宝道："铺中道兵器不当。"小二道："如此，做秦爷不着，再寻些甚值钱的当罢。"叔宝道："小二哥，你好呆，我公门中除了这随身兵器，难道有什么金珠宝物带在身边不成？"小二道："这却顾你老人家不得了，你却教人担饥受饿得起么？"正是：

龙逢浅水遭虾戏，虎落平阳被犬欺。

不知秦琼怎样设法，且听下回分解。

第五回　潞州城秦琼卖马　二贤庄雄信驰名

诗曰：

英雄受困运难通，卖马他乡路已穷；

何日得乘云雾起，奋鳞舒爪显神龙。

当下王小二逼秦琼，又说："你那匹尊骑，再两日饿死了，却不关我事。"叔宝道："我这匹黄骠马，可有人要么?"小二道："秦爷在我家住这好几时，再不听见你老人家说这句好话。我们潞州城里都是用得脚力着的，马若出门，就有银子了。"叔宝道："这里马市在那一方?"小二道："就在西门里大街上，五更时开，天明时散了。"叔宝道："明早去罢。"

叔宝走至槽头，看那马时，但见蹄穿鼻塌，肚细毛长，见了叔宝，摇头流泪，如向主人说不出话的一般。叔宝止不住眼中流泪，叫声："马啊马……"要说，一个噎塞，也说不出了，只得长叹一声，把马洗刷一番，断些草与他吃。这一夜，叔宝如坐针毡。盼到五更时分，起身出门，那马竟是通灵的一般：晓得才交五鼓，若是回家，得备鞍辔、捎了行李，方才出门；除非是饮水、放青，没有起五更之理。他把前蹄站定在门槛上，两只后腿倒坐将下去。叔宝因马体瘦得紧，不忍用力，只得调息他慢慢的扯。王小二却是狠心的人，见马不走，提起那根门闩，照这瘦马后腿上尽力两下，打得那马负痛扑地，跳将起来。小二把门一关，口内喃喃的道："卖不得，再不要回来!"叔宝不理他，牵了马到西市里来。

那马市已开，但见王孙公子往来不绝，见着叔宝牵了一匹瘦马，有几个浮浪子弟道："列位让开些，穷汉子牵着一匹瘦马来了!"叔宝听见，对着马道："你在山东时，何等威风！怎么今日就如此垂头落颈，却到那个光景?"复把自己身上看了一眼道："怪你不得，我却也是这般模样。都只为少了几两店帐，弄得如此，何况于你?"正是：

人当贫贱语声低，马瘦毛长不显肥；
得食猫儿强似虎，败翎鹦鹉怎如鸡？

牵着马在市上，没有人睬。因空心出门，走着路都是打睡眼，顺着脚走过了马市，城门早已大开。乡下人挑柴进城来卖，那柴上还有些青叶，马是饿极了的，见了青叶，一口扑去，将卖柴的老儿冲了一交，喊叫起来。叔宝如梦中惊觉，急去搀扶老儿起来。那老儿望着马问叔宝道："此马敢是卖的么？那市上来往俱是王孙贵宦，那里看得上眼！这马骠虽跌了，缰绳实是硬挣，老汉今却认得此骑是个好马。"叔宝懊闷之际，听得此言，心中欢喜起来，道："老丈，你认得马之劲脊，却在那里去卖好？"老儿道："'卖金须向识金家'。要卖此马有一去处，一见包管成交。"叔宝大喜道："老丈，你同我去，卖得时送你一两茶金。"那老儿听得，欢喜道："这西门十五里外，有个二贤庄，庄上主人姓单，双名雄信，排行第二，人都称他为二员外，常买好马送朋友。"叔宝闻言，如醉方醒，似梦初觉，暗暗自悔失了检点。在家时闻得朋友说，潞州二贤庄单雄信，是个招纳好汉的英雄。我怎么到此许久，不去拜他？如今衣衫褴褛，若去拜他，也觉无颜；欲待不往二贤庄去，犹恐错过了机会，却没有识货的了。也罢，我只认卖马的便了。就叫老丈快去。

那老儿把柴寄在一个豆腐店内，引叔宝出城。约有十余里，果见一所大庄院。但见：

碧流萦绕，古木阴森。碧流萦绕，往来鱼跃纵横；古木阴森，上下鸟声啁杂。小桥虹跨，景色清幽；大厦云连，规模齐整。若非旧阀，定是名门。

这座二贤庄，主人姓单名通，号雄信。这人生得面如蓝靛，发赛朱砂，性同烈火，声若巨雷。使一根金钉枣阳槊，有万夫不当之勇，专好结交豪杰，山东儿府算为第一。收罗亡命，做的是没本营生，随你各处劫来货物，尽要坐分一半；凡是绿林中人，他只一枝箭传去，无不听命。所以十分富厚，青齐一带，处处闻名。按上界青龙临凡，在隋朝是第十八条好汉。时当秋收之后，闲坐在厅，只见苏老儿走进来，在二员外面前唱了个大喏，雄信回了半礼，道："许久不见你了！"苏老儿说:“老汉今日进城卖柴,撞着一个汉子牵匹马卖,我看那马虽瘦,却是一匹黄骠马,特领他来,请员外出去看看。”雄信便随身出来。

叔宝隔溪望见一人,身长一丈,面若灵官,青脸红须,戴万字皂包巾,穿藕色道袍,粉底乌靴。觉得自身不象个样,便躲在树后,抖下衣袖,牵过马来。雄信走过桥去,且看马,不问人。把两袖一展,用力向马背一捺。雄信膂力最大,那马却分毫不动。将手一度,足有八尺,遍体黄毛,如纯金细卷,并无半点杂色。怎见得?有诗为证:

奔腾千里荡尘埃,神骑驯良君子材;
遍体金光笼玉辔,龙驹飞下九天来。

雄信看完了马,才与叔宝见礼道:“这马可是足下卖的么?”叔宝道:“这是小可的脚力,今在穷途,货于宝庄。”雄信道:“这却不管你自骑的买来的,咱这里只问你价钱罢!”叔宝道:“人贫物贱,不敢言价,只赐五十两作回乡盘费足矣!”雄信道:“马价讨五十两也不多,只是膘跌重了。若上细料,喂养得起来;若不加细料,这马就是废物了。见你说得可怜,咱与你三十两罢!”雄信还了三十两,也不十分要买,转身过桥就走。

叔宝无奈,只得跟过桥来,口里说道:“凭员外赐多少罢了。”雄信进庄,立在大厅滴水檐前。叔宝见主人立在檐前,他只得站在月台旁边。雄信着手下人将马牵到槽头去,上些细料来回话,见叔宝状貌魁梧,因问道:“足下不象我这里人。”叔宝道:“在下是济南府人。”雄信听得“济南府”三字,早动了一个念头,向叔宝道:“请进来坐,有话动问仁兄,济南府,咱有个慕名朋友,兄可认得否?”叔宝问是何人。雄信道:“此兄姓秦,咱不好称他的名讳,这时只讲他的号罢,叫做秦叔宝,山东六府俱称‘赛专诸’‘小孟尝君’,却在济南府当差。”叔宝随口应道:“就是在下——”即住了口。雄信失惊道:“得罪!”连忙走下来。叔宝道:“就是在下同衙门朋友。”雄信方立住了,道:“既如此,失瞻了!请问老兄尊姓?”叔宝急转口道:“贱姓王。”雄信道:“小弟还有一事相烦,请兄略坐小饭,要写个信与秦兄,不知可否?”叔宝道:“有尊托尽可带得,饭是决不敢领。”雄信进内,去封了三两程仪,潞绸二匹，并马价，出厅前殷勤作揖道："小弟本欲寄一封书，托兄奉与叔宝兄，因是不曾会面的朋友，恐称呼不便，只好烦兄道个单通仰慕之意罢了，小弟异日要到他府上拜识。这是马价三十两，外具程仪三两，潞绸二匹，乞兄收下。叔宝兄同袍分上，弗嫌菲薄。"叔宝再三不肯收，雄信执意送上，叔宝只得收了。雄信留饭，叔宝恐露自己声名，急辞出门。雄信送叔宝转来，只见苏老儿在阶沿下瞌睡，雄信道："马已买成，卖马的去远了。"老儿醒来道："如此，我要去追他。"拿了扁担就走，一竟赶上叔宝，叫道："王老爷，你先走了么？"叔宝见那老儿赶来，他是个慷慨的人，就将程仪拈了一锭，递与老儿。那老苏千欢万喜，拱手作谢去了。

叔宝自望西门而来。正是午牌时分，见旁有酒肆，叔宝腹中有些饥饿，走入店来。卖酒的道："客官吃酒呢，还是吃饭？"叔宝道："先取些酒肴来吃了，然后吃饭。""如此里边请坐！"秦琼入内一看，却是三间大厅，摆着些精致桌椅，两边厢房也有些座头。叔宝看看自己身上这样光景，难道去坐在上厅？竟投厢房，拣一座头坐下，将银子放在怀内，将二匹潞绸放在一边。酒保摆上酒来。叔宝吃不多几杯，只见外边来了两个英雄，后面跟着些家人。为首一个，戴一顶皂缎包巾，穿一件团花战袄，腰系一条鸾带，脚踹一双皂靴；这一个，戴顶白绫扎巾，穿件紫罗战袍，踏一双吊跟靴。两个走将进来。叔宝一看，却认得一个是王伯当，连忙把头别转了。

你道这王伯当是何等样人？他乃金陵人氏，曾做武状元，文榜眼。若论他的武艺，一枝银尖画戟，神出鬼没；更是箭法高强，百发百中，真有百步穿杨之巧，时人称他为"神箭将军"。只因他见奸臣当道，故此弃官，游行天下，结纳英雄。这一个却是长州人氏，姓谢名应登，善用银枪。因往山西探亲，偶尔遇见王伯当，同到店中饮酒。叔宝回转头，早被王伯当看见，便问道："那位好似秦大哥，为何在此？"走入厢房来。秦琼只得站起身来，叫声："伯当兄，正是小弟。"王伯当一见叔宝这个光景，连忙把自己身上那件团花战袄脱下，披在叔宝身上，叫一声："秦大哥，你在山东历城何等英雄，到此何干，却弄得这般光景？"当下叔宝与二人见过了礼，方说道："伯当兄，一言难尽。

小弟与樊虎当了历城县一名马快，奉差到此。樊虎走泽州，小弟走潞州。不料太爷迎接唐公，去了一月有余，樊虎又不见来，盘费用尽，只得将马来卖。方才在二贤庄单雄信处，卖了三十两银子，他问起贱名，弟不与他说明。”王伯当闻言道：“啊呀，叔宝兄！雄信与弟相知，既问起兄长，缘何不道姓名与他？休说不收兄马，定然还有厚赠。如今兄同小弟再去便了。”“嗳，伯当兄，说那里话，我若再去，方才便道名姓与他了。如今卖马有了盘费，回到下处，收拾行李，即转山东，自然后会有期。雄信处，烦兄代致谢慕之情。”伯当道：“兄长既不肯前去，小弟也不敢相强。兄长下处却在何处呢？”叔宝道：“小弟下处，却在府前王小二店内。”伯当点首，便叫酒保摆上酒肴，三人同饮。直至下午，叔宝告醉，伯当二人欲送，叔宝再三不肯，二人作别，往二贤庄去了。

叔宝回到下处，小二见没有马回来，知道卖了，便道：“秦爷，这遭好了！”叔宝听了不言语，把饭钱一一算还与小二，取了文书，谢别柳娘，打并包裹与双锏，背上肩头；因恐雄信追来，故此连夜赶奔出城，望山东而来。闲话不表。

单讲王伯当、谢应登到了二贤庄，雄信出迎，伯当叫道：“单二哥，你今日却做了一件不大妙的事了！”雄信慌忙问道：“今日罗子不曾做什么不妙的事，这话从何而来？”伯当微微一笑：“你今日可曾买一匹马么？”雄信道：“罗子今日果然买一匹马，乃千里龙驹。二位原何得知？”伯当道：“若要不知，除非莫为。你贪小利，将三十两银子买了这马，他却怪得你狠哩！”雄信道：“他因何怪我，二位却在那里遇见？”伯当道：“我们方才在城里，因遇着他，故此知道。”雄信道：“二位原何认得他？”伯当笑道：“休说我们认得他，就是天下的人，虽不相识，闻他名声，也就知道了，那象你当面也不识他！”雄信道：“他不过是个快手，有何名望呢？”伯当道：“你说他没有名望，比你稍有些儿。我问你，你既买他的马，难道不问他住在那里，姓甚名谁？”雄信道：“罗子怎么不问，他说住在山东济南府历城县，姓王。我便问起秦叔宝，他说是他的同衙朋友，罗子也曾托他问候叔宝。”王伯当闻言，拍手哈哈大笑道：“单二哥，你正是‘踏破铁鞋无觅处，得来全不费工夫。'你却当面错过，他正是山东的'小孟尝''赛专诸'秦叔宝。"雄信吃惊道："啊呀，他缘何不肯通名，如今却在那里？"伯当道："他的下处就在府前，他自回下处去了。"雄信道："事不宜迟，我们快赶去便了。"伯当道："天色已晚，也赶进城不及了，明日绝早去罢。"雄信十分性急，与二人吃了一夜的酒，那里还睡，等到天色微明，三人即忙上马，赶入城，竟奔府前。来到王小二门前下马，小二慌忙来接。雄信问道："有一位山东秦爷可在内么？"小二叫声："啊呀，三位爷来迟了！这秦爷昨晚起身去了。"雄信跌脚道："此时料他行不多路，我们一路赶去便了。"三人正待上马，只见家将飞忙跑来，叫声："二员外，不好了！"雄信吃了一惊道："住着！有何事故，这样慌张？""啊呀！二员外，大员外在楂树冈被唐公射死，如今棺木到庄上了。"雄信闻言，放声大哭，只得叫道："伯当兄，小弟不能去赶叔宝，兄若得便去山东，多多致意，代为请罪。"雄信话也说不完，心慌意急，飞马去了。王伯当、谢应登各自去了，此话不表。

单表叔宝恐雄信赶来，不往大路上走，却奔山谷而行。走了一夜，叔宝自觉头内有些疼痛，只得硬着身子而走。捱了十多里，不料两只脚竟不是他的了，要往前走，却往后退了。见那边有所庙宇，却是东岳庙。叔宝奔入庙来，却要去拜板上坐坐，不料一个头晕，仰后一交，豁啷一声振天响，倒在地下。背上却背着双锏，一倒在地，竟把七八块磨砖都打碎了。惊得道人慌忙来扶，一似有千斤重，那里扶得动？只得报与观主。这观主姓魏名征，曾做过吉安知府，因见奸臣当道，与知县徐茂公，也是范阳人氏，挂冠闲行，从师徐洪，客在此东岳庙住。那徐茂公深知阴阳、过去未来，算定天蓬星失运受难来此，半月之前，吩咐魏征道："某日有个人得病在庙，可好好服侍他；迟几日，自有青龙星来救他的。"吩咐了魏征，自却云游别处去了。

当下魏征闻报，连忙出来。见秦琼倒在地上，面色发红，双眼紧闭，口不能言，忙自坐倒，与叔宝把了脉，便道："你这汉子，只因失饥伤饱，风寒入骨，故有此症，大事不妨。"教道人取金银汤，化了一服药，与叔宝吃了。叔宝渐渐能言，叫一声："啊唷！"魏征道："汉子，你是何方人氏，却到此间？"叔宝将从前之事说了一遍。魏征点头，叫声:“兄长,既如此,且在敝观将息好了回乡不迟。”吩咐道人取几束草,在西廊下打铺,把席铺好,扶叔宝去睡了,却与他取出被来盖好。魏征却日日按方定药与叔宝吃。

一连过了几日,这一日,却有许多人来到了,道人摆正了经堂,只等员外到来即便开经。你道这个法事是何人的?原来就是单雄信因哥哥死了,在此看经。少时,雄信到了,魏征出迎。叔宝却在廊下草铺上,见是雄信进来,忙把头向里睡了。雄信来至大殿,参拜了圣像,只见家丁们吵吵嚷嚷。雄信喝问何故,家丁道:“可恶这道人放肆,昨日吩咐他打扫殿上,他却把一个病人睡在廊下,故此打他。”雄信听了,不觉大怒,便叫:“魏征,你这邋遢道人,罗子吩咐你打扫殿上必须洁净,你缘何容留病人睡在廊下?你这囚人的,看做罗子什么人?”魏征满面堆下笑来,叫声:“员外有所不知,这个人却是山东人,七日前得病在此,上天有好生之德,难道贫道赶他去不成?故此睡在廊下,望员外详察。”正是:

一叶浮萍归大海,人生何处不相逢?

未知雄信再有何言,且看下回分解。

第六回　建威冒雪访良朋　雄信挥金全义友

诗曰:

英雄义气重丘山,患难交情不等闲;
行孝感恩回故里,怀财惹祸遇凶顽。
万金不惜全孤友,千里何辞配远关;
试看离亭斟别酒,牵衣犹自泪潸潸。

其时雄信听见说山东人,便问道:“你可晓得他姓甚名谁?”“员外,他是个官差,叫做秦叔宝。”雄信闻言,一似半空中掉下一个霹雳来,又惊又喜,飞跑到廊下。此时叔宝恨不得有个地洞,也爬下去了,把头在草里乱撞。

雄信赶到跟前,往草内坐倒,扯住了叔宝的手,只叫一声:“叔宝哥,你端的想杀了单通也!”叔宝自料回避不得,只得坐起身来,叫声:“单员外,我秦琼有何德,蒙员外如此爱慕?”雄信把手捧住了叔宝的脸,看他这般形景,眼中掉下泪来:“啊呀,哥啊!你原见我单通,不肯实说。后来王伯当兄说知,小弟次早赶至兄的下处,不料兄连夜长行,正欲追兄回去,又遭先兄之变,不得赶来。谁知兄长却落难在此,皆单通之罪。”叔宝道:“岂敢!小弟只因贫困在此,所以瞒了仁兄。今日得见仁兄,是小弟万分之幸了。”雄信就叫道人烧起浴汤,着家丁扶秦爷去洗澡,换了新衣,吩咐魏征做道场。又叫一乘轿子,抬了叔宝。雄信上马,竟回二贤庄来。

到得庄上,叔宝欲要叙礼,雄信一把扯住道:“秦哥贵体不和,你我何必习此客套?”连忙收拾床铺,与叔宝睡了,即请医生调治,不消十数日,把叔宝的病都治好了,雄信方才摆酒接风。座中问起落难之故,叔宝把前事从头细说了一遍。雄信把亲兄被唐公射死之事告知,叔宝十分叹息。自此叔宝住在二贤庄养病。

你道樊建威缘何不来?他泽州得了回文,竟忘记了叔宝约他在潞州相会,竟回济南衙门去了。完了公干,来到秦家,老太太便问:“叔宝一去许久,为何还不回来?”建威道:“老伯母,你且宽心,谅叔宝兄自有主意。闻唐公回乡,府尹必定不闲。没有回文,所以不得回来;文书到手,一定回来了。”樊虎安慰了老太太一番,作别去了。却又过了半月,不见叔宝回来。老太太十分疑惑,叫秦安去请樊虎。正值建威从县中回来,见了秦安,便问道:“来此何干?”秦安说:“樊大爷,我家老太太相请有话。”樊虎即便来到秦家。老太太出来,见了樊虎便道:“小儿一去两月有余,缘何不见回来?我想他初次出门,不曾惯的人,恐怕他病在潞州。樊大爷,老身有封书信在此,意欲烦大爷去潞州走一遭,不知你意下若何?”樊虎道:“既是老伯母吩咐,小侄敢不从命?明日就去便了。”当下樊虎接了书信,老太太取出十两银子做路费。樊虎道:“不必伯母费心,叔宝兄还有银子在小侄处。”老太太定要他收,樊虎那里肯。离了秦家,竟入衙门,告了一个月假,次日收拾行李,径往山西潞州府来。

将近潞州,忽然彤云密布,朔风紧急,早已纷纷落下一天雪来。樊虎在马上,见路旁有所东岳庙,忙下马来,进庙避雪,把马拴在廊下,自却走上殿来。魏征一见,慌忙道:“到此有何公干?”樊虎道:“只因一个朋友在此潞州,许久不回,特来寻他。不料遇了这样大雪,难以行走,到宝观借坐一坐再走。”魏征叫道人送茶,便道:“敢问客官寻那个朋友,姓甚名谁?”樊虎道:“这个人,他也有些名望,叫做秦叔宝。”魏征闻言,拍手呵呵大笑道:“老兄,你正是踏破铁鞋无觅处,得来全不费工夫。这个人远不远千里,近只在目前。”樊虎连忙问道:“这人今在哪里,为何老师晓得?”魏征道:“前月廿七日,有个人病在庙中,叫做秦叔宝,近来在二贤庄单雄信处。不知足下是他何人?”樊虎道:“在下姓樊名虎,与叔宝兄是同袍好友。因他母亲不见他回去,记念之极,所以央我前来寻他回去。不想他有这些缘故,如今就烦老师同去走一遭。”魏征道:“贫道也与单雄信相识,时常在他庄上。既然兄长要去,待等雪一住,同行便了。”樊虎道:“若等雪住,今日去不成了,不要管他,我们冒雪去罢!”魏征见樊虎十分要去,只得备了一匹驴子,同樊虎离了东岳庙,踏着那乱琼碎玉,背着西北风,望二贤庄来。

二人到了庄门，魏征对庄客说道："今有山东秦爷的朋友来访。"庄客连忙入内。雄信正与叔宝酌棋，一闻此言，二人起身出来。叔宝见是樊虎，只叫一声："建威兄，你等得我好苦！"四人来至厅上，见礼坐下。叔宝便问："建威兄，你缘何直到这时候才来？害得我十分苦楚。若没有单二哥，我死多时了！"樊虎道："兄何尝约我在此相会？小弟回济南两月有余，且不见兄长回来。令母记念，因此差小弟前来，遇见这位魏老师，相引至此，小弟不知兄在此受苦。"叔宝便把从前之事说了一遍。樊虎取出书与叔宝看了，叔宝便欲回山东。单雄信道："秦大哥，你却去不得。"叔宝道："为何弟去不得？"雄信道："兄贵体不算强旺，病未痊愈，若冒这样雪天回去，恐途中病又复发，难以保全令堂老夫人爱子之心；兄有不测，使老夫人无靠，反为不孝。"叔宝闻言，良久道："如兄所言，事当如何？"雄信道："小弟的主意：待雪晴了，烦建威兄先回济南，安慰令堂老夫人。兄却过了残年，到来春二月回去。一全兄母子之礼，二则尽弟朋友之情。"樊虎道："单二哥之言有理，叔宝兄不可不听。"秦琼允诺。雄信吩咐摆酒，与樊虎接风。至晚，魏征自回观去，樊虎却住在二贤庄上。

一连几日，天色已晴。叔宝写了回信，将批文一并交付樊虎："代为禀官，说我病在潞州，待病好回家，自来面禀。"樊虎说声："晓得，这事在我。"雄信备酒饯行，取出白银五十两，潞绸五匹，寄与秦母；另外十两银子，潞绸一匹，送与樊虎。樊虎不好推却，只得受了，别了雄信、叔宝，自回济南去。此话不表。

你道单雄信为何不放叔宝与樊虎同去？只因意欲厚赠，恐叔宝不受，只得暗地里把他的黄骠马养得十分雄壮，照着马的身躯，用细巧匠人打一副镏金鞍辔，一对踏镫；却把三百六十两银子打做一块，整段做在一条缎被内，枕头铺盖十分齐备。你想单雄信有多少家私，在朋友面上这般用情？他本是山东、山西、河南、河北、两川、二广天下绿林中一个坐地分赃的头儿，如有强盗犯出到官，他便来上下使用相救，故此得以家财巨富，挥金如土，却也在朋友面上十分有义。这些闲话休题。

且说叔宝在二贤庄上住过了年，又过了灯节，辞别雄信要行。雄信摆酒饯行，叔宝饮了几杯，立起身来。雄信吩咐将叔宝的黄骠马牵将出来，却是鞍镫俱全，铺盖已捎在马鞍上，双锏挂在两下。叔宝见了道："何劳兄长厚赐鞍镫？"雄信道："岂敢！无甚物件相送兄长，少尽小弟一点心耳！"吩咐取程仪过来。家丁一盘托过，雄信送与叔宝道："白银五十两，潞绸十匹，权为路费。"叔宝再三推辞不受，却不过面情，只得收下了。雄信送出庄门，还欲远送，叔宝再三辞谢，雄信只得住了。遥见叔宝飞马而去，望不见了，方才进庄。

秦琼离了二贤庄，已是下午时分，行不上八九十里，天色将晚了。见有一村人家，地名皂角林，内有客店。叔宝下马，店主人来问道："老爷可在小店安歇么？"叔宝道："正是。可把我的马好好去槽上加料，取一间房，把我的铺盖拿进来，取些酒来，就在房内吃罢。"当下走堂的把行李送入房内。叔宝到里边坐下，摆上酒肴来，叔宝饮酒，此话不表。那走堂的却来对主人吴广说道："这个人有些古怪，马上的鞍镫黄澄澄的好似金子，行李又十分沉重，又有两根锏，尤其利害。前日前村失盗，这些捕人快手在左近缉访，此人莫非是个响马强盗？"吴广叫声："轻口！你可曾打开他的行李么？"走堂的说："这到不曾。"吴广道："不可泄漏，待我去张他怎生的，再做道理。"

当下吴广来至房边，在门缝里一张，只见叔宝吃完了酒饭，收拾在一边，却打开铺盖来睡，觉得被内有些沉重，把手一提，噗的一声，脱出许多砖块来，灯光照得雪亮。叔宝吃了一惊，取来一看，却是银的；将来放在桌上，对着灯想道："雄信何故不与我明言，暗放在内？"吴广一见，连忙出来叫小二："不要声张，果是响马无疑了，待我去叫捕人来。"

当下吴广出得门来，正遇着二三十个捕人快手来他店中吃酒。吴广道："列位来得正好，有一个响马在我店中。"众人道："怎见得他是个响马？"吴广道明从前进门之事，众人就要下手。吴广道："你们不可造次，我看这人十分了得，又且两根锏甚重，若拿他不住，吃他走了，反为不美。你们可埋伏在外，把索子伏在地下，待我去引他出来，绊倒了他，有何不可？"众人点头，各各埋伏了。吴广却把斧头拿在手中,一斧打开了房门,叫声:“做得好事!”抢将进来。叔宝正对着银子思想,忽见有人抢进来,只道是响马来打劫银子,立起身来,吴广早至面前,叔宝把手一隔,叫声:“不要来!”吴广立脚不定,噗的一交,倒撞在风火墙上,把脑子都跌了出来。外边众人呐一声喊,秦琼取双锏在手,抢出房来。两边索子拽起,噗通一声,把叔宝绊倒。众人一齐动手,叔宝在地上乱滚,众人把兵器往下就打。叔宝把头抱住,众人便拿住了,用七八条绳子将叔宝绑了,吊在房内。见吴广已死在地下,他妻子连夜央人写了状子,次日天明,众捕人取了双锏及行李、银子,绑着秦叔宝,带了吴广的妻子,投潞州来。

到府前,蔡建德听得拿了一个响马大盗,即刻升堂。众捕人上堂跪禀道:“在皂角林拿得一名响马。”吴广的妻子哭告道:“响马行凶,打死丈夫。”蔡公问了众人口辞,喝令把响马带进来。众人答应一声,把叔宝带到丹墀。蔡建德看了,吃了一惊,问道:“你是历城差人,缘何做此响马?”秦琼跪下,叫一声:“青天老爷啊!小人是历城县的差人,并不是响马。”蔡建德大喝道:“好大胆的奴才,你既是历城县差人,却是去年十月内得了回文,到今已是四个月了,难道还不曾回山东,却在这里作何勾当?况皂角林又不往山东去的大路,你明明做了响马,怎敢在本府跟前巧辩!”秦琼在下,只叫:“青天老爷,小人去岁十月得了老爷的回文,行不多路,因得了病,在朋友家将养,到今方好,才回山东。这些银子,俱是朋友赠小人的,乞青天爷爷明察!”蔡建德微微一笑:“你那朋友住在那里呢?”秦琼想:若还说出,恐连累了单雄信;若随口说个所在,万一去勾,怎生是好?便道:“啊呀,青天老爷,这朋友是做客的,如今去了。”蔡建德双眉一竖,拍案高声:“哇!好大胆的奴才!焉有做客的留你住这几时,有这许多银两赠你?你面容雄健,怎象个有病方好的人?明明是做响马的了,又且行凶打死吴广,你还敢将言语搪塞么?”叔宝无言可答,低头伏罪。蔡建德差人收了吴广的尸首,把叔宝一干人,发下参军厅审问明白,定罪施行。参军孟洪问了口词,叔宝只是不肯认做响马。打了四十板,且收监,另日再审。

不料这桩事沸沸扬扬传将开去,说历城县差人做了响马,今在皂角林拿了,收在监内。渐渐有些风声传到二贤庄,单雄信一闻此言,三十六个牙齿捉对儿厮打,心头一似十五个吊桶七上八下,两手如中风麻木,双腿如斗败公鸡。打听得果然是实,连忙进城来寻个下处歇了,却叫家将备了些酒肴,一径来到监门口。那单雄信,衙门中无有一个不熟的,禁子一见:“啊呀,我道是谁,原来是单二员外,到此何干?”雄信道:“罗子有个朋友,前日在皂角林被人拿来认做大盗,下在牢内,故此特来与他相见。”禁子见说,连忙开了牢门,引雄信来到一处,只见叔宝用木拷拷在那里。雄信一见,抱头大哭,只叫得一声:“叔宝兄,弟害了你了!”忙令禁子开了木拷。禁子怎敢不依,连忙开了。雄信叫声:“叔宝兄,小弟本欲助兄,不想反害你受这般苦楚,小弟虽死难辞矣!”秦琼把头摇一摇,叫声:“单二哥,这是小弟命该如此,岂关兄长之故。单二哥,小弟今日有一言相告,不知兄肯见怜否?”雄信道:“兄有何见教,弟敢不从命?”叔宝道:“兄啊,小弟今番料不能再生了!客死他乡,固不见恨,只可怜家母在山东无人奉养。二哥,弟若死之后,兄寄信与家母,若念朋友之谊,时时照看家母,俺秦琼在九泉之下感恩不尽矣!”雄信闻言,叫声:“兄,你说那里话,不必忧心,权坐牢中,弟自去上下周全,剥轻了罪名,那时便有生机了。”吩咐家人摆上酒肴,同叔宝吃了。取出十两银子给禁子,雄信吩咐道:“秦爷在此,早晚须你照看。”禁子道:“不必员外吩咐,小人自然服侍秦爷。”

当下雄信别了秦琼,出了牢门,就去挽一个虞候,在参军厅蔡府尹处上下用了银子,端整一张辨状。雄信认做秦琼胞弟秦瑶,竟在山西大行台袁天罡衙门告准,辨得秦琼系历城县差人,实因有病,至今方回,所有银两,乃朋友王伯当所赠,在皂角林,有店主吴广误认响马,纠合捕快,打进房内,误伤跌死吴广是实。大行台袁天罡看了辨状——他阴阳有准,明知左天蓬有难,他是兴唐的擎天玉柱,架海金梁,日后同为一殿之臣,况他灾星将满,何不借此出罪,使他姑侄相逢?但单雄信假冒秦瑶来告辨状,若不说破他,岂不被他笑我无能?便吩咐带秦瑶。雄信到大堂跪下,袁天罡叫近案前,喝道:“好大胆的单通!谁不晓得你是坐地分赃的强盗头儿,擅敢冒称秦瑶来告辨状,本该将你究罪,亏你肯费千金,义全知己,不亏友道,暂且饶你。”此时雄信唬得浑身冷汗,脸都涨红了,磕了二三十个响头,退将出来,心里还在不住的跳。那袁大爷接着移文着府,发配秦琼河北冀州燕山罗元帅标下为军。那蔡建德太爷接着文书,吩咐牢中取出秦琼,当堂发付,上了枷,点了两名解差。这二人却也是本府好汉,一个姓金名甲,字国俊;一个姓童名环,字佩之,与单雄信却是好朋友,故此雄信买他二人押解。当下领了文书,带了叔宝,出得府门,早有雄信接着同到酒店内来。正是:

把臂衔杯斟别酒,牵衣滴泪洒秋风。

不知秦琼配军凶吉如何,且听下回分解。

第七回　打擂台英雄聚会　解幽州姑侄相逢

诗曰：

远戍燕山路已穷，千磨百折运方通；

不因耐雪经霜骨，怎显孤标别有风。

彼时四人坐定，店家摆上酒馔，一面饮酒，一面雄信开言，叫声："叔宝兄，这个燕山却是一个好去处，弟有几个朋友在彼，一个叫张公瑾，他是帅府的旗牌；又有弟兄二人叫尉迟南、尉迟北，现为帅府的中军。弟今修书在此。那张公瑾他住在顺义村，兄去必先到他家，下了书，然后金、童二位贤弟方可去投文。"叔宝闻言，起身作谢道："难弟秦琼，蒙二哥不惜千金，拚身相救，此恩此德何时能报？""嗳，叔宝兄说哪里话？为朋友者，生死相救，患难相扶，岂有惜无用之财，而不救朋友之难也？况此事皆弟累兄，弟虽肝胆涂地，不足以赎罪。兄此行放心，若到燕山，可写一字，回复小弟。令堂老伯母处，小弟自差人去安慰，兄都不必挂念，但愿有日重回故里，那时母子团圆，夫妻完聚。"叔宝十分感谢。吃完了酒，雄信取出白银五十两送与叔宝，将二十两银子送与金甲、童环。三人执意不受，雄信哪里肯听，只得收了，与张公瑾的书一同收拾，别了雄信，径投河北冀州去了。雄信心中悒悒，自回二贤庄不表。

单讲叔宝三人，离了山西潞州府天堂县，在路晓行夜住。不日将近燕山，天色已晚，金甲道："叔宝兄，我们且寻个客店住了，明日少不得要去会张公瑾。"叔宝道："说得是。"三人寻了客店住下，便问店主人："这里有个顺义村么？"店主人道："东去五里便是。"叔宝道："你可晓得村中有个帅府旗牌官张公瑾么？"店主人道："怎么没有？近来元帅罗爷又选一个中领军叫做史大奈。帅府的规矩，选领职的演过了武艺，还恐没有本事，却在顺义村土地庙前造一座擂台，限一百日，没有人打倒他才有官做；倘有好汉来打倒了他，就把这领军官与那好汉做。如今这个史大奈在顺义村将有百日了,若明日没有人来打,这领军官是他的了。张公瑾、白显道日日在那里经管,你们若要寻他,明日只到庙前去寻便了。”叔宝闻言,不觉大喜,吃了酒饭,与金甲、童环自去睡了。

次日绝早起来,吃了早饭,算还饭钱,三人离了店门,一路向顺义村土地庙而来。到了庙前,叔宝一看,却是好一个所在:庙前方圆一块大空地,对山门一座擂台,高有一丈,阔有二丈,周围挂着红彩,四下里也有人在那里赶市做买卖,十分热闹。这史大奈却还不曾来。叔宝三人看了一回,走进山门,这原是个土地庙,却是顺义村的香火十分齐整。到了殿上,也有那些男男女女挨挤不开,一来烧香,二来今日史大奈打满之期,故此左右村坊特来观看。叔宝三人转出庙门来,只见远远有三个人,骑着马豁辣辣一路下来,到得庙前,各人下马,随后有人抬了酒席。史大奈上前参拜了神道,转身出来,脱了团花战袍,把头上扎巾按一按,身上却穿一件皂缎紧身护胸的小袄,脚下裹脚绞腿,蹬一双多耳麻鞋,上了擂台。这边张公瑾、白显道自在殿上吃酒。那史大奈在台上打了几回拳棒。此时看的人却也挨挤不开,叔宝三人也杂在人丛里观看。只见史大奈在上边叫道:“台下左右村邻,或远来的豪杰,小可奉令在此:今日却是百日满期,若有人敢上台来与我交手,降服得我,这领军职分便让与他,可有人上来交手么?”连问数声,无人答应。那金甲看了叔宝、童环道:“二位,你看他目中无人,哪一位上去打倒了他,也与人笑笑。”童环一时高兴,便道:“待我去打这狗头下来。”遂大叫道:“我来与你做对!”径奔石阶上来。这史大奈以为一百日并无人敢来交手,今乃圆满日期,却有人来做对,也全不在他心上,狮子大开口的立着一个门户等候。童环上得台来,便使个高探马的势,抢将进来,被史大奈把手虚闪一闪,将左脚飞将起来,一腿踢去;童环却待要接他的腿,不想史大奈的力大,开一腿把童环踢了一个翻筋斗,倒撞下擂台去了。金甲看见大怒,飞奔上台来,使个大火烧天势,抢将过来。史大奈把身一侧,回身假走。金甲见史大奈长大,恐一只手捞他不倒,赶上前来狠叫一声:“不要走!”便拦腰抱住,要吊史大奈下去。却被史大奈用个关公大脱袍,把手反转，在金甲腿上一挤，金甲一阵酸麻，手一松，被史大奈两手开个空，回身狠一膀，喝声："下去罢！"噗通的一响，把金甲打下台来。那些看的人齐声喝彩，呐一声喊。

叔宝看了，哪里忍得住，心中大怒，两手在人头上一按，托地跳上擂台，看的人都吃了一惊。史大奈劈的一跳，叔宝到了身边，两个搭上手打将起来。史大奈却不敢小觑了，用尽平生气力，把全身本事都拿出来招架。下面看的人齐声呐喊。他两个打得落花流水，却有张公瑾跟来的家将看见势头不好，慌忙走入殿后，叫声："二位爷，不好了！谁想史爷的官星不现，今朝遇着敌手了！"张公瑾忙问道："何以见得？""二位爷不要说起，先时原被史爷打了两个下去，不料在后，人丛里跳上一个配军来，颈上还戴着行枷，与史爷交手，实是利害。小的们旁观者清，看史爷有些不济事了！"二人闻言，吃了一惊，连忙跑将出来。张公瑾抬头一看，见叔宝人材出众，状貌魁梧，暗暗喝彩。便问那些看的人道："列位可知道台上这个好汉是那里来的？"有晓得的，便指着金、童二人说道："他们是同来的。"张公瑾上前一步，把手一拱，说："敢问二位仁兄，上面打擂台好汉何人？"金甲因自己打输了，没甚好气，今见叔宝有些赢局，甚是得意，看着张公瑾道："凭他打罢了，着什么紧！"张公瑾笑道："不是这等讲，既来赌胜，必是道中朋友，弟恐不好挽回，所以动问。"童环气烘烘道："这倒不打紧，老实对你说了，我们也是来得来的。上面打的便是山东六府驰名的秦叔宝，在下两个是山西潞州人。"张公瑾闻言，又惊又喜，也不等说完，对着台上大叫道："叔宝兄，请住手！岂不闻君子有成人之美？"叔宝心中明白：我不过见他打了金甲、童环，一时气忿，与他交手，何苦坏他名职。就虚闪一闪，跳下台来。史大奈也下了台。

叔宝上前道："不知那一位是张爷？""岂敢！小弟便是张公瑾，兄何以见问？"叔宝闻言，慌忙上前见礼道："有山西单雄信书在此。"公瑾闻言，请叔宝三人来至后殿，各各见礼，现成酒席，大家坐下。叔宝取出书来递与公瑾，公瑾拆开观看，内中备细，写着叔宝的根由，不过要他照看之意。公瑾看罢，对叔宝道："兄诸事放心，都在小弟身上。"当下略饮几杯，公瑾起身拱手道："残肴浊酒，唐突兄长，幸勿见罪!”“岂敢。”忙吩咐备马三匹,与叔宝三人骑了。六人上马,家将们收拾杯盘,回到村中,重铺拜毡,顶礼拜见,大排筵席,欢呼畅饮。史大奈因要进城料理自己正事,不敢过饮;叔宝三人要打点次日早堂投文一事,所以要起身告辞;张公瑾不敢再劝,就与白显道同众人上马进城。一路竟到中军府来。尉迟南、尉迟北、韩固忠、李公旦一齐迎入,见了叔宝三人,叩问来历。张公瑾道:“就是你们日常所说的山东秦叔宝。”四人闻言,急忙起身下来,请叔宝见礼,便问为何刺配到此。张公瑾就把单雄信的书与四人看了,尉迟兄弟只把双眉紧锁,长叹一声道:“嗳,雄信兄你好为人谋而不忠也。”张公瑾笑道:“单二哥为了叔宝兄力费千金,如此仗义,怎么二位倒说他的不是?”“嗳,公瑾兄,怎连你也不明白起来?雄信兄既有通天手段,能将叔宝兄改重从轻,我想天下有多少卫所,为何偏偏配到这里来?公瑾兄,你难道倒不知元帅的利害?从来性子十分执拗,凡有解到罪人,先打一百杀威棒,十人解进,九死一生。如今雄信兄不知就理,将叔宝兄托在你我身上,这便怎么处?”此时,众人一闻此言,一个个面面相觑,秦叔宝浑身发抖,金甲、童环目瞪口呆。有李公旦开言说:“列位不必愁烦,小弟倒有个计在此:我想元帅生平最怕的是牢瘟病,若罪人犯牢瘟病的就不打了。天缘凑巧,叔宝兄的尊容如金样黄的,何不竟装做牢瘟病?”张公瑾道:“此计甚善。”当时计议定了,大家欢喜,尉迟南大排酒筵,一来与叔宝接风,二来与史大奈庆贺。传杯弄盏,饮至更深方散。

次日天明,吃了早饭,俱在帅府前伺候。少刻辕门上二鼓,两边鼓亭上吹打三通,轰隆三个大炮,吆吆喝喝,帅府开门。张公瑾自同旗牌班白显道归于左领军,尉迟南、尉迟北自到中军位,韩固忠、李公旦自随右统制班,一齐走边阶进角门,上堂参见。随后又有这干辕门官、听事官、传宣官,与五营、四哨、偏副牙将,戎装披挂,上堂打拱。惟有史大奈在辕门伺候,他因还不曾受职,故此在外。此时有十数起人犯解到帅府发落的。金甲、童环将一扇板门抬着叔宝,等候投文不表。

单讲到罗元帅升坐大堂,好不威风:年纪五旬上下,一张银盆大脸,海下五绺花白长髯。头上戴一顶金幞头,二龙抢珠;身穿大红蟒袍,四爪勾肩,正面金龙;腰悬九曲玲珑玉带,脚踹粉底皂靴。在隋朝官封靖边侯,掌生死之权,统属文武,镇守西北一带地方,十分严整。怎见得?

蛮夷拱服遵王化,将士倾心畏虎威。

这一座帅府堂,恍似森罗殿;中军帐,好比吸魂台。两旁边明盔亮甲,密布刀枪,出生入死,果然利害。众将参见之后,有张公瑾上前跪禀道:“小将奉令在顺义村监守擂台,一百日已满,史大奈并无敌手,特来缴令。”“站过一边,传史大奈!”一声令下,史大奈全装甲胄,嘀嘀嘀来到丹墀下面,把甲拦裙一撩撒,即跪将下来:“小将见帅爷磕头!”归班站立。然后投文,早有一起的犯人解将进来,十个内大约有九个打杀威棒,吃打不起死了,就把尸首吊将出来。叔宝在板门上看了如此利害,早已惊个半死。

少停,只听得中军官出来喝道:“吠!潞州府解子呢?大老爷有令,带军犯秦琼进见!”金甲、童环火速上前答应,战战兢兢捧着文书,有报门官报门而进,二人在仪门内远远跪下。旗牌官接了文书,当堂拆封,送将上来。罗公看罢,吩咐把秦琼带上来。金甲跪上几步禀道:“犯人秦琼,在路不服水土,又兼犯上牢瘟病,不能进见。如今抬在辕门,候大老爷发落!”罗公从来怕的是牢瘟病,见禀上来,欲待就发放了,又恐他装假;抬进来亲看,恐惹瘟气,便吩咐左右焚起异香来,才命抬秦琼进来。罗公站起身来,远远望去,看他面色焦黄,乌珠定着,牢瘟病是真非假,便把头一点:“将犯人发落去调养刑房,发回文。”“嗄!”两旁一声答应,金甲、童环叩谢出来。罗公退堂,放炮吹打,帅府封门不表。

单讲张公瑾、史大奈、尉迟南七人,都到外面来见叔宝恭喜,相邀同到尉迟南家中摆酒庆贺。此时豪杰开怀畅饮,不在话下。

彼时罗公退堂,夫人来接,每日如此。今朝退进私衙,并不见夫人,只有公子罗成前来迎接。这位英雄,按天朝白虎星官临凡,年方一十四岁,生得眉清目秀,齿白唇红,面如傅粉,智勇双全,七岁曾打猛虎,十二岁破过番兵,用一条家传丈八滚云枪,重二百四十斤,名震燕山,大隋朝排他第七条好汉。罗公不见夫人来接,便问道:“我儿,今日乃是你母亲的生日,也曾吩咐摆酒,为何不见你母亲出来?”罗成道:“母亲不知为什么,早上起来愁容满面,如今在那里啼哭。”罗公见说,吃了一惊,连忙来到上房,只见夫人眼泪汪汪坐在一边。罗公满面春风走近前来,抚着夫人的背道:“今日乃是夫人寿旦,下官曾吩咐备酒,与夫人庆寿,为何夫人反在此啼哭,莫非怪着下官么?”秦氏夫人住了哭道:“老爷何出此言?妾身只因思念先兄,为国捐躯,尽忠战死,撇下寡妇孤儿,不知逃往何方,存亡未卜。不想昨夜三更得其一梦,梦见先兄对我说:‘侄儿有难,在你标下,须念骨肉之情,好生看顾。’妾身醒来,想起伤心,故此啼哭。”罗公道:“令侄不知叫何名字?”夫人道:“但晓得乳名叫太平郎。”罗公道:“没有名字,哪里去查。”心中一想,对夫人道:“方才早堂,山西潞州府解来一名军犯,名唤秦琼,却与夫人同姓,令先兄托兆,莫非就应在此人身上么?”夫人着惊道:“不好了!纵然是我侄儿,此时也不相干的了,这一百杀威棒,岂不要打死么?”罗公笑道:“只怕不是令侄,夫人何须着急?若说杀威棒,却不曾打,因他犯牢瘟病,所以下官从轻发落了。”夫人道:“如此还好,但不知这姓秦的军犯是那里出身?”罗公道:“下官倒不曾问。”夫人叫声:“老爷啊,妾身怎能得亲见那人,盘问家世根由?倘然果是我的侄儿,也不枉了先兄托梦一番。”罗公说:“夫人,这哪里能够!”罗成在旁微微一笑:“据孩儿愚见,却也不难。”夫人道:“儿啊,你便怎么样?”罗成道:“爹爹不要坐大堂,就在后堂,挂下帘子,差人去唤这军犯到来,只说带进私衙复审,那时细细将他盘问,母亲在帘内听他,是与不是,就知明白了。”夫人闻言,十分欢喜,请老爷就出后堂,命丫鬟挂下帘儿,夫人出来坐下。罗公取令箭一枝,吩咐带山西解来的军犯秦琼后堂复审。家将罗春,接了令箭,来到大堂,交与旗牌官说:“大老爷有令,速带军犯秦琼后堂复审。”旗牌官接过令箭,飞马径赶到尉迟南府里来。

此时众朋友正在饮酒,忽见家丁来报曹彦宾老爷在外。众人出来相见,曹彦宾道:“有本官令箭在此,要带秦大哥后堂复审。”众人道:“这又奇了,从来犯人解到,打与不打,早堂发放了是了,从不曾见又要什么复审!”张公瑾问道:“兄可晓得些端的么?”曹彦宾道:“这令箭是里面传出来的,小弟那里知道。”叔宝此时十分着急,金甲、童环捏着一把汗,众朋友面面相看,主意全无。再要装牢瘟病,一时又来不及了。曹彦宾道:“我想早堂已经发落的了,谅来杀威棒不打的。”正是:

着急之中休着急,宽心之处且宽心。

不知此番秦琼怎么复审,且听下回分解。

第八回 叔宝神箭射双雕 伍魁妒贤成大隙

诗曰：

天挺英豪勇绝伦，两枝银锏荡征尘；

功名未逢遭谗阻，空负凌云志不伸。

当下曹彦宾对叔宝说道："后堂听审，决然没甚利害，可以放心前去。"秦琼无奈，只得随在马后来到帅府。曹彦宾下马，将叔宝交与罗春带进。只见张公瑾等众人，都不放心，俱到辕门上来打听消息不题。

再讲叔宝来到后堂，此时却不象前头装病的样子，现出本来面目，同了差官，怀着鬼胎，被带进私衙。罗春上前缴令。叔宝远远偷觑，看罗公却不似早堂的威仪了：头上戴一顶九梁巾，身上穿一件百花袍，坐在虎皮交椅上。两边站几个青衣罗帽的家丁，堂上挂着珠帘，却也不知夫人公子在内。只听罗公吩咐带秦琼上来，有家将引叔宝在阶前跪下。罗公便道："秦琼，你是那里人氏，祖上什么出身，因何犯罪到此？一一讲上来。"叔宝心中一想："好奇怪，他要盘问我的家世根由，必有缘故。啊，罢罢罢！大丈夫生有方儿死有地，说个明白，就死也是甘心。"便道："大老爷啊，犯人祖籍济州，祖爷爷秦旭，乃北齐亲军护卫；父亲秦彝，在齐主驾前，官居武卫大将军，可怜为国捐躯，战死沙场。止留犯人，年方五岁，赖老仆秦安相救，母子相依，山东避难。犯人后来蒙本府太爷抬举，点为捕盗都头。去岁奉差，押解军犯到潞州府，时衰患病，皂角林误伤人命，发配到大老爷这里为军。此是句句实情，并不敢隐瞒。"老夫人在内听了好不伤心，几次三番要出来相认，罗成阻住说："母亲，就等他说完了再认未迟。"外面罗公又问道："你的母亲什么姓氏，你可有乳名么？"叔宝见问，心内骇然，只得跪上几步，叫声："大老爷啊，犯人母亲宁氏，年将六旬，我的乳名叫太平郎。"罗公忙又问道："你可有姑娘么？"叔宝道："有是有一个姑娘，犯人三岁时，就嫁与一个姓罗的官长，至今杳无音信。”罗公掀髯大笑道：“远不远于千里，近只近在目前。夫人，你令侄在此，快来认下来。”老夫人听得分明，也不等丫鬟卷起珠帘，自己推开了帘子，忙移莲步，急出后堂，一把抱住叔宝，放声大哭，只叫得一声：“太平郎，我的儿！你嫡嫡亲亲的姑娘在此！”

叔宝此时不知就里，唬得遍身发抖：“啊呀，夫人不要错认了，我是犯军。”罗公站起身来，叫声：“贤侄，你不必惊慌，老夫罗艺是你的姑夫，这就是你的姑娘，一些不错。”叔宝此时如醉初醒，似梦方觉，大着胆上前拜认姑爹姑母，虎目中也掉几点痛泪。又与表弟罗成见过了礼，然后罗公吩咐家人，服侍秦大爷沐浴更衣，与夫人庆寿的酒席摆起来，与叔宝接见，还差人外边叫来戏子。张公瑾探知消息，十分大喜，俱送礼进来贺喜。有尉迟南看单雄信朋情分上，好生留待金甲、童环，那话不题。

单表叔宝此时更换新衣，来到后堂，重新见礼。老夫人喜笑颜开。自古道：“人要衣装，佛要金装。”叔宝起初是犯军打扮，把真相隐藏过了，所以看不上眼；此时性情开爽，精神矫健，所谓：

　　人逢喜事开怀抱，月遇中秋斗彩华。

好不威风。罗公看了叔宝人材出众，相貌魁梧：身高平顶有九尺向外，面如淡金，五绺长髯飘扬脑后；腰大数围，膀阔三停，坐如泰山，声若铜钟。罗公暗暗喝彩：“好一个人品！”便叫一声：“贤侄，老夫想你令先尊，为国忘家，归天太早，贤侄彼时年幼，未谙人事，可惜这两枝金装锏不知落于何人之手？谅得来秦家锏法不复传于天下了！”叔宝起身说道：“不瞒姑爹所讲，当初父亲赴难的时节，就将侄儿并这金装锏托付母亲，潜身避祸，以存秦氏一脉。后来侄儿长成，赖有老仆秦安教这家传锏法，侄儿不才，略知一二。”罗公闻言，十分大喜，说：“贤侄，如今这锏可带在此么？”叔宝又禀道：“侄儿只因在皂角林被祸，潞州知府将侄儿认为响马，双锏当做凶器，还有马匹银子铺盖，都作盗赃入了官了。”罗公道：“这不打紧，你只消将各项物件并银子多少，开一小账，待我修书，差官去见蔡知府，不怕他不差人送来。”叔宝开言说：“若得姑爹如此用心，侄儿不胜感激。连差官也不必的了，现有解侄儿来的两个解子，尚未回去，明日就着他们带书去见本官，岂非两便？”罗公道：“这也讲得有理。”当下姑侄相逢，喜出望外，说说谈谈，酒至更深，酩酊方散。罗夫人早已吩咐家人收拾书房，请秦大爷安睡。

此时叔宝谢酒告罪，来到书房坐下，取过文房四宝，灯下修书，托金、童二友带到二贤庄致谢单雄信，并及报一个喜信。然后又开了一张细账，准备停当，方才去睡。一宵晚景，次日早早起身梳洗，进内堂来请姑爹姑母的安。罗公就写书一封，取令箭一枝，命叔宝出堂着解子回潞州见本官投下。叔宝奉命出帅府，竟到尉迟南家来。恰好金甲、童环正待起身，一闻叔宝到来，一齐出接。张公瑾、史大奈、尉迟兄弟、曹彦宾、白显道、韩固忠、李公旦上前恭喜，彼此见礼坐下。茶罢之后，叔宝开言说：“金、童二兄若回贵府，小弟有书信一封，敢屈驾到二贤庄雄信兄那边投下，多多拜上雄信兄，秦琼感铭五内，愧无以报。外有细账一纸，家姑夫手书一缄，烦兄送与太爷，就此相托。”说罢，袖中取出十两银子，说道：“碎银几两，送与二兄途中买杯茶吃，幸勿见却！”金甲、童环推辞不得，连书信收了，起身辞谢，大家拜了四拜。金、童二人作别，众豪杰相送，叔宝直送到城外，珍重而别。

他二人离却燕山，径走潞州的话，我且不题。跌转来还讲秦琼。秦琼回到中军府，谢过了众友，然后进帅府来，到后堂来禀姑爹。罗公把头点了一点，吩咐摆酒上来；至亲四人，相对开怀。席间，罗公讲些兵法，叔宝应答如流，夫妻二人甚是欢喜。

当下酒散，叔宝自回书房安睡。罗爷在于上房，夫人开言说：“相公，妾身想你既为边关帅，总督兵权，侄儿在此，你还该看秦氏先人之面，将他提拔，巴得一官半职，日后回乡，也使嫂嫂知我夫妻情义。”罗公道：“夫人有所不知，朝廷爵禄不可以私亲，下官从来赏罚严明；况令侄系是配军，到此无寸箭之功，下官若是加他官职，犹恐众将不服。我的意思欲待下教场演武，使令侄显一显本事，那时将他补在标下，以服众心。不识夫人尊意如何？”夫人道：“相公主见不差。”

次日，帅爷升帐，众将打拱已毕。罗公传令五营兵将，整顿队伍，明日下教场操演。众将遵令。罗公退帐，回来后堂，对叔宝说明就里，秦琼道："可惜侄儿锏在潞州，不曾取到。"罗成道："这不打紧，我的锏借与表兄用一用罢。"叔宝大喜，说："如此甚好。"

一宵耽搁，次早五鼓，罗元帅起身梳洗，冠带出堂。放炮开门，众将行礼。罗公吩咐打道上轿下教场，随后有罗府家将保着爵主，罗成、叔宝相随，一路往教场来，十分威武。罗公子头戴银冠二龙抢珠抹额，前发齐眉，后发披肩，身穿白袍，外罩鱼鳞铠甲，弯弓插箭，挂剑悬鞭，坐一骑西方小白龙，用一杆丈八滚云枪，果然英勇。怎见得？有诗为证：

兴唐虎将降幽州，七岁曾经破虏囚；
龙马银枪欺信布，指挥谈笑觅封侯。

当下叔宝却不敢披挂，虽然罗公是他的姑爹，到底是个军犯，这演武场中，却要依朝廷的法度。所以止穿一领黄布直裰，外披一副熟铜铠甲，头戴一顶范阳毡笠，捧两条蟠龙银锏，同着一班家将，来到教场。忽见三声大炮，罗公到演武厅下轿，朝南坐定。众将官参见之后，五营四哨兵丁将校，各按队伍，分列两行。罗公下令三军演武。一声号炮，儿郎踊跃，战马咆哮，依队行动，来往盘旋，排成阵势。将台上令字旗一展，三声号炮，鼓角齐鸣，人马奔腾，杀气漫天。又换了阵势，呐喊摇旗，互相攻击，真有鬼神不测之妙。叔宝观之不尽，赞之有余。看了姑爹年过五旬，手握重兵，身为大帅，衣蟒腰金，专征任讨，名扬四海，威震诸夷。想大丈夫立身处世，如龙得志，烈烈轰轰做一番事业，必当如此。正在叹慕之间，又听三声号炮，一棒鸣金锣响，收了阵势，三军各归队伍。元帅令下："众将比箭。"教场之中，百步之外，立一高竿，上面悬挂金钱，要走马射金钱，连中三箭者有赏。彼时就有尉迟南、张公瑾等，与同那些偏副牙将，一个个全装甲胄，耀武扬威，各逞精神，如雁翅排开，轮流来射金钱。只见马走如疾风猛雨，箭发似掣电流星。中箭的磨旗擂鼓，不中的吊胆惊心。大约中三箭者少，中两箭者多。

少停，比箭已完，军政官上来缴令，罗爷赏功罚罪甚是严明，那话不题。罗公又传令下来，唤山西解来的军犯秦琼。叔宝在旁闻唤，连忙答应上前，跪下说："军犯秦琼见帅爷磕头。"罗公道："今日本帅操兵非为别事,欲选一名都领军,不论马步兵丁囚军配犯,只要弓马熟娴,武艺高强,即授此职。你可有什么本事,不妨演习。”叔宝禀道:“小的会使双锏。”罗公吩咐取锏,赏他坐马。叔宝答应一声,有军政官给了战马。叔宝提锏上马,加上一鞭,那马两耳一竖,叱利利一声嘶叫,放开四蹄,跑将下来。叔宝把双锏一摆,兜回坐马,勒住丝缰,在教场中间,往来驰骋,把两枝银锏使将开来,万道寒光,冷气飕飕,果然好锏。大隋朝原有几家兵器是天下闻名的,如李家的锤,宇文家的镋,罗家的枪,秦家的锏,都是家传的,其中奥妙无穷,并没有外人晓得。若说叔宝的锏,不是父亲所传,一定平常的了,这却又有个缘故:当时秦彝见国家多故,社稷将倾,不知这一腔热血溅于何地,所虑儿子尚幼,恐这秦家锏法从此绝传,岂不可惜!因见总管秦安为人诚实,可托大事,所以将九九八十一路锏法,尽心教传。更有一桩绝技:在阵上杀得人家过,便罢;如若杀不过,只消败下去,使出他秦家的杀手锏来,真乃百发百中,取上将首级如探囊取物。秦安受此重托,后来传了小主,不至埋没秦家双锏。今日叔宝在教军场中,一来要显他山东驰名的豪杰,二来要夺这都领军,与姑爹争气,将全身本事都拿出来。起初还看见他一上一下,或左或右,护顶盘头,前遮后躲。舞到后来,但听得呼呼风响,两枝锏好一似银龙摆尾,玉蟒翻身,裹住英雄体,只见银光不见人。罗公暗暗喝彩,罗成不住称赞,张公瑾等深服秦琼,众三军看得眼花缭乱。

霎时使完,收了锏,叔宝下马,进演武厅缴令。罗公叫一声:“好。”便对两边众将道:“秦琼锏法精明,世所罕有,本帅意欲点他为都领军,你们可服么?”当下尉迟南等巴不得叔宝有了前程,日后回去有些光彩,大家打拱齐声应道:“我等俱服。”言还未完,话犹未绝,左军队里闪出一员战将,大声叫道:“我偏不服!”叔宝吃了一惊,抬头一看,此人身高八尺,紫草脸,竹根须;戴一顶凤翅金盔,斗大红缨盖顶;穿一副连环甲,宫绿战袍衬里。大步上前,他姓伍名魁,乃是隋文帝亲点先锋,当朝宰相伍建章是他的族叔。罗公见他连称不服,心中大怒,喝道:“好大胆的匹夫!本帅今日操兵演武,量才擢用,众将俱服,你这厮擅敢喧哗,乱我军法么?”伍魁道:“元帅差矣!秦琼乃一个配军，并无半箭之功，元帅突然补他为都领军，若是小将等久战沙场，屡有战功的，还该早已封侯拜将了！元帅赞他使的锏，天上少，地下无，据小将看起来，也只平常，内中还有不到之处。”罗公此时被伍魁一席话，说得脸涨得通红，哑口无言，唤过秦琼，大喝道：“不中抬举的军犯，怎敢将这些学不全的锏法来搪塞本帅！”叔宝暗暗称奇，想这秦家锏，天上无双，四海无二，在山东谁不慕我之名，何等威风！不料我秦琼，近来倒了运，连这锏都被人看低了。难道此人的锏法，比我秦家还高么？以心问心，未肯就信，只得认个晦气，跪禀道：“小的该死，望帅爷开恩恕罪！”

罗公心内明白，怎奈伍魁在此作对，难以回复，只得又问道：“你可还有什么本事么？”叔宝道：“小的能射天边飞鸟。”罗公大喜，命军政官给副弓箭。叔宝磕了一个头，站将起来，伍魁大叫道：“秦琼，你好大胆，擅敢戏弄元帅，妄夸大口，少刻没有飞鸟射下来，我看你可活得成么？”叔宝从容答道：“巧言无益，做出便见，我秦琼如射不下飞鸟，自甘按军法伏罪，何用将军如此费心，与古人担忧？”叔宝三言两语，把一个伍魁气得个面皮紫涨，两眼通红：“嗳唷唷唷，好恼！好恼！我把你这该死的配军，敢这等撒野挺撞俺老爷！也罢，你果有本事射下飞鸟，俺把这颗朝廷钦赐的先锋印输与你；如射不下来，你便怎的？”叔宝道：“六阳魁首。”罗公道：“军中无戏言。”吩咐立了军令状。当下二人赌头争印，众朋友多与叔宝捏着一把汗。

叔宝此时拈弓搭箭，等候飞禽，那里有得来？罗成上前禀道：“爹爹在此操演，三军喧闹，那得鸟雀飞来？还该下令偃旗息鼓，三军伏地，自然有鸟飞来。”罗公便传令：“大小三军偃旗息鼓，伏地禁声，不许喧哗。”将令一下，谁敢不遵？顷刻之间，静悄悄的如无人的一般。止有叔宝，一人站在教场中间，手持弓矢仰天遥望。那些众将兵丁，伏在地下，响都不敢响，只把头往天上看。只见远远的有两只饿老鹰，在前村抓了人家一只鸡，一只雌的抓着鸡在下，一只雄的扑着翅在上，带夺带飞的追将下来。事有凑巧，那雄的在上，雌的在下，两边扑将拢来，合着油瓶盖踏起雄来。叔宝觑得较真，搭上朱红箭，扯满虎筋弦，弓开如半轮秋月，箭发似一点寒星，嗖飕的一声响，把两只鹰和那小鸡,一箭贯了胸脯,噗地跌将下来。大小三军齐声呐喊,众将官拍掌称奇,同声喝彩。军政官取了一箭双鹰,同叔宝上前缴令。罗公看了,赞道:“好神箭也!”心中大喜,要晓得叔宝的箭,乃是王伯当所传,原有百步穿杨之巧。若据小说上说,罗成暗助一箭,非也,并无此事。当下罗公吩咐传伍魁,说:“秦琼已经射下飞禽,你还有什么讲的?快取先锋印上来!”“嗳,元帅说那里话?俺这先锋印乃朝廷钦赐,岂可让军犯秦琼!元帅果是要此印,还须问朝廷肯不肯。”正是:

任君纵有通天手,难取将军印一颗。

不知罗公怎样取他的先锋印,且听下回分解。

第九回　夺先锋教场比武　犯中原塞北鏖兵

诗曰：

胡笳牧马扰边城，此日英雄始得名；

一战功成平丑虏，威传双锏梦还惊。

当下罗元帅闻伍魁之言，十分大怒，把虎威一敲，喝道："哇！我把你这该死狗匹夫，擅敢违吾军令！"喝叫："刀斧手，与我绑去砍了！"两旁一声答应，把一个伍魁只气得三尸神暴跳，七窍内生烟，大叫道："元帅假公济私，要杀俺伍魁，俺就死也不服。秦琼果有本事，敢与俺比一比武艺？胜得俺这口大砍刀，愿把先锋印甘心让他。"罗公怒气少息，喝道："本该将你这厮按军法开刀取斩，本帅今日看朝廷金面，头颅权寄在你颈上。""是！多谢帅爷。"罗公又唤秦琼："本帅命你同伍魁比武，许胜不许败。着军政官给副盔甲。"叔宝遵令，全装披挂，跨马抡锏。只见伍魁怒冲冲催开战马，恶狠狠举着钢刀，大叫道："秦琼我的儿，快来受死！"叔宝纵骑，当先喝道："伍魁休得无礼，放马过来！"

伍魁此时眼空四海，目底无人，哪里把这秦琼放在心上。仗平生本事，双手舞刀，分顶梁劈将下来。叔宝架得一架，嚓！又是一刀。拦得一拦，嚓！又是一刀。叔宝念他是姑爹标下一员大将，所以让他三合。至第四刀盖将下来，叔宝将左手的锏哈啷往上一迎，右手这枝锏劈面飞来。伍魁把刀迎得一迎，那锏打在刀口上，火星乱迸，震得伍魁两膀酸麻，面皮失色："啊唷我的儿，好家伙！"只听耳壁厢呼呼风响，两条锏如骤雨相同，弄得伍魁这口刀只有招架之功，并无还兵之力。叮叮当当战将下来，不上十几个回合，二三十个照面，实在挡不住。伍魁就虚晃一刀，思量要走，早被叔宝右手的锏，在前胸一捺，护心镜震得粉碎，仰面朝天，嚯咙一交，跌下鞍鞒。此时，他靴尖不能褪出葵花镫，那骑马溜缰，拖了一个辔头。可怜伍魁不为争名夺利，

只因妒忌秦琼,反害了自己性命。正所谓:

是非只因多开口,烦恼皆因强出头。

伍魁一死不打紧要,只把一个罗元帅唬得面如土色,众将军目瞪口呆;叔宝惊慌,魂飞魄散,不敢上前缴令。有军政官来禀元帅说:"伍魁与秦琼比武,两边不分胜败。秦琼锏梢挂中伍魁,击碎护心镜。战马惊跳,把将军颠下鞍鞒。马走如飞,众将不能相救。伍先锋被马拖碎头颅,脑浆迸流,死于非命,请元帅定夺。""有这等事!吩咐将伍魁尸骸用沙方盛殓……"

罗元帅话还未绝,那右军队里竟恼了一位英雄。此人姓伍名亮,乃先锋之弟,厉声叫道:"反了!反了!配军罪犯,擅伤大将;元帅不把秦琼开刀取斩,是何道理?"罗公大怒,喝道:"咦!好大胆匹夫,你敢喧哗闹本帅么?伍魁身死,与秦琼无涉。况且军中比武,有伤无论。你这厮适才叫反,乱我军心,该得何罪?"命军政官除了伍亮的名字,将他撵下去。两边一声答应,七八个赶将过来,不由伍亮做主,夹脖子叉出演武场来,弄得伍亮进退无门,心中一想:"可恨罗艺老匹夫,偏护内侄秦琼,纵他行凶,杀我亲兄,此仇不可不报!也罢,趁此罗艺不知,反出幽州,投奔沙陀国,说动可汗兴兵,杀到瓦桥关。我若不踹平燕山一带地方,生擒罗艺、秦琼,碎尸万段,剖肠剜心祭兄,也不显俺二老爷的利害。"伍亮主意已定,多带干粮路费,反出幽州,星日星夜走沙陀国的话,我且不题,跌转来还讲到罗公。罗公传令散操,回到帅府。三军各归队伍,众将皆散。只有叔宝、罗成随进后堂。夫人上前接住,见老爷眉头不展,面带忧容,十分奇怪,动问根由。罗公细言一遍,夫人大惊。正在埋怨叔宝,忽有中军传将进来,报称伍亮不缴巡城令箭,赚出幽州,不知去向。罗公闻报,满心大悦,叫声:"夫人,天使伍亮反了燕山,令侄恭喜无事了,下官也脱了干系。"一面差探子打听明白,一面做成表章申奏朝廷。夫人见说无事,愁容变喜。叔宝、罗成俱各放心。按下不题。

再讲伍亮当日赚出城门,诈称公干,星日星夜走瓦桥关,将这枝巡城令箭叫开关门,竟投沙陀国,拜在大元帅奴儿腥扇帐下,说动可汗起兵来犯燕山,不表。还讲罗元帅,那日得报:"伍亮出瓦桥关公干，现有令箭回缴。”罗公大喜，立刻草成奏章，差官起身走长安去了。正是：

遍江撒下线和钓，从今钓出是非来。

话分两头，再讲金甲、童环那一日离了幽州，晓行夜住，非止一日，赶回潞州。此时蔡公正坐堂上，二人进见，缴上回文，然后将罗公书帖并叔宝回帐呈上。太爷当堂开拆，方知就里，即唤库吏取寄库的赃罚簿来查看。蔡公将朱笔对罗公的来书：第一行整银十块，计重三百六十两；当日皂角林捕人进房时，已失了些，又加参军厅乘机影射，今日对簿却差得远了。蔡公无奈，只得又对第二行，是碎银九十两；却也少了些。第三行是黄骠马一匹，镏金鞍辔一副；镫挞俱全，已经官卖，册上注明马价银三十两。第四行是潞绸十匹，缎锦铺盖一副，枕褥俱全，金装全金锏二根。蔡公将朱笔逐一点明，吩咐库吏速备文书，就命金甲、童环将银两等物并马价当堂交付，限三日内起程，送往幽州罗将军衙门候缴。金甲、童环不敢违命，“喏喏”连声。蔡公又命库吏取本府项下公费银一百两，付与二人为路费使用。库吏答应，连忙取出交付。金甲、童环叩头退出。蔡公掩门退堂。不表。单题金甲、童环回家安宿一宵，来日即将秦琼书信托人转送二贤庄单雄信得知，即便起程公干幽州。一路上趱程前进，正是：

逢山不看山中景，遇水不看水边云。

早行夜宿，非止一日，前往幽州等候罗公坐堂投送。此话慢表。

单讲叔宝在罗公帐下空闲无事，日日与罗成闲耍。这一日，双双同在内花园里，两个演武耍子。罗成叫道：“表兄，小弟的罗家枪，别家不晓得的，就是表兄的秦家锏，也算天下无二的，不若小弟教了哥哥的枪法，哥哥教了小弟的锏法，如何？”叔宝道：“兄弟说得有理，只是大家不可私瞒一路，必须盟个咒方好。”罗成道：“说得有理。哥哥，做兄弟的教你枪法，若还瞒了一路，不逢好死，万箭攒身而亡。”叔宝道：“兄弟，我为兄的教你锏法，若私瞒了一路，不得善终，吐血而亡。”他弟兄二人在花园盟誓。

戏言只道无凭证，过往神祇监察明。

所以后来俱应前言。他二人盟过了咒，秦琼把锏法一路路传与罗成,看看传到杀手锏,心中一想:"不要罢,表弟十分勇猛,我若传了他杀手锏,天下只有他,没有我了。"呼的一声却住了手。罗成叫道:"哥哥,完了么?"叔宝应道:"正是,兄弟完了。"罗成学了一回,却把枪法也是一路路传与秦琼。看看传到了回马枪,也是心中一想:"表兄英雄无比,若传了他,只显得他雄威,不显我的手段了。"也便一声响,把枪收住。叔宝道:"兄弟,完了么?"罗成道:"正是,哥哥完了。"叔宝学了一回。罗成道:"哥哥,这样学习却没甚意思,不若哥哥拿了枪,小弟拿了锏,厮杀一回,才算有兴。"叔宝道:"兄弟说得有理。"当下提枪在手,使个势子,耍的一枪,刺将过来。罗成把锏将枪一迎,叔宝几乎跌了一交,那枪杆却撞在金鱼缸上,哄的一声响,把那缸打得粉碎。

罗公正在后堂同夫人坐着说话,忽听得一声响,吃了一惊,同着夫人悄悄步入后花园内张看,只见表弟兄二人在那里演武,打碎了金鱼缸。只听罗成叫道:"哥哥,我再教你的枪法。"叔宝道:"兄弟,你教会了我,愚兄传你的锏法便了。"当下罗成一路路传授枪法,到了回马枪,便住了手,只说完了。罗公叫声:"夫人,你看这畜生,他既教表兄枪法,却不教全。他分明恐显了他不显自己,你道这畜生可恶么?"罗公说罢,同夫人移步走入园内。罗成一见,说:"哥哥,爹爹母亲来了。"叔宝同罗成上前迎接。罗公道:"你在此教表兄的枪法,可曾演熟么?"叔宝道:"承贤弟传授,尚未演熟。"罗公道:"既如此,待我教授你一回。"叔宝连忙称谢。罗公当下捻枪在手,一路路传与叔宝。刚刚使到回马枪,忽报圣旨下,罗公连忙弃枪,出来迎接圣旨。原来罗公上年破番有功,加封靖边侯。罗公谢恩已毕,款待天使,相送出衙。来日行香拜客升堂,众将官俱来祝贺道喜。金甲、童环也便投送文书,罗公当堂拆看,照文收明,即发回批。金甲、童环叩辞回去不表。

单讲秦琼在府,虽然罗公看待犹如己子一般,怎奈远离膝下,时时记念老母,两年不曾见面,不知在家安乐否?这晚闷闷不悦。罗成一见,便问:"哥哥,为何今晚愁容满面,甚是不乐?"叔宝道:"不瞒兄弟说,愚兄记念你的舅母,欲回山东,感蒙姑爹姑母恩待,急切难以启口，故此忧愁。贤弟若肯见怜愚兄，可与我在姑母前转言一声。”罗成道：“哥哥思念舅母，乃是孝道。为子者理当定省晨昏，侍奉膝下。哥哥远离已久，怪你不得。既蒙见托，小弟自然鼎言便了。”叔宝听他几句宽慰之言，心中十分大悦。谁想罗成口虽应承，却不去说。

一日，罗公忙完了，退堂进来，老夫人接着，罗公问道：“两个孩儿在哪里？”夫人道：“想是在外边。”罗公道：“两日有事，不曾见他们，待我去看来。”罗公说罢，走出后堂，来到书房。不见二人在内，便令家将去寻，自却走进叔宝的房内来。忽见粉壁上写着一行大字，罗公见是叔宝笔迹。虽然叔宝写的，却不是叔宝做的，原是旧诗，今日触情，写于壁上。罗公却不晓此是旧诗，只认是叔宝心上所发，一见便拂然不悦。看官，你道是何诗句，罗公见了便不喜起来？这四句是：

一日离家一日深，犹如孤鸟宿寒林；
纵然此地风光好，还有思乡一片心。

罗公见了，他不等二子相见，转身竟回后堂。夫人迎着道：“老爷到书房去，亲看二子近来学业，为什么匆匆就进来了，面有怒色，却是为何？”罗公叹道：“他儿不是养，养杀是他儿！”夫人惊问道：“老爷何发此言语？”罗公道：“夫人，自从令侄到家，老夫看待他与我儿罗成一般，并无亲疏。我只待边庭有变动，着他出马立功，我表奏朝廷封他一官半职，衣锦还乡；不想边庭宁息，不能如我之愿。谁想令侄却不以老夫为恩，而反以老夫为怨。适才进他房中，见壁上写着四句胡言，后边两句一发可笑得紧，说：‘纵然此地风光好，还有思乡一片心。’这等看起来，反是老夫留他在此的不是了。”夫人一闻罗公之言，不觉眼中下泪道：“先兄去世太早，家嫂寡立异乡，只有此子，出外多年，举目无亲。老爷如今就使舍侄有了一品官职，他也思念老母为重，必不肯在此久待。依妾愚见，不如叫他归家省母，免得两地悬念。”罗公道：“夫人意思也要令侄回去？”夫人道：“妾身怀念久矣，因老爷见爱舍侄，故不敢启齿。”便泪如雨下。罗公道：“且免伤感，待老夫就打发令侄回去便了。”传话后堂，速备酒筵饯行。又传令出去与中军营中，备一匹好马，用长路的鞍韂，进帅府公用。

罗公便令书童请叔宝;却好叔宝弟兄,家将寻回。一闻送行之言,公子罗成便笑对叔宝道:“哥哥何如? 前日小弟对家母说了,家母再四不肯,被弟恳求不过,所以今日对爹爹说了,就要打发哥哥回山东去望舅母了。快些同去饮酒送行。”叔宝满心欢喜道:“有感贤弟!”说罢,同进后堂。夫人说:“侄儿,你姑夫见你怀抱不开,知道你念母孝思,故此备酒,替你饯行。”叔宝闻言,拜哭于地。罗公用手搀扶起说道:“贤侄,不是老夫屈留你在此,只为要待你建功立业,求得一官半职,衣锦荣归,才如我愿。不意你姑母道你令堂年高,无人侍奉,所以今日勉强打发你回去。前日潞州蔡知府已将银两等物造册注明送来,一向不曾对你说得,今日回去,逐一点收明白。我还备书一封在此,投送山东大行台节度使唐璧处。他是老夫年侄,故此举荐你在他标下做个旗牌官,日后有功,也可图些进步。”叔宝接过,叩谢姑爹姑母,然后起身与表弟对拜四拜,方才入席饮酒。酒至数巡,告辞起身,此时鞍马行囊俱已收拾停当。出了帅府,去辞尉迟昆玉。这些朋友闻得叔宝回乡,俱备酒伺候。叔宝略领其情,都有相赠,因俱系官身,不能远送。独有张公瑾要款留叔宝再住几日,又因叔宝归心如箭,不好相强,只得修书一封,附复雄信,遂各分手。

叔宝上马,马不停蹄,径奔河东,来到山西潞州府。入城到府前下马,饭店内王小二看见了,往内飞跑,叫声老婆:“不好了!”柳氏忙问道:“你好好一个人,怎么说起不好来?”小二道:“当初在我家少饭钱的那个秦客人,到挣了一个官来,鬃缨大帽,骑着马到门前来了。他恼我得紧,此番来,必然要将我差官打一顿板子出他的气,故此我好不着急。”柳氏道:“丈夫,所以好话都被古人说尽了,常言道:‘万事留人情,后来好相见。’当初我劝你不要炎凉,你不肯听我言。如今难以见他,你且暂时躲过。”小二道:“我躲不得。”柳氏道:“你多大个人,躲不得?”小二道:“不是人大躲不得,做的生意不好。你若说我不在家,他说你是开饭店的,待我住在此等他回来,叫我怎么样躲得过? 倒不如你说我死了罢,人死不记冤,打发他去了,我再出来。”那王小二是着慌的人,一边说出这个题目与了妻子,就慌忙的溜开了。柳氏只得依了丈夫之言,装着哀苦的形状。叔宝在外面拴好了马，柳氏迎着道："秦爷，你来了么?"叔宝道："贤人，正是来了，要见你丈夫。"柳氏闻言，哭拜于地说道："我丈夫向日多少炎凉，得罪秦爷，后来秦爷遭事，捉拿窝家，拙夫用了几两银子，心中不悦，就亡故了。"叔宝道："贤人请起，昔日也不关你丈夫的事，是我囊中空乏，使你丈夫白眼相看。世态炎凉，古今皆然。只是我承你一针一线之恩，到今铭于心腑。如今你丈夫亡故，你也是寡妇了，我曾有言：

淮阴溪口贤漂母，怜念王孙落难贫。"

不知叔宝怎样报答，且听下回分解。

第十回　秦叔宝星夜回乡　唐节度贺寿越公

诗曰：

只为当差别老亲，潞州遭难配充军；

若非骨肉相逢会，那得还乡显姓名。

叔宝道："贤人，既是你丈夫亡过，也是寡妇孤儿，我恨不能学韩信有千金相报于漂母。今日权以百金为酬，报答贤人。"即便取银相送。柳氏感谢不尽。叔宝报了柳氏之恩，正待出门上马，却好金甲、童环看见，忙来叙礼，细诉阔别之情。因要见单雄信，金甲、童环、秦琼同往，三人径出西门，望二贤庄而来。

却说单雄信，因爱惜叔宝，不使他同樊虎回乡，后便惹出皂角林事来，发配燕山，使他母子隔绝，心中不安，真乃有力没处使。今闻有人报叔宝重回潞州，心中大喜，谅他必来望我，吩咐备酒，倚门等候。再说叔宝，因马力不济，步行迟缓，直到月上东山，花枝弄影，才到庄上。雄信等候已久，远远听得林中马嘶声，即便高声问道："可是叔宝兄来了么？"叔宝应道："不敢，小弟秦琼，特来叩谢。"雄信拍掌大笑道："真乃月明千里故人来！"到庄相见，携手登堂，喜动颜色，命家童搬行李入书房，取拜毡与叔宝顶礼相拜。酒已完备，摆将过来，四人入席坐下。叔宝取出张公瑾回书，雄信看罢，便举杯道："上年兄到燕山，行色匆匆，不能十分为情；况此事皆由小弟而起，心中着实不安，使兄母子各方，罪莫大也。兄在燕山二载，虽有书来，不能道其详细，所做何事，那几位朋友之中谁好谁丑，备细情由，今日愿闻。"叔宝停杯道："小弟有千言万语要与兄语，及至相见，一句都无，待等与兄抵足细诉衷肠。"雄信把杯放下了道："不是小弟今日不能延纳，有逐客之意，杯酌之后就放兄行。"叔宝道："却是为何？"雄信道："自兄去燕山二载，令堂老夫人有十三封书在此，前边十二封书，俱是令堂写的，小弟也薄具甘旨，回书安慰。只有今月内第十三封书，却不是令堂写的。”叔宝道：“又是何人写的？”雄信道：“尊正也能书。书中言令堂老伯母有恙，不能执笔修书。小弟如今速速要兄回去，与令堂相见一面，以全母子之情，岂可因友道而绝孝道？”叔宝闻言，五内皆裂，泪如雨下，道：“单二哥，若这等，小弟时刻难容，只是燕山来，马被骑坏了，路程遥远，心急马迟，怎生是好？”雄信道：“兄长不说，我倒忘了。自兄刺配去后，潞州府将兄的黄骠马发出官价卖了。小弟思此良马不可落于庸夫之手，将三十两银子纳在库内，买回寒舍，养得仍旧如初。”叫手下把秦琼的黄骠马牵出来，手下忙应诺，不一时牵将出来。那匹良马见了故主，便嘶喊乱跳，摇尾翻肚，有如人言之状。人马相逢，喜不自胜，旁观却也感动。

叔宝拜辞，雄信就将向日的鞍辔，原是单雄信按这马的身儿做下的相送，擦抹干净，然后将重行李捎上，不入席吃酒，连夜起身。辞别三友，牵马出庄，纵辔加鞭，如逐电追风，十分迅速。那马四蹄跑乱，耳内如闻风声。逢州过县，一夜到天明，走一千三百里路。日色中午，已到济州地方。

叔宝在外，首尾三年，又到本地，看见城墙，恨不得肋生两翅，飞到家中，反焦燥起来。翻身下马，牵着步行，把缠鬃大帽往下按一按，但在朋友人家经过，遮着面孔，低头急走。转进城来，绕着城脚下，到自己家后门。可怜这叔宝三年不在家，房屋凋零，门墙颓败。

叔宝一手牵马，一手敲门，他娘子张氏在内应道：“呀，风雨不洒寡妇之门。我丈夫经年在外，甚么人叩我家的后门？秦安快去看来。”叔宝闻得此言，噗簌簌泪落下来，一阵心酸咽哽，便道：“娘子，我母亲有病在房么？我回来了！”张氏听丈夫回家了，慌忙亲自出来开门，应道：“婆婆还不曾好。”叔宝心中略宽些。张氏急开门，叔宝牵马进来，张氏闭了门，叔宝拴上马，与娘子相见。张氏道：“婆婆方才吃了药睡着，虚弱得紧，你缓着进去。”叔宝蹑足，轻轻走进老母的卧房来。两个丫头，三年不见都长大了。叔宝上踏板，伏在床边，见老母面向里，鼻息只有一线流气，摸了膀臂身躯，犹如枯柴一般。叔宝自知手重，只得住手，将身跪在床前，就床边叩首，低声道：“母亲醒了罢？”那老母游魂缓返，身体沉重，翻不过身来；面朝床里，还如梦中,叫声:“媳妇!”张氏站在床前应道:“媳妇在此。”秦母道:“儿啊,你的丈夫想已不在世了,我方才瞑目略睡一睡,只听得他在床面前絮絮叨叨叫我,想是已为泉下之人,千里游魂来家见母了!”张氏道:“婆婆,那不孝的孩儿回来了,跪在这里。”叔宝叩首道:“太平郎回来了!”

秦母原没有重病,因思想儿子想得这般样的,听见儿子回来,病就好了一半。平日起来解手,媳妇同两个大丫头要扶半日扶起来;如今听见儿子回来了,就自己爬起来,坐在床沿上,忙扯叔宝的手。老夫人哭不出眼泪,张着大口只是喊,在叔宝膀臂上捏。叔宝叩拜老母,老夫人吩咐道:“儿,你不要拜我,你拜着你的妻子。你三年在外,若不是你妻子能尽妇道,我死久矣,也不得与你再相见了!”叔宝遵母命,回身拜张氏四拜。张氏跪下道:“侍奉姑嫜乃妇道之礼,何敢当丈夫拜谢?”夫妻对拜四拜起来。秦母问道:“你在外三年,作何勾当,至今方回?”秦琼将潞州颠沛,远配燕山,得遇姑夫姑母提拔,在他府中羁留三载,今日始得回来,前后细说一遍。老母道:“姑夫做何官职,姑母可曾生子?”叔宝道:“姑夫为北道幽州大元帅、靖边侯之职,统领大兵十万,镇守燕山。姑母已生表弟罗成,今年十二岁了。”秦母道:“且喜你姑娘有后了!”说罢,便挣着起来,命丫头取水洗手,叫媳妇拈香,要望西北下拜,谢潞州单二员外救儿活命之恩。儿子媳妇一齐搀住道:“母亲婆婆病体未愈,怎生劳动得?”老母道:“今日得夫妻完聚,母子团圆,皆赖此人恩德,怎不容我拜谢!”叔宝道:“待孩儿媳妇代拜了罢,待母亲病体好了,改日再拜不迟。”秦母听说,只得住了。看儿媳拜罢,方才安息。次日,有樊虎等众友拜访,叔宝拜接,相叙阔别之情。就取罗公那封荐书,自己开了脚册手本;因荐他为将,戎装打扮,带两根金装锏,往唐璧帅府投书。

这唐璧,他是江都人物,原是世荫出身,因平陈有功,官拜黄县公开府仪同三司、山东大行台兼济州节度司使。是日,正放炮开门,升堂坐下,叔宝遂投文书进去。唐璧看了罗公的荐书,又看了秦琼的手本,叫秦琼上来。叔宝答应一声“有!”这一声似牙缝中放出春雷,舌尖上发起霹雳。唐公抬头一看,秦琼跪在月台上,身长八尺,两根金装锏悬于肋下，身材凛凛，相貌堂堂，淡金脸明飘三绺胡须，金睛眼光射寒星，两道眉如初月。胸脯横阔，有万夫难敌之威风；器宇轩昂，吐千丈凌云之声价。唐璧喜得其人，叫："秦琼，我衙门中大小将官，都是论功行赏，王法不能私亲，权补你一个实授旗牌官，日后有功，再行升赏。"秦琼叩道："多谢大老爷。"唐公吩咐中军付给秦琼本衙门旗牌官的服色，点鼓闭门。叔宝回家，取礼物馈送中军，又遍拜同袍。叔宝名下管二十名军汉，这二十人开连名手本到秦爷宅上叩见。

秦琼实是个有作为的人，自幽州回来，不下千金囊橐；当年父亲在江南陈邦为官，老夫人曾授封诰，因此修改门楼。虽在唐行台府中作旗牌官，唐公待为上宾，另眼相看，言听计从。

时值隆冬天气，叔宝伺候本官，已完堂事，俱各出府，唐公叫秦琼不要出去，后堂伺候。叔宝随至后堂跪下，唐公道："你在标下为官四月，不曾重用。来年正月十五日，长安越国公杨爷六旬寿旦，我已差官往江南造一品服式，昨日方回。今欲差官送礼前去，因天下荒乱，盗贼生发，恐途中有失，劳而无功。知你有兼人之勇，能当此任，你可去得么？"叔宝道："老爷养军千日，用在一朝，小人焉有不去之理？"唐公大悦。吩咐击云板，开取私宅门，传礼出来。卷箱封锁，另取大红毡包。公座上有发单，开卷箱照单检点，秦琼入包。计开：

圈金一品服五色，计十套，玲珑白玉带一围，光白玉带一围，夜明珠二十颗，白玉玩器十件，马蹄金二千两，寿图一轴，寿表一道。

话说杨越公，乃厥突可汗一种，又非皇亲，如何用寿表贺他？因有个缘故：他在隋时大有战功，御赐姓杨，出将入相，官居仆射，宠冠百僚；因他废了太子，立了晋王，在朝文武，在外藩镇，半出他门下，以此天下官员皆以王侯事之，差官赍礼俱用寿表。唐璧赏秦琼马牌令箭，又赏些安家之费，传令中军官营中发三匹马，两匹骑坐背包，一匹差官骑坐。叔宝与中军官上下相和，另选两名壮丁健步服侍。那营中选的坐骑，因叔宝躯重坐载不起，因此折了一匹草料银两，坐了自己的黄骠马。回家献了神福，把福礼与两名健步，自回房中拜辞老母。老夫人见秦琼又要出门，眼中掉下泪来道："我儿，我为娘残年暮景，喜的是相逢，怕的是别离。你在外三载，归家不久又要出门，使我老身又要象当初般倚门而望。”叔宝道：“儿今出门，非昔日之长远，明年二月准拜母下。”说罢，别了妻子，令健步背包上马长行。正是：

英雄来往红尘内，骏马奔驰紫陌中。

那叔宝拜别了老母并妻子，与健步上马长行，离了山东、河南一带地方，走潼关渭南三县，来到华州华阴县少华山地面。只见少华山八面嵯峨，四围陡峻。叔宝正行之间，见山势凶恶，吩咐两个健步：“你们后行，待我当先前去。”那两个骑坐背包的马，乃营中平常的马，焉能赶得千里龙驹，故此皆在后走。秦琼此处却要上前，叫二人慢慢而来，二人道：“秦爷，在此赶路，怎么倒叫我们后行？”叔宝道：“你二人不知，此处山势险恶，恐有歹人出没，故叫你们后行，待我自己当先上去。”二人晓得路上难走，赖秦爷是个豪杰，壮下胆，让叔宝当先。来到前山，只听得树林内当当的数十声锣响，闪出三四百喽罗，拥着一个英雄，貌若灵官，横刀跃马，拦住去路。怎生打扮？有赞为证：

须髯倒卷，二目铜铃，一声高喝震天庭，魔王更甚。雄赳赳，浑身板肋；青靛靛，满臂虬筋。头戴此扎巾，花分五彩；腰束银河带，耀日光明。拍马迎风，似神龙戏水；挥刀闪电，如猛虎奔腾。万人莫敌有威名，齐国远是他名姓。

此人横刀立马，大叫一声：“要性命，留下买路钱来！”这一喊不打紧，吓得两名健步尿屁直流，叫声：“秦爷，果然有歹人来了！如何是好？”此番可见叔宝的勇处，会者不慌，见了许多喽罗，付之一笑道：“离家三尺远，别是一天风。那山东、河南绿林中响马，闻了俺秦琼的名字，皆望风而逃。今日进了此关中地方，盗贼反来讨买路钱。如今不要通名姓，恐吓走了他，叫做走了猢狲没得弄了。”叔宝言罢，把双锏一挥，叫健步站远些，纵马挥锏，照他顶梁门当的一锏，那个惧者不来，来者不惧，叫声：“我的儿，好锏！”把金背刀往上招架。那双锏打在刀背上，只打得火星乱爆。他二人约斗了七八个回合，马打十四五个照面，叔宝把双锏使得开来，呖呖的如风车一般。那人只有招架之功,没有还兵之力,这口刀渐渐抵敌不住。

那些小喽罗见不是路,连忙报上山来。山上还有两个豪杰,一个是叔宝的通家王伯当,因别了谢应登,打从此山经过,也要他的买路钱,二人杀将起来。战他不过,知他是个豪杰,留他入寨,拜做兄弟。那拦叔宝的叫做齐国远,山上陪王伯当吃酒的,叫做李如圭。二人正饮之间,喽罗报上山来:“启二位老爷,了不得!齐爷下山观风,遇见一个衙门将官,向他讨常例钱,不料那人不服,就杀将起来。七八个回合,齐爷刀法散乱,敌不过他,请二位爷早早出救!”二人一闻此言,立即吩咐备马,各拿兵器,离了聚义厅,出了宛子城,一齐纵马当先。王伯当在马上一看,那下面交锋的好似秦叔宝模样,恐怕伤了齐国远,就在半山中高声大叫道:“秦大哥,齐兄弟,不要动手!”此山有二十余里高,就下来了一半,还有十余里,却怎么叫得应?空谷传声,却是不同,况且豪杰的声,犹如巨雷相似,山鸣水应。此时齐国远交战,一心招架,哪里听得叫唤?不一时,尘头起处,两匹马早到面前。王伯当叫道:“果然是叔宝兄。齐兄弟,快住了手,大家都是相好朋友。”叔宝见是伯当,也住了手,放落兵器。

伯当请叔宝到山寨,叔宝来看军健,他两人已惊坏了,忙将好言安慰他。那两名军健,自叔宝交战之时,就将礼物抬在松树根下安了,将马牵转,拴拴肚带。倘秦爷不济,弃了礼物,逃命还乡。叔宝叫道:“你两人不要着忙,不是外人,乃是相知朋友,不妨碍的。”二人方才放心。王伯当道:“是兄的从者么?”叔宝道:“是两个健步。”李如圭吩咐手下抬秦爷的行李,大家一齐同上少华山。进宛子城,到聚义厅,摆酒与叔宝接风。王伯当道:“自从仁寿元年十月初一日,在潞州西门外市中分手,次日单二哥到王小二家来奉拜,兄已长行。单二哥又有胞兄情变,不得追兄,我们自分散。后来闻得兄长潞州遭了一场官司,因路程遥远,首尾不能相顾。今日幸得相逢,愿闻兄行藏。”叔宝就讲那雄信赠金,皂角林误伤人命,一进潞州,多亏单二哥仗义,不惜千金之费,改罪从宽,远戍燕山。幸遇舍亲罗公镇守幽州,提拔在帅府效用,并习了些武艺,因念老母在堂无人侍奉,故此辞别回乡。有罗公书荐,在唐节度标下做个旗牌官。今奉本官差遣赍礼物,赶正月十五日长安杨越公府中贺寿，适才齐兄见教，得会诸兄，实出三生之幸。因问谢应登踪迹，伯当道："他因有事回乡去了。"叔宝又问伯当："你缘何在此？"伯当道："小弟因过此山，蒙齐、李二弟相招，故得在此。今日遇见兄长进长安公干，小弟却被鼓起这个兴来。"正是：

长安大闹花灯夜，多少英雄聚会来。

不知王伯当说出什么话来，且听下回分解。

第十一回　国远啃聚少华山　叔宝引入承福寺

诗曰：

敛取民间赋税财，起灾权贵免生灾；

英雄埋没徒长叹，啃聚山林避虎豺。

那王伯当道：“如今我要陪叔宝兄往长安去看看灯，何如？”叔宝道：“小弟也有此意，同往甚好。”齐国远、李如圭二人齐道：“王兄同行，小弟们愿随鞭镫。”叔宝却不敢招架，心中暗想道：“王伯当偶在绿林中走动，却是个斯文人，进长安还可。这两个却是鲁莽之人，进长安倘有泄漏，如何处置？你看那齐国远这副嘴脸，若同到长安，定要惹出事来，决然波及于我；如今要回说去不得，这却又使不得。”想了一回，只得用粉饰之言搪塞道：“二位贤弟不要去罢，王兄也不是爱功名富贵的人，因此弃了前程，游于四海。我看你二人志向不凡，适才相遇，齐贤弟那等刀法，井井有条，行行有款，我秦琼尽平生伎俩，还拦挡不住。蒙邀我山寨来，你看，创立的关隘城池、房屋殿宇，规矩森严，仓廪富足，人丁壮健。隋朝将乱之秋，举少华之众，可得隋家疆土；事若不果，退居此山，亦足以养老。若与我同到长安看灯，不过儿戏小事，此去有一月方回。蛇无头而不行，众人散去，二位归来将何为根本？那时岂不归罪于我？所以不去的为妙。”齐国远以叔宝为诚实之语，便也迟疑不言语了。李如圭却大笑道：“秦兄小觑我等，难道我们自幼习武艺时，就要落草为寇不成！只为粗鄙不能习文，只得习武。岂不欲学成文武艺，货与帝王家？只恨奸臣当道，我们没奈何，啃聚山林，待时而动。兄明明说我们在此山打家劫舍，养成野性，进长安看灯，恐怕不遵约束，惹出事来，有害兄长。不领我二人去是真心了，若说怕小弟们后无归着，是小觑我二人了，是说我二人要把绿林做终身的了。”这一篇话，把秦琼说得透心凉，却又不好认做薄情，只得又说道：“啊呀，二位贤弟，如此多心，同去好了。”齐国远吩咐喽罗收拾战马,背负包裹行囊,多带些银两,选二十名壮健的喽罗同去,其余千百名不许擅自下山,小心看山寨。叔宝也吩咐两名健步不可泄漏,二人答应。三更时分,四骑、两乘牲口、二十名健卒,离了少华山,取路奔陕西。

恰是残冬之际,那一日离长安只有六十里之地,夕阳时候。先是王伯当、李如圭做一伙,连辔而行。远远望见一座旧寺,新修大雄宝殿,屋脊上现着一座镏金瓶,被夕阳照射,金光熠目。伯当在马上道:"李贤弟,可见得世事有成有败,当年我进长安时候,这座寺已颓败,今番却不知何人发心,修得这等齐整。"李如圭道:"如今我们到山门口去歇歇脚力,进去看看,就晓得是何人修的。"那齐国远却与叔宝同行,叔宝自下少华山,再不敢离了齐、李二人,官道上行商过客最多,恐二人放一响箭,吓下人的行李。心中暗暗思想:"这两个人到京,只住三四日便好,若住得日子多了,少不得有桩大祸。今日才十二月十五日,还有一个整月,到不如在前边修造的这个寺内,问长老借僧房权住几日,至灯节边进城,三、五日时光好拘管。"他那番思算已定,又不好明言,只得把马夹一夹,对齐、李二人道:"二位贤弟,今年长安城内的下处贵得紧,便怎么处?"齐国远笑道:"秦大哥不象个大丈夫,下处贵,只消多用几两银子罢了,也拿在口里说?"叔宝道:"贤弟,有银子却没用处。"二人都笑道:"秦大哥,怎么有银子没用处呢?"叔宝道:"长安歇家房屋都是有数的,每年行商过客捱挤不开,今却多我们这辈朋友。我一个带几个健步,会见列位,就是二、三十人。还有许多伴当,难道我有朋友,天下的差官却没有?这些朋友高兴到长安看灯的,岂不知多多少少,人多屋少,挤在一块受许多拘束,甚不爽快,岂不是有银子没处用?"他二人养成野性,怕的拘束,回道:"这样,便怎么好?"叔宝道:"我的意思要在前边新修的寺里借间书房权住。你看这荒郊旷野,走马射箭,舞剑抡枪,岂不快活?住过今年,到灯节边,我便进城送礼,列位就去看灯。"王伯当因二人有些碍眼,也便极力撺掇。

说话之间,早到山门首。下了马,命手下看了行囊、马匹,四人整衣,一齐入寺。进了二山门,过韦驮殿,有一进深远甬道,望将上去,四角还不曾修好。佛殿的屋脊便画了，檐前还未收拾。月台下搭了高架，匠人修葺檐口。架木边设公座一张，公座上撑一把深檐的黄罗伞。伞下公座上，坐一位紫衣少年，旁站六人，各青衣大帽，垂手侍立，甚有规矩。月台上竖两个虎头火焰硬牌，用朱笔标点，还有刑具排列。这官儿不知何人。那王伯当眼空四海，旁若无人，他哪里看得上那黄伞下的紫衣少年。那齐国远、李如圭啃聚山林，青天白日放火杀人，天地鬼神也都不怕，哪里怕那做官的。却不象秦叔宝委身于公门，知高识低，赶到甬道中间，将三友拦住道："贤弟不要上去，那黄伞下坐的少年，就是施主修寺的官长。"齐国远拍掌道："施主罢了，怎么就不走？"叔宝道："若是那林下乡宦，黄伞打得，却用不得那两面硬牌；他用这两面虎头牌，就是现任的官了。我们四人走将上去，还是与他见礼的好，不见礼的好？刚则取祸，柔则受辱，不如避他，好么？"伯当道："有理。我们与他荣辱无干，只往后边去，与长老借住便了。"

兄弟四人齐下东丹墀下，走小甬道，至大雄宝殿东边，见许多泥水木作在那里刮瓦磨砖。叔宝叫声："走来。"众人都近前道："老爷叫小的们有何吩咐？"叔宝道："问你们一声，这寺是何人修理得这般齐整。"匠人道："是并州太原府唐国公千岁修盖的。"叔宝道："我闻知他告病还乡，如今又闻他留守太原，怎么又到此间来干此功德？"一人道："李千岁因仁寿元年七月十五日奉旨驰驿还乡，晚间在此寺权住，窦夫人分娩生了第三位世子在里面，李千岁怕秽污了佛像，发心布施万金，重新修建这大殿。上坐的紫袍少年官人，就是他的郡马，姓柴名绍，字嗣昌。"

叔宝心内明白，他四人进了东角门，便是方丈。又见东边新建启虎头门楼，悬朱红大匾，大书"报德祠"三个金字。伯当道："我们且进去看看，报什么德的。"那四人走进里边，乃小小三间殿宇，居中一座神龛。龛内座上有三尺高，神龛直尽天花板，有丈余。里边站着一尊神道，却是立身。头上戴一顶荷叶檐彩青色的范阳毡笠，穿着一件皂布海青箭衣，外罩上黄色罩甲，熟皮铤带，左右挂牙牌解手刀，下穿黄鹿皮靴。面前一个长生牌位，上写楷书金字六个，乃"恩公琼五生位”。旁边又有几个细字，写道：“信官李渊沐手奉祀。”叔宝一见，暗暗点头。你道为何？只因那年叔宝在临潼山，打败了一班响马，救了李渊，唐公要问叔宝名姓，叔宝恐有是非，不敢通名道姓，放马奔走。唐公赶十余里，叔宝只得通名“秦琼”二字，摇头叫他不要赶，唐公听得“琼”字，见他伸手，错认“五”字，误书在此。叔宝心中想道：“我那年在潞州颠沛穷途，十分狼狈，原来是李千岁折罚得我如此。我是个布衣之人，怎当得国家勋爵塑位，焚香作念于我！”

叔宝肚中暗想，那三个都看着像儿。齐国远连这六个字都不认得，问道：“伯当兄，这神道可是韦驮么？”伯当笑道：“适才进山门，里面朱红龛内，戴金兜鍪，穿金锁甲，捧降魔杵，那便是韦驮。因有六度万行，方得与佛齐肩。这个生像，其人还在，李渊乃是唐公的尊讳，唐公必定受过这人的恩惠，故建这个报德生祠。”齐、李二人闻说其人还在，都惊诧起来，看看这个像，又瞧瞧叔宝的脸。那个神龛左右却塑两个从人，一个牵一匹黄骠马，一个捧着两根金装锏。伯当走近叔宝，附耳低言：“往年兄长出潞州，是这样打扮么？”叔宝点头道：“贤弟，正是。这就是我的形像了。”伯当道：“怎么却在此处？”叔宝遂将救唐公的事一一说了一遍。

不想柴绍见他四人进来，器宇轩昂，即着人随着，看他们作何勾当。叔宝所言之事，却被家丁听见，忙忙报与柴绍道：“这四位里边，有一位是老千岁的恩人。”柴绍听了，整衣下阶，入东角门，径走进生祠来看。他打拱道：“哪位是妻父的活命恩人？”四人答礼，伯当道：“此兄便是老千岁的故人，姓秦名琼，当时千岁仓卒之间错记琼五，如若不信，双锏、马匹现在山门外面。”嗣昌道：“四位杰士，料无相欺之理，请至方丈中献茶。”各通姓名，柴绍便差人到太原府中通报唐公，就把四人留在寺内安住，每日供给，无物不备，柴绍陪伴盘桓。

看看年尽，又到新正。那十四日，叔宝要进长安公干，柴绍亦要同往，道：“小弟也陪兄等同行进城，看看花灯，等兄完了公干，再来候家岳的回书便了。”柴绍只带四个家丁，共有三十一人。离了寺中，到长安门外，歇宿在陶家店内。叔宝道：“有事相烦店主。”陶店主道：“不知何事吩咐？”叔宝道：“我奉差公干，那长安街道日间好认，如今我不等天明要进明德门，宝店中决有识路的尊使，借一位引引路儿，自当厚谢。”主人便指一个收拾家伙的道：“这个就是舍下的老仆，名叫陶容，不要说路熟，连那称呼都是明白的。陶容过来！这位是山东秦爷，要进明德门，往越公杨爷府中送礼，你可引路，好生服侍秦爷。”陶容应道：“老仆还有一个兄弟陶化，他又在行，我叫他帮拿礼物，可好么？”叔宝道：“甚好。”到房中取两串钱，赏了陶容、陶化，即取礼单物件，分作四个绒包与两名健步，与陶容、陶化，乘众人睡后，不与他们说知，径进明德门来。正是：

欲投相府谭谭宅，且与陶容悄悄行。

话说长安，乃古王都，自东西两魏分据，也多兵火。到隋文帝混一天下，四海殷繁。长安有十门，隋时定名：东面通化、春明、延兴三门；南面启夏、明德、安化三门；西面延平、金花、开远三门；北面光化一门。六街三市，舞榭歌楼，好不繁华。当日长安十门，三更天就开了。皆因天下进礼的官员在城外的多，所以越公三更天就发了兵符，大开城门，放那各处地方进礼官员，都到巡视京营官总录，一个个报单递到越公府中。你道那巡官是何人？却是宇文化及的长子，名唤宇文成都，用一根镏金镋，万夫难敌，乃隋朝第二条好汉。因李元霸还未出生，故算他为第一条好汉，后来元霸一出，他算第二条了。

每年灯节，文武官员俱五鼓进朝上贺表。今年奉天子旨意，提早一个更次，四更朝贺，天子留五鼓，让文武官员与越公上寿。这越公却也尊荣得紧，彼时驾坐银安宝殿，戴七宝如意冠，披暗龙银裘褐，执玉如意，后列珠翠，群妾如锦屏一般围绕，原是文帝赐与越公为晚年之乐，称金钗十二品。左首执班的那员女官，乃江南陈后主之妹乐昌公主。曾配驸马徐德言，因国破家亡，夫妻分别时曾将宝镜一面分为两半，各怀一半，为他日相见之验。越公见他不是全身，问他红铅落于何人之手，此妇哭拜于地下，取怀中半面宝镜诉告前情。越公着军士将半面宝镜货于市，巧遇着徐德言，收于门下为幕宾，夫妻再合，破镜重圆。右首那领班女官，就是红拂张美人，不惟修眉曼脸颜色过人，还有侠气沉心。又有个异人，乃是陕西京兆三原人氏，姓李名靖，号药师，他是林澹然门下第一个徒弟，善能呼风唤雨，驾雾腾云，能知过去未来，现为杨越公府中主簿。此日京堂文武官员，一品、二品、三品者，进越公府中登堂拜寿，越公优礼相待，献茶一杯。以下四品、五品大夫郎官，就不上堂，只在滴水檐前，直至丹墀下总拜。天下藩镇官员差遣赍礼官将，有许多难为人处：凡赍礼官员，除表章外，各具花名手本，将彼处土产礼物相送，稍不如意，便有许多掯勒波查。且不讲别处，只表山东一路，各官礼物晓谕在三原李靖处交割。

李靖见叔宝上厅来，一貌堂堂，仪表不凡。他早已晓得天篷星到此，众星相斗，大有灾患。因传叔宝到来相见，礼毕，看他手本，乃旗牌官秦琼。表章礼物一览全收，并不苛刻，独留入后堂，命手下取酒款待。因日后同为一殿之臣，必作国家大将，只是眼下有些气色不正。便问："赍礼来时，还有同伴几人？"叔宝不敢实言，说："小可奉本官差遣，只有两名健步背包，并无他人。先生为何问及？"李靖微微笑道："老兄这话只可对别人说，小弟面前却说不得。怎不带朋友来？多是不多，只得四个，跟随的倒有二十多人。"叔宝闻言，犹如天打一个响雷，一惊不小，连忙立起身来，深深一揖道："诚如先生所言，幸万勿泄漏！"李靖道："事却不与我相干，但兄今年正值印堂管事，却有黑气侵凌，必有惊恐之灾，不得不言。我学生夜观乾象，正月十五日三更时分，民间主有刀兵火盗之灾，乃天罡星过渡，兄长同来的朋友，切不可与他同来看灯玩月，恐招此难，难以脱身，到天明即回山东方妙。"叔宝道："奉本官之命，赍礼到此，不得杨老爷回书，回转山东见本官，将何为证？"李靖道："恐兄不肯就回，若肯去，此回书不难，学生可以任得。"

你道李靖怎么就肯应承叔宝有回书？原来那杨越公凡一应书札，都假手于李靖，所以这回书就不难了。况里面图书又是张美人掌管，美人有意于药师，故一请就有。

李靖就回后堂，不多时，回书回文都有了，俱付与叔宝。天色已明。临行叮嘱道："切不可入城来看灯！"叔宝作别回身，李靖又叫转来道："兄长，我看你心中不快，难免此祸。也罢，我与你一个包儿，放在身边，若遇急难临危之际，打开包儿，往上一撒，连叫三声'京兆三原李靖'，那时便好脱身了。"叔宝接包藏好，作谢而去。李靖也就在那日晚间，趁大乱与张美人窃其兵符出长安去了。后来二人俱为唐太宗佐命功臣。这话慢表。

且说叔宝得了回书，陶容引路，出光化门到下处，却有八里路远近，且走且想：“李药师却是神仙一般。”正是：

神机妙算如孙膑，未卜先知似孔明。

不知叔宝同众友看灯不看灯，且听下回分解。

第十二回 李靖风鉴识英雄 公子球场逞华丽

诗曰：

得指迷途仗药师，奈何众友欲观奇；
娇姿祸被豪华夺，大闹元宵悔亦迟。

那叔宝想："李药师知机料事如同明镜，指示迷途，叫我不要看灯，只是我到下处，对这几个朋友开不得口。他这几个人都是不信阴阳的，去岁在少华山就说起看灯，所以同来，就是这柴绍也说同来看灯。我如今公事完了，怎么好说遇着这个高人，说我面上步位不好我先回去，这就不象大丈夫气概；那大丈夫却要舍己从人。我的事完了，怎好就说这鬼话，真的也作了假的，惹朋友一场笑语。李药师，我秦琼负了你罢！实是开不得口。"只好隐在肚里，回到下处。

且说这些众朋友，天明起来，不见了叔宝，一个个急得摩拳擦掌。不能脱俗，却换了鲜明扎巾，结束衣服，华丽鞋袜，用过酒饭，专等叔宝回来算还店帐，就要起身进城。可可的正遇叔宝回来，众人齐道："兄长，怎么不带我们同去公干？趁天晴进城，正好玩耍。不知兄长可曾用过酒饭？"叔宝道："已用过的了，列位可曾用过么？"众人道："都吃过了。"叔宝道："可谢过店家了么？"嗣昌道："小弟付银谢过他了。"叔宝道："既如此，手下的，把马匹都牵出来！""是！"手下一声应诺，把马匹都牵在外。众豪杰一齐上马，三十个人上了路，一条街道都被这些人占了。转弯处，伯当道："秦大哥，丑都是我们众兄弟装尽了。"叔宝道："怎么是我们装尽丑呢？"伯当道："我们七人骑在马上，后面二十多人扎腿缚裤驮着包裹，可象模样么？如今进城到热闹处或酒肆茶坊，大家取乐，若带了这些人，甚是不便。我的意思将马寄放，安顿众人，我们步行，好任意玩要，你意何如？"叔宝此时又想起李靖的言语，心想："李靖的话不可全信，也不可不信。如今入城，倘有不测之事，跨上马就好走脱；若依伯当步行，倘有紧要处，没有马，岂非寸步难行?”就对伯当道:“安顿手下人，甚为有理。但马匹定要随身。”两人只管争这骑马不骑马的话，如圭道:“二兄不必相争，小弟有个愚见:也不依秦大哥骑马，也不依伯当兄不骑马，若肯依小弟之言，马只骑到城门口就罢了，城门外寻一个小下处，将这些行李都放在店内，把马卸了鞍辔，牵在那护城河边饮水、吃草，众人轮流吃饭看管。柴郡马的二员家将，叫他带了毡包拜匣，多拿些银两，跟入城去，以供杖头之费，其余手下人，到黄昏时分，将马上了细料，紧辔紧鞍，在宽敞处所在等候。”众朋友听说，都道讲得有理。说话之间，早到了城门。叔宝吩咐两名健步:“把回书回文可用毡包随身放好，到黄昏时分，将我的马要多加一条肚带，小心牢记!”叔宝便同众友各带随身兵器，带领两员家将，一齐入城。

入得城，只见六街三市，勋将宰臣，黎民百姓，奉天子之命，与民同乐，家家户户结彩悬灯。这些巡视官员奉承越公，公牌要长安大街小巷各要通宵长烛;如若有灯火不明，花彩不鲜者，俱以军法论处;就是宰辅门首，也用扎彩匠扎一座过街灯楼。这班豪杰说说笑笑，都看到司马门首来了，这却是宇文化及的衙门，只见照墙后有上千人在那里拥挤。你道这照墙后，焉能存得这许多人?因它是兵部衙门，常有兵将聚集，所以宽敞。天下那些圆情的把持，两个一伙，吊挂着一副行头，雁翅排于左右，不下二百多人。又有一二十处抛球场，每一处竖两根单柱，扎一座小牌楼，楼上扎一个圈儿，有斗来大小，不论豪良子弟，富贵军民，但等踢过彩门便有赏赐。这原是宇文述的公子宇文惠及所设。那宇文原有四子:长曰化及，官拜尚书侍御史;次曰士及，招南阳公主，官拜驸马都尉;三曰智及，将作少监;惠及是最小儿子，倚着门荫，好逞风流，手下有一班帮闲谀附，故搭合圆情把持，在衙门前做个打球场。自正月初一摆到元宵，公子自搭一座彩台，坐在月台上面，名曰观球台，有人踢过彩门者，公子在月台上就送他彩缎一匹，银花一对，银牌一面。也有踢过彩门，赢了缎匹、银花，也有踢不过彩门，被人作笑的。那些看的，重重叠叠，嘈嘈杂杂，挨挨挤挤。

再说他五个好汉，一路玩玩要要，说说笑笑，到了这个热闹的所在。叔宝又想起李靖之言，对伯当道:“凡事不可与人争竞，忍耐为先，要忍人所不能忍处，才为好汉。”伯当与柴绍听了叔宝之言，一个个都收敛形迹，对人和颜悦色。只是齐国远、李如圭两个粗人，旧性复萌，以膂力方刚，生绷硬靠，推开众人，挤将进去。

那李如圭出自富家，还晓得圆情；这齐国远自幼落草为寇，风高放火，月黑杀人，他哪里晓得圆情玩耍的事？看着众人圆情，大睁着两眼，连行头都不认得，却不好问外人，只好私下问如圭道：“这圆骨碌碌的那个东西叫做甚么？”如圭随口应道：“叫做皮包铅。”齐国远却认了真。如圭一发哄他到底说：“外面是六块皮兜拢来，内灌六十四斤冷铅。”国远道：“这三个人力倒也大着哩，把脚抬一抬，就踢得那样高，踢过圈儿就赢一匹彩缎，一对银花，我可踢得动么？”如圭道：“怎么踢不动？”国远道：“我上去踢他几十脚，赢他几十匹缎子来！”这话只不过二人附耳低言的，却被那圆情的听见，捧行头下来道：“那位爷请行头？”李如圭拍拍齐国远肩上道：“这位老爷要逢场做戏。”圆情的近前道：“请爷过来，小的丢头伙家张泛，服侍你老人家。”齐国远着了忙，暗想：“我只是这样踢也罢了，有什么丢头？我初踢的，不会这些也不妨，只是怕踢不动，惹人笑话，我只是着力踢便了。”那个抛头的伙家，把行头抛与张泛的伙家，那伙家卖弄他技艺精巧，使个悬腿的勾子，挈个燕衔珠出海势送与齐国远。齐国远见球来，眼花缭乱，想着李如圭说里面有六十四斤冷铅之言，生怕打了腿，又怕踢不动，用尽平生之力，赶上前一脚，噗的一声，踢在青天云里，被风吹不见了。

凡圆情的最怕踢坏了行头，况又不知这位老爷可是知趣的人，只得上前来，喜孜孜一团和气，笑融融满面春风，说道：“我两个小人又不曾有什么得罪老爷，老爷怎么取笑，把小人的本钱都废了？”齐国远自知没趣，要动手撒野。李如圭只得解围道：“你们这些六艺中朋友，也不知多少倚傍在门下，刚才来圆情，你也该来问一声：‘老爷高姓？贵处哪里？’今日在京师会过，他日相逢就是故人了，怎么见人没有礼貌，故此怪不得他发恼，把行头踢掉了。我这里赏你五两银子罢！”他二人见有五两银子赔他，凭你有不是处，他也嘻嘻的笑道：“小人们不是了，得罪老爷，莫怪！”李如圭私向齐国远道：“兄长不可出丑，和你吃酒去罢。”分开众人，往外就走。

叔宝三人从外入来，领头家将叫人让路，只见人都纷纷跌倒，原来是齐国远、李如圭二人挨将出来。叔宝道：“贤弟们哪里去了？再同我们进去耍耍。”却又一同裹了进来。

这三人却都是在行的，叔宝虽是一身武艺，圆情最有斤节。伯当却是弃隋的名公，博艺皆精，只是因为柴郡马青年飘逸，推他上去。柴绍道：“还是诸兄内那一位上去，小弟过论便了。”叔宝道：“我等圆情虽会，未免有粗鄙之态，此间乃众目所视的去处，郡马斯文人，全无渗漏。”柴绍少年，乐于玩耍，便接口道：“小弟放肆，容日陪罪。”那边就有两个捧行头上来，说：“那位相公请行头？”郡马道：“二位把持，那公子旁边两位美女可会圆情么？”圆情的道：“是公子在平康巷聘来的，惯会圆情，绰号金凤舞、彩霞飞。”郡马道：“我欲相攀，不知可否？”圆情的道：“只要相公破格些搭合。”郡马道：“我也不惜缠头之赠，烦二位通禀一声，尽今日之欢，我也重重的挂落。”圆情道：“原来是个中的相公。”上月台来禀小爷：“今有位富豪相公，要请二位美人同耍行头。”公子却也只是玩耍，即吩咐两个美人好好下去。

两个美人后边随着四个丫鬟，捧两轴五彩行头，下月台来，与郡马相见。施礼已毕，各依方位站下，却起那五彩行头。公子也离了坐位，立在牌楼下观看。那各处抛场的把持，尽来看美女圆情。柴绍拿出平生博艺的手段来，用肩装杂踢，从彩门里，就如穿梭一般，连连踢将过去。月台上，家将把彩缎、银花连连抛将下来，两个跟随的往毡包里只管收拾。齐国远喜得手舞足蹈，叫：“郡马，不要住脚，踢到晚才好！”那两美人卖弄精神：

这个飘扬翠袖，那个摇曳湘裙。飘袖轻拢，玉笋纤纤；摇曳湘裙，半露金莲窄窄。这个丢头过论有高底，那个张泛送来真又楷。踢个明珠上佛头，实蹑埋尖拐；倒膝弄轻佻，错认多摇摆。踢到眉心处，千人齐喝彩。汗流粉面湿罗衫，兴尽情疏方叫悔。

后有诗一首：

美人当场簇锦团，仙风吹下二婵娟；
汗流粉面花含露，尘染蛾眉柳带烟。

翠袖低垂笼玉笋，湘裙摇曳露金莲；
几回踢罢娇无力，云鬓蓬松宝髻偏。

此时踢罢行头，叔宝取白银二十两，彩缎四端，搭合两位圆情美女；金扇二柄，白银五两，谢两个监论。此时公子也待打发了圆情的美女，各归院落，自家也要在街市行游了。

那叔宝一班朋友，出了球场，过兵部衙门，入市店中饮酒。上得酒楼，听得各处笙歌交杂，饮酒者纷纷络绎不绝，众豪杰却也开怀痛饮，直吃到月转花梢。酒店内有几个服侍的手下人，在楼底下都唧哝起来，说："今日上元佳节，一年一度，我们也要去看看灯。这几个山东老爷不知趣的，只管吃起酒来，主人家要赚钱，我们好不辛苦，着个会说话的上去，催他们起身！"好胜之心人皆有之，内中就有这一个出头的人道："等我上去！"觉得他就象会说话的了，气烘烘走上楼来。齐国远双眸炯炯，直视着他道："咄！你是手下服侍的人，上楼来缓转些走，气昂昂走来怎么？"酒保见客人动了怒，他却是会说话，道："街上黎民百姓灯棚上都点灯了，若是老爷要去看灯，小人们就不暖酒上来了；若不去看灯，好暖酒服侍。"众豪杰见他说得好，气就平了，道："我们原为看灯而来。"酒保道："知道了。"柴绍命家将下来算还酒钱，众朋友饮尽杯中之酒，下楼出得店时，只见街上灯烛辉煌，也不象日间了。叔宝吩咐抓熟路看灯。日间因在兵部府前圆情，恰好到司马衙门前来，看那个灯楼，却是彩缎装成，居中挂一盏麒麟灯，上挂着四个金字匾，写着："万兽来朝。"牌楼上有一副对联道：

周祚呈祥，贤圣降凡邦有道。
隋朝献瑞，仁君治世寿无疆。

麒麟灯下，有各样兽灯围绕：獬豸灯张牙舞爪；狮子灯睁眼围毛；猛虎灯虚张声势；山猴灯上树摘桃；骆驼灯如堪载辇；白象灯俨如随朝；麋鹿灯衔花朵朵；狡兔灯带草飘飘。果是各色兽灯无不备，堪称百兽尽来朝。又有二个圣贤骑着两盏兽灯，也有对联一副，悬于牌楼，左右写道：

梓童帝君，乘白骡下临凡世。
三清老子，跨青牛西出阳关。

众人看罢，过了兵部衙门，跟叔宝到杨越公府门东首来。这些宰辅勋臣，在门首搭起过街灯楼，黎民百姓人家，也在门首搭一个小小灯棚，设天子牌位，点灯烛焚香供花，以表与民同乐的意思。因两边人家门首有了许多灯棚，映得那居中街道如同白昼。走马撮戏，舞戟弄棍，做鬼装神，闹嚷嚷填满了街道。不多时，已是越公门首。那灯楼与兵部衙门一样，楼虽一样，灯却不同，挂的是一盏凤凰灯，上面牌匾上四个金字："天朝仪凤。"牌楼柱上，左右一副金字对联，道：

凤翅展南山，天下咸欣瑞兆。

龙须扬北海，人间尽得沾恩。

凤凰灯下，各色鸟灯悬挂，但见：仙鹤灯身栖松柏；锦鸡灯毛映云霞；孔雀灯回观彩尾；鹭鸶灯白雪衔花；鹦鹉灯赛欺凡鸟；喜鹊灯占尽巢鹊；大鹏灯风搏万里；鸳鸯灯欢喜冤家。又有鹧鸪、班鸠、黄鸟、转翠青、紫燕、野禽沙鸥各色鸟灯，无一不备。另有两个古人，骑着两盏鸟灯。甚是齐整，繁华无比。也有一副对联悬于牌楼柱左右，上写道：

西池王母坐青鸾，瑶池赴宴。

南极寿星骑白鹤，海屋添筹。

众人看过，已是初更时分，却奔到东长安门首来。那齐国远自幼落草，不曾到过帝都，今日又是上元佳节，灯月明灿，锣鼓喧天，笙歌盈耳，他也没有一句好话对朋友讲，扭捏着粗笨身体，在人丛中挨来挤去，欢喜得紧，只是摇头摆脑，乱叫乱跳，按捺他不住。那京城看灯，有诗为证：

月正圆时灯正新，满城灯月白如银。

团团月下灯千盏，灼灼灯中月一轮。

月下看灯灯富贵，灯前赏月月精神。

今宵月色灯光内，尽是观灯玩月人。

叔宝道："我们进长安门，进皇城看看内里灯去。"到五凤楼前，人烟挤塞得紧。那五凤楼外，却设一座御灯楼，有两个太监，都坐在银花交椅上，左手是掌司礼监裴寂，右手是内检点宗庆，带五百禁军，都穿着团花锦袄，每人拿一根齐眉朱红棍，把守着这座银楼。那灯楼却不是纸绢颜料扎缚的,都是海外异香宫中宝玩砌就。灯楼上悬一牌匾,径寸珠宝穿就四字道:“光照天下。”两边有玉嵌金镶的一副对联,单道他为天子的富贵:

三千世界笙歌里,十二都城绵绣中。

果然御灯楼景致大为不同。当下王伯当、秦叔宝、柴嗣昌、齐国远、李如圭一班人,看了御灯楼,东奔西走,哪里思量回寓安息。正是:

明月逐人添逸兴,暗尘随马恣游遨。

这班人的高兴,一时也丢抛不下。不知后事如何,且看下回分解。

第十三回　长安女观灯玩月　宇文子强暴宣淫

诗曰：

从来谚语说来真，何意凡愚不忖论；
妇女观灯原不是，娇姿祸被富豪擒。

且说那些长安妇女，生在富贵之家，衣丰食足，无日不是快乐之时。他眼界宽大，外面景致也不大动他的心，况且出入乘舆，前后簇拥，也不甚轻易出门惹人轻薄。只有那些小户人家，巴巴急急过了一年，遇着得闲，见外边满街灯火，笙歌盈耳，也有跳鬼判的，也有踏高竿的，也有舞翠盘的，也有闹龙灯的，也有骑马灯的，铮铮镗镗，跳跳叫叫，挨挨挤挤，来来往往，若老若幼，若贵若贱，若僧若道，若丑若俊，多少人游玩；凭你极老成，极安静的妇女，也不由心神荡漾，一双脚只象向外生了。遇一班好事亲邻，彼此相邀，有衣服首饰的，打扮了出来卖俏；没有的，东借西借，要出来走桥步月。张家妹子搭了李家姨婆，赵氏亲娘约了钱家婶婶。若是丈夫少有趑趄，阻挡一句，有的就变起嘴脸，骂一个头鼻到底。也有丈夫父兄肯助兴的，抱男携女，跟随在后，大呼小叫，摇摆装腔，扬扬得意。就是妇女也有不同：有一种不在行的妇女，涂脂抹粉，红裙绿袄，打着偏袖，扭着屁股，努着嘴唇，瞅着眼睛，跷头跷脑，惹人批评。但是那在行的妇女，浅妆淡抹，不施脂粉，不烦做作，斜行侧立，随处有天然波俏，巧言倩笑，动辄有实地风流，那种妇女又忒杀苦人羡慕。

长安众王孙公子，游侠少年，铺眉善眼，轻嘴薄舌的，都在灯棚内穿来插去，寻香嗅味，何尝真心看灯。有一个好标致的妇人在没有灯的去处，他们也要故意挨挤住了他，捏手捏脚亲嘴摸胸，还有那剪绺的，掇髻的，掳了首饰，传递去了的多得紧，你扯那一个讨赔？那些风骚妇女，明知有此光景，在家坐不过，又喜欢出来布施，也趁此机会识两个青年标致后生，算为一乐。就是少年的男子，略有几分齐整，或有人抠屁股,也有三、四个做成了套儿,扯去空处干事。有那一等少年,欢喜做小的,出来寻个把大阿哥。有一等正经人家子弟,也罹此祸,弄出奸谋杀害祸事。最不好的风俗,是这走桥步月看灯一事。

不想有一个孀居王老娘,不识祸福,却领了一个十八岁的老大女儿,小名琬儿,也出去走起桥来。那女儿又生得十分齐整,走出大街看灯。才出门时,便有一班恶少牵歌带曲,跟随在后,挨上闪下。一到大街,蜂攒蚁聚,身不由己,不但琬儿惊慌,连王老娘也着忙得没主意了。不料宇文公子有多少门下的游棍在外寻察,略有三分颜色的,就去报与公子。见了琬儿容貌,魂销魄落。报事的又打听得只有老妇人同走,公子一发胆大,便去挨肩擦背调戏他。琬儿吓得只是不敢做声,走避无路。那王老娘不认得宇文公子,也只得发作起来。宇文公子趁势便假怒道:"这老妇人这等无礼,敢顶撞我,拽他回去!"说罢,众家人哄的一声,把母女掳到府内。

王老娘与琬儿吓得冷汗淋身,叫喊不及,就是云雾里推去的一般。街坊上那一个不认得是宇文公子,向来这样横行,谁敢来惹他?到得府门,王老娘是用不着的,将来羁在门房内。只有琬儿被这干人撮过几个弯,过了几座厅堂,来到了书房。众人方才住脚,公子早已来到,把嘴一努,众家人都退出房外,只剩几个丫鬟。公子将琬儿一把抱将过来,便去亲嘴。这琬儿是从未见识的女子,连这也不知叫甚么意思,忙把脸来侧开,将手推去。公子就一只手从裤裆边伸了来。琬儿惊得乱跳,急把手来遮掩,泪落如珠,啼哭叫道:"母亲快来救我!"此时,王老娘何尝不叫道:"还我孩儿!"但是不知隔了多少房屋,叫杀了彼此也不听得。那宇文公子笑嘻嘻,又一把紧抱他在怀内道:"不消啼哭,少不得还你快活。我公子要了,休想出去。"吩咐丫鬟扶他到床上睡了,就着丫鬟看守,他往外去了。众丫鬟扶关门看守,琬儿哭泣不休。

且说公子走出府门,见王老娘要讨女儿,便道:"老妪何敢这般撒泼!"老妪见公子发话,一发狠叫,呼天唤地,要讨女儿。公子道:"你女儿,我已收用,你好好及早回去,休得不知利害,在此讨死!"老妪大哭道:"不还我女儿,我死也说不得了!我单生此女,已许人家的了，快快还我！我母女二人，性命相保，若肯还我，则生；若不还我，我就死在这里罢了。”公子道：“若是这等说将起来，我府门首死不得许多，你就死了，也不在我心上。”叫手下的撵他开去。众人推的推，扯的扯，打的打，把王老娘打出了两条巷，关了栅门，不放他进去，凭他喊叫啼哭。那公子意兴未尽，带了一二百名狠仆，在街上闲撞，还想再撞个有色的女人，将来辅兴。此时已是三鼓了。正是：

势恶横行由你作，那知天理不能容。

再说秦叔宝一班豪杰，遍处玩耍。到三鼓儿，见百官下马牌边，有一堆儿百人围住喧嚷。众豪杰分开众人，挨到里面观看，见个老妇人，白发蓬头，匍匐在地，手打地皮，放声大哭。伯当问旁边看的人：“今日上元佳节，天子洪恩，与民同乐。这个老妇人为何在街坊啼哭？”那看久了的人都知道这件事，答道：“列位，你不要管他，这个老妇人该死，只有一个女儿，受了人的聘礼，未曾出嫁，今日带出来街上看灯，却撞见了宇文公子，抢了去。”叔宝道：“那个宇文公子？”那人道：“就是兵部尚书宇文老爷的公子。”叔宝道：“可就是射圃圆情的？”众人答道：“就是他。”这时候，连叔宝都把李药师之言丢在爪哇国内去了。却都是抱不平的人，听见说这句话，便问那老妇人：“你姓什么？”老妪道：“老身姓王。”“你在何处住？”老妪道：“住在宇文老爷府后。”叔宝道：“你且回去，那个宇文公子在射圃踢球，我们赢他彩缎、银花，有数十在此，寻着公子，赎你女儿还你。”那老妇人绝处逢生，叩首四拜，哭回家去了。

叔宝问旁人道：“掳他女儿，可是真的么？”众人道：“希罕抢他一个？那公子见了有姿色的，不论妇人、闺女，不怕仕宦、缙绅，他也要抢了回去，百般淫污。这些父母、丈夫会说话的，次日进府去千般奉承，万样哀求，或者赏些银钞，还你带了回来。有那不会说话的，冲撞了他，打死了丢在夹墙内，谁敢与他索命？”始初时，叔宝都有赎还他的心，次后听见这些话，都动了打的念头，逢人就问宇文公子在哪里，问着的人都说道：“列位也该问一声。”叔宝道：“你长安朋友说话倒也好笑，你只说宇文公子在哪里也就罢了，怎么说该问一声？”众人道：“列位是外京人，不知底里。宇文公子不是好说话的，惹着他有命无毛！你寻他怎的？故如此说，看列位雄赳赳，气昂昂，只怕惹祸。"叔宝道："不知他怎么样一副行头？问了，我们好回避。"众人道："宇文公子的行头太多了，他着实养着许多亡命之徒，都是不怕冷热之人，就是这时候卖弄精神，都脱得赤条条的。每人拿一根齐眉棍，也有一二百个在前开路，后边都是会武艺的家将，真刀真枪，摆着社火。公子骑着马，马前都是青衣大帽管家。长安城内，这些勋卫府中家将，打扮的什么社火，遇见宇文公子，当场舞来，舞得好，赏赐花红；舞得不好，一顿棍子。列位避着些为妙。"叔宝道："多承指教了。"

众豪杰听了，一个个摩拳擦掌，扎缚停当，只在那西长安门外御街道上找寻。等到三更时分，月正中天，只见宇文公子来了。果然短棍有一二百，如狼牙相似，自己穿了艳服，坐在马上。后边拥有家丁。自古道："不是冤家不聚头。"众人躲在街道两旁，正要寻他的事，刚刚在面前站住了，对子报道："夏国公窦爷府中家将，有社火来参。"宇文公子问道："什么故事？"回说："虎牢关，三战吕布的故事。""着他舞来。"众社火舞罢，宇文公子道好，赏了众人去。叔宝高叫道："还有社火来参。"说罢，五个豪杰隔开人头窜将进来，喊道："我们是'五马破曹'。"叔宝是两条金锏，王伯当两口宝剑，齐国远两柄金锤，李如圭一根竹节钢鞭，柴嗣昌两口宝剑。那鞭锏相撞，发出叮当哔啄之声，只管舞将过来。只是此地不是荒郊草野，动了手便好上马脱身，这是都城之内，街道虽是宽阔，众好汉却舒展不开。看的人多，两边人家门首都站不下了。齐国远想道："此时打死他不难，只是不好脱身。除非是灯棚上放起火来，这百姓们救火要紧，就没人阻拦我们了。"便往屋上一蹿，公子只道这人要从上边舞将下来，却不防他放火。秦叔宝见火起，料止不得这件事了，便将身一纵，纵于马前，举锏照公子头上就打。那公子坐在马上，仰着身子，是不防备的，况且叔宝的金装锏有六十四斤重，打在头上，连马都打矬了，撞将下来。正是：

脑浆迸万朵桃花，满口牙零倾碎玉。

众家人叫道："不好了！把公子打死了！各举枪刀棍棒，齐奔叔宝打来。叔宝抡动双锏，谁是他的敌手，打得落花流水。齐国远就从灯棚上跳将下来，抡动金锤，逢人便打，众豪杰一齐动手，不论军民，尽皆打伤。但见众豪杰：

一个个心头火起，口角雷鸣。奋八九尺猛兽身躯，吐千百丈凌云志气。直冲横撞，似中箭投崖虎豹；前奔后涌，如着枪跳涧豺狼。直打得碧琅玕横三竖四，彩灯楼东倒西歪。闲游士客撇笙箫，戏耍顽童丢鼓钹。风流才子堕冠簪，蓬头乱窜；美貌佳人褪罗袜，跣足忙奔。高高下下，尸骸堆积平街；湿湿漫漫，血水遍流满地。威势踏翻白玉殿，喊声震动紫金城。

这些豪杰在人丛中打成一条血路，奔明德门而来。劈面来了巡视京官宇文成都，他听见此事吃了一惊，一面命令闭城，自却迎来。叔宝当先舞动双锏，照马便打。宇文成都把二百斤的镏金镋从下一拦，镋打着锏上，把叔宝右手的虎口都震开了，叫声："好家伙！"回身便走。王伯当、柴嗣昌、齐国远、李如圭四好汉一齐举兵器上来，被宇文成都把镋往下一扫，只听得叮叮当当兵器乱响，四个人的身子摇动，几乎跌倒。叔宝早取出李靖的包儿，打开一看，原来是五颗赤豆，便望空一抛，就叫"京兆三原李靖！"叫得一声，只看见呼的一声风响，变了叔宝五人模样，竟往东首败下去了，把叔宝五人的真身俱隐过一边。宇文成都催开坐骑，望东赶来。叔宝五人径往明德门逃走。

却是三更时分，城门外那手下二十二人，到黄昏时分，大家吃过了晚饭，喂饱了马匹，备好了鞍鞒带，在空阔街道口等候他们。众手下却也分做两班，着一半人看马，一半人入城门口大街上看一回灯，换这看马的进去。看已到三更时候，换了几次，复进城看灯，只见黎民百姓蓬头跣足，赤身露体，伤头损手，遍体流血，口中叫喊："快走！快走！响马反了！杀来了！"这看的几个喽罗，听得这句话，慌忙的奔出城来，说道："列位，想是我们老爷在城内闯了祸，打死了什么宇文公子，你们着几个看马，牵到大道上伺候，着几个有膂力的，同我去看住城门，不要被守门官将把城门关了。"众人都道："说得有理。"十多个大汉到城门口，几个故意要进城，几个故意要出城，互相扭扯，就打将起来，把守门的军人都推倒了。巡视官的军令下来，要关城门，如何关得？众豪杰恰好打到城门口，见城门不关，便有生路，齐招呼出门。众喽罗看见主人们都到齐了，便一哄而散。出城见自己的马在路旁，都飞身上马，七骑马一班人，齐奔临潼关来。

至承福寺前，柴绍要相留叔宝在寺内，候唐公的回书。叔宝道："怕有人知道不便。"还嘱咐道："去把报德祠毁了，那两银金锏不可露在人前。"说罢，就举手作别，马走如飞。将近少华山，叔宝在马上对伯当道："来年九月十五日是家母的七十寿旦，贤弟可来光顾光顾。"伯当与国远、如圭都道："小弟辈自然都来拜祝。"叔宝也不入山，两下分手，自回济州。

却说长安街上，杀得就似尸山血海一般，百姓房屋烧毁不计其数。此时宇文成都追了一回，那五人忽然不见形影。宇文述在府中闻报爱子死于非命，五内皆裂，说道："我儿与响马何仇，却被他打死？"众家将道："因小爷酒后与王氏女子作戏玩要，那老妇人哭诉于响马，响马就行凶，将小爷打死。"宇文述大怒，叫家将把琬儿拖出仪门，照顶门一顿乱棍打死了，就往夹墙内一抛。却差家将们前去，把王寡妇一家尽行杀死，又叫曾与响马拒敌的家将留在堂下听用。叫出几个善写丹青的来，把打死公子的强人面貌衣裳，一一报来。这打死宇文公子的实是秦叔宝，所以众人先报他。道是这个人身子有一丈长，年纪二十多岁，青素衣，舞着双锏。一说到双锏，旁边便跪下一人道："爷若说是使双锏的，那年爷差小的在楂树岗打劫李渊，也吃那使双锏的救了，不曾杀得他。"宇文述道："这等说，必是李渊知道我害他，故此差这人来报仇。明日上本，只问李渊讨命！"此时宇文成都已回家，说："这五人甚奇怪，追去不知形影，能舞双锏的也多，怎说这人就是楂树岗见来的，可是对人说得的么？也只好从容访察。"宇文述听说，也只得歇了。正是：

从前作过事，惟有本心知。

且不说叔宝归家，再表这太子杨广。他既谋夺了哥哥杨勇的东宫，又逼去了一个李渊，最怕一个独孤娘娘，不料开皇元年就崩了。平日假装的那一段不好奢华、不近女色的光景，此时都按捺不住。文帝也亏独孤娘娘身死没人拘束，宠幸了两个绝色：一个是宣华陈夫人,一个是容华蔡夫人,把朝政渐渐不理。仁寿四年,文帝年纪高大,禁不起两把斧头。四月间已成病了,因令杨素营建仁寿宫,在仁寿宫内养病。不料太子在长安宫内,见皇妹琼花公主十分齐整,正在御花园里撞见,欲行奸污,公主投崖而死,却只推不知,说是暴病而亡。正是:

酒不醉人人自醉,色不迷人人自迷。

毕竟后事如何,且听下回分解。

第十四回　恣蒸淫太子迷花　躬弑逆杨广篡位

诗曰：

荣华富贵马头尘，怪是痴儿苦认真；
情染红颜忘却父，心膻黄屋不知亲。
仙都梦逐湘云冷，仁寿冤成鬼火磷；
一十三年瞬息事，顿教遗笑历千春。

那位隋文帝焉能知道病到七月，渐渐不支。尚书左仆射杨素，他是勋臣；礼部尚书柳述，他是驸马；还有黄门侍郎官元岩是近臣，三人直宿阁中。太子入宿太宝殿上，宫内是陈夫人、蔡夫人服侍。太子因侍疾，两个都不回避。蔡夫人是丹阳人，江南妇女水色，是不必说绝好的了。陈夫人不惟是南人，却是陈文帝之女，随陈后主入朝，他更是金枝玉叶，生长锦绣丛中，说不尽他的齐整。这夫人举止风流，态度逸韵，徐行缓步，流目低眉，也都是生成韵致。太子见了，却疑是有意于他，一腔心事被他引得火热。知那文帝是不起之疾，与杨素把前后事务尽皆周备；但在文帝面前，终有些惧惮。要大胆闯入宫去调戏陈夫人，他又侍疾时多，再不得凑巧；却又不知心内如何，这些眼角传神，都是我自己揣摹，或者他嫌老爱少，有我的心亦未可知。又想道："他平日受我许多礼物，不能无情于我。"自说自问，这等想慕。

不期那一日入宫问疾，远远见一位丽人出宫缓步而来，不带一人，又无宫女，太子举目一看，却正是陈夫人；为要更衣，故此独自出来。太子只喜得心花大放，暗想道："机会在此时矣！"吩咐从人且休随来，自己三步做两步，随入更衣之处。那陈夫人看见，吃了一惊道："太子到此何为？"太子笑道："也来随便。"夫人见他有些轻薄，回身便走，太子一把扯住道："夫人，我终日在御榻前，与夫人相对，虽是神情飞越，却如隔着万水千山。今幸得便，望乞夫人赐我片刻之欢，慰我平生之愿！"夫人道："太子，我已托体文皇，名分所在，岂可如此?”太子道:“夫人岂不知情之所钟,何名分之有!”把夫人紧紧抱住,求一接唇。夫人道:“断乎不可!”极力推拒。正在不可解之际,只听得一片传呼道:“圣上宣陈夫人!”此时太子知道留他不住,道:“不敢相强,且留后会。”

夫人喜得脱身,早已衣衫皆皱,神色惊惶,要稍俟喘息宁贴入宫,不料文帝睡醒,从他索取药饵,如何敢迟?只得举步走到御榻前来。那文帝举目看他,好似:

摇摇不定风前竹,惨惨疏红雨后花。

帝遂心疑,忖道:“若是偷闲睡了,醒来鬓发该乱,衣衫该皱,色不须变;若因宣召来迟,也不须失色至此。”便问道:“因甚作此模样?”此时陈夫人也知文帝病重,不敢把这件事说知,恐他着恼,但一时没有遮饰,只得说一声:“太子无礼!”帝听此言,不觉怒气填胸,把手在榻上敲上几下道:“畜生,何足以付大事,独孤误我!独孤误我!快宣柳述、元岩进宫!”太子也怕有些决撒,也在宫门窃听。听得文帝怒骂,又听得宣柳、元二人,不宣杨素,知有难为他的意思,急奔来寻张衡等一班计议。这班人正打点做从宠之臣,都聚在一处,见太子来得慌张,只道文帝晏驾,及至问时,方知陈夫人之事。宇文化及道:“这好事只在早晚之间,却又弄出这事来,怎么处?”张衡道:“如今只有一件急计,不得不行了!”太子忙问:“何计?”张衡附耳道:“如此如此。”正在悄悄与太子设计,只见杨素慌慌张张走来道:“殿下不知因甚事忤了圣上,圣上宣柳、元二人撰诏,去召太子杨勇。他二人已在撰诏,只待用宝印赍往济宁。他若来时,我们都是他仇家,怎生是好?”太子道:“张庶子已定一计了。”张衡便向杨素耳边说了,杨素道:“这也不得不如此了!”就催张庶子去做。只恐柳述、元岩取了废太子来,这事就烦难了,宇文化及道:“下一道旨,说他乘上弥留,不能将顺,遂将他下了大理寺狱。再传旨说,宿卫兵士劳苦,暂时放散。着郭衍带领东宫兵士,守定各处宫门,不许内外人等出入,泄漏宫中事务。再假一道圣旨去济宁召太子,只说文帝有事,宣他到来,斩草除根。”杨素伴着太子在太宝殿,其余分头办事。

先是宇文化及带了校尉,赶到撰诏处,将柳述、元岩拿住。二人要面圣辨别,化及道:“奉旨赴大理狱,不曾叫面圣。”绑缚了,着几个心腹押赴大理去了。回来复命时,郭衍已将卫士处处更换了,东宫宿卫要紧处,他二人分头把守。

此时文帝半睡不睡的问道:“柳述、元岩写诏曾完否?”陈夫人道:“还未见进呈。”文帝道:“完时,即便用宝,着柳述飞递去。”只见外边报太子差张衡侍疾,也不候旨,带了二十余内监,闯入宫中,先吩咐当值的内侍道:“太子有旨,道你们连日辛苦,着我带这些内监更替。”又对御榻前这些宫女道:“太子有旨,将带来内监承应,尔等也去歇息。”这些宫女因承值久了,也巴不得偷闲,听得一声吩咐,也都一哄出宫去了。惟有陈夫人、蔡夫人仍立在御榻前不动。张衡走到榻前,也不叩头,见文帝昏昏沉沉的,就对着二位夫人道:“二位夫人也暂避避。”这两个夫人乃是女流,没甚主意,只得离了御榻前,向内阁子里坐地。两个夫人放心不下,就着宫人在门外打听。可有一个时辰,那张衡洋洋的走出来道:“这干呆妮子,圣上已是宾天了!适才还是这等守着,不报太子知道!”又道:“各宫嫔妃不得哭泣,待启过太子来,举哀发丧。”正是:

鼎湖龙去寂无闻,谁向湘江泣断云;
变起萧墙人莫识,空将旧恨说隋文。

这些宫嫔妃女,虽然疑惑,却不敢道是张衡谋死。这壁厢太子与杨素,是热锅上的蚂蚁一般,盼不到一个时辰,却见张衡忙忙的走来道:“恭喜大事了毕!”太子便改愁为喜,将预先定下的计谋,来传令旨:令杨素之弟杨约提督京师十门;郭衍署右领卫大将军,管领行官宿卫及护从车驾人马;宇文成都升无敌大将军,管辖京师各省各门;提督军务宇文恺,管理梓宫一事;太傅少卿何稠,管理山陵;黄门侍郎裴矩,管典丧礼。悄悄秘不发丧。

不半月,有济南大将军杨通,保着废太子杨勇,已到长安城外安营。杨广即假旨召杨勇夫妻父子三人进城,其余不许入城。及至将杨勇赚进城中,就将他父子二人缢死;因见萧妃有国色,乃纳为妃子。下旨大将杨通并众兵,赦其罪,速去济南。杨通一闻此言,不觉大怒,领部下十万雄兵,急至济南,自称吓天霸王;兵精粮足,威振济南,不表。

当下文帝驾崩时，并无遗诏，太子与杨素计议谁人作诏，然后发丧。杨素保举伍建章，说："他为人耿直，众朝臣信服，主公可召他来，与他商议作诏，颁行天下，庶不被众臣谤议。"太子道："倘召不来，怎么处？"杨素道："召不来，一连数召他岂敢抗拒？若来肯作诏便罢，若不肯作诏，将他斩首。"太子见说，忙差内监前去宣召。

那伍爷一生忠直，不交奸党。这日在府，闻得皇帝已死，东宫亦亡，大哭道："杨广听了奸臣，谋害父兄，好不可恨！"正说之间，内监早到伍家，家人通报，伍爷出迎。内监道："太子宣伍爷即刻就往。"伍爷道："公公请回，我打点就来。"内监告别，回复太子。太子一连数次宣召，伍爷拜辞家庙与夫人，乃麻巾缞绖而至，见了太子，悲恸不止。太子降榻，谕之曰："先生，我家事耳，先生不必苦楚！左右取纸笔来，先生代孤写诏，孤当列土受封。"伍爷将笔大书："文皇死得不明，太子无故屈死！"写毕，掷笔于地。太子一看大怒，骂道："老匹夫，孤不杀你，你倒来伤孤。"命左右推出斩首。伍爷大骂："你弑父缢兄，欺娘奸嫂，情同篡逆，今日倒要斩我，我伍建章生不能啖汝之肉，死必追汝之魂！"左右不由分说，把伍爷斩首宫门，将尸首抬出郊外，有同年故旧，暗暗将他埋了。太子与杨素计议发丧，诈为遗诏，道："嗣主及内外官员、军民人等，俱遵以日易月之制。二十七日服满，天下藩镇及各道行台、各州总管，有兵钱粮者，不得擅离职守，俱差官进表。一应小民，拖欠粮赋，自开皇元年起至仁寿三年止，已征在官者，尽行起解；未征在官者，悉皆蠲免。一应人犯，如十恶大罪及谋反叛逆不赦，其余自仁寿四年七月丁未昧爽以前，凡杂犯死罪流徙笞杖等罪，不论已结案未结案，并予赦除。一应官员，为事谪戍者，即还原职；其闲住降调者，即予叙用。"这壁厢忙做一团，那太子也不见愁悲哀苦，即忙取一个黄金盒，封了几个同心彩结，差内侍赐与宣华夫人；至晚就召宣华夫人宫中宿了。

七月丁未，文帝晏驾，至甲寅，诸事俱备。次日，杨素先辅太子缞绖在梓宫举哀发丧，群臣都缞绖，各依班次送殡。然后太子吉服，拜告天地祖宗，换冕冠，即大位；群臣都换了朝服入贺，大赦天下，改元大业元年,自称炀帝。在朝文武,各进爵赏。就差兵部尚书宇文化及带了铁骑,围住伍府,将阖门老幼尽行斩首。可怜伍建章一门三百余口,一个不留。只逃走了马夫。那马夫名唤伍保,一闻此信,逃出后槽,离了长安,星夜往南阳,报与伍云召老爷知道。

再表炀帝,一面犒赏边土军士,又追封东宫为房陵王,以掩其谋害之迹。斯时,在朝有杨素一班夹辅,京城内外有宇文成都领班镇压,故此没有一毫变故。正是:

一十三年瞬息事,顿教遗笑历千秋。

再说化及与杨素,惧怕伍云召在南阳,思欲斩草除根,忙上一本道:"伍建章之子云召,雄兵十万,镇守南阳,官封侯爵,才兼文武,勇冠三军,力敌万人,若不早除,日后必为大患,望陛下起大兵讨之,庶绝后忧。"炀帝准奏,即拜国公韩擒虎为征南大元帅,兵马都招讨麻叔谋为先锋,化及之子成都在后救应,点起雄兵六十万,择日兴师。擒虎辞王别驾,百官送行,离了长安,望南阳进发。此话不表。

再说伍建章之子云召,身长八尺,面如紫玉,目若朗星,声如铜钟;力能举鼎,万夫莫敌,雄兵十万,坐镇南阳,隋朝第五条好汉。夫人贾氏,同庚二十,所生二位公子,才方周岁。一日升帐,众将参见,伍爷说:"今日本帅要往金顶太行山打围,众将不可擅离汛地。"众将一声得令辞出,吩咐掩门。次日,伍爷头戴白银盔,身穿黄金甲,罩西川红锦袍,坐下西番进来千里马。出了辕门,吩咐一声掩门,离了南阳,竟往金顶太行山而来。非止一时,早已到了。手下禀道:"启爷,兵至山边了。"伍爷吩咐安营,摆下围场,各驾鹰犬追兔逐鹿。

你看此山,周围有数百余里。山中有一大王,姓雄,双名阔海,本山人氏。身长一丈,腰大数围,铁面胡须,虎头环眼,声如巨雷。使两柄板斧,重一百六十斤,两臂有万斤气力。打柴为生,后乃落草,聚集头目四十名,喽罗数千,打家劫舍,往来商客不敢单身行走,隋朝算第四条好汉。这日坐在聚义厅上,唤来头目,吩咐道:"今山中钱粮缺少,你众头目各带喽罗,分头下山,各处劫取京商,只可取财,不可取命。"众头目得令,各带喽罗下山去了,不表。

再说那大王,分散众人,自却换了便服,径出寨门,望山下而来。

看看走了两个山冈，只见前面林中跳出两只猛虎，扑将过来。阔海把外袍去了，双手擎住，那虎动也不敢动，将右脚连踢几脚，举手将虎望山下一丢，那虎撞下山冈，跌得半死，又把那虎一连数拳打死了。再望下边一观，那虎又醒将转来要走，阔海赶下山来擎住，又几拳打死了。这名为"双拳伏二虎"。这话也不表。

再说那位伍爷，在山上打围，只见前面有一好汉，不消片时，将两虎打死，吩咐家将："上前相请，说我老爷要见。"家将应声，上前大叫："壮士慢行，我老爷相请！"阔海抬头一看，说："你是何人，是谁老爷唤我？"家将道："我老爷是南阳侯伍老爷，特来请你。"阔海心中想道："伍老爷乃当世之英雄，闻名久矣！我欲见，无路可进，今也倒来相请，是大幸的了。"忙随着家将到了营门。家将先进去禀道："壮士到了。"伍爷吩咐请进来。阔海进去朝上一揖。云召看此人身材雄壮，相貌堂堂，威风凛凛，当下大喜，即出位迎接道："壮士少礼。请问壮士姓甚名谁，那里人氏，作何生理？"阔海道："在下姓雄名阔海，本山人氏，作些无本经纪。"伍爷道："怎么叫无本经纪？"阔海道："只不过在山中集聚喽罗数千，自称大王，白要人财帛，只叫做无本经纪。"伍爷呼呼笑道："本帅见你双拳打死二虎，又看你身材出众，定是一个英雄豪杰。本帅回府意欲为你进表招安，久后可为一殿之臣，你意下若何？"阔海道："多谢元帅。"伍爷大喜道："既如此，今日与你结拜。"阔海道："在下一个卤夫，怎敢与元帅结拜？"伍爷道："说那里话来！"即吩咐家将摆着香案，云召年长一岁，拜为哥哥，阔海拜为兄弟，立誓日后须要患难相扶；若有私心，天地难容。拜毕，伍爷道："你回山中守候，待哥哥回到南阳修本进朝，招安便了。"阔海谢道："生受哥哥。"二人告别，阔海自回山寨，云召吩咐众将摆齐队伍，起马放炮三声，回转南阳，一路无话。

再说那众将，差探子打听，忽报元帅爷回来了，众将出城守候。伍爷走近南阳，众将迎接道："启爷，众将官迎接。"伍爷吩咐一声起去，即同了众将兵士进南阳，来到了辕门，那旗牌官、四营八哨、游击把总千百户，齐齐跪迎道："众将打躬。"伍爷吩咐众将各回营寨，四营八哨各守营寨。众将士得令，放炮三声，吩咐掩门。退回私衙，夫人接着道:“相公缘何去了六七天才得回来?”伍爷道:“夫人有所不知。”遂把与雄阔海结拜之事细细说了一遍,夫人大喜,即吩咐摆宴与老爷接风。伍爷道:“生受夫人。”夫妻对坐,并无外人,丫鬟抱着公子侍立,伍爷见了,忙叫丫鬟抱来。伍爷接过来放在怀中,叫声:“孩儿。”那公子年小,见了伍爷,嘻嘻的笑。伍爷大喜,与夫人饮宴,不觉多饮了几杯,有些醉意。夫人吩咐丫鬟接了公子。伍爷道:“今晚与孩儿同睡,不知夫人意下如何?”夫人道:“既然孩儿与相公同睡,丫鬟掌灯,细心服侍老爷安置。”丫鬟领命。伍爷抱了公子说道:“夫人,下官今晚得罪了。”夫人道:“好说。”老爷与公子安睡,不表。夫人吩咐丫鬟,传话厨房收拾,自却放心不下,想道:“相公力大孩儿幼小,蒙胧之中恐惊了我孩儿,不当稳便。”即忙进房,看见老爷鼻息如雷。正是:

隋朝大将非凡相,鼻息如同雷响高。

毕竟后事如何,且看下回分解。

第十五回　雄阔海大显英雄　伍云召报仇起兵

诗曰：

忠臣诤谏怒隋炀，大起雄兵勇莫当；

从此南阳宁息少，战征不断在沙场。

话说伍夫人见老爷鼻息如雷，把孩儿放在怀中，夫人恐孩儿醒来，只得和衣睡在外面。父母爱子之心不表。却说那老爷云召睡去，不觉来到大堂，心中想道："今日下官出来，缘何家将一个也无？静悄悄，四顾无人，不胜凄凉！往日下官出堂，家将跟随，三军齐集，旗牌侍候，何等威武！今日坐堂好不冷静！"正想之间，只见外面走进一人，满身黑漆，不穿衣服。老爷问道："你是何人？"那人不应，只见隐来隐去。连叫几声，那人应道："孩儿，我是你父亲伍建章，死得好苦也！"云召叫道："爹爹，为何这样光景呀？""我儿啊，那杨广与奸臣算计，弑父缢兄，欺娘奸嫂，情同篡逆。他要我写诏颁行天下，你为父的忠心不昧，把杨广痛骂一场，他把你父亲斩首，又把一门家眷三百余口，尽行抄灭。今又着国公韩擒虎带领六十万雄兵，前来擒你，又着奸臣心腹麻叔谋为先锋，奸臣之子宇文成都应付粮草为救应。孩儿可速速去此南阳，走往别处；不然，性命难保矣！"云召听说，大哭道："那奸贼这等残害我伍门世代忠良，殊属可恨！孩儿今日就点齐人马，杀上长安，除了昏君，去了奸佞，然后更立新君，与父母报仇。"建章道："孩儿何出此言？你还不晓得韩擒虎、麻叔谋、宇文成都这班匹夫的利害？快快与我逃走，不可耽搁！"正在难分之际，又见外边走进一人，满身污血，口叫："孩儿我是你母亲，被昏君把我一门斩首，孩儿要报仇。"云召道："母亲不须在意，孩儿自当报仇！"又见数百余人走进来，一齐跪下道："老爷要与太师爷太夫人报仇，小人们死得好苦也！"云召如醉如呆，老夫人叫道："孩儿反了罢！"大老爷说："孩儿走了罢！"众人齐说："求太师爷作主，要小老爷提兵杀上长安，拿住奸佞，也将他满门斩首，以消此冤。”太师爷上前把老爷一拖：“走罢！”老爷云召大惊，醒来不觉把公子一推，公子便哭将起来，夫人亦醒。

当下夫人爬将起来叫道：“相公为何大呼小叫？”老爷口中还不住的“爹爹”“母亲”的哭叫。夫人连叫几声，老爷开眼一看：“呀，原来一场大梦！”把公子递与了夫人，夫人抱在手中，公子就不哭了。忙叫丫鬟、妇女，他们听得呼唤，忙走进来。列位，为何丫鬟妇女还不曾睡呢？这是帅府里边丫鬟妇女甚多，每日轮班伺候，所以听得一声呼唤，即忙都走进来。

夫人将公子递与丫鬟抱了，又吩咐妇女点茶。老爷起身穿上衣服，呆呆坐着。此已时将五鼓了，夫人问道：“相公想必连日在山上受些惊恐，所以如此。”老爷道：“非也，下官方才睡去，见我父亲满身黑漆，口叫孩儿，你为父的死得好苦，说朝中杨广篡位，要他草诏，他忠心不昧，痛骂几句。那昏君听信奸佞，将他斩首，又将满门三百余口一个不留抄斩，叫我作速逃走，以留伍氏一脉。又见母亲满身血污，说孩儿要与我报仇的。更见阶下数百余人，齐声哭着说，要与我们雪恨。我见此光景，正难分解，却被父亲把我一拖，下官不觉一惊，醒来却是一梦，倒把孩儿惊觉。”夫人道：“梦中之言，相公不必疑虑。”伍爷道：“下官想将起来，莫非我父母全家在朝有什么不吉，故有此兆亦未可定。下官因此放心不下。”夫人道：“公公在朝，身挂紫衣，故此身上黑的；婆婆亦封诰命，故此身上红的。自古道：梦吉则凶，梦凶则吉，阴阳相反，往往如此。”老爷道：“左思右想，只是放心不下。”夫人道：“相公何不一面差人连夜到长安去望公公婆婆，一面唤下圆梦先生详解此梦？”老爷道：“夫人言之有理，待下官明日早堂，差官星夜上长安探望我父母，回来就知明白了。”正说之间，不觉金鸡报晓，已是天明了。吩咐家将传令箭一枝到外边，传中军唤圆梦先生一名早堂伺候；又吩咐三鼓已毕，伺候我老爷升堂。外边一声得令，不表。

再说那马夫伍保逃出长安，在路闻得又差韩擒虎起大兵前来讨伐，心中好不着急，不分星夜赶到南阳。来至辕门，把鼓乱敲，旗牌上前喝问道:“哇！好大胆的狗头,这里什么所在,擅自擂鼓!”吩咐拿下,候大老爷发落。伍保道:“咄,你这瞎眼的官儿,咱是都中太师爷府中差来要见老爷的。”那旗牌大惊道:“老爷,小官不知,望乞恕罪!”伍保道:“快去通报!”旗牌应道:“是。”忙到里边对中军说:“外面有都中太师爷差官要见。”中军即到内堂,报进去道:“都中太师爷差官要见。”老爷大喜,吩咐即唤那差官进来。那旗牌应声出来,说道:“老爷,方才小官多有得罪,大老爷面前望求方便。”伍保道:“不必吩咐,咱自知道的。”

进了辕门,一路到后堂,只见老爷坐在椅中,两旁数十名家将站立。伍保走进一步,大叫一声:“老爷,不好了!”噗通一声,将身跌倒在地,昏迷不醒,话不能言。老爷立起身来一看,道:“这是我府中马夫伍保,为何如此光景?”看官要晓得,那伍保只因连日连夜走了数千里路,心中又急,腹中又饥,身体乏了,所以见了老爷叫得一声:“不好了。”便气涌心来,闷倒地上。家将上前要扶他起来,老爷摇手道:“不可乱扶,待他慢慢自醒转来。”停了一刻,伍保苏醒转来,家将扶起,伍保眼中不住的流泪。老爷道:“太师爷太夫人在都中可好?你为何到此,可有书信？拿来我看。”伍保对着伍爷跪叫道:“老爷,不好了,那里什么书?”老爷急问道:“太师爷可有什么变故么？你快快把都中之事,细细说与我知道。”伍保道:“太子杨广与奸臣谋死文皇,要太师爷草诏,不知为甚,把太师爷斩了。又围住府门,将家中三百余口尽行斩首。小人在后槽,越墙而逃,报与老爷知道。”伍爷听说道:“怎么讲啊?”伍保又说道:“因太子杨广与奸臣谋死文皇,要太师爷草诏,不知为甚,把太师爷杀了。又围住府门,将家中三百余口尽行斩首。小人在后槽,越墙而逃,报与老爷知道。”

伍爷听罢,大叫一声:“啊唷!”晕倒在地。夫人忙叫道:“相公苏醒!”家将亦叫道:“老爷苏醒!”伍爷半晌方醒,家将扶起,伍爷哭道:“我那爹爹啊!”夫人流泪解劝道:“相公且自保重。”“夫人啊,下官世代忠良,况我父亲赤心为国,南征北讨,平定中原。今日昏君弑父篡位,反把我父亲斩了,又将我一门家眷尽行斩首,好不可恨!”夫人道:“公公婆婆既被昏君所害,伍氏又只存相公一人,并无哥弟,相公还须打点主意才是。”伍爷道：“夫人言之有理。伍保，你再把以后事情备细说来。”伍保道：“老爷，那昏君把太师爷斩了之后，又听了奸臣之言，差韩擒虎为元帅，麻叔谋为先锋，宇文成都为后应，带领大兵六十万，前来征讨老爷，请老爷作速打点。”伍爷道：“夫人，下官昨夜梦中，爹爹叫我弃此南阳，逃往别处，母亲却叫我必要报仇，若依了爹爹是忠，若背了母亲，是不孝了；若依了母亲是孝，若背了爹爹是不忠了。下官主见莫定。”夫人道：“公公婆婆既被杨广所害，东宫未知存亡，相公请点齐三军，杀进长安，去了杨广，别立新主；一则与公婆报仇，二则扶助东宫为君，岂不是忠孝两全？”伍爷道：“韩擒虎到来，奈何？”夫人道：“若韩擒虎到来，先除此贼，然后杀入长安。”伍爷道：“夫人说得是，下官与众将商议，然后举行。”

传话中军，吩咐辕门起鼓，传点开门。伍爷头戴一顶凤尾银盔，身穿白袍银甲，三声炮响，伍爷升帐，先是十四个旗牌参见，次后两个中军参见，再后大小左右总兵官五营四哨参见，分立两旁。伍爷道：“众将在此，本帅有句话儿要与众将商议。”众将道：“大老爷吩咐，末将怎敢不遵。”伍爷道：“我老太师在朝伴读东宫，官居仆射，又兼南征北讨平定中原，尽忠为国，莫可尽述。不想太子杨广弑父篡位，与奸臣算计，要老太师草诏，颁行天下。老太师忠心不昧，直言极谏，那杨广反把老太师杀了，并家眷三百余人尽行斩首，言之好不痛心！今又差韩擒虎、麻叔谋、宇文成都带领雄兵六十万，前来拿我。我欲弃却南阳，身投别处，不知诸将意下若何？”总兵队里闪出一员大将叫道：“主帅之言差矣！杨广弑父篡位，本为人人可诛；老太师尽忠被戮，理当不共戴天。昔战国时，楚国忠臣伍奢被平王所害，其子伍员入吴借兵，鞭平王尸三百。这忠臣孝子，万古传扬。今主帅坐镇南阳，雄兵十万，立起旗号，齐心报仇，有何不可？”伍爷听说，睁眼一看，乃麒麟关总兵，复姓司马。名超，身长八尺，青面红须，使一柄大刀，有万夫不当之勇。伍爷道：“将军赤心如此，不知众将如何？”只见统制班内闪出一员上将，姓焦名方，身长七尺，白面长须，惯使一根长枪，上马临阵，无人抵敌，乃将门之种。大声说道：“主帅不必烦心，末将等愿同主帅报仇。”只见四营八哨齐声道：“愿随大老爷与老太师报仇！”伍爷道：“既然如此，明日下教场听操。”“得令！”众将退出，放炮三声，吩咐掩门。

老爷进衙内，夫人迎接着道：“众将之意若何？”老爷道：“夫人，下官方才升坐，见众将齐集，就把父亲遭刑之事，细细说了一遍。众将俱各忿忿不平，愿与下官同心出力，杀进长安，与我父亲报仇。明日下教场点齐众将，分兵各处把守，调齐各处粮草，待韩擒虎到来，下官活擒这厮，然后杀上长安，与父报仇，岂不快哉！”夫人道：“相公主见不差。”一宵无话。

次日天明，老爷叫家将传令外边众将教场伺候。家将答应一声，即忙走出外边对中军道：“大老爷吩咐，诸将、大小三军都到教场伺候。”只听得辕门齐齐应声道：“得令！”只见那总兵官、旗牌官、四营八哨、大小官员都收拾兵器盔甲鞍马，各带管下军马往教场伺候，不表。

伍爷用了早膳，来到大堂，吩咐取盔甲过来。他头戴凤翅银盔，身穿龙鳞银甲，外罩蟒龙白袍。二名家将抬上银枪，那枪有一百六十斤重，纯钢打成，长有一丈八尺，名曰“丈八蛇矛”，乃紫阳真人所授。伍保牵过马来，那马是西番进来的，叫做“照夜玉狮子”。那马高有八尺，浑身雪白，并无杂毛，登山渡水，如行平地一般。伍爷提枪上马，带了家将三百名，出了辕门，来到教场。三声炮响，到了将台边，伍爷下马，家将移过虎皮交椅，伍爷坐着，张起黄罗金顶宝盖。众将上前打拱：“末将甲胄在身，不能全礼。”“众将少礼。”次后，旗牌官、左领军、右领军、四营八哨参见，各队伍站立两旁。伍爷传麒麟关总兵官司马超听令，传令官走出道：“麒麟关司马将军听令！”司马超提刀走上道：“主帅有何吩咐？”“司马将军，你带领二万人马，把守麒麟关各处营寨。待韩擒虎到来，须要小心抵敌，不可有违！”司马超带了人马，往麒麟关把守不表。伍爷再传统制官焦方听令，传令官手执令旗走出道：“统制焦将军听令！”焦方提枪走上道：“主帅有何吩咐？”伍爷道：“本帅有令箭一枝，着你往各处催赶粮草。”焦方执了令箭往各处不表。伍爷又吩咐众将官：“你们各归营寨，操演该管军士，候本帅不日听点。”吩咐完毕回营，伍保牵过马匹，三声炮响，伍爷上马,带了家将回转南阳,这话不表。

单讲那国公韩擒虎奉旨征讨南阳,未到南阳,扎下营寨。先锋进告曰:“公爷在路,日行不过数里,倘反臣知道,逃往他方,圣上闻知,又要加罪;况今日费斗金,公爷务必吩咐三军晓夜兼程才是。”韩爷道:“麻将军有所不知,那伍云召乃将门之子,英雄豪杰,焉肯逃走。目下天气炎热,兵士众多,后面粮草不济,宇文成都还未到,本帅爱惜军士,所以如此。将军自领前阵,本帅自领中军,有事前来通报。”麻叔谋应道:“是!”带领三军望前而行。在路上纵容军士掳掠百姓,奸人妻女,罪不可当。列位看官,你道韩爷为什么在路上慢慢行走?他只因与伍建章有八拜之交,意欲使伍云召知觉,逃往别处,故此打发麻叔谋领前队,自却领中军缓缓而行。那麻叔谋兵至麒麟关,探子报道:“启爷,兵至关下了。”那麻叔谋出马一看,只见关门紧闭,关上扯起了两面大白绫旗,那旗上大书“忠孝王与父报仇”七个大字。叔谋不看犹可,看了十分大怒。正是:

隋炀无道忠臣死,兵讨南阳国土离。

便令:“军士叩关下寨,放炮安营,待我前去禀过公爷再行定夺。”军士一声答应,自己往中军而来。军士报知,韩爷走出中军。叔谋道:“公爷在上,末将参见。”韩爷道:“先锋少礼,今来参见,有何禀闻?”麻爷道:“公爷,小将领兵来到麒麟关,那总兵司马超扶助反贼,把关紧闭,扯起旗号,上写道‘忠孝王与父报仇’。”韩爷道:“这厮反叛朝廷,殊为无礼。”吩咐三军,拔营前去。

兵马向前,直至关下。韩爷道:“那一位将军前去讨战?”早有副将先锋雷明闪出帐前,应道:“末将愿取此关。”韩爷道:“小心前去。”应道:“晓得。”当下雷明顶盔贯甲,翻身上马,手执方天画戟,直至关下,大叫道:“呔!城上的报与守将知道,有本事的前来会战。”探子飞报入府:“启爷,今有一员隋将讨战。”司马超即忙顶盔贯甲,悬鞭挂锏,提刀上马,带领众将放炮出关。雷明看见大叫道:“青面贼,你是何人?”司马超大喝道:“爷乃伍元帅帐下麒麟关总兵司马超便是。”雷明听说,呼呼大笑道:“我乃天朝大将,岂识你反臣贼子!”举戟便刺。司马超举刀,劈面相迎。不上几个回合,雷明看来招架不住，司马超这把大刀神出鬼没，雷明大叫道："好家伙！"慌忙要走，被司马超撇开画戟，举刀望头砍来，把雷明连头连甲劈做两半。可怜一个雷明，竟死于关下。那败兵飞报营中："启爷，雷将军被贼将杀了！"韩爷大怒道："罢了，罢了，未曾破关，先折了一将。"大声叫道："众将官，哪一位与我去擒来？"闪过正先锋麻叔谋道："小将愿往擒此反贼。"韩爷道："小心前去。"麻爷应道："晓得。"提枪上马，出了营门，来到关下，大叫道："反贼，你是朝廷命官，乃助这逆贼，有违天命，自取灭亡。如今趁早好好卸甲投戈，饶你性命。"正是：

　　大言不惭无用将，怎敌能征善战雄。

毕竟后事如何，且看下回分解。

第十六回 司马超败麻叔谋 伍云召刺何总兵

诗曰：

直性豪雄共一班，龙争虎斗守当关；
皆因隋王根基浅，有害军民涂炭间。

当下麻叔谋大声高喝，司马超闻言大怒，喝道："放屁！"上前把刀劈面一砍，麻叔谋将枪架住道："这狗头好家伙！"将手中枪便刺，司马超抡刀相迎。两马相交，枪刀并举，大战四十回合，不分胜负。枪来刀架，刀去枪迎，四条臂膊纵横，八个马蹄交错，真正棋逢敌手。麻叔谋想道："必须回马一枪，方可胜他。"即把枪虚晃一晃，分开大刀，拖枪回马而走。司马超在后追来。叔谋在前，渐渐见他追近，叔谋勒住马，将枪在手，回马一枪。枪还未起，司马超将刀在马后劈将下来，叔谋将身一闪，跌下马来。众将抢上前去，救了叔谋。天色已晚，各自收兵。

叔谋回进营门，来见元帅。韩爷道："将军胜负若何？"叔谋道："公爷，小将出去，与那贼将大战四十回合。看他本事高强，意欲用回马枪挑他，不料马失前蹄，跌下马来，败走回营，来见公爷，望乞恕罪。"韩爷道："胜败兵家常事，何足为虑？但此关不破，此贼难擒，待本帅明日自去擒他便了。"众将应道："是。"司马超亦回进关中，脱下盔甲，众将贺道："将军真天神也，杀得这贼望风丧胆，明日必定成功。"司马超大喜，一面申报元帅，一面吩咐军士紧守关门。

次日，那韩爷埋锅造饭，全身披挂，直抵关前讨战。那韩爷头戴一顶闹龙银盔，身披一副鱼鳞银甲，外罩一件大红袍，坐下一匹千里马，年近七旬，须发苍白，五绺长髯，威风凛凛，手执大刀，摆齐众将，来到关下。探子报入关中，司马超闻报，道："这老匹夫，合当便死，待我出去斩了他，趁势杀上长安便了。"吩咐三军齐出会战。那司马超顶盔贯甲，一马当先，出来欠身施礼道："老元帅，小将甲胄在身，不能全礼,马上打拱了。”——看官,那司马超昔日也在他麾下做过指挥,知他的本事。他十二岁打过老虎,十三岁出征,曾破番兵数十万,南征北讨,不知会过多少英雄,并无对手。后归隋朝,封为国公,不亚于杨林。

那边韩爷见司马超马上欠身,口称老元帅,即忙答礼道:“将军少礼,本帅有句直言,不知将军肯容纳否?”司马超道:“老将军有何金言,末将自当洗耳。”韩爷拥马向前,众将随列于后,便道:“将军,本帅奉旨征南,大兵六十万,战将千员,后队天保将军宇文成都,不日就到。将军退回关中,与云召商议,早早打点。不然,打破南阳,玉石俱焚,悔之晚矣。”韩爷心中只不过要云召逃走,不好明言,故此暗暗点省。司马超是个莽夫,哪里听得出这话?又且昨日胜了二将,今又欺其年老,即大喝道:“不必多言,看刀罢!”当头一刀劈来,韩爷大怒道:“这狗头,如此无礼。”忙把刀架住,叮当一响,司马超道:“老匹夫,好家伙!”那司马超哪里是韩擒虎的对手,战上有七、八个回合,马有十四、五个照面,被韩爷架开司马超的刀,照头一刀砍下。可怜司马超为主忠心,不能成功,竟死于韩爷之手。众将见主将已死,大喊一声,四散而逃。韩爷乘势抢关,关内无主,开关投降。韩爷兵马入关,点明户口,盘算钱粮。养马三日,方才起兵,直抵南阳,离城十里,安营下寨不表。

再说那探子飞马报进南阳,到了辕门,中军传禀,伍爷吩咐辕门起鼓。众将披挂,传点开门,三声炮响,伍爷升堂。探子告进道:“大老爷在上,探子叩头。”伍爷道:“起来讲。”“啊呀,大老爷不好了!隋朝拜韩擒虎为元帅,带领雄兵六十万,战将千员,攻打麒麟关。那总兵司马爷出兵交战,初阵斩了隋朝一员大将,次后又杀败了麻叔谋,司马爷得胜回关。次日,韩元帅点兵,亲自与司马爷大战,不料被韩元帅杀了。那军士趁势攻破麒麟关,直抵南阳来了,大老爷须打点迎敌。”伍爷听报微笑道:“自古说:‘兵来将挡,水来土掩。’他那里人虽多,有何惧哉!”吩咐赏他银牌,一面再去打听。“谢爷赏。”那探子出了辕门,上马而走。伍爷吩咐众将整顿盔甲,操演兵马,整备交战,众将齐声应道:“得令。”外面报进:“催粮将军焦方缴令。”伍爷吩咐令他进来。焦方下马,走进辕门,上堂参见:"主帅在上,末将参见。"伍爷道:"将军鞍马劳顿,免礼罢。"焦方道:"末将奉主帅将令,往新野县催运粮米十万斛,今在城外渭河里面。"伍爷道:"将军路上辛苦,且回营安歇,再候本帅将令罢。"焦方道:"多谢主帅。"出了辕门,上马回营不表。

再说韩爷升帐,大小将官参见已毕,吩咐:"哪一位将军前去擒拿反贼?"闪过汜水关总兵何伦道:"元帅,待小将去擒来。"韩爷道:"那反臣武艺出众,本事高强,你须小心前去。"何伦道:"元帅放心,末将去,如拿不来伍云召,誓不回营。"即提斧上马,带了众将,抵关讨战,大叫:"城上的报与反贼知道,早早出城,下马受缚。"军士报至府中,说道:"关下隋将讨战。"伍爷听了道:"待本帅自出城去,杀那来将。"即提枪上马,带领三军,摆开阵势,大叫道:"来将何名,敢来犯界?"那何伦向前大叫道:"反贼,你不认得我征南大将军麾下、汜水关总兵何伦么?你速速下马受缚,免污我的宣花斧。"伍爷大喝道:"呔!你乃无名小将,敢来说这狂言,速速换你韩擒虎出来会战,不然,先把你这匹夫碎尸万段!"何伦大怒,走马向前,举起宣花斧,劈面砍来。伍爷把枪一架,叮当一响,何伦双手苏麻,虎口震开,复一枪结果了性命。众将上前,围住了伍爷。那伍爷一杆枪,神出鬼没,一连几枪,又挑死了隋朝十多员将官,众皆败走。伍爷又趁势杀上,把三军乱砍,杀得血流成河,尸积如山。伍爷大胜,吩咐打得胜鼓回营。

那隋朝败兵,报进营门:"启爷,不好了,何将军被伍云召一枪刺死,又挑死十多员大将,又把三军砍死数万。"韩爷闻报,大吃一惊,连忙出营计点军士,折了兵卒二万,马三千匹,盔甲不计其数。韩爷大怒,吩咐:"明日本帅自己亲自临阵,斩此匹夫,与何将军报仇。你们将士须小心管守栅门,防贼暗算。"众将齐声答应道:"是。"

次日,韩爷升帐,点齐大小三军,闪出先锋麻叔谋,上前打拱道:"公爷在上,小将参见。"韩爷道:"将军少礼。"叔谋道:"公爷,今日待小将前去,擒拿反贼,解上朝廷,速平南阳。"韩爷道:"既如此,将军须要小心在意。"叔谋说声得令,回到营中,点齐众将,吩咐三军道:

"今日出阵,非比往常,你们十二员猛将,带领二千人马,埋伏在长平冈左右。"又命四员心腹勇将:"你们带领二千人马,离城三里埋伏,若本帅擒拿反贼,你们杀入城中,捉住家小,夺取城池;若反臣胜了,你们后面杀上,不得违令。"众将应声道:"是。"各领兵马,前去埋伏。我且慢表。

单讲麻叔谋对四员护从猛将道:"你四位将军乃本先锋亲信之将,要晓得那反贼英雄盖世,勇冠三军,昨日何爷被他杀了,又折了许多人马,今日我元帅要亲自临阵。俺为先锋,焉敢退避,故此讨下差来,与那反贼交战。四位将军俱要紧随着我,我若胜了,把反贼挑下马来,你们可速速去擒,抢他的袍甲盔马枪剑:这几件都是宝贝,我后来自要受用的,不可遗失一件。若我杀败了,你们速上前挡住,尽力死战,同心竭力。若拿得反贼,功劳是一样的。"四人应声道:"得令。"

那麻叔谋顶盔贯甲,手执长枪,身坐高马,那四员大将也是顶盔贯甲,各执器械,身坐高马,带了四万人马,齐出营门,来到阵前,吩咐军士前去讨战。军士奉了将令,来到城下,大叫道:"城上的狗头,快报你反贼知道,今日我先锋自己出来,叫你反贼出来受缚,免我先锋动手。"城上军士听得道:"这狗头出言无状,待俺射他一箭。"呼的一声,正中讲话军士的咽喉,那军士跌下马来。有军士报与元帅道:"启爷,隋将麻叔谋,带领众将在关下讨战。"伍爷道:"杀不尽的狗头,今日也来索死。"吩咐伍保带马,伍爷手执长枪,腰挂青虹剑,带了军士,上马出关。焦方上前禀道:"元帅,那隋兵昨日大败而去,又折了许多兵马,今日复来讨战,恐必有计,元帅须要提防。"伍爷道:"量此鼠辈,何足惧哉？吾今日必当擒之。"

来到战场,那麻叔谋提枪上前,四员猛将随列于后。伍爷单枪匹马而出,高声大骂道:"杀不尽的狗头,擅兴无名之师,犯我南阳,速速下马受死,免累三军遭难。若不依言,照爷爷的家伙罢!"劈面一枪。叔谋大怒,举枪便迎。两马相交,双枪并举,三、四个回合,叔谋气力不加,大叫道:"好家伙,众将上前抵敌!"虚刺一枪,大败而走。伍爷后面追来,四将上前挡住,伍爷独战四将,并勿惧怯。不上一、二回合，二将中枪落马而死；那二将见势头不好，正待要走，被伍爷拔出青虹剑，连头带肩切于马下。

隋兵大败而走，云召追至长平冈。只听一声炮响，闪出埋伏的四员大将，领了二千人马，拦住去路。后面那四员大将，听得炮响喊声，连忙领了大兵，往后面杀来。伍爷急领兵回时，韩元帅又差二员大将：一员是陈州总兵吴烈，生得豹头红脸，手执大刀，身骑骏马；那一员是曹州参将王明，生得铁面胡须，手使大刀，身骑高马，各带军马五千，四面围住。那伍爷兵少，围在垓心，不能解救，东冲西突。隋兵愈加众多，伍爷手执长枪，杀上前面。四将来迎，伍爷大喊一声，径冲四将。那四将抵敌不住，伍爷把青虹剑乱砍。折了三将，一将往前逃走，被伍爷一箭射死，前军四散逃生。伍爷执剑从后追来，两肋下伏兵齐起，吴烈、王明各手执大刀，大叫道："反贼，不得无礼，俺吴爷、王爷在此。"伍爷并不答应，挺枪便刺。吴烈纵马舞刀来迎，不上三合，吴烈抵敌不住。王明见吴烈战云召不下，拍马抡刀，前来双战。伍爷全无惧怯，在中央独战二将，不上五、六回合，吴烈中枪落马。王明要走，被伍爷也是一枪结果了性命。军士乱逃，被伍爷把青虹剑乱砍，犹如砍瓜切菜一般。后面四将，见隋兵大败，欲待要走，又无退路，只得拍马向前，拼命杀上。那伍爷杀得性起，把青虹剑乱砍，不消半个时辰，四将都丧在沙场。可怜麻叔谋帐下有十二员将官，俱丧于伍爷之手，只逃走了麻叔谋。

那麻叔谋亏了四将挡住，杂入小军中逃脱，盔袍尽落，衣甲全无，急急然如丧家之犬，忙忙然如漏网之鱼。逃到营中，败军报进："启元帅，先锋大败回来了。"韩爷道："唤进来。"麻叔谋走到中军，来见韩爷，大叫："公爷，不好了！"韩爷抬头一看，见叔谋盔甲全无，衣衫不整，垂着头，拐着脚，好似落汤鸡一般。忙问道："先锋为什么这般光景？"叔谋道："主帅在上，小将奉令出兵，点齐将军十二员分头迎敌，不料这反贼勇猛异常，小将与他交战不上三合，几乎丧其头颅，幸亏四将挡住，我杂入小军中逃脱，不然不得见公爷了。"韩爷大怒道："我又差二员总兵前来接应，怎么不与反贼死战，私下逃回？前日在麒麟关，被司马超杀败，本帅念你初次；今又丧师误国，军法难逃了。

左右，与我绑去砍了！”叔谋大叫道：“求帅爷饶命。”韩爷喝道：“斩讫报来。”左右不由分说，把叔谋绑出营门。叔谋大哭道：“众将快来救我，必当犬马相报。”闪过军中参谋包生，上前禀道：“公爷，未破南阳，先斩大将，于军不利。不如暂恕先锋，待破了南阳，与反贼一并解上朝廷，候旨定夺。”韩爷道：“参谋之言有理。”即吩咐道：“看参谋分上，死罪免了，活罪难免，发军政司重打四十，后营管马。”左右答应，把绑放了，解往军政司去发落不表。

再说韩爷升堂，只见那败兵报进道：“启元帅爷，不好了！南阳兵来得凶勇，伍老爷枪剑非常，撞着枪就死，惹着剑就亡。那麻爷手下十二员大将，尽被伍爷杀了，大小三军十分中去了九分半。”韩爷道：“总兵吴爷、参将王爷怎么样了？”败兵道：“都被伍爷梨花枪挑死了。”“如今伍云召在那里？”败兵道：“伍爷还在那里杀人。”韩爷道：“这反贼如此无礼，取我的衣甲、头盔过来，待本帅自去擒他。”那韩爷头戴凤翅银盔，身穿锁子黄金甲，外罩团花红锦袍，脚穿粉底战靴，坐下千里马，手执大绰刀，带了三军，齐出营来不表。

再说那伍爷，南阳三十里厮杀，远者枪刺，近者剑砍，杀死隋将二十余员，其余士卒不计其数。后史官有诗赞伍云召：

血染银袍透甲红，隋将莫敢与交锋；
当今多少英雄将，尽丧南阳战泽中。

当下杀出长平冈，只见探子报道：“韩元帅大兵到了。”伍爷吩咐扎营以待。只见韩爷出马，当先大叫道：“请伍云召出来，老夫有话相商。”军士报进，伍爷提枪出阵，只见韩爷身骑高马，众将随列两旁，乃马上欠身道：“老伯，小侄甲胄在身，不能全礼，马上打拱了，望老伯恕罪。”韩爷连忙答礼道：“贤侄少礼，老夫有一言相告，不知贤侄可容纳否？”伍爷道：“老伯有何见教，小侄自当洗耳恭听。”韩爷道：“贤侄，你父与汝世食隋禄，官居极品，乃不思报效，叛逆称王，自立旗号，称为忠孝王。你口读诗书，不知忠孝之义，可发一笑。又称与爷报仇，你仇在那里？自古道：‘君要臣死，不死非为忠；父要子亡，不亡非为孝。’老夫奉命征讨，你又抗拒天兵，杀害朝廷大将，罪孽重大。今我大兵六十万，战将一千员，你南阳一郡之地，济得甚事？

不如倒戈归降，待老夫回奏朝廷，赦汝之罪，封汝为王，你意下如何?”伍爷道:“老伯，我父亲世代忠良，赤心为国，官居仆射，并无过犯，老伯尽知。不料杨广弑父篡位，纳娘为后，欺兄图嫂，古今罕有。我父亲忠良不昧，直言极谏。那杨广反把我父亲杀了，又将我一门三百余口尽行斩首，可怜只存小侄。那杨广又听信奸臣，烦老伯兴兵前来拿我。小侄本该引颈受刑，奈君父之仇，不共戴天。老伯请速回兵，退归长安，待小侄不日兴师，杀进长安，除却昏君杀却奸逆，复立东宫，以安天下。复立东宫谓之忠;除却昏君，以报父仇，谓之孝，岂不为忠孝两全？老伯请自详察。”韩爷听了，大怒道:“反贼，我好意叫你去邪归正，你却有许多支吾。也罢，照爷爷的家伙罢!”举起大刀，照头砍去。伍爷架住刀道:“啊呀，老伯父，念小侄有大仇在身，还求怜恤。”正是:

得放手时须放手，得饶人处且饶人。

不知后事如何，且看下回分解。

第十七回　韩擒虎调兵二路　伍云召被困南阳

诗曰：

云召天生忠义心，只嫌有力志难伸；
南阳被困风波险，骨肉伤悲请救兵。

当下韩爷听了云召之言，不觉心中大怒，骂道："小畜生，当真不听我言么？"说罢，又是一刀砍下。伍爷又把枪架住道："老伯，我因你与我父亲同年，又有八拜之交，故此让你两刀，你可就此去罢，不然小侄要得罪了。"韩爷又是一刀劈下。伍爷逼开刀，把枪一刺，两下大战十个回合，马有二十个照面，韩爷看看抵敌不住，回马就走。伍爷叫声："那里走！"拍马赶来。韩爷不走自己营门，竟往侧首山中而走，伍爷看看，韩爷看四面无人，住马叫道："贤侄休赶，老夫有言相告。"伍爷住马道："你且讲来。"韩爷道："老夫年老，不知贤侄这等年少英雄，使老夫钦服之至。但贤侄不知，后队趱粮救应使天保将军宇文成都好不利害，他使一个镏金镋，重三百二十斤，有万夫不当之勇，贤侄虽勇，恐非所敌。故此老夫劝贤侄弃此南阳，投往河北，暂且守候。想目下真主已出，隋朝气数亦不久，俟后自当报仇，贤侄意下如何？"伍爷道："老伯此言虽是，但我大仇在身，刻不容缓，奸臣之子宇文成都到来，我何惧哉！老伯请速回，下次不可轻出，若再撞见，小侄不认得老伯了。"韩爷带转马头就走，叫道："贤侄，你仍旧后面追赶，以避嫌疑。"伍爷依言追下来，追出山口不表。

再说那隋朝众将，不见了主帅，各自分头救应。只见山中追出主师，众将大叫道："反臣不可伤我元帅。"众将挡住，韩爷回进营门。伍爷也不追赶，收兵而去。韩爷下马卸甲，坐在交椅上，众将参见致罪。韩爷吩咐众将退回麒麟关扎住，计点众将军士：头阵与司马超交战，折去大将一员、兵二万；二阵与伍云召交战，又折去大将六员，兵三万；麻叔谋领兵，折去大将十二员，兵二万。前后共折大将数十员、兵七万，锐气已衰。一面修表进朝求救，一面差官催救应使宇文成都速来讨战。又发令箭两枝：一枝去调临潼关总兵尚师徒，一枝去调红泥关总兵新文礼，前来帐下。那差官得令，各自分头前去。

且说那伍老爷大获全胜，兵回南阳，众将接见道："主帅如此英雄，何愁隋朝不灭！"伍爷大喜道："全仗众将同心。"众将道："不敢。"兵士报道："启爷，韩擒虎带领败兵，回转麒麟关去了。""再去打听。""得令。"伍爷回至辕门，吩咐众将各归营寨，三声炮响，吩咐掩门，回进私衙。夫人接见，吩咐家将取纱帽便服，换下盔甲。夫人见血染白袍，忙问道："相公今日与隋兵交战，胜负如何？"伍爷把杀败擒虎之事，细细说了一遍。夫人大喜，忙吩咐摆酒："相公为父报仇，交战辛苦，请畅饮几杯，以为得胜酒。"伍爷一来劳力辛苦，二来肚中空虚，把酒一连数杯，不觉大醉。看见丫鬟抱着公子，接过来抱在怀中，说道："吾儿，你后来要与父争气。"夫人见老爷醉了，吩咐丫鬟取夜膳过来，夫人自己接过公子，递与丫鬟，老爷连吃了十多碗饭，家将收拾已毕，夫人吩咐掌灯，送老爷安置。此话不表。

再说那韩爷坐在关中，心中愁着："宇文成都怎么还不到来？倘伍云召兴兵前来，何以抵敌？"吩咐三军，将各门紧闭，整备炮石。忽见军士报进："启爷，宇文天保将军趱粮已到，在关外要见元帅。"韩爷传令进来。军士来到关外说："宇文将军，元帅请进见。"宇文成都匹马进关，来至营前，上前见了韩公道："公爷在上，末将参见。""将军少礼。""公爷起兵已及三月，缘何还在这里？"韩爷把两次交战，折去大将军士，一一说了一遍。成都大怒道："那反贼如此猖獗！待小将明日出阵，擒那反贼，一来与诸将报仇，二来与公爷出气。"韩爷道："须要小心。"那成都辞别出营，上马出关，吩咐军士将粮草上了仓廒，又吩咐随征十二员英雄，明日同进南阳，擒那反贼，众将得令。

那宇文成都，身长一丈，腰大十围，金面长须，虎目浓眉，使一柄镏金镋，重三百二十斤，隋朝算第二条好汉，按上界雷声普化天尊临凡。一日，在长安城甘露寺，那寺内殿前有一鼎，是秦始皇所铸，高有一丈，大有二抱，上写着："重五百四十八斤。"适值这日，隋文帝同文武百官行香，谓化及曰："朕闻卿之子成都，力能举此鼎，可宣来试与朕看。”化及俯伏奏道：“臣儿随驾在此。”“臣宇文成都见驾，愿我皇万岁万岁万万岁！”只这一声，犹如牙缝内打一个霹雳。文帝大喜道：“爱卿平身，卿可即将殿前香鼎试与朕看。”成都应道：“领旨。”走下殿来，将袍脱下，两手把香炉脚拿住，将身一低，抱将起来，离地有三尺高。传旨举步，成都又走了几步，复归原所放下。两旁文武看见，无不喝彩。成都走上驾前，神气不变，喘息全无。文帝大喜，即封为无敌大将军。这都是说成都的力大，也不必表。

再说那成都，次日带领三军，来到南阳，离城十里安寨。那探子飞报伍爷道：“不好了！天保将军到了，离城十里安寨，差将在外讨战。”“再去打听！”众将闻报，上前参见。伍爷道：“少礼，众将在此，本帅有言相告。今日奸臣之子宇文成都到来，本帅今日出去，自当战死沙场，以尽孝道；但大仇未报，此天命也。我今倘有不测，众将三军自然投顺隋营，但夫人公子在此……”伍爷说了这句，就住口不说了，吩咐三军出城，自却顶盔贯甲，提枪上马。众将齐道：“元帅放心，元帅与老太师报仇，是个孝子，末将等虽做不得义士，愿与元帅情同生死。夫人公子，元帅请放心。”伍爷道：“多谢众将。”吩咐伍保带了三百名家将，到南山砍伐树木，备作城上擂木，伍保一声得令前去。伍爷又令：“焦方过来，你带三千人马，往吊桥守住，倘后面隋兵追来，将弓箭齐射，不得有违！”焦方得令，自领人马，前去准备。

伍爷带了人马，来到阵前，只见宇文成都头戴乌金盔，身穿连环宝甲，手执镏金镋，浑似天神一般，大叫道：“反贼，速来受缚，免我宇文爷爷动手。”伍爷听得，大骂道：“奸贼，你通谋篡逆，死有余辜，尚敢阵前大言，照爷爷的家伙罢！”劈面一枪刺去。成都大怒，把镏金镋一挡，叮当一响，伍爷的马倒退二步，成都又是一镋，伍爷把枪架住。两个战了十五个回合，马有三十个照面，伍爷回马大败而走。成都大叫道：“反贼，走哪里去？”匹马追来，看看相近，伍爷回刀挺枪，大叫道：“奸贼，来与你拼个你死我生！”成都道：“走的不是好汉。”把镏金镋劈面一镋，伍爷把枪一架，两个又战了二十余合。伍爷气力不加，把枪一刺，回马又走，成都在后面追来。

却说那伍保在南山砍树，见前面有二员将大战，一将败下来，伍保一看，大惊道："这是我家老爷，手无寸铁，如何是好？"只见山旁一株大枣树，用力一拔拔起来，去了枝叶，拿在手中，赶下山来，大喝一声道："勿伤我主。"忙把枣树照成都马头劈头一砍，成都看得真切，即把镏金镋一挡，那马也退三、四步。列位，那成都要算天下第二条好汉，为何也倒退了三、四步？只因这株枣树大又大长又长，伍保力气又大，成都的兵器短，所以倒退了。伍爷一看，原来是伍保。那伍保将树又打下来，成都把镏金镋往上一迎，把树迎做两段。成都又把镏金镋打来，伍爷在前面山冈上一看，叫声："不好了！"拔箭张弓，呼的一声，照成都射来。成都不防暗箭，叫声："啊呀，不好了！"一箭正中在手，回马走了。伍保赶上，伍爷叫声："不要赶！"伍保回步，同三百家将上山抬了树木，回进南阳吊桥边，焦方接着，叫声："主将，得胜了么？"伍爷道："若无伍保，几乎性命不留。"说罢，同众将回至辕门，吩咐众将紧闭四门，安摆炮石擂木，紧守城池。众将得令前去整备。列位！你道伍云召为何把城池这般紧守？那云召本来战不过成都，初阵亏伍保相救，细想南阳诸将并无对手，恐城池攻破，玉石俱焚，故此先将城池紧守，此话不表。

再说韩爷坐在关中，探子报进道："宇文老爷大败而回，请元帅发兵相救。"韩爷正要发兵，只见兵士报进："临潼关总兵尚师徒，带领雄兵在外候令。"韩爷吩咐进来。尚师徒进营参见，韩爷道："尚将军，你带了本部人马，前去助那宇文将军，同擒反贼。"尚师徒一声得令。军士又报进："新文礼在外候令。"韩爷即吩咐："也带本部人马，同尚师徒前去会擒反贼。应道："得令。"新文礼同尚师徒各带人马，来到宇文成都营中。军士报进，成都出营接见，二将下马，携手同进营中。三人相见已毕，新文礼与尚师徒一同开口问道："宇文将军治军劳神了。"成都道："二位将军于远路来，鞍马劳顿了。"吩咐军士摆酒接风，一夜无话。

次日军士报进："元帅到了。"三人出接，元帅进营，下马坐定，三将上前参见，元帅道："将军们少礼，我想反贼昨日出城，见我兵强将壮，紧闭城门，不出相敌，如何是好？"宇文成都道："公爷放心，谅此孤城，何足虑哉！只消待小将打破城池，捉拿反贼便了。"韩爷大喜，便同三位将军离营来至城下，把城池周围看了一遍，即同三将回营，谓三将曰："此城险峻，不易攻也，况城中伍云召乃勇猛之将，若放走了，是纵虎归山，放龙归海。尚将军过来，你带领本部人马，围住南城，不得纵放反贼。"尚师徒一声："得令。"韩爷又令："新将军过来，你带领本部人马，围住北城，不得放走反贼。"新文礼一声："得令。"韩爷又令："宇文将军过来，你带领众将人马，围住西城，不得纵放反贼。"宇文成都也应声："得令。"三将各上马分头前去，韩爷自却带领众将大小三军，围住东门，此话不表。

再说伍爷坐在衙中，想起宇文成都勇猛，心中十分忧闷，忽听军士报进道："韩擒虎调临潼关总兵尚师徒、红泥关总兵新文礼，带领人马，围住南北二城，宇文成都围住西城，韩擒虎围住东城，好不利害。"伍爷闻报，好不着急，只得亲督将士，巡守四城，安摆火炮、擂木、弓箭。宇文成都率兵攻城，城上炮石箭矢势如雨下。那隋兵折了许多人马，只得吩咐暂退三里，候元帅军令定夺。此话不表。

再说南阳军士报知伍爷说："隋兵退下三里之外。"伍爷上城一看，果然退去有三里远近。细看隋兵兵士如喽蚁之密，军马往来不住，伍爷放心不下，早晚上城巡视数回。一到夜来，隋营灯火照耀，犹如白日，只得吩咐城上众将尽心把守。伍爷下城来，与众将道："隋兵如此之多，将帅如此之勇，如何是好？"统制官焦方上前道："主帅勿忧，自古道：'兵来将挡，水来土掩。'明日待小将同主帅杀入隋营，斩其将帅，隋兵自然退去，主帅意下如何？"伍爷道："将军有所不知，那隋兵之多，将帅之众，俱不在本帅心上，惟有宇文成都勇猛无敌，我南阳诸将并没有强似他的，倘杀出去，徒送性命。我有一个族弟，名唤伍天锡，身长一丈，腰大数围，红脸黄须，两臂有万斤气力，使一柄混天镋，重有二百多斤。他在河北沱罗寨落草，手下喽罗数万，猛将也不少。若有人前去，勾得他领兵到此相助，方能敌得住宇文成都之勇。"焦方道："既有主帅令弟将军如此之勇，待末将前往河北沱罗寨，请他领兵前来相助便了。"即提枪上马，出了营门，望北城而出，放下吊桥，回马大叫道："吩咐紧守城门。"军士应道："是。"

焦方离了南阳，行得一里，只见埋伏军士向前大叫道："呔！反贼,你往哪里走?”焦方匹马单枪,只是不应。军士围将拢来,焦方大喝道:“来来来!你们来一个杀一个,杀一双杀一双。”军士大怒,各执兵器前来。焦方大怒,把枪一滚,上前的俱被枪刺死。军士不怕不喊,复围上来。焦方又拔刀在手,左手提枪,右手执刀,枪到处人人皆死,刀着处个个皆亡。焦方杀出重围,往前飞走。那败兵报进营中:“启爷,不好了!城中一将杀出重围,望北去了。我这里军士被他伤了无数。”新文礼闻报大怒,提刀上马,赶出营来。那焦方已去得远了,只得回马进营,唤过队长喝道:“你怎么不来早报于我?拿去砍了,以警将来。”此话不表。

再说焦方,杀出重围,离了南阳,在路渴饮饥餐,不分昼夜,非止一日,来到河北。焦方道:“不知沱罗寨在哪里?”一路地广人稀,无从访问,看看天色已晚,不免趱向前去,再作道理。走不上三里多路,早只见:

金乌飞落西山去,玉兔升从东海来。

焦方在月光中一看,只见前面一座高山,好不峻险:丛丛树木森茂,巍巍山岭嵯峨,猿啼虎啸,涧水潺潺。焦方到此,不觉有些害怕起来,好歹且上前去看来。策马奔程,忽听地铃一响,早被绊马索一绊,将焦方连人带马跌将下来。两边走出几个喽罗,把焦方拿住绑了。喽罗带了马说:“好一匹马,用得着的。”地下拾了枪说:“这枪倒有些重。”把来扛在肩上,两个抬了就走。焦方身子绑紧,动弹不得,只得听他脚不点地走了三、四个山头,见山风下一个大大的围场,方圆数里。过了围场,来到山边,只见两山相对,中间一座关栅,两旁刀剑密密,枪戟重重。关上喽罗一看,问道:“大王差你取财帛,你取了多少回来?”关下喽罗道:“今日没有客商经过,财帛没有,晚来拿得一个牛子,送与大王作醒酒汤。”“好凑巧,大王酒醉,正想哩!”遂开了侧首小关,带了焦方,望内而走。过了三重栅门,来到聚义厅。这厅有十多丈开阔,十多丈进深,中间排着虎皮交椅,一座案桌上,大红桌围,点上两枝画烛。喽罗把焦方绑在将军柱上,焦方竟闭目由他。只见里边报出来道:“大王出来了。”喽罗立在两旁,大王出来坐在交椅上,问道:“今日出去,各路打劫客商,有多少财物?”头目将各处财物说了，吩咐交与管库头目收贮。那拿焦方的几个喽罗上前禀道："大王，小人拿得一个牛子，与大王醒酒。"大王道："与我取来。"

喽罗取来一盆水，放在焦方面前，手拿着刀，把焦方胸前解开，取水向心中一喷。那心是热血裹住的，须用冷水喷开热血，好取心肝来吃。焦方见明亮亮一把刀，魂飞天外，大叫道："我焦方横死于此亦无足惜，可恨误了南阳伍老爷大事。"大王听得问道："哪一个说南阳伍老爷？"喽罗道："这牛子口中说的。"大王大惊："与我唤来。"那喽罗把焦方开了绑，带将过来。那焦方已吓得：

魂飞天外无寻处，魄散九霄少获来。

毕竟后事如何，且看下回分解。

第十八回 焦方借兵沱罗寨 天锡救兄南阳城

诗曰：

百万隋师围困来，英雄遭难少奇才；
亏得焦方多仗义，借兵远奔虎狼灾。

当下大王大惊，忙吩咐道："与我把这牛子放来！"喽罗把焦方开了绑，带将上来。那焦方已吓得半死，四肢苏麻。大王问道："你这牛子，怎么说起南阳伍老爷？"焦方道："大王，他是小将的主帅，官受南阳侯，名唤伍云召，被隋将宇文成都围住南阳，攻打城池，破在旦夕。差小将到河北沱罗寨伍大王那里，求取救兵。不想遇着大王，乞大王开一线之恩，放了小将去救伍爷城池。"大王便立起身来问道："你叫什么名字？""小将是伍爷帐下统制官焦方便是。"大王道："请起看坐。"左右忙移交椅过来，又将衣服与他穿了。焦方坐定，抬头一看，只见那大王身长一丈，红脸黄须，因吃人心多了，连眼睛也是红的。那大王道："焦将军，你说伍大王叫什么名字？"焦方道："是主帅的兄弟，名唤伍天锡。"大王道："俺是伍天锡，这里就是沱罗寨了。将军受惊了！"分付摆酒压惊。焦方道："小将不知，望大王恕罪。"大王道："焦将军，那伍云召是我的哥哥，不知为着何事，被宇文成都围住南阳？你把前后事情，细细说与俺知道。"焦方把杨广弑父篡位，要老太师草诏，老太师不从，反把忠言苦谏，杨广大怒，就将老太师满门斩首，又差韩擒虎带领宇文成都前来捉拿主帅，细细说了一遍。伍天锡大怒，骂道："我把这个昏君碎尸万段，才好出气。既是奸臣之子宇文成都这狗头利害，待俺去擒来作醒酒汤。"当下两英雄谈论饮酒，直饮到天明，吩咐头目拔营，前去救取南阳，以擒宇文成都。即点数千喽罗，拔寨起行，众头目相送，伍天锡对头目道："俺此去擒了宇文成都，救了南阳，不日就回。你们与我把守三关，紧闭寨栅，各路须要小心，不得有违。"众头目打拱道："是。"伍天锡离了沱罗寨，晓行夜住，非止一日，来到太行山。吩咐扎营埋锅造饭，众喽罗应声道："是。"这且不表。

单讲那金顶山中雄阔海，坐在聚义厅上，心中想道："目下人众粮少，伍云召哥哥说回转南阳，申奏朝廷，不日就有招安到了，为何一去数月，并无音信？如今只得再劫行商，以备山寨之用。"即唤头目吩咐道："你们可去各路打听来往客商，有财帛的尽行取来。"众头目一声得令，带领喽罗分头下山，各路打听不表。

再说山西有一伙京商，都是贩珠宝金银金刚钻的，一共有二十余人。在路商议道："此地盗贼甚多，倘被他瞧见，性命不保。不如把这些货物各人藏在身边，身上换了破碎衣服，歹人看见，只道我们是求乞的，便不来抢了。"众客人听了大喜，俱各换了衣服，各藏珠宝，上路缓缓而行。看看近了金顶太行山，众客道："你看前面山势险峻，恐防歹人在内，我们须要小心前去。"众客道："说得是。"不道那班喽罗，早已远远打听这起是京商大客，守住山中，等了几天。只见远远一起人来，内中一个乖巧的道："这班穿破碎衣服扮乞丐的，正是贩珠宝的大京商。"众喽罗听说，就鸣锣一声，跳出数百余人，头扎红巾，身穿青袄，手执短刀，大叫道："来的留下买路钱来，放你过去。"众客闻言，大叫道："大王爷爷，小人们是关中逃来的难民，要到南阳去求乞的，望大王爷爷方便，小人们感恩不浅。"只见又跳出两个头目，头戴乌纱长巾，红绢裹头，身穿黑布细钮短衫、大红裤子，脚下多耳麻鞋，手执双斧，厉声下叫道："呔！你这起人，咱们知道，你是贩珠宝的京商大客扮下来的，快快留下金宝，饶你性命。不然，照爷爷的斧头罢。"说完，举起斧头，照头劈来。众客大喊一声，往前乱跑，喽罗在后追赶。那众客看见前面有一所大营寨，即抢进营中，双膝跪下道："小人都是求食的难民，后面有大王追来捉拿，乞爷爷救命，公侯万代。"那伍天锡正要拔营前去，只见外面走进许多乞丐，言称求救，便道："你们这些人，都是求食的难民么？"众客商应道："正是。""既如此，你往后营出去罢。"众客商叩谢一声，往后营逃走不表。

却说那追来的众喽罗，见众客往前面营中进去了，想道："这京商是与前面扎营的兵马认得的，待我上前问一声。”就问：“你们哪里人马，在此扎营？”那伍天锡营外也有许多喽罗，忙答道：“哇！你这班瞎眼狗头，岂不认得沱罗寨伍大王的营寨么？”喽罗想道：“有着落了。”叫道：“兄弟，不要开口就骂，我们也是有名目的，乃是金顶太行山雄大王的头目。方才追下一起客商，求伍大王发放还我，好回山向雄大王缴令，不然小人们性命不保。”沱罗寨的喽罗听说，笑道：“咦？原来是我们同道中的朋友。既如此，待我们进去禀上大王，回你便了。”那喽罗说罢，进营禀道：“启大王，今有金顶太行山雄大王头目追进一班京商，乞大王发放他去。”伍大王听说，便道：“没有什么京商呀！想是这班破衣乞丐的就是了，但是，我已放他们后营去了。你可去回复他，说没有客商进营。”喽罗答应，就把这话出来回复。那头目道：“好奇怪，我方才明明见这班客商望你营中进去，说什么没有？想是你家大王要独吞此宝货了！”喽罗大怒道：“你这不知方向的狗头，有什么客商！有什么宝货！你等不要在此妄想了。”

那头目敢怒不敢言，只得跑回太行山，将此事报与雄阔海知道。阔海大怒，遂带喽罗亲身赶来。

却说伍天锡见雄阔海的头目去了，遂拔营前行。行来一里，忽见后面有人赶来，飞马大喊道：“伍大王人马慢行，雄大王赶来，要讨客商宝物，望乞发还；不然，雄大王后面也来了，要到你的营中来搜。还了，好看相；不还，是不好看相的。”喽罗听得大骂道：“这狗头，我这里不见什么大金商、大银商。你去罢，不要在此噜噜苏苏。”头目道：“什么噜苏不噜苏，委实雄大王来也！”喽罗抬头一看，只见后面烟尘起处，许多人马追来，吃了一惊，只得往前报上伍大王知道：“启上大王，不好了，后面雄大王兴兵杀来了。”伍天锡道：“他为什么兴兵杀来？”喽罗道：“他头目说：‘要还什么大金商大银商。’小人回他说不见进来，他说道：‘雄大王要来搜一搜。’”伍大王闻言，大怒骂道：“这狗头，岂不闻俺沱罗寨伍爷的大名么？吩咐前军作后队，后队作前军，待俺先斩这厮，然后兴兵救南阳便了。”即带转马头，果见有一队人马，后面追来，天锡吩咐喽罗，摆开兵马，以待雄阔海前来。

说那阔海，早望见前面伍天锡摆开兵马，立于军前。他也便吩咐喽罗扎住人马，列兵相持，自却手执兵器，立马阵前。抬头一看，只见伍天锡头戴鱼尾乌金盔，身穿鱼鳞乌金甲，手执半轮月混金镋，坐下乌骓马，立于阵前，犹如巨灵神开山一般。雄阔海马上打拱，大叫道："伍大王，久不会了。"伍天锡一看，只见雄阔海头戴虎头盔，身穿连环甲，坐下追风马，手拿双斧，也立阵前。伍天锡也便欠身打拱道："俺因有事路经太行，不敢进谒，反劳大王台驾前来，请问有何话说，乞道其详。"阔海道："大王有所不知，咱家的头目打听这山南有一起大京商下来，是咱家的衣食，故此吩咐喽罗把守山口，等了几天。不料这班京商来了，喽罗上前拦住，要劫他的宝物，不想这班京商一逃逃到伍大王营中，不见出来。头目取讨不还，故此咱家自来，要大王还这班京商。"伍天锡道："雄大王，俺从没有见什么京商进营中来；若果然有这班京商，自然送还大王。难道俺藏过了不成？请大王进来一搜就明白了。"阔海道："岂敢！咱与大王虽隔一河，却是邻山，又是同道中人。这一起京商不打紧，都是贩金刚钻、河珠、金玉宝贝，是本钱多的大客商，不然大王拿出对分了罢。"伍天锡道："大王，有是有一班乞丐，往营中走进来，哀告道：'小人们是山西难民，往南阳就食的。'俺见他说得苦楚，放他往后营去了，并不见什么京商不京商。俺有正事在身，不与你讲，各自走罢。"阔海大怒道："我们口里衣食，倒被你夺了去，反说要去；你如今去不成了，若要去，分了去！"天锡大怒，骂道："放屁！你敢阻我的去路么？"阔海道："不分，我与你战三百合。"说罢，手抡双斧，劈面砍来。天锡将混金镋当啷一声挡住，两人交上手，一连战了五十余合，不分胜败。正是棋逢敌手，将遇良才，两个到三百合并无高下。

天色已晚，各自收兵，安营扎寨，埋锅造饭，安宿一宵。次日天明，两边鸣锣擂鼓，二将齐出。阔海叫道："红面的狠心狗强盗，我的衣食，你思量独吞，快快分了，饶你狗命；不然，今日不杀你不为好汉。"天锡骂道："铁面的贼强盗，昨日天色晚了，饶你这狗头多活了一夜，今日定要活擒你，若不擒你，非为大丈夫。"说罢，拿混金镋当头一镋。阔海把双斧一架，二人大战。战到百合，不分胜败。看看战了一日，两下鸣金各归营寨。明日又大战，两下无休无歇，杀到半月，不肯住手,又无人解劝,此话不表。

且说那南阳伍云召升坐帐中,忽军士报道:“元帅不好了,隋将宇文成都围住西门,攻打甚急,金鼓之声不断,炮响之声不绝;南城尚师徒亦然,攻城甚急;东城韩擒虎,北城新文礼两处亦然攻打,四面围得水泄不通,怎生是好?”伍爷听报大惊,上马提枪,同众将上城观看。城外隋兵十分凶勇,大刀阔斧,云梯炮石弓箭,纷纷打上城来。喊声不断,炮响连天,把城池围得铁桶相似。伍爷无计可施,想此城料难保守,只得退下城来,上马回转辕门,下马进私衙。夫人接着问道:“相公,大事如何?”“嗳,夫人啊,不好了!隋兵四门围困,因此下官前日差遣焦方,前去沱罗寨兄弟天锡那里,去勾他来相助。不想焦方一去二月,并无音信。目下城中粮少,兵士乏食,百姓劳苦,我想内无粮草,外无救兵,如何是好?”夫人道:“相公,妾闻司马超之言:‘战国伍子胥报亲之仇,鞭平王于墓间;报君之恩,囚勾践于石室。一生忠孝,万古留名。’今相公虽不及古人,还要学大丈夫胸襟,相公请自思之。”伍爷低头一想,说:“夫人啊!但我有三件事放心不下。”夫人道:“请问相公,不知哪三件事放心不下?”伍爷道:“父仇不报,第一件也。”夫人道:“这是正理。请问第二件?”伍爷道:“第二件因夫人年轻,出乖露丑,行路不便,实难放心。”夫人微笑道:“相公这是妇人之见,非大丈夫所为。请问第三件?”伍爷道:“第三件孩儿年小,无人抚养,如何是好?”夫人道:“相公报父母之仇,乃立身之大节,哪里顾得许多!”

正在议论,只听炮响连天,山岳震动,又听外面军士报道:“元帅爷,不好了,宇文成都打破西城了!”伍爷面皮失色,吩咐道:“再去打听。”军士应声而出。伍爷就叫:“夫人啊,事急矣!怎么处?快些上马,待下官杀出重围,逃往别处,再图报仇,夫人意下如何?”夫人道:“相公之言有理。你抱了孩儿,待妾身往里边去收拾,同相公去便了。”伍爷道:“快些去收拾。”夫人将公子递与老爷,回身自往里边去收拾。谁知一去竟不出来,老爷在外边等得不耐烦,慌忙走进一看,并不见夫人形影,便大叫道:“夫人在哪里?”连叫数声,无人答应,只听得天井里面有口井,井中噗咚噗咚的响,伍爷向井中一看,说:“不好了，一定是夫人投井死了！”只见井中水面上有一双小脚一蹬，一连几个小泡不见了。伍爷扳井大哭，叫道：“夫人啊夫人，你因家亡，投井身死，深为可怜！”哭叫了几声，看看事急，只得将井边一堵花墙推倒，掩了那井，回身往外边，将战袍解开了，将公子放在怀中，把束袍带收紧了，叫声：“孩儿，此去存亡未保。”说罢，忙到井边跪道：“夫人，你要阴魂保佑孩儿的呀。”立起身来，拜了几拜，走出堂来。

只见众将纷纷然大叫：“主帅怎么处？”伍爷吩咐：“伍保，你去西城，挡住宇文成都。”伍保答应一声：“得令。”手拿二百四十斤一柄大铁锤，带了人马径往西城。到西城只见数万人马，拥入城来，伍保大怒，把铁锤乱打。那伍府中马夫伍保，一身却有千斤蛮力，不会武艺，见人也是一锤，见马也是一锤，人逢锤，打为齑粉；马逢锤，打为泥糟。伍保一路把锤打去，只见人亡马倒，众隋兵发喊一声道：“不好了啊，大铁锤过来了！”各各乱跑，跑不及都被打死。军士报与成都说：“反贼手下有一将，勇不可挡，使一柄铁锤，其大无比，打死了军马无数，将军快去迎战。”宇文成都大怒，把马加上几鞭，那马飞跑进城来，正遇伍保。伍保抬头一看，只见一个长大的人来了，那宇文成都人又长马又高，伍保是个莽夫，大喝道：“长大的人，休来送命。”宇文成都一看，也大喝道：“来将何名？休夸大口。”伍保道：“俺不晓得什么河名井名！”说罢，就将这柄大铁锤，劈面一锤打将下来。那成都把镏金镋一迎，将这铁锤倒打转来，把伍保自己的头打碎了，身子望后跌倒。成都吩咐军士，斩首号令。可怜伍保死于非命！

再说那伍云召杀出南城，正遇着临潼关总兵尚师徒把守，尚师徒看见城里杀出伍云召来，向前拦住。正是：

亡家只为父娘仇，城破难将妻子留。

不知云召走得脱走不脱，且看下回分解。

第十九回 伍云召弃城败走 勇朱粲杀退师徒

诗曰：

曾记当年战国时，子胥弃楚远奔驰；
今朝云召逃亡走，同为亲仇义不辞。

那尚师徒拦住云召，喝道：唗！反臣，你要往哪里走?”伍云召睁开怪眼，怒目扬眉，大叫道：“我有大仇在身，尚将军不要阻我。我此去少不得后会有期，也见你的情分。”说罢，提枪撞阵便走。尚师徒拍马追来说：“反臣哪里走！”照后背一枪搠来。云召叫声：“不好！”回转马头也是一枪刺去。两下双枪相接，大战八、九个回合。尚师徒哪里战得过，竟败下来了，云召也不追，回马往前而走。那尚师徒又赶上来了。这伍云召的马，是一匹追风千里马，难道走不过尚师徒这马么？原来尚师徒这匹马是龙驹，名曰“呼雷豹”，其走如飞，快似千里马一般。这马非但快，就是与人交战，此人败下去有数里之遥，尚师徒拍马一下，其马如飞而去，倒赶上败将之前。若与人交战战不过，那马头有一把黄毛，把手将毛一拔，那马大叫一声，别的马听了，就惊得尿屁直流，把坐上将军颠了下来，性命难保。就是尚师徒这枝枪，名曰“提炉枪”，也好不利害，若撞着身上，见血就不活了。所以云召见尚师徒追上来了，想走走不脱，知他这枪又利害，只得复又带转马头，大喝道：“尚师徒，你既败下去，又赶来做什么?”尚师徒也不回言，把枪劈面一刺。云召即把枪一架，当啷一声，那尚师徒倒退一步，大怒叫道：“反臣，好家伙！”当的又是一枪。云召把枪一迎，两下又战了十多个回合。

尚师徒到底战不过，只得将马头上这把黄毛一拔，那呼雷豹嘶叫一声，口中吐出一阵黑烟。只见云召坐的追风马也是一叫，倒退了十余步，便屁股一蹲，尿屁直流，几乎把云召从马上跌了下来。云召心慌，忙将手中枪往地上一拄，连打几个旺壮，那马就立定了。尚师徒见他不跌下马，把枪又往上刺来。云召把枪相迎，两下又战了七八合。尚师徒哪里是伍云召对手，看看又战不过了，尚师徒又把马头上的毛一拔，那马又嘶呖呖一声叫，口中又吐出一口黑烟，望云召的马一喷，那追风马惊跳起来，把头一竖，前蹄一仰，后蹄一蹲，把云召从马上翻跌下来。

尚师徒把提炉枪刺来，只见前面有一个人，头戴毡笠帽，身穿青布短衫，脚穿蒲鞋，面如黑漆，两眼如铜铃，一部胡须，手执青龙偃月刀，照尚师徒劈面砍来。尚师徒大惊，便说："不好了，周仓来了！"带转马头，往后飞跑而去。那黑面大汉步行，哪里赶得上，云召在后面大叫道："好汉，不要去赶。"那人听得，回身转来，放下大刀，望云召纳头便拜。云召连忙答礼道："救我的好汉是谁？请通名姓，后当相报。"那人叫道："恩公听禀，小人姓朱名粲，住居南庄。我哥哥犯事在狱，亏老爷救释，此恩未报。小人方才在山上打柴，见老爷与尚师徒交战，小人正要相助，因手中并无寸铁，只得到寿亭侯关王庙中，借周将军手中执的这把刀来用用。"伍爷大喜道："那寿亭侯庙在哪里？"朱粲道："前面半山中便是。"伍爷道："同我前去。"朱粲道："当得。"

伍爷上马，同了朱粲来到庙中，下马朝寿亭侯拜了几拜，祝告道："先朝忠义神圣，保佑弟子伍云召无灾无难。云召前往河北，借兵复仇，回来重修庙宇，再塑金身。"祝罢，抬身对朱粲道："恩人，我有一言相告，未知肯纳否？"朱粲道："恩公有何见谕，再无不允，请道其详。"伍爷道："恩人，我有大仇在身，往河北存亡未保。"说罢，把袍带解开，胸前取出公子，放在地下，对朱粲道："我伍氏只有这点骨血，今交托与恩人扶养，以存伍氏一脉，恩德无穷。倘有不测，各从天命。"便跪下去道："恩人，念此子无母之儿，寄托照管。"朱粲连忙也跪下地来说："恩公老爷请起，承蒙见托公子，小人理当抚养。倘服侍不周，望乞恕罪。"伍爷道："不敢。"

拜罢，一同起身，只见公子在地下啼哭，朱粲即忙抱在手中。伍爷道："我儿不要啼哭，你父有大仇在身，这叫做你顾不得我，我顾不得你。"伍爷一头说，一头止不住两泪交流："儿啊，倘蒙皇天保佑，祖上有灵,或父子还有相见之日,也未可知。”又对朱粲道:“恩人领了去。”朱粲道:“请问老爷,公子叫什么名字?后来好相会。”伍爷道:“今日登山,在寿亭侯庙内寄子,名字就叫伍登罢。”

二人庙中分别,朱粲将刀仍放在周将军手内,将公子抱好,出了庙门,说道:“老爷前途保重,小人去了,后会有期。”伍爷道:“恩人请便。”说罢,提枪上马,匆匆前去。曾记得,前番打围出来,好不威风;如今弄得单枪独马,如离群之鸟,失队之鱼,好不凄惨!不一日,行到金顶太行山,只听得金鼓之声,喊杀连天。伍爷心想道:“此地怎么也有兵马在此厮杀?待我看来。”遂走上山顶,往山坡下一看,叫声:“不好了,这两个都是我兄弟。为何在此相杀?”便给马一鞭,往下奔来。

那两人正杀得高兴,只见山上走下一个骑马的人来,伍天锡认得是伍云召哥哥,便叫道:“哥哥快来帮我一帮!”雄阔海也认得是结义哥哥伍云召,也便叫道:“哥哥来助我一助!”两人大叫,你也哥哥,我也哥哥;你也要帮,我也要助。伍云召便叫道:“二位兄弟不要战了,我有一言相商。”伍天锡把混金镋一架,说道:“我哥哥在此,明日与你战。”阔海也把双斧一挡,说道:“我哥在此有话,停一会再与你杀。”两人说罢,都走到伍云召面前叫道:“哥哥往哪里去?”云召道:“我要往河北去。”阔海道:“哥哥要往河北,且到兄弟山寨中去,少叙一杯再行。”天锡骂道:“这狗头,是我的哥哥,与你什么相干?”阔海骂道:“红脸贼,是我的哥哥,我要留他进寨中去的,怎么来拦阻我?”又要杀起来了。云召道:“二位兄弟,且慢动怒,都去了兵器下马来,做哥哥的有事问你。”天锡道:“哥哥为何认得他?”云召道:“他是我结义的,所以与你一样是兄弟称呼。”天锡道:“哥哥几时与他结义的?”云召便把打猎金顶山,遇见他打虎的因由,说了一遍。阔海道:“哥哥为何认得他?”云召道:“他是我堂弟伍天锡。”二人听说,方才明白,一齐大笑道:“如此,多多得罪了。”当下二人大喜,慌忙下马,各走上前剪拂了。天锡道:“雄大哥,真正得罪了,莫怪小弟冒犯。”阔海道:“伍大哥,小弟不知,冲撞了大哥,望乞恕罪。”三人大喜,云召开言相问:“天锡为何耽搁在这里?”天锡正要回言,阔海道:“哥哥,说起来话长,且到山上去坐了细细的谈。”云召点头:“雄兄弟说得是。”

三人上马,带领二寨喽罗,到太行山聚义堂前下马,阔海请二位哥哥坐定,吩咐摆酒接风。云召道:“生受兄弟。”阔海道:“二位哥哥在此,与兄弟今日吃杯团聚酒,可不好么?”天锡道:“多谢哥哥。”阔海道:“哥哥,前日与兄弟结义的时节,哥哥说回转南阳,上表奏过朝廷,不日就有招安到来,为何一去将及半年,尚未见到? 今日哥哥自来,有何话说?”云召道:“一言难尽。兄弟有所不知,愚兄自从与贤弟别后,回转南阳,打点上表申奏,不道杨广篡位弑父,又将我满门斩首,差韩擒虎领兵前来征讨。与宇文成都交战,杀死隋将多员。韩擒虎又各路调兵,围攻南阳,犹如铁桶一般。愚兄因无计可施,特差焦方向河北勾兵。不道天锡兄弟却在此处耽搁,我因孤军难守,被他打破城池。”云召细细的说了一遍,不觉两泪交流。雄阔海大怒道:“哥哥请免悲泪,待兄弟起兵前去,与兄复取南阳,以报此仇。”天锡道:“雄大哥说得极是,且待我告禀哥哥得知。自从哥哥差焦方来兄弟处取救,兄弟随即起兵前来,被这雄大哥阻住,故此耽搁。不知怎么就被宇文成都这厮打破城池,乞哥哥说明。”云召道:“内无粮草,外无救兵,你嫂嫂投井而死,我事急逃出南城,与尚师徒交战,被他呼雷豹嘶叫起来,几乎把我陷害,幸亏庄民朱粲相救,我将你侄儿托付朱粲抚养。”天锡大怒道:“我被这黑脸误了大事,有累哥哥城破,嫂嫂遭难。我若早去半月,必擒宇文成都,不致哥哥败国亡家,我好恨也!”阔海道:“你休埋怨于我。前日初会,你就该对我说明细里,我也不与你交战这许多日期了,自然同你一起领兵前往南阳,相救哥哥,擒拿宇文成都,岂不快哉! 如今埋怨也迟了,真正可发一笑。”天锡不能回答。云召道:“二位兄弟不必争论,也是愚兄命该如此,说也徒然了。”只见喽罗走上禀道:“大王爷,筵席完备了,请二位老爷去上席。阔海道:“二位哥哥请里面坐席罢。”云召道:“多谢贤弟。”天锡道:“哥哥吃了他的酒,还要他赔罪哩!”阔海道:“不消说起。”

云召起身,同二位走进忠义堂,只见灯烛辉煌,摆下筵席十分丰盛,众喽罗大吹大擂。堂上朝南三桌,都是虎皮交椅,雄阔海请云召坐了首席,伍天锡坐上首,自坐下席相陪。喽罗送酒,三位轮杯把盏。只有云召哪里吃得下?愁容满面。阔海道:"哥哥不必心焦,待兄弟与天锡哥哥过了今晚,明日帮助大哥杀到南阳,斩了宇文成都,复取城池,一同杀进长安,除了昏君,与老伯父报仇!"天锡道:"雄大哥说得有理,小弟心中也是这等打算。小弟那里有人马数千,雄大哥这里也有人马数千,明日就起程便了。"云召摇手道:"二位兄弟且慢,你们二人但知其一,不知其二。昔日愚兄在南阳镇守,有雄兵十万,战将数百员,尚不能保守。今城池已破,兵将全无,二弟虽勇,若要恢复南阳,岂不难哉!况宇文成都与尚师徒、新文礼三人为将,韩擒虎为帅,急切难于摇动。明日我往河北寿州王李子通那里,去投奔他。他永镇河北,地方广大,粮草充足,手下有雄兵百万,战将千员,自立旗号为寿州王,不服隋朝所管;又与我姑表至戚,我去那里借兵报仇。二位兄弟,可守本寨,招军买马,积草屯粮。待愚兄去河北借得兵来,与二位兄弟一同出兵报仇便了。"雄阔海苦劝云召,不要往河北去,就在这里起兵,云召哪里肯听。天锡道:"如今且慢讲这些事情,我们且吃酒,明日再计议便了。"当夜畅饮已毕,安宿一宵。

次日天明,吃了早膳,二人又劝,云召不理。阔海道:"即是哥哥必要往河北去,不知几时方可起兵?"云召道:"这也论不定日期,待愚兄且往河北去看,大约一二年间之事。"阔海道:"兄弟在此等候便了。"云召道:"多谢贤弟。"说罢就要作别上马。阔海送过一盘金银:"请哥哥收去,作为路费。"云召道:"多谢贤弟。盘缠愚兄自有,这盘金银兄弟自留在这里,自有用处。"阔海坚决要他收,云召只是不允,上马提枪出寨而去。天锡随行,阔海送出关外,两下分手。

天锡同云召在路,非止一日,来到沱罗寨。焦方等接着,天锡请哥哥到山中去歇马,云召道:"兄弟,不消了,愚兄一心要往河北,心急如火,后日再会罢。"天锡嚷道:"哥哥忒杀欺人,雄阔海乃是外姓兄弟,哥哥倒去吃他的酒;兄弟与哥哥乃同宗嫡姓,倒不肯进山去,是何道理?"焦方也上前相劝,说:"主帅且到山寨歇一歇马再行未迟。"云召被他相劝不过,只得应允,同天锡、焦方来到沱罗寨聚义厅前,下马相见。天锡吩咐头目、喽罗各归营寨歇息,自却与云召坐在厅上,吩咐喽罗摆酒，与大老爷洗尘。喽罗答应，忙去整备。天锡又说道："请哥哥后堂去把盏。"云召道："贤弟不消了。"天锡道："自己弟兄何妨？"云召只得同了天锡，弟兄挽手走进后堂。只见席筵早已摆得丰盛，上下二席并无别客。

天锡吩咐喽罗去了一桌："待我与哥哥同席，有话也好细讲。"又命后营请压寨夫人出来。云召道："兄弟有了弟媳了么？这也可喜。"只见里面众妇女拥出一位夫人来，那夫人满头珠翠，遍体绫罗，金莲三寸，走出堂来。见了云召，叫道："伯伯万福。"云召一看，只见他面搽轻粉，胭脂抹唇，乌黑的头青丝，身子生得窈窕，不多长，正好四尺五寸。云召抬身回礼说道："多谢弟媳。"天锡道："妇女们服侍夫人进去罢。"夫人听得，同了众妇女妖妖娆娆走进里边去了。云召问道："兄弟几时娶的媳妇？"天锡笑道："不瞒哥哥说，这个弟媳妇有三年头了，就是这里前村李太公的女儿，小字称金，年方二十，未有人家。其年兄弟往村中借粮，李太公见我人材出众，一个钱也不要，白地里把女儿送与我的。因此做兄弟的感激他的好情，这村中有丈人在内，再不去借粮。"云召呼呼大笑道："贤弟，正所谓是亲必顾，是邻必护了。"天锡亦笑道："哥哥讲得不错，请用一杯。"弟兄二人饮到东方月上，云召道："酒不吃也。"天锡道："哥哥再用几杯。"云召道："兄弟，果然吃不得了。"天锡吩咐喽罗："书房端正铺陈，大老爷行路辛苦，服侍去睡罢。"

云召来到书房，看这所书房，倒也精致。天锡也走进来，喽罗掇二杯茶进来说："大王爷，茶在此。"天锡道："放在此，哥哥吃茶睡了罢。"云召道："兄弟，请里边去罢。"天锡道："哥哥，兄弟暂别过了。"说罢，回进里边不表。

云召坐在书房，吃茶已毕，闷闷不悦。立起身来，开窗一看，只见明月当空，银河皎洁。云召步出天井，对月长叹："我生不能报父母之仇，枉为人也。"想起夫人贾氏，凄然泪下。只得回到房中，和衣而睡。

次日天明，天锡早已起来，到了书房门首一看，说："哥哥还没有起身。"等了一会，叫一声："哥哥，昨晚好睡否？"云召应道："好睡呢。”开了书房，走出来，弟兄同到厅上吃茶。用过早膳，云召作别起身。天锡苦留不住，说道：“哥哥几时起兵？”云召道：“兄弟，只在一、二年之间，你同焦方在此操演人马，助为兄一臂之力。”天锡道：“这个自然。但是一二年工夫，叫兄弟等得好不耐烦。”云召道：“兄弟不要心焦，待愚兄去看，少不得有信来通知你的。”说罢，天锡自回山寨，云召取路前往。

先表那李子通坐镇寿州，掌管河北一带地方数千余里，手下有雄兵百万，战将千员，各处营寨俱差兵将把守，粮草充足，因此，隋文帝封他为寿州王，称为千岁。那日早朝，两班文武朝参已毕，侍立左右，李千岁道：“孤家想隋王杨广弑父奸母，缢兄欺嫂，搅乱国政，荒淫无道，以致当世英雄各据一方，孤欲自立为王，不受隋制，不知众卿以为如何？”

杨广但逞一时乐，谁知天下起英雄。

不知众卿怎生回奏，且看下回分解。

第二十回　韩擒虎取兵复旨　程咬金逢赦回家

诗曰：

炀帝新登九五尊，朝仪失正用奸臣；

英雄四起干戈扰，犹逞风流不治平。

当下寿州王道言未了，早见左班中闪出军师，姓高名大材，涿州人氏，上知天文，下识地理。当殿奏道："大王主见不差。臣夜观星象，隋朝不过十年当灭，大王正可自立旗号。但寿州地方，文武诸将之中，并无将材之人，大王必须访一文武兼全、勇冠三军的人，方可为帅，然后称王未迟。"道犹未了，只见朝门外报进来说："启上千岁爷，外面有一员大将，匹马单枪，口称南阳侯伍云召，特来求见，现在朝门候旨。"李千岁一闻传报，心中大喜道："原来我表弟到此，快宣进来。"手下慌忙答应，出来说道："伍老爷，千岁宣你进去。"云召走到殿上，口称："千岁，末将南阳侯伍云召参见。"李千岁忙令左右扶起，说道："原来是我的表弟，但你镇守南阳，为何到此？细细说与孤家知道。"云召把从前老父被害、成都骁勇、打破南阳的事情，细细说了一遍。说罢，放声大哭。李千岁道："我表叔一门遭此大变，深为可叹！表弟且免烦愁，待孤家与你复仇便了。"云召跪谢道："多蒙千岁垂怜。"军师高大材奏道："大王正缺元帅，伍老爷今来相投，可当此任。"李千岁大喜，便封伍云召为都督大元帅，掌管河北各路兵将。立刻吩咐起造帅府，候元帅到任。云召拜谢。寿州王传令退班。是日，文武各散。从此，伍云召在河北为帅，此话不表。直到后来隋炀帝驾幸江都，伍云召、伍天锡、雄阔海一同起兵挡驾，有宇文成都独战三将，遇裴元庆打退成都，炀帝倒退龙舟三十里，这些都是后话，慢表。

再说那朱粲救了伍云召，接了伍公子到家，抚养到十二岁，便勇力异常，助朱粲造反称王，名镇南越，也是后话，如今先说正传。

当下宇文成都打破西城，倒锤打死伍保，杀进帅府，并无一人。闻说反臣逃出南城，想南城有尚将军把守，反臣必被擒拿，不怕他走上天去。差众将出南城，帮尚将军协擒伍云召，众将应声得令，上马提兵而去。

且说韩元帅在营，闻报得宇文老爷打破西城，特候元帅，韩擒虎大喜，带领三军，径进东门。

再说南阳城里军士见主帅已逃，军中无主，皆四散逃走，也有一大半投降的。城门大开，百姓香花迎接。

擒虎进了东门，来到帅府，宇文成都忙出辕门迎接。元帅进了帅府，升坐大堂，两班将士站立，宇文成都上前参见说："元帅在上，末将参见。"擒虎道："将军少礼，难得你盖世英雄，打破南阳。反臣何在？"成都道："末将攻城之时，他已开出南城逃走，末将即差众将协帮尚师徒共擒反臣，必定成功。"元帅还未开言，又报北城新文礼候令。元帅道："传令进来。"军士应声传出，新文礼慌忙进见，说道："元帅在上，小将参见。"韩爷道："将军少礼。"吩咐左右就于帅府堂上，大摆庆贺筵席，好待尚师徒拿住反臣，打上囚车，解往朝廷。

元帅正吩咐间，早有军士报道："启上元帅，尚将军在外候令。"韩爷吩咐："传令进来。"军士应声传出，尚师徒带同众将，走进帅府，上堂口称："元帅在上，末将尚师徒参见。"韩爷道："将军少礼，反臣拿住了么？"尚师徒道："不曾拿得，被他逃走了。"元帅大怒道："你这狗官，怎么不小心，纵放反臣？其罪不小，左右拿去砍了！"尚师徒大叫道："元帅容末将一言，分剖明白，死也瞑目。"韩爷道："有话容你说来。"尚师徒道："彼时，末将把守南城，反臣从城中冲出，勇不可当，末将忙上前拦住，他撞阵而走，小将的坐骑名曰'呼雷豹'，行动如飞，便拍马追上他的追风马，与他大战十数合，末将战他不过，只得败下，他又逃去；末将心中不舍，复又拍马追上，又与他连战八、九合。怎奈那厮力大无穷，末将又杀他不过，只得将这匹呼雷豹的领鬃毛一拔，那马嘶叫起来，口吐黑烟。反臣的追风马惊跳起来，后蹄蹲倒，几乎把反臣翻跌下来。我把提炉枪又是一枪刺去，反臣把刀枪相迎，又战了数合，末将力不能胜，只得又把马鬃毛一拔，反臣的马又是一跳，把反臣翻下马来。”韩爷道:“他跌下来,就好拿他了。”尚师徒道:“元帅不要说起,彼时末将见他落马,心下大悦,正欲把手中提炉枪刺去。只见旁边赶过一个黑面胡须的人来,眼似铜铃,手执青龙偃月刀,照末将面上劈来。末将哪里抵挡得住,几乎性命不能相保,自此反臣上马逃去。今见元帅,只望逞功,不道反要加罪末将。”韩爷道:“使刀的是什么人?如何这等骁勇?”尚师徒道:“想是汉朝义勇武安王关公手下的周仓将军。”韩爷想道:“原来这伍云召大数未绝,故有神明相救,因此在长平冈连挑二十员大将。”吩咐左右放了绑,“你这狗官,今日不奉圣旨,暂且饶你。以后须要忠心报国。”尚师徒应道:“是。”退出辕门,自回歇息。

韩爷差官查盘仓库,点明户口,养马五日,发炮回军,得胜班师。宇文成都禀道:“元帅,那先锋麻叔谋虽然屡次失机兵败,固非反臣对手,尚师徒名闻四海,尚且不能胜他,岂特叔谋无勇无谋之辈耳!乞元帅开莫大之恩,释他的罪。”韩爷心中一想,说:“然也,宇文将军之言,甚为有理。”吩咐军士:“快请麻爷相见。”军士得令,来到后营养马的所在,叫道:“麻爷,元帅有请。”麻叔谋听得,大喜道:“啊唷,好了,如今马粪臭气不吞了!”同了军士,来到帅府,上堂参见。韩爷道:“麻叔谋,我今放了你,下次要与朝廷出力。”叔谋道:“这个自然,如今反臣不见了,南阳又夺了,班师回去了,下次不敢了。”韩爷吩咐:“尚师徒带领本部人马,回临潼关把守。”尚师徒道:“得令。”就带本部人马,自回临潼关去。韩爷又令新文礼带领本部人马,回红泥关去。新文礼得令一声,也带本部人马,自回红泥关去。韩爷同宇文成都大队人马往长安进发。南阳百姓跪送登程。韩爷委官把守,不许残虐百姓,众百姓欢呼称谢。

韩爷离了南阳,行过长平冈战场,凄然泪下:可怜数万军士,死于此地。一路无话。你看三军浩荡,旌旗遮道,正是:“鞭敲金镫响,齐唱凯歌声。”班师回朝,好不威风!文官红袍纱帽相迎,武官戎装披挂相接,逢州过府,非止一日,来到长安。吩咐扎住三军于教场之内,自同宇文成都、麻叔谋三人进长安城。来到朝门,正值早朝,炀帝还未退朝,黄门官启奏道:“国公韩擒虎得胜班师,朝门外候旨。”炀帝闻奏，大悦道："传旨宣进来。"韩爷进殿，俯伏奏道："臣韩擒虎见驾，愿我皇万岁。"山呼已结，炀帝道："卿路上鞍马劳顿，南阳已平，赐锦墩对坐。"韩擒虎谢过恩，便将平南阳表章上达。炀帝展开一看，龙颜大悦，封国公韩擒虎为平南王，宇文成都为平南侯，麻叔谋为都总管，其余将士各皆封赏，在朝文武各加三级，设太平宴，赐饮文武群臣。又出赦书，颁行天下，除犯十恶大罪、谋反叛逆不赦，其余流徙笞杖等，不论已结案未结案，已发觉未发觉，俱皆赦免。

赦书一出，赦出一个横虫来。此人非比寻常，乃是卖私盐狠汉，十分闯祸，人人怕他。那人生得身长力大，勇不可挡，因卖私盐，打死了巡捕官，问官怜他是一条好汉，审作误伤，问成流徙，监在牢内。得此赦书，他却赦了出来。此人十分利害，住在山东济南府历城县管辖的一个乡村，名唤班鸠店镇上，姓程名咬金，字知节。他身长八尺，虎体龙腰，面似青泥，发似朱砂，勇力过人，十分凶恶。父亲叫做程有德。他七岁时父就没了，单依母亲看养。不料文帝下兵北齐，连遭兵火，程太太却与人做些生活苦守着。他九岁上，即与秦叔宝读书，到大来却一字不识。后来长大，各自分散，母亲叫他做些买卖，却没本钱。因有几个无赖，合他去卖私盐，倒也赚钱供母。因他动不动与人厮打，十分闯祸，个个怕他，都叫他做"程老虎"。不料一日，偶然撞着一个新充盐捕的，相打起来，咬金性发起来，早把这伙巡盐捕快打死了两个。地方差人拿捉凶身，他恐连累别人，自却挺身到官，认了凶身，问成大辟。问官怜他是个直性汉子，缓决在狱，已经三年。时逢炀帝登基，将他也赦在内。

程咬金闻了这个消息，算了半夜，心中想道："出去没有饱饭吃了，怎生是好？"你道这程咬金为何倒不要出监去？只因他在牢中，倒有得吃有得用。凡犯人下监，坐分子要酒饭吃，就如目下牢头一般。果然到了次日，看见监门大开，犯人纷纷出去，不一时，监中走得一空，独有程咬金呆呆坐着，身也不动。

禁子走来说："程大爷，朝廷恩典大赦，天下罪人都去尽了，你却赖在此怎的？"咬金听见说他"赖在此"三字，心中就起风波，大怒起来，赶上前来，撩开五指，如铁扇一般打去。众牢头都晓得他的利害，俱来解劝。咬金道:“入娘贼的,你们要爷爷出去,须要请爷爷吃酒,吃得醉饱方肯甘休。”那几个老诚的牢头,知道拗他不得,恐他性发,没奈何,去买了半坛酒和大半坛的清水汤,热了掇在咬金面前,又买了些牛板肠相请他吃,算是赔罪。那咬金正在枯渴头上,不管三七二十一,直了喉头,吃了个风卷残云,立身来说道:“酒已尽了,肉已吃完了,咱却要去了,你们可有衣帽拿来,借与我程爷爷穿穿,明日拿来还你。若不借,却不道咱的獠子都出了,怎好外面去见人?”禁子听说,着急道:“这又是难题目了。”只得说道:“程爷爷,你是晓得的,我们都只有随身衣服,日日当值差徭的,哪里有得空?”咬金睁着眼只是要打,禁子无奈,说道:“只有一件孝衣,是白布道袍,一顶孝帽,是粗麻布头巾,这倒是闲着的。程老爷,你要拿了去。”咬金骂道:“入娘贼的,你把孝衣来搪塞我么? 咱今不要管他,你且拿来。”禁子取出一顶粗麻布头巾,一件白布道袍,递与咬金说道:“程大爷请穿戴起来。”

咬金接在手中,将麻布巾往头上一套,谁知头大巾小,把头一揎,竟挣开了。咬金只得前高后低戴了,将白布道袍披在身上。下身一条裤子磨了三年,也只剩得一块破布头了,遮了阴囊出了屁股,遮了屁股出了卵袋,咬金只得将道袍揸拢遮了,脚下拖了一双破草鞋片,踢踢搭搭的跑出监来,径向西门而来。性急慌忙乱跑,却撞着一副卖麻油的担子,撞了一个满怀,一蹦,却把油担撞翻,那人一把扯住咬金,早把那件道袍从下直到领上扯开了。咬金却待要打,只因记念母亲,急急的撇脱那人,便飞跑而去。正是:

只因慈母悬肝胆,忍气吞声不较量。

咬金一径往家中奔来,一到家中,可怜母子三年不见,抱头大哭一场,然后程太太说道:“儿啊,自从你打死捕人,问成死罪,下在狱中,我做娘的十分苦楚,一言难尽。欲要来看看你,那牢头禁子如狼似虎,没有银钱使用,哪里肯放我进监? 因此,做娘的日不能安,夜不能睡,逐日只得与人做些针黹,方得度命。如今不知我儿因何得放回家?”咬金道:“母亲的苦楚,孩儿也尽知道。如今换了皇帝,大赦天下,不管大小罪犯,一齐赦了,故此孩儿也遇赦放回家来。”程太太说道:“不知换了哪一朝皇帝?”咬金道:“母亲倒说得好笑,换皇帝是换皇帝,说什么一朝两朝?”程太太说:“看你这畜生,还是照旧这般性子,坐了三年死牢,还不晓得改过自新。那换一朝代是换皇帝。”咬金说:“原来做皇帝有一朝一朝的,我哪里晓得?如今听得人说什么文帝死了,炀帝做了皇帝,故此赦了孩儿出来。闲话不必说了,我饿得很了,有饭拿些来我吃。”程太太道:“说也可怜,自从你入牢之后,做娘的指头上做来,每日只吃得三顿粥,口内省下来,余有五升米,在床下小缸内,你自去取出来煮饭吃罢。”咬金听说,便去取将出来,倾在一个竹箩内,走到河边淘了,拿回来煮饭。等得熟了,吃一个不住,扫仓尽罄,还只得半饱。程太太道:“看你如此吃法,若不挣些银钱,如何过得日子?”咬金道:“母亲也不难,快拿些银子出来,待我去做买卖,仍是贩私盐,就有饭吃了。”程太太说:“我哪里来的银子?就是铜钱也不能够见面,你不要想差了,做娘的好不苦楚。”咬金道:“既没有银子、铜钱,当头是有的,快拿出来,待孩儿去当来做本钱。”程太太说道:“也罢,我有一条旧布裙子,才洗干净的,你拿去当内当几十个钱吧。不要买私盐,买些竹子回来,待我做几个柴筢,你拿去卖卖,也可将就度日。”咬金说道:“母亲讲得是。”

当下程太太取出裙子,咬金接了出门,径奔班鸠店镇上而来。那些市上的人见了,都吃惊道:“不好了,这个大虫又出来了!”有受过他气的,连忙闭门不出。咬金一直来到当内,大叫道:“当银子的来了,走开!走开!”把那些赎当头的人,一齐推倒,都跌在两边地。便将这条布裙望柜上一抛,把手一搭,腾的跳上柜台坐了,大喝道:“咄!快当与我。”当内大小朝奉齐吃了一惊,内中一个却认得他是程老虎,连忙说道:“啊呀,我道是谁,原来是程大爷。恭喜!恭喜!遇赦出来了!小可们尚未与程大爷作贺,不知程大爷要当甚的?”咬金道:“要当银子,不要当多,只当一两银子与我。”这位朝奉连忙打开一看,却是一条布裙,又是旧的;若是新的,所值也有限,那里当得一两银子?心中想道:“不当与他,打起来非同小可;若当了他,今日也来,明日也来,如何使得?倒不如做个人情罢!”主意已定,连忙秤了一两银子,双手送将过来,说道:“程大爷,恭喜出来,小可们不曾奉贺,今有白银一两,送与程大爷作为贺礼,裙子断不敢收。”咬金笑道:“你这人倒也知趣。”接了银子,拿了布裙,跳下柜来也不作谢,径出当门,到竹行内来。

开竹行的主人,向日同咬金赌钱的,名唤王小二,正立在门首观看。远远的望见咬金走来,连忙背转身,朝里立着,口中假意说道:“你们这班人,吃了饭不做生活,把这些竹子放齐了。”话还未完,咬金一见,奔至后边,噔的一腿,将王小二踢倒。王小二连忙爬起来说道:“是哪个,为甚的跌我一交?”咬金不应,回手一掌,把王小二打得满面流血,喝道:“入娘贼的,你不识得我程大爷么?快送几十枝竹子与我,我便饶你。”正是:

　　自恃力大多强横,索诈人财无愧惭。

毕竟王小二怎样回答,且看下回分解。

第二十一回　俊达有心结勇汉　咬金不意得金盔

诗曰：

天降英雄助大唐，咬金骁勇逞威强；
若非相遇秦叔宝，那得雄名四海扬？

当下王小二连忙说道："我怎么不识得你！实是方才不曾见你，你休冤屈了人，白白的踢我一交，打我一掌。要竹子自去拿便了，你拿得动就拿两排去。"咬金笑道："我入娘贼的，欺我程大爷拿不动，竟叫我拿两排去，我就拿两排与你看看。"当下咬金将银子含在口内，将布裙拴在腰内，走至河边，把一排竹子一提，将索子背在肩上，又提了二排，双手扯住，飞也似的去了。惊得王小二目定口呆，眼巴巴看他把三十枝毛竹拖去了，又不敢上前扯住他，只好忍耐。

再表那程咬金，拽了这三排毛竹，奔至自家门首，一齐放下，口中取出银子来捏在手内。程太太在门首看见，又惊又喜，说："我儿哪来有这许多竹子？手内又拿着银子，是哪里来的？"咬金道："孩儿拿了裙子到当内去当，那朝奉是认得的，道我遇赦放出，送我一两银子作贺，不收当头，这竹子是一个朋友送与我做本钱的。"程太太闻说大喜，说道："难得世上有这样的好人，你可去买一把小竹刀来，待我连夜做柴笣起来，明日好与你拿到市上去卖。"咬金即将这一两银子去买了一把刀、一担柴、几斗米，秤了些肉，沽了些酒，回到家中烧煮起来，吃个醉饱。程太太削起竹来，叫咬金去睡，咬金道："母亲在此辛苦，孩儿怎生睡得，心内何安？"连打发几次，咬金只是不肯去睡，陪母亲直做到四更天，做成了十个柴笣，方才去睡。未到天明，程太太起来煮好饭，叫咬金起来吃了。程咬金问道："母亲，这笣要卖多少价钱一个？"程太太道："一个笣要讨五分三分就好卖了。"咬金答应，背了柴笣，一直往市镇上来。

到了市中，两边开店的人见了他，都收店关门，咬金放下笣儿，等人来买。不想，有要买的，看见了他，反躲避不及，谁肯来买？咬金看看等到日中，并无人问。正在焦燥，却来了一个倒运的后生，身上穿得华华丽丽，踱到面前问道："这柴筢儿卖多少钱一个？"咬金道："不卖钱的，五分一个。"那后生笑了一笑，也不回言，踱转身便走。咬金赶上一步，照背心一把扯住，击翻在地，喝道："我把你这狗囊的，怎么问了价钱不买，却往哪里走？"那后生道："我不买就不买了，为何把我翻倒在地？"咬金大怒，抡拳要打。旁边观看的人见不是路，恐打坏了人，连累地方，连忙都走拢来，劝道："程大爷不必动怒。"埋怨那后生道："你这人却也不识时务，这是程大爷，如何得罪他？爽直些秤五钱银子买了去好。"那人无奈，身边又没有银子，只得把身上衣服脱下来，当了五钱银子，与程咬金。咬金接了银子，弃了柴筢，径自回到家中。程太太一见，连忙问道："筢儿卖完了么？"咬金说道："正是卖完了，是一个人买的，五钱银子在此。"程太太道："啊呀，十个筢儿，如何有这许多银子？"咬金道："母亲有所不知，这叫做货卖当时。这个所在极有行情，这件东西好卖，所以有这许多银子。"程太太道："原来如此，我已做下十多个在此，待我再做几个，明日去卖便了。"咬金又去买柴、买酒、买肉回来吃了。看母亲做到晚上，做了十五个柴筢，说："母亲不要做了，明日够卖了！"晚景休题。

次日，咬金吃了早饭，背了筢儿，径往班鸠镇上来。到了市中，只见人家店都不曾开，大门紧闭，便放下柴筢，只等人买。谁想镇上这些人，都知道他的利害，谁敢来买？还有这等人，身上穿得华丽的，远远见了就远避了去，犹恐他看见，扯住诈人。所以无人理他。咬金从早上直立到下午时分，不见有人来买。心中一想："再等一个体面的人来，扯住他买。"主意已定，又等了一回，再不见个人影，肚中饿得很，想道："且去酒店内吃他一顿，再作计较。"背了柴筢，要往酒肉店内去，谁知这些店家都吃过他的亏，因此大家店都不开，门儿紧闭。一直来到市梢尽头，却有一所村酒店。原来那店中老儿老婆两个，是别处新移来居住的，他们那里知道？一见程咬金走进店来，便问道："官人吃酒么？有好状元红在此。"咬金放下柴筢，向一处坐头坐下，便说："有好酒取十斤来，黄牛肉切五斤来吃了，一总算钱把你。"那老儿连忙取酒与婆子暖起来，自去切了一盘牛肉，拿一双箸、一只碗，放在咬金面前。然后掇过牛肉，婆子送酒过来，咬金放开大嘴，只顾吃。不一时，把这十斤酒、五斤牛肉吃得干干净，抹抹嘴，取了柴笆，望外便走。老儿道："啊呀，官人吃了酒，酒钱呢？"咬金说道："今日不曾带得来，明日还你罢。"望外就走。老儿连忙赶出来，一声喊，一把扯住，将他旧布衫扯开。咬金大怒，抛下柴笆，扭回身子一掌，把那老儿打得一个发昏，直跌入里边去了。那老婆着慌，便大声叫屈，惹得咬金性发，蹬地一脚，把锅灶踢翻，双手一掀，把架上碗盏物件一齐打碎，径入内来。老儿老婆两口见不是路，没命的奔上楼去，将扶梯扯了上去，大叫："地方救命！"此时外边的人聚拢来，见是程咬金撒泼，谁敢上前来劝？咬金把店内桌凳打个罄尽，喝一声："入娘贼，你不下来，我把这间牢房打碎，不怕你不下来！"噔的一脚，踢在中庭柱上，把房子震得乱动，老儿老婆两口在楼上吓慌，大叫："爷爷饶命！"

正打之间，只见远远来了一个英雄，他生得来身长九尺，面如满月，目若寒星，骑着一匹高头大马，跟随着十多个家丁走来。见满街人挤着，便带住了马，望内一看，只见咬金在内大喝："你不下来，我就掀翻你这间牢房！"又是一脚，向右边庭柱上蹬来，这房子格格格的响，摇上几摇，几乎坍了下来。这英雄一见，连忙下马，分开众人赶入门内，叫一声："好汉，请息怒，有话好好的说，不必动手。"咬金回身喝道："你敢是替他赔还我这布衫的么？"那人道："非也，布衫小事，还要请仁兄到敝庄，小可另有话说。"咬金把这人上下相了一回，象个好汉，便叫道："若非老兄解劝，我就打死了这入娘贼，方肯干休。"那人叫老儿老婆放好扶梯走下来，赔了咬金的礼，叫家丁身边取了十两银子与了他。那人挽了咬金的手要走，咬金道："我还有十五个柴笆拿了去。"那人道："赏了这老儿罢。"咬金道："便宜了他！"二人挽手出了店门，步回庄上。管教：

济南城中为血海，瓦岗寨内动刀兵。

咬金抬头看时，只见四下里人家稀少，团团都是峻岭高山，树木丛茂。庄前一条大溪，溪边一带垂杨大柳。入得庄门，到了堂上，那人吩咐家丁："且请好汉去香汤沐浴，换了衣巾，请来见礼。"又吩咐摆酒。咬金并不推辞,同了家丁来至浴堂内洗了澡,家丁送了罗衫、罗裤、新鞋、新袜,服侍他穿好了,又送一顶二三瓜头巾,广纱道袍。穿戴齐整,来至中堂,二人见礼,分宾主坐定。那人问道:"不知长兄尊姓大名,家住何处,府上还有何人? 今日小弟偶遇,三生有幸。"咬金说:"小可姓程,名咬金,字知节,本县班鸠镇人也。自幼丧父,只有老母在堂,家业凋零,卖私盐打死了巡捕,问成大辟,囚在牢中。今遇皇恩得放,回家卖些柴筢。今蒙我兄相照,请问高姓大名?"那人道:"小弟姓尤,名通,字俊达,祖居此地,向来出外以卖珠宝为业,近因年荒世乱,盗贼颇多,因此许久不曾出门。目下意欲行动,正少一个有勇力的做伙计。今见我兄如此英雄,故敢相请,意欲合兄做个伙计,去卖珠宝,不知我兄意下如何?"咬金闻言,立地起身就走。尤俊达忙扯住道:"兄长为何不言就走?"咬金道:"你真是个痴子,可知道我卖筢的有甚大本钱,与你合伙去卖珠宝?"俊达笑道:"原来兄长不知,小弟哪里要你出本钱,只要你出身力。"咬金道:"怎么出身力?"俊达道:"兄且坐下,待小弟慢慢说与兄听。"咬金坐下道:"快说快说。"俊达道:"小弟出本钱,只要兄同去,一路上恐有歹人行劫,不过要兄护持,不致失误。卖了珠宝回来,除本分利,这个就是合伙了。"咬金道:"啊,原来如此,这个也还使得,只是我的母亲独自在家,如何是好?"俊达道:"这不难。兄今日回去,与令堂老伯母说知,明日请来敝庄同居如何?"咬金听说大悦道:"妙啊! 妙啊! 这个伙计便合得成了。"

说话之间,酒席早已端正,两人分宾主坐定,开怀畅饮。直吃到月上东山,咬金辞别要行,俊达说道:"方才之言,不可失信,明日小弟准来相接老伯母便了。"当下吩咐两个家丁,取了几件衣服首饰,抬了一桌酒,送咬金回去。俊达一直送出庄门,咬金作别,同着两个家丁,趁月光望家内而来。却好程太太倚门而望,一见咬金满身华丽,十分惊喜,慌忙便问,咬金告知其故。程太太大喜,家丁搬入酒肴,送上衣饰,磕头已毕,径自去了。母子二人吃了酒肴安睡,一夜无话。

次日天明,尤俊达差了十余个家丁并轿马,到门相请,程太太即便端正上轿，咬金上马。家中并无贵重物件，略略收拾，锁好了门，一行人径奔武南庄上来。尤俊达正在门首等望，闻人语马嘶，便叫声道："咬金兄来了么?"不一时早到面前，俊达大喜，等咬金下马，挽手入庄。俊达妻子出来迎接程太太进入内堂，见礼一番，早已端正酒筵，内外摆酒。酒至数杯，食供几套，俊达道："如今同兄出去做生意，不久就要起身，只是一路盗贼甚多，要学些武艺才好，未知兄会使哪一兵器?"咬金道："小弟不会使甚么兵器，往常劈柴的时节，就把斧头来舞弄舞弄，所以这柄斧头倒会使的。"俊达道："这也容易，且请兄到库中，看取那一件家伙，好待小弟教兄使便了。"咬金道："你们又不是官府，为甚么家中有库?"俊达道："小弟颇有家财，故此家中有库。"咬金道："啊，原来有了家财就可有库了。"

二人说说笑笑，来到库边，家丁把库门一开，只见里边俱是兵器。咬金看了说道："你家敢是要造反么?"俊达道："我兄何出此言?"咬金说："你家既不造反，为何有这许多兵器?"俊达道："原来兄长不知，如今只因炀帝无道，天下荒乱，盗贼蜂起，凡是当富足的人家，必备兵器，以防贼盗，所以有这些刀枪。"咬金说："原来如此。我且问你，那个炀帝有甚么不好，你便说他无道?"俊达道："他欺娘奸妹，缢兄图嫂，弑父篡位，杀害忠良，听信奸佞，荒淫乱政，以此群雄并起，各怀异心，将有大乱。"咬金听说大怒道："啊唷唷，那狗头，这等不忠不孝不仁不义的，做甚皇帝？何不杀了他，另叫别人来做皇帝呢?"俊达道："兄长闲话少说，请兄看取兵器，不知中意哪一件?"

咬金拣来拣去，拣了一柄八卦宣花斧，重六十四斤，拿在手中说道："这到称手。"俊达道："妙啊，这也是仁兄的因缘凑巧，这一柄斧头乃去岁冬间一个老人家卖在此的。还有一匹铁脚枣骝驹，也是他卖在此的，这马十分勇猛，小弟降他不倒，如今且教会了你斧法，然后送那匹枣骝驹宝马与兄做坐骑。"咬金大喜。二人来厅上，吩咐家丁收过酒肴，俊达抡斧在手，一路路的从头使起，教咬金学兵器。那晓得，咬金心性不通，学了第一路，忘记了第二路，学了第二路又忘记了第一路，当日教到更深，一斧也不会使。俊达教得气闷起来，叫一声："住着，吃了夜饭睡了罢，明日再教。"二人同吃酒饭，说了些闲话。

俊达叫家丁服侍咬金在侧厅耳房中歇了,自己入内去睡。

且说咬金方才合眼,只见一阵香风过处,远远来了一个老人,叫一声:“土福星官快些起来,我教你的斧法。你这一柄斧头,后来保真主,定天下,取将封侯,披蟒腰玉,还你一生荣华富贵。”咬金看那老人举斧在手,一路路使开,把六十四路斧法教会了,叫一声:“土福星官保重,我去也。”说罢,忽然又是一阵香风过处,那老人就不见了。咬金大叫一声:“有趣。”醒将转来,却是南柯一梦,叫:“且住,待我演习演习,不要忘记了。只是没有马骑,使来不甚威武。啊!有了,何不就将这条板凳做马,坐了使起来,自然一样的。”遂走将起来,开了门,走至厅上,取一条索子,一头缚在板凳上,一头缚在自己颈上,骑了那条板凳,双手抡斧,满厅乱跑,使将起来。

这厅上是用地板铺满的,他骑了板凳,使起这柄斧头来,震动一片声响。尤俊达惊醒,只见外边什么响,连忙起来,走至厅后门缝内一张,只见月光照人,如同白昼一般,那个程咬金却在那里使这柄宣花斧,甚是奇妙,比日间再教不会的时节大不相同,心中十分希罕,便走将出来,大叫道:“妙啊!”这一声竟冲破了他,后边的路数就不会了,只学得三十六路斧头。就是这三十六路斧头也了不得,十分利害,后来不知击走了多少好汉。当下俊达说道:“我兄原来有如此好斧头,为何日间假推不会?”咬金听说,就要装体面,说起捣鬼的大话来了,呵呵大笑道:“我方才日里边是骗着你,难道我这样一个人,这几路斧头不会使的么?”俊达道:“原来如此,我兄既然明白,连这下面这几路斧头,索性一发使完了与我看看。”咬金说:“你这是要我使出这几路仙斧来,好偷学我的,这也容易,你且去牵出那匹铁脚枣骝驹来,待我试他一试看。”俊达吩咐家丁,到后槽备了鞍韂,牵将出来。咬金抬眼一看,果然是匹宝驹,自头至尾有一丈长,背高八尺,四足如墨,满身毛片兼花。那匹马却也作怪,见了咬金,犹如遇了故主一般,摆尾摇头,大声嘶吼。咬金大喜道:“且把他牵过一边,拿酒来吃,待天明了骑他演这几路斧头便了。”家丁摆下酒肴,二人吃到天色微明。咬金起身,牵马出庄,翻身上马,加上两鞭,那马咻哩哩一声嘶吼,四足蹬开,望前就跑,犹如腾云驾雾一般,十分迅速,耳内只闻风吼之声。顷刻之间，跑上数十余里，到了一座土山边立住不走。咬金定睛看时，只见山面前有座石碑，碑上刻就三个大字，却是“老人山”。咬金哪里识得出，单单认得一个“人”字，心中想道：不知是什么人？正是：

只因天性多愚蠢，焉识之乎笔画讹。

要知老人山怎生模样，且看下回分解。

第二十二回　众捕人相举叔宝　小孟尝私入登州

诗曰：

天赐英雄武艺高，绿林丛里独称豪；

杨林解饷山前过，劫夺威风名姓标。

那咬金正念之间，只见乱草中簌的一声响，走出一只兔来，向马前一扑，回身便走。咬金大怒，拍马赶来。那兔儿转过了几个山湾，向一个石壁内钻了进去。咬金便跳下马来，上前一看，原来石壁上有一个大洞，忙伸手向洞中一摸，摸进去却摸着了一件东西，扯出来一看，却是一个黄包袱。打开一看，却是一顶镔铁盔，一副铁叶黄花甲。心中奇异，忙将铁盔向头上一戴，正好；又把这身甲来向身上一披，也正好合适。咬金大喜，翻身上马，一直奔回庄上。

下马入厅，细言其事，俊达大喜，说道："事已停当，明日就要动身。今日与你结为兄弟，后日无忧无虑。"咬金道："说得有理。"吩咐快排香案，二人结为生死之交。咬金小两岁，拜俊达为兄，大设酒筵，直吃到晚，各自睡了。

次日起来，俊达请太太出来，拜为伯母；咬金请俊达妻子出来，拜为嫂嫂。拜毕，各人说些闲话，入内去了。吃过了饭，咬金说道："好动身了。"俊达道："尚早哩，且到晚上动身。"咬金说："咦，这句话倒有些奇哩！又不去做什么强盗，日里不走，要到晚上动身。"咬金只管问："不知兄长却是为何？"俊达道："你有所不知，只为当今盗贼甚多，我卖的又是珠宝，日里出门，岂不露人耳目？故此到晚方可出门。"咬金道："原来如此。"

到晚，二人吃了酒饭，俊达吩咐家丁，把六乘车子上下盖好，叫声："兄弟，快些披挂端正，好上马走路。"咬金道："咦！这句话又来得奇哩，又不去打仗上阵，为何要披挂起来？"俊达说道："兄弟，你又不在行了，黑夜行路，当防盗贼，自然要披挂了去。"咬金道："也罢，就披挂了去。”二人披挂端正，上了马，押着车子，从后门而去，径往东北路而来。

彼时走了半个更次，来到一个去处，地名“长叶林”。远远的只见号灯有数百来盏，又有百十余人，都执兵器，齐跪在地，大声道：“大小喽罗迎接大王爷。”程咬金大叫道：“不好了，响马来了。”俊达连忙说道：“不瞒兄弟说，这班不是响马，他们都是我手下的人。愚兄向来在这个所在行劫，近来许久不做，如今空闲不过，特领兄弟来做伙计，若能取得一宗大财物，我和你一世受用。”咬金听说，把舌头一伸，说道：“不好了，上了你的当了。我方才原说道，做生意日里出去，不该夜里出门，你有这许多噜噜苏苏，原来是做强盗，那强盗可是做得的么？”俊达道：“兄弟不妨，你是头一遭，就做出事来，也是初犯，罪是免的。”咬金道：“啊唷，妙啊，原来做强盗头一次不妨得的么？”俊达道：“不妨得的。”咬金说：“也罢，就做他娘一遭便了。”尤俊达大喜，两个带了喽罗，一齐上山。那山上原有厅堂舍宇，一应房屋俱备。二人入厅坐下，众喽罗参见已毕，分列两边。俊达叫一声：“兄弟，你还是讨账呢，还是观风呢？”咬金想道：“讨账一定是杀人劫财，观风一定是坐着观看。”算计定了，便说道：“我去观风罢。”俊达道：“既如此，还是带多少人去行劫？”咬金说：“啊呀，我是观风，为何叫我去行劫起来？”俊达笑道：“原来兄弟此道行中的哑迷都不晓得。大凡强盗见礼，为之‘剪拂’，见了客商为之‘风’，来得少为之‘从风’，来得多为之‘大风’，若是杀不过为之‘风紧’，好来接应。‘讨账’是守山寨，问劫得多少。这行中哑谜，兄弟不可不知。”咬金道：“原来如此。我就去观风，只是人多使翻了船，只着一人引路便了。”俊达大喜，便着一个人去引路下山。此一去管教：

山东地面刀兵起，历城小邑大遭殃。

当下咬金提斧上马，带了一个喽罗下山，往东路口。等了半夜，心中想道：“不要说大风，就是小风也没有一个。”十分焦燥。看看天色微明，小喽罗道：“这时没有是没有的了，程大王上山去罢！”咬金喝道：“放你娘的屁，凡事要个顺溜，第一次难道空手回山不成？东边没有，待我到西边去看。”小喽罗不敢言语，只得引到西路。方得到西边，只见远远的旗幡招扬，剑戟光明，旗上大书“靠山王饷杠”。一枝人马，滔滔而来。

原来这镇守登州靖海大元帅靠山王，乃当今炀帝嫡亲王叔，文帝同胞兄弟，名唤杨林，字虎臣。大隋朝算他第八条好汉。近因未逢敌手，自道天下无对。说他这一日升帐，文武参见已毕，分立两旁。杨林口出大言，说：“孤家这两条囚龙棒打成隋朝世界，并无一将能与孤家战三个回合。今众将俱在此，乃孤心腹。如有人出马在孤马前战上三个回合，就算为好汉。”诸将听言，并无人接应。忽总管队里闪出一员老将，姓曹，名延平，年近七十余岁，惯使双枪，官拜登州总兵，白面银须，威风凛凛，相貌堂堂，立于帐下。杨林一看，大喜说道：“贤总兵，你敢与孤家战三个回合么？”曹延平说：“大王在上，小将不敢与大王战，只喜学习大王武艺，求大王教导小将。”杨林听了便说：“既如此，你去披挂停当，孤家来也。”杨林出帐上马，手执囚龙棒，说：“你来，你来！”曹延平也便披甲上马，手使双枪，在马上欠身道：“大王，恕小将放肆之罪了。”杨林道：“孤家有言在前，不来罪你。”拍马上前，照延平就是一棒。曹延平这杆双枪一架，棒枪并举，战有五、六个回合。曹延平这杆双枪好不利害，使开双枪，这枪只在左胁下、右胁下，不离心窝之边，左插花、右插花，双龙入海，丹凤朝阳，华云盖顶，枯树盘根。杨林虽然本事高强，被他双枪杀得乱了眼花，只见那枪就如两条双龙嗖嗖的响。杨林叫声：“曹将军，孤家让你了。”说罢，架开枪回马就走。曹延平也不追赶，带马回营。杨林也回马升帐说：“曹将军，你年纪虽老，枪法甚妙，孤家还要升你。”曹延平谢了出营。自此杨林怀恨在心，后来寻事，将曹延平打了三十，削职为民。这叫做无书不讲，有书不得不说。

杨林因炀帝初登大宝，故此差继大太保卢方，二太保薛亮，解一十六万饷银，龙衣数百件，入长安进贡。路经长叶林，程咬金一见叫声：“妙啊，‘大风’来了！”小喽罗连忙说道：“程大王，这是登州老大王的饷银，动不得的。”咬金喝道：“放屁，什么老大王不老大王！等了一夜，等得一个风来，难道放了他去不成？”拍动铁脚枣骝驹，双手抡斧大叫道：“过路的留下买路钱来！”小校一见，忙入军中报道：“前面有响马断路。”卢方闻报叫声：“奇怪，难道有那样大胆的强人，白日敢出来断王杠？待我去拿来。”上前大喝一声说：“何方贼盗，岂不闻登州靠山王的利害，焉敢在此断路？”咬金并不回言，把大斧一举，当的一斧盖下来。卢方举手中枪，往上一架，当的一声响，把枪折为两段，叫声：“啊呀！”回马便走，薛亮忙拍马来迎，咬金顺手一斧，正中他的刀口，当的一声，震得双手流血，抛刀回马而走。众兵校见主将败了，一声喊，弃了银桶，四散而来。咬金放马来赶，二人叫道：“强盗，银子你拿去罢了，苦苦赶我怎的？”咬金喝道：“你这两个没用的狗头，休认我是无名的强盗，我们实是有名目的，我叫做程咬金，伙计尤俊达，今日权寄下你这两个狗头，迟日可再送些来。”说罢，方才回马转来。那卢方、薛亮惊慌之际，却记错了名姓，只记着陈达、尤金，连夜奔回登州去了。

且说程咬金回马一看，只见满地俱是银桶，叫声：“罢了，原来他是个贩木头的。”跳下来，一斧把一桶砍开，滚出来元宝：“咦？好大锭头！”拿两个捧了，只见尤俊达嗒嗒的来了，连忙揣入怀内。俊达一到，吩咐众喽罗将桶劈开，把元宝装在那六乘车子内，上下盖好，回至山上。过了一日，到晚一更时分，放火烧了山寨，收拾回庄。从后门而入，花园中掘了一个大地穴，将一十六万杠银，尽行埋了。到次日，请了二十四员和尚，挂榜开经四十九日梁王忏。劫杠这日是六月二十二日，他榜文开了二十一日起忏，将程咬金藏在内房，一步也不放他走出来。此话慢讲。

先表登州靠山王杨林，这一日升帐，正在理事，忽报大太保、二太保在辕门候令。杨林大吃一惊：“为何回来得这般快？”吩咐着他进来，二人来至银安殿上，俯伏阶前叫道：“父王，不好了！王杠银子被响马劫去了！”杨林喝道：“怎么说？”二人一齐叫声：“父王，臣兄弟该死，失去王杠银子。”杨林这番听得分明，不觉海下银须根根倒竖，两眼突出，大喝一声：“好畜生，焉敢失去王杠！与我绑去砍了！”两旁军校一声答应，将二人绑下。二人哀叫：“父王啊，实是响马利害无比，他还通名道姓哩！”杨林喝道：“强盗叫甚名字？”二人便叫：“父王啊，那强盗一个叫陈达，一个叫尤金。”杨林听说，心中想一想道：“畜生，我问你失去王杠，在何处地方？”二人道：“父王啊，是山东历城县地方，地名长叶林。”杨林道：“既有地方名姓，这响马就好拿了。”吩咐将二人松了绑，死罪饶了，活罪难免，喝道：“拿下去打。”把二人捆打了四十棍。一面发下令旗令箭，差官奔往山东，限一百日之内，要拿长叶林断王杠的响马陈达、尤金。百日之内如拿不着，府县官员俱皆岭南充军，一应行台节制武职尽行革职。

这令一出，吓得济南大小文武官员，心碎胆裂。济南知府盛天期，行文到历城县，县官徐有德即刻升堂，唤到马快樊虎、步快连明，当堂吩咐道：“不知何处响马，于六月二十二日在长叶林地方，劫去登州老大王饷银一十六万，临行又通了两个名姓。如今老大王行文下来，取百日之内，要这陈达、尤金两名响马。如若百日之内没有，府县官员俱发岭南充军，合省文武官员俱要吊问。自古道：‘上不紧则下慢’。本县今限你一个月之内，要这两名响马。每逢三、六、九听比，若拿得来重重有赏；如拿不来，休怪本县。”

二人领了牌，出了衙门，各带公人，四下去寻踪觅迹，并无影响。到了比期，二人重打三十板，徐有德喝道：“如若下卯没有响马，每人重打四十板。”二人出来，会齐众公人商量道：“这两个响马，一定是过路的强盗，打劫了自去他州受用，叫我们却到哪里去拿他？况且强盗再没有个肯通名姓的，这两个名姓，一定是假的。”众人说道：“如此说起来，难道我们竟比死了不成？”樊虎道：“我倒有一计在此，到下卯比的时节，打完了不要起来，只求本官把下次比板一总打了罢。本官一定问是何故，我们一齐保举秦叔宝大哥下来。若得他下来，这两个响马就容易拿了。”连明道：“只是秦大哥现为节度旗牌，他如何肯下来；就是他肯来，节度爷也不肯放他。”樊虎道：“这倒不难，只消如此如此，他自然下来了。”众人大喜，各自散去。

不几日又到比期，徐有德升堂，唤众捕人问道：“响马可拿到了么？”众人道：“并无影响。”徐有德道：“如此说，拿下去打。”左右一声呐喊，扯将下来，每人打了四十大板。徐有德喝道：“若下卯没有拿到，抬棺来见我！”众人都不起来，一齐说道：“求老爷将下次的比板一总打了罢！就打死了小的们，这两个响马，端的没拿处的。”徐有德道:“据你们如此说起来,这响马一定拿不成了,难道本县竟往岭南充军不成?”樊虎道:“老爷有所不知,这两名强人一定是别处来的,打劫了他自往他州外府去了,却如何拿得他来?若要这两名响马,除非是秦叔宝,他尽知天下的响马出没去处,得他下来,方有拿处。”徐有德道:“他是节度使大老爷的旗牌,如何肯下来追缉响马?我若去请,大老爷岂不要着恼的么?”樊虎道:“此事定要老爷亲自去见大老爷,只须如此如此,这般这般,大老爷一定肯放他下来了。”徐有德闻言,沉吟了半晌,说道:“倒也讲得有理,待本县自去。”徐有德即刻上马,径投节度使衙门而来。

到了辕门,尚未升堂。徐有德下马等了半日,只听得辕门上发了三通鼓,吹打了三次,不多时,三声炮响,大开辕门,唐璧升堂。两个中军参见过,旗牌叩见毕,然后五营四哨一齐参见,分班而立。那徐有德双手捧了禀折,跪在辕门。传宣官接了禀折,传与中军,中军接上:“启老爷,今有历城县要见。”唐公吩咐,令他进来。徐有德趋至滴水檐前,跪下拜见。唐公吩咐:“免了,赐坐。”徐有德道:“如此卑职告坐了。”唐公道:“本藩正要来传贵县,问断王杠的响马可有消息,却好贵县到来,不知有何事故?”徐有德道:“卑职正为此事,前来告禀大老爷,若说这两个响马,正无消息。卑职素闻贵旗牌秦叔宝的大名,他当初曾在县中当过马快,不论什么奇雄响马,手到拿来。故此卑职前来,求大老爷将秦旗牌发下来,拿了响马,再送上来。”唐公闻言,大喝道:“哇!狗官,难道本藩的旗牌与你当马快的么?”徐有德慌忙跪下说道:“既然大老爷不肯,何必发怒?卑职不过到了百日限满之后,往岭南去走一遭,只怕大老爷也未必稳便,还求大老爷三思,难道为一旗牌而弃前程不成?”唐公听说,想了一想:“他也说得是,前程要紧,秦琼事小。”便道:“也罢,本藩且叫秦琼下去,待拿了响马,依先回来便了。”徐有德道:“多谢大老爷,但卑职还要禀上大老爷,自古道:‘上不紧则下慢’。既蒙发下秦旗牌来,若逢比限不比,决然怠慢,这响马如何拿得着?要求大老爷作主。”唐璧道:“既发下来,听从比限便了。”唐公吩咐:“秦琼同徐知县下去,好生在意,获贼之后,定行升赏。”秦叔宝见本官吩咐,不敢推辞,只得同了徐有德，出了节度使衙门，径往县中来。

徐有德下马坐堂，叫过秦琼，吩咐道："你向来是节度使旗牌，本县岂敢得罪你，如今既请下来，权为马快，必须用心拿贼。如三、六、九比期没有响马，那时休怪本县无情。"叔宝说道："这两名响马要出境去缉拿，数日之间，如何得有，还要老爷宽限才好。"徐有德道："也罢，限你半月之中要这两名响马，不可迟怠。"叔宝领了牌批，出得县门，早有樊虎、连明接着。叔宝道："好朋友啊，自己没处拿贼，却保举我下来，倒多谢你了。"樊虎道："小弟们向日知仁兄的本事，知道这些强人的出没，一时不得已，故此请兄长下来救救小弟们的性命。"叔宝道："你们可四下去察访，待我自往外方去寻便了。"正是：

踏破铁鞋无觅处，得来全不费工夫。

不知追缉如何，且听下回分解。

第二十三回 杨林欲嗣秦叔宝 雄信暗传绿林箭

诗曰：

王叔杨林足勇谋，饷银失去不停留。

历城知县求良将，叔宝雄名冠九州。

当下叔宝别了众友，回家见了母亲，并不提起这事，只说奉公差出。别了母亲、妻子，带了双锏，翻身上马，出得城来。将单雄信与他的天下响马簿子打开一看，上写道："长叶林乃尤俊达的地方，许久不做。"心中想道："他既许久不做，决不是他，一定是少华山王伯当、齐国远、李如圭前来劫了去，通了两个鬼名，待我前去问他便了。"便拍开坐下黄骠马，径奔少华山而来。

到得山边，小喽罗看见，报上山来。三人连忙下来迎接，同到山寨施礼坐下。王伯当道："小弟自从去年大闹花灯，别后不觉又是一年。近日小弟正欲到单二哥那边去知会打点，前来与令堂老伯母上寿。不料兄长到此，有何见教？"叔宝道："不要说起，不知那一个，于六月二十二日在长叶林劫了靠山王饷银一十六万，又通了两个鬼名，叫做什么陈达、尤金。杨林着历城县要这两名强人，我只恐是你们到那里打劫了，却假意通这两个鬼名，故此特地前来问一声。"王伯当道："兄长说哪里话来？我们向来不曾打劫王杠，就是要打劫，登州解来的饷银，少不得也要经此山过的，就在此地打劫，却不省力，何值得走到那里去打劫呢？"李如圭道："我晓得了，那长叶林是尤俊达的地方，一定是他合了一个新出笼的伙计，打劫了去。那伙计就如阵上一样，通了名姓，那押杠的差官，慌忙中听错了。"齐国远道："是啊，你倒说得不差，一定是他呢！且我辈中再没有个通名道姓的。叔宝兄，你只去问尤俊达便了。"叔宝问明了，即便动身。三人苦留不住，只得齐送下山。

叔宝拍开千里马，驾鞭径往武南庄上来。到得庄前，只听钟鼓之声，抬头一看，见挂榜文上写着："演四十九日梁王忏，于六月二十一日为始。"想道："他二十一日在家起经，如何二十二日有工夫去打劫？现今少华山招了他的怪，如今不要进去问他罢。"想了一想，回马连夜径奔登州而来。及至登州，天色微明，正开城门，一马奔入城来。

原来杨林自从失去这宗饷银，虽着历城县缉拿，却也差下许多公人，四下打听。这日早上，众公人方才出城，只见叔宝气昂昂跑马入城。众公人疑心道："这人来得古怪，马鞍上面又有两根金装锏，莫非他就是断王杠的响马也未可知。"大家一齐跟了走来。

叔宝到了一所酒店门前，翻身下了马，叫道："店小二，你这里可有僻静所在吃酒么？"店小二道："楼上极僻静的。"叔宝道："既如此，把我的马牵到里边去，不可与人看见。酒肴只顾搬上楼来。"店小二便来牵马到里边去，叔宝取了双锏，上楼坐下。小二牵马进去，出来搬上酒肴，众公差把手招他出来，悄悄的说道："这个人来得古怪，防他是断王杠的响马，你可上去套他些口风，切不可泄漏。"店小二点头会意，搬酒肴上楼，摆在桌上，叫一声："官人吃酒。"叔宝道："我有话问你，那长叶林失了王杠，这里可拿得紧么？"小二道："拿得十分紧急。"叔宝闻言，脸色一变，将大拇指咬在口中呆了半晌，叫道："店小二，你快去拿饭来我吃，吃了要去赶路。"店小二应了一声，走下楼来，招招众人，附耳低言说道："这人一定是断王杠的响马，他问我说：'失了饷银，这里可拿得紧么？'我回说正拿得十分紧急，他就脸皮失色，叫我快把饭来与他，吃了要去赶路。"众公人道："我看这人不是良善的，况且那两条锏又不离他，我们几个如何拿得他住？去报与老大王知道，着将官拿他便了。"当下众人一路如飞，直至王府前，正值杨林在殿理事，即忙通报。杨林却差百十名将官，带了兵丁，飞也似一般来至酒店门前，直把前后门团团围住，鸣锣击鼓，齐声呐喊，大叫："楼上的响马快快下来受缚，免得爷爷们动手！"叔宝正中心怀，提锏在手，跑下楼来，把双锏一摆，喝道："今日是我自投罗网，不必你等动手；若动手时，叫你来一个死一个，来一双死一双。待我自去见老大王便了。"众将道："我们不过奉令来拿，你既肯去，却与你做什么冤家？快去！快去！”

大家围住叔宝，径投王府而来。到了辕门，众将飞报入内。杨林喝令：“抓进来！”左右一声答应，飞奔出来，拿住叔宝要绑。叔宝喝道：“谁要你们动手？我自进去便了。”遂放下了双锏，一步步走入辕门，上丹墀来。杨林远远望见，赞道：“好一个响马，是条好汉，所以失了王杠。”那叔宝来至殿阶，双膝跪下，叫一声：“老大王在上，山东济南府历城县马快秦琼，叩见大王，愿大王千岁千岁千千岁！”杨林闻言，只把众将一喝：“有你这班该死的狗官！怎的把一个快手当了响马，拿来见孤？”众将被喝，慌忙跪下道：“小将们去拿他的时节，他自己还认是响马，所以拿来的。”其时卢方在侧，跪禀道：“父王啊，果然不是劫饷银的强盗，那劫饷银的强盗，青面獠牙的，形容十分可怕。不比这人相貌雄伟。”

杨林便叫：“秦琼，你为何自认作响马？”秦叔宝道：“这是小人欲见大王，无门可见，故作此耳。”杨林点头，仔细将叔宝一看，面如淡金，三绺长须飘于脑后，跪在地下还有八尺来高，果然雄伟。便问道：“秦琼，你多少年纪了，父母可在否？面有黄色，莫非有病么？”叔宝道：“小人父亲秦理，自幼早丧，只有老母在堂，妻子张氏，一同三口，小人从无病症，生相是这等面庞，今年二十五岁了。父亲存日亦当马快。”看官，你道叔宝为何不说出真面目来？只因昔日杨林兵下江南，在马鸣关枪挑了秦彝，若说出来，岂非性命不保？故此说假话回对。杨林又问道：“你可会得什么兵器？”叔宝说：“小人会使双锏。”杨林道：“如此说，取锏来使与孤家看。”众将忙抬叔宝的双锏进来放下。叔宝道：“既蒙大王吩咐，小人不敢推辞。但盔甲乃为将之威，还求大王赐一副盔甲，待小人好演武。”杨林道：“是啊。”吩咐左右：“取孤家的披挂过来。”旗牌一声答应，连忙取与叔宝。杨林道：“这副盔甲原不是孤家的，向日孤家兵下江南，在马鸣关杀了一名贼将，叫做秦彝，就得他这副盔甲，并一枝虎头金枪，孤家爱他这副盔甲，乃赤金打成的，十分细巧，故此留下。今日就赏了你罢。”叔宝闻言，心中凄惨，不敢高叫，谢了一声，立起身来。杨林吩咐左右，与秦琼披挂起来，果然又换了一个人物，满身上下，犹如金子打成一般，象一座金宝塔。正是：

凛凛威风貌若神，英雄气慨实超群。
今朝旧物归原主，始信循环报应分。

叔宝提锏在手，摆动犹如金龙戏水，一似赤帝施威。起初时，还是人锏分明；到后来，只见金光万道，呼呼的风响逼人寒，闪闪的金光炫耳目。这回锏使将起来，把个杨林欢喜得手舞足蹈。众将看得目乱眼花，人人喝彩，个个称扬。不一时，把五十六路的锏法使完了，跪下道："禀大王，锏法使完了。"

杨林大喜道："你还会使什么兵器么？"叔宝道："小人还会使枪。"杨林道："妙啊，孤家最喜的枪，只因如今年老，故使了囚龙棒，不用了枪。"叫旗牌抬过虎头蘸金枪来。两名旗牌，登时把八十二斤虎头枪扛将过来。叔宝一手接过，把柄上一看，上写"伏虏将军秦彝置"七个字，叔宝明知父亲之物，不敢明言，眼泪打从肚内落了下去。只得将身体一摇，双手一抡，要的一枪使将起来。杨林一见，说声："住着，这是罗家枪，你为何晓得使？"叔宝说："小人前年往潞州受了官司，发配燕山，见罗元帅在教场演枪，小人因此偷学他的枪法，故此会使。"杨林道："原来如此，快使起来。"叔宝道："晓得。"就把那十八门，三十六路，六十四枪，尽行使出，单少一路回马枪，此乃罗成传授之时，被他瞒过的，因此不全。

杨林见叔宝这样人才，又有如此本事，心中大喜，把枪也赐了叔宝，说道："孤家年过六旬之上，尚无子息，虽有十二太保过继为子，他们的本事，那里如得你来。如今孤家欲过继你为十三太保，不知你意下若何？"叔宝心中一想："他是我杀父仇人，不共戴天，如何反拜他为父？"忙推却道："小人一介庸夫，焉敢承当太保之列？决难从命。"杨林闻言，二目圆睁，喝道："胡说！孤家继你为子，有何辱没于你，擅敢将言推托，如若不从，左右看刀！"叔宝连忙说："小人焉敢推托，只因老母在堂，放心不下。若大王依得小人一件，即便允从；如若不允，甘愿一刀，决难从命。"杨林道："你说来是那一件？"叔宝道："小人回转山东，见了母亲，收拾家中，乞限一月，同了母亲前来便了。"杨林道："这是王儿的孝道，孤家岂可不依。"叔宝无奈，只得拜了八拜,叫声:“父王啊,儿臣还有一句话要求父王依允。”杨林道:“王儿有何话说?”叔宝道:“就是失饷银一事,要求父王宽限,令那些官儿慢慢访拿。”杨林道:“孤家只待限满之日,将这些狗官一个个拿来重处。既是王儿说了,看王儿面上,中军官着发令箭下去,吩咐大小官儿,慢慢拿缉便了。”当下吩咐了十二太保、大小众将送秦琼出城。

叔宝拜辞了杨林,上马便行。十二太保、大小将官送出了登州城,然后各自回来。叔宝回转济南,坐在家中,也不去做旗牌,也不去当马快,是一个爵主爷爷了,哪个官儿还敢去叫他?光阴迅速,不觉看看一月已过,杨林不见叔宝到来,心中焦燥,依先发下令箭,催拿这两个响马。薛亮却吩咐差官到历城县,着县官依先叫秦琼拿贼。徐有德这次却变了脸,到三六九没有响马,从重比责,叔宝却受了若干板子,这也不在话下。

且说少华山王伯当,对齐国远、李如圭道:“叔宝母亲九月一十五日是七旬寿诞,日期将近,咱要到潞州知会单二哥,招各处好友们,前去拜寿。你二人消停几天,动身山东相会便了。”二人应允。王伯当即便动身,别了二人,下山径投山西潞州府二贤庄而来。

不一日,到了二贤庄。单雄信闻报,连忙出迎,入庄礼毕坐下。雄信道:“多时不会我兄,甚风吹得到此?”伯当道:“九月一十五日乃叔宝兄令堂老伯母寿诞,小弟特来知会吾兄前去祝寿。”雄信道:“原来如此,小弟却一些也不知道。如今事不宜迟,速即通知各处弟兄,好来恭祝。”说罢,即忙取出绿林中号箭,差数十个家丁,分头知会众人,限于九月十四日在济南府东门会齐。如有一个不到,必行重罚。一面吩咐打点金八仙各样贺礼,择日自同王伯当往山东进发。

且说各处好汉,得了单雄信的号箭,各自动身不表。单讲河北冀州燕山靖边侯罗元帅,一日退堂进来,只见秦氏夫人说道:“妾身有句话说,不知相公肯允否?”罗公道:“夫人之言,下官焉敢不听?”夫人道:“九月一十五乃家嫂的寿诞,我已备下寿礼,今欲叫孩儿前去认认舅母,望望表兄,不知相公意下若何?”罗公道:“这是正理,明日下官差孩儿前去拜寿便了。”夫人闻言大喜。这信一传出来,早有外边中军张公瑾、史大奈、白显道、尉迟南、尉迟北、南延平、北延道七人皆要去拜寿，都来相求公子点拨同行。罗成依允道："容易。"就在父亲面前，点了他七人随往。一到次日，罗成辞别母亲，收拾盔甲兵器，带了七人，投济南而来。

列位，你道出门上路的为什么顶盔贯甲起来？只因炀帝登极之后，天下大荒，盗贼遍处成群，河东山陕之间，白日杀人放火，所以出门上路的俱带盔甲、兵器，以防不测。

再说太原府柴绍禀知唐公，要往济南与叔宝母亲上寿。唐公道："去年你在承福寺遇见恩公，及至我差人去接他时，他已回济南去了，至今未曾报答他的大恩，为此心中怏怏不快，如今他母亲大寿，你正当前去。"即备黄金一千两，白银十万，差官同柴绍往济南来。只因这班人一来，正是：

天罡地煞全相聚，世乱兵荒逐渐生。

不说柴绍在路，且说少华山齐国远、李如圭两个计议道："我们要去济南上寿，山寨缺少钱粮，将甚礼物为贺？"李如圭道："去春闹花灯，我抢一盏珠灯在此，可为贺礼，再问单雄信二哥借些银子便了。"二人即忙收拾珠灯，带了两个小喽罗，下山而来。将近山东地界，远远的罗成八人来了。齐国远不认得罗成，说道："妙啊，这班人行李沉重，财物必多，何不打劫了他，强如到单二哥处借寿礼。"算计已定，便拍马抡刀大呼道："来的留下买路钱去！"罗成一见，笑道："可见当今无道，官塘大路，青天白日，都有响马了。"便令张公瑾等退后，自己一马当先，大喝一声："响马，你要怎的？"只这一声，犹如牙缝内迸出春雷，舌尖上响起霹雳。齐国远吃了一惊，喝一声："爷爷要你的财物，快快送来，免我动手。"罗成道："你要我的财物，只消问我一个朋友，他若肯时就送与你。"齐国远道："你的朋友是哪一个？"罗成道："是俺手中这杆枪。"齐国远大怒，双手抡动金背刀，劈头便砍。罗成把枪一举，当的一响，拦开斧头，顺手拾起银花锏，耍的一下，齐国远叫声："不好！"把头一低，正中颈上，大叫一声，回马便走。李如圭道："大哥退后，我来也！"说罢，手摇两根狼牙棒拍马来迎。罗成叫声："来得好！"顺手便一枪逼开狼牙棒，耍的也是一锏，正中肩臂,如圭负痛,回马便走。两个小喽罗抛弃珠灯也走了。罗成叫史大奈取了珠灯,笑道:“这两个毛贼,正是偷鸡不着,反折了一把米。”按下不表。

且说齐、李二人败下来,一个被打了头颈,好似杀不倒的鸡儿;一个挂落了手,犹如半板疯,互相埋怨:“财物劫不着,反失了珠灯,如今却将何物前去上寿?”正言之间,只见西边转出一队人来,却是单雄信、王伯当,后边跟了些家将。齐国远道:“好了,救星到了!”二人忙迎上来,雄信与伯当忙问道:“你二人为何如此形景?”二人细言其故,单雄信大怒,带了众人一齐赶来。罗成听见人喊马嘶,晓得是方才败下去的响马,纠合同伙追来,叫众人住马候着。看看相近,国远道:“就是这个小贼种!”单雄信一马当先,大喝一声:“驴囚入的罗子,入你的怪囚娘,快快还我的珠灯便罢!”正是:

英雄聚位山东地,地煞天罡各自强。

毕竟怎生结果,且听下 回分解。

第二十四回　秦叔宝劈板烧批　贾柳店刺血为盟

诗曰：

总自交情忆昔年，两家母子各辛艰；

别来数载常怀念，及至相逢不识颜。

当下雄信怒喝："若不还灯，照罗子的家伙罢！"罗成大怒，正欲出马提枪相杀，后面张公瑾认得是雄信，连忙上前叫道："公子不可动手，单二哥也不必发怒！"二人听得，便住了手。公瑾告知罗成，这人就是秦大哥所说的恩人单雄信。罗成听说，便与雄信下马相见，与齐国远、李如圭赔了罪，取金枪药与二人搽好，疼痛即止。大家各叙过了礼，都说往济南拜寿，便合做一处同行，不表。

且说武南庄尤俊达得了雄信的令箭，见寿期已近，吩咐家将打点贺礼，要赶十四日赴约，十五日拜寿。程咬金看见，便问道："你去拜谁的寿？"俊达道："去拜一个朋友的母亲。"咬金道："既如此，我也去走遭。"俊达道："我与他至友，所以要去。你却与他从来不熟，如何去得？"咬金道："你且说这个姓甚名谁？"俊达道："这人乃山东第一条好汉，天下那一个不知道的！他叫小孟尝、赛专诸，姓秦，名琼，双字叔宝，你却何曾与他熟识？"咬金闻言，跳起身来，拍手大笑道："这人是我从小相识，如何不熟？我还是他的恩人哩！"俊达道："怎见得你是他的恩人？"咬金道："他父亲叫做秦彝，乃陈后主驾前大将，官拜伏虏将军，镇守马鸣关，被杨林杀了。他那年方三岁，乳名太平郎。母子二人与我母子同居数载，不时照顾他。后来各自分散。虽然多年不会，难道就不是恩人了？"俊达道："原来有这段缘故，去便同你去，只是你我心上之事，酒后切不可露。"咬金道："晓得。"二人收拾礼物，各带兵器，领了四个家将，出门上马，望济南而行。

那咬金许久不曾骑马出辔，在路上好不躁皮，把马加上两鞭，泼辣辣往前乱奔。俊达大叫："慢走！"他那里肯听，一直跑去。转出一个山头，远远的望见一队人马，乃是单雄信这一班。咬金大叫："妙啊！'大风'来了！"拍开铁脚枣骝驹，摆动八卦宣花斧，高声大叫："来的留下买路钱！"单雄信道："我是强盗头儿，好笑那厮目不识丁，反要我的买路钱，待我问一声看。"一马上前，横槊在手，叫一声："山中大垂老请了，我们是一线的。"咬金喝道："你是卖线的么？不论青线白线，爷爷也是要的。"雄信笑道："原来是个初出笼儿的，不要管他，待老子赏他一槊。"便把金顶枣阳槊一举，拦头就打。咬金把斧一架，架过了槊，当当的连砍两斧。雄信急架忙迎，哪里招架得住，一张青脸泛出红来，好似酱色一般，盔歪甲裂，叫声："好家伙！"回马忙走。罗成看见大怒，一马冲来，摇枪便刺。咬金躲过枪，当的就是一斧。罗成拦开斧，耍的一枪，正中咬金左臂，咬金叫声："啊唷！"方回得马要走，不提防，耍一响，右腿上又中一枪，大叫一声："风紧！风紧哩！"只见后边尤俊达到了，见咬金受伤，勃然大怒，抡起手中朴刀，拍马赶来。单雄信认得，连忙叫住罗成，不要追赶。俊达唤转咬金，各各相见，取出金枪药，与咬金敷了伤痕，登时止疼。大家合做一处，取路而行。

将近济南，雄信道："今日是十四，且在城外寻个下处，等齐了众友，明早入城便了。"遂吩咐家丁，有宽大的客店，可寻一所。家丁到城门边，见有一所客店，招牌上写着"贾柳店"，十分宽敞，可以容得众人。雄信道："也罢，就在那里便了。"原来叔宝知道，雄信等一定来与母亲上寿，早已在贾顺甫、柳周臣后边，收拾五间大厅，叫二人招接这班人住。他二人日日想望，不见有人到来。等到十四日，只道没有人来了，他也不晓得就是这班人，当下也不问起，接进众人上高楼去坐。家丁们搬行李进店，差几个在要路上等上寿的朋友，就吩咐安排起七八桌酒来，先拿两桌上来吃。不一时，来了潞州金甲、童环、梁师徒、丁天庆，家丁招呼入店，大家各又见礼，又添上一桌吃酒。不多时，又来了柴绍。次后各处来的，陆续俱到，乃是：屈突通、屈突盖、盛彦师、黄天虎、李成龙、韩成豹、张显扬、何金爵、谢应登、濮固忠、费天喜一班豪杰。意气相投，吃得十分有兴。正在闹热之间，只听见外边渔鼓响，走入魏征、徐勣两个来，上得厅楼。茂公知道，今日众星聚会,遂各一礼,坐下饮酒。楼下却又来了弟兄两个,叫做鲁明星、鲁明月。他二人乃是海贼,所以家丁们不认得。二人走入店中,叫道:“店家,楼上可吃得酒么?”柳周臣道:“楼上已有许多人坐满,官人们就在下面坐罢。”二人道:“也使得,在下边罢了。但有下酒的,尽着搬来,一总算帐。”说罢,捡一副座头坐下。走堂的摆上酒肴,两人对饮。

且表上边这班人,呼三喝四,吃得热闹。程咬金心中想道:“我卖私盐打死了巡捕官,问成死罪,遇赦出来。尤俊达合我做伙计,劫了王杠银子,日日大鱼大肉,十分快活,今日众英雄同来拜寿,岂不是十分荣耀?”想到此处,一面把杯饮酒,一面不觉把脚在楼板上当的一蹬,却好底下是鲁家兄弟的坐处,把那灰尘跌落碗中,好似下的一阵花椒末。鲁明星大怒,喝道:“楼上的入娘贼,那浪蹄子蹬什么?”咬金在上面听见,心头火发,跳起身来,飞也似的奔下楼来。鲁家兄弟早已立着等打。咬金睁开怪眼,骂一声:“入娘贼,焉敢骂我?”要的一拳,望鲁明星打来,早被明星举手接住。咬金摆不脱,就举起右手,又是一拳打来,鲁明月又上前接住。兄弟两个,两手扯住咬金两只手;这两只空手,尽力在咬金背上如擂鼓的一般,打得咬金大叫道:“啊唷唷唷! 入娘贼好打好打!”楼上听得,一齐赶将下楼。单雄信认得二人,连忙叫住,挽手上楼,彼此赔罪,依前饮酒。

且表贾顺甫,见这班人不三不四,来的落落托托,心中疑惑,悄悄的对柳周臣道:“这班人来得古怪,各路人都有在内,更兼相貌凶奇,莫非有劫王杠的陈达、尤金在内? 你可在此看店,待我入城,叫秦大哥来看看风色,却不可泄漏。”柳周臣点头会意。贾顺甫便出了店门,飞也似的奔往县前来。正值叔宝在县中出来,一见顺甫,便问何来,顺甫道:“今日小弟店中来了一班人,十分古怪,恐有陈达、尤金在内,故此急来通知兄长。”叔宝连忙叫樊虎、连明,同了顺甫,奔出城来。到了店中,叔宝当先入内,轻轻走上楼梯一看,照面坐的却是单雄信,连忙缩下头来。早被雄信看见了,说道:“那扶梯上的是叔宝啊!”起身赶下来。叔宝躲不及,只得同了樊虎、连明走上楼来,逐一相见行礼。

到那咬金面前,叔宝却不认得,竟作一揖,不问寒温,又与别人行礼。尤俊达将咬金扯了一把,低低说道:“你说与他自小认得的,却如何不与你叙话?到像个从不识面的。”咬金听说大怒,气得两眼突出。叔宝又一个个叙阔别之情,回转身来,正要问咬金尊姓大名,早被咬金一把扯住道:“咄!瞎眼的势利小人,为甚的不睬我?”叔宝连忙陪笑道:“小可实不曾认得,仁兄休怪!休怪!”咬金大喝道:“太平郎,好啊!你这等无恩无义了,可记得当初在班鸠镇上,我母子怎样看顾你?你今日一时发迹,就忘记了我程咬金么?”叔宝闻言,叫声:“啊呀!原来你就是程一郎哥,我的大恩人!一时忘怀,多多有罪!”索的一声,跪将下去。咬金哈哈大笑道:“尤大哥,如何?我不哄你么!”连忙扶起叔宝道:“折杀!折杀!”又重新行礼,问起一向作何事业,令堂可好。咬金道:“我为卖私盐,打死了人,问成死罪,遇赦出来,尤员外合我……”俊达连忙接口道:“是小可接他母子在庄上同住的。”叔宝道:“这也难得。”当下重添酒肴。叔宝叫贾柳二人一齐上来吃酒。酒至数巡,叔宝起身劝酒。劝到单雄信面前,回转身来,在桌子脚上撞了疼处,叫声:“啊唷!”把腰一曲,几乎跌倒。众人齐吃一惊。正是:

虎豹吼时天地震,蛇龙舒动鬼神惊。

当下雄信扶起叔宝,忙问:“为何缘故,痛得如此利害?”樊虎接口道:“不要说起,不知那个没天理的狗男女,在六月二十二日,于长叶林劫了靠山王饷银一十六万,龙衣百件。杨林着历城县知县要这两个响马,可恨这两个狗男女,临阵通名,叫做什么陈达、尤金。小弟自道力量不能,一时浅见,在本官面前保着叔宝兄,指望拿得此贼,为万民除害。谁想缉访数月,杳无踪迹,反害叔宝兄受了几回比板,两腿溃烂。所以方才撞了痛处,几乎晕倒。”单雄信道:“真正没天理的,入他家两个娘娘!”大家一齐骂道:“正不知是那个狗入的,劫了王杠,却累叔宝兄受苦。”此时尤俊达脸上泛出青红,心内突突的跳,忙在咬金腿上扭。咬金大叫道:“扭不扭,我是要说的。”便道:“列位不要骂,那劫王杠的不是什么陈达、尤金,就是我程咬金、尤俊达两个。如今听凭叔宝兄拿我两个去,省得害他比较。”叔宝闻言,大吃一惊，忙把咬金的口掩住道："恩兄何出此言？倘被外人听见，不当稳便。"咬金道："不妨，我是初犯，就到官去也无甚大事。"李如圭道："何如？我说一定是尤俊达合了新伙计打劫的。如今怎么处？快将索子来绑了。"咬金道："凭你绑去。"叔宝道："恩兄，小弟虽然卤莽，那情理两字也略知一二，怎肯背义忘恩，拿兄去受罪？"大家一齐道："好朋友，这个才算做好汉！"茂公道："只怕叔宝兄口是心非。"叔宝道："茂公兄何故小觑不才？自古道：'为朋友而死，死亦无恨。'如兄不信，小弟有个凭据在此，请他做个见证，以明再不食言之意。"说罢，在怀中取出捕批牌票，将佩刀一劈，破为两半，就在烛火上，连批文一齐烧个干净。大家一齐吐舌惊讶。茂公道："这才算做个重义的豪杰。既是叔宝兄如此仗义，小弟倒有一言在此，相告列位。"众人道："请教。"茂公道："今日众英雄齐集，也是最难得的。何不就在此处，摆设香案，大家歃血为盟，以后必须生死相救，患难相扶，不知众位意下如何？"众人齐声说道："是！"就于楼上，摆下香案，一个个写了年纪，茂公写了盟单，众人一齐对天跪下。茂公将盟单高声念道：

> 维大隋炀帝二年，九月十四日，有徐勣、魏征、秦琼、单通、张公瑾、史大奈、尉迟南、尉迟北、鲁明星、鲁明月、南延平、北延道、樊虎、连明、白显道、金甲、童环、屈突通、屈突盖、齐国远、李如圭、贾顺甫、柳周臣、王伯当、尤俊达、程咬金、梁师徒、丁天庆、盛彦师、黄天虎、李成龙、韩成豹、张显扬、何金爵、谢应登、濮固忠、费天喜、柴嗣昌、罗成等三十九人，歃血为盟。不愿同日生，只愿同日死。有荣同享，有难同当，吉凶相爱，患难相扶。如有异心，天神共监。

说罢，先是徐茂公，举刀在臂上刺出血来，滴入酒内。次后魏征、秦琼刺过。却是单雄信了，谁想刺了一刀，并无血出，用力一挤，挤出些清水来。茂公掐指一算，啊，原来他是青龙星，后来不降唐朝，死于五龙会内，所以歃盟没血。遂即依次而行，一个个刺过。到了谢应登，也是没血的。茂公惊异，也便掐指一算，原来他后来随李密兵下江都，随叔父谢洪度去成仙，受享清福，因此歃盟也是没血的。及后到了罗成,也是没血的。茂公口称:“奇怪也。”便掐指一算,也算出缘故,知道他是白虎星君,后来降唐,五龙会在牢口关被二王谋害,夜走周须,被苏定方乱箭射死,所以没血。刺毕盟完,大家各吃了一碗血酒。叔宝道:“天色已晚,我同表弟入城回去,明朝在舍恭候众兄弟便了。”众人齐道:“有理。”即时别了众友,同罗成进城。到家,罗成拜见舅母,老太太道:“前年,表兄为了官司,问罪燕山,多承令尊救拔,尚未报答。今日何劳贤甥,送礼远涉,甚是不当。”罗成道:“舅母,至亲骨肉,怎说这话?母亲叫我致意舅母,本欲亲自前来奉祝,因为家父不能到此,所以遣甥儿到此拜寿,多多有罪。”老太太道:“好说。”叫张氏与叔叔见礼过了,吩咐摆酒。一面请罗成吃酒,一面叫秦安在厅上收拾,足足忙了一夜。

次日清晨,叔宝先去后边一个土地庙中,吩咐庙祝在殿上打扫,好等众人在殿上吃酒。你想:这班人可在自家厅上久坐的么?万一有衙门中人来撞见,如何使得?所以预先端整,一等拜完了寿,就在土地庙中吃酒。早饭方完,众人到了。厅上摆满了寿礼。罗成是银八仙八尊、寿衣十副、寿簪一对、白银一千两、丝缎一百端。罗夫人另外又送礼,与嫂嫂庆寿,也是绝盛一副盛礼,不必细表。那柴绍送上唐公礼单,是黄金千两、白银十万。柴绍自己的,乃是白银一千两、玉八仙一座、寿衣一百套。单雄信是金八仙寿杯百盏、赤金一千两、白璧二十双。其余众人,各具盛礼,不必细说。大家先与秦琼见了礼,然后齐声说道:“请老伯母出来拜寿。”叔宝道:“不消,待小弟说知便了。”大家一定要请见,叔宝只得请老母出房。老母刚走到门边,在屏风后一张,啊唷唷!你看这班人:也有青脸的,也有红脸的,也有紫脸的、蓝脸的,还有瓜皮绿脸的,朱发红髯的,还有巨口獠牙的。老太太见此异相,不觉心惊,立住了脚,不肯出来。叔宝在屏风后低声指道:“那青脸的,就是潞州单二员外。这蓝脸的,就是程一郎。这一个是秀才柴绍,乃唐公郡马,其余众人,都是好朋友,出去不妨。”

正在说话,外边单雄信是个性急的,叫道:“叔宝兄,快请老伯母出厅,待我们拜祝千秋。”里面只是延挨,程咬金道:“不相干,是这样请法,再不肯出来的,我是自小见过,待我进去请来。”一头说,一头径走入内来,见了老太太唱个喏,叫声:“老伯母在上,小侄程咬金拜寿!”索的一声,跪将下去。老太太用手忙扶,便问秦琼:“这可就是方才说的程一哥?”叔宝道:“正是。”老太太道:“啊哟!原来是恩人之子。令堂近日可好?”咬金道:“多谢伯母。家母近来饭也要吃,肉也要吃。叫侄儿致意,无物相送,只有元宝两个,聊为寿礼。”说罢,就向怀中摸出两个大锭。叔宝看见,恐是王杠内的元宝,倘有字在上面,老太太又是识字的,万一看见不当稳便,连忙接了两锭银子,说道:“母亲,待我拿去藏着,你自打点出去。”当下咬金扯扯拽拽,不容老太太不肯,竟将老太太抱了出来。正是:

众星共庆长生乐,请出西池阿母来。

不知拜寿如何,且听下回分解。

第二十五回　群贤拜寿华封祝　二劫王杠虎被擒

诗曰：

叔宝雄风仪表奇，杨林喜悦强为儿；
只因众友多强暴，连夜逃奔被见疑。

当下咬金抱扶老太太出厅，对众人道："我是拜过寿的了，你们大家一总拜了罢。"大家一齐说道："有理。"齐齐的跪下。老太太却要回礼，被咬金一把按定，那里动得？只得说道："折杀老身！"叔宝在旁，连忙回礼。拜罢起身，叔宝又跪下去，拜谢众友。老太太又致谢单雄信往日之情，单雄信回称："不敢。"老太太又向众人谢道："小儿屡蒙诸位高情照管，感谢不尽。今虽老身贱降之辰，何德何能，敢劳列位远来惠赐厚礼，叫老身何以克当？"众人齐声应道："老伯母华诞，小侄辈礼当奉拜，些须薄礼，何足挂齿？"彼此礼毕，老太太入内去了。

叔宝请众人出了门，转绕到土地堂内。进得山门，却是一块平坦空地，方圆数里，两旁却是绿槐金柳。众好汉上了阶坡，走入正殿。酒席早已摆设端正，一齐坐下吃酒。饮至数巡，食供两套。大家讲武论文，十分高兴。只见秦安来说："有节度使衙中众旗牌爷，在家拜寿，请大爷暂回去。"叔宝忙起身说道："家下有客，不得奉陪。烦咬金兄弟，代我相劝众兄弟，小弟去去就来。"众人道声请便，叔宝径自回去了。

饮酒中间，咬金想道："在席的众友，看起来唯有单雄信这强盗头儿与那罗成这小伙子利害，待我哄他二人打一阵，看看有何不可！"想罢，立起来劝酒。劝到雄信面前，叫声："二哥吃酒。"雄信连忙来接。咬金低低说道："我通个信与你，罗成要打断你的踝子骨哩！"雄信吃惊道："他为什么缘故呢？"咬金道："他骂你坐地分赃的强盗头儿，倚着财主的势，不放他靖边侯公子在眼内。'把他踝子骨都打断’，他的这句话，我是听见了，好意来通知你，你须小心防备。”雄信大怒道：“有这等事？也罢，打起来看。”咬金搬罢是非，复回转身来，一个个劝过。劝到罗成面前，轻轻叫声：“罗兄弟，你可晓得么？单雄信要搂出你的乌珠哩？”罗成笑道：“程大哥哄我，他为甚要搂我的乌珠？”咬金道：“有个缘故，他道你仗着公子的势，不放他老大在眼内，要寻个事端，把你的乌珠都搂将出来，才见他单雄信的手段。你须小心，我是断不哄你的。”罗成哈哈大笑道：“叫他不要讨苦吃。”咬金连忙坐下，照前饮酒。那边罗成越想越恼，气昂昂睃着雄信。这边雄信竖起双睛，横睁怪眼，看着罗成。两下都怀了打的念头，只有咬金暗暗好笑，众人哪里得知。

少时换席，众英雄下阶散步。罗成在空地上走了一圈，转身走上阶坡。雄信却步出殿门，两下在肩头上一撞，罗成力大，雄信噗的一声，仰后一交，直跌入殿内去了。众人吃了一惊，不知就里。雄信大怒，爬起身来骂道：“小贼种，焉敢跌我！”罗成道：“青脸贼，我就打你，便怎的？”奔上坡来。雄信飞起脚，一脚踢来，早被罗成接住，提起一丢，犹如小孩子一般，噗通一声响，撩在空地上去了。众人齐上前解劝，程咬金大叫：“不要劝，凭他打罢！”罗成奔下坡来，王伯当叫声：“不要动手！”赶上前，连腰抱住罗成。雄信在地下爬起，奔将过来，张公瑾叫声：“使不得！”一把抱住雄信。雄信摆不脱，回转头来喝道：“你敢倚着本官的势力，来强劝么？”这句话公瑾当不起，只得放了手。雄信径奔罗成，罗成叫声：“王伯当放手！”伯当哪里肯听。罗成大怒，将两手一绷，把王伯当直摔到殿槛上去了，便赶上一步，一把抓住雄信，按倒在地，挥拳便打。早有家丁飞报叔宝，叔宝大惊，如飞赶入庙中，喝开罗成，扶起雄信。雄信道：“好打！好打！我把你这小畜生，不要慌，少不得在我手里！”罗成道：“我倒怕你这个坐地分赃的强盗头儿？”叔宝喝道：“胡说，还要放屁！”罗成见表兄骂他，回身就走。径到家中拜别了老太太，撇了张公瑾等七人，上马回河北去了。

老太太摸不着头路，扯又扯不住，叫又叫不转，连忙打发秦安来通报叔宝。叔宝大惊道：“如此一发成仇了。哪一位兄弟去追他转来?”咬金道:“我去,我去。”带了斧头,上马而去。茂公道:“程咬金一去,罗成决不回来了。”叔宝忙问道:“这却是何缘故?”茂公道:“只须问单二哥,方才为何打起,就知明白。”雄信道:“方才是咬金对我说,罗成骂我是强盗头儿,不放他靖边侯公子在眼内,要打断我的踝子骨。因此打起来的。”尤俊达道:“那个程咬金,一味惯要说谎的,你如何听他起来?”茂公道:“所以说,咬金追去,罗成决不转来。”叔宝道:“何以决不转来呢?”茂公道:“他方才在内做鬼,追了罗成转来,岂不对出是非?所以他追去,是催他走了。”尤俊达道:“待我再追去。”茂公道:“尤兄弟追去,妥当得紧。只是要换了兵器去。”列位,你道为何要尤俊达换了兵器去呢?只因这徐茂公算定阴阳,要大反山东,所以如此。当下尤俊达丢了杆棒,取了双股托天叉,飞身上马,随后赶来。

单表这程咬金追到了黄土岗,不见罗成,倒见王杠银子来了。原来靠山王杨林,又起了十六万王杠,恐路中有失,却带了十二家太保,亲自解来。这冒失鬼程咬金,哪里知道靠山王不是儿戏的,一见王杠,便大声叫道:“妙啊,‘大风’来了!”也不量力,竟拍马摇斧,高叫道:“咦,来的留下买路钱来!”这边卢方在前开路,一见认得,飞报老大王道:“启父王,昔时长叶林断王杠的那个响马又来了!”那老大王一闻此言,不觉大怒:“这省会之地,响马如此大胆,敢来行劫!”说罢,催开坐骑,把那根囚龙棒提起,飞马出来,喝问:“响马,敢说是陈达、尤金么?”咬金哈哈大笑道:“我乃卖私盐、专断王杠、劫龙衣的程咬金,伙计尤俊达,不是什么陈达、尤金,你可是王杠?快快送过来,免得程爷爷动手。”杨林笑道:“好贼人,焉敢无礼!可晓得登州靠山王么?”咬金道:“我哪里知道什么靠山王、靠水王,照爷爷的大斧罢!”不分皂白,举起宣花斧,照杨林头上劈来。杨林大怒,把囚龙棒一架。光的又是一斧,当当当一连三斧,把个老大王砍得盔甲歪斜:“好利害的响马,怪不得前番失了王杠。”咬金又是一斧,却被杨林把手中囚龙棒紧一紧,当的一声拦开,伸过手来,一把扯咬金的围腰带,叫声:“过来罢!”一提提过马来,抛在地上,叫左右绑了。随后尤俊达赶到,见程咬金被拿,叫一声:“罢了!”催开马,摇动叉,直奔上前。

被杨林拦开叉,一把也拿了过来,抛下绑了。

老大王吩咐:“就此安了营罢!”左右一声答应,安下营寨。老大王便问:“这是什么地方管的?”左右禀上:“这里地名黄土岗,乃济南府管的。”老大王便一枝令箭,传山东一省行台,州县大小官员,并众马快手,前来听令。差官得令,飞奔进城,径到节度使唐璧衙门传鼓。唐璧连忙传齐大小将官出来,又差官通传合省府县大小官员。秦叔宝闻知,同众快手忙出城来。这里单雄信等三十六人,也出城住在贾柳店内打听消息,我且慢表。

单讲这些大小官员,一齐到了黄土岗营外候令。老大王吩咐单唤节度使唐璧、历城县徐有德进营,其余在外候令。二人入内,参拜了大王,大王传命赐坐。唐璧、徐有德告坐。老大王却不问起响马情由,先问:“马快手可有一个秦叔宝么?”徐有德道:“马快秦叔宝有的,奉大王钧旨,现在营外候令。”杨林道:“吩咐令秦叔宝进来?”左右一声答应,传令出营。秦琼慌忙进见,跪于帐下。老大王叫一声:“秦琼,你请母亲,缘何直到如今,还不前来见我?孤家承继你为子,难道辱没了你么?”叔宝俯伏在地道:“小人因家母偶然得病,所以违了千岁之令。”那程咬金绑在旁边,却待要叫,叔宝把头只管摇,咬金便不做声了。当下杨林道:“孤今把你为子,你就跟随孤家上京。回来之日,接你母亲去登州便了。”叔宝不敢违拗,只得拜谢。杨林便问道:“你的披挂、兵器、马匹,可曾带来么?”叔宝道:“因军令促迫,未曾带来,容臣儿前去取来便了。”杨林道:“不必自去,可写下书与你母亲,我这里差官去取来便了。”叔宝无奈,退出帐外,索了纸笔,于无人之处,写了二封书进来。杨林早已差下一个官儿,叔宝道:“这一封书到西门外,有个贾柳店中投下;这一封书到我家中取东西,不可错了。”那差官接了,飞马而去。

杨林吩咐带过两个强人,查问是何处响马。咬金大叫道:“我们是太行的好汉,还有十万余个在那里。”杨林道:“不要管他多少响马,我这里只要拿一个斩一个。”吩咐拿去斩了。两旁正要动手,叔宝连忙上前叫声:“父王,这两个人未可杀他,可交与济南府,下在牢中。待父王长安回来,那时追究前赃明白,诛灭余党,然后斩他未迟。”杨林道:“我儿说得有理。”吩咐左右,将两名响马交与济南府监候,令众官退去。大小官员拜辞回去。少时,差官取到叔宝的盔甲、兵器、马匹,杨林却取了卢方、薛亮的先行印,与叔宝挂了,拔营起行,自往长安去了。

且表三十六个人,在贾柳店中接了叔宝的书,拆开一看,方知前事,叫众人设计救出二人。徐茂公道:“这二人秦大哥自然保全他性命,下在济南府牢内,却叫我们救他。若要救这二人,除非去大反山东,把一济南城变成尸山血海,方能救得二人出狱。但我众人都要保全妻子,焉肯替朋友出力,救此二人。”单雄信道:“老大,你此言差矣! 自古道,为朋友者生,为朋友者死,方是义气豪杰。那些财帛无非身外之物,妻子没了再讨得了,这朋友没了却哪里再讨得来。我们大家反罢!”徐茂公道:“兄弟,今日你自家说的,后来却不埋怨我便好。”雄信道:“谁来埋怨你!”茂公道:“既是这般说,愚兄定计救他便了。但是济南府这些官府,因牢中监着这两个响马,内城门上必要严紧盘查,我们这些大小兵器,如何进得城去?”众人道:“这便怎么处呢?”茂公道:“我已定下计策在此,众兄弟必须听我号令方好。”众兄弟道:“谨遵大哥号令,如有违逆者,军法从事。”徐茂公道:“如此齐心,事必济矣! 只是柴郡马在此不便,倘有人认得,倒是不安,可收拾回去。”柴绍即忙带了家将,回太原去了。徐茂公道:“单二哥扮做贩马客人,将众兄弟的马匹赶入城去,到秦家等候。”雄信领计而去。茂公又问贾、柳二人取了十来个箱子,内中放了短兵器,贴上爵主的封皮,着几个兄弟抬入城去,在秦家相会。再取长毛竹数根,将肚内打通,藏了长兵器,拖进城中,也在秦家相会,其余盔甲,都藏于箱子内。众兄弟陆陆续续进城中住了。

当下,众好汉依了茂公吩咐,一起起领计进城,齐到秦家。老太太吃了一惊,心中想道:“这些人去了,为何又来?”正在惊疑,只见秦安进来说道:“外边茂公徐爷命我进来告知老太太,请老太太出去,有话面说。”老太太无奈,只得出来,说道:“列位有何吩咐?”茂公说道:“小侄们无事不敢惊动。今有程咬金、尤俊达因劫了王杠银,被靠山王活捉去了,囚在济南牢内。秦大哥有书前来,叫我们救他。如今已定下了一计，却要通信与他二人知道。明日要老太太只说儿子继承与靠山王，前去斋囚，暗暗知会他，晚上就好动手，特与老伯母说一声。”老太太闻言，心中暗暗叫苦，却不敢不应承，只得依允了，暗暗把秦琼骂个不了。

当下，徐茂公吩咐买了十个猪、十腔羊，煮了几担米饭。次日绝早，老太太打扮，坐了八人大轿，径到济南牢内来。官府闻知，慌忙迎接。老太太却叫辞谢了，自到牢门口下了轿，吩咐秦安斋囚。这秦安却是徐茂公吩咐他的，一个字儿用锡丸儿包了，叫他可与尤俊达，不可与程咬金。当下一牢一牢的犯人，尽行斋去，每一犯人，两大块肉、一碗酒、一大碗饭。看看斋到死囚牢内，只见程咬金、尤俊达用一个大铁墩锁住在那里。咬金见是秦安，却待要叫，秦安连忙摇摇头，他即便不响了。两个也是一碗酒、两块肉、一碗饭。尤俊达吃到碗底，却见一个锡丸儿，也咬在口内。等人不见，却暗暗咬开来，内中有个字儿，上写道：“今夜只听号炮一响，可就动手，自有人来接应，切不可就与咬金说知，到临时方可说明。”俊达点头。

单表老太太斋完了囚，上轿回到家中。徐茂公却在厅上坐下，吩咐贾顺甫、柳周臣带了樊虎、连明的家眷，扮做了家人，随老太太、秦大嫂出去，只说庙中进香，到自己店中，带了老小，齐往小孤山相等。二人即便收拾细软器物，老太太上了轿，一齐出城，到了店中，收拾完备，带了家小，往小孤山去了。

徐茂公再叫：“单二哥，你可在城外黄土岗伺候，明日若有追兵，你必须独自挡住。”雄信答应，上马就去伺候。茂公叫声：“鲁明星、鲁明月！”二人应声道：“有。”“你二人可扮做乞丐，在街上同行到一更时分，可去城翠云塔上，放起西瓜炮为号。”二人齐声“得令”而去。茂公又叫：“屈突通、屈突盖过来！”二人应声道：“有。”“你二人带了随身引火之物，但听翠云塔上号炮一起，可在城南民房中放火。”二人应声“得令”而去。茂公又叫：“尉迟南、尉迟北二人过来！”二人同声应道：“有。”“你二人也带硫黄焰硝引火之物，但听翠云塔号炮一响，就于城北民房放火便了。”二人齐应道：“得令！”茂公又令：“南延平、北延道，你二人也带引火之物，去城东民房埋伏，一听塔上号炮，即便放火。”二人一同得令。茂公道：“张公瑾、史大奈、樊虎、连明、金甲、童环、齐国远、李如圭过来！你八人但听翠云塔号炮一响，四人各带兵器，打入牢中接应，四人拦住府头门，不放府主孟洪公出来。”八人齐声应道：“得令！”茂公又叫：“王伯当、谢应登二人过来！”二人应道：“有何吩咐？”“你二人却要去节度使衙门拒住，不可放唐璧出来。他有许多将校护卫，若一出来，大事不妥了。”王伯当道：“不妨。只消王某一枝箭，包管唐璧不出来便了。”茂公道：“须要小心。”二人应声“得令”而去。茂公又叫：“梁师徒、丁天庆过来！”二人应道：“有！”茂公道：“你二人去县门首，拒住县官徐有德，不可放他出来。”二人应声：“得令！”茂公又令盛彦师、黄天虎道：“你二人可听翠云塔号炮一响，就斩开西门，以便走路。”正是：

　　踏碎玉笼飞彩凤，拨开金锁走蛟龙。

毕竟劫牢如何，且听下回分解。

第二十六回　因劫牢三挡杨林　赚潼关九战文通

诗曰：

从古仁君定四方，躬行孝弟爱忠良；

隋炀只为多无道，惹起英雄争霸强。

当下盛彦师、黄天虎一同得令，自往西门埋伏。徐茂公又吩咐："余下众兄弟，往来接应，齐出西门，往小孤山会齐，不可有误。"大家分头而去。此乃徐茂公第一次点将反山东，原算一位好军师、足智多谋之士。他同魏征坐在厅上，只听号炮一起，即便动身。

当下鲁明星、鲁明月弟兄二人，扮做乞丐，在街上闲行，篮内藏着西瓜炮，走来走去。到了黄昏时分，二人径到城东来。微有月光，早见一座玲珑宝塔直耸云霄。二人手脚伶俐，见无人行走，便轻轻走上宝塔。顶上淡月照来，那第七层上有一块蓝匾额，上书"翠云塔"三个金字。其时人静更深，他二人便取出西瓜炮，把火石打出火来，点着药线，往空中一抛。那号炮虽小，却十分响亮，哄天一声炮响，四下里一齐动手。屈突通、屈突盖城南施火，尉迟南、尉迟北城北放火，南延平、北延道城东放火，四下里数十处火起，城中鼎沸，号哭之声，震动山岳。那张公瑾、史大奈、樊虎、连明四人，乘乱打入狱中。

尤俊达听见炮响，便与程咬金说知，二人挣断铁索，大声喊叫："众囚徒，要命者随我们一齐反出去罢！"那些囚徒，老老少少，一齐答应。只听哄的一声，打出牢来，也有缚着手的，也有锁着脚的，乱跳乱叫，叮叮当当，悉悉索索，大开牢门，打入库中。又遇众好汉前来接应。尤俊达与程咬金取了披挂、马匹、兵器，劫了钱粮。

此时，各衙门俱已得报，却被众好汉拒住，哪里敢出来！先是节度使唐璧得了报，连忙点齐四十个旗牌，几百个家将，顶盔贯甲，上马出来。王伯当扯马搭箭，喝声："唐璧看箭！"一声高喝，就要嗖的一箭，把唐璧头上盔缨射去。唐璧大惊，只得关了辕门。

此时盛彦师、黄天虎已把西门斩开。单雄信在黄土岗,只见先是魏征、徐勣两个到了,雄信叫声:“二位哥来了么?”茂公应道:“来了。”雄信道:“去去去!”随后,只见鲁明星等一干人出来。盛彦师、黄天虎二人守住西门,见张公瑾等同着程咬金、尤俊达,载着钱粮,一齐都到,并无遗失。又随着许多囚徒,蓬头跣足,乱跳乱叫,拥出城来。盛彦师、黄天虎也同来到黄土岗,叫声:“单二哥,我们来了。”单雄信道:“你们来了么?走走走!”一齐都往小孤山去了。

单表单雄信粗心大胆的守着黄土岗坐定,只见天色已明,但觉人马困乏。那城内节度使唐璧,合齐大小将官,领兵追出城来。有分教,这班豪杰:

轻财重义拼生命,乱国安邦难顾家。

官兵追到黄土岗,雄信大喝一声:“驴囚入的,不要来罢,照罗子的家伙!”说罢,使开金顶枣阳槊,拍马来迎。唐璧吩咐道:“拿这贼人,不可放走了。”那大小将官,发一声喊,团团围住。那单雄信使开这杆槊,左拦右挡,前遮后护,极力死战。这正所谓:别人牵牛他拔桩了。

且表徐茂公,到了小孤山,只见好汉前后到齐,徐茂公叫王伯当:“你可前去黄土岗,救应单雄信,退节度唐璧的追兵,速速回来见我。”伯当应声“得令”。上马就行匆匆早到黄土岗,远远见许多官兵围住单雄信厮杀,正在十分危迫。王伯当连忙催开银鬃白马,把手中银剪戟捻一捻,大叫一声:“单二哥,不要惊慌,俺王伯当来也!”轰一声响,冲入重围,招呼雄信,两马一夹,噗的杀将出来。那府尹孟洪公逞勇,拍马执刀追来。伯当按下银戟,随身袋内取弓,壶中拔箭,叫一声:“不要来罢!”噔的一箭,正中咽喉,翻身跌下马去。随后又有几个将官赶来,也是一箭一个,断送了性命。余者那里还敢上来,一齐退入城去。单雄信、王伯当见无追兵,即便来到小孤山缴了令。徐茂公即令众人私下回去取了老小。又令尤俊达带取十六万王杠银,到山前扯起招军旗号。令齐国远去少华山拘集兵马。按下不表。

单讲节度使唐璧,退回城中,见城内死得尸山血海,烧去民房不计其数。有人来报,秦叔宝举家潜逃,响马却在他家安歇。唐璧大惊,忙到秦琼家内一看,见家伙什物一些不动,只厅桌上有一张大红盟帖,却是众好汉结盟的。徐茂公因要叔宝回来,故尔放在此出首,只涂抹了柴绍、罗成二人名字,共是三十九人。当下唐璧一看,见第三个名字就是秦琼,心中却又放宽了些;若无秦琼在内,明日大王回来,要这两名响马,你把秦琼反了出去回复,岂不罪上加罪?如今见有他的十三太保姓名在内,却好推委。便连夜修下表章,连盟帖一齐封了,差官星夜送往长安。一面行下文书,各州捉拿响马的家眷,按下不表。

再说徐茂公在小孤山,不多日,招兵一万余人。众好汉各取家眷都到,惟有单雄信还未到来。茂公下令:"三军齐动,抢取金堤关一带地方,以为基业。"众好汉一齐答应。兵马起行,直至金堤关,离关三里,放炮安营。

城中守将华公义得了报,下令紧守关门。次日,徐茂公升帐问道:"哪一位兄弟前去取金堤关?"闪出程咬金,口称:"小弟愿往。"茂公道:"此去须要小心。"咬金应声:"得令!"便顶盔贯甲,上马提斧,抵关讨战,大声高喝道:"呔!关上的军士,快报与主将得知,有能者出来会俺,无能者休来纳命!"探子飞报入府:"启爷,关外响马讨战。"华公义问道:"哪一位将军前去会战?"有兄弟华公明答应道:"小弟愿往。"公义道:"贤弟须要小心。"公明应声:"得令!"披挂上马,开城出关,见了咬金说道:"啊唷,好丑汉!"大叫一声:"呔!丑鬼快通名来。"咬金哈哈大笑道:"你不认得爷爷么?爷爷乃卖私盐、断王杠、劫龙衣、反山东的好汉,程咬金的便是。来者何人?"公明道:"你不消问得,我乃大隋朝官拜金堤大行台元帅的胞弟,华公明是也。"咬金道:"你叫做华公明么?不要走,照爷爷的斧头。"就砍一斧。公明道:"啊唷,好家伙!"哪里招架得住,回马要走,却被程咬金赶上,举斧照定华公明劈将下来。这一斧非同小可,把华公明连头带臂劈于马下。探子飞报入关,华公义闻报大怒,即便亲自披挂上马,带领众将,放炮出关。咬金独马上前,不问情由,当的就是一斧。华公义叫声:"好冒失鬼的匹夫,焉敢无礼!"举方天画戟叮当一架。咬金当的又是一斧。"啊唷,好强盗!"噗的又是一斧。一连三斧,把华公义劈得汗流浃背，却待要走，后一斧嗒一声响，就没力了。华公义微微一笑："原来是个上山健。"把戟紧一紧，劈面相迎。一连几个回合，华公义拦开斧，扯起打将鞭，当的一鞭，正中咬金左臂。咬金"啊唷！"一声，回马便走，败进营来。

徐茂公问道："谁敢再去出马？"齐国远道："小弟愿往。"茂公道："须要小心。"国远答应，出营与华公义交战，不上三合，也吃鞭打，大败进营。张公瑾、史大奈心中不服，讨令出马，又打败了。尉迟南、尉迟北也请令出马，又遭打败。众好汉接连出阵，俱被打败。这华公义一日连败二十三将。徐茂公吩咐："挂下免战牌，且等王伯当与一个人来，方可开兵。"华公义也收兵入城，此话不表。

再讲靠山王杨林，到了长安，面了君，把秦琼封为十三太保爵主之称，虽在长安，却也有爵主之府。杨林日日在教场中演武，把叔宝的金锏，用六斤金子镀得如真金打的一般。他捏手是虎口的，改做龙吞口，以此名为"露骨培楞金装锏"。

闲话少说。这日，杨林同一班太保演武回来。叔宝自回爵主府。老大王与十二个太保回王府来，却接着了这唐璧的文书，拆开一看，说是九月二十四日，有响马劫牢，大反山东，杀了府尹孟洪公，劫了钱粮，杀了百姓一万余人，中伤者不计其数，烧毁民房二万余间。响马俱在十三太保府中安歇，那班响马，都是十三太保的朋友，现有盟单一张，众响马名字在上。老大王看了，大吃一惊，未曾开口，卢方便道："这都是秦琼知风，召他到来，一顿乱刀砍死了他罢！"杨林闻言，大喝一声道："唗！畜生，这秦琼曾在唐璧手下做旗牌，他见孤家过继了他为子，这狗官有些不服气，又值响马反了山东，恐孤家罪及他，却把我王儿诈写在上，瞒昧孤家。你这畜生，时常有些怪他，焉敢在孤家面前搬嘴。你看孤差人去召他对问，决没有此事的。"说罢，便取一枝令箭，差一个旗牌官唤做尚义明的去相召。那卢方被喝，十分怀恨而退。那尚旗牌拿了令箭，骑着一匹川马，径往爵主府而来。

这秦叔宝演武回来，方才卸得盔甲，在府中吃午饭。忽报有差官到府，连忙出来相见。尚旗牌叫声："恩公！"——你道他因何叫叔宝恩公，只因尚旗牌前番有罪该斩，秦叔宝极力保救，所以称为恩公。

当下尚旗牌叫声："恩公爵主爷，大王有令，叫爵主爷即刻前去。"叔宝道："既如此，快些鞴马，加上金铃踢胸，要上马前行。"尚旗牌道："恩公，还该披挂了，带上兵器，想是要比武。"叔宝便顶了盔，贯了甲，挂了弓箭、金锏，取了枪，与尚旗牌上了马，一路而来。尚旗牌在后，看着叔宝，长叹一声："这人此去正是鬼门关，死在临头，也不知道。"叔宝闻言，即勒住了马，回头叫声："尚旗牌，你何故说出此言？"尚旗牌道："恩公，此处不是讲话之所，前面有一庙宇，无人来往，方好明言相告。"

叔宝只得相同尚旗牌来到庙前下马，牵马入庙。却喜庙中四顾无人，尚旗牌方敢叫声："恩公，向蒙救了小人，今日恩公有大临难身，小人焉敢不以实告？只为方才唐璧有文书到来，说响马大反山东，劫牢抢库，那响马盟单上面，却有恩公名字在上。因此，大王狐疑，差小人前来相召。此去决无好兆，我劝恩公倒不如走了罢。"叔宝一闻此言，犹如空中打下一个霹雳，吓得目定口呆，半晌不能言语。尚旗牌叫声："恩公，事不宜迟，快些走罢！"叔宝道："承蒙吩咐，但此去长安不打紧，只恐有潼关之阻，难以逃脱。"尚旗牌说："小人无妻小在京，愿随恩公逃走。有令箭在此，赚出潼关便了。"叔宝大悦，二人连忙出庙，飞身上马，出了长安，径奔潼关而去。

这杨林坐在殿上，直等到了下午，还不见叔宝到来，心中好不疑惑，只得又差官前来催取。少停，回报说："有人看见，二人飞马跑出东门去了。"杨林闻言大惊，卢方乘机又说道："他若不虚心，焉敢走了！这尚旗牌受过秦琼活命之恩，所以同他走了。"杨林道："哇！畜生住口，带孤家的脚力过来。"左右立刻鞴马。那老大王戴一顶闹龙扎巾，后边两根冲天金翅，穿一件淡黄战袍，取囚龙棒上马，独自一个赶来。

若说叔宝的黄骠马行走甚快，杨林是赶不上的，却有尚旗牌骑的是四川马，行走不快。叔宝在前走，他在后边叫："恩公，住住马同走。"叔宝却又不好抛他，只得等了同走，以此慢了。日将下山，后边杨林赶到了。此处虽是潼关之内，却都是荒郊野地。杨林在后大叫："王儿住马！"发开那一骑能行马，豁喇喇追上来。秦叔宝只叫得一声:“如何是好?”尚旗牌叫声:“恩公,必须要去挡一挡,待小人赚得开潼关,二人方有性命。”叔宝只得带回马来,把枪按在马鞍上,说:“老大王在上,小将甲胄在身,不能全礼,马上打拱了。”杨林道:“王儿,你缘何不叫父王,反称老大王,是何礼也?你却要往哪里去?”叔宝道:“我因思念母亲,故尔自回山东。”杨林道:“明日回登州,自然接你母亲相依,如今不必前去,快同孤家回转长安。”叔宝道:“啊,杨林,你要我转去么?今生休想了。”杨林怒道:“啊唷唷,好畜生,怎么叫起孤家名字来?既不肯转去,照孤家的家伙罢!”把囚龙棒一举,当的一棒。叔宝把虎头枪一架。当的又是一棒。叔宝尽着平生的气力,哪里招架得住?双膝一夹,回马就走,看看前头那尚旗牌,还在那里趺折趺折的走,杨林在后发马赶来,叫声:“王儿,方才与你取笑,快转来同孤家去罢!”

此时已是黄昏时分,月亮却是模糊的,不十分大亮。叔宝心中想一想道:“省得他放心不下,不如待我回覆他罢。”重又带转马来,放下了枪,取双锏在手,叫声:“老头子。”杨林道:“啊唷唷,这畜生讲来一发不是了!”叔宝道:“老狗囊,你道我是何人?”杨林道:“畜生,你不过是马快的儿子。”秦琼道:“呔!你知道我父亲是哪一个?”杨林道:“你父亲就是你说当马快的马快了。”秦琼道:“啊——呸!我父亲非是别人,乃陈后主驾前官拜伏虏大将军秦彝,被你这匹夫枪挑而亡,我与你有不共戴天之仇!拜你为父,非为别的,正欲乘空斩你驴头,报父之仇。不料,不能遂意,且饶你再活几时。”杨林一听此言,不觉胸中大怒,火高有三千丈,海下银须根根竖起,说道:“啊唷唷,我却关门养虎了!”这靠山王一发大怒,举起囚龙棒就打叔宝。那叔宝忙举双锏招架,被杨林一连七八棒,把叔宝两臂震得酸麻,拦挡不住,回马便走。杨林叫声:“你要往哪里走?”拍马赶来。后面十二家太保,带了兵马,高执灯火又追来。

此时已有二更时分,叔宝一马跑来,见前面有一座桥,名曰“霸陵桥”,却不十分高大。叔宝一马走上桥顶,带转马头,立在桥上,心中想道:“不要被他占了上风。”两下一看,原来周围是一条大溪河,并无船只。那杨林一马跑近桥边,叔宝取弓搭箭,喝声:“呔,杨林看箭!”要一箭,把老大王头上白绫闹龙扎巾射脱,连头发也削去一把。杨林倒吃一惊,不敢上来。叔宝叫声:“杨林,昏夜之间,我在上边望你下面是清的;你在下面望我上边是看不见的。你若不怕,上来,就送你上路!”杨林听说,大叫一声:“秦强盗,你下来,孤与你厮拼!”秦叔宝也叫道:“老匹夫,你上来,俺与你战!”两下正骂得高兴,后边十二家太保兵将赶到了。叫声:“父王,为何不过桥去?”杨林说:“秦强盗在上边占住了上风,孤家上去不得。”卢方道:“父王,不难,待我带了短兵器,往桥左边爬上去;薛亮兄弟往右边爬上去。到了上头,我两个战住他,你们一哄都上来拿他便了。”当下,二人扎缚停当,悄悄的爬上来。叔宝在马上,眼睛不定,四下里张看,叫声:“不好!”正是:

吉星相护贤良士,奸贼焉能诡算通。

毕竟叔宝性命如何,且看下回分解。

第二十七回　伯当射箭救好友　叔宝走马取金堤

诗曰：

世勣多谋足智能，皆因唐业事将成；

众星会聚难安静，哪得隋民享太平？

当下，叔宝只见桥下两边一拱一拱的上来，忙取弓搭箭，先向左边要的一箭射去，正中卢方左臂。卢方叫声："啊唷！"翻身跌下去了。又向右边一箭射去，正中薛亮面颊，扑的一响，也跌下去了。他两个跌了下去，哪一个还敢上来？杨林道："上去不得，且待天明了上去，料他也飞不出潼关去的。"众人围住桥下。叔宝却停停又放一箭，歇歇又放一箭，倒射坏了好几个人。杨林道："他一个人只带九枚箭，待他射完了，可叫众将上前发箭。"叔宝见底下有人行动，心中明白，忙跳下马，将身立在马前遮了马，把双锏取在手中。果然下边那些箭要要的射将上来。叔宝把双锏舞动，只听得叮叮当当的，那些箭都落下地去。那下边一班射完了，又换一班，箭都射完了。叔宝见不射了，知道他没有了箭，却把地下箭拾起，跳上马，依先立在桥中。杨林道："秦强盗想是被射走了，大家过桥去。"众将方上得几级阶坡，被叔宝连发几枝箭，一连射死了七八个。大家喊一声，退下去两三箭路。杨林说："作怪哩！这强盗难道有许多箭在身边？不要管他，料他出不得潼关，只要天一明，就好拿他了。"

这秦叔宝在桥上想一想，此时已有五更天气了，料想尚旗牌已到潼关，此时不走，更待何时？却恐杨林追来，便把马头上九个金铃取下来，挂在桥栏杆紫藤上。微风略动，那金铃唧唧的响。叔宝却轻轻的一步步退下了桥，加上两鞭，飞马径奔潼关。正是：

不共戴天仇未报，且做逃灾避难人。

话说尚旗牌到了潼关，径至帅府，把鼓乱敲。魏文通连忙起身，众将俱到，大开府门，出来迎接。尚旗牌递过令箭，说道："老大王得报，反了山东，连夜差十三太保匹马先行，后军就到。吩咐你给与干粮盘费，速开潼关，候十三太保出关。我先要前行，你且快开了关，放我出去前面公干，后边十三太保将到了！”魏文通取过令箭看时，果然是一枝金批令箭，一边发钥匙开关，一边设干粮酒席。尚旗牌一马先出关去，少时叔宝到来，魏文通率同众将，上前报称道：“潼关守将魏文通，带领五营四哨大小将官，迎接爵主爷。”叔宝却住马道：“将军免了罢，潼关可曾开放了么？”魏文通道：“早已开了。爵主爷因何独自单行，一个军兵也不跟随？”叔宝道：“父王令旨紧急，我的马快，大兵在后，就快来了。”魏文通又问道：“缘何爵主没有辔铃？”叔宝道：“因一时性急，不曾带得。”文通道：“马无辔铃是没威风了，小将有一副金铃，送与爵主爷。”叔宝道：“多蒙贤藩厚意，可就与我挂了。”魏文通把自己马上金铃取下来，与叔宝系在马上。说道：“爵主爷，请用酒去。”叔宝道：“这倒不消了，有干粮取些来。”文通应道：“有。”吩咐左右，奉上两盘。叔宝吃了些，与马也吃了些，多的包了放在鞍上。叫声：“贤藩将军，你去接大王罢，此时也便快来，我要紧先出关去。”文通应道：“是。”叔宝一马先出关去。他赚出潼关，飞马而去不表。

再讲那杨林在桥下停了一会，叫众将上来。到得桥边，听得那铃儿唧唧的响，众人一声喊，又退了转来。直到天明，方知秦琼走了。杨林大怒，与众将径赶潼关而来。只见魏文通率领众将迎接。杨林道：“秦强盗呢？”魏文通道：“强盗大反山东，十三太保去追寻去了。”杨林喝道：“哇！就是秦琼这强盗哪里去了？”文通道：“十三太保出潼关去了。”杨林大怒道：“哇！好大胆的狗官，焉敢放走强盗！”喝声手下：“拿去绑了！”左右一声答应，就将魏文通绑起来。魏文通大叫道：“千岁爷啊，方才因有千岁爷令箭到来叫关，故此小将方敢开关。”杨林道：“哇！放屁！孤家何曾有什么令箭前来？”卢方从旁说道：“就是父王与那尚旗牌的令箭，他就将来，假传令旨叫关。如今秦琼已赚出关去，父王杀这魏文通也无益，叫他去捉秦强盗便了。”杨林吩咐：“松了绑，快快去拿了秦强盗回来，将功折罪。若没有秦强盗的首级，抬棺木见孤。”魏文通一声答应，即忙顶盔贯甲，上马提刀而去。

话说这魏文通，乃是隋朝第九条好汉，名为“赛关爷”，因他面庞似关爷模样，故呼此名。当下赶出潼关，心中一想：“他必往小路而走，径往小路追去便了。”

少表魏文通前来追赶，再讲叔宝出得潼关，只见尚旗牌在大路上相等，两个说了些闲话。尚旗牌说：“恩公往哪里去？”叔宝道：“我如今且往山东左近，去打听这些朋友在哪里，前去投奔。不知兄往哪里去？”尚旗牌说：“我有个母舅在曹州，叫做孟海公，如今思想到那里去投奔他。”叔宝道：“既如此，后会有期。你往曹州从大路上去，我往小路去了。”两人分别。

叔宝一面行路，心中感念尚旗牌之情。正行之间，只见后面魏文通大叫：“咦，秦强盗，不要走！”叔宝回头一看，见是魏文通，忙带转马，捻枪在手，满面堆笑道：“啊呀，将军到此何干？”魏文通大喝一声：“好强盗，方才的威风到哪里去了？送你金铃却还道贤藩与我系了，好匹夫，还要我的干粮送行。不要走，照爷爷的刀罢！”青龙刀一摆，拦头就砍。叔宝架开刀，只叫一声：“将军，人情做到底，你却何苦？”魏文通大怒，当的又是一刀。叔宝一连架过了几刀，抵敌不住，回马便走。魏文通叫声：“你往哪里走？”催马赶来。叔宝只得又战，被魏文通一连又是几刀。叔宝看来杀不过，回马又走。

叔宝战一阵，走一阵，且战且走，一路败下去。看看到了黄河边，叔宝十分着急，心中想道：“前无去路，后有追兵，如何是好？”只见岸边有一只小船，船内走出两个人来，叫声：“叔宝兄，请下船来，小弟们奉徐大哥将令，在此等候多时。”叔宝见了，抬头一看，却是樊虎、连明，忙跨下坐骑，牵马上船。叔宝忙问道：“小弟的母亲、妻子在于何所？”樊虎道：“都在金堤关营内。”叔宝心略宽些。后边魏文通也下了一只船赶来。

叔宝的船到了北岸，牵马上岸。只见樊虎、连明上了岸边，也有马匹，二人连忙上马，加上一鞭，如飞而去。叔宝大叫道：“二位贤弟往哪里去？”二人并不答应，径转过山坡去了。原来徐茂公吩咐二人，只许渡叔宝过河，不许助他交战。所以二人竟是去了。

列位，你道徐茂公为何不许樊虎、连明助叔宝交战呢？此乃徐茂公欲全叔宝的名望，使他扬名于天下，说：潼关内三挡杨林，潼关外九战魏文通。

当下叔宝上得马，魏文通亦到岸，上马赶来。叔宝只得又战一阵，料难抵敌，回马败走。魏文通紧紧追来。前走的犹如追风赶月。后走的亦似弓箭离弦。

叔宝正败之间，只见对面山谷内一个人，青脸红须，坐着青鬃马，拿着枣阳槊，口中骂道："牛鼻子的道人，却不肯周旋我们。"一头骂一头走。正在怒气如雷之时，只见叔宝飞马而来，后边一人手执大刀，紧紧追来，便大叫一声："秦大哥，不必惊慌，罗子来了！"叔宝见是雄信，心中大喜，住马观看，这单雄信抡槊催马，大叫："红脸贼，休得无礼！照爷爷的槊罢！"耍的一槊，当顶梁上盖下来。魏文通不慌不忙，逼开了槊，当的就是一刀。雄信连忙招架，被他砍五、六刀，雄信抵敌不住，回马望山谷内便走。魏文通随后赶来，雄信着了急，幸亏人急计生，大叫一声："孩子们，与我拿这红脸贼。"魏文通只道山谷中有甚埋伏，恐怕中计，连忙带回马出来。只见叔宝还在那里看望，魏文通叫声："秦强盗，你上天，爷爷也跟你上天；你入地，爷爷也跟你入地。"

二人追赶，看看到了下午时分，前头一条小河，却半干不干，那边有座石桥，名曰"石龙桥"。叔宝看见到桥还有五、六箭之路，自知这马本事好，不如跳过去罢。便把马加上两鞭，叫声："宝驹过去罢！"那马一声吼叫，将前蹄一纵，后蹄一起，谁知这马一日一夜，走乏的了，到得河心，身体一软，噗的跌在河中，却是没水的，把四足陷住了。

魏文通赶到河边，把刀望后一举，要砍下来。不料，对岸有一个人，身骑白马，扳弓搭箭，叫一声："魏文通，我要射你的左手！"就要的一箭，正中文通左手。才叫得一声："啊唷！"那边又喝一声："呔，我要射你的右手了。"噔的又是一箭，果又射中右手。说道："你还不走么？爷爷要射你心口了。"魏文通大惊，带回马头走了。他却带箭回去见杨林，此话慢表。且说这射魏文通的，却是王伯当。当下救起了叔宝，叔宝便叫："贤弟为何在此？"伯当说："奉徐大哥之令，在此专等兄长前来。”叔宝大喜。只见单雄信随后来到，诉说：“回潞州取妻小，妻小已被蔡建德杀了，抄没了家产。如今去问徐茂公这牛鼻子道人，别人的家眷他都救取了，独有罗子的家眷，他不救取，被人杀了。我今前去与他拼命。”叔宝解劝了一番，三人径往金堤关来。

再表徐茂公这日升帐，叫一声：“众兄弟们，明日有一个人来要杀我，你们却要劝住了他，待我与他分说。”咬金道：“哪个敢来杀你，有我在此，你但放心。”当夜无话。

次日天明，茂公升帐，外边报说：“秦叔宝、王伯当、单雄信到了！”茂公吩咐请进来。三人入帐，茂公下座迎接。单雄信大吼一声，拔出腰刀，抢上来，径奔茂公。众人一齐拦住。程咬金大喝道：“为甚么？”单雄信道：“好牛鼻子道人，别人的家小个个救取到来，独我罗子的家小，你难道救取不得的么？却被蔡建德这狗男女，把我一家老小都杀完了。”茂公叫声：“贤弟差矣！昔日不曾反山东时节，愚兄算就阴阳，早知贤弟全家大劫难逃，所以愚兄先言过在前说：‘人人要顾妻小，保全身家，那个肯为朋友出力？’那时，单贤弟自己说的：‘为朋友者生，为朋友者死。妻子没了再讨一个，朋友没了哪里再有！银钱身外之物，义气为重。’愚兄又说：‘贤弟日后不要埋怨我。’你又道：‘哪里来埋怨你？’所以愚兄方才举事，为何今日反怪起我来？”雄信听说，猛省前言，便将刀抛地，拜倒尘埃，说：“小弟该死了！”茂公连忙扶起。旁边走过尤俊达、程咬金二人，叫一声：“单二哥！”连忙跪下，大哭起来：“你为我二人，将二哥的嫂嫂一家坑害，于心何安？”雄信也忙跪下说道：“二位贤弟说哪里话来？我家妻小大数难逃，与二位贤弟何干？”然后，大家与叔宝见了礼。叔宝往后营去见母亲。茂公吩咐：“把秦爷的马不要卸鞍，与他上料，一边摆酒。”

叔宝到了后营，秦安引入，一见母亲，连忙跪下。老太太看见秦琼两眼流泪说道：“好畜生，那日我说这一班人，奇形怪状，竟象强盗。你这畜生还说这个是员外，那个是举人，这个是秀才，那个是当差的。不料，果是一班真强盗，却做出这般的事来。就是那杨林老贼，乃杀父之仇人，你这畜生，反把他继父相称。畜生啊畜生，你有何面目，还来见我？"老太太将秦琼千畜生万畜生，骂个不住。叔宝跪在地下，不敢开口。秦安来至外边，对众人道："列位爷们，我家太太将大爷骂个不住，跪在地下，不敢起来。还须是徐爷同单爷、程爷进去，劝解我家老太太息怒，好叫大爷起来。"程咬金说："我们去去去！"茂公道："你二人同我进去，要下一跪。你二人不要言语，待我对老太太说话。"

三人来至后营，秦安禀道："老太太，徐爷、单爷、程爷进来了！"老太太立起身来，三人叫一声："老伯母！"齐齐跪下。老太太慌忙叫秦琼，快扶三位起来。茂公道："求老伯母饶恕秦大哥之罪，我三人方敢起来。"老太太说："三位请起，老身有一言相告。"三人只得起来，秦琼还跪在母亲面前。老太太吩咐道："畜生起来，请三位坐下，我有话说。"秦琼起身，请三人坐了。老太太说道："三位啊，我家不幸，先夫被杨林老贼杀害，这畜生尚在三岁。抚养到今，老大年纪，不能继先人之志，弄得无家可奔，无国可投，叫我老身不能依靠，如何不着恼？"茂公道："老伯母，且自宽心，如今单等秦大哥来取了金堤关以为根本，就是有家有国了。"老太太道："前日去取金堤关，我闻说一日败了二十三人，如今不敢出战，怎说得这般容易？"叔宝站在旁边，接口说道："母亲，孩儿今日就去取金堤关，以安母心。"老太太说："畜生就去，今日取不来，休来见我！"

叔宝别了母亲，同三人来到前营，吃饱了酒饭，上马抵关讨战。叫一声："军士们，快报进去，叫华公义出来会俺。"探子飞报入帅府道："启爷，外有响马讨战。"华公义闻报，披挂点将出城。一见叔宝，吃了一惊，心中想道："难道贼人有了主么？"只因杨林继他为子，头上戴的是一顶双龙闹珠的金盔，公义不知，只道贼人立了主，便问："来将何名？"叔宝道："不消问得，我乃是济南秦叔宝便是。"公义虽闻他的名，却不知杨林继他为子之事。他听见"秦叔宝"三字，不等说完，耍的就是一戟。叔宝使枪忙迎。枪来戟去，戟去枪还，大战有三十回合，不分胜负。叔宝见公义戟法高强，不能取胜，只得虚闪一枪，回马便走。公义赶来，叔宝把枪右手横拿，将左手扯锏执在胸前。华公义马头相撞马尾，举戟望叔宝后心便刺，叔宝把枪反在背后，往上一架，扭回身耍的一锏打去，把华公义头都打不见了，跌下马来。这个名为“杀手锏”。叔宝回马，乘势抢关。众将随后接应，取了金堤关。只因叔宝长安逃回，人不曾卸甲，马不曾卸鞍，因此名为“走马取金堤”。

闲话少说，单表众好汉一齐入城，养马三日，留贾顺甫、柳周臣分兵一千，镇守金堤关，其余一齐径奔瓦岗寨而来。到了瓦岗寨，放炮安营。这瓦岗寨的守将，叫做马三保，一闻响马反了山东，取了金堤关，料他必往此地，遂吩咐众军士紧守四门，多设弓箭防备。单讲徐茂公问道：“哪一个兄弟前去取瓦岗寨?”程咬金说：“小弟愿往。”茂公道：“须要小心。”咬金应声：“得令!”提斧上马出营，直到城下，大叫一声：“呔！城上的报进去，我程爷爷讨战。”探子报入帅府，马三保问道：“哪一位将军前去迎敌?”有胞弟马宗应道：“小弟愿往。”三保吩咐：“须要小心。”马宗一声“得令!”披挂上马，手执大刀出城，见了咬金，便说：“啊唷，世间哪有这样怪貌的人!”喝叫：“呔！丑鬼何人？快通名来!”咬金大怒。正是：

心头怒气高千丈，恨杀高呼丑鬼名。

毕竟咬金怎样夺取瓦岗寨，且看下回分解。

第二十八回　咬金三斧取瓦岗　魔王一星探地穴

诗曰：

隋炀失政起烟尘，多少英雄动甲兵；
称帝称王为霸主，并无治世救民心。

当下程咬金大怒，喝道："呔！爷爷非别，乃专卖私盐、断王杠、劫龙衣、卖柴筢、反山东的程咬金便是。你这厮却是何人？"马宗道："你不消问得，俺乃大隋朝官拜正印元帅胞弟马宗是也！"咬金道："不管你什么马，吃我一斧。"说罢，举斧当头劈将下来。马宗把刀往上一架，不想被程咬金当的又是一斧，将刀杆砍断了。马宗措手不及，被咬金又是拦头一斧劈下，砍破头颅。咬金便抵关讨战。

此时，徐茂公一干众将，领兵齐出营观看。单说关内败兵，报入帅府，马三保大吃一惊，忙问："哪位将军再去迎敌？"闪出第三个胞弟马有周说："兄弟愿与二兄报仇，杀此贼人。"三保道："三贤弟，务必小心。"有周一声"得令！"披挂出城，一马冲来。咬金催马上前，拦头就是一斧。有周兵器未举，就被斩下马去了。探子飞报进府："启爷，了不得！那个贼将唤做程咬金，凶狠得紧，一斧一个，把二位爷都斩于马下！"马三保闻言，长叹一声："总是当今无道，以此天下荒芜，盗贼生发。也罢，众将收拾家小，待本帅自去开兵，若不能胜，穿城走了罢。"收拾齐备，马三保提刀上马，冲出城来，大喝一声："呔！谁是反山东的程咬金？"咬金道："爷爷便是。你也要来尝尝爷爷大斧头的滋味么？呔，照家伙罢！"当的一斧劈下，马三保叫声："好家伙！"回马便走。背后程咬金、徐茂公众好汉，一齐冲上。马三保带了众将老小，穿城而走，投奔山后去了。程咬金放马追赶，徐茂公鸣金收军。知道马三保后来投唐封开国公，故此鸣金，不许咬金追赶，由他自去不表。

且说众好汉入城，安民查库，在帅府中摆下筵席。正吃酒之间，只听得豁喇喇一声震天声的响，大家齐吃一惊。左右来报："启众位爷们，教军场演武厅后，震开一个大地穴了！"徐茂公与众好汉一齐出帅府，上马来至教场中武厅后一看，只见黑洞洞不知多少深浅。咬金道："这个底下一定是个地狱。"徐茂公叫取千丈的索子来，索头上缚着一只黑犬、一只公鸡放下去，索子一松便到底了。程咬金道："这是什么意思？"茂公叫声："贤弟有所不知，若放下去，鸡犬没有了，这是个妖穴，若鸡犬俱在，这是个神穴。"咬金道："原来是这样，我哪里晓得。"少时，拽将起来，鸡犬虽在，却是冻坏的了。程咬金道："啊唷唷，原来就是寒冰地狱。走开些，不要歇歇儿跌了下去冻死了，不值得。"徐茂公道："这是个神穴，必须哪一位兄弟下去探一探，便知分晓了。"程咬金道："徐大哥舍得自己，莫说他人，就是你下去便了。"徐茂公道："我有个道理：在此写下三十七个纸阄，三十六个都是'不去'，只写一个'去'字，哪一个拈着了'去'字的，就下去便了。"众人道："说得有理。"

茂公写端正，一个个折了，叫众人拈。先从叔宝起，单雄信、徐茂公一个个都拈完了，一齐打开来看，大家都是"不去"二字。却又作怪，单单一个"去"字，程咬金拈着了。茂公道："这没得说，却是你自拈的。"程咬金道："我又不识字，你们捉弄我，说是我拈得'去'字。"茂公道："'不去'是两个字，'去'字是一个字，难道你也是不识得的？"众人一齐拿出来看，都是两个字的。程咬金看看自己手中，却是一个字的，便扯住尤俊达道："我的哥，都是你害了我，好端端的我自在那里卖柴筢，你却合我做夥计，断了王杠，反了山东。如今却要下这寒冰地狱内去，料应不能活的了。只是我与你相好一番，我的母亲望你朝夕照管他。"俊达道："啊呀，兄弟说得哪里话？你下去，包你不妨。"咬金道："什么妨不妨？不过做个寒冰小鬼了！"

茂公吩咐取些木头，搭起阴架来。左右一声答应，连夜就搭起阴架来。到了次日，阴架早已搭完。茂公吩咐："取一个大筐子，缚了几十丈索子，挂一个大铃，叫咬金坐在筐内放下去。"咬金道："死便死，得好好下去，有些妖怪不值得把他吃。"便带了大斧头，去坐在筐子内。众人放下索子，那铃儿唧唧的响。放了有六七十丈，放到了底，索子一松，上边就住了手。

咬金爬出筐子，提斧在手，却黑洞洞不见有一些亮光，只管顺路儿摸去。转过了两个湾，忽见前面有两双大灯笼，一对亮光，咬金叫声："啊呀，这一定是妖怪的两只眼睛了！"赶上前，一斧劈去，豁啷一声砍开，原来是两扇石门，里面又是一天世界。咦，好奇怪哩！走进石门，啊唷！齐齐整整，上边也有天。一条大河，中间一条石桥。走过了石桥，正中间却是三间大殿，静悄悄并没一人。咬金走上厅中间，见桌上摆着一顶冲天翅的金幞头，一件杏黄龙袍，一条碧玉带，一双无忧履。咦？希奇得紧！倒有趣！咬金就把冲天翅取在手中，把头上扎巾除去了戴将起来；把杏黄龙袍穿了，将碧玉带系了，脱去了皮鞋，蹬上了无忧履。又见桌边有一个拜匣，开来一看，却是一块玄圭、一张字纸。咬金却不识得，就把拜匣揣在怀内，下厅来。走上桥，往河内一看，碧清的一河清水，底下有许多小龙。咬金正看之间，只见左边河内一声响，那水涨了一二尺，一条青龙发起威来，飞在半空。又见河内右边一声响，那水也涌起来，飞出一件东西，却是猪首龙尾有翅的，也飞向空中，与那青龙相斗起来。原来，这猪婆龙乃炀帝的本相，这青龙乃唐王李世民的原身。咬金仰面观看，说道："咦，这个不知什么东西？却与龙斗起来。可惜没有弓箭在此，不然赏他一箭。"心里这样想，头朝着上看，不料脚底下水涨了起来。咬金叫声："不好！"就往外跑。刚跑得出门，那两扇石门就一声响，关上了。

咬金七撞八跌奔过来，摸着筐子，坐在里面，把索子乱摇。那铃儿响动，上边连忙拽起，出得地穴。咬金方走得出筐子，一声响，地穴就闭上了。"啊唷，造化了！略迟些儿，就活埋了。"众人见他这般穿戴，大家希奇起来。咬金细言前事，取出拜匣，与茂公看。茂公把那张字纸一看，只见上写道：

灭者灭，兴者兴，一唐过去一唐生。四野八方多少帝，治世安邦有二秦。

那后面却写道："程咬金举义集兵，为三年混世魔王，搅乱天下。"众人问道："前边的是何解说？"茂公道："此乃天机，不可泄漏，后来自然明白。如今却先要保这冒失鬼了。"咬金大喜道："这个自然我做皇帝。”茂公道:“虽然你为主,恐众将不服,不与你争论。今将旗杆上‘帅’字旗放下来,我们大家一个个拜过去,若哪一个拜得旗起的,就推他为主。”众人道:“有理有理,我们大家来拜。”当下,众人一个个拜完,哪里见拜得起来?程咬金上来说:“待我来拜。”将拜得一拜,呼一声响,那面旗升将起来。咬金好不快活,大悦道:“我说得不差,到底我做皇帝。”

徐茂公吩咐把帅府改造成皇殿,择吉日请程咬金升殿,众人朝贺已毕。徐茂公请主公改年号,立国号。程咬金道:“在此不过混帐而已,就称长久元年,混世魔王便了。诸位哥哥怎样称呼?”茂公道:“长者称为皇兄,幼者称为御弟。请主公封官赏爵。”咬金道:“徐茂公为左丞相、护国军师,魏征为右丞相,秦叔宝为大元帅,其余一概都是将军。”众人听了,各各谢恩。咬金吩咐:“大摆御宴,与各位皇兄御弟吃酒。”

正吃酒之间,探子报道:“启上大王爷,不好了,今有山东节度使唐璧,领十万甲兵,在瓦岗东门下营了!”吩咐再去打听,探子应声得令而去。又有探子报进:“启大王爷,今有临阳关总兵尚师徒,领十万人马,在瓦岗南门安营了!”咬金道:“啊呀啊呀,完了!再去打听。”探子应道:“得令。”又有探子报道:“启大王,今有红泥关总兵新文礼,领兵五万,在瓦岗北门下寨了!”咬金道:“啊呀,罢了罢了!再去打听。”探子应道:“得令。”又听报道:“报启大王爷,今有靠山王杨林,带同十二家太保,领了十万人马,离瓦岗寨只有一百里了!”咬金听说,大吃一惊道:“这这这杨林那厮来了么?啊呀,完了完了!要驾崩了!这个皇帝当真做不成,大家散伙罢!”徐茂公道:“主公不必心焦。自古道:‘兵来将挡,水来土掩。’趁杨林未到,臣等保主公出南门,会尚师徒。待臣用一席之话,说退尚师徒。若师徒一退,这新文礼不战而自去矣。唐璧这枝人马,不足为忧。待杨林到来,臣再设计破之。”咬金道:“既如此,鞴孤家的御马,待孤御驾亲征。”当下咬金上了铁脚枣骝驹,提着宣花大斧,大小将官,一齐上马,遮拥着龙凤旗幡、飞虎掌扇,三声号炮,大开南门,一拥而出。

尚师徒闻报,全身披挂,挂锏悬鞭,骑上一匹能行惯战千里马,带了十万大兵出营。这尚师徒乃隋朝第十条好汉,向年因征南阳走了伍云召,所以今日不奉圣旨,合了新文礼,攻打瓦岗寨,倘得头功,杨林不来罪他了。这尚师徒随身几件宝贝:第一件,头上这顶盔,名曰“马鸣盔”,盔上正中这粒珠,若遇黑夜交兵,这珠放出光来,周围五、六里内,虽虫蚁亦能看见。第二件,是身上这副甲,名为“七翎甲”,乃金子打就,鱼鳞穿成,中心有七个鱼角,穿在身上,若有刺客并劫营的,这七个鱼角齐立起来报警。第三件,是手中一杆枪,重一百二十斤,名为“提炉枪”,枪杆中间却有一个洞,若行兵的时节,口渴起来,一时间哪里有清水茶吃,不论怎样活水,把枪注在水中,呼起来吃,就如甘露一般,非惟解渴,亦且耐饥。第四件,是坐下的这一骑马,不象马不象兽,头象个马头,身上毛片犹如老虎一般,一根尾直象狮子尾一样,四个大蹄犹如铁炮头一般,顶上却有一个肉瘤,瘤上有七、八根白毛,如银针一般硬的。若上阵,得胜便罢;若战不过时,就将那肉瘤上这几根白毛一扯,这马一声吼叫,口中吐出一口黑烟,那些凡马见了,便尿流屁滚跌倒了,真算是一匹宝马。

当下,程咬金一马上前,大叫:“哪一个是尚师徒?”这尚师徒出马道:“反贼可认得尚将军么?”咬金道:“我和你风马无关,不知何故,兴兵到此?”尚师徒一声喝道:“咗!好强盗,你反了山东,取了瓦岗,我在邻近要郡,岂可不兴兵到来,擒拿你这班反贼?”咬金大笑道:“将军但知其一,不知其二。当今炀帝无道,欺娘弑父,鸩兄图嫂,嫉贤害忠,荒淫无度,因此英雄各起,占据州县。将军何不弃暗投明,归降瓦岗,孤家自当赏爵封官,不知将军意下若何?”尚师徒闻言大怒,举起提炉枪就刺。秦叔宝飞马来迎。徐茂公恐怕他扯起马的痒毛,叫声:“众将,我们一齐上去。”这番二十多员好汉,齐催坐骑,各使器械,团团围住。尚师徒使枪架众人的兵器,哪里还有工夫扯那马的痒毛。

尚师徒微微笑道:“我从来不曾看见有这个战法。”徐茂公叫众将下马住手,众好汉噗噗的一齐跳下马来,举兵器围住尚师徒。徐茂公叫声:“尚将军,不是我们没体面,围住你交战,只怕你的坐骑叫起来,就要吃你的亏了。这且不要管他,但将军你此来差矣,却又自己冒了大大的罪名，难道不知道么？”尚师徒道：“本帅举兵，征讨反贼，有何罪名？”茂公道：“请问将军镇守的是瓦岗呢，还是临阳？”尚师徒道：“本帅镇守的是临阳，难道你等不知的么？”茂公笑道：“将军既镇守临阳，这便有罪了。”尚师徒道：“本帅却有何罪？”茂公道：“将军此来，是奉圣旨的呢，还是靠山王将令的？”尚师徒道：“本帅闻尔等猖獗瓦岗，理宜征剿。奉什么旨，奉什么令？”茂公道：“将军独不闻：向年奉平南王韩擒虎将令，往征南阳伍云召，令你镇守南门，却被伍云召逃去，几乎性命难保。如今靠山王杨林，不比韩擒虎的心慈。若将军胜了瓦岗还好；倘然不胜，二罪俱发。况又私离汛地，岂不罪上加罪？目下盗贼众多，倘有人闻将军出兵在外，领众暗袭临阳，临阳一失，将军不惟有私离汛守之罪，还有失机之祸矣！我等从山东反出来，那唐璧乃职分当为，应该来的；即新文礼私自起兵，亦有些不便。”尚师徒一闻徐茂公之言，即大惊失色道：“本帅失于筹算，多承指教，自当即刻退兵。”徐茂公吩咐：“众将不必围住，保主公回瓦岗，让尚将军回营。”这尚师徒忙回营内，知会新文礼，二人连夜拔寨，各自领兵回关去了。

次日，徐茂公得报，二处兵已退去，下令紧守四门，多设弓弩守备不表。再说杨林，兵至瓦岗西门，安了寨。老大王升帐，有山东节度使唐璧辕门候令。杨林吩咐令进来。唐璧入营，俯伏阶下：“臣唐璧，愿大王千岁！”杨林大喝一声：“好狗官，你为山东一个行台，孤家把两个响马交付于你，却被贼众劫牢，反出山东，猖獗至此。孤家闻得只有三十六个强盗，你却掌有数十万兵马，如何拿他不住？又不及早追灭，却被贼人立了基业，还敢来见孤家么？”吩咐左右：“与我把狗官绑出营门枭首。”左右一声答应，就来捆绑。唐璧大叫道：“老大王，你却斩不得臣。”杨林喝令推转来，喝道：“狗官，怎么孤家斩你不得？”唐璧道：“臣放走了响马，还是三十六个，所以拿捉不住；请问大王，秦叔宝只得一个，缘何也拿他不住？况臣只得一处城池，三十六个反了出去；那长安却是京城，外有潼关、黄河险阻，只得一个秦琼，却被他走了。大王不自三思，反而责臣，臣死去也不瞑目。”杨林闻言，说道：“你这狗官，倒会强辩。如今孤家且饶了你。你说孤家拿不得秦琼,如今孤家就着在你身上,要拿了秦琼便罢;若拿不得秦琼,你这狗官休想得活,去罢!”

当下唐璧回到东门自己营内,没奈何,领兵将抵关讨战,要叔宝答话。探子飞报入殿,程咬金叫声:“秦王兄,唐璧讨战,你可出马对阵,须要小心在意。”秦叔宝领旨,披挂上马,不带兵将,一马出了东门。只见唐璧亲在营外,叔宝横枪出马,鞍鞒上欠身打拱道:“故主在上,末将甲胄在身,不能全礼,望祈恕罪!”唐璧叫声:“秦琼,本帅从前待你也不薄,今日杨林要我拿你,你若想我平昔待你之恩,自己绑了同我去罢。”叔宝说:“末将就肯与故主拿去,只怕众朋友心中不服,故主亦有些不便;若末将不与故主拿去,杨林那厮又不肯干休。况今炀帝无道,欺娘奸妹,图嫂鸩兄,弑父害忠,专权乱政,天下大乱。”正是:

隋炀帝道人伦失,天怒民离取败亡。

毕竟唐璧怎生退兵,且听下回分解。

第二十九回 茂公智退三路兵 杨林怒打瓦岗寨

诗曰：

杨林恃勇逞威风，待士全无礼貌恭；
故使延平帷幄将，反将粮草借群雄。

当下秦叔宝对唐璧数说炀帝失政之故，因此四方反者，也不计其数。说道：“当此之秋，正英雄得势之时，成王定霸之日也。故主倒不如改天年，立国号，进则可为天子，退亦不失为藩王，何苦反受人之辱？”唐璧闻言，如梦初觉，叫声：“叔宝，本帅虽有此心，只恐杨林不容。”叔宝道：“不妨，他若有犯故主，我瓦岗自当相救。”唐璧道：“本帅今日一听你言，退兵自立。他日若有危难，你等必须相助。”叔宝道：“这个自然，必不有负故主之恩。”当下唐璧回营，下令：“大小将官，十万雄兵，将大隋旗号改了，自称为济南王；起兵拔寨，反回山东。”众兵一声呐喊。

再表徐茂公说：“主公，今元帅在关外，自然说那唐璧，谅唐璧听了，必反无疑。目下城中人多粮少，倘杨林将兵围困，如何处置？”咬金说：“孤家没有主意，王兄自去料理。”茂公暗想：“好个冒失鬼！也罢。”吩咐王伯当：“传令箭一枝，速到济宁，那里有一曹家庄，内有一将，姓曹名延平，他被杨林打了三十棍，削职为民。他有家私巨万，与他暂借粮米三千斛。待杨林退兵之时，一并送还。”

王伯当得令上马，开出南门而去。不隔几天，到了曹家庄，见了曹延平，说：“杨林攻打瓦岗，瓦岗缺少粮草，特来与将军告借几千斛，兵退之时，加利奉还。”曹延平一听王伯当说起杨林，心中着恼，便叫：“王将军，不要说起那杨林！向年在登州，口出大言，说帐下众将，没有一个能与他敌三个回合的。俺一时性起，杀得他讨饶；我在他属下，不伤他性命。不道他怀恨在心，寻些小事，将我打了三十棍子，削职为民。白白的一个总兵去掉了，到今心中放他不下！不料他兵犯瓦岗，你们缺少粮草。也罢，吩咐五百个庄客，端整三百轮车子，装载一千担米先往，俺随后来也，每两车子上插一面绣旗，上写着‘双枪将曹延平解粮’八个字，往瓦岗寨进发。”王伯当道：“曹将军这般前去，只恐使不得，倘被杨林出来劫粮，如何是好？”曹延平道：“王将军，这倒不妨。若说杨林那厮，他听说曹延平三字，头脑都要疼起来了。”王伯当道：“既如此，就请速行。”曹延平手执兵器，同王伯当一同上马，后面随行，我且慢表。

再说杨林坐在营内，忽闻探子报来说：“唐璧反回山东。”老大王闻言，心中大怒，即便披挂上马，率领十二太保、大小众将，来拿唐璧。这唐璧一见杨林率众赶来，口中只叫得苦：“这都是秦叔宝害了我也！”不说唐璧着惊，再讲秦叔宝，他在城上看见杨林率兵下去，料必追赶唐璧，忙与众将领兵出城，齐声呐喊，大叫：“快拿杨林这老贼！”早已哨马飞报杨林：“报启大王，城中贼将，杀出来了！”杨林道：“敢是强盗杀出来么？”吩咐不必追赶唐璧，后队作前队，前队作后队，去杀强盗。那叔宝等见杨林回兵，即便忙忙的退入城去。

这唐璧见杨林退兵不追，心中想道：“好个秦琼，果然有义，他既为我杀来相救，我岂可不助他？”遂下令：“休回山东，且拿杨林。”众兵齐声大叫：“拿杨林！拿杨林！”这杨林闻知大怒，吩咐：“杀转去捉唐璧。”复又领兵退追唐璧。忽有探子报进：“启上大王，远远望见有数百轮车子，尽是粮米。车子上有一面绣旗，写着‘双枪将曹延平解粮’，又有小锣当当声响，不知何故？”杨林听了大惊，忙下令道：“强盗也不必捉，唐璧也不必追，且扎营寨。”众将答应扎营。我且慢表。

再说王伯当同曹延平，解粮来到相近隋营地方，正当杨林追捉唐璧之时，他趁此无人劫夺，忙将粮米推入城中。叔宝等接着。曹延平说：“将军可曾与杨林对阵交锋么？”叔宝道：“不曾交兵。”因说及唐璧，叔宝说：“方才杨林领兵去追唐璧，故此城外安静。”曹延平道：“原来如此，待俺取杨林首级到来。”茂公说：“曹将军不可出去，杨林乃世上无敌，况将军近年八旬，倘有差误，我们之罪也。”延平说：“先生有所不知，向年杨林曾在俺手下败过，欲要取他之命，不料他识时务，立刻讨饶，故俺饶了他性命。谁知他反恨在心，把俺打了三十根子，削职为民。俺想此恨，不得不报。”便匆匆上马，一忿出城。咬金说：“既是曹将军发愤开兵，孤家必须点齐众将，同去杀那杨林。”徐茂公掐指一算，说：“命该如此。”吩咐摆队伍出城。众将奉令，齐齐摆队伍发炮，大开南城。

曹延平一马当先，冲至隋营，口中大骂。军士报进营来：“启上大王，营外有一员老将，言称登州总兵曹延平，口中不住痛骂大王，骂得好不狠毒。”杨林听报，大怒道：“这老匹夫，焉敢这等无礼，孤家难道怕他不成？”吩咐鞴马，带了十二家太保，并同众将，齐出营外。抬头一看，见曹延平耀武扬威，即便大喝道：“曹延平，老匹夫，你不助孤家，反送粮米与强盗，是何道理？”曹延平气满胸腹，不问情由，拍马上前，就是一枪。杨林将囚龙棒架开。曹延平又是一枪，杨林又架开。二人枪来棒迎，棒去枪还，战了三十个回合。曹延平是发愤的使开双枪，好不利害，嗖嗖嗖，好枪法，犹如风卷残云。只听得，叮当叮当的响，又战了十余合。杨林把棒虚闪一闪，回马便走，延平在后追赶上来，杨林说声：“不好，今番性命休矣！”只得扭回身，将左手那根囚龙棒一抛，望面门打来。曹延平合当命该如此，要躲闪也来不及，正中面门，打落门牙，大叫一声：“不好！”翻身跌下马来。杨林回头一看，见曹延平落马，心中大喜，忙回马来，要取首级。瓦岗众将一声呐喊，一齐杀上，救了曹延平，回转城中。两下收兵。

众将都来动问，见延平十分重伤，各各流泪。延平道：“俺就死，也不为无寿；但不能报一棒之恨！只要访吾徒张善相前来，可报此恨。”说罢，泪下如雨。茂公等再三解劝。当夜，延平老将死于瓦岗城中，众将无不下泪，就葬在向阳空地，立石为墓。此言不表。

再讲杨林见瓦岗众将救了延平进城，他一心要除灭这班英雄，因此，收回囚龙棒，同了十二个太保，摆下一个阵图，名为“一字长蛇阵”，围困瓦岗。这且慢表。

再说秦叔宝、徐茂公一班人，在城上见杨林调兵，按四面八方布下一个阵势，众将俱皆不识，便问军师：“此是何阵？”茂公道：“此乃‘一字长蛇阵’。若击首，则尾应；若击尾，则首应；若击其腰，则首尾皆应。须得一员大将，能敌杨林者，从头颈杀入，四面调将，冲入阵中,其破必矣!”叔宝道:“不知何人能敌得杨林,破得此阵?”茂公道:“必得白虎星官到,其阵破矣!”叔宝道:“白虎星官却是何人?”茂公道:“就是燕山靖边侯的公子罗成。若非此人到来,此阵焉能得破?必须奏知主公,差一位兄弟前去,请他到来方妥。”叔宝叫一声:“徐大哥,此言差矣!俺姑爹镇守燕山,法令严明,岂肯容我等猖獗?他若得知,还要见罪,焉肯反使表弟前来助我等破阵!”茂公道:“贤弟,愚兄岂可不知就里?我自有妙算。只消差一个得当兄弟,前往燕山,悄悄相请令表弟同来,包你令姑丈一些不知道便了。”叔宝道:“徐大哥妙算虽好,小弟想到底使不得。我姑爹焉有不知的道理;纵使瞒得过了,那杨林虽不曾会过罗成,枪法却瞒不过他。一时泄漏,岂非干系不浅?”茂公笑道:“贤弟,却也多心。若有得与他泄漏,那盟帖上也不去掉罗成贤弟的名字了。杨林虽是奸雄,焉能出我所料,包你一些也不妨。”

当下,众人一齐下城到朝中来。程咬金正坐在殿上,等这杨林的回报,只见徐茂公等一班人,远远走入朝来,咬金忙问:“众位王兄,方才出兵,胜败若何?”茂公道:“杨林那厮被臣等两下夹攻,激怒了他,他却摆下一个阵,名为‘一字长蛇阵’。”咬金道:“这个阵势,不知王兄怎么破他?”茂公道:“臣有一计,只等一个人到来,便好破他阵势了。”咬金道:“不知王兄要等何人到来?”茂公道:“必须等燕山罗成到来,阵可破矣!”咬金听说大叫道:“妙!妙!妙!孤家正在日夜思想这个御弟。徐王兄,你可速速替孤家写起诏来,差官前去,连他父亲也召了来,那炀帝封他为靖边侯,孤家也封他为靖边侯。妙!妙!快写诏书,快写诏书起来!”茂公等一班人,看了咬金这般局促,心中倒也好笑,口中不说,心内想道:“世上有这样一个冒失鬼!”却欺他不识字,胡乱应他一声“领旨”。茂公写了一封书,咬金道:“念与孤听。”茂公便依他口气,假做诏书,召他父子,念了一遍。咬金说:“听凭王兄差那一位王兄前去。”茂公道:“此事必须王伯当前去方妥。”当下,封好了书,茂公叫过伯当,附耳低言:“必须如此如此,诈出隋营。到燕山,见了罗成,必须这般这般。”伯当领命,藏好了书,戴一顶青扎巾,穿一领蓝战袍,手提方天戟上马,开了城门,出城径奔隋营。

那隋兵一见，飞报入帐，说："启大王爷，有贼人单身匹马来冲营了。"杨林吩咐道："哪一个前去出战？"早有一将，应声而出，说道："父王在上，臣儿杨道源愿往。"这个乃是第七个太保。当下，杨道源坐马提刀，出营一看，见王伯当身着战袍，并不披挂，忙喝道："来将何名？"伯当横戟在手，忙叫道："将军请了，我却不来交锋，要去请个人的。"道源喝问道："你去请谁来？"伯当道："将军有所不知，我们起初时，原不肯反的，只因那秦叔宝有个堂兄弟，名唤秦宝银，他叫我们反的。'我们说：'反是要反，只怕杨林兴兵来，十分利害，如何反得？'他说：'不妨，你们竟反，杨林这老匹夫不来便罢；他若来时，只消你们通知我一声，待我把这老狗囊的，挖出了眼睛，用两根灯草塞在他眼眶内，做眼灯照。'我们一时听了他，所以反了。不料，老大王果然到来。我却要到山东请他，特与将军说声，可去说与大王知道。若怕我去请他来，挖大王眼睛做灯儿呢，你不放我去；若不怕呢，你放我去。将军可去说声，大家酌量酌量。"杨道源一闻此言，把这无明火直透顶梁门，高有三千丈，按捺不住，说声："啊唷唷！罢了！罢了！你去请他来。"伯当又说："将军不要着恼，还该与大王说了，计较计较。将军你放我去了，若老大王怕他，岂不要见罪将军的么？"杨道源正气得三尸神爆跳，七窍内生烟，大喝道："不必多讲，你去便了。"伯当道："既然如此，我虽出营，却慢慢的走。将军对老大王说了，若有些惧怕他，只消叫个人来，追我转来便了。"

杨道源吩咐三军，让他一条大路，放他去便了。自却回进营来。杨林见他颜面不同，两个乌珠圆滴溜溜，不胜怒气的形状，便问道："王儿缘何如此？"道源道："嗳，父王不要说起，真活活气死。"杨林道："为何呢？"道源道："方才来的这个贼将，臣儿出去，正要接战，他说：'我不交战，要去请一个人的。'臣儿问他去请哪一个。他说：'因惧怕大王，原不肯反的，皆是秦叔宝有个堂弟，名唤秦宝银，劝他们反的。'说大王不来便罢，若来，要把父王眼睛挖出，用灯草做眼睛灯点。如今，臣儿放他出营，叫他请来。"杨林闻言，气得双睛突出，海下银须根根倒竖，叫道："好儿子，放得好！这厮焉敢无礼，辱没孤家,待他到来,看他是怎么样一个人!"

不表杨林在营中生气,再说王伯当出了隋营,一马径往燕山而来。不日之间,到了燕山,入城到帅府左侧,寻个下处歇了,却问店主人道:"罗元帅、公子可在府中么?"店主人道:"罗公子不在府中。"伯当道:"他到那里去了?"店主人道:"因边外突厥老英王,兵犯边关,罗元帅令公子领兵出关去了,所以不在。"伯当道:"可晓得他几时回来?"店主人说:"客官倒也好笑,出兵打仗,那里有定期的!"伯当道:"去了几时了?"店主人道:"去有一个月了。"伯当心中忧闷,就在店中宿了。

次日,出城打听,并无消息。又过了几日,好不耐烦。这日,坐在店门首,只见一骑马,一个人穿着背心,后面一个大"勇"字,手中敲着锣,当当响的跑过去了。伯当便问主人道:"这是何人,做什么的?"主人道:"闻得衙内做公的人说道:'早间帅府中有报来说,罗公子大破番兵,得胜回兵了。'这个敲锣的,定是打头站的,只怕下午边,公子要到了。"伯当闻言大喜,忙吃了饭,带了书,出城到一个僻静处等候。只见又有几个敲报锣的过去。少时,只见一队队的兵过去,将次过完,却见罗成有四五个家将跟随在后面,按辔而来。伯当忽哨一声,罗成早看见是伯当,即吩咐家将先行,自己跳下马来,与伯当施了礼。罗成道:"你们反了山东,张公瑾等在内,爹爹要拿他家小,我一力保全;过几日,却私下都走了。你如今因何到此?"伯当道:"我们反了山东,秦大哥反出潼关,出马取了金堤,得了瓦岗,令舅母同在瓦岗。众人奉程咬金为主。却有杨林摆了一字长蛇阵,奉徐茂公令,来请罗贤弟,故尔到此。"怀中取书,付与罗成。罗成拆开一看道:"我欲不去,无奈秦表兄十分叮嘱;欲待前去,却如何脱身?兄且在下处坐着,待我回去与母亲商量,设个计较。若去得成,弟自差人来知会兄长。"当下,别了伯当,上马入城,回至帅府,入府堂复了令,罗公自去赏了三军,罗成却回后堂来见母亲。正是:

茂公片纸来燕地,十万雄师一旦亡。

当下罗成见过母亲,立在旁边,叫声:"母亲,好笑得紧,不道秦叔宝表兄,保立程咬金在瓦岗寨称王,舅母也在那里。今被杨林围困,写书来请孩儿去救他,母亲你道好笑不好笑?”老夫人闻言,忙问:“书在哪里?”罗成忙向怀中取出。老夫人接过一看,扑簌簌眼中掉下泪来,叫声:“我儿啊,你母亲面上,只有这点骨血。那杨林老贼将母舅杀了,仇还未报,今又要来害你表兄,一有差池,秦氏一脉休矣!儿啊,怎生是好?必须设个法儿,去救得他才好。”罗成道:“只怕爹爹得知,不当稳便。孩儿有一计:少停爹爹进来,母亲却要放声大哭,爹爹若问为何,母亲只说道,养孩儿之时,曾许下武当山香愿,未曾了得。今夜梦见神圣责罚,几乎吓杀,爹爹一定允的,孩儿便好前去。”老夫人依允,把这封书信烧毁了。少时,只听云板一响,夫人便大哭起来。罗公进来见了,十分惊骇。正是:

　　谋成奇策全亲谊,千古传扬罗母恩。

毕竟罗公怎生动问,且听下回分解。

第三十回　假行香罗成私义　破阵图杨林丧师

诗曰：

百万隋师围瓦岗，茂公神算说无妨；
只消片纸求良将，管取长蛇阵立亡。

当下罗夫人见了大哭，罗公连忙问道："夫人却是为何？"夫人道："我当初怀孕的时候，曾许武当山香愿，日逐事忙，至今未曾了得。今日晓睡，梦见神圣震怒，要伤我儿，故此啼哭。"罗公道："夫人既有此兆，作速差人前去，了此香愿便了。"夫人道："这香愿原是为孩儿许的，须待孩儿自去方妙。"罗公道："只恐孩儿出兵方回，途中劳顿。"罗成道："这个不妨，孩儿明朝就动身前去便了。"罗公依允，令罗安打点香烛祭品。罗成便悄悄吩咐罗安去通知王伯当，叫他去城外僻静处相等。罗安点头领命，自去知会。

次日天明，罗成收拾盔甲器械，暗里叫罗安拿去寄在中军厅。然后别了父母，带了罗安、罗春两名家将，一同起身。到中军厅，取了盔甲器械，吩咐罗安、罗春在朋友家权住，等他回来进帅府复命，断断不可泄漏，自己一马奔出城来。伯当在前相等，叫道："罗贤弟来了么？"罗成应道："来了。"二人拍马，连夜兼行。不一日来到瓦岗，果见许多人马，团团围住。罗成叫声："伯当兄，你在此等一等，待我杀入阵去，你可乘乱入城去知会。"伯当依允。

罗成把扎巾去了，将束发金冠整一整，跳下马来，把马肚带收一收，披上了甲，飞身上马，银枪一摆，催开西方小白龙，大吼一声："呔！隋兵让开路罢，俺秦宝银来了！"隋兵听喝，说声："不好了，要挖老大王眼珠的来了！"大家张开弓弩，箭如雨发，只听要要的射将过来。罗成把枪一抡，那射来的箭都叮叮当当落下地去了，被罗成轰一声响，冲进营盘。这一马冲来，非同小可，直冲得一路兵变尸山血海，枪到处纷纷落马，马到处个个皆亡，远者枪挑，近者锏打，死者不计其数。

杨林闻报，同众将一齐上马，先是第七太保杨道源，一马抡刀，上前大喝道："来者可是秦宝银么？"罗成道："正是。你敢是杨林么？"道源道："非也，我乃靠山王第七子杨道源便是。"罗成道："你既不是杨林，可快快回去，叫那杨林出来，我要挖他的眼睛做灯点。"杨道源大怒，举刀便砍。罗成抡枪拦开，喝声："过来罢！"一手勒住甲绦，提过马来，扯了双脚，哗啦一声响，撕为两半片，抛在地下，又杀过来。那徐茂公在城上，看见尘土冲天，知道罗成已到。忙令叔宝等众将大开城门，分头杀出，齐攻大寨。

且说罗成在阵内，撕开了杨道源，枪挑卢方，锏打薛亮，十二家太保倒被他杀伤了八个。杨林大怒，举囚龙棒劈面来迎。好个罗成，使开枪如银龙出水，猛虎离山。杨林便道："这是罗家枪法。"罗成道："我兄学得罗家枪，难道我堂弟秦宝银学不得罗家枪么？不必多言，看枪！"说声未了，挺枪直刺。杨林举棒相迎，大战十余回合。杨林只战得平手，却被瓦岗这班英雄杀将出来。杨林心中一慌，囚龙棒略慢了一慢，被罗成耍的一枪，正中左腿，几乎坠下马来，大叫一声，回马便走。罗成说道："哪里走！"把马一夹，赶将来。那隋兵弃甲抛戈，纷纷大败而走，投降者却有二万余人，弃下粮草、马匹、军器，不计其数。追赶二十余里，鸣金收兵。罗成遇见叔宝，诉说前事。单雄信也撞见，彼此赔罪。罗成欲入城见舅母，叔宝叫声："兄弟，不可入城，若程咬金见了兄弟，决不肯放你，怎得脱身回去？今晚可连夜取路回燕山去罢，若一泄漏，非同小可。"罗成道："哥哥讲得不错，如此说，兄弟去了，哥哥可致意舅母。"叔宝道："这个自然。"罗成别了叔宝，发马连夜回燕山去了。这回书叫做罗成走马破杨林，是一刻不耽待的。

当下叔宝收兵入城，程咬金问道："罗成御弟呢？为何不来朝见？"叔宝回言道："他恐泄漏，回燕山去了。"咬金道："你怎么不提孤家已召他父子，也封他靖边侯呢？"叔宝道："他瞒了父亲私自来的，怎好说这些话？"咬金道："前日孤家诏书去召他，难道他不奉诏么？"王伯当道："臣在半路上遇见他的，因此不曾说起。"咬金道："这也罢了，只是败了杨林，岂不是孤家洪福齐天么？秦王兄，你可领孤家的旨，去雷州取龙凤鼓。”秦叔宝道：“领旨。”咬金又道：“王王兄，你领孤家的旨，去金州取景阳钟。”伯当道：“领旨。”二人各自分头而去。”

再表杨林败去二百余里，收拾残兵，再欲来打瓦岗寨，却有圣旨到来，说海外离石湖刘留王起兵，令杨林回登州镇守，不得疏失。杨林无奈，只得上本保举潼关总兵魏文通攻打瓦岗寨，自回登州镇守。说那刘留王，他闻杨林统兵已回，即便收兵回去，若杨林一离登州，他又领兵复来。因此杨林不敢远离。且按下不表。

却说炀帝一得了杨林的保本，即下旨魏文通，领本部人马，攻打瓦岗。又差大将杨讷镇守潼关。魏文通点齐了十万雄兵，浩浩荡荡杀奔寨而来，离西门五里下了寨栅。徐茂公得报，紧守西门，不与交兵，暗暗差齐国远、李如圭、金甲、童环、梁师徒、丁天庆、楚圣先、楚耀祖带一千人马出东门，转总路口等候。

且说秦叔宝雷州取鼓回来，远远见有人马正在扎营，吩咐从人将龙凤鼓藏在树林之中，自己催开坐骑，把虎头蘸金枪一摆，大叫一声：“呔！何方人马？闪开，让路罢！”一马冲来。魏文通方才下寨，就见有人冲营，连忙上马提刀，吩咐大小三军，且自安营，不许妄动，却一马出来。秦叔宝一见，有些胆寒，说声：“啊呀，原来是你！”魏文通也见是秦叔宝，大喝一声：“好强盗，那日在石龙河被你走了，今日相逢，吃我一刀。”劈面砍来。叔宝把枪架住，魏文通将刀啪嚓啪嚓连砍一十五刀，叔宝招架不住，拽回马就走。魏文通叫道：“秦强盗，哪里走！”催马赶来。却逢王伯当正从金州取了景阳钟回来，遇着秦叔宝败将下来，后面魏文通紧紧赶着，伯当暗暗思想道：“这厮却敢逞勇，领兵到此，今日相逢，也是命中该死。”即忙顺手在鱼皮袋中取出宝雕弓，豹皮壶中拔出狼牙箭，扣上弦，左手如托泰山，右手如抱婴儿，弓开如满月，箭射似流星，只听噔的一声，正中魏文通咽喉，翻身跌下马来。秦叔宝跳下马，拔剑取了首级。那十万隋兵见主将一死，轰天一声呐喊，早退下去。被齐国远等八将拦住去路，大声问道：“快快投降，免尔等诛戮。”十万大兵，尽弃刀降顺。众英雄收兵齐回瓦岗寨。叔宝、王伯当缴了旨。程咬金听见射死魏文通，又得了十万人马,兵器、盔甲不计其数,十分快活。吩咐大摆御宴,吃酒赏功不表。

单讲炀帝闻报魏文通身死,十万大兵尽降瓦岗,十分大惊,便问宇文化及,如何是好。此时杨素因恃功谏诤,炀帝不悦,封他出镇黎阳,因此权柄尽归化及。当下宇文化及启奏道:“那瓦岗寨这干反贼,臣闻他一个个都是有本事的,若非真有将才的人前去,焉能取胜。臣今保举一人,破瓦岗必矣!”炀帝大喜道:“卿所保何人?”化及道:“此任非兵部尚书、征戎大元帅长平王邱瑞不可。”炀帝依奏,召过邱瑞,封为兵马大元戎、天下都招讨,领十五万雄兵,征打瓦岗。炀帝又问:“谁敢为前部先锋?”化及次子宇文成龙道:“臣愿挂先锋印。”炀帝大喜,即封为正印先锋总管之职。化及欲待阻住,奈圣旨已下,无可奈何。退朝回府,埋怨成龙道:“你本事没有,却如何挂先锋印?此去若有一失,性命难保。”即忙写一帖子去请邱瑞饮酒。邱瑞见化及相请,乘轿到来。化及早在二门相迎,到正厅上,施礼坐下。邱瑞吃了茶,就摆出酒来。邱瑞坐了上一席,化及坐了下一桌,成都、成虎、成龙旁边分坐相陪。酒进三杯,食供两套,邱瑞开言:“丞相见召,不知有何指教?”化及道:“别事不敢动劳千岁,只有愚男无十分本事,乃不自揣菲才,冒挂先锋之印;老夫因圣旨已下,难以违命,故请千岁到来,若到瓦岗,望乞相看一二,回兵之日,自当重报。”邱瑞道:“这事自当从命。”化及大喜,吩咐家将取过四盘金银,化及满面堆笑,叫声:“千岁,这些须薄礼,望乞笑纳。”邱瑞正色道:“丞相若送金银,是以利心动邱瑞了!本藩不敢领命。”化及见他色变,连忙道:“千岁既然不收,老夫不敢执见。”吩咐家将收了进去。二人吃酒,至晚方散。

邱瑞回府,公子邱福与夫人迎入后堂。邱瑞长叹一声,夫人忙问道:“老爷何故不悦?”邱瑞道:“嗳,夫人有所不知,当今无道,天下荒乱,贼盗蜂起,尚不宽刑薄敛,专行杀伐。今朝圣上听信宇文化及之谋,命下官征取瓦岗,化及次子为前部先锋。化及方才请我,嘱托其子,下官不好回他,勉强应允。夫人啊,但是下官向闻瓦岗贼首程咬金十分利害,三斧击走了马三保,不知去向,取了瓦岗。他手下有三十七个,俱是英雄。老大王杨林,尚且被他杀得大败而回,手下十二家太保,伤其大半。我想下官此去,吉凶未定。今日与夫人一别,不知今生还得相见否?但孩儿年幼,早晚须当教诲。”夫人闻言,放声大哭,只叫:“相公,你此去若能擒贼,万千之幸;倘然不胜,妾劝相公不如做个良臣罢了。”邱瑞道:“夫人说哪里话来?此乃军国大事,岂汝妇人所知。”当下摆酒饯行,却那里吃得下去。

次日五更,邱瑞即点齐了十五万人马,祭旗已毕,三声炮响,大军离了长安,径奔瓦岗寨而来。蓝旗小校报道:“启千岁爷,兵至瓦岗寨。”千岁吩咐:“前军哨探,后军慢行,放炮停兵,安营下寨。”传令官一声答应,忙传令道:“呔!千岁爷有令,前军哨探,后军慢行,放炮停兵,安营下寨。”众三军齐声答应道:“得令!”只听噗通通三声炮响,一声呐喊,安了营寨。

城中早已得报,徐茂公入朝与咬金贺喜,咬金道:“兵临城下,将至壕边,有何可贺?”茂公道:“正为他有兵来,特特贺喜。”咬金道:“看你这牛鼻子的道人,有兵至此,反来贺喜;若孤家驾崩了,你一发要贺喜哩!”茂公道:“主公不知,他兵虽到,不出两月之间,包管十五万雄兵尽降主公帐下,所以贺喜。”咬金大喜道:“这也奇了,但不知你有怎样一个法儿降得他?”茂公道:“臣自有计使他即降便了。”道言未尽,早有探子报道:“启上大王,隋营有个正印先锋宇文成龙在外讨战。”茂公吩咐单雄信出兵,许败不许胜。雄信得令,上马而去。咬金道:“作怪的说话,出兵要胜,如何反说要败起来?”茂公道:“兵机不可预泄,以后自然明白。”

话表那单雄信出城,与成龙战有十余个回合。若说这样的将官,不消一二个回合,就拿了过来,单雄信因奉军师将令,虚闪一槊,回马败入城去。宇文成龙叫左右报元帅:“先锋爷杀败一员贼将。取了关,方回来。”即便抵关讨战。次后,秦叔宝出来,败了。再遣齐国远、李如圭、金甲、童环、张公瑾、白显道,个个都败回。宇文成龙一日连败十五员大将,打得胜鼓回营。邱瑞大喜,摆酒贺功。说道:“原来将军有这等本事,令尊大人还如此谦言。”成龙道:“这一班都是毛贼,不消十日之内,元帅看小将力破瓦岗。”邱瑞大喜,忙备一封书,差官上长安报捷去了。

次日宇文成龙抵关讨战，瓦岗城内，诸将坚守不出。成龙令军士大骂，城中只是不出，骂了一日回营。一连半个月，不见有一些动静。成龙这一日到关，大骂讨战，徐茂公令秦叔宝出去："只三合内可把他生擒了来。"叔宝应声："得令！上马出城，与成龙战无三合，拦开刀，扯住成龙勒甲绦，一把擒将过来，拿入城里去了。小军飞报入营："今日先锋交战，不象那日，没多几合，竟被他捉过去了。"邱瑞闻报大惊，下令紧守营门，不可出战。

这叔宝把成龙拿入城中，茂公吩咐斩了首级，石灰炝了。茂公早已造下一个夹底的竹箱，把头放在箱底下。前日有邱瑞的战书，叫魏征套写了一封，叫过王伯当来，带了五十个人，并竹箱与许多行头，都包在袱内。吩咐如此如此，悄悄的前去，不可泄漏。伯当领了令，与五十个人，到夜间开了东门出城，从别路径奔长安大道而来。正是：

败隋朝内贤臣失，聚义营中将士添。

当下王伯当带了五十个人，并竹箱与许多行头，到了长安。伯当只叫一人取了竹箱，其余的人，叫他在兵部左近衙门相等，自与拿竹箱的，径往化及丞相府。来到府门，伯当上前，叫一声："众位哥哥们，相爷可在府中么？"门上的道："相爷在朝未回，你是哪里来的？"伯当道："我是瓦岗营中邱老爷差来的，有书一封，竹箱一个，送与相爷。既相爷不在，书信与竹箱都放在此，我往别处去去，再来讨回书便了。"说罢就将箱子与书信递与门上人，自与随来的这个人，径往兵部府门后边一条僻静巷内去。

那五十个人正在那边相等，伯当便令打开包裹，取出行头，一个个打扮起来，把囚车装好了，径往邱瑞府中。叫一声："圣旨下。"夫人、邱福忙出接旨。便开读道："邱瑞无故杀伤国家大将，把家属拿下。"众人拿了，齐囚入囚笼。赶散了众人，将拿来的布包，把囚的人都包了头。出了府门，把一张假封皮贴在门上，飞奔出城，径往瓦岗寨去了。

再说化及回府，家将禀道："方才有瓦岗邱老爷差官到来，送书一封、箱笼一个与老爷，他停一回就要讨回书的。"化及先打开箱笼，一看都是空的，细看底下，又是一个屉儿，抽出来一看，却有一个人头在内，不觉吃了一惊。仔细一看，原来是自己儿子的头。忙把书打开一看，却说："你儿子恃功，无我元帅在眼内，屡屡违我军令，今已把他斩首，特此告知。"化及看罢，放声大哭，骂一声："邱瑞老贼，我子与你何仇，把他斩首？"即忙入朝，把邱瑞的书，并儿子的头，与炀帝看。又哭奏道："臣儿曾日败贼将十五员，其功不小，反遭毒杀，其罪难容！"炀帝大怒，下旨着锦衣卫领旨出朝，来到兵部衙门，见邱府贴上封皮，细细备问了附近百姓，即复旨道："据附近居民说，早上有校尉到府，把家属尽行拿去了。现今门已封的了。"炀帝闻奏大惊道："朕却不曾有什么旨意。"正是：

　　军师巧计多高妙，早救忠良家属身。

毕竟君臣怎生处断，且听下回分解。

第三十一回　邱瑞中计降瓦岗　元庆逞勇取金堤

诗曰：

奸雄惯自智谋深，怎晓兴唐有异人；

每用神机赚隋将，皆由炀帝失民心。

当下化及跌足大惊道："一定是邱瑞已降瓦岗，暗暗差人盗取家属去了。圣上，如今事不宜迟，可差官一员前去；若邱瑞还未曾降，可赐他三般朝典，令其自尽。"炀帝即下旨，差官一员、校尉四名，飞奔瓦岗行事。此话不表。

且说王伯当赚取邱瑞家小到了瓦岗，茂公吩咐收拾一间房屋，好好安顿。一面令秦叔宝出城讨战。叔宝得令，带同众将、大小三军放炮出营。邱瑞得报，也下令大小将官，摆齐队伍出营。只见瓦岗四门大开，旗幡招扬，剑戟森森，一副副刀枪耀目，双对对队马分开，两面飞虎绣旗，一柄黄罗宝伞，下面现出一位帅爷：头戴一顶飞龙闹珠金盔，身穿一领龙鳞黄金细甲，外罩一件杏黄袍，脚蹬一双麂皮靴，坐露骨能行宝智黄骠马，左插一弯弓，右插一壶箭，两臂挂着金装锏，手中执一杆虎头金枪，黄面金睛，三绺长髯飘于脑后，乃叔宝也。叔宝抬头一看，只见隋营大开，三军齐出，对子马分开左右，飞虎幡摆列两旁，黄罗伞下一位元帅：头戴一顶双凤银盔，身披一件九鳞龙甲，外罩蟒龙白袍，脚蹬一双战靴，坐下追风逐兔千里嘶马，左挂宝雕弓，右插狼牙箭，手中使着两根钢鞭。

叔宝横枪在手，欠身打拱道："将军在上，小将秦琼甲胄在身，不能全礼，马上打拱了。"邱瑞连忙回礼，叫声："秦将军，老夫闻你是山东一个英雄，人人称你为小孟尝、赛专诸。那靠山王过继你为十三太保，却也不曾有甚亏你之处，你却三挡杨林，九战魏文通，走马取金堤，锏打华公义，做那反贼的勾当，这岂不可惜？倒不如下马投降本藩，也不计你从前之过，保你做个将官，若有些功劳，那时荫子封妻，岂不为美！秦将军意下如何？”叔宝道：“将军之言虽然有理，但本帅与隋家有不共戴天之仇，却难从命。”邱瑞道：“你与隋家有何仇恨？”叔宝道：“将军，你可知本帅先父非别，乃陈后主驾前官拜伏虏大将军，镇守马鸣关，秦彝便是，被杨林老贼枪刺而死。前本帅实非拜他为父，意欲得便诛之，以报父仇。奈不能遂意，尚未报得，因此本帅与隋家有切齿之仇。将军有心劝本帅，难道本帅没心劝将军？当今之世，炀帝无道，杀戮忠良，英雄并起，谅来气数不久。我瓦岗寨混世魔王有仁有义，赏罚分明，将军不如降顺瓦岗，亦不失为王侯之位，将军意下如何？”邱瑞大怒道：“好匹夫，焉敢来说本藩，看家伙罢！”双鞭一举，照顶门打来。叔宝把枪一架，两人搭上手，大战四十回合，不分胜负。鞭来枪架，枪去鞭迎，四条臂膊纵横，八个马蹄交错，真正棋逢敌手。

叔宝心中喝彩道：“好一员猛将！”邱瑞心中想道：“这叔宝本事高强，不如用独门鞭打死他罢。”正战之间，邱瑞把鞭两条并为一条，打将下来。叔宝将枪往上迎，把两条鞭都架住，就趁此把枪往后一拖，邱瑞的马拖近了，叔宝双手一把扯住了邱瑞的甲带，要提过马来。那时节，邱瑞若把双鞭再举，打将下来，这叔宝岂不被他打死了么？幸亏邱瑞见叔宝扯住甲带，心中慌了，却把鞭放下，一把捧住叔宝的头，叔宝把带一扯，说声：“过来罢！”邱瑞也把头盔一捧说声：“过来罢！”两下一扯，一齐跌下马来，又是你一扯我一扯，叔宝扯断了邱瑞的甲带，邱瑞扯落了叔宝的盔缨，一个脱了甲带，一个没了盔缨，大家不好看相，各自收兵。

且不说叔宝回转瓦岗，单讲邱瑞回营，换了战袍，赞道：“好一个秦叔宝，怪道往往前来不能取胜。”正在赞叹之间，忽报长安家人邱天宝到。邱瑞道：“令他进来。”天宝入营哭拜于地。邱瑞忙问其故，天宝细述前事，邱瑞大惊道：“宇文成龙是瓦岗拿去的，哪有此事？”话尚未完，外边又报公子到了。邱瑞一发疑心。邱福来到营中，拜了父亲，邱瑞忙问：“你已被拿，缘何到此？”邱福道：“此乃瓦岗徐茂公之计，要爹爹归降。如今家眷俱已赚在瓦岗，叫孩儿来奉请。”邱瑞闻言，急得三尸神直跳，七窍内生烟，一些主意全无。又听传报道：

“启元帅,天使到。”邱瑞接入圣旨,锦衣开读道:“邱瑞欲顺瓦岗,故杀大将,速令自尽。”旨未读完,邱福大怒,一刀砍了天使。邱瑞大惊道:“汝欲何为?”邱福道:“爹爹,这样昏君,保他何益?今瓦岗混世魔王十分仁德,不如归降了罢!”邱瑞长叹一声,吩咐邱福先去通报,即便收拾十五万人马,归降瓦岗。咬金率领众将迎接入城,大排筵席庆贺不表。

再说隋朝天使的校尉,逃回长安,飞报入朝。炀帝大怒,问:“谁敢领兵再打瓦岗?”宇文化及道:“若非大将,焉能取胜?今有山马关总兵裴仁基,他有三子,长子元绍,次子元福,三子元庆。这元庆虽只得十多岁,他用的两柄锤有五升斗大,重三百斤,从未遇过敌手。圣上可召他来,封他为元帅。他若提兵前去,不消几日,包破瓦岗矣!”炀帝大喜,即下旨差官,星夜往山马关,宣召裴仁基。

差官飞马到关,裴仁基父子接了旨,即同夫人与女儿翠云来到长安。到长安父子即到午门,问:“圣上何在?”黄门道:“圣上同国丈在紫微殿下棋。”裴仁基见说,率领三子径到紫微殿,果然炀帝与张大宾对坐下棋。裴仁基与三子俯伏于地,口称道:“臣山马关总兵裴仁基父子朝见,愿我王万岁!”炀帝一心下棋,哪里听得。裴仁基再宣一遍,又不听得。足足等了一个时辰,不见响动。裴元庆大怒,立起身来,赶上前一把扯住张大宾举起来。炀帝吃了一惊,忙问道:“这是何人?”裴仁基道:“是臣三子裴元庆,因见国丈与圣上下棋,分了圣心,不理臣等,故放肆如此。”炀帝道:“原来是卿,朕实不知,快放下来!”那大宾肚子都被扯住,疼痛得紧,大叫道:“将军,将军,放了手!”那元庆又闻圣旨说放了,竟把一抛,噗通跌在地下,皮都扒下了一大块。炀帝看元庆年纪不大,如此勇猛,心中大喜。便叫:“裴爱卿,朕封卿为元帅,卿子为先锋,兴兵征讨瓦岗,得胜回来,另行升赏。”裴仁基谢恩。炀帝又道:“朕欲封一个监察行军使,以观卿父子出兵,不知谁人可去?”张大宾道:“臣愿往。”炀帝大喜道:“若得国丈同去,甚好。”即封为行兵都指挥,天下都招讨。四人谢恩而出。

那张大宾怀恨在心,思想道:“这小畜生,我只要一朝权在手,就把令来行。”当下张大宾点起十万雄兵,即日兴师,离了长安,杀奔瓦岗。张大宾却下令先取金堤关，然后攻打瓦岗，以此兵到金堤关，下了寨。张大宾升帐吩咐裴元庆："我要你今日就取金堤关，若取不得关，休想回来见我。"元庆微微一笑，心中想道："嗄，是了，我晓得那张大宾记恨我提他之仇，今日欲害我父子。咳！张大宾啊张大宾！你来太岁头上动土了！你若识时务便罢，若不识时务，我父子一齐降顺瓦岗，看你怎生奈何我？"吩咐带马过来。那匹马竟象老虎一般，两只尖耳朵，不十分高大。元庆飞上马，使两柄银锤，豁落落一马出营，抵关讨战。

守城将士乃贾顺甫、柳周臣，得了报，即披挂上马，领兵出城，前来交战。二人一看裴元庆，看他年纪甚小，手中却用斗大两柄锤，心中奇异，喝问道："来将何名，那手中的锤敢是木头的么？"元庆答道："我乃大隋朝官拜山马关总兵裴仁基三子，裴元庆的便是。我这两柄锤只要上得阵，打得人就是，你管我是木头的不是木头的！"贾、柳二人哈哈大笑，把刀一起，并力齐奔。元庆不慌不忙，自由自在，把一柄锤轻轻的往上一架，贾、柳二人的刀一齐都震断了，二人虎口也震开，只得叫声："啊唷！好利害的家伙！"回马便走。元庆一马追来。贾、柳二人方过得吊桥，元庆也已上桥。城上军士认了自家主将，不敢放箭，倒被元庆冲入城中。贾、柳二人只得领了残兵，径投瓦岗去了。这里张大宾领了众兵入金堤关，也不停留，就向瓦岗进发，按下不表。

且说瓦岗寨这日程咬金升殿，众将拜毕。咬金一看，单单不见徐茂公军师，心中想道："这也奇了，为何不见徐茂公到来，难道孤家升殿，这牛鼻子道人不该来朝拜么？"吩咐去唤了他来。正说之间，只见徐茂公斜戴九梁巾，倒拖了靴子，乱跑进来。咬金道："孤家又不曾死，为什么却装出这样形景来？"茂公俯伏在地说："主公不好了，一窝儿都要死了！"咬金道："啊呀，好端端的，为何都要死起来？想是你疯颠了么？"茂公道："臣算阴阳，今日巡天都太保、八臂膊哪吒临凡，第三条好汉杀来也，瓦岗城内这些大小将官不经打起。"咬金道："这个痴人，说些什么话来？"茂公道："主公不信，只看天上。"

咬金出位，与众将一看，只见天上黑漫漫雾不象雾，云不象云，足有半天对着了瓦岗城。大家齐吃一惊,正看之间,只见黑气内冲出一股白气来,把这杀气冲散了,泛出红来。茂公仔细一看,叫声:“好了,有救星了。”咬金道:“好贼星啊!为甚的一时笑一时哭?”茂公道:“幸亏主公有福,有个贼星与巡天都太保为难,料想这员大将不日就降瓦岗,主公更且有正宫了!”咬金道:“实在天下没有光棍皇帝。孤家在殿上呢,闹闹热热,一退入宫去,便冷冷清清。这句话倒要听你。”

正说之间,忽报金堤关贾、柳二位老爷在外候旨。咬金吩咐:“召他进来。”二人入殿,俯伏在地叫道:“主公不好了!今有大隋兴兵征讨,那招讨是张大宾,元帅是裴仁基。这也不打紧,有一员小将,使两柄斗大的锤,凶狠莫敌。臣二人抵挡不住,弃关败回,来见主公定夺。”咬金道:“这是你二人没用,前番那杨林老头儿这样凶狠,也曾杀得他大败而去,如今还有什么小将比他更狠的人儿?”闪过邱瑞,叫一声:“主公有所不知,这裴仁基第三个儿子叫裴元庆,论他年纪,只好十来多岁。他用的两柄铁锤,重有三百来斤,休说杨林一个,就是几百杨林也不经他几锤。若是这位小将军到来,大家须要小心。”程咬金只是摇头不信,说道:“哪里有这等事?只怕世界上不曾见过有这样的人。”

众人说话之间,外边隋兵已到,扎下营寨,张大宾吩咐裴元庆:“今日限你取瓦岗,今日若破不得瓦岗,拿不得咬金,你也休来见我。”裴元庆见说,微微一笑,叫声:“二位哥哥,须要小心保着爹爹。”说罢,即便上马举锤,抵关讨战。探子报入城中。咬金便问:“哪一位王兄前去迎敌?”早见班中闪出一将,说:“臣史大奈愿往!”咬金说:“须要小心。”当下史大奈顶盔贯甲,提刀上马,冲出阵来。见了裴元庆,不觉哈哈大笑道:“你这小孩子就叫什么裴元庆么?”元庆道:“正是,我就是三将军。”史大奈道:“我看你黄毛未落,乳臭未干,到此做什么?好好的回去罢!若是迟一迟恼起来,怕惊了你,成了急惊风的病,岂不害了你?”裴元庆笑道:“你敢来么?若裴爷爷怕了你,也不算为好汉。”史大奈大怒,把刀一举,照顶门砍来。元庆也不动手,等他来得相近,把身一侧,将锤照刀杆上略架一架,刀便断为两截。史大奈一个虚惊,一跤跌下马来。裴元庆喝:“这样没用的,也算什么将官?我小将军不杀无名之将,饶你去罢!”史大奈爬起来,跳上马,奔入城中。咬金忙问道:“小将可曾拿来么?”史大奈摇摇头,伸伸舌头道:“啊唷唷,不要说起,吓杀!吓杀!上不得他的手,我的刀才举得一举,他就起锤一迎,把我的刀打做两段。我身往前一倾,即撞下马来。”众将见说,皆以为奇。

正说之间,又见报进:“小将在外讨战。”雄信大怒,披挂上马,举槊出城,远远一望,哪里见什么将官?却到元庆面前,还不见他。元庆大喝一声道:“青脸的,哪里去!”只这一声,就象青天一个大霹雳。雄信在马上着实惊了一惊,往下一看,只见齐齐整整一个小孩子。坐的马竟象驴子一般,两个锤其大无比。雄信哈哈大笑道:“你这锤敢是木头的,外边涂些银锡的么?”裴元庆道:“你这青脸的贼,还不知道我小将军的利害么?故此特来送死!”单雄信大怒,把金枣槊当的一声打下来。元庆把锤举着却不去架,恐震断他的虎口。等待他一槊打了下来,方才把锤举过来一夹,却把槊夹住了。雄信用力乱扯,那里扯得脱。元庆笑道:“你在马上用的是虚力,何不跳下马来,在地下扯?我若在马上身子动一动,摇一摇,就不为好汉。”单雄信就跳下马来,用尽平生之力的扯,竟象猢狲摇石柱,动也不动一动。雄信只涨得一张脸青肉泛出红来,如酱色一般。元庆把锤一放,说道:“去罢!”雄信仰后噗通一跤跌去,跌了一脸的血。爬起来扯过马跳上,飞跑入城来。

程咬金见了这个情景,又好笑又好恼,便叫一声:“秦王兄,你去战一阵看。”秦叔宝披挂上马,举枪出城,一看裴元庆,心中十分不服:“只这样一个小孩子,如何如此利害?不要管他,上去赏他一枪,打他个措手不及。”便一马上来,要的就是一枪。裴元庆叫声:“来得好!”当的一架,把这杆虎头金枪打得弯弯如曲蟮一样,连叔宝的双手都震开了,虎口流出血来,叫声:“好家伙!”回马便走,败入城中。程咬金大怒道:“何方小子,敢如此无礼!”下旨:“孤家御驾亲征。”带领三十六员大将,与魏征、徐勣,放炮出城。

程咬金持着大斧,一马上前,把斧一举,光的砍下来。裴元庆把锤往上一架,当的一声响亮,震得咬金全身麻木,双手流血,大叫:“众位王……王兄,御……御弟,快……快来救……救驾!”徐茂公吩咐众将一齐上前,众好汉放开马,一声呐喊,团团围住裴元庆。裴元庆见了,哈哈大笑道:“我本待慢慢做几锤打散这干人,谁想他一齐上来,只是我小将军没得消闲玩耍了。”元庆把锤往四下轻轻摆动,众将却哪里敢近得他身,有几个略拢得一拢,撞着锤锋的就跌倒了。众将只得远远的呐喊。程咬金却吩咐城中取酒肉到来,抽车支炮的交战。

再说隋营内裴仁基,在营前见三子元庆战了一日,恐他脱力,忙令鸣金收兵。张大宾听见,忙召裴仁基入帐,喝问治罪。有分教:

裴家父子归降去,误国奸臣一旦亡。

不知张大宾怎生治罪仁基,且看下回分解。

第三十二回　裴元庆怒降瓦岗　程咬金喜纳翠云

诗曰：

天降魔君罪暴君，干戈四起扰生民；

幸亏唐主兴仁义，收录英雄定太平。

当下张大宾召进裴仁基，便问道："你为大将，怎么爱惜儿子，不与国家出力？他顷刻之间正好取城，你却如何擅自鸣金收兵，目中全无本帅，绑去砍了！"左右答应，动手就把仁基绑缚。吓坏两旁二子，长曰元绍、次曰元福，一齐上前说道："就是鸣金收兵，也无处斩之罪。"张大宾大喝道："唗！你两个也敢抗拒本帅！"吩咐左右："绑去砍了！"两下刀斧手一声答应，赶向前来，把裴仁基父子三人一齐绑出营门。这边阵上，裴元庆听得鸣金，把锤一摆，众将分开，就一马冲出去了。程咬金收兵，上城观看。

且说裴元庆回到营前，见父亲哥哥都绑着。元庆大喝一声："你这干该死的，焉敢听那张奸贼，把老将军与小将军如此，还不放了？"这干军校被喝，谁敢不遵，连忙放了。元庆叫声："爹爹，今主上无道，奸臣专权，我们尽忠出力，也无益处，到不如降了瓦岗罢！"父子四人，势不由己，没奈何，叹口气，骑上马，径奔瓦岗而来。

到了城下，见咬金一干人在城上观看，裴元庆上前，叫一声："混世魔王千岁在上，臣裴元庆父子四人，遭奸臣谋害，特此前来归降。"咬金见说大喜，满面堆笑，叫一声："三王兄，难得你这善识时宜，父子归降。但恐是诈，乞三王兄转去，把张大宾拿了，招降隋家兵马，那时孤家亲自出城相迎。"裴元庆闻言，便说道："既如此，千岁少待，爹爹、哥哥等一等，待孩儿去拿他来。"说罢，即回马跑入隋营。

这个张大宾却好坐在帐中，因军士放走了裴家父子，心中大怒，正在处治，要杀的要杀，要打的要打，乱纷纷在那里发落。只见裴元庆匹马跑来，张大宾慌忙要走，被元庆跳下马来，一把擒住。又大喝：

“大小三军,汝等可尽同我去归降罢!”十万雄兵同声答应道:“愿随将军。”

裴元庆一手提着张大宾,跳上了马,招呼大队人马一齐来至瓦岗城下,向城上叫道:“张大宾已捉在此了,请开城受降。”程咬金观见是真,就率领大小将官出城迎接。进城到殿上,裴仁基率三子朝见,山呼千岁,又与众同僚相见,聚礼已毕,排班侍立。咬金下令道:“孤得裴王兄,也亏张大宾,如今赐他全身而死。”命武士用白绢将他绞死。武士即忙奉命,张大宾顷刻呜呼。咬金又命排宴相待,封裴仁基为逍遥王,裴元庆为齐肩一字王。裴仁基写书一封,差人赍往山马关。那里有个焦洪是仁基的外甥,将书与他,要他忙与夫人小姐说知,收拾了府库钱粮与关中二十万人马,一齐望瓦岗而来。咬金却与元庆起造王府,封焦洪为镇国将军。令贾顺甫、柳周臣依先去镇守金堤关。徐茂公却与咬金为媒,劝咬金招纳裴翠云小姐为正宫。咬金大喜,即令择日迎娶成亲。自此瓦岗城又得裴元庆父子归降,声威大震,有兵六十万,战将数百员。

消息传入长安,炀帝大惊,却与化及商议,化及道:“如此说起来,如今发不得兵了,只好与他议和。主公可差一员官前去,封程咬金为混世魔王,赐与王爵,割瓦岗之东一带地方,与他讲和便妥。”炀帝依奏,下令翰林官草诏一道。此时蔡建德做到了兵部员外,就差蔡建德前去。那蔡建德只叫得一声苦。你道蔡建德为何叫起苦来呢?因单雄信的妻小是被他杀的,所以着急,却又不敢道,只得舍了这条性命,径往瓦岗而来。

不一日,蔡建德到了瓦岗,将近城门,先令人通报。程咬金正在大殿与众将议事,忽听报道:“启上大王,今有大隋皇帝差一员官,捧金翅皇帽蟒袍玉带,前来封赠大王,离瓦岗五里了。”茂公道:“主公,既是大隋圣旨到来,主公必须亲自去迎接。”咬金大喝道:“哇!你这牛鼻子的道人,他是皇帝,难道孤家不是皇帝么?孤家正欲早晚兴兵,杀上长安,拿住昏君,自为皇帝,百世扬名,谁要这昏君来封赠?你这牛鼻子道人,却要孤家去接他,岂不是长他人之势,灭自己之威风!”叫左右:“若是那差官一到,就唤他进来便了。”

却说那蔡建德来至城下,不见有人迎接,心中突突的跳。进了城中,来至午门处,又不见有人出来,但见那守门人叫他自己进去。蔡建德一发着忙,一张脸儿青了白,白了青,没奈何捧着圣旨,与两个拿冠带的人,一步步儿走进来。早被单雄信看见,顷刻双眼突出,红须根根竖起,大叫一声:"你这厮来了么!"飞抢一步上前,劈手夺下圣旨,扯得粉碎。左手夹头颈,一把抓住,右手照脸上,哐的一声一个五分头。建德喊道:"啊唷,将军为何打我天使?"雄信道:"我把你这驴囚入的,老子入死你的亲娘!我与你何仇?把老子家小杀尽。你往日的威风,如今哪里去了?"此时蔡建德吓得上下牙齿捉对儿厮打,浑身一似中风麻木,双腿一似斗败雄鸡,心中好象十五个吊桶取水,七上八下的响,叫声:"啊唷,将……将军,将军!"不住的乱叫。

程咬金离了龙位,走下阶来,喝住雄信道:"你这样不通道理了,他向时既做了潞州知府,本地方有反贼的家眷,他如何放得松,做得人情?不要说他,就是孤家那时节,若是做了知府,也要完地方官的事。这叫做'做此官,行此礼,不得不如此'。你却错怪了他。旧事休提,孤家这里武多文少,把他做个学士,住在孤家这里罢了。"蔡建德连忙谢恩。那时蔡建德只要性命,还敢再说有老小在家,一定要回去的么?他响也不敢响,正如哑子吃黄莲,自家肚子里苦。按下不表。

且说洛阳城外有一个乡村,名曰安乐村,村中一个英雄,姓王,名世充。论他武艺,件件皆能。父母双亡,止有一个妹子,名唤青英,年方十五,同住在家。这王世充却毫无家业,专靠打捉飞禽走兽生活。平日间单靠得一个族兄长,叫做王明德,常常的照管他。这日只为家无盘费,与妹子计议,要去明德家中借些银子用用。出了大门,入城到明德家中。明德出迎,见礼已毕,明德叫声:"贤弟,愚兄正欲差人接你,有一件事要与你商议。"世充道:"哥哥有何吩咐?"明德道:"就是你伯母那只白鹦鹉,昨日丫鬟上食,不想他挣断了金丝索飞了去。贤弟,你晓得,这鹦鹉系你伯母心爱之物,喜他会说好话,会说因果,愚兄不惜重价买来的。今日一旦不见了,母亲气出病来,叫人四下里抓寻,若寻得着,与贤弟一百两银子。"就吩咐先取五十两与世充,世充接了银子,别了哥哥,出门回家,与妹子说了,就把银子交与妹子收好。

王世充急忙拿了粘竿鸟笼,先入城中,四下里各处抓寻,并不见有,只得回至家中。歇了一夜,到次日,绝早吃了饭,却不往城内去寻,径在城外各乡抓寻。寻至日中时分,尚无形影。世充走得脚乏,在一所树林里坐着少歇。只见一个小厮挑着一担水走来,口内说道:"皇帝无道,生出的鸟儿来,都是奇的,嘁嘁喳喳会说话,又会骂人。"世充闻言,忙立起身来,叫一声:"小哥,你说这鸟儿在那一个所在?"小厮道:"有前边小河头转弯一座坟头松树上。这鸟儿脚下还有一段金丝索子挂在树枝上,故此飞不动,引得这些小孩子团团围住,抛上石块打它,它在树上骂人哩!"

王世充听了大喜,就飞跑到坟前松树边来,果有许多小厮们在那里哄闹。王世充见了,喝开众小厮,仰头一看,只见那鹦鹉在树上叫道:"二员外,你来了么?我的脚被树枝兜住了,飞不回去。二员外,你可上树来替我解一解,带我回去;若下遭二员外来,问我员外借银子,我叫员外多与你些便了。"世充听了,心花大开,即忙放下粘竿,爬上树去,把金索儿解了。那鹦鹉得放,就跳在王世充头上。王世充又一步步爬下树来,到了地下,就向头上取下鹦鹉,放在笼内。忙取了粘竿,提了竹笼,径往城内大路而来。

那大路上有一庄院,内有一个员外,姓水名要,同了几个闲汉在庄前乘凉。王世充正忙忙走过,水要看见笼内鹦鹉嘁嘁喳喳会说话,又认得王世充,就叫一声:"王兄弟,哪里来?我要问你。"王世充忙上前行礼,叫声:"员外,唤我何事?"水要道:"将笼内的鹦鹉取出来我看看。"世充依言,即取出来。水要接过一看道:"这是王明德家的,想是飞了出来,我与你二百银子,你卖与我罢!"世充道:"这是哥哥家的,系我伯母最喜之物,特地托了我来抓寻,却是不卖的。"那鹦鹉闻言,也叫道:"二员外,我是要回去的,断断卖我不得的。"水要又说道:"我与你五百两银子,卖与我罢!"世充道:"就与我五千两五万两,总是不卖的。"水要变脸道:"你果然不卖?不卖拿了去!"说罢,就两手扯鹦鹉,两只脚一撕,撕做两半抛在地下,回身走了进去。

王世充敢怒而不敢言，把撕开的鹦鹉抛在笼内，提了笼入城来，到了明德家中。王明德走出来，叫一声："兄弟，鹦鹉可曾寻来么?"世充把笼一抛，明德一看，却是撕开的了，遂惊问其故，世充把水要之事，细细说了一遍。二人讲论之间，不料有个春梅丫头，听见此言，飞跑入房内，说道："太太，不好了！那鹦鹉被人撕成两半而死。"太太正在吃药，一闻此言，一口药一噎，老人家一口气透不转，就呜呼哀哉了。丫鬟飞报出来，明德放声大哭。抛了世充，哭入内房去了。

世充呆了半刻，哪知一点无明火，高有三千余丈，按捺不住。心中一想，一口气奔出城来，回到家中，妹子一见，便问："哥哥，鹦鹉可有着落么?"世充道："你不要管，快把银子拿出来与我。"妹子连忙取出，世充接了银子，拿了一只叉袋，奔到一家做粉食点心的铺店内来，称了三、四钱银子，要他做几百个馒首，告诉晚上来拿。店家答应，世充回身就走。又到一个打腰刀铺内来，叫声："店家，可有好刀么?"店主人忙道："有。"取出看过几种，多平常不中，又换了几种来看，世充只是摇头，店主人道："未知官人要怎么样一个好法的?"世充道："我要削铁如泥，破衣如水的。"店主人道："这样宝刀，小店中哪里得有?"只见店主人的妻子立在腰门口，接应道："呀！我对你说，前年那个道人寄在这里的这口刀，倒是宝刀，寄在此许久，不见他来讨，夜夜响动，倒不如卖了它罢。"主人道："我倒忘了。"忙进内去取出来。世充接过一看，果然是把宝刀。便问道："要多少银子?"主人道："只要三两。"世充秤了三两银子与他，把刀塞在腰内衣底下，别了店主人。等到晚上，便往粉食铺内取了一叉袋馒首。

走到水家庄边，等至一更时分，脱了鞋袜，一手拿了叉袋，一手扯起裤子，下水走过来。原来那水家庄面前有条小河，日间有条桥通人行走，夜来抽断，所以世充要下水过来。只见庄河边十多只猛犬，听见水响，都吠起来，世充忙向叉袋内取出馒首，一齐抛去，众犬吃着馒首，就不吠了。世充放胆走到庄门，把门敲了几下，只听管家庄门的老儿在床上问道："是哪个敲门?"世充道："是我。"老儿道："你敢是张小三哥讨帐回来么？我只道你今夜不回来了，故把门儿重重关好。如今待我走起来便了。"说罢，即便披衣起来，开得庄门，被世充兜胸一把，提翻在地。那老儿好不着急，欲待要喊叫，却见他手中执着明晃晃的钢刀，只得哀求道："好汉饶命！"世充喝道："你快快说明员外在哪里，我便饶你。"老儿道："员外在东厅吃酒。"世充道："卖主求生，怎饶得你？"刀斩老儿，把尸首丢去一边。关上庄门，却把庄里边的门开了，见前面二门关着，世充便爬上墙，走到瓦上，望下一跳，即跳进里边地下。又把石门开了，走到厅侧边，一扇门儿还未关，世充走入。只见远远有两个人，提着一盏灯走出来。世充闪在一边，让他走过了，却赶上去，啪嚓一刀，杀了一个，那一个只道他绊了一跤，连忙来扶起，被世充一把拿住，却待要叫，世充喝道："你敢叫！叫就杀你！你只要领我到东厅去见了员外，我就饶你。"那人却要性命，只得领世充往东厅来。

那水要却吃得大醉，与妻妾三四个在那里呼三喝四。世充赶入，七八刀光景，就杀了七八个家人，吓得那些丫鬟妇女，犹如惊呆兔子一般。水要看见世充来得凶恶，却待要走，早被世充赶上前，一刀杀了，又把这几个妻妾婢女尽行杀完。走出东厅，到四下里房中抓寻，有睡在床上，有不曾睡着的，杀个干干净净。又复到东厅，把酒肴吃一个饱，又把金银器物掳在怀内。水要一家良贱共计五十三口，尽被杀死。世充在死尸身上割下一块衣服，蘸了血，在粉壁上题下四句道：

王法无私人自招，世人何苦逞英豪；
充开肺腑心明白，杀却狂徒是水要。

每句头上藏下一字道："王世充杀。"

世充杀得爽快，题明诗句，把血衣抹了刀，开了庄门，出了庄，取了叉袋，把怀中金银宝物装了，走过河来，抹了脚，穿了鞋袜，奔回家来，已是五更时分。妹子不见兄回，停灯坐等，听得敲门，忙问："哪个？"世充道："是我。"妹子听见哥哥，连忙开了门，却见世充身上衣服都是鲜血，吃了一惊。世充脱去血衣，穿了干净衣服，叫妹子："随我来。"妹子问道："到哪里去？"世充道："你随我来就是了，问甚么？"世充扶妹子出了门，走入城来。却也城门已开，来到明德门首，正值这些人忙忙碌碌，出出进进。世充同妹子进内，见了明德，细言前事。

明德大惊，叫声："兄弟，此时不走，等待何时？可将妹子交与我，你快快走罢！"即取银子一百，付与世充。世充拜谢，飞奔出城，径往扬州一带地方逃去。此言慢表。

且说府尹闻报水家庄上杀死多人，即忙吩咐备下棺木，亲来收尸。见了壁上血诗四句，知是王世充杀的，差人忙去捉拿，方知早已走了。有人出首道："必在王明德家内。明德是他哥，提他来问，就知端的。"府尹忙把明德一家老幼拷打，不招，监禁在狱。单讲王世充逃至扬州，走入段家饭店，那店主把世充一看，口称奇怪。正是：

魔君降世兴王霸，搅得隋家帝业亡。

毕竟店主人说出什么奇怪，且看下回分解。

第三十三回　现琼花指示兴亡　上扬州商议开河

诗曰：

琼花观里现神仙，早识隋炀兴废年；
富贵荣华如一梦，唐家霸业起群贤。

当下店主人便说："足下莫非姓王么？"世充道："正是。"又问道："大号莫非世充么？"世充道："足下为何知道小可贱名？"那主人忙请入内，纳头便拜道："主公请上，臣段达见驾，愿主公千岁！"世充道："足下敢是疯颠的么？"段达道："臣家下昨日有个神仙到来，叫做铁冠道人，能知过去未来，他说：'明日巳牌时候，有个真命天子，姓王名世充，逃难到此，你可留在家中，到明年，我来助他洛阳起兵。'吩咐了，如飞而去，所以臣知道。"世充道："原来如此。若果有这一日，足下就是大大元勋矣！"段达谢恩，摆酒接风，收拾一间洁净房子，与世充安歇。世充把叉袋内金银之物，安顿好了，日日与段达讲论兵法。

一日，段达出门去了，世充在厅上闲坐，只见店外走进一个人来，叫做吴天话，领着两个小厮，都只得十四五岁。他日日领这两个小厮，各处店内走动，若有客人好男风的，一见了他，就上当了。当下走进来，世充一见这两个标致小伙儿，魂灵已被他摄去了。吴天话见有客，就走过来道："在下吴天话，见客官清闲无兴，故带这两个龙阳，在此与客官消遣，不知客官使得否？"世充听说，正谓喜从天降，连声道："好个妙人。"吴天话道："既如此，留在此奉陪，小可明日再来领教。"就对那两个小伙儿吩咐道："你二人可小心奉侍这位客官，我明日来领你们。"吴天话说罢，就去了。

世充领他到房中，吩咐店家取酒来。两个小伙子甚意做作，你一杯我一盏，弄得世充醉喜如狂。饮至黄昏人静，拴上房门，扯他两个舞弄起来。这两个是久惯脚色，迎凑如法，直把一个王世充颠翻得魂飞天外。王世充把两个换来换去，尽乐不休，不觉其精大泄，身体苏麻,沉沉熟睡了。这两个迷人的精怪,连忙爬起身来,穿好了衣服,偷取了叉袋中的金银物件,开了房门,到外边,又开了店门,早有吴天话在外接应,一溜烟不知去向了。

这店中人早上起来,见店门开着,查问何人。王世充惊醒,看这两个小厮,一个也不见了。起来寻了叉袋,其金银物件一齐不见了。忙令人各处追寻,哪里有一些影响,十分懊悔。段达回来,世充说知其事,段达道:"他是游方光棍,以此骗人为生活,主公却也不尊重,只丢开了罢。"世充自此,在店空闲不过,与段达说道:"我要到羊离观前租一间店房,画些山水,消遣过日。"段达应允,果然与他租了一间家房,世充在店画些人物、山水、花草之类,生意倒也热闹。有时到观中随喜,点些香烛。

一日,王世充睡去,只见羊离观中的土地叫道:"昴日星官,你时运将至。上帝有旨,观内现发一朵异花,待引昏君出京,以激反天下。你可将花样画成一图,到长安献画,那时就好举义了。"世充便问:"这朵异花叫何名色?"土地道:"名为琼花。"世充还要再问,却被土地一推醒来,已打三鼓,只见门外犹如火起一般通红。世充连忙开门一看,只见空中响亮,有火球滚下,落在羊离观内。前后左右人家一齐惊起,都开门观望。那观中庙祝,开出观门,大叫奇异。众人进内一看,只见天井中一枝奇花,高有一丈,顶上一朵五色鲜花,如一只小缸样大,上有一十八片大叶,下有六十四片小叶,香闻数十里远近。轰动居民,各乡各村,男男女女,若老若幼,尽来看花。世充一看,忙回店中,先画出样图一幅,地方官杨时,同大小官员都来看过,不知此花何名,出示禁止行人杂踏,即修本进京不表。

再说王世充细细描画了一幅,宛然一样,将来裱好,别了段达,径往长安而来。走到一条官塘上,只见对面来了一个老人家,他背上也背一轴画儿,把世充一撞,连画儿也撞下了。再把脚一踏,却踏坏了。王世充道:"你这老头子,一些世务也不知,我这一幅画有一宗大富贵在上,你撞我的,又脚踹坏了,却是为何?"老人道:"你这画虽好,却不香的,怎能取得富贵?我这幅琼花图与真的一般,香艳异常。"世充道:"既是香的,借与我一看。"老人取下来,世充展开一看,果然香气与真的一般无二。世充道:“但是你老人家要他没用,不如送与我罢。”老人笑道:“我虽然没用,却有一个大富贵在上边;你若要这幅画,必须拜我为父,我便与了你。”世充想道:“这个老人倒也可恶,要我拜他为父,我怎么使得!嗄!也罢,总是这里没有人看见,没奈何拜他几拜,得了他的画儿,以后不要睬他就是了。”即拜下去道:“爹爹,儿子见礼。”那个老人道:“没相干,还要你盟个誓儿。”世充随口道:“我若负了你,房子内生一座山,山中跳出一个白虎来,拿了我去。”老人道:“应验!应验!”原来,后来五龙大会家锁山,被白虎星罗成所擒。此言慢表。当下世充得了画,别了老人。径往长安而来。

却说隋炀帝,一日退朝进宫,夜中梦见妹子琼花公主,走到面前大骂:“无道昏君,还我命来!”炀帝大怒,拔剑赶来,直追到御花园内一块土中,钻下去了。内中就现出一朵花来,枝根高有一丈,顶上一朵五色鲜花,上有一十八片大叶,下有六十四片小叶,异香无比。又见花顶上立着一个人,天庭开阔,地角方圆,面如傅粉,唇若涂朱,头戴冲天冠,身穿杏黄袍,两手托着日月。炀帝喝问:“何人?”只见那一十八片大叶,化为一十八路反王;六十四片小叶,化为六十四处烟尘,一齐杀来。炀帝大惊。又见花上跳下两个人来:一个头戴双凤闹珠金盔,身穿龙鳞金甲,外罩一件杏黄袍,坐下一匹黄骠马,黄脸金睛,五绺长髯,手执两条金装锏;一个头戴双凤宾铁盔,身披一幅鱼鳞宾铁铠,穿一件皂蟒袍,海下一部虎髯,使一条竹节钢鞭,坐下一匹乌骓马。但见那个用金锏的,打死了一十八路反王;那个用钢鞭的,剿除了六十四处烟尘。炀帝大喜,忙问:“二位何人,来保朕躬?”那黑面的大叫一声:“昏君,谁来保你!”照头一鞭打将过来。炀帝大叫一声,忽然惊醒,却是南柯一梦。萧妃忙问:“陛下何事大叫?”炀帝细言梦中之事,萧妃道:“明日问大臣便知端的。”

至五更二点,净鞭三响,驾坐早朝,文武百官,朝贺已毕。炀帝开言,把梦中之事,细说了一遍。班中闪出一员大臣宇文化及,当殿奏道:“陛下梦见异花,必有其种。待臣唤名手画工,画出形象,张挂朝门,若有人识得此花者,官封太守,不知圣意如何?”炀帝大喜道:“卿可速与朕描画张挂。”宇文化及即刻领旨退班,炀帝回宫不表。

且说化及回到衙门，忙唤名手画工，将炀帝梦中所言花样细细描画出来，令长班张挂午门。百姓观看，并无一个识得。

再说那王世充来到长安，闻得午门挂榜，世充上前一看，竟与画上无二，心中大喜道："老人之言应矣！"忙向前来揭了榜文。两旁太监见了，连忙扯住，领入朝门。太监进内殿奏道："奴才在午门外看守榜文，有一个能识此花，前来揭榜，现在外面候旨。"炀帝道："宣进来！"太监领旨出来，带了王世充，到内殿奏道："识花人带到。"王世充拜伏在地道："子民王世充见驾，愿吾皇万岁万岁万万岁！"炀帝道："你可知道此花何名，出在那一处？细细奏来。"王世充奏道："此花名为琼花，子民在扬州羊离观内，八月十五曾见此花。子民已描一幅在此，与那榜上的一般无二，请万岁龙目一观，便知端的。"炀帝传旨："取上来！"内侍将画取上，放在龙案上。打开一看，果然与梦中所见的一样。炀帝大喜道："画上的如此好，想活的必定更妙。"即封王世充为琼花太守。带领兵马一千到扬州，吩咐羊离观必为琼花观，以备驾临观玩。世充又奏道："子民有罪，不敢前往。"炀帝道："卿有何罪？"世充把明德在监之事，细说一遍。炀帝道："赦卿无罪。"一面行赦书到洛阳，放出明德；一面领旨出朝，带领兵马一千，离了长安，望扬州进发。路逢段达、铁冠道人，世充下马相见。段达道："隋朝气数不久，我与军师到洛阳等候主公便了。"世充大喜，谢别二人，上马下扬州不表。

再说炀帝，次日又得了扬州的表章，炀帝大喜，与宇文化及计议上扬州。化及奏道："主公，长安到江都是旱路，劳于行动。陛下可传旨意，令魏国公李密作督工官，将军麻叔谋作开河总管，令狐达副之，大发民夫八十万，自龙池起工，凡是长平关隘、山岭，必由去路，开深开阔，以便金鼎龙舟行走。那李渊这厮，乘机可限他三个月在太原府造一所晋阳宫，俱用金玉铺陈，以候圣驾。倘若不遵，只说他慢君，罪该斩首；他若造了，可说他私造王宫，也把他杀了，除此后患。"炀帝大喜。旨意一下，部文到省城，转到府，又到县。这些胥吏哪有不爱钱的？乡村城市，挨家敛点。那有钱的，即有十余丁在家，与他隐瞒；若是无钱的，即单丁女户，也要他出来。一到河边，哪里顾他寒冷,这样隆冬天气,要他赤身露体。麻叔谋法令又严,不管人死活,动不动就打,后生的还好,那老年的更苦,在路不知死了多少。先时这个水是星宿海,自黄河经山陕、沙南,由兖州入海。后边屡屡冲入泗州,合淮水入海。江都有一条邗沟,上接着高邮、邵白、定应各河,至清江浦,与淮水相连。这个河好不难开。昏君无道,劳民伤财,民不堪其苦。

再说南阳朱粲,当年救了伍云召,收留公子在家。公子年近六岁,朱粲与兄朱然,爱恤如珍。只因南阳向遭兵火,年荒粟贵,膳养公子不活,又闻恩公在河北李子通寿州王帐下为元帅,便与哥哥朱然商议,欲同公子前往河北相投。朱然道:"如此更妙。"

朱粲同公子辞了朱然,离了南阳,来到三叉路凉亭里面,让公子坐在石上,把砂罐将来放下,取出米来,拾些乱柴,打出火来,要煮饭吃。不料前面督工官李密,带同家将二十名,微服绕岸而来,远远望到凉亭边,有一只黑虎踞住在此。李密大惊,忙左手扳弓,右手搭箭,大叫一声:"畜生,看箭!"朱粲正在烧火,听得喝声,大吃一惊,立起来,不觉一箭正中在砂罐上,当的一声,把砂罐射碎了,饭流满地。朱粲抬头一看,见马上坐着一个官长,后面随着二十多人。只得走上前来,叫一声:"老爷,为何把俺家伙射碎了?"李密一见,说道:"好汉,孤家是魏国公李密。奉旨开河,在此经守,上岸闲行,偶见亭中一只黑虎,故尔射他一箭,不道是好汉在那里。啊,好汉,孤家计议开河善策,意欲请好汉为主管,不知意下如何?"朱粲闻言大喜,道:"承千岁爷作养小人,焉敢推托?但是有公子在此,不敢从命。"李密道:"这公子是何人之子?"朱粲道:"就是南阳侯伍云召之子。"遂将付托前事,细说一遍。李密道:"原来是忠臣之子,可见你一片忠心也!但不知你家中还有何人?"朱粲道:"有一个哥哥朱然,佣工度日,养不活公子,故此要往河北寻取他父亲送还。"李密道:"这也不难,你且请过公子来。"

朱粲领了公子来到面前,李密一看,大喜道:"此子相貌不凡,真将相之种也。"公子见了李密,深深一揖。李密说:"罢了。"吩咐家将取出二百两银子,付与朱粲道:"你且领公子去交与哥哥,抚养长大,好与祖父报仇。你就来同孤家前去。倘有出头之日,也未可知。”朱粲道:“小人去,多只二天,就来与千岁爷前途相会。”李密道:“既如此,我去前途等你,不可失信。”朱粲道:“小人怎敢。”说罢即领了公子,带了银子,辞了李密,两下分手。李密回到船中。

朱粲同公子到家中,朱然看见问道:“兄弟,你怎么不多两日就回来了?”朱粲把遇着李密之事,说了一遍,忙把银子交与哥哥,便说:“哥哥,你把银子收了,好好抚养公子。”朱然接了,说:“这个自然,贤弟你自放心前去。”朱粲别了哥哥,赶向前途,非止一日,会着李密。李密大喜,即封他为总管。此话不表。

再说那督开河总管麻叔谋,相看地势,一路开河,那管什么住房坟茔,一直开去。这麻叔谋却又十分凶恶,好吃小儿肉,使人四下里偷来,烹煮来吃。后来左近小儿多吃尽了,却又各处去寻,或几十里几百里去偷,百姓被他扰害不堪。如今连极远处的小儿也都吃尽了,无处可偷,却生出一个计策来:把文书行到各州县去,拘唤开河人伕,一州并要解送三岁以下、周岁以上小儿一百个。这文行到相州,相州刺史高谈圣看了,大怒道:“既拘人伕开河,又要拘一百小儿何用?打这差官下去。”那差官被打,受刑不起,招出这个缘由。高谈圣大怒,立刻把差官打死了。麻叔谋闻报大怒,即刻点兵亲来,要杀高谈圣。惊动相州,众百姓不服,大叫道:“可怜这样一个清官,难道凭奸贼拿去杀了不成?”众人沸沸扬扬,惊动了一个英雄。你道是谁?就是金顶太行山雄阔海。这日同了众喽罗到相州打听消息,闻得众人一路传言,即大怒道:“原来麻叔谋这狗头又在这里作恶,你众百姓相随俺来!”众人见他英雄,谁敢不来。阔海上马,同众百姓杀出城来。遇着麻叔谋提兵前来,阔海上前大叫道:“麻叔谋这狗官,快快下马受缚,免得爷爷动手。”叔谋大怒,也不回言,把手中刀劈面砍来。阔海把双斧当唧一架,叔谋两手苏麻。把刀又一砍,他哪里是阔海对手,阔海把斧分开刀,扯住刀杆,一声响,捻做两段,噔的一脚,把马头几乎踢下。正是:

　　奸雄作恶难逃罪,天遣英雄施报来。

毕竟叔谋死活如何,且看下回分解。

第三十四回　袁天罡驱神造殿　李元霸力赛成都

诗曰：

琼花献异识兴衰，炀帝昏迷不醒哉；

耸听奸谋来煽惑，劳民残虐又伤财。

当下阔海把马头几乎踢下，叔谋倒撞下来，被雄阔海提过，将双腿一扯，只听喀哧一声响，撕做两块。赶上前把双斧乱砍，众隋兵惊恐，齐声愿降。阔海方才住手受降，领了众兵民入城来。进府堂，不由高谈圣不从，立他为王。高谈圣大惊道："你众百姓害得本府好苦也，这反叛之名，其罪不小，本府岂忍所为?"阔海道："老爷休得推辞，如不依言，吃我二斧。"高谈圣势不由己，只得依从。下令府堂改为王府，自称"白御王"，封雄阔海为兵马大元帅。阔海差喽罗往金顶太行山，装载粮草，并大小喽罗都到相州。下令攻打该管州郡，俱皆望风而降，兵势大振。按下不表。

再说败兵飞报李密，李密大惊，一面上本启奏，一面差帐下总管朱粲前去兼督开河。一路开去，相近曹州。曹州城外三十里，有一村庄，名曰宋义村。村中有一员外，家私巨万，庄田数千，佣工之人，不计其数。此人姓孟，双名海公，就是尚义明的母舅。前年潼关救了秦叔宝，投奔在母舅处。那孟海公的家中，又有一个先生，名唤白顺，足智多谋，才兼文武，能识阴阳。闻得开河已到曹州，忙与尚义明商议道："你母舅坟穴正在开河之所，如何是好?"尚义明道："便怎么处?"白顺道："不妨，我有个计较，与你母舅商量。"尚义明闻言，忙见母舅孟海公。那孟海公有三个妻房，十分利害。第一个叫做马赛飞，善用二十四把柳叶飞刀，如有神助；第二个叫黑夫人；第三个叫白夫人。都是有手段，武艺高强的。这孟海公心怀不轨，私置盔甲刀枪，畜养无法之人。坟前一所龙穴，应着孟海公为王。

当下孟海公同外甥义明出来，与白顺正在商议，忽闻庄家报进来道:“开河相近坟边了。”海公道:“如何是好?”白顺道:“主公放心,在下有一个故人,姓朱名粲,现在督工官李密处作总管。主公可取白银三千两,待我悄悄去见他,叫他留住坟前便了。”孟海公依言,取了三千两白银,叫人挑了,同白顺径往朱粲营中。

来到了营门,军士报入帐中。朱粲即忙出迎,接入营中,施礼坐下。朱粲问道:“故人一向在何处,今日甚风吹得到此?”白顺道:“自从与将军别后,在此投奔一个富户孟海公家为幕宾,主人十分相爱。今闻开河与他坟上相近,故此特令小弟具白银三千两,乞将军留此一坟,足感盛情,不知允否?”朱粲道:“故人来说,焉有不依?但此一偏,又费许多工夫,然而不敢不听。也罢,留住他坟,贴旁边开去便了。”白顺连忙作谢,令人取过银两,送与朱粲。朱粲哪里肯受,白顺必定要他收,推辞不过,只得收了。白顺作别朱粲,回复了孟海公。孟海公大喜。

不多几日,开到坟边,贴坟开去,不料一斧正斩了坟底下的一只龙爪,那龙疼痛,跳将起来一顿,把孟海公坟直冲做粉碎。水势涨起来,冲死了三、四十万人,倒省了几十万工夫,直冲到扬州,竟成了一条大河。孟海公大怒,骂道:“朱粲这狗头,焉敢受我银子,又掘我坟茔?”点齐家丁,与三个妻子、外甥尚义明,反入曹州,杀了守将,自称宋义王,尚义明为元帅,白顺为军师。这边龙去成河,也不消再费民力去开了,李密自去复旨。自此天下反者甚多,且将最利害者说明:

瓦岗程咬金,称混世魔王。

济宁王溥,称知世王。

相州高谈圣,称白御王。

济南唐璧,称济南王。

苏州沈法兴,称上梁王。

江陵萧铣,称大梁王。

山后刘武周,称定阳王。

湖广雷大鹏,称楚王。

河北李子通,称寿州王。

鲁州徐元朗,称净秦王。

楚州高士达，称楚越王。
明州张称金，称齐王。
沙陀罗子突厥，称老英王。
武林李执，称净梁王。
幽州铁木耳，称北汉王。
夏州高士远，称夏明王。
陈州吴可宣，称勇南王。
曹州孟海公，称宋义王。

共有十八路反王。还有六十四处烟尘，为首的是林澹然，徒弟杜武威、张善相、薛举众英雄，其余的按下慢表。

且说唐公李渊，得旨着他三个月，要造一所晋阳宫殿，却如何造得及？心中不悦，与三个儿子计议。此时唐公有四子，长子建成；次子世民；三子元吉；四子元霸。这李元霸年方十二岁，生得尖嘴缩腮，面如病鬼，骨瘦如柴，却力大无穷，两臂有四象不过之勇，捻铁如泥，胜过汉时项羽。一餐斗米，食肉十斤。用两柄铁锤，四百斤一个，两柄共有八百斤。坐一骑万里云，天下无敌，大隋算第一条好汉。他却与世民并姊夫柴绍说得来，见了建成、元吉，却便要打。奴仆丫鬟们，若一恼了他，只消把一个指头略按一按，便脱一块皮，把手在头上打一下，便把头都打下来。因此唐公恼他，用几十根木头做了栅子，关他在后花园内，每日三餐送与他吃，他气闷起来，就把铁锤抛起接着玩耍。他因父命拘住在内，故此不敢违逆，甘心受拘。

当下唐公与柴绍商量道："这旨意一定是宇文化及的奸计，造不成只说违旨，要杀；造成了，就说私造王殿，也要杀。我想起来总是一个死，不如不造，大家落得快活。"遂吩咐摆酒厅堂，一同畅饮。老夫人在席上一看，不觉泪下。李渊道："母亲因何悲伤？"太夫人道："只因一家儿要死，所以共饮。三个孙儿，一个孙婿，都在面前，那个在后花园的，难道不是你养的儿子么？到了今日，还不放他出来吃杯酒！"唐公道："母亲，孩儿只因他生事，所以拘禁在后花园，既母亲垂念，待孩儿叫家将开了木栅，放他出来。"

家将奉命，即到后花园，开了木栅。李元霸即摇摇摆摆出来，来到厅上，先深深作了祖母太夫人的揖，接着朝着唐公叫声："父亲！"也是一揖，朝着窦氏夫人叫声："母亲！"也是一个揖，朝姊姊、姊夫、世民三个揖，却不理建成、元吉，径往柴绍肩下坐下；一连吃了几杯酒，大叫："小杯吃不来，拿过金斗来。"这太太平日最喜元霸，所以打一个金斗与他吃酒。当下大斗的酒，大块的肉，吃个不了。唐公看了，又好笑，又好恼。心中想道："这畜生迟两日也要做刀头鬼，他却哪里知道，还大呼小喊，只顾拿酒来，拿肉来。"世民却看不过，叫声："兄弟，就将些罢，爹爹不快活在这里。"元霸道："哥哥，爹爹为什么不快活？"世民道："你还不知道么？因炀帝旨意下来，要爹爹一百日内，造一所晋阳宫殿。那一百日内岂造得成宫殿？爹爹因此待死，故此叫你出来吃杯酒。"元霸道："啊唷唷，啊唷唷，了不得！"叫声："爹爹，不必心焦，那个狗皇帝到来，待我一锤就撒开了，爹爹，你做了皇帝就是了。"唐公大喝一声："唗！小畜生，住口！"元霸道："你不做，我会做的。"

正言之间，家将报进来道："县尉李淳风老爷要见。"唐公闻言，忙出外厅。李淳风早在厅上施礼，分宾主坐定。李淳风道："闻圣上有旨下来，要千岁三个月内造一所晋阳宫，为何千岁不造？"唐公听说，长叹一声，叫声："贤尉，我想造也是死，不造也是死，所以不造。"李淳风道："千岁，不妨，臣算就阴阳，大事无妨，只等府尹袁天罡一来，臣二人自有计议，造成此殿。"忽报袁天罡老爷到了。唐公与淳风一同接进，见礼已毕，袁天罡道："所言晋阳宫殿，臣特来与千岁爷说知，今日与李淳风同去城东，已买下了一块二里路的土地，只消今日一夜，明朝千岁来看晋阳宫殿便了。"唐公十分惊异，二人辞去。到晚二人到空地，披发仗剑，踏天罡，步斗枢，到了六丁六甲天神天将，竖柱上梁，搬木运石，未到天明，数十进晋阳宫殿，早已完成了。唐公到来一看，把舌头伸了出去，缩不进去。忙谢二人。按下不表。

再说炀帝，留次子代王看守长安，封无敌将军宇文成都为保驾将军，带了萧妃与三宫六院，宫娥彩女，并宇文化及等一半近臣起驾，一路望太原而来。唐公率文武百官迎入太原。炀帝进了晋阳宫，见造得十分齐整，心中欢喜，道："难得李渊用心如此。"宇文化及在侧边道:“主公所怀之事,难道就忘了?”炀帝点头,下旨道:“李渊私造王殿,心谋不轨,绑去斩了。”唐公大叫道:“臣奉旨起造,焉敢有私!”炀帝大喝道:“唗!既是无私,焉有不及二月造得这样一所王宫的?一定是先造下的!”竟把唐公绑了出来。此时,世民是跟随父亲来的,在午门外见父亲被绑了出来,忙去击鼓。太监们一把拿上朝来,炀帝一见竟如昔日梦中所见的这人一个样,前发齐眉,后发双髻,唇红齿白,两耳垂肩,双手过膝。炀帝忙问:“何人?”世民道:“臣李渊次子世民见驾,愿我王万岁万岁万万岁!”炀帝道:“你原来是李渊之子,到此何干?”世民道:“臣特来与父辨冤。”炀帝道:“汝父私造王殿,有何可辨?”世民道:“臣父是奉旨造的,圣上若说没有这样快,新旧可辨的。万岁可下旨起出铁钉来看,若是旧的,铁脚一定俱锈;若是新的,自然不锈。”炀帝即下旨出钉来,一看,果是新的。炀帝大喜道:“好一个王侄!”下旨赦转李渊。

李渊进朝谢恩,炀帝问道:“王兄可有几位令郎?”唐公道:“臣有四子,长子建成,这个就是次子世民,三子元吉,四子元霸。”炀帝看了世民,心中欢喜得紧,叫一声:“王兄传孤家旨,去召了三位王侄来。”唐公领旨,召到三人,俯伏在地。炀帝道:“平身。”四子分立两旁,炀帝一看,建成、元吉那里比得世民来。一看看到元霸,竟如雷公一般,炀帝又惊又笑,叫一声:“王兄,朕欲将卿子世民承继为子,不知意下若何?”唐公连忙谢恩。世民拜了炀帝,炀帝即封世民为秦王,下旨令太监引入后宫去拜母亲。世民见了萧妃,俯伏道:“臣儿世民朝见母后,愿母后千岁千岁千千岁!”萧妃叫声:“王儿起来。”忙吩咐后宫赐宴。不表。

且说外面炀帝与唐公说说讲讲,唐公便道:“如今盗贼生发,圣上驾幸扬州,不知有何人保驾?”炀帝道:“有无敌大将军宇文成都保驾。”李元霸立在侧边,听说无敌大将军,不觉哈哈的笑起来。唐公道:“畜生,圣上跟前,为何如此?”李元霸道:“那一个是无敌的将军?请出来与我看看。”只见班中闪出宇文成都来,说道:“在下便是。”元霸一看,又笑道:“这样的叫无敌将军,只好在长安叫;若说我这里太原,尽多不过。”宇文成都大怒道:“你这里既多,可寻一个来与我交交手看。”元霸道：“不必去寻，就是眼面前也有个把儿在这里。”宇文成都道：“是哪一个？”李元霸道：“就是我。”宇文成都好笑又好恼，说道：“你这样的孩子，只消爷爷一个指头，也就断送了。”炀帝道：“既出大言，必有本事。二位爱卿可便交交手看。”宇文成都便道：“你与我如何样交手？”元霸道：“你这样的东西，与你交甚手，只消爷爷一条臂膊挺直在此，你若推得动，扳得下，就算你做无敌将军。”说毕，即挺直臂膊过来。那成都无明火高有三千余丈，按捺不住，赶上来一把扯住元霸的手，叫声：“过来罢！”啊唷，好似蜻蜓摇石柱，动也不动。那成都又用尽平生之力一扯，只挣得浑身上下骨头嘎嘎的响，莫想动得他分毫。李元霸把手一扫，成都噗通一声，仰后一跤。宇文成都爬起来道：“你这是练就的，不算好汉。我与你去午门外，那个金狮子约有三千斤重，若举得起，便算好汉。”李元霸道：“也罢，你出去，先举进来看。”

宇文成都出朝门，到午门，把袍袖卷起，一手托着腰，一手抵住狮脚，扯过身边，将身一低，把狮子即举起来，一步步走入午门，来到殿上放下。喝声道：“你可举得动么？”李元霸笑一笑道：“你依先拿了出去，我好来举。”那成都照前举起，拿了出去，放在原处，复身进来道：“你可去举来。”李元霸下殿，出了午门，把袍袖卷起，将左手把左边的狮子提过来，右手把右边的狮子扯过去，拿住脚一齐举起，摇摇摆摆走入午门。炀帝与众官看了，俱伸伸舌头道：“这也不是个人了，真正是天神了。”当下李元霸举上殿，绕圈走了十多转，立在正中，把两手举上举下十多遍，依先摇摇摆摆走出午门，把左手的狮子放了，将右手的也放好，复身走入午门来。那宇文成都正如石将军卖豆腐，人硬物不硬了，便道：“我不与你赌力，你在家中是练就的，所以如此。明日与你下教场赛兵器比武艺便了。”李元霸道：“说得有理。”当下唐公辞了炀帝，世民自居宫中，只与三子回府。窦夫人听见世民过继炀帝，十分不悦，埋怨了一番。李元霸却收拾盔甲、两柄铁锤与马匹，只等天明下教场。不表。

且说那宇文化及与成都回府计议，暗下差五百名有本事家将，吩咐若明日得胜便罢了，若不胜，你们一齐上来，乱刀砍死他便了。家将们领命，不表。

且说炀帝次日带了文武官员下教场，众将朝见已毕，唐公率领三子见驾。炀帝下旨，令宇文成都与李元霸比武。二人领旨，下了演武厅，到自己队中各自披挂。只见左队旗开处，闪出宇文成都，头戴一顶双凤金盔，身穿一件锁子黄金甲，坐下一匹能行黄花千里马，使一根四百斤重的镏金镋，威风凛凛，立在左边。只见右队旗开处，闪出李元霸，头戴一顶束发乌金冠，两根短翅雉毛，身穿一副冰铁穿成宝甲，坐下一匹追风白点万里龙驹马，手执两柄八百斤重的铁锤，按上界大鹏金翅鸟临凡，立在右边。那宇文成都大喊一声道："李元霸快来纳命！"说声未了，手中举起镏金镋，催马向前，当的一镋盖下来。好利害，恨不得将李元霸一镋打死。那李元霸会者不忙，哪里放他在心上，把锤往上一架，当啷一声，把镏金镋打在一边。宇文成都叫道："这孩子，好家伙！"举起镏金镋又是一镋，元霸把锤一架，将镏金镋几乎打断，震得成都双手流血，回马便走。李元霸叫道："哪里走！"一马赶来，伸手夹背心一把捉过马来。那炀帝见天保将军被擒，怕伤了性命，忙传旨放了。这宇文化及见李元霸骁勇，十分着急，忙问道："圣上有旨，宇文成都要保驾，李公子可放手。"李元霸想道："当年在后花园学武艺的时候，师父曾吩咐，日后遇着使镏金镋的，不可伤他性命。"又听得圣上有旨，只得把宇文成都望空一抛。正是：

强中更有强中手，堪笑奸臣枉称雄。

毕竟宇文成都死活如何，且听下回分解。

第三十五回　众王盟会四明山　三将合战宇文成都

诗曰：

舟行陆地恣荒淫，炀帝悲从乐极生；
若少英雄李元霸，必遭十八反王擒。

当下李元霸将宇文成都望空一抛，就双手一接："啊唷，我的儿，饶你去罢！"往地下一抛，噗的一声，跌得个尿屁直流。那十二英雄、三百家将，见主人被跌，齐举兵器上前，直奔李元霸。李元霸哈哈笑道："替死的来了！"把双锤四下一摆，那十二英雄一锤一个都打死了。三百家将，噗噗噗一个个都打下马来，要想活也不能够了。当下李元霸得胜，把双锤塞在腰间，走上演武厅，下马缴了令旨。炀帝大喜，封为西府赵王，镇守太原。

当下，炀帝摆驾回宫。住了几天，夏国公窦建德奏龙舟造完，前来复旨请万岁驾幸江都。炀帝下旨，把三宫六院俱留住晋阳宫，令李渊同元霸协守太原，东府秦王同往江都。李渊谢恩，退回太原。炀帝、萧后与一些宠妃上头一座龙舟居住；第二座秦王李世民；第三座宇文化及与保驾将军成都；第四座文武百官。龙舟四座，共用八百余人，皆以结彩为袍，又有千艘骑兵，傍两岸而行。炀帝坐的龙舟，挽牵俱用妇女，各穿五色彩衣。炀帝观岸上妇女，各穿五色彩衣，挽牵锦缆，红红绿绿，心中大喜。此话不表。

再说那曹州宋义王孟海公，闻知昏君游幸江都，必打从四明山经过，忙发下一十八道矫诏，差官各处传送，令举兵齐集四明山相会，捉拿昏君。且说那河北寿州王李子通，得了孟海公诏书，忙传伍云召上殿道："孤家正欲兴兵与元帅报仇，不料昏君游幸江都，今有宋义王孟海公矫诏到来，要孤家举兵会集四明山，捉拿昏君，元帅可就此发兵前去。"云召大喜道："多谢主公。"退出朝门，点起雄兵十万，又发书到沱罗寨伍天锡处，令他为先锋官，在前相等，同往四明山去，不表。

且说瓦岗寨混世魔王程咬金，得了这个矫诏，十分大喜，道："孤家正要兴兵杀上长安，捉拿昏君，不想他反自来寻死。"即下旨兴二十万雄兵，命秦叔宝为行军大元帅，裴元庆为先锋，与徐茂公军师并众将起身。又命邱瑞保瓦岗寨。三军浩浩荡荡，往四明山进发。

到了四明山，孟海公早兴十万大兵，尚义明为元帅，倚山下了寨。报混世魔王到了，孟海公即迎接咬金入帐。次后相州白御王高谈圣，领兵十万，以雄阔海为先锋；山东济南王唐璧，领兵十万，以楚德为元帅；济宁知世王王溥，领兵十万，以闹天龙为元帅；苏州上梁王沈法兴，领兵十万，以暴天龙为元帅；湖广楚王雷大鹏，领兵十万，以雷寨秦为元帅；山后定阳王刘武周，领兵十万，以宋金刚为元帅；河北寿州王李子通，领兵十万，以伍云召为元帅，伍天锡为先锋；沙陀罗老英王于突厥，领兵十万，以铁眼龙为元帅；幽州北汉王铁木耳，领兵十万，以葭金纳为元帅；江陵大梁王萧铣，领兵十万，以苏洪为元帅；武林净梁王李执，领兵十万，以何天豹为元帅；明州齐王张称金，领兵十万，以苏定方为元帅；楚州楚越王高士达，领兵十万，以金虎为元帅；陈州勇南王吴可宣，领兵十万，以伍龙为先锋；成都杜武威、张善相、李芙蓉、薛举四个为领袖，带齐六十四处烟尘，总共大兵二十三万，战将一千员，陆续俱到。

孟海公接入帐内见礼，分班坐定。孟海公道："列位王兄在此，孤有一言相告。今昏君诛害忠良，弑父杀兄，欺娘奸嫂，今古罕有。又游幸江都，开河害民，种种罪恶，万姓怨苦。今诸位王兄俱要同心协力，捉拿昏君，众王兄意下如何？"众反王道："孟王兄之言有理。"众皆大悦。班中闪出徐茂公道："今日请先立盟主，调用各路大兵。"众王道："徐先生之言，实为有理。该推程王兄为盟主。"程咬金连声不敢，辞之再三。众王道："程王兄将勇兵强，居上邦，不必过推。"程咬金乃一个武夫，倚着国舅裴元庆骁勇，他竟公然坐了。徐茂公道："那宇文成都勇冠三军，力敌万人，必须立下先锋，然后可擒成都。"众反王道："先生之言有理。"李子通队中闪出元帅伍云召说道："小将愿为先锋。"众王一看，那员将士头戴一顶双凤翅银盔，身穿一领绸龙鳞银甲，面如紫玉，目若明星，三绺长髯，仪表堂堂，立于帐下。寿州王李子通对众反王道："列位王兄，此乃南阳侯伍云召，隋朝右仆射伍建章之子。伊父被昏君斩首，又差宇文成都围困南阳。他杀伤隋朝三十多员上将，内无粮草，外无救兵，杀出重围，相投孤家。他心存报仇之心已久，封为先锋，无有不竭力的。"咬金大喜，与了先锋印。

云召谢过了恩就上马。只见高谈圣队里闪出一员大将，身长一丈，腰大数围，铁面钢须，手执双斧，大叫道："俺情愿同哥哥去。"众反王抬眼一看，原来是雄阔海。高谈圣道："你去须要小心。"阔海应声道："是！"便同云召，回至帐中。天锡接着道："哥哥，先锋印可请得来么？"云召道："先锋印已请下了，有雄兄弟愿同我去。"天锡大喜道："俺三弟兄一同协力，何愁这宇文成都擒他不来？"又问阔海道："兄弟因何在此？"阔海把相州之事，细说了一遍。天锡大喜，三人置酒畅饮，不表。

再说徐茂公吩咐裴元庆，催趱各处粮草，以备应用。

却说靠山王杨林从海外回登州，闻得驾幸江都，吃了一惊。令四家太保守登州，以防海寇，自家星夜赶上龙舟，保驾而行。不一日，到了四明山，探子来报："启万岁爷，不好了！今有一十八家反王，六十四处烟尘，齐集会兵。现有三个先锋，带雄兵百万，在前阻路。"炀帝大惊，忙召宇文化及商议，化及道："有臣儿在此，主上请放心。"炀帝道："卿当小心。"化及退出，唤过成都道："前路反王阻住圣驾，我儿前去退敌，务必小心。"成都道："父亲放心，这些草寇何足惧哉！"即便顶盔贯甲，提镋上马，杀上前去，大喝道："哇！无名草寇，焉敢抗拒圣驾！"众军飞报上山："启千岁爷，宇文成都讨战。"徐茂公吩咐众反王守定营寨，不可妄动，先锋出去会战。

伍云召手执长枪，同雄阔海、伍天锡三人一齐杀下山来。大叫道："奸贼，快快下马受死，免我老爷动手！"宇文成都一看，三人生得凶恶。伍云召是认得的，在南阳会过两阵，独有这二人不曾认得。那宇文成都看罢，大叫道："反贼伍云召，你又来受死么？"云召大怒，喝道："奸贼休得夸口。"自古说，仇人相见，分外眼红。即把枪照宇文成都面门刺来。成都把镋一架，当啷一响，把枪逼开，回手照云召一镋。云召把枪一迎，两将战有十多个回合。天锡也把混金镋照宇文成都劈面打来。宇文成都把镏金镋迎住，又战十多回合。伍氏兄弟到底招架成都不住，雄阔海即便把双斧照宇文成都劈来。宇文成都把镋迎住。二人围住宇文成都厮杀，两路夹攻，云召却跳出圈子外观看。二人与成都战到了二十回合，天锡叫道："哥哥上来！"云召把枪又上来接战。天锡见哥哥上来，他走出圈子外，看二人与成都战。又战了十五个回合，阔海叫道："哥哥上来！"天锡赶上把镋一挡，宇文成都将镋相迎。阔海又走出圈子外来。三人轮流交战一日，从早战起，直至下午。

那杨林却想："宇文化及有不臣之心，仗着儿子宇文成都利害。不如借反贼之手杀了他，以除后患。"只令军士击鼓，却不鸣金。那三人一齐上前大战。宇文成都见三人不退，只得又战了三十回合。三人招架不住。雄阔海看来战不过，大喊一声，先回马就走。云召、天锡见阔海走了，二人便说："宇文成都，今日我们大战一日，不能取胜，放你回去，明日再与你决个雌雄。"说罢，回马就走。宇文成都不舍，在后面追来。

三人败下四明山。宇文成都追至半山，只见上边冲下一员将官，口称："裴元庆在此！"手执两柄银锤，杀下山来。宇文成都迎上去，把镏金镋一挡，裴元庆把双锤一架，叮当一响，宇文成都挡不住，回马便走。裴元庆叫道："奸贼哪里走！"在后面追来。这宇文化及心甚着忙，忙上金顶龙舟启奏道："臣儿从早晨直战到于今，腹中饥饿，力不能胜，望主公开恩。"炀帝大惊，忙传旨鸣金收军。杨林闻旨，长叹一声，只得传令鸣金。宇文成都大败，回到龙舟。裴元庆看天色已晚，也回四明山去了。

成都回到舟中，噗的跌倒，晕死去了。化及哭救醒来，扶入床中将养。次日裴元庆率兵讨战，探子报入龙舟："启奏万岁爷，贼将讨战。"炀帝却问众官："此事如何处置？"化及奏道："臣儿战乏有病，无人退敌，怎生是好？"炀帝吩咐："暂退龙舟三十里。"裴元庆在马上见龙舟已退，只得吩咐三军回兵，听候军师计议便了。

再说炀帝问众官："这些反王，兵马凶勇，如何得退？"闪出夏国公窦建德奏道："要退反王兵马，可速去太原召赵王李元霸到来，此兵自然退矣！"炀帝准奏，忙下一道旨意，差一员将官，连夜兼程飞奔太原而来。不只一日，早到太原。唐公李渊得旨，即忙打发元霸起身，便叫："我儿，你去瓦岗，有一件事吩咐你。"元霸道："爹爹有何吩咐？"唐公想一想道："我若说了，是不忠而为私了。"即对元霸道："不必说，你去罢。"元霸满肚疑心，起身往佛堂中来拜别太太独孤氏。老太太念佛方完，见元霸前来拜别，便问："孙儿何往？"元霸道："孙儿因圣旨相召，说有瓦岗寨为盟主，聚会十八路反王、六十四处烟尘，在四明山劫驾，故召孙儿去破敌。"老太太闻言，便忙说道："你此去四明山，天下人马都凭你打，惟有瓦岗寨程咬金人马，一个也打不得。"元霸道："请问祖母，这个却是为何呢？"老太太道："有一个元帅叫做秦叔宝，却是你我大恩人。"就将临潼关相救之事，说了一遍，又说："若没有他，你也生不出来了。前去不可撞他。"李元霸道："嗄嗄，怪道爹爹欲言不言，原来有这缘故。但不知这姓秦的是怎样一个人？"老太太指画上道："就是他！"元霸一看，只见画着一人，身长一丈，淡黄脸，手执金装锏，三绺长髯。桌上一对蜡竿，一个香炉，牌上写着："恩公秦叔宝长生禄位！"老太太道："孙儿，记着这秦恩公便了。"当下别了老太太，出外拜别了爹爹母亲，同了柴绍，带领四名家将，望四明山而来。

再说徐茂公掐指一算，只叫得声苦。众反王连忙惊问其故，茂公道："今有大鹏金翅鸟降生人世，前来保驾。想我这里几十员有名大将，焉能敌得住他？昏君是断然拿不成了！只好保全自家兵马为上。幸亏得还有一点救星。"便暗暗吩咐王伯当道："你去半路上，如此如此。"

那李元霸却与柴绍并马而行，旁边跟着四名家将。王伯当却远远地大声叫喊，立在那里捣鬼。柴绍听见，抬头一看，认得是王伯当，忙叫元霸："贤弟，你且慢行，待我前去看看。"柴绍说罢，一马上前，叫声："伯当兄，我家四舅来了。你速速前去通知众将，若要保全性命，每人头上插黄旗一面便了。"伯当闻言，回马转身，飞也一般去了。

元霸来到面前，叫声："姊夫，那人做什么的?"柴绍道："想是疯的，见我们来，他却跑了去了。"二人依先行路，柴绍叫声："四舅，我有一句话对你说，那瓦岗寨程咬金的元帅叫做秦叔宝，却是我们的大恩人，你去切不可得罪他。"元霸道："我晓得的，祖母也曾对我说过的。"柴绍道："他虽然力量不如你，他那两根金装锏却会飞的。我知他好朋友最多，你切不可打他的朋友，你若打了他的朋友，便只当打了他一般，他就飞起锏来打你了。"元霸道："姊夫，这个却难依你，我焉知他好朋友是怎么样的。"柴绍道："但凡他的好朋友有认色的，有一面小黄旗插在头上的。"元霸道："姊夫，但有黄旗插在头上的，就是恩公的好朋友了么？如此，我晓得了，见有插黄旗的，不打他便了。"

两下说定，一路早到了金顶龙舟。炀帝听报西府赵王李元霸到了，即传旨宣上龙舟。柴绍与李元霸见了驾，炀帝传旨："明日发兵与反王交战。"

且说四明山徐茂公得了王伯当的回报，连夜点兵下令，吩咐十七家反王的人马，都退在后面，四路八方都布了瓦岗寨人马。众将军头上，每人分插一面小黄旗。分到了裴元庆，他那里肯插，叫声军师："俺裴元庆七岁行兵，到今一十四岁，两柄锤不知打死了多少英雄；莫说李元霸是个人，就是山中猛虎，也要打下他的牙爪。裴元庆是有本事的，包管把这狗头拿来便了。"徐茂公再三劝他，他哪里肯听，自带一支人马，往西山屯扎。这里诸将各插黄旗，依令分头而去。又暗嘱秦琼："此番大战，非你莫能抵挡，不可退避。"叔宝会意而去。

且说李元霸离了金顶龙舟，摆锤纵马往四明山冲来。当头就是秦叔宝，催开黄骠马，手执虎头枪，腰挂金装锏，大喝道："来者莫非赵王李千岁么?"李元霸道："正是，足下可是恩公秦叔宝么?"叔宝道："然也。"元霸道："我认得了。"蹬开马往东而跑，叔宝尾后追随。元霸到东边队里，正要动气，只见张公瑾、史大奈拦住，见他们头上有黄旗，叫声："啊唷！是恩公的朋友。"回转马来。叔宝举枪就刺，元霸叫声："恩公，不须动手。"兜转马往西跑去。早有齐国远、李如圭拦住，却也头上有黄旗。勒马转身，叔宝把枪照面上一刺，元霸叫声："恩公，不必动手。"把锤虚架一架，战几个回合，勒转马望南冲来。王伯当、谢应登当头拦住，也有黄旗的。回马又撞着叔宝，假意迎战，又让他晃了几枪，望着四下里冲来跑去。见这些将士们都是插黄旗的，便张牙舞爪道："这也奇了，为何恩公的朋友这样多？"及回马转来，又被叔宝阻住了。这四明山叔宝与元霸共战有四十个回合，后来天下扬名，到处闻风而惧，却不知这是李元霸卖与他的名望。

当下叔宝只道元霸当真战不过他，心中想道："待我刺死了他便了。"便东拦西阻。直到下午时分，李元霸心中焦躁道："这秦恩公也甚不识时务了！我只管让你，你却只管来阻我去路。"拍马望西而去，叔宝后面追来。元霸见四下无人，叔宝已在面前，并把枪劈面刺来，元霸叫声："恩公，不要来罢！"一柄锤往上略略一架，当的一响，把八十斤虎头枪打脱了，不知去向。正是：

天降大鹏临凡界，要算英雄第一条。

毕竟虎头枪如何着落，且看下回分解。

第三十六回　冰打琼花识天运　剑诛异鬼避凶星

诗曰：

谩道琼花仙卉奇，隋炀淫乐蹈危机；

不知忘国皆因色，萧后风流岂得宜。

当下秦叔宝失去虎头枪，不觉大惊，下马叫道："千岁，恕小将之罪！"元霸也下了马，连忙扶住叔宝，叫道："恩公休得吃惊，承蒙恩公救了我一家性命，生死不忘，岂敢害恩公，恩公快去取枪来。"叔宝应道："是。"走上前数步，方才望见那枪抛去有数十步远，忙去取来，拾在手中犹如弯弓一般。将来递与元霸，元霸接来将手一勒，就直了，倒长了一寸。这虎头枪有了病，后来临阳关与尚师徒交战，几乎伤了性命，亏得金装锏抵住，这是后话。那元霸叫声："恩公上马，追我出去，速回瓦岗寨，不可再出。"叔宝应诺，连忙上马，又追出来，叔宝先回四明山。

元霸冲到西边，当头裴元庆一马迎上来，却没有黄旗的，就要动手打了。元霸把万里云一夹，四百斤重的锤一起，当的一锤打来。裴元庆把锤一架，大叫道："好家伙！"哐的又是一锤，当的一架；哐的又是一锤，当的又是一架。"啊唷，果然好利害！"回马便走。元霸大叫一声："好兄弟，天下没有挡得起我半锤的，你能接连挡我三锤，也算是个好汉，饶你去罢！"一马冲入营来，正撞着伍云召、雄阔海、伍天锡，三个围拢来战元霸。元霸大怒，把手中锤一摆，撞着三般军器，当啷一响，三人虎口震开，大败而走。可怜十八家反王的兵马，遭此一劫，被李元霸的双锤打得尸横遍野，血流成河。

李元霸在二十三万人马之中，左冲右突，如扫灰尘，众反王一个个舍命奔逃。那倒运杨林，他埋伏一支人马在后山，众反王败下来，他却出来截路，刚刚阻住了裴元庆一起人马。那裴元庆受了李元霸这一肚子的气，没处发泄，这杨林不识时务，大叫一声："反贼休走！"

一马上前,拦住裴元庆。元庆大怒道:“老匹夫休得无礼!”扯起锤来,当的一锤。杨林双手把囚龙棒一架,豁啦一声,把一条囚龙棒打为两段,震开虎口,两手流血,大败而走,却被众反王的败兵冲挤下来,回不得龙舟,直败回登州去了。李元霸在后一路杀下去,又亏得秦叔宝一路上前拦住,因此众反王才得脱逃性命,各自败回本邦去了。云召归河北,后来武场相会。雄阔海回相州。伍天锡回沱罗寨,后来天富关死于李元霸之手。后话不表。

那李元霸在四明山,匹马双锤打死各反王大将五十余员,军士不计其数,后来众反王闻了李元霸之名,无不丧胆。李元霸回金顶龙舟奏闻缴旨。炀帝大喜,下旨开舟起行,望江都进发。

到了扬州,文武百官迎接,不消说起。炀帝命世民、元霸:“先往城中,扫打琼花观,朕明日进城游览。”秦王领旨,同赵王进城,径到琼花观来。那观却是重新改造的,十分华丽。秦王先到花边一看,只见一座大花台,周围俱是白石,雕凿龙凤,嵌镶八宝;四旁装饰细巧,栏杆彩铃吊角,精奇无比。只见一株树,中间花有笆斗大,果然异样奇香,五色鲜明,花底梗上有十八瓣大叶,下边有六十四瓣小叶。那花却向秦王点了二十四点。世民与元霸看了一会,出观往新造的行宫安歇了。看官要晓得,这花开之久,缘何不谢?此乃天宫降生这朵异花与真主看,真主一日不到,此花一日不谢。其时看过了,不料到晚狂风大作,飞沙走石,落下冰片来。初时碗口大,到后来竟有缸样大。居民房屋不知打掉了多少,连人也打伤了若干。这琼花观内尤其落得更大,落了一夜,竟成了一座冰山,直到天明方住。

再说炀帝一团高兴,次日龙舟起驾,闻得落冰片打坏琼花,只叫可恼,少停,世民、元霸上龙舟细言其事。炀帝大怒,说道:“难道朕看不得这朵琼花么?冰片既把琼花打落了,这琼花的根还可看得。”吩咐摆驾入城。到琼花观一看,心中十分不乐,问两班文武道:“卿等可知有游览之所,待朕一观,方可回长安。”闪出宇文化及奏道:“臣闻金山比扬州更好。”炀帝大喜,吩咐开舟往金山游览。化及奏道:“待臣回转自己府中,吩咐家将速往金山筹备,以迎圣驾。”炀帝准奏,同了萧妃上龙舟往金山,我且慢表。

再说化及回至瓜州,吩咐家将,带了彩船千只,游于江中。劳民伤财,百姓嗟苦。炀帝龙舟出了瓜州,来到江中,见彩船无数,心中大喜。来到金山,将舟泊住,吩咐摆驾上山。那炀帝在金山行宫内,四下观看,见江山澄空,舟船如蚁,心中得意,不枉来此一番,就在行宫歇息。炀帝睡去,只见父王文帝及太子杨勇、琼花公主、仆射伍建章、封尚书前来扯住讨命。炀帝大惊。只见一只金犬赶上前来,五鬼方才避去。炀帝惊醒,却是一场大梦,次日问化及道:“朕昨晚得一梦,梦见五鬼前来讨命,被一金犬赶散,不知吉凶若何?”化及奏道:“金犬者,娄金狗也。今魏国公李密,乃娄金狗转世,主公回转江都除了此人便了。”炀帝道:“朕无心观览,速回驾江都罢。”化及传旨,驾还江都,炀帝同萧妃上了龙舟,进得瓜州,彩女在岸挽牵锦缆,正是:

春风自信牙樯动,迟日徐看锦缆牵。

再表魏国公李密随驾,此时乘了一匹轻骑俊马,在岸上观看龙舟,只见萧妃在龙舟内观览岸边风景,果然有天姿国色之容,闭月羞花之貌,不觉使人魂消魄散,称赞道:“啊唷,妙啊!世上哪有这般绝色的女子。”李密不住眼在岸上往船内观看,那萧妃偶一抬头看见,便大怒道:“宫妃,这岸上乘马的是谁?”宫妃奏道:“这岸上乘马的是魏国公李密。”萧妃道:“这李密狗头如此无礼,待到了江都,奏闻圣上便了。”话休烦絮,不一日来到江都。炀帝吩咐,传旨摆驾入城,进了行宫。当晚,萧妃奏李密偷看之事。炀帝闻奏大怒道:“这厮这等可恶!”次日坐朝,传旨夏国公窦建德,将李密绑出法场斩首。建德领旨,带领家将,就将李密绑出西郊。此时辰末巳初,李密问建德道:“主公为何无故就要杀我?”建德道:“不知。昨日圣驾回宫,今日清晨就传出密旨来,要将兄处斩。”李密道:“小弟与兄情同骨肉,何不一言保奏。”建德道:“圣旨已出,谁敢保奏?”李密想一想道:“嗄,是了,我大不该昨日大胆偷看萧妃,故有今日之祸。也罢,听天而已。”

却说那朱粲闻得圣上要将李密处斩,心中大惊,跑到法场,见李密处斩,午时三刻还未到,故此尚未开刀。朱粲一看大叫道:“恩主,为何遭此大变?”李密道:“连我也不知为什么缘故要杀起来。”朱粲道:“小人今日在此,救了恩主,杀出江都,岂不为快?”李密喝道:

“哇！你说哪里话来！耳目交近，你想是活不耐烦了么？”只见王世充手执小旗，走进法场，叫道：“啊唷，恩师啊！圣上又差门生前来催斩，如何是好？”朱粲道：“全仗王老爷救我恩主一命。”王世充心中想道：“我亏了李密，做了琼花太守，况今段达在洛阳招兵数万，前有书来相请。今做太守，终无出息，李密又是我恩师，今趁此天下大乱，不如救了他，杀出扬州，径往洛阳便了。”便叫道：“恩师，我门生救你！”窦建德在上面听得，忙下教场来问：“王世充，怎么意思？”王世充道：“千岁有所不知，今主上无道，杀害忠良，今又兴土木之工，着宇文化及要造什么迷楼，岂非万民涂炭，天下大乱！我和你趁此杀出扬州，有何不妙？”窦建德心中想道：“谅隋朝气数不久，宇文化及又有篡逆之心，不久就要属于他人了。况且李密与我同年好友，今日救了他便了。”便大叫道：“王世充，救了恩师，杀出去罢！”朱粲听得，将刀割断绑索，放了李密。四人各执军器，带了家将，反出江都。有行刑军士连忙通报与宇文化及，化及闻报大惊，一面点兵追赶，一面奏闻朝廷。炀帝大怒，忙传圣旨，令柴绍前去追赶四人。柴绍领旨，离了江都，也不去追赶，也不来复旨，一径回太原去了。

这窦建德逃到明州，遇见故人刘黑闼，与蔡建方、苏定方、梁廷方招集亡命，连夜取了明州，杀了张称金，尽降其众，自称夏明王。封任宗为军师，刘黑闼为元帅，苏定方、蔡建方、梁廷方、杜明方名为“四方”，都封为大将军，招军买马，按下不表。

再说王世充逃到洛阳，段达接着，叫道：“主公为何今日才来？”世充把救李密之事说了一遍，段达大喜。次日，王世充自称为洛阳王，封法嗣为军师，段达为大元帅，周甫、王林为大将，此话不表。

再说那朱粲逃到楚州，适值楚州高士达无道，被手下人杀死，国中无主，要推一人为王，正无处寻个有力量有肝胆的人。这一日，正遇着朱粲睡在庙中，众人见他有火光照体，就立了他，自称南阳王。招军买马，积草屯粮，按下不表。

且说李密逃到途中，心中想道：“投奔何处便好？越国公杨素，他与我向有交好，闻得他在黎阳，前去投他，必然相留。”主意定了，径往黎阳而来。见了杨素，留他在府中，颇甚合机。过了几时，李密见杨素并不升坐大堂，因问道：“千岁缘何不坐大堂？”杨素道：“不要说起，这大堂坐不得，一坐上去，便有五个恶鬼现形，乱扯乱打，所以不坐。”李密道：“千岁今日可坐上去，待李密看是何物作祟，待我除之。”杨素即同李密到大堂，杨素一坐上去，果见几个鬼祟，青脸獠牙，将杨素乱扯乱打。李密大怒，拔出宝剑，赶去照定鬼身，一剑砍去，鬼倒不见了，却把杨素砍死在地。这杨素原来是披头五鬼星转世，合当大数已绝，难逃身命，故此被李密杀了。当下杨素之子杨玄感，闻知大惊，走出大堂见父亲被砍死，大怒骂道：“匹夫，有何仇恨，杀我父亲！”命家将拿下，用囚车囚了。“待收葬了父亲尸首，亲自押解朝廷，奏诉处斩便了。”

且说瓦岗寨程咬金，那日临朝，众臣参拜已毕，咬金开言叫声：“众位兄长，不要拜了，我这皇帝做得厌烦，辛苦不过，绝早要起身，夜深还不睡，何苦如此！你们哪个喜欢做的，我让了他罢，快来快来。”就把头上金冠除下，身上龙袍脱落，走将下来，嚷道：“哪个愿做的上去。”众将骇然道：“主公何故如此？”程咬金又乱嚷道：“不做，不做，真个不做。”徐茂公心中一想：“这事不妥了。他原只得三年运气，今已满了。那千军万马在此，岂可一日经得无主的？倘然散了，却如何是好？”便屈指一算，叫声：“列位将军，果然有个真主到了。”众人道：“在哪里？”茂公道：“那个真主，误伤人命，被仇家捉住，要解送朝廷治罪，如今已到瓦岗东南，出东门去不远，就该撞着了。”咬金道：“有这等事，待我去救了他来。”说罢，提斧上马，径出东门而去。茂公即同众将一齐上马，出城望东赶来。

那玄感正押着囚车趱路而来，程咬金上前大喝道：“囚车内的是个真主，你这厮好好放他出来，免得我爷爷动手。”那杨玄感大怒道：“何方毛贼，擅敢撒野？”便举起手中刀劈面砍来。程咬金将宣花斧哐的就是一拦，拦开了刀，照头一斧，玄感将刀嘣的一架，刀杆折为两段。咬金喀嚓又是一斧，把玄感斩为两段。后面徐茂公一干人都到了，打开囚车，杀散从人，取过金盔龙袍，请李密上辇回城。李密道：“小可一时误犯不赦之罪，多蒙诸位相救，愿为小卒，即感足矣，焉敢出此异望！”程咬金道：“不要多逊了，我不愿做皇帝，你老实些罢。”

徐茂公道："天数已定，主公不必多虑。"

李密喜出望外，上辇回瓦岗寨，鸣金击鼓，众将俱更朝服，请李密升殿。众文武参贺已毕，降旨改天年，立国号，自称西魏王，改瓦岗寨为金墉城。咬金把家眷移出府外，另居别第。当下李密敕旨，封徐茂公为护国军师，魏征为大丞相，秦琼为飞虎大将军。咬金听说，把舌头伸伸道："啊唷唷，老虎会得飞，不知要吃多少人哩！"封邱瑞为猛虎大将军，程咬金道："好凶老虎，猛起来是无敌的了！"封王伯当为雄虎大将军，程咬金道："咦，雄老虎吃饱了，商量打仗哩！"封程咬金为螭虎大将军，咬金道："啊呀，完了，好端端一个人，怎么加一个痴字？"李密道："程王兄，螭虎之名，无敌之勇，不是痴呆的痴字。"封单雄信为烈虎大将军，其余众将，封为七骠八猛十二骑将军。大开筵席庆贺，不表。

消停二月，李密下旨，取五关，杀上江都，捉拿昏君。加封秦叔宝为扫隋兵马大将军，金墉都招讨，封程咬金为正印先锋，拜徐茂公为行军护国军师，邱瑞为头运粮草官，单雄信为二运粮草官，天保大将军裴元庆为三运粮草官。其余众将悉令随征。裴仁基协同魏征守国保驾。兴兵二十万，浩浩荡荡，杀奔临阳关而来。离关不远，放炮安营。次日秦琼升帐，问道："谁敢出马抵关讨战？"走出程咬金应道："小弟愿往！"秦琼道："那尚师徒为多谋之士，须要小心在意。"咬金应声："得令。"即便提斧上马，抵关讨战。早有大隋探马报入帅府："启爷，西魏将在外讨战。"尚师徒闻报，亲身披挂，手执提炉枪，上了呼雷豹，出关抵敌。一见了程咬金，便大喝一声，道："你这混帐的呆人，怎么皇帝不要做，倒把来让与别人，却又领兵出城，分明自来送死。"咬金道："你家爷老子性子是这般的，不喜欢做皇帝，便不做了，与你什么相干？如今情愿做先锋，出阵交兵，好不快活，故此领兵取关。你若知事，快快下马投降，免得爷爷动手。"尚师徒闻言喝道："你这呆子，说这无气力的屁话。"咬金听说笑道："我是蒙主公新封为螭虎大将军，不是什么呆子，若说无气力，你来试试爷爷的家伙看，便晓得了。"说罢，把宣花斧一举，叮当一斧砍来。尚师徒把提炉枪一架，晓得他只有三斧利害，第四斧就无用了。连忙把枪架住他斧头，就把这匹坐骑领上痒毛一扯，那马两耳一竖，轰的一声吼，口中吐出一道黑气来。那咬金的坐骑一跤就跌倒，四脚朝天，尿屁直流，把程咬金跌下马来。尚师徒喝一声："与我拿了！"两下众兵把程咬金绑入关中去了。西魏败兵报进营来："启帅爷，先锋程将军被尚师徒活捉进关去了！"叔宝闻报，大吃一惊，正要发兵差将，外边报进："头运解粮官邱爷到了。"叔宝命左右请入帐中。相见已毕，叔宝把咬金被捉的话说了一遍，邱瑞道："元帅放心，尚师徒乃是老夫的门生。"正是：

只因取友无仁义，法授逢蒙羿必亡。

毕竟邱瑞怎生说尚师徒，且看下回分解。

第三十七回　五虎将打临阳关　王伯当盗呼雷豹

当下邱瑞道："那尚师徒的武艺，都是老夫传授他的，向有师生之谊，待我去劝他前来归降，必不敢抗拒便了。"正谈论之间，忽报尚师徒讨战，邱瑞道："他今讨战，老夫即去叫他来。"说罢，即披挂上马，执鞭出营。来到阵前，尚师徒一见，横枪在手，口称："老师在上，门生甲胄在身，不能全礼，马上打拱了。"邱瑞道："贤契少礼，老夫有一言相告。"尚师徒道："不知老师有何言语，门生洗耳恭听。"邱瑞道："当今炀帝无道，弑父篡位，鸩兄奸嫂，欺娘图妹，以致天下大乱，可怜生民涂炭。十八家反王改元称号，六十四处烟尘尽起，料来气数不久。贤契何不去暗投明，同老夫为一殿之臣，岂不为妙？贤契请自熟思。"尚师徒闻言，高叫一声："差矣！自古道：'食君之禄，必当分君之忧。'你这些言语，不要对我说，只可对那贪财慕禄之人说。我尚师徒忠心赤胆，岂肯窃效鼠辈之行？劝你快快回去，唤那秦叔宝出来受死。我和你往常师生之谊，今日各为其主，只恐举手不容情，不要寻死，枉送性命。"邱瑞听罢，不觉怒发冲冠，举起鞭来，照头就打。尚师徒把枪架住，微微冷笑道："老师不要动怒，还是回去了罢。"邱瑞哪里肯听，当的又是一鞭。尚师徒发恼起来，举枪劈面来迎。两马相交，鞭枪并举，未及八九个回合，尚师徒把呼雷豹领上痒毛一拔，呼雷豹吼叫一声，口中放出一道黑烟，把邱瑞的坐骑跌翻在地。尚师徒道："报君以忠，容情便不忠了。"提起枪来，对咽喉一枪，把邱瑞刺死了。

败兵报进营来："启帅爷，邱将军被尚师徒刺死了！"秦叔宝闻报大怒，带领大小将军，一齐冲出营来。叔宝上前叫声："尚师徒，俺秦叔宝在此，特来会你，只是先有一言奉告。"尚师徒道："有何话说，快快说来。"叔宝道："我和你乃是顶天立地的男子，比如交锋打仗，或者生擒活捉，或者枪挑剑剁，这便是个手段，死也甘心。你却倚了脚力的本事,弄他叫一声,那人就跌下马来,你就擒了,岂是正大光明人做的,如何为好汉?”尚师徒接口道:“这也说得有理,我今日就不用宝骑之力,有本事生擒活捉你来。”叔宝道:“只是还有一说,有心是这样,索性单对,与你比个手段,两下不许暗算,各将人马退远了,免生疑忌,才见高低。”尚师徒道:“说得有理。”各挥人马,一边退到关下,一边退到营前。两下遂举枪相战。

正战之间,叔宝把枪一架,叫声:“且住!”尚师徒道:“有本事放出来,何必叫住?”秦叔宝道:“我若没本事,不与你战了,却是坐骑作怪,我终不放心,若你战我不过,又把脚力舞弄起来,可不吃你的亏了?要见手段,大家下了马,用短兵器步战,就放手擒捉你了。”尚师徒微微一笑:“也罢,就与你步战。”叔宝就跳下黄骠马,把虎头蘸金枪插在地上,把马拴在枪杆上,取出双锏立着。尚师徒也下了呼雷豹,将提炉枪插在地上,拴缚缰绳在杆上,取出两根鞭来,迎战叔宝。两个交手步战。叔宝一头战,只管一步一步往左边退去,尚师徒只管一步一步逼过去。徐茂公瞧见了,忙令王伯当如此如此。王伯当便悄悄走过来,拔起提炉枪,跳上呼雷豹,带转缰绳,加一鞭飞跑回营来了。这秦叔宝手里一头招架,究竟眼快,一瞟着王伯当得手,他就复败到下马所在,叫声:“尚师徒,我和你仍旧上马战罢。”拔了虎头枪,跳上黄骠马。尚师徒一看道:“我的马呢?”叔宝道:“想是我一个朋友牵回营中上料去了。”尚师徒道:“嗄,你这干人到底是强盗出身,还是这样贼手贼脚的,怎么把我的宝骑盗了去。”叔宝道:“你可放出程咬金来还我,我便换还你呼雷豹。”尚师徒点头道:“也罢,就放程咬金还你,须要对阵交换。”叔宝道:“这个自然。”尚师徒遂吩咐军士进关,还了程咬金的盔甲斧马,送出关来。两边照应,那边还了程咬金过来,这边放了呼雷豹过去。其时天色已晚,两边各自收军。

当晚叔宝回营,吩咐王伯当连夜到城东旷野处,如此如此,这般这般。王伯当得令,同几名军士备了家伙,带了干粮,径往城东一株大树底下,掘下一个大窟。王伯当钻身伏在下面,令军士用黑芦席遮盖了。上边扒放一些浮土,然后众军士各自回营复令不表。

次日天明,那秦叔宝用过战饭,不带一个兵将,单人独马抵关讨战。尚师徒得报，即上呼雷豹出城来，两下也不多言，交手就战。将有五六个回合，叔宝半战半败，望东南而走。尚师徒催马紧紧追来，叔宝且战且走，忽叫一声："尚将军，今日不曾与你说过，却是不要动那脚力才好。"尚师徒道："大丈夫一言既出，驷马难追，说过不扯就是了，不必多心。"叔宝道："口说无凭，我到底疑碍这匹马，还是下马战的好。"尚师徒道："我下了马，你好再偷。"叔宝道："你说这样呆话，这里如此旷野去处，离营有七八里路多了，四下没有人影儿，那个走来偷你的。"尚师徒听说，抬眼周围四下一看，便说："也罢，就下马战便了。"二人下马，都将缰绳拴在树上，交手紧战。你来我挡，我去你架。叔宝又是一步步败将过去，尚师徒紧紧追逼，不肯放松。那王伯当在窟中轻轻顶起芦席，钻出窟来，将呼雷豹解了拴，即跳上身，加鞭走回营去了。秦叔宝兜转身叫道："尚师徒，我和你仍上马战罢。"遂跳上黄骠马，叫声："来来！"尚师徒一看："啊呀，我的宝马呢？"叔宝笑道："得罪了，又是我那朋友牵了去了。我却告别！"说罢，摆开马，径回营去了。气得尚师徒三尸神直爆，七窍内生烟，两只眼乌珠挂出在外，哪怕你叫破天也没人答话，只得忍气吞声，忿忿回关。

这里叔宝回到营中，见了呼雷豹，心中大喜，吩咐牵到后槽，急急上料。一面摆酒庆贺，众将吃饭，只见程咬金坐在席上，呼吆喝六，大碗酒大块肉，吃个不住。齐国远看了，微微一笑，咬金道："你笑什么来？"齐国远道："我笑你这马换来的，偏要装出许多虎势来。"程咬金听说，爆出两只乌珠，气得做声不得。少停席散，咬金想想好气恼，都是这亡祖宗的，累我受人取笑，走到后槽看看，只见众马都远远立着，不敢近它。那呼雷豹实是马中之王。咬金走过去，把他带住了，将它痒毛一扯，它就嘶叫一声，众马即劈劈啪啪，一齐跌倒了，尿屁直流。咬金摇摇头道："啊唷，为什么这亡祖宗生几根痒毛，这么利害，岂不可恶？外边好月亮，我且牵他出去，放个辔头看。"那管马军士忙拦住道："元帅吩咐，不许动它。"咬金道："放你娘的屁！我程爷爷喜欢，牵去骑骑，有何妨碍？"一头说，一头牵，一牵牵出营来，跳上马背，望前就走。走一走，扯一扯，那马一声吼叫。咬金不住把毛乱扯，那马乱吼，越扯越吼，扯得这马头摇尾摆，竟不住地嘶叫。程咬金大怒,一发将它这宗痒毛,尽行拔掉了。那呼雷豹性发,颠跳起来,前蹄一起,后蹄一竖,掀翻程咬金在地,一辔头望临阳直跑。来到关前,守城军士认得是元帅坐骑,忙出关带进,报知尚师徒。尚师徒大喜,近身一看,却没有痒毛的了,凭你扯他,只是不叫。尚师徒道:“虽然不叫,到底是宝骑。”吩咐军士,好好上料将养它。呼雷豹自此之后,直到秦叔宝倒铜旗时吼一声,扬州抢状元时节吼一声,美良川大战尉迟恭时吼一声,跨海征东时吼一声,这四声之后,永远不叫了。按下不表。

再说程咬金当下被呼雷豹掀翻在地,醉眼模糊,爬将起来,不见了呼雷豹,径回营去睡了。次日天明,叔宝升帐,军士报禀此事,叔宝大怒,喝令把程咬金绑去砍了。程咬金叫道:“秦大哥你要杀我,我也不来怪你,只是轻人重畜了,一匹瘟神祖宗没了,就杀一员大将,而且是好朋友,亏你提得手起。”叔宝闻言,垂首一想,吩咐松了绑,道:“你这匹夫不知法度,暂寄下你这颗头颅,日后将功赎罪。”咬金道:“是啊,待有了功的时节,赎罪便了。”

忽听军校报进:“启爷,尚师徒讨战。”秦叔宝即便提枪上马出营。尚师徒一见,骂道:“好啊,你这干贼党,两次盗我宝驹,却将他痒毛拔掉了,使他不叫。今日相逢,决难饶你,看家伙!”照头耍的一枪。叔宝连忙招架。这尚师徒发了恼,使开这杆提炉枪,犹如银龙闪烁。秦叔宝哪里抵挡得住,回马望北而去。尚师徒大叫道:“哪里走!”催开呼雷豹,紧紧追来。叔宝战一阵,败一阵。看看败至下午时分,到了一个所在,前面一条大涧,水势甚险,却是几路山泉,聚水流下,十分响亮。又有一座石桥,年远坍颓,倒在涧中,已走不过的了。望到上首,却有一根木桥。叔宝回头见尚师徒走得近了,着了忙,即在这坍桥的桥头上,把马加上几鞭,要跳过涧去。不料这匹马战了一日,走得乏了,前蹄一纵,后蹄一低,腰肚一软,竟仆在涧中了。那水底下都是桥石坍在下面的,又年远水冲,石头犹如快刀一般,其马跌在石上,连肚皮也破开了,试想焉能还走得动?叔宝半身在水中,几乎跌倒,忙把手中枪向马前尽力一拄,却好插在石缝里了,就趁势着力在枪杆上一攀,又一纵,刮喇一声响,人便纵过了岸,那条枪却别做了两段。这回书,名为“撞死黄骠马,别断虎头枪”。

叔宝连忙爬到岸上,尚师徒已从木桥上过来了。叔宝便取双锏在手,准备迎敌。尚师徒见了这般光景,欺他没了枪马,稳定拿他,便叫:“秦叔宝,还不快快受死!今日本帅便不怕你飞上天去了。”说得迟,来得快,骤马迎风,要的就是一枪,叔宝将身一闪,扑蹿在左边,顺手一锏,却照马脚上打来。尚师徒忙伸枪一架,拦开了锏,复手一枪,叔宝又蹿在右边。要晓得,秦叔宝原是马快出身,蹿纵之法是他的绝技。那尚师徒的枪法果然高强,却一边在地下,一边在马上,不便施展,怎当得秦叔宝蹿来跳去,或前或后,或左或右,东一锏西一锏。那尚师徒恐伤了坐骑,心中想道:“这样战法,如何拿得住他,必须与他步战,方可赢他。”遂四下一看,料想此地,他必无人在此,就取过双鞭在手,跳下马,把提炉枪往地下一插,缆定缰绳,抡鞭直取叔宝。叔宝舞锏相迎,两下你一鞭我一锏,斗了一回。叔宝手里招架,肚里算计,把身子渐渐转去,背对着呼雷豹,且战且退到呼雷豹近边,站定了战。尚师徒一心要捉破绽好擒他,哪里防他别的。秦叔宝猛可的连发几锏,大叫一声:“兄弟们,走紧一步,快来救我!”把双锏往身上一护,就地滚过去。尚师徒倒缩开了两步,四下一看,不见一个人影,掇转头来,秦叔宝已骑在马上了,连枪连缰绳一拔,双膝一磕:“走啊!”尚师徒连忙赶过来,偏生手内又是短家伙。秦叔宝过了木桥,叫一声:“尚将军,另日拜谢你的枪马罢!”飞跑去了。尚师徒气得目瞪口呆,只得自回关去。修书请红泥关总兵新文礼前来助战,按下不表。

再讲秦叔宝回营,得了枪马,不胜欢喜,众将齐集庆贺,不消说起。岂知叔宝那日劳伤过度,又在涧中受了这一惊,又饥又渴,回来又多饮了些酒食,饥寒伤饱,次日发寒发热,不省人事,病倒在营中。徐茂公吩咐诸将,不许妄动,紧闭营门,将养叔宝。不表。

再说红泥关总兵新文礼,身长丈二,坐下一匹金睛骆驼,使一条铁方槊,重二百斤,隋朝好汉现在要算他是第九条。那一日,得了尚师徒的请书,便将本关军务托咐夫人掌管,自往临阳关而来。尚师徒迎入帅府,备言:“金墉李密差秦叔宝为元帅,兵犯临阳,抢我宝驹,不能胜他,因此特请将军来到,望乞扶持。”新文礼道:“不妨,明日待小将出马，只消一阵，包管杀退他便了。”尚师徒欣喜称谢，摆酒接风。一夜无话。

次日，新文礼全身披挂，提着铁方槊，上了金睛骆驼，出关抵营讨战。茂公吩咐不与交战。新文礼在营外恶言叫骂，众将官俱要出战，徐茂公发令禁止，不许妄动。新文礼骂到天晚，只得回关。

次日天明，又来讨战。带了军士一齐抵营，发喊辱骂，比昨日更加骂得热闹。不料运粮官天保将军裴元庆解粮到此，望见营外一个长大将军带领许多军士，高声叫骂，再细听时，原来是讨战的。元庆大怒，叫手下押过粮草在一边，把抓地虎一拍，举二柄银锤，大喝一声：“何处贼将，敢在此无礼！”这一声喝，犹如晴天一个霹雳。新文礼吃了一惊，回头一看，却是个小孩子，便喝道：“来将何名？”回言道：“不消问得，俺乃金墉西魏王驾前天保将军裴元庆便是。你这厮却是何人？”新文礼道：“我乃大隋朝官拜红泥关总兵新文礼便是。你这孩子何必前来寻死！”把铁方槊一举，照顶门盖打过来。裴元庆把锤往上一击，当的一声响，把铁方槊打断了一节。新文礼叫声：“啊呀！”震开两只虎口，便带转骆驼，没命地跑了。裴元庆催开抓地虎，随后赶来。城上军士连忙放下吊桥，新文礼上得吊桥，裴元庆追来照着马尾一锤，打中金睛骆驼后屁股，打得如肉酱一般。新文礼噗通一声跌下水去了。裴元庆却待要抢关，城上箭发如雨，因兼粮草未曾交卸明白，便回马转去。城上军士出来救起，新文礼跌落了两个门牙。尚师徒留他在帅府将息，幸而不是内伤，将养了七、八天也就无事。这边裴元庆回至营门，押入粮草，见过了徐茂公，给了收粮回批。元庆备言杀退新文礼，诸将庆贺。元庆又去问候了叔宝，当晚置酒不表。

再说新文礼将养起来，便与尚师徒商议道：“这裴元庆十分骁勇，只宜智取，不可力敌，将军可有计谋先除此人，其余可立破矣！”尚师徒道：“下官有一计在此：此地城南有一山，名曰庆坠山，两边是石壁，中间一条山路，却是个死路。今可差人到彼，暗暗埋下地雷火炮，石壁上边着军士备下筐篮伺候，将军前去讨战，慢慢败入窟中，引他进了小窟，外边就塞断了出路，上边放下筐篮，先拽起了将军，然后抛下干柴烈火,着了地雷火炮,倾刻将他烧死。则先除此人矣!”新文礼道:“妙计,妙计!”遂即差人前去料理。隔不得两日,俱已料理端正,新文礼手提铁方槊,步行出城,单要裴元庆出战。正是:

瓦罐不离井上破,将军难免阵中亡。

这裴元庆不知出战不出战,且看下回分解。

第三十八回 裴元庆祸中火阵 尚师徒失机全节

诗曰：

将军神算妙无双，庆坠山中小将亡；
只道临阳能保守，谁知天意失隋炀。

当下探子飞报进营，裴元庆闻报，吩咐鞴马，就要出战，徐茂公止住道："将军，且消停一日，不宜出马。今日交锋，决然不利，宁可别一位将军出去抵敌，将军随后还好。"裴元趁庆道："军师又来讲腐气的话儿了，这么长他人志气，灭自己威风。今日不杀新文礼，也算不成好汉。"一径上马，提锤出营去了。徐茂公只得叫一声苦，众将忙问其故，茂公道："不必多言，也是个大数难逃，六马已到，不能活矣！"众将各自惊疑。

当下元庆出营，抬头一看，见是前日杀败的新文礼，举锤便打。新文礼挡了一锤，回身便走，拽开大步往南飞奔。裴元庆的马快，看看追近了，新文礼又挡了一锤。且战且走，引进庆坠山，直抵窟中。新文礼坐入筐篮，上边军士拽了上去。命令军卒点着干柴火箭，撒将下来，发动地雷，一时烈焰飞腾。试想，这可招架得了么？可惜这巡天都太保八臂勇哪吒，就这样被烧死在窟中，其年只有十五岁。

新文礼乘势领兵冲下山来，径到营前讨战。徐茂公得报便说："不好了，裴将军命决休矣！众将官可一齐上前迎敌。"众好汉呐一声喊，合营大小将官，各举兵器，杀出营外。军中战鼓如雷，将新文礼裹在垓心，轮流厮杀，用力大战，这且慢讲。

且说秦叔宝病在床上，但听得战鼓咚咚不绝，叫声："秦安，天色已晚，哪处交锋，战鼓甚急？"秦安道："想是徐老爷在那里操演人马？"叔宝道："岂有此理！操演的鼓声，自有徐疾缓急之法，哪有这个声音？"秦安道："太爷自睡，不要管他。"叔宝明白秦安瞒他，便说道："我睡得厌烦了，你可扶我起来，略坐坐。"秦安就伸手来扶他，却被叔宝一把扯住了，抓紧来，秦安疼痛得好象杀猪一般叫起来：“太爷，为什么？”叔宝道：“你这狗才，还不对我说哪里鼓响，你只是瞒我。”秦安道：“太爷，放放手，待我说就是了。只因天保将军被新文礼引到庆坠山中烧死了，新文礼又来冲营，为此众位老爷一齐出战，在那里厮杀。”叔宝闻言，说声：“啊呀！”眼珠一停，昏晕倒了。秦安双手扶定，叫道：“啊呀，太爷苏醒。”叔宝渐渐醒转，开眼一看，大骂新文礼这狗头，伤我一员大将，誓必亲杀此贼，遂命快取披挂过来。秦安道：“太爷，请耐烦些，如此病重，取披挂何用？”叔宝道：“多讲，谁要你管？快去取来，你不肯取，我另叫人去取。”秦安没奈何，只得取过披挂来。

叔宝走下床来，那两只脚还是涩流流抖的。秦安道：“太爷，不是玩要的，还是睡睡好。”叔宝道：“唗！还要多话，快去鞴马，取我双锏来！”秦安摇摇头道：“这个光景，如何骑得马合得锏。”若不依他，又要使性，只得牵出呼雷豹，配上鞍，把双锏一条条捧出来。叔宝两只手抱了双锏，一步步要上马，一只脚踏在蹬上，这一只脚又不住地抖，哪里跨得上。便骂一声：“秦安狗才，还不来扶我一扶！”秦安凑过去，攀着肩扶了上去。

叔宝横锏扳鞍，一路才出营门，但见四下灯球火把，如同白昼。众将周围驰骤，喊杀连天，那新文礼在中间左冲右突，大步奔腾。叔宝一见大怒，两眼一睁，摇身举锏，大叫一声：“众兄弟，不要放走那厮，俺秦琼来也！”谁知这一声大叫，浑身毛窍都开，出了一身臭汗，身子就松了大半，一马冲进圈子里，众人看见齐吃一惊。新文礼举起铁方槊，正要来打，只见半空中一阵阴风呼呼地罩下来。这里众人蒙蒙胧胧，不见仔细。新文礼却亲见云雾中裴元庆骑着抓地虎，举两柄银锤打将下来。新文礼叫声：“啊呀！”把铁方槊向上招架，却被秦叔宝纵马一锏，打倒在地，众将一齐上前，剁为肉酱。那尚师徒闻知新文礼被围，正领兵来救，亦被众人围住了，徐茂公趁势点兵抢关。

叔宝见师徒与众人混战，便唤一声：“尚将军，你关隘已失，何苦如此恋战，我看你不如降了罢！”尚师徒回头一看，果见关上灯火通红，呐喊奔驰，遂长叹一声：“罢了，各位英雄且住手，请秦将军听下官一言奉告,不知肯听否?”叔宝道:“尚将军言若有理,小将无不听从。”尚师徒道:“不才自愧无能为朝廷争气,死有何惜?细观秦将军乃当世忠义之士,决不负托。关中寒荆只生一子,年已三岁,托咐将军,认为继子,感恩不尽。下官随身有四件宝贝,其枪马二物,已属将军所得,今将盔甲二宝并送将军,以全物色,伏乞收纳。寒荆小儿,望将军怜而抚之,我尚师徒九泉之下,也得瞑目。”一头说一头跳下马来,卸落盔甲,呈送叔宝:“请将军受下官一拜。”秦叔宝忙下马回礼,连声:“不敢,蒙将军委托,不须挂念,都在小将身上;但将军还该斟酌才是。”尚师徒道:“大丈夫一言拜托,大事已定,有何斟酌?列位将军请了!”遂拔出腰刀一勒,自刎而死。叔宝遂令大兵入关。叔宝命人收葬了尚师徒,又往庆坠山收了裴元庆的骨骸,又托裴元福带一千人马,护送尚家母子,到金墉秦府中安顿了。

此时秦叔宝因除了新文礼,开怀畅饮,病也好了。当下歇兵三日,就发兵取红泥关。人马趱行,不一日,到了红泥关,下了营寨,先锋程咬金抵关讨战。报入关内,新夫人闻知新文礼已死,又闻有将讨战,心中大怒,全身披挂上马,提两口双刀,冲出城来。程咬金一见:“啊唷,为何女人会上阵的!”不问来由,一马上前,照头就是一斧。新夫人把双刀一架,当的又是一斧。新夫人回马便走,程咬金大喝一声:“哪里走!”拍马赶来。新夫人按下双刀,取出流星锤来,扭回身要的一锤,正中咬金左臂。“啊呀!”咬金大叫一声,回马飞跑败入营来。叔宝一看,好似杀不倒的雄鸡,一步一跌,跌进营门。叔宝便问:“兄弟,何故如此模样?”咬金摇头道:“好狠婆娘,被她一流星打中左臂,因此败回。”

正说之间,又报进营:“女子讨战。”当下王伯当却是色中饿鬼,一闻此言大喜道:“小将愿往。”连忙披挂上马,冲出营来。果然一个齐整女子。新夫人见了伯当,心中想道:“好个风流将士。”舞刀相迎。两下战无三合,新夫人回马就走。王伯当拍马赶来,新夫人按下双刀,取出流星锤,扭回身子要的一锤打来。王伯当把身一侧,一把抓住流星锤的索子,一扯,那马撞个满怀,随即扯住新夫人的勒甲,提过马来。拿回营中,且绑在营门口。伯当即进营,见叔宝道:“大哥,女将已被小将擒回，乞赐与小弟做了妻子罢！”叔宝未及回言，咬金拔刀，径望新夫人一刀，提头走入帐来。王伯当看见，便勃然大怒，拔刀径奔咬金。叔宝喝令劝住，咬金叫声：“伯当兄，你是个顶天立地的男子汉大丈夫，只愁不立功名，何忧无有妻子？此女已是破身之妇，那新文礼也是朝廷一个命官，有些名望的，你若纳了他妻子，岂不是坏了他的名望？我如今杀了她，一则成全新文礼的官箴，二则成全了此女的节操。你却不思想一二，倒来怪我，好笑你也做过武状元文进士，难道倒不如我卖柴筢的？”众人都言有理，徐茂公想道：“看这匹夫倒说得是。”王伯当只得罢了。

叔宝下令抢关。那关内无了主将，一齐开关投降。叔宝大兵入城，安民已毕，将息一天，起兵径望宁阳进发。

到了宁阳关，下了营寨，吩咐程咬金前去讨战。这宁阳关守将姓孙名天佑，他却有一等异术：上阵与人交战，他念起一咒，任你刀砍斧劈鞭打锤顿，都不能伤他。因此，人都叫他为“铁背孙天佑。”当下一闻叔宝夺取了两关，有将讨战，即忙披挂上马，提刀出城。一见了程咬金，喝声：“来将何名？”咬金道：“我乃金墉西魏王驾前，官拜扫隋兵马大元帅螭虎大将军、金墉都招讨秦琼帐下前部先锋程咬金便是。你这厮是何人？”孙天佑道：“俺乃大隋朝官拜宁阳关正印先锋孙天佑便是。你既是领兵到此，破了二关，所向无敌，我如今不与你赌战，只与你赌打。”咬金道：“怎么样赌打？”孙天佑道：“我伏在马上，凭你把甚兵器打我三下，若打不死，我便回你三下。”咬金道：“妙啊！你可伏了，与我先打。”孙天佑连忙伏在鞍上，口念真言，咬金举斧照后背哐的一斧，嘣的一声响，反崩了起来。咬金大惊，照头一下，也崩了起来，就斩了一斧，回马便跑。孙天佑大骂道：“世上哪有这样的人，打了人跑了去了。”那咬金入营大叫异事，叔宝忙问何故，咬金道：“这个人叫孙天佑，不与人交战，却与人赌打，我连砍他三斧，犹如砍铁一样，不动一些。”叔宝不信，带领众将亲自出来。孙天佑见了，各通名姓，却又说赌打。叔宝说：“也罢，你伏了与我先打。”孙天佑见允，仍伏在马上。叔宝见他口动，举锏却不下去，孙天佑叫声：“为何不打？”秦叔宝趁势一下把天佑打做两段。都是他问这一声，那时却不念咒，所以打死了。众将乘势杀入关中，得了宁阳。又起兵望黄土关而来。

三军正行之际，路旁见有一只白狗。谢应登见了，飞马赶捉。那白狗见人赶捉，飞风乱跑。谢应登随后赶去，不觉赶过三、四个山坡，白狗不见了，倒见一个道人打坐在一块石上。谢应登一看，认得是叔父谢洪，闻他已成正果，却在此间又得相遇，连忙下马跪下道："叔父在此，小侄愿同去修行。"谢洪道："汝尘缘未断，如今且去，上过扬州，夺过状元，那时我来度你。"却取一张桑弓、一枝桃箭与谢应登，道："前去黄土关，那守将东方煌，他有一件神术，上阵之时将手向背后一拍，把身体一摆，背上即生出一只手来，将人打倒，从空拿去。你可拿此弓箭前去，他若一伸出来，以箭射之，可以立破。"应登拜受。谢洪化阵清风而去。

谢应登上马，追上兵马，一路而行。到了黄土关，放炮安营。耽搁一夜，次日，秦叔宝升帐问："哪位将军前去讨关？"闪出程咬金道："小弟愿往。"叔宝道："前去须要小心。"咬金答应，提斧上马，抵关讨战。这黄土关守将神臂东方煌一闻此报，全身披挂，挂锏悬鞭，坐下一匹火炭马，摆开二柄大斧，大开关门出来。程咬金一看，来将一团朱砂脸，两鬓火红须，戴一顶猪嘴盔，穿一领龙鳞火红细甲。咬金叫道："呔！来将何名？"东方煌道："不消问得，我乃大隋朝官拜黄土关总兵东方煌便是。你这厮是何人？"咬金大喝一声道："你难道不晓得金墉螭虎大将军程爷爷？俺家秦元帅在宁阳关九战尚师徒，三抢呼雷豹，智取红泥关，一锏定宁阳。谅你这厮有何本事抗拒天兵？快快下马投降，早晚与我爷爷拿拿斧头；若有些功劳，就与你个把官儿做做。"东方煌大怒，举两斧照头便砍。咬金拦开斧，当的一响，还他一斧。东方煌一架，说声："啊唷，好家伙！"回马便走。咬金催马赶来，东方煌将手臂上一拍，身子一摇，背上伸出一只手来，望程咬金一掌，就从半空中拿了过去，绑入城中去了。

败兵飞报入营，叔宝大惊，连忙带了众将，一齐出营。见了东方煌这个红脸红须，叔宝十分奇异，便催开呼雷豹，摆动提炉枪，一马上来。东方煌不问来由，把双斧劈面砍来。叔宝举枪招架，战无三合，东方煌一手举斧，一手将背上一拍，身子一摇，臂上伸出一只手来；早被谢应登看见，举起桑弓，搭上桃箭，嗖的一声，正中神手。这手乃英灵所结，中了一箭，就咕咚一响，跌下马来。叔宝顺手一枪，断送性命。大兵杀入城中，救了咬金。安民已毕，养兵三日，起兵径犯东岭关，离关十里下寨。

这东岭关守将乃是杨义臣，官拜大元帅，有万夫不当之勇。他有五个儿子，名唤杨龙、杨虎、杨豹、杨熊、杨彪，都有本事。帐下管二十四员总兵，二十余万雄兵。当下闻报金墉西魏王起兵，秦叔宝为帅，已抢四关，将到东岭了，即齐集大小众将，计议道："叔宝为帅，十分勇猛，此人只可智擒，不可力敌。"遂调出众将，在关外摆下一阵，周围二十万雄兵把守，中间立一旗杆，用八枝大木头合成，一枝长有十丈，上边放着一个大方斗，那斗有一丈余大，内中坐着四名神箭手，饮食俱拽上去吃的。守旗令一员大将，乃东方煌之兄东方伯，有万夫莫敌之勇，身长一丈，黄面赤须，使一把大刀，立在铜旗之下。此阵名为"铜旗阵"。外又摆着八门"金锁阵"，内藏绊马索、铁蒺藜、陷马坑，只待秦叔宝到来。他想道："秦叔宝自道英雄无敌，决然来打阵，一入阵中，虽有万臂哪吒，尽要丧命了。只要把此人一除，西魏易破矣！"又写一封书，差官到幽州，请罗艺前来保守铜旗。差官奉命，竟往幽州而去。

却说燕山王靖边侯罗元帅一得了杨义臣的书，大惊道："原来西魏王造反，秦叔宝为帅，已夺四关，兵到东岭，来接我去保守铜旗。"即对差官道："你且先回，本帅身为元戎，汛地难离，恐边外扰乱，就差公子罗成前去擒拿反贼便了。"当下罗公吩咐罗成道："你去保守铜旗，不可认那反贼为亲，必要生擒见我，待为父的亲斩此贼，不可违令。"罗成应诺，差官谢别，径往东岭报知。此话不表。

再说罗公退进私衙，秦夫人前来迎接，却见罗公满面怒容，有不悦之意，夫人忙问道："相公为何不悦？"罗公见了夫人，不好十分大怒，长叹一声，说："夫人，老夫不是在夫人面上不悦，只因令侄他也是个名门世族，昔日老夫荐他在唐璧标下做个旗牌官，不料他空有一身本事，不与王家出力，反助反贼为帅。如今他抢了临阳，定了宁阳，抢取黄土,兵犯东岭。那杨义臣摆下一个铜旗阵,差官来接老夫去保守铜旗,老夫因汛地难离,差我儿罗成前去,但恐他反助表兄,故此不悦。”罗成此番,因母亲在面前,胆就大了,不比在殿上光景。上前叫声:“爹爹,此言差矣!常言道:‘桀犬吠尧,各为其主。’孩儿是隋家之将,他为金墉之帅,两下交兵,岂肯为私而坏国家大事?爹爹不必多虑。”罗公大喜,叫声:“我儿,若能如此,我为父的无忧矣!你可速速收拾,即便动身。”罗成回身走入厢房,老夫人随后进来,叫声:“我儿,那爹爹的说话,你却听他不得的,你做娘的面上,只有你一个表兄,你前去切不可助那杨义臣,却要助你表兄破阵的。”罗成道:“孩儿晓得。但助了表兄,人人得知,回来见了爹爹,性命不保。”正是:

欲从母命防违父,全了私恩却废公。

毕竟罗成怎生主见,且看下回分解。

第三十九回　秦琼三锏倒铜旗　罗成枪挑孽世雄

诗曰：

足智多谋杨义臣，铜旗阵上逞威能；

那知天意人难料，三倒铜旗又失城。

当下老夫人听得罗成之言，便叫道："我儿，你此去只消明保铜旗，暗助西魏，随机应变，若保了表兄，不要回来便了。"罗成领命，说："孩儿知道了。"出来收拾了盔甲、马匹、军器，拜别爹娘，不带人马，只同二十名家将，径奔东岭关而来。心中想道："我且慢往东岭，先到西魏，见过表兄，通知消息，然后到东岭会杨义臣便了。"主意已定，径往西魏营中而来。

再说秦叔宝，见报杨义臣在关外摆下一座铜旗阵，要主将独打铜旗，忙请军师商议。茂公道："目下未可破阵，我算定阴阳，待等一人到来，有了内助，那时阵就可破了。"不隔几日，军士报进："幽州罗公子要见。"茂公大喜，同叔宝出营迎接。接入营中，施礼已毕，吩咐摆酒接风。席间罗成问道："表兄曾与杨义臣交兵否？"茂公接应道："尚未曾交战，因杨义臣摆下一座铜旗阵，外面又有八门金锁阵，兵多将广，要你表兄独打铜旗，故尔未敢进兵。今公子到此，必有所教。"罗成道："小弟自幼看过兵书，凭他什么阵图，无有不晓，那怕什么铜旗铁旗！但家父道，不与王家出力，反助西魏为帅，兵夺四关，命小弟前来保护铜旗，共助杨义臣，大破西魏。"叔宝道："表弟，若如此说，金墉兵士难保矣！"罗成道："若认真要破西魏，小弟今日不来了。母亲吩咐，明保铜旗，暗助西魏。表兄若打阵时，小弟在内照应，决不使表兄受亏；若打倒铜旗，杨义臣这厮就不相干了。得了东岭关，东都已在掌中矣！"徐茂公大喜道："公子若为内助，铜旗易破矣！"罗成告别，众将送出营外，带了家将，来到东岭关外。杨义臣闻报，率大小众将，迎入关中，摆酒接风。此话不表。

再说单雄信在席上听得罗成言语，心中想道："这贼种看得西魏无人，全夸自己十分本事，使我心内不平。"程咬金从旁看见，知他不平，见罗成去了，各散归营，便来撺掇道："单二哥，你方才听得罗成罗罗嗦嗦说许多大话，看得我们俱是无用之人。那秦大哥与牛鼻子道人十分奉承他，他越说越夸能。"雄信心中想道："那东岭关守将杨义臣，他摆的什么铜旗阵，有何利害？不是自己夸口，只消杀奔前去，一斧头就把铜旗打倒。"到晚遂瞒过了诸将，也不说与叔宝得知，便提了金枣槊，上了青鬃马，出了营门，径往东岭而来。来到阵边，大喝一声："老子来打阵也！"径从休门而入。那隋兵叫声："不好了，有人冲阵了！"万弩齐发，箭如雨下。雄信见势不好，把槊乱打，叮叮当当将箭拨开，往东而来，要逃性命。那东边哪里杀得出，右冲左突，兵士围将拢来。又走到西边，那西边地下都是绊索、铁蒺藜、陷马坑。雄信大喊如雷："不想吾单通死于此地矣！"正慌张之间，只见一员隋将奔来，大叫道："员外不要心慌，随俺来！"雄信听了，只得随了那员隋将杀出，并无拦阻。雄信叫道："恩公请通名姓，后当报德。"那隋将道："小将姓黑名如龙，乃鬼门关总兵。向年流落山东，蒙员外周济，赠我盘费，使吾回家，得投杨义臣标下，今升总兵，皆员外莫大之恩也。今员外从休门而入，决是不知阵法，我故从生门领你出来，请快快前行，不可耽搁。"雄信拜谢，上马去了。

黑如龙回进营来，义臣早已得知，十分大怒，传出军令，将放走魏将的黑如龙斩首示众。此话不表。

却说单雄信走了出来，心中想道："我今不到西魏去了，省得受那牛鼻子道人的气，倒不如别处去罢！"一路思想，不觉走了二十多里路，天色大明，远见一所庄子，且到那里投了饭店，吃了早饭再走。说话之间，行到庄前，抬头一看，只见挂着两柄大锤，便问庄客："这是什么意思？"庄客见雄信生得相貌凶恶，不好十分得罪，陪笑脸答应道："将军不知，此间太平庄，庄主姓梁名师泰，有万夫不当之勇；这两柄锤挂着，有人在马前战得三个回合者，相留酒饭，临行又赠盘费。"雄信道："原来如此，不知可有人交手过么？"庄客道："并没有个对手。"雄信腹中饥饿，听他说有酒有饭，大喜道："你进去报知，说外边有一将要马前战百十余合,还要把头砍下来。"庄客忙到里面说知,梁师泰大怒,结束上马出来,拿了两锤,大叫道:"呔!狗囊的,你敢与老子战三合么!"雄信一看,只见此人黑面黄须,青扎巾,石青团花战袍,手执一百六十斤两柄大锤,有五升斗大,在面前大呼小叫。雄信想道:"此人不象善相,不如先下手为强。"把手中槊劈面打来。梁师泰将锤往上一迎,噗咚一响,几乎把槊打断了。雄信叫声:"好家伙!"又一槊打过去。他又把锤一迎,"好利害!"雄信两手苏麻,虎口震开,回马就走。梁师泰道:"你往哪里走!"随后赶来。雄信道:"你不要追赶,待我去唤我徒弟来,与你比比。"梁师泰道:"师父本事有限,徒弟干得甚事?"雄信要脱身逃走,又答应道:"我不哄你,你在这里等等,就来的。"梁师泰看他本事低微,住马道:"快去唤来,试试咱家的手段看。"

雄信应诺。哗落落走了有十多里路,来到三叉路口,肚中饥饿,哪里寻得些东西吃吃便好。只见东边推得数轮车子,有数十余人赶着车子而来。雄信看见大喜,拍马向前,大叫一声:"留下东西去!"举槊就打。军士看见来得凶勇,弃了车子,往后就跑。你道这车子是什么人的?乃是西府赵王李元霸,奉旨各路封王,从明州齐王窦建德那里来,要往寿州王李子通那里去,他同郡马柴绍在马上慢慢而来。当下听报强人挡路,大怒,拍马而来。雄信看见元霸,心下大惊,跳下马来立着。元霸不认得雄信,正要举锤来打,柴绍随后也到,看见雄信,叫声:"贤弟,不要打,这是秦恩公的好友。"元霸听说,即忙住手。柴绍叫声:"单二哥为何在此?"雄信见是柴绍,连忙上前。柴绍与元霸一同下马见礼,雄信便将私自去打铜旗,几乎丧命,幸亏黑如龙相救,遇着梁师泰相敌,因肚中饥饿,故来抢车,细说了一遍。元霸道:"此人在哪里?"雄信道:"就在前面,千岁可去试试锤看,只怕比千岁更狠些。"元霸道:"你先去说知,待孤家来打死了他,你好去吃饭。"单雄信大悦,又是哗落落去了。

柴绍道:"四舅,我与你是过往之人,与他无仇,不可伤他性命。"元霸道:"姊丈,你不听得单雄信说,在他马前战得三个回合者,有酒有饭,待我略胜他些,好待饥饿的单雄信吃个醉饱,在秦恩公面上也觉讨好。”柴绍道：“讲得是。”一路行去，果见梁师泰同了雄信而来。那梁师泰见了李元霸，便对雄信道：“来的就是你徒弟么？”雄信道：“然也。”梁师泰道：“你身材长大，在我面前不消一锤，你徒弟这样瘦小，看来不经打起，回他去罢。”雄信道：“你且试试这瘦小的气力看。”说罢，元霸的马已到面前，便问道：“你就是梁师泰么？”答道：“然也。快过来试锤。”梁师泰大怒，举起一百六十斤锤，劈面打来。元霸将左手略架一架，梁师泰的锤就打落了，虎口震开，回马要走。元霸道：“不要走，快留单将军进去吃饭，孤家去也！”便同柴绍带转马头，径往寿州王那里去封王去了。

单雄信大笑道：“我的徒弟如何？”梁师泰按定六神，一看见元霸不在面前，便对雄信道：“随我进庄来。”雄信就进庄去。师泰吩咐庄客安排酒饭款待，因问道：“方才此人不象你的徒弟，莫不是西府赵王李元霸么？”雄信也不来听，竟自吃饱了饭，说道：“你这冒失鬼，老子说与你听，罗子家住山西潞州府，二贤庄上单雄信的便是。因保西魏王攻打东岭，杨义臣摆下铜旗阵，幽州罗成到来，说了大话，我心中不平，私自去打阵图，不料被兵围住，亏黑如龙相救，来到这里。因肚中饥饿，请你战上三合，不道你自恃英雄，故此唤徒弟到来，你可知道他利害么？我还有兄弟叫做秦叔宝，十分利害，方才的也怕他三分。”梁师泰道：“原来是单二员外，小弟不知，多多得罪。”重新见礼。话得投机，方晓得果然是李元霸，怪道他的锤甚是利害，若是走不快，几乎性命不保。遂吩咐收了两锤进来，相留单雄信在家。此话不表。

再讲西魏徐茂公掐指一算，忙对叔宝道：“元帅，不好了！今晚青龙星有难，怎生是好？”叔宝大惊，齐集众将，单不见单雄信。叔宝道：“单二哥不见，军师与我快快查来。”茂公道：“元帅有所不知，今日罗成到来，口出大言，显见得西魏无有人物倒得铜旗。单二哥是个直性的人，他心中不服，私自去打阵图了。”叔宝道：“快些点兵相救。”茂公道：“如此黑夜之中，怎好点兵相救，等待明日罢。”叔宝道：“军师为何说此呆话，难道今晚不救，要等明日，岂非断送他性命么？待我自去相救单二哥回来。”连忙披挂停当，正要上马，只见徐茂公道：“元帅不用着忙，单二哥已有天伤星相救出阵去了。待我今晚再观天象，自有着落，明日差将接他便了。”叔宝坐立不安，连连催促，茂公道：“单二哥不回西魏，又要往别处去了，待我差将去接他回来。”看罢天象，已交半夜，暗中吩咐王伯当如此如此，伯当领命去了。

不说西魏营中之事，再表王伯当领了军师之命，提戟上马，出营把马加上二鞭，四蹄蹬开，豁喇喇飞跑而去。不到下午时分，早到太平庄，只见单雄信同梁师泰出来，见了王伯当，说道：“伯当兄，你为何也在此间？”伯当道：“单二哥，你好啊，为何昨夜私自出来？元帅好不着急，忧得你好苦，故此军师知道，算定你在这里，因此差弟来接你回去。”雄信道：“兄弟，不要说起，昨日愚兄解粮回来，见了罗成这小贼种，好不着恼。向年庆贺伯母生辰，受了他一场气，至今心中还不能平。谁想他昨晚到来，因秦大哥十分奉承他，又口出大言，说铜旗怎么样长，铜旗怎么样短，有许多噜噜嗦嗦。罗子向年大反山东，我一人一骑，在黄泥冈杀退唐璧数万人马，哪里在我心上？因此瞒了元帅，私自开兵，倘杀破了铜旗阵，羞这小贼种一场，出出心中恶气，也是好的。不料杀入铜旗阵，果然利害，只有进的路，没有出的路，险些送了性命。幸亏一个好朋友，叫做黑如龙，乃鬼门关总兵，救了我出来，所以到这里遇着这位梁师兄。”如此长短，说了一遍。王伯当就与梁师泰相见，相请同行。梁师泰力辞不去，不料李元霸差官来，聘去做个马前开路将，梁师泰往李元霸那里去了。这话不表。

再说单雄信、王伯当回到营来，叔宝接着大喜，摆酒庆贺。

次日，茂公说：“今日元帅先去探一阵，明日好倒他的铜旗。”叔宝闻言，即忙全身披挂，悬锏插箭，手执提炉枪，上了呼雷豹，冲出营来，大喝一声：“隋兵让开路罢，俺秦琼来破阵也！”那隋兵万弩齐发，箭如雨滴。叔宝把枪捻一捻紧，忽的一声向箭林中冲入阵来，往旗杆边杀去。那些大小众将，齐声呐喊，一齐上前围拢，如铁桶相似，把叔宝裹在垓心。那叔宝使着枪，叮当之声，在内招架，左冲右突，哪里杀得出来。那罗成在将台上观见表兄入阵受敌，犹恐有失，欲待传令收兵，只见叔宝的坐骑呼雷豹也着了急，两耳一竖，鼻子一张，大叫一声，冲出一道黑气，只见那千万匹马一齐仆倒了。

叔宝一马冲出阵来，回到本营，众将一齐迎接。叔宝道："这铜旗却有些难倒，粗有一丈，高有十丈，上有大大一个方斗，斗同内藏着二十四名神箭手。休说倒得来，就近也近它不得，纵然近得它，又不许刀砍斧劈，只许锏打鞭敲，这如何能倒得它？"徐茂公道："元帅不必心焦，明日点将，四面杀入，元帅径去倒旗，包他箭不敢发，自有神人暗助，决倒铜旗，还得一员大将归降便了。"叔宝闻言，疑信相半。

次日五鼓，徐茂公点将，令王伯当、谢应登领一千兵，从东阵杀入；令齐国远、李如圭领兵一千，从南阵杀入；令尉迟南、尉迟北领兵一千，从西阵杀入；令张公瑾、史大奈领兵一千，从北阵杀入；其余众将，各按方向而入；秦叔宝从正中杀入。那罗成在阵上见四面八方，杀入阵中，下令叫斗上二十四名神箭手不许放箭，看秦叔宝倒得铜旗否。叔宝一马冲入营来，有杨龙、杨虎催马来战，被叔宝架开刀，一枪刺死了杨龙。杨虎回马便走，叔宝扯出金装锏，照背一锏，打下马来。遂奔铜旗而来，提下提炉枪，取出金装锏，左手照铜旗，用尽平生之力，耍的一锏；双手一合，当的又是一锏。那半空之中，却有尚师徒、裴元庆的阴魂相助，将旗杆往上一拔。那叔宝当的一锏，轰隆一声，震天的响，铜旗竟倒了，跌死了二十四名神箭手。

这叔宝虽然三锏倒了铜旗，却用脱了力，眼前漆黑，头内轰的一声响，心内一挤，血涌上来。叔宝只把那污血咽下肚去，这里就得了三分病了。当下东方煌之兄东方伯，并杨虎、杨彪、杨熊一齐上来，秦叔宝拼力抵挡，却哪里抵挡得住？这一张脸如死人一般，一些血色也没有。罗成在将台上看见，便叫一声："鞴马来！"下台上马提枪，一马冲来。众将只道他来助战，不道马到面前，一枪断送了东方伯，当的一锏，打死了杨彪。众将大惊，齐声叫喊："罗成反了！"那杨义臣一闻罗成反了，长叹一声："罢了！"拔出青锋剑，自刎而亡。当下那金墉七骠八猛十二骑，大小将官，一齐杀入，竟如斩瓜切菜一般。有杨熊飞逃出东营，劈头撞着了王伯当，一箭送了性命。金墉众将大叫："隋家兵将，快快投降，即便收兵，免伤汝命。"那二十万隋兵一齐解甲归降。徐茂公下令鸣金收兵。大军已进东岭。众将会了罗成，十分大喜。叔宝却叫："兄弟，你如今回不得燕山了。"罗成道："小弟未来之时,已与母亲说过,竟保魏王,不必回去了。”叔宝大喜,摆酒庆贺。

过了几日,正待兴兵前去攻打东都,却有魏王令旨到来,说涿州留守孽世雄,兴兵十万,来犯金墉,老将军裴仁基战死金墉。叔宝得报大惊,即忙下令,众将军一齐回兵,以救金墉。不日兵回金墉,果见许多兵马,围着城池。罗成便道:“小弟来到金墉,并无折箭之功,愿斩世雄以为进身之路。”叔宝大喜。罗成整一整束发银冠,把马收一收肚带,把枪一摆,大喝一声:“贼兵让路罢!”那些涿州兵卒大叫:“有魏将踹营了!”一齐发箭乱射。正是:

英雄小将何曾惧,杀入千军万马中。

毕竟不知罗成怎生破敌,且听下回分解。

第四十回 罗春保主归金墉 杨林设计谋反王

诗曰：

威镇边邦盖世雄，谁知天禄已归终；
可怜血溅征袍湿，罗艺功勋一旦空。

当下孽世雄兵卒看见魏将杀入营来，一齐发弩，箭如雨点一般射来。罗成把枪一摆，枪头就有萝篮大，花头箭到面前纷纷落地，轰的一声，冲入营来。只见远者枪挑，近者锏打，枪到处纷纷落马，锏到处个个亡身。众军齐声呐喊，报入营中。孽世雄大惊，忙提金背刀，一马冲来，大喊："来将何名？"罗成道："我乃燕山罗成便是。你这厮敢就是孽世雄么？"孽世雄道："然也。"即把刀劈面砍来。罗成拦开刀，叫声："去罢！"兜咽喉一枪，将孽世雄挑下马去。这边秦叔宝大兵杀入，那城内魏王兵也杀出来，把世雄十万大兵杀个干净。鸣金收兵入城，叔宝引罗成上殿，细奏前事，魏王大悦，即封罗成为猛虎大将军。罗成谢封出殿，自去秦家拜见舅母，按下不表。

且说李元霸封王回来，为何不去复旨，却有个缘故。那太原晋阳宫中，有张妃与尹妃，怨炀帝抛下了她们，久恋扬州，一日召司礼监裴寂来问炀帝踪迹。这裴寂的阴阳比徐茂公还高一二，当下见张、尹二妃，问他圣上可到几时回来，裴寂道："圣上此去，有去无回，目下真主已出，早晚兵至矣！"二妃道："真主却是何人？"裴寂道："不是别人，就是唐公李渊，应在明日登基。"二妃却与裴寂商量，发一道旨去召唐公李渊入宫。

唐公来到宫中，奏道："二位娘娘有何吩咐？"二妃道："有一事与先生商量，且饮了宴，然后来说。"唐公拜谢入席饮宴，那酒中却有药，吃了便醉。唐公醉倒，二妃将唐公抬到床上，就把解药相灌。唐公醒来大惊，慌忙跳下龙床，跪倒在地。二妃道："你是要官休呢，要私休？"唐公道："官休便怎么？私休便怎么？"二妃道："若是官休，把你解上江都，说你夜入宫中，私宿龙床，问你个大大罪名；若是私休，今夜我姊妹服侍了你，你明日可即皇帝之位。听凭你选择哪一样。”唐公无奈，只得应允。

到了一更时分，唐公出宫，召建成、元吉、世民、元霸，并袁天罡、李淳风、长孙无忌、长孙顺德、殷开山、马三保一众将士入晋阳宫，告以此事。世民道：“今主上无道，百姓困穷，晋阳宫外，皆为战场。大人若守小节，下有寇盗，上有惊危，危亡无日矣！不若乘此机会，成就帝业，实天授之时也。且太原兵强将勇，有四弟这般利害，扫隋乱犹如探囊取物。”唐公犹豫不决。众人正在议论之间，报有京兆三原李靖求见。袁天罡拍手道：“此人一来，大事济矣！”众人一齐迎入殿来。李靖大呼：“此刻天时已到，主公何故尚不升殿？”唐公见李靖之言，主意已定，即忙点齐众将，分布各门，鸣金击鼓，唐公服冕冠，披黄袍，升大殿。众将各各朝贺参拜，请唐公改天年，立国号。李渊下旨国号大唐，自为高祖神尧武德皇帝。封建成为殷王，立为太子；世民为秦王；元吉为齐王；元霸为赵王。封李靖为魏国公，袁天罡为左军师，李淳风为右军师，其余众将，各个受封。即下旨令赵王元霸为前部先锋，御驾亲征，取河西潼关，攻长安。那隋家关隘守将，哪一个是赵王的对手？到处无敌，势如破竹。不几日，得河西，取潼关，杀入长安。高祖下旨安民，建都长安，封杨侑为巂国公，加封马三保为国公，殷开山为定国公，长孙无忌为楚国公。李靖拜辞唐天子，云游海外，此话不表。

再说河北燕山罗元帅，自罗成去后，每每放心不下。忽一日报道：“罗成里应外合，破了铜旗阵，降了金墉了。”罗公一闻此言，急得三尸神爆跳，七孔内生烟，气得半死半活，声声只叫：“罗氏祖宗因何不佑，养出这样不肖畜生来！”即刻吩咐兴兵，要去捉拿罗成，忽听报道：“启元帅爷，不好了！今有明州夏明王窦建德，差刘黑闼为元帅，苏定方为先锋，领兵四万，来犯燕山，离城五里了！”罗公正在大怒之间，一闻此报，火上添油，即忙点兵出城。罗公一马上前，正是心中一着了恼，不问因由，举枪便刺。苏定方举戟相迎，不及三合，杀得大败，自愧低微，回马便走。罗公催马赶来，苏定方拈弓搭箭，回身射来,嗖的一声,正中罗公左目。罗公大叫一声,回马便走入城,把城门紧闭。苏定方领兵围住。

这罗公败回帅府,眼中取出箭,疼痛不止,大叫一声,死于后堂。老夫人放声大哭。当下有一义男,名唤罗春,叫一声:"夫人不必哭了,且商议正事。老爷已死,军中无主,倘贼兵攻入城来,如何是好?"老夫人道:"这怎么处?"罗春道:"且把老爷尸首焚化了,收拾骸骨,夫人端正细软。小人出去下令大小三军,一齐随同到金墉公子那边投奔便了。"老夫人即忙吩咐家将,烧了老爷尸首,包了骨殖。罗春出府下令:"众军士愿随去者,快快收拾;不愿去者,听凭他往。"这些大小众军,一齐愿往。大家收拾端正,到黄昏时分,罗春保了老夫人,与众将大开南门,杀将出来。罗春令众将保着家眷先行,自己断后。刘黑闼命令明州兵追了一程,便收兵入城,得了燕山,分兵镇守。刘黑闼自领了大兵,退回明州去了,不表。

再讲罗春与众将保着老夫人,一路径往金墉而来。不日到了金墉,罗春先自入城,打听得罗成与秦叔宝同住,便径入帅府。军校禀报入内,罗成连忙吩咐:"着他进来。"罗春一见公子,放声大哭。罗成大惊,忙问其故。罗春细言其事。罗成大哭一声,晕倒在地。叔宝慌忙叫醒扶起,就出城迎接老夫人入城。秦母姑嫂相逢,放声大哭。罗成在府开丧,次日奏知魏王,把随来众将分头调用,择日将罗公骸骨埋葬,不表。

且说登州靠山王杨林,一闻炀帝住下扬州,又闻李渊得了长安,天下大半俱属反王,定下一个计来:发十八道圣旨,会齐天下反王,各路烟尘,不论军民、他州外国之人,均可上扬州演武。反王之中有武艺高强,抢得状元者,便立他为反王头儿,必须年年进贡。这个计策,意思要众反王到来,使他们先自相杀一阵,伤残一半,然后在教场埋下西瓜火炮,俱用竹筒引着药线,演武之后,点着药线,放着大炮,又可打死大半;其余逃得脱的,在扬州城上放下千斤闸来,再闸死一半;再有逃脱的,靠山王自与继子殷岳和女儿杨赛花,领兵去龙鳞山埋伏,要杀尽天下反王,各处烟尘。看官,只因杨林是个藩王,不必去抢状元,所以不在教场,自去埋伏。宇文成都领十万大兵,保炀帝在西苑,所以也不到的。按下不表。

这旨意一下,各处俱皆起兵。那十八路反王,六十四处烟尘,并他州外国军民,齐上扬州不表。先说一人,乃山后朔州麻衣县人氏,姓胡,改姓尉迟,名恭,字敬德。生得身长一丈,腰大十围,面如锅底,一双虎眼,两道粗眉,腮边一部虎须。娶妻金氏,舅子名金国龙、金国虎,在麻衣县当马快手。他住在城外,打铁务农为业,一闻圣旨下来,欲上扬州去抢状元。金氏劝他道:“你面黑如泥,不要前去。”他不肯听,去寻本处一个财主乔公山,向他借了五十两银子,将几两来安了家,起身径上扬州去了。此话不表。

再说靠山王杨林,闻得沱罗寨伍天锡是个英雄好汉,差官前去聘他来镇守天昌关,挡那各路反王,俱要关前考武,考过武举,然后方得进关抢状元。伍天锡闻召,心中大喜,道:“我正要到扬州,不想有这机会,这昏君少不得死在我手里了。”忙点兵马到天昌关,候各路反王,不表。

单说各路反王,到了天昌关前,见有一将,使混金镋,红面黄须,立于关前,高叫:“众王听着,我奉杨千岁令旨,如有将士在我马前战三个回合者,中为武举,然后进门夺状元;如不能战三合者,休想进关。”众反王一闻此言,俱扎营关外,等候商议。不几日,到齐了,众反王道:“那守将要马前战过三合,中为武举,方许进关,不然休想进得。此人既出大言,必有大才,我们何不杀了他,然后进关,夺武状元。”伍云召上前说道:“众王爷不必发恼,天昌关守将是小将的兄弟伍天锡,待小弟明日去对他说,自然放进关中。”众反王道:“伍元帅之言甚善。”次日,报进关中:“启将军,众反王要来进关。”伍天锡闻报,手执混金镋,开关出来,看见哥哥伍云召在前,众反王相随在后,许多兵将,俱全身披挂,十分威武,好不闹热。天锡道:“哥哥也来考武举么?”云召道:“然也。我有一句话对你说,目下扬州开科考状元,兄弟怎么听信杨林,在此考武举,是何道理?”天锡道:“哥哥但知其一,不知其二。我岂不晓得么?然我在此,却有益于众反王。哥哥进场,须要小心;场中不怀好意,作速同众反王进关,见机而作。”众反王闻言,大喜:“原来伍元帅兄弟是个好人。”众反王同伍云召进关,上扬州。天锡在关前,看众反王雄雄气象,众将士凛凛威风,又见秦叔宝在后,大惊道:“李元霸对手来了!”急速回关退避。再讲众反王到扬州,都扎营在城外安歇,不表。

且说大唐高祖得了旨意,却好赵王李元霸出征西番未回,便唤秦王李世民带领众将前来。秦王兵到扬州,与众王相会。却有西魏王李密,带领众将也到。众反王迎入。次后,夏明王窦建德也到,却是秦王的母舅。众反王正在见礼,金墉猛虎大将军罗成,看见了杀父仇人苏定方,赶上前来夹领毛一把抓住,提翻在地,举拳就打。程咬金大叫:“罗兄弟,活活打死这狗囊的,不要放他!”众反王齐吃一惊,忙问是何缘故。叔宝把射死罗公之事,一一说知,众人那个敢劝,只打得苏定方骨碌碌在地乱滚。窦建德吓得魂魄俱无,连忙叫道:“哪一位王兄劝一劝!”秦王看不过,走来道:“罗王兄,那时苏将军射死令尊,也是各为其主,看孤薄面,饶了他罢!”便跪下去。罗成连忙扶起道:“既千岁爷说了,就饶他多活几时。”当下放了苏定方。

营中摆酒,众王聚饮一处。这一班将士都出去游玩闲步。这金墉五虎将,会见寿州王李子通的元帅伍云召,说说笑笑。程咬金道:“伍将军闲暇无事,有象棋在此,我与你下一盘,每盘输赢银一两。”伍云召道:“如此甚妙。”当下二人在一块大青石上下棋。咬金象棋甚低,被云召连胜两盘。云召见他棋低,便说:“我不来了。”咬金道:“再来一盘。”不料尉迟恭也到这里来闲走。云召因尉迟恭看见咬金棋低,不好意思,说道:“程将军是国手,小弟着不过,明日再请教罢!”咬金道:“你是赢的,天色甚早,何妨再着?”云召只是不肯。尉迟恭在旁看不过,说道:“我来如何?”咬金道:“就是你来着,多少银子一盘?”尉迟恭道:“凭你。”程咬金抬头一看:“啊唷,哪里来的黑炭团,好象烟熏太岁,火逼金刚。”尉迟恭怀中取出三四十两银子的包儿,道:“我与你着了这一包。”咬金道:“来来来!有兴不过!”尉迟恭道:“你也拿出来。”咬金也把身边一包五十两银子放在石上,说道:“我与你大家摆在石上,那个赢的拿去。”尉迟恭即点头道:“是。”就放下银子,对面坐了着棋。伍云召反着手,从旁边观看。

他两人着了十来着,程咬金一个“车”被尉迟恭吃了。咬金心中一想道："我着他不过，这盘棋也要输了，不如不完局罢。"想罢，说道："我不来了。"把银子拿了要走。尉迟恭怒道："好汉子不是这样着法的，快拿出来！"程咬金道："我不来了！"尉迟恭伸手把咬金扭住，咬金将拳乱打。尉迟恭照面一个巴掌，反手又是一拳，把程咬金打倒在地。伍云召看见大怒："可恶，这狗头无礼。"趁势上前，夹领颈一把提翻在地，举拳便打。程咬金爬将起来，大叫道："伍元帅不要打，我有话说，这原是我不是，不合把银子拿了，还了他罢。"伍云召放起尉迟恭，但已打得鼻青眼肿，叔宝道："还了他银子，饶他去罢！"程咬金不好意思，众人一笑散了。尉迟恭倒吃了亏，被伍云召打得满身疼痛，回到下处将养，如何考得状元，只得收拾回家去了。不表。

再说那西府赵王李元霸，征西番回来，朝过父王，问道："哥哥秦王哪里去了？"高祖道："他往扬州考武去了。"元霸道："请问父王，哥哥几时去的？"高祖道："去不多几日。"元霸道："既如此，我也要去考武。"高祖道："你去不可生事。"元霸应道："晓得。"便同家将四名，星夜往扬州进发不表。

再说天昌关主考伍天锡，放进了许多反王，不曾考得一个门生，如何回复杨林？忽报关外有几家反王，要将军爷出去考，天锡道："好了，门生来了。"传令众将一齐出关不表。

再说李元霸来到天昌关，只见众反王接着。元霸道："你们为何还在这里？"众王道："千岁有所不知，众反王先来，早已进城，我们还迟了几日，还在这里。你还不晓得，如今天昌关有一主考，要进武场，必要在他马前战三个回合，战得过，算中武举；战不过，性命不保。"元霸道："有这等事？列位王兄，待孤家先考过了，然后列位王兄来考。"言未毕，马前闪出一将，头载铜盔，身穿铁甲，金脸红须，手执双锤，此将就是单雄信在太平庄相会，李元霸聘为马前开路将的梁师泰。他上前叫道："千岁爷且慢前进，待末将先与他比过高下再处。"元霸道："既如此，你先去，孤就来。"梁师泰把马一拍，豁喇喇冲到关前。众反王同了李元霸也到关外。梁师泰大叫一声说："关上的，快报主试知道，今有众反王到此，要考过武举，进场夺状元。"只见关上放炮三声，关门早开。梁师泰抬头一看，只见三军摆列两旁，中间一员大将：头戴闹龙铁箔头，面如红枣，浓眉豹眼，海下一部红须，身穿锁子乌金甲，左悬弓，右插箭，坐下能征惯战昏红马，手执二百斤重的混金镋，开言："哪一个先来与本帅战三合，好进武场？"梁师泰叫一声："我来也！"把刀一冲，已到马前。伍天锡抬头一看，见来将不是良善之相，不如先下手为妙。便把手中混金镋一举，劈头盖下来，好不利害，犹如泰山一般。师泰说声："不好！"把手中双锤一架，震得两臂膊苏麻，说道："啊唷，果然名不虚传！"正是：

强中更有强中手，师泰英雄枉自矜。

毕竟梁师泰怎生抵敌，且看下回分解。

第四十一回　罗成力抢状元魁　阔海压死千斤闸

诗曰：

莫道杨林巧计多，欲将一网获群魔；

谁知天意兴唐祚，难把英雄入网罗。

当下梁师泰说："好个利害的主试！"天锡道："你才晓得我的镋么？"又是一镋。梁师泰把双锤又是一架，哪里架得住，勉强挡了两三挡，看看敌不住。伍天锡见梁师泰面上失色，又把混金镋望顶上盖下来。梁师泰躲闪不及，喊一声："不好了！"正中头盔，跌下马来，复一镋结果了性命。天锡大叫一声："哪一位敢再来考？"众反王看见大惊。李元霸大怒，拍开万里云，大叫道："孤家来也！"伍天锡看见是李元霸到来，大惊失色，欲待要走，无奈已照面了，不好退回。只得说道："千岁为何也来考武？末将请千岁进关。"元霸大喝："唗！红面贼，你把孤开路将打死了，孤来取你命也！"把万里云一夹，四百斤的大锤一举，当的一锤打来。伍天锡只得把混金镋一架，震得双手流血。元霸又是一锤，天锡虎口震开，回马便走。元霸叫声："哪里走！"一马赶来，伸手照背心一提，提过马来，往空中一抛，倒跌下马来。元霸赶上按住脚，双手一撕，分为两开。可怜梁师泰未曾立功，死于伍天锡之手；伍天锡奉靠山王杨林之命，在天昌关做主考，门生不曾收得一个，死于李元霸之手。

众反王同李元霸进关，不料高丽国王李天容差四太子李世模来犯边廷，兵势甚锐，高祖差官来召李元霸出兵迎敌。李元霸在天昌关正要起程去扬州，忽闻宣召，不得已对众反王道："孤有事，暂别列位王兄。"众反王道："王兄请便。"两下分别，各自上路，不必细表。

单讲元霸一路而来，不一日相近徐州，看见有数千百姓拥挤，在前面齐声叫屈。元霸道："唤几个来问他。"军士应声走上前来，叫声："众百姓为何齐集喧嚷？千岁要唤几名上来，问问为甚事情。"众百姓内中有几个老年之人,走到元霸面前,跪下说道:“千岁爷在上,子民朝见。今因有一位刘老爷做沛县知县,为官清正,万民感戴,目下亏空了钱粮,上司参他,要解往宇文将军那边去,此去性命难保,所以众百姓求千岁爷救了他便好。”李元霸道:“刘知县叫甚名字?为何亏空钱粮?一一说来。”内中有一老人说道:“那刘知县姓刘名文靖,在地方上只吃得一口水,并不得一分钱财,就是钱粮,也是前官历年欠下来的,并非刘老爷亲食。望千岁爷作主,对宇文将军说,放了他,也是千岁洪恩。”说罢,叩头不住。李元霸心中一想:“那刘文靖做官,孤家一路封王,都说他是清官,不免待孤家对宇文成都说了,救了他罢。”主意已定,开言说:“众百姓回去,待孤家救他便了。”众百姓听了道:“多谢千岁爷!”一哄而散。

再说元霸同三军来到徐州界上,宇文成都扎营在外,军士探知,连忙报进:“启爷,西府赵王要见。”成都听了问道:“他有多少人马来?”军士说:“不多几人,又无兵器。”成都听说,大喜道:“这小畜生今番死也!”忙带军器出营,说:“千岁在上,末将接迟,望乞恕罪。”口中这般说,手中把镏金镋劈面砍来。元霸不防备的,看见镋来,将身一闪,顺手将镏金镋接住一扯,连人带马都扯过来了。成都好不着急,开言说:“千岁饶命哪!”元霸的师父紫阳真人叮嘱过他,若遇见使镏金镋的,不可伤他性命,所以向年比武,就不伤害他。今日见他起了不良之心,意欲害他,忽想起师父之言,便说声:“饶了你罢!”放了成都。成都死中得活,起来谢了不杀之恩。元霸说起刘文靖之事,成都满口应承,就发令箭一枝,去放了刘文靖。元霸自回长安,此话不表。

再说众反王齐集扬州,有封德仪接到教场安顿。次日,众反王各食战饭,人人披挂,个个整备,远近王子与外邦烟尘,齐到演武场分列两行,等候演武。其时有一个千年狐狸,在天平山修炼,奉紫阳真人的法旨,言武场中有真主在内,付汝庙药一颗,前去如此如此。狐狸领旨,即变做一个道人,径往扬州教场来。走到演武厅背后,取出丹药一颗,放在大炮内引线竹筒里,又撒了一泡尿,打湿了药线,径回天平山去了。

再说封德仪三声炮响，即刻升堂，先是各邦元帅上去打拱过了。只有相州白御王高谈圣的元帅雄阔海未到。那雄阔海因武林公干，闻知这个信息，连日夜赶将来不表。

再说演武场，大小将官都打拱过了，这监军官封德仪下令，吩咐各家认了方位，然后取那武状元盔甲袍带，吩咐摆在演武厅正中间。三通鼓响，又传令道："有人能夺此盔甲袍带者，称为国首，汝等有本事的前来取者。"这个令一下，早有山后定阳王刘武周手下先锋甄翟儿出马，大叫一声："待我取状元，谁敢出马与俺比武！"即把大斧一抡。早有洛阳东镇王王世充的元帅段达出马，使一杆方天戟，大叫一声："我来与你比武！"早到跟前。甄翟儿举斧，劈面交锋。未及几个回合，甄翟儿拦开手中斧，叱咤一声，把段达砍为两段。又有知世王王溥手下大将彭虎，挥竹节钢鞭，拍马来战甄翟儿。二人未及三个回合，甄翟儿放下大斧，袋内取弓，壶中拔箭，扭回身一箭，正中彭虎左臂，翻身跌下马来，被甄翟儿回马一箭，断送了性命。

甄翟儿大叫："谁人敢再来夺俺的状元？"只见一个和尚，骑一匹白马，大叫道："贫僧来会你！"这和尚乃天平山来的，叫做盖世雄，善用随身一件宝贝。当下一马上前，甄翟儿见了大怒，举斧照头劈来。盖世雄举手中铁禅杖架住，相敌未及几个回合，和尚回身便走。甄翟儿拍马赶来，和尚身边取出一片飞钹，望空一抛，将甄翟儿劈为两段。当下有江陵大梁王萧铣手下大将洪灵天，大喝一声："妖僧，焉敢无礼！"拍马举槊来战。和尚举杖相迎，战不上几合，和尚虚闪一杖，掇身而走。洪灵天随后赶来，和尚把飞钹往空一抛，拍嗒一声，将洪灵天打下马；随后有净梁王李执手下元帅何天豹出马，也被他伤了；又有鲁州净秦王徐元朗手下大将暴天虎出马，也被他斩了；有北汉王铁木尔手下先锋许飞熊出马，也被他斩了。盖世雄大叫："谁敢来会贫僧？"那金墉虎将王伯当大怒，手执银枪，催开银鬃马，来战盖世雄。二人正斗之间，世雄又将飞钹一抛。王伯当按下银枪，袋内取弓，壶中取箭，搭上弦，嗖的一箭，正中飞钹，射落在地。这钹一见了土，就收不起来了。世雄大惊，回身又战，被王伯当拦开铁禅杖，取钢鞭一鞭打中左臂，大叫一声，负痛而走，自回天平山，重炼飞钹，直到洛阳五龙大会,方才出来。

且说王伯当大叫道:“谁敢来夺状元?”有沙陀罗于突厥老英王手下大将铁木金,使一条一百斤的铁棒,拍马而出,大喝道:“我来也!”两下交锋,不及三四回合,王伯当抵挡不住,败回本阵。铁木金大呼:“谁敢来交手?”有河北寿州李子通手下元帅伍云召拍开马,使条长枪大叫道:“待我来抢状元。”举枪照面一刺。铁木金将棒一架,伍云召把棒逼开,又是一枪,刺中心口,噗通一交,跌下马来,复一枪结果了性命。却有高丽国内来的一员大将,姓左名雄,使一柄板斧,坐下一匹异马,没有尾巴的,名为“没尾驹”。那左雄大叫道:“留下状元,我来也!”将斧照云召劈来。云召把枪一架,当的一响,左雄叫声:“好家伙!”回马便走。伍云召大喝一声:“哪里走?”拍马赶来。左雄把没尾驹头上啪啪啪连打几下,那马前蹄一低,后蹄一立,屁股内呼一声响,撒出一根一丈长的尾巴来,耍的一扫,把伍云召的头都打得粉碎,死于马下。

众将齐吃一惊。秦叔宝大怒,催开风雷豹,使动提炉枪,来战左雄。左雄举斧来迎,二人战到八、九个回合,左雄回马就走。叔宝随后赶来,左雄又将没尾驹连拍几拍,又撒出尾巴来。叔宝叫声:“不好!”把身往后一侧,一尾正打中风雷豹的头。那风雷豹十分疼痛,把两耳一竖,嘶呖呖一声吼叫,口中吐出黑烟来。那没尾驹噗的跌倒了,尿屁直流。叔宝一枪先刺死没尾驹,复一枪刺死了左雄。便叫道:“何人敢来抢状元?”有楚王雷大鹏手下大将金德明,使一柄大砍刀,来战叔宝。未及几个回合,他见叔宝本事高强,难以取胜,一手举刀招架,一手暗扯铜锤,耍的一锤,正中左手,叔宝回马败走。

罗成大怒,催开西方小白龙,摆开手中烂银枪,抢上来噔的一枪,刺中金德明咽喉,金德明跌下马来,死于非命。其后虽有众王子将官出马来战,哪里是罗成的对手。第一条好汉李元霸,被高祖召去出征高丽不在此;第二条好汉宇文成都,保炀帝在西苑,也不在此;第三条好汉裴元庆死了;第四条好汉雄阔海,还不曾到来;第五条好汉伍云召被没尾驹打死;第六条好汉伍天锡又死在天昌关了。除这六人,要算罗成了。其余众将，哪个敌得过他？他烂银枪连挑四十二员大将下马，其余一个也不敢来，径取了状元盔甲袍带。

忽听得演武厅后边三声炮响，原来这小炮一响，然后点着大炮的药线。岂知竹筒内药线已被狐狸精打湿了，再也不响。众王都有些知觉，防有不测之变。一齐上马，飞的一般，俱奔到城下。只听一声炮响，城上放下千斤闸来。那雄阔海刚刚来到城门口，只见上边放下闸来，忙下马一手托住，大叫一声："众王爷，里边有变么？"众王应道："城内有变！"雄阔海道："既然有变，你等要出城者，趁我托住千斤闸在此，快走！"那十八家王子与各路烟尘，一齐跑出城来，一个个都走脱了。雄阔海走了一日一夜，肚中饥饿，身子已乏，跑到就托了这半日千斤闸，上边又有许多人狠命的推下来，他头一晕，手一松，噗挞一响，压死在城下。

这里众王子们，望前夺路而奔。将近龙鳞山，只听得一声呐喊，伏兵齐出。当先闪出一员女将，名唤杨赛花，手举双刀，催马前来，挡住去路。程咬金一见，说道："完了，秦大哥讲过的，凡女人开兵，定有回马兵器，若没本事的，决不出阵，如今有些作怪了。"罗成道："不要管，待我赏他一枪便了。"催马上前，当的一枪，那女将就跌下马来，复一枪，就结果了性命。

杨林闻报大怒，把囚龙棒一举，匹马冲上前来。罗成挺枪相迎，两下交战，未及三合，罗成回马便走。杨林拍马赶到。罗成反身把枪一举，杨林把囚龙棒往下一按，不料未挡住枪，不上不下，一枪正中咽喉，杨林跌下马来。罗成拔剑，割了首级，叔宝叫声："兄弟，好回马枪啊！"那殷岳大怒，拍马摆狼牙棒来战叔宝。叔宝举提炉枪相迎，两下交锋，大战二十余合，不分胜负。叔宝心中一想，回马便走，殷岳随后赶来。叔宝左手横枪，右手举锏，见殷岳一棒打来，叔宝反手把枪在背后一架，当的一响，架住了狼牙棒，扭回身转来，嗖的一锏，把殷岳打下马来，复一枪，呜呼哀哉。罗成叫声："哥哥，好撒手锏啊！"二人大笑，把伏兵杀退。众反王各自回国，不表。

且说炀帝见计不成，杨林又死，天下危乱，料难安定。一日退朝与萧妃众人道："寡人大事去矣！快共饮酒，趁早快活。"酒后取镜自照道:“好头颈,谁来砍去?”萧妃道:“陛下何出此不利之言! 当今之计,奈何?”炀帝道:“中原已乱,无心北归,欲保江东,以听天命。”遂下旨整治丹阳宫。此时杨林死后,军中粮草已尽,从来的将军,都思北归。又有虎贲郎将司马德戡、元礼直阁裴虔通等共欲北去,炀帝大怒,杀了二人。自此以后,无人敢言。虎牙郎将赵行枢等,乃告宇文化及道:“今天意丧隋,英雄四起,同心叛者,何止数万,若行大事,乃帝王之业也。”化及大喜。令宇文成都晓谕众将,连夜起兵东城,举火相应。宇文成都即带数将入城,有屯卫将军独孤盛,前来拒敌,被成都镏金镋结果了性命。众人见了无敌将军,哪个不怕,一齐归服。化及就率兵从玄武门而入。炀帝闻变,易服逃于东阁,却被校尉令狐行达看见,扶出宫来,见宇文成都道:“朕有何罪,卿得至此?”成都道:“陛下弑父专权,纳娘为后,鸩害东宫,图嫂奸妹,又兼不守宗庙,巡游外地,使天下壮者散之,四方老弱填于沟壑,皆因内极奢淫,以至外动征讨,何为无罪?”有赵王年十二岁,乃炀帝爱子,也在旁哭泣,被令狐行达一刀斩之,血溅龙袍。遂欲来杀炀帝,炀帝道:“天子死自有法,何必加以锋刃?”成都便叫令狐行达把炀帝缢死。宇文化及下令,将隋室宗亲尽皆杀之。是日,化及登基,即皇帝位,国号大许,百官朝贺。封宇文成都为开国武安王,封弟宇文智及、士及为左右丞相,封裴矩为仆射,按下不表。

且说金墉西魏王李密,一闻宇文化及弑了炀帝,自立为王,心中大怒。遥祭炀帝灵魂,开丧挂白已毕,与军师徐茂公商议,发下一十八道矫旨,差一十八员差官,遍约各家反王,兴师征讨反贼,俱齐集在甘泉关相会,如有不到者,以反贼论。这矫旨一传,各路反王果然各自兴师,都到甘泉关。惟有大唐李渊这支兵不见来,他却在宇文化及背后杀来,故此不曾会着。看官要晓得,为什么背后杀来呢? 原来那神尧高祖得了李密的矫诏,齐集文武各官商议道:“可差何人往扬州去杀宇文化及,抢得传国玉玺?”便有李淳风出班奏道:“陛下欲诛宇文化及,得传国玉玺,非赵王李元霸前去不可。”袁天罡在旁点头,暗算玉玺虽然抢得来,只恐赵王有去而无回矣。天机不可预泄,只好暗里嗟叹。那高祖准奏,即着李元霸领三千骁骑,出潼关而来。化及闻报，即差成都到潼关拒敌。有分教：

瓦罐不离井上破，将军难免阵前亡。

毕竟宇文成都怎么迎敌，且看下回分解。

第四十二回　元霸被雷归神位　咬金斧劈老君堂

诗曰：

化及奸谋隋祚倾，弑君篡位怒群英；
雄兵共讨甘泉地，天意应教唐业兴。

当下成都领旨，提兵前往潼关迎敌李元霸，这且慢表。单讲甘泉关众反王会集，大家计议道："必须举一人为十八邦都元帅，提调人马，方有约束。只是大小众将无数在此，举得哪个好？"徐茂公道："有个论头在此，凭天吩咐，将甘泉关闭了，一人三声，叫得关开，就推他为十八邦都元帅。"众反王齐声道："说得有理。"当下闭上关门，先是十八邦的元帅一个个叫过去，然后众将。大家各依次叫去，哪里叫得开？轮到咬金，他便夸口说道："我当初做混世魔王，旗都拜了起来，何况这座关门？还让我来，若叫不开，我也不姓程了。"说罢，向前大叫："关门！关门！你依了老程开了罢！"才叫得两声，只听得一阵狂风，呼的一声响，两扇关门就大开了。程咬金哈哈大笑道："何如？原要让我当下。"众人信服，推他上台，拜为十八邦都元帅之职。十八邦大小将官一齐下拜，内中只少了金墉大将谢应登。他因随众也到甘泉关来，打从一座高山下经过，只见山上有一个道人招他，他便下马上山，原来就是叔父谢洪。应登上前拜见，叔父道："汝尘缘已断，可以从此同我前去修仙学道。"他就跟了叔父飘然而去。

当下程咬金择日祭旗，三军浩荡，杀奔江都而来。

宇文化及一闻十八路反王，合兵一百八十万人马，杀奔甘泉关，如排山倒海一般的推来，料想难以抵敌，心中好不着急，只得留兄弟宇文士及守扬州，自己带了萧妃与宫娥，连夜逃奔入淮而去。这里众反王一到城下，宇文士及就开城。程咬金下令，大小将官，无分昼夜，必须追着宇文化及，违令者军法从事。众将只得人不解甲，马不离鞍，紧紧追赶。那宇文化及带了女子同行，路上自然迟慢，早被追兵赶着,我且慢表。

先说宇文成都,他原是第二条好汉,领兵十万在潼关紫金山下把守。不料唐兵杀到,为首的大将正是李元霸。成都拍马出迎,见了元霸,吓得魂丧魄销,连声叫苦,说道:“罢了,罢了,天丧我也!”欲待要走,无奈人已照面了,只得叹气道:“罢!小畜生!今日与你拼命也!”硬着头皮,催马上前,举镏金镋来打元霸。镋未曾到,早被李元霸当的一锤,把镋打在一边,扑身上前,一把扯住成都勒甲绦,叫道:“过来罢!”提过马来,往空一抛,倒跌下来。元霸赶上接住,将两脚一撕,分为两片。兵马见主将捉去,早已一哄而逃,走个干干净净。

再说众反王兵马追着化及,已是黄昏时分了。这一阵杀得那化及抛下家小并金银宝贝,望紫金山而逃。萧妃被夏明王窦建德所获,传国玉玺为西魏王李密所得。复又合兵一处,追奔前去。那宇文化及正在慌忙投奔,只见前面灯火照耀,两杆皂罗旗开处,冲出一将,挡住去路,乃李元霸也。化及一见元霸,魂飞魄散,回身逃命,又撞见夏明王窦建德杀到,化及措手不及,被建德一刀砍为两段。

谁知李元霸又抄出后山,见众反王进了紫金山,他便摆开万里云,拒住山口,大叫一声:“何人得了传国玉玺,快快献过来!”众反王齐吃一惊。程咬金心中大怒:“我这里十八家大小将校在此,何惧你一个黄毛小厮!”遂令众将官一齐杀上去。那些能征惯战的将官,没奈何一齐上前冲杀,高张灯火,喊杀连天。却被李元霸大吼一声,催开万里云,冲入阵中,打开了一条血路,锤到处纷纷落马,个个身亡。那罗成大怒,拍马摇枪来战,被元霸飞起一锤打将过来。罗成当的一架,把枪打做两段,震开虎口,回马逃生。可怜一百八十万人马,许多将士,遇此一劫,犹如打苍蝇一般,只打得尸山血海。李密无奈,只得献上玉玺,求放回国。众王子亦皆虚心恳求。元霸大叫道:“玉玺我便收了。你们这些狗王,若要归国,可写书跪献上来,便饶你等狗命,不然杀一个尽绝!”众反王无奈,只得写下降书降表,跪献上去。却有鲁州净秦王徐元朗不肯跪献上来,元霸喝道:“为何不跪献上来?”徐元朗道:“俺也是一家王子,汝也是一家王子,为何要俺跪献起来?此言甚属放肆,俺焉肯跪你!”元霸听说,冷笑一声,便说:“好一个不识时务的狗王！”就一把抓过来，提起两腿，撕为两片。喝道：“如有不跪献者，以此为例。”众反王谁敢道个不字，只得一齐跪了，献送降书。轮到了夏明王窦建德，说道：“我是你嫡亲母舅，难道也跪不成？”元霸道：“不相干，你若在唐家做臣子，自然与你些名分。如今你是反王，若不跪献，将徐元朗为例。”窦建德无奈，只得忍气吞声跪下了，献上降书降表。元霸收完了降书降表，径奔潼关而去。

众反王计点兵马，一百八十五万，只剩得六十五万，还有中伤将士不计其数在内。程咬金见李元霸去远了，便大骂道：“小畜生啊小畜生！愿你前去，一旦身死！待程爷爷杀上长安，叫你老子认俺程爷爷的斧便了！”众王各归本国，那西魏王李密在路，思想萧妃何等天姿国色，未知下落。军士报说，夏明王窦老爷获得。李密要将宝贝去换，便对众将道：“孤看萧妃乃世之活宝也，今被夏明王窦建德所获，孤欲将此珍珠烈火旗前去易换，未知诸卿哪一位可去？”程咬金道：“不才愿去。”李密道：“既是程王兄肯去，其功不小。”咬金取了珍珠烈火旗，上马去了。秦叔宝却要上前谏阻，徐茂公连忙摇手，叔宝便止住了。

当下咬金走马赶上夏明王，取出珍珠烈火旗送上，细言前事。建德笑道：“此乃无用之妇，却将这珍珠来换，焉有不肯之理？”即忙接了珍珠烈火旗，将萧妃送与程咬金，一路保回。李密一见，心中大悦，疾回金墉，不表。

且说那赵王李元霸，回到潼关，却有驸马柴绍前来接应，二人相见同路前行。只见风云四起，细雨霏霏，少顷虹电闪烁，霹雳交加，那雷声只在元霸头上轰隆隆的响，犹如打下来的光景。元霸大怒，把锤指天大叫：“呔！你天为何这般可恶，照少爷的头响？也罢！”把锤往空中一抛，抬头一看，那四百斤重的锤掉将下来，噗的一声，正中在元霸脸上，元霸翻身跌下马来。柴绍吃了一惊，连忙来扶，只见一阵怪风，卷得飞沙走石，尘土冲天，霹雳声中，火光乱滚。柴绍与兵将避入人家檐下，少停，风住雨止，出来一看，只见元霸的金盔金甲都在地上，那两锤与马，影也不见，不知去向了。柴绍放声大哭，收拾了金冠金甲，并传国玉玺，与众王子的降书降表，回转长安。这日，神尧高祖武德皇帝驾坐早朝，文武山呼已毕，当驾官启奏：“驸马柴绍午门候旨。”高祖传旨：“宣进来！”驸马进得朝门，哭倒于地。高祖忙问何故，柴绍细奏其事，献上玉玺，并十八邦降书。高祖一闻元霸身亡，大恸，叫道：“皇儿好苦！”晕倒在龙椅上。文武百官忙劝苏醒，又放声大哭。下旨遥祭开丧，满朝文武百官，俱挂孝二十七日，行天子之礼。

这消息一传，洛阳王世充闻之大喜：“此子一死，我无忧矣！”就起兵十万，杀至牢口关，下了寨。这牢口关主将张方，忙写本章告急，差官星夜赶到长安上本。

高祖见本大惊，忙问两班文武，哪一个爱卿领兵至牢口关解危？闪出东府秦王：“臣儿不才，愿领兵前去。”高祖大喜，当下发兵十万。秦王带领马三保、殷开山一干战将，径望牢口关进发。兵至关下，总兵张方接入城中，至帅府，摆酒接风，细言王世充兵犯之事，一宵晚景不表。

次日，秦王领兵出关，与王世充两军相对。秦王指王世充道：“当今天子，天下莫不敬服，你何敢擅自兴兵，犯我疆界？甚属无名。”王世充道：“唐童，我的儿，你爷爷在紫金山同宇文化及交锋，被你兄弟李元霸这小畜生冲杀一阵，打得俺十八家没了火种，还要一个个跪献降书。我只道永远不朽，原来如今就死了。今日孤家兴兵报仇，杀上长安，灭你唐家，何谓兵出无名？”秦王未及开言，殷开山大怒，催马摇斧冲过来。这边王世充手下有大将程洪悦，拍马摇刀，两下里大战二十回合，不分胜败。那边马三保舞刀也冲过来。秦王使定唐刀，领众将一齐杀出，王世充抵敌不住，大败而走。秦王领兵追赶，直抵洛阳。王世充败入城中，闭门不出。秦王下令，离城五里下寨。

当下吃过夜膳，秦王的性情最喜夜游，见一轮明月当空，皎洁如玉，便同殷、马二将出营，望山坡而来。一层一层行上山来，立马观看，果然万里无云，好一片天光月色，山林夜景也。三人正在观看，只见一只白鹿慢慢地走来。秦王袋内取弓，壶中取箭，左手如托泰山，右手如抱婴孩，弓开如满月，箭去似流星，嗖的一声，正中白鹿头上。那鹿疾走如飞，秦王纵马赶来，紧赶紧走，慢赶慢行，直赶到许多路，回头转来,不见了殷、马二将。到了一座山上,又不见了白鹿。对面却见一座大大的城池,秦王观看,不知这是什么城池。原来那所城池是金墉城。

其夜有秦叔宝与程咬金二人巡城,只听得那边山上有马的辔铃唧唧的响声,二人疑心,下城上马,提了器械,开了城门,二马径奔上山来。秦王正在寻思,忽听得銮铃响处,两骑马冲上山来。程咬金一马先到,大喝一声:“呔! 山上何人,敢来私探俺金墉城么?”秦王吃了一惊,在月光之下暗暗称赞道:“好一员勇将也!”连忙应道:“孤家乃大唐高祖神尧皇帝次子世民便是。王兄却是何人?”程咬金一闻此言,心中一把无明火直透出顶梁门,高有二三十丈,按捺不住:“啊唷,啊唷! 好了! 好了! 唐童,你来得正好! 你今日还有那李元霸小畜生么?”即举起斧来,当的一斧。秦王把定唐刀一架,只叫一声:“王兄,孤家与你无仇,为何如此?”咬金道:“你不晓程咬金在紫金山,被你兄弟元霸小狗入的锤了一下,打得十八家王子没火种,又抢了俺们的玉玺去? 爷爷与你有切齿之恨,怎说无仇? 今日相逢,难逃狗命!”当的又是一斧。秦王抵挡不住,回马败去。咬金叫声:“唐童往哪里走!”催开铁脚枣骝驹,赶上前来。前边走的,真好似猛风吹败叶;后面赶的,犹如骤雨打梅花。赶得秦王上天无路,入地无门。

叔宝见秦王后面头顶上透起一道红光,那红光内现出一条金龙护卫身体,知他是真命天子。

秦王一头走,口中不住地叫道:“程王兄,这是我兄弟仗着勇猛,得罪王兄,不干我事。王兄啊,你放了我罢,日后相逢,自当重报。”咬金哈哈大笑道:“唐童,既然你兄弟英雄,如今哪里去了? 你今日若要俺程爷爷饶命,除非海枯石烂,红日西升!”秦王只叫得苦,拍着逍遥马,倒拖定唐刀,往前没命的跑。咬金双手举宣花斧,望秦王只是追。那秦叔宝一手使着提炉枪,一手催着呼雷豹,也在后面追来。

看看天色微明,秦王转过山坡,又叫一声苦,原来却是一条尽头路。侧边有一所古庙,上有匾额,写着“老君堂”三字。秦王下马,悄悄牵马入庙,一堆儿伏在案桌底下。外边程咬金、秦叔宝二人赶到。咬金一看道:“此间四下并无去路,一定在庙内。”跳下马,一斧劈开庙门,果见秦王悄伏在内。咬金道:"如今你没处走了,吃程爷爷一斧罢!"说罢,举起宣花斧,当的一砍,被叔宝把金装锏往上一架,架住了。咬金吃了一惊,忙问:"秦大哥,为何如此?"叔宝道:"此乃一个重犯,如何你擅自杀得?且拿去见主公发落才是。"咬金道:"说得有理。"将腰间皮带解下来,把秦王绑在逍遥马上。咬金上马,牵了秦王的马,望金墉而来不表。

再说那殷开山、马三保见主人射鹿,随后赶来,转过山坡,忽然不见了。二人在高处一望,只见山下三乘马而来,一个揣斧,一个提枪,一个绑缚在马上。二人见了,好生疑惑,即忙赶下山来,一看,原来绑缚在马上的就是秦王。二人大惊,要来抢劫秦王。这叔宝一心亦要放走秦王,怎奈咬金牵住秦王的马。见殷开山、马三保来夺,咬金大怒,举斧就劈,接住二人来战。自古双拳不比四手,叔宝在旁正在没分解之际,早有探军报到金墉城,那金墉众将都来接应。殷、马二人见人多了,料想寡不敌众,不敢上前抢夺,径逃回本营,领兵退回牢口关,差官飞报入长安去了。

这边将秦王拿进金墉城,魏王李密早已得报,即忙升殿,推入秦王。李密拍案大怒道:"孤家举义兴兵,追杀宇文化及,汝弟元霸毫无情面,自恃凶狠,却就赶来抢夺孤家玉玺。这也罢了,还要众王子写降书降表,跪送投降。我只道你唐家永远有这个凶狠的小畜生。不料天网恢恢,疏而不漏,如今死了。孤家正要兴兵报仇,以雪此忿,你却自投罗网。"吩咐绑去砍了。左右将秦王推出,只见班中闪出徐茂公叫道:"刀下留人。启主公,那李世民虽然该斩,但他与主公曾有恩惠,须念旧谊之情,将他暂禁狱中,另寻别故杀之未迟。"李密道:"孤家与他并无干涉,有何恩惠?"茂公道:"主公未知其详。昔日主公曾被炀帝加罪,虽亏朱粲放救,后来当炀帝差世民、元霸追赶之时,若非世民卖情,暗纵脱逃,已被元霸擒杀矣!今日主公骤然杀之,必被诸邦豪杰谈笑。"李密听说,皱眉一想,俄而开言说道:"既是军师这等讲,将他发在天牢,留限一年处斩,不必多议。"程咬金道:"主公留便留他一年,但今死罪饶了,活罪难饶,可打他四十御棍,然后发下天牢。"李密准奏下旨,当殿打下四十御棍,然后押赴天牢监禁不表。那李世民金枝玉叶,怎受得四十御棍。但真命帝王,自有百神护佑,不致有伤。

且说那马三保报入长安,高祖得报大惊,跌足捶胸,放声大哭。满朝文武各个下泪,惟有殷、齐二王,暗暗欢喜。高祖正在忧愁不可胜言之际,忽见当驾官启奏说:“有京兆三原李药师,现在午门候旨。”高祖闻言,反忧作喜:“此人到来,我儿有命矣!”连忙降旨,宣召李药师入朝。山呼已毕,高祖问道:“向在何处安闲?”正是:

知机识见通神算,管取金龙脱网罗。

毕竟李药师怎生回奏,且看下回分解。

第四十三回　李密投唐心反复　单通招亲贵洛阳

诗曰：

药师原是不凡才，四海云游尽放怀。

天赐兴唐来救主，魏王失算散良才。

当下李靖回奏道："贫道一向在海外访几个仙友，今闻东府秦王被拘在金墉，特来设计相救。恐圣躬忧怀，先来安慰一二，包管百日之内，秦王安然归国矣！伏乞圣躬不必心忧。"高祖大喜，忙问："贤卿有何妙策，救取吾儿？"李靖道："臣今密下小策，待秦王归国之时，自然明白。"高祖下旨排宴款待。次日，李靖辞别了高祖出朝，径往曹州而来。

那一日宋义王孟海公正坐早朝，黄门官启奏："有一道人自称京兆三原李药师，到此要见大王。"孟海公下旨宣他进来。李靖入朝参见。宋义王道："先生何来？要见孤家，必有高议，乞请赐教。"李靖道："贫僧曾遇异人传授，善于呼风唤雨，驾雾腾云，能知吉凶祸福。昨算阴阳，见大王正是北极紫微临凡，乃是真命帝星，故特来请大王及早兴师，先取了金墉城，次灭了长安，以图一统基业。若此番一失天时，反为不美矣！乞大王裁之。"孟海公大喜道："多承先生指教，但不知何日兴师？"李靖道："天时已至，不宜迟缓。贫道当保大王即日兴师前去。先下金堤，次取金墉，最为上策。"孟海公欣然降旨，起大兵十万，克日祭旗发马，御驾亲征，统兵直抵金堤而来。

那金堤关守将贾顺甫、柳周臣二人，引兵出关迎敌。两阵对圆，但见李靖口中念念有词，把剑一指，霎时间狂风大作，飞沙走石，打得魏兵大败入关，坚闭不出，连夜写告急文书，飞报金墉早发救兵。这边孟海公将金堤关团团围住，日夜攻打不休。那日李靖说道："大王要破此关，不出十日，定然必取，贫道暂别，与大王往太行山借一件宝贝来，待等李密救兵一到，管教杀他片甲无存，只消一阵，便可成功矣!”孟海公大喜,叫声:“速去速来!”径自往海外云游访道去了。

那边金墉西魏王得了告急表章,忙集文武,计议兴兵救应。徐茂公暗暗点头。当下李密点兵五万,亲自提兵,带领五虎大将来救应金堤关,其余诸将同徐茂公、魏征守国。兵到金堤关,贾顺甫、柳周臣迎接进关,耽搁一宵。次日,李密率领众将出城,两兵相对,李密与孟海公相见,道:“海公,你为何平空无事,兴无名之师,侵犯孤之疆界,是何道理?”孟海公道:“天下者乃天下人之天下,人人可得,何云尔之疆界?今欲扫荡天下,混一舆图,岂但尔金墉城!”李密大怒,喝声:“谁可与孤擒此狂贼?”早有猛虎大将罗成,催开西方小白龙驹,摆开手中烂银宝枪,一马到阵前。这边孟海公手下大元帅尚义明,催马提刀迎住交锋。被罗成一上手,就拦开刀,耍的一锏,打中左肩,吐血伏鞍而走。李密将号旗一展,五虎大将一齐冲杀过来,犹如砍瓜菜一般,杀得曹州人马尸山血海。可怜孟海公只叫得一声苦,悔恨听了京兆三原李靖这贼,道:“是他害了孤家也!”只得弃阵大败而逃。这一阵杀得十万大兵只剩得二千五百,一齐奔入曹州而去了。

且说李密鸣金收兵,入了金堤关,到帅府,骄奢得意,即降旨传修撰官写赦书一道:“颁谕金墉文武朝臣知悉:孤家率师亲救金堤,赖上天之佑,百灵相助,马到成功,三军奏凯。合该赏军泽民,赦宥一切罪犯。凡已结案未结案,除十恶大罪外,尽行赦除。预仰朝臣悉行释放,钦此遵依!”修撰官写毕诏书,启读一遍,排在案上。旁边闪过程咬金,高声叫道:“主公,一切罪人俱可赦免,难道南牢李世民也放了他不成?”李密闻言,猛省道:“我倒忘怀了。”遂提起笔来,赦书后面批下二句道:“满牢罪人皆赦免,不赦南牢李世民。”批毕即差官赍诏到金墉。徐茂公、魏征等开读过了,即令职使释放一切罪人。茂公袖了诏书,私对魏征道:“秦王李世民乃是真命天子,你我二人日后归唐,俱是殿下之臣。如今他监禁南牢,应当及早救他才好。奈魏王赦书后面又批这两句,如何是好?”魏征接过赦书一看,沉吟半晌,便说道:“不难。可将这第二句上的‘不’字,竖出了头,下添一画改作‘本’字,‘本赦南牢李世民’,便可放他了。”茂公点头称善,随即改了赦书,令从人带了秦王的逍遥马、定唐刀,二人同到牢中见了秦王,将改诏放走之事，一一说知。秦王倒身拜谢，徐、魏二人即忙跪地扶起，说道："主公，臣二人不久亦归辅主公，今事在匆促，请主公作速前去，恐魏王早晚回来，那时难以脱笼矣！"秦王十分感激，提刀上马，即回牢口关去。正是：

踏碎玉笼飞彩凤，放开金锁走蛟龙。

不表秦王脱离虎口，再说魏王李密班师回到金墉，问起秦王南牢如何？徐茂公道："主公诏书后面批谕上有'一切罪人俱可放，本赦南牢李世民'，那秦王李世民，臣等放他去了约有三日矣！"李密一闻此言，气得三尸神直爆，七窍内生烟，便大惊传旨道："取诏书我看！"徐、魏二人连忙送上。魏王细细看出改诏的弊端，拍案大喝道："好牛鼻子道人，擅敢弄鬼，侮玩孤家么？"魏征只管巧辞饰辩，李密越发大怒道："都是你二人玩法通谋。本当处斩，姑念有功在前，饶你们一死，你们可快快前去，孤今用你不着。"喝令殿尉，将二人赶出去。左右一齐答应，将二人赶出朝门。徐茂公微微冷笑，取出纸笔墨砚，写几行字，贴在午门上。其诗曰：

高阳道士徐茂公，拜上金墉西魏王。
日败三贤归别国，开仓甲子耗王粮。
七骠八猛皆离散，一十二骑往那方？
约克五行丁卯日，管教四马自投唐。
雄信洛阳招驸马，乱箭攒身王伯当。
挂首午门传号令，那时见你泪汪汪。

茂公写毕，与魏征微笑拂衣，一径出城，不知去向。这边午门有当值官连忙报知李密。李密看了诗句大怒道："这两个狗道，如此无礼！"即差秦叔宝、罗成二人速速追出金墉，拿他到来，以正国法。叔宝、罗成差便领了，哪里真去追赶，鬼混一日，进朝回复说："臣等追寻二人，并无踪迹，不知往哪里去了。"李密撩髯大怒道："好狐党！孤家尽知你们都是旧日朋友，一党之人，明明私情卖放了这两个狂道去，还要在孤家面前搪塞！"吩咐左右绑这二人，押出午门去处斩。两下还未动手，旁边闪出程咬金，大叫道："主公，这个使不得，你不想想来历，自去摸摸肚里看，若不亏我们这几个人，你皇帝哪里来？

如今怎么反面无情，动不动就要杀起来?”李密大喝一声：“好匹夫，焉敢奚落孤家!”吩咐左右把他一齐绑出午门斩首。咬金道：“好，好，请杀，杀，杀，三元及第，一总死了，倒也干净。”这番吓得两班文武，大小诸将，齐伏地奏道：“乞主公息怒，看他三人从前之功劳，求免其一死。”再三保奏，李密怒犹未息，说：“既是众卿在此保他，权且饶恕，将三人削去官职，永不复用。”三人点点头，勉强谢恩而出。程咬金一路大呼小叫道：“有这样可笑的人，我让他做了皇帝，如今倒狐假虎威起来!”叔宝道：“贤弟，事已如此，你说他何益?”咬金道：“秦大哥，罗兄弟，我们还要打算打算，难道这个所在，我们还住得牢的么?”罗成道：“这里自然住不得，但是如今往哪里去好呢?”咬金道：“我们从前上扬州抢状元，挑杨林打殷岳，也有些名望，就是天下的众王子也算都受过我们好处的。如今我们周游列国，到处为家，到一处住几时也罢了。”罗成道：“说得有理。”此时，秦母、程母俱已过世，只有罗成的母亲、妻子同叔宝、咬金的妻子，各自收拾车辆，三家带了妻小，一同登程，随路周游去了。

贬了徐勣、魏征，又贬了秦叔宝、罗成、程咬金，这里七骠八猛十二骑，一个个心灰意懒，渐渐东分西散了。

那洛阳王世充闻了这消息，心中大喜：“孤每欲袭取金墉，争奈他这班虎将，个个勇猛异常，故此不敢兴兵。今已散去，不趁此时兴兵，更待何时!”随即密传将令，暗暗起兵。这且不表。

再说李密，兵势大衰，手下只有王伯当、张公瑾、贾顺甫、柳周臣不多几个人保护，心中也有些着急。时值金墉大荒，米贵如珠，李密欲结民心，以为内助，下旨开仓给廪，济饥民之难。不料开了东仓，仓官们只见许多怪物，形如老鼠，两肋生翅，吱吱地叫，一片声响，满仓飞出，成队而去，米粮全无一粒。仓官害怕，奏明魏主，李密大惊。及开南仓、北仓、西仓，照样如此，俱被这群怪物盗运了。

看官，你道这是什么东西如此作怪？这个名为飞鼠，搬运皇粮十五万石，原来自有着落的。到后来尉迟恭兵下荆州，被水转在樊城，缺了粮草，却在城上掘蒿为食，不意之中，掘出三万石皇粮，救了全军性命；又有秦叔宝扫北，兵围牧羊城，掘得三万石充饥；又有唐天子跨海征东，被困在三江越虎城，得了三万石；还有六万石，直到宋朝杨六郎兵困幽州，杨七郎一箭射下月光，得了这六万石。此是后话，今且休题。

当下李密正在心忧，将及黄昏时分，忽听炮响如雷，呐喊连天。军士飞报进来说："王世充暗发雄兵，袭取金墉，攻打甚急。"李密大惊，连夜召集众将计议，都是面面相觑。况粮草又无，兵马又少，怎生出兵迎敌？君臣商议一番，除非弃了金墉，投奔别国，再作区处。李密道："如今却投哪国去好呢？"王伯当道："若奔别路，俱有王世充的兵马拦截，且都是小邦，未必相容，莫若投唐，庶可苟全。"李密道："孤与唐童李世民现今有隙，岂肯容留？"王伯当道："不妨。向来李渊仁厚，世民宽度。些须之仇，主公到彼，推在咬金身上好了。况且原因赦书而放，主公可认做真的，料世民决不难为。"李密犹豫未决，忽报王世充人马攻破西城，今已入城了。李密大惊。王伯当连声叫道："主公快快上马！"保了李密，同张公瑾、贾顺甫、柳周臣，都弃了家小，骤马出城，取长安大路而奔。

这里王世充破了金墉，入城安民，只斩了萧妃，一应各家家小，俱以赦免。留兵镇守金墉，王世充自回洛阳，不表。

再说李密一行五人，到了长安，来至午门，先自绑缚，送入本章。神尧高祖皇帝看了，叫声："王儿世民何在？"秦王答应道："臣儿见驾！"高祖道："金墉李密被王世充暗袭，金墉破了城池，无所可归。今来投顺，我欲杀之，以消汝前日之恨，汝意下如何？"秦王跪奏道："父王在上，常言道'人来投主，鸟来投林'，今若乘危而杀之，恐绝人望。望父王怜而赦之，复以恩结之，则天下归心矣！"高祖闻言大悦，即传旨："宣进来！"李密到金阶，俯伏在地。高祖离坐，亲解其缚，赦其前罪，封为国公。未几，又将淮阳王李仁公的公主配与李密为妻。封张公瑾、贾顺甫、柳周臣为都尉，封王伯当为廷尉将军。王伯当坚辞不受，愿为李密幕将，高祖许之。且按下长安之事。

再讲洛阳王世充回国，百官朝贺，赏军泽民已毕，退朝回宫。想起妹子青英公主，尚未招驸马，遂下旨在午门搭一彩楼，凭妹子掷球自择。当下公主遵兄之命，在彩楼上去抛球择婿，对天祝道："姻缘听天由命!”就吩咐宫女将球掷下,却落在一个青面红须大汉身上。你道那大汉是谁,却原来就是单雄信。只因他弃了李密,一身无倚,今到洛阳,在彩楼边经过,公主一球,正中顶梁。两边的宫官太监,邀住雄信,延入午门。王世充见了心中大悦,下旨起造驸马府,择了吉日良时,即打点完姻成亲。未久,适值秦叔宝、罗成、程咬金三人游到洛阳,闻知单雄信招为驸马,同来投他。雄信接见,不胜之喜,留在府中,意欲奏知王世充,封他三人官爵。心中暗想道:“他三人心性不定,却与唐家向有旧恩,倘一旦反覆无常,反为不美。今且从容款待在此,再作理会。”便奏过王世充,将金亭馆改作三贤馆,供养他三人在内逍遥安乐。按下洛阳之事。

且说长安邢国公李密,虽则为驸马,安享荣华富贵,然而心中终久奢心不遂,何能如前日畅意。适值报山西有变,李密就在唐王面前讨差出师,愿效微力。唐王下旨,遂命收复山西。李密得旨甚喜,退回府中,意欲与公主同去,遂将心事一一说知,并道:“此去一旦成功,公主即为王后矣!”公主闻言大怒,骂道:“原来你是个狼心狗肺之人,我伯父何等抬举你,不思所恩,却起此反心,真乃贼也!”李密一时愤怒,腰间拔出宝剑,大骂:“好贱人,如此无礼!”挥手一剑,将公主杀死。可怜:

只因忠义存心正,花落青锋损玉颜。

李密怒犹未息,即召王伯当相商。伯当见杀了公主,大吃一惊,跌足道:“不好了! 主公这也太草莽了些,还有甚么商议? 此时不走,等待何时?”李密懊悔已迟,慌忙与王伯当披挂上马,逃出东门而走。

这里邢国公府中家将人等,飞报入朝。高祖得报,拍案大怒道:“好狗才,朕不来罪汝,反给你厚恩,你不思报德,反杀朕之侄女,可恨,可恨!”乃命秦王:“速领兵追赶,碎尸万段,方雪朕恨!”当下秦王出朝,就领兵出东门,一路追赶而来。李密在前,闻后面车骑之声,回头一看,只见一队追兵飞奔而来,看看将近,只叫得一声苦。王伯当保定了李密,纵马加鞭,往前奔逃。不上十里之遥,到了艮宫山,地名断密涧,却是一个死路。李密追悔无及,长叹数声。后面秦王追兵已到了。王伯当把手中方天戟摆一摆，喝一声："唐兵休赶，俺王伯当在此。"秦王见了，慌忙下马，叫一声："王王兄，俺李世民特来劝你，今日之事，情理皆亏，王兄不如降了俺唐家罢！"王伯当把戟按定了，叫声："秦王千岁，俺王勇素重纲常，事虽不济，有死而已。千岁之德铭刻在心就是了。"秦王道："王兄，你何必十分执见，况弃暗投明，乃达人之事。请王兄见机行之。俺李世民决非薄情之人，今日情愿下你一个屈膝，你过来了罢！"秦王一面说，一面就跪将下去。王伯当欠身道："承千岁如此降礼，我王勇就碎尸万段，难以报德。奈王勇今生有主在先，愿来世做你臣子，以报大德便了。今日惟死而已！"秦王苦劝不从，王伯当勒马挺戟，这里大小将官一齐放箭乱射，正是：

愚莽焉能存大志，今番危难岂能逃？

不知王伯当怎生救护，且看下回分解。

第四十四回 尉迟恭打关劫寨 徐茂公访友寻朋

诗曰：

世民一片好仁心，故得英雄钦服恩；
李密无谋又无义，亡身万弩葬荒原。

当下王伯当恐伤了李密，把身向前遮住了，用戟挑拨，叮叮当当，把箭杆都拨在地下。不料斜刺里噔的一箭，射中了李密左腿，李密啊唷一声，王伯当回头一看，才掇得一掇，就着了数箭，手里戟一松，万弩攒身而死。可怜王伯当与李密，并同行数人，俱射死在艮宫山断密涧中。

秦王下令，将王伯当尸首就葬在艮宫山，把李密首级斩了，收兵回长安复旨。不一日，早到长安，进朝复旨。高祖下旨："将李密首级号令午门示众！"

不多几日，却有徐茂公、魏征二人来到艮宫山，闻知李密已死，首级号令在午门。二人径到午门，见了首级哭拜于地。守首级军人将二人绑缚，入朝启奏。高祖闻知有人哭，只道："好生可恶！"即传旨推进来。军士将二人拿到金阶，秦王一见，忙跪下奏道："这就是魏征、徐勣。改诏私放臣儿者，即此二人也。"高祖闻奏，忙令秦王下殿解缚。秦王领旨，下阶解缚，谢叙前情，着意殷勤，就要二人归唐相辅。徐茂公与魏征道："要臣等归辅，须得奏请葬祭了魏王的尸首，以尽旧主之谊，然后归附。"秦王从其言，奏请高祖，高祖准奏，就命秦王前往主祭，在艮宫山开丧二十七日，用天子之礼。葬李密于艮宫山后，徐魏二人已顺归唐朝。此时袁天罡、李淳风俱已隐去，军师李靖又不肯长住在国，便封徐勣为亚军师，魏征为洗马，按察四方，招集那金墉七骠八猛十二骑。命秦王到潼关去招兵，又命殷、齐二王到太原去招兵。那些金墉旧将，一闻徐茂公、魏征都已归唐，众人陆续而来。又有慕秦王之名者，攀附如云。

殷、齐二王在太原招兵，约有半年，鬼也没有一个，心中焦躁，私下相商道："如此便怎么样？"元吉道："究竟世民王兄的名望大，所以人人都去投他。我们如今何不扯起他的旗号来，冒他的名望，自然有人来投军。"建成道："有理。"果然换了旗号，扯起秦王的名色来。只见那些投军的，果就络绎不绝的来了。二王大喜，招集有一万余数，即回长安复旨不表。

且说尉迟恭在扬州下棋，打得七伤八损。回朔州来，却由宝鸡山经过。正行之间，只见山中一块大石，忽然一声响亮，爆豁两开。尉迟恭吃了一惊，走向前来一看，见内中有一石匣，揭开看时，即见两只铁羊，就取在手内，心中欢喜，想道："我拿回去打件东西用用也好。"正在思量，远远望见一个人，头戴一顶扎巾，身穿一件黄布道袍，腰系丝绦，脚穿麻履，吃得醉醺醺，一路而来。叫声："尉迟恭，你住着，我有话与你讲。"尉迟恭暗暗惊骇，忙问道："先生，你缘何知我的名字？"那人笑道："莫说知你的名字，就是天文地理，过去未来，也尽知道。"尉迟恭就问道："先生高姓大名，尊居何处？"那人道："在下姓李，名友白，隐居山中，不嫌荒陋，屈至舍下一叙，就此同行。"

当下尉迟恭随着李友白，转过几个山头，到一所茅屋内，进见施礼，童儿捧出茶来吃了。友白便道："将军目下时运未来，再过几时，自然逞志。贫道有盔甲一副，蛇矛枪一杆，赠与将军藏用。方才那只白铁羊，将军可自拿去，将这只红的留与贫道，日后自有用处。"遂唤童儿取出盔甲、蛇矛。尉迟恭一看，原来是一条洋铁打成的长矛，是一副乌金镔铁铠，一顶双凤铁盔。尉迟恭看那盔上的凤，眼睛却是闭着的。便问道："先生，为何盔上凤眼是闭的？"李友白道："此是一顶神盔，你将来上阵，有人射得着你一箭，那凤眼开了，这就是你的真主，你可下马降他。"尉迟恭点头，收了这几件，遂把那红铁羊交回去。友白叫声："将军，你这铁羊，却有两条竹根样的水磨神鞭，铁羊一开，其鞭自现。但此羊十分难开。若要铁羊开，除非仁义血。你日后保真主，自有蟒袍玉带，世袭公侯，全在这条鞭上。但有诗二句：

鞭在人也在，鞭断人便亡。

日后自有应验，牢记牢记。"尉迟恭答应，躬身致谢。二人叙谈良久，看看天色晚了，尉迟恭收拾了东西，作别起身。李友白道："天色昏黄，回府尚远，不便行走，权屈荒山暂宿一宵，明日送行。"当夜，尉迟恭就在李友白草堂后面歇了。次日谢扰而别，径回山后致农庄。来到家中，见过了妻小，一心要开铁羊，将盔甲、长矛收藏好了，就打点熔羊。妻子问道："官人前去夺状元，料想英雄甚多，焉能夺得来？"尉迟恭笑道："状元虽不夺得，却得了这件宝贝。"遂将铁羊放在炉内，扇红了，发狠的打。哪里打得开？一连打了两日，心中十分焦躁。正在寻思，却有县中一个差人，叫做仁义的，入乡来催讨钱粮，尉迟恭猛然想起李友白之言："若要铁羊开，除非仁义血。"如今只得借重他了。便对仁义道："我有一个朋友，应承借我几钱银子，如今要去取，不若就与老兄同往，取来即付老兄，何如？"仁义信以为实，便道："使得，就去。"尉迟恭便引了仁义出门，走到一个荒坟内面，见四顾无人，就将仁义一脚踢倒，腰间取出刀来，结果了性命。坟边有个骨殖瓶，将来倒空了，盛些血带到家来，往铁羊上一浇，只听豁喇一声响，铁羊分为两段，现出两条竹节鞭来，却是雌雄二鞭，雌的重八十斤，雄的多一斤。尉迟恭大喜。

次日，县中得报，不知何人杀了差人仁义，便差快手金国龙、金国虎沿途查缉。二人查到致农庄，往尉迟恭家中看看姐姐，细言仁义被人杀死，如今差他二人缉访。尉迟恭便把杀血炼鞭缘故说知，二人大惊道："喜得差我二人，倘被别人知风，如何是好？你此时不走，更待何时？"尉迟恭道："我闻太原招军，正想前去。只因你姐姐有孕在身，如今难得二位老舅到此，愚兄拜托前行，凡事全赖照顾。这鞭留下雌鞭在此，倘或生下孩儿，取名宝林，日后夫妻父子重逢，可将此雌雄二鞭为证。"当下拜别，彼此落了几点英雄泪。尉迟恭即带了盔甲铁鞭，往太原而来。这边金国龙兄弟，渐渐有些遮盖不来，立脚不稳，带了姐姐，逃到沙陀北汉王罗可汗手下。二人也有些本事，后封到大平章，镇守琅琊关。直到尉迟恭扫北平番，才双鞭会合，父子团圆。后话不表。

且说尉迟恭到了太原，投军入队，殷、齐二王叫他做一名火头军，管九个火工，每日发一斗米、九斤肉、一坛酒，与九人同吃。他却一个人都吃完了，九个人一些也没得到口。那九个人同到殷、齐二王面前禀了。二王大怒，问他克减军粮之罪，打了四十，推出城来。尉迟恭怀恨在心，望城上旗号一看，上写着“西府秦王”。尉迟恭大叫一声：“秦王，你日后不遇着俺便罢，倘或相逢，须教你仔细认俺的手段。”当下无处奔投，一路撞出雁门关来。听见沸沸扬扬，说有定阳王刘武周，差大元帅宋金刚在马邑募选先锋。尉迟恭闻言，径投马邑而来，写了投军状，投入帅府。宋元帅唤他进去，一看，好像烟熏太岁，火烧金刚，身长一丈，腰阔数围，凛凛威风，堂堂相貌。宋元帅大喜，就命他演武，果然十分勇猛。即着他在午门候旨，自己先入朝中启奏。刘武周问道：“爱卿召募先锋，可有了么？”宋金刚奏道：“臣选就一人，现在午门候旨。”武周即降旨：“宣他进来！”尉迟恭闻宣，入朝到殿下俯伏。武周一看，看他豹头燕额，虎步熊躯。细问武艺行兵之事，尉迟恭对答如流。忽报：“金龙池内怪物又来作祟，乞大王速赐童男童女祭献，防它上岸为祸作祟。”尉迟恭就奏道：“不必赐祭，待臣去看是何怪，拿了它来，有何不可。”武周大喜道：“爱卿虽勇，须要小心前去。”

尉迟恭辞出午门，遂到金龙池。但见狂风大作，浪涌平空。尉迟恭摩拳擦掌，赶到水边。那怪见有人来，大吼一声，跳上岸来，直到尉迟恭面前。尉迟恭将身闪过，转身一把抓住了领鬃毛，提起拳一连十数拳。那怪物被打得跳动不得，便立住了。尉迟恭一看，原来是匹黑马，自头至尾长九尺，高九尺，周身上下如黑漆，并无半点杂毛，肚皮底下，中间圆圆的斗大一圈白毛，好像月亮一般，因此名为“抱月乌骓马”。尉迟恭牵了入朝，来见武周：“启大王，池内不是什么怪物，乃是一匹脚力。”刘武周看了大喜，赐与鞍辔，封尉迟恭为正印先锋，以宋金刚为元帅，起兵十万，择日兴师，来抢唐家世界。

且说雁门关守将王天化得报，忙写告急表章，差骑星夜上长安求救。此时殷、齐二王并秦王，招兵已足，俱回长安。神尧高祖接得此本，便问：“哪位卿家可以领兵退敌？”闪出殷、齐二王道：“臣儿愿往。”高祖遂命点兵十万与二子，前去退敌。

这边尉迟恭前军到了雁门关，守将王天化出关迎敌。尉迟恭拍马持枪冲杀过来。王天化举枪来迎,不及三合,被尉迟恭一枪刺死了。抢进雁门关,宋金刚的大队也到了,便一齐进关。尉迟恭忙提兵就走,领前军径奔偏合关杀来。关中守将金月虎,领兵出关抵敌。两马交锋,不及五个回合,被尉迟恭一鞭打下马去了,又占了偏合关。兵不停留,即刻拍马抢先,直奔白璧关。

其时殷、齐二王也到了,忽闻报道:“半日工夫失了两关。”又报兵到城下了。二王吃惊不小,上城一看,见了尉迟恭犹如灶君一般,忙令画工在城上描了他的形像,随后领兵出城。却被尉迟恭鞭打枪挑,连丧数十将,杀败二王,抢了白璧关。宋金刚的人马也到了,进关不曾立定,尉迟恭即起身追赶二王。一夜之间,连劫他八寨,赶得二王上天无路,入地无门。幸喜得宋金刚有令,着尉迟恭先取太原,只得回马。

二王败将下去,见前面有支人马,乃是驸马柴绍。那柴绍见了二王,便问:“大舅、三舅,为何败得这般形景?”殷、齐二王备言尉迟恭十分利害,日抢三关,夜劫八寨,鞭打枪挑,死上将数十余员。就将图像付与柴绍。柴绍不信,叫声:“二位老舅,这厮不过相貌丑恶,也是一人,就是山中猛虎,也要打死他来。”二王道:“姊夫,其人果然利害,不要玩耍。”柴绍那里肯听,竟带兵马到白璧关来,当头就遇尉迟恭。柴绍大喝一声:“谁是尉迟恭?”尉迟恭掇转头来道:“谁敢道爷爷的名字!”柴绍一看,当真象个黑炭团,画上的还算平常,看了真形,尤其丑恶。不要管他,且杀他一个措手不及,便拍马挺戟,劈面就刺。尉迟恭急架相还,战有二十回合,被尉迟恭拦开画戟,扯起竹节鞭,照肩用力一鞭。试想八十一斤重的铁鞭,打了一下,就不死也要肉破骨伤。柴绍大叫一声:“啊唷!”跌于马下。众人忙抢扶起,背负而逃,已经一命呜呼。尉迟恭赶了一程,自回白璧关去了。

再说神尧高祖驾临早朝,一声报道:“殷、齐二王大败而回!”高祖大怒:“这两个畜生,出去就打败仗。”叫道:“宣来!”二王到殿下俯伏,叫声:“父王,来将实在凶狠,一日一夜被他夺了三关,劫了八寨,打破几座州城,伤死上将数十员。臣儿画他形象在此,请父王观看。”高祖命挂在殿旁,文武见了,齐吃一惊,哪有这样一个人,纸画上尚且如此凶恶难看,若在阵上自然益发凶狠。高祖问道:“此人如此利害,众卿可有良策退得他否?”闪出徐茂公奏道:“请西府秦王领兵前去,可以收服此人。”高祖点头准奏。秦王着了忙,奏道:“臣儿岂敢不遵旨领兵?但今满朝将官,要求十全勇冠者,选不出一人,如何可敌这员黑勇将?”徐茂公接口道:“主公休惧,君命无辞,圣天子百灵相助,主公洪福齐天,自能化凶为吉。”秦王无奈,只得同徐茂公出朝,一路吁嗟,只叫得一声:“茂公军师啊,孤来问你,金墉诸将,那七骠八猛十二骑,孤在太原俱已招用,不必言之;还有最高强得力的五虎大将军,其中王伯当尽义射死了,不必提起。闻说单雄信在洛阳为驸马,也罢了;还有秦叔宝、罗成、程咬金这三人,一个也不知下落。孤家思慕已久,军师必知踪迹。孤家往往道及,军师从未实告。如今俺唐朝被人杀败到这个田地,难道军师终不肯与孤家图谋?”徐茂公道:“主公不必心焦,臣观天象,这几个将星都分野在洛阳。又见白虎星幽暗,其人必然有病。待臣就去访寻。或者不能齐来,两个是包在臣身上,去寻他来保驾便了。”秦王道:“既如此,孤家先领兵到白璧关,专等军师领三人到来;若此三人一日不到,孤家一日不开兵。”茂公道:“主公放心前去,管取有二将先来便了。”秦王当下领兵十万,起行前往。

再说高祖闻报柴绍死于渭州,放声大哭,忙差官前去收葬不表。

且说徐茂公自扮了游方道人,带了尉迟恭的图形,径奔洛阳而来。

再说东镇王王世充得报马邑定阳王刘武周,新得一员大将,乃山后朔州麻衣县人氏,复姓尉迟,名恭字敬德,日抢三关,夜夺八寨,劫取太原,连破几座州城,枪挑鞭打,伤坏唐朝大将数十员,杀得唐家闭门不出,王世充大喜。早有铁冠道人微微一笑,对王世充道:“主公,臣算阴阳,有徐茂公暗暗地来相请秦叔宝、罗成、程咬金前去保护唐家,早晚之间就到。”王世充一闻此言,不觉大怒道:“天下也没有这样要便宜的人!平静时节呢,我却供养他们在这里,如今用人之际,却要求请去,理上也难容得去!”铁冠道人笑道:“徐茂公此来,一定扮作游方道人,主公可下旨四门,凡有游方僧道,一概不许入城。”这旨一下,徐茂公哪里知道?冒冒失失,敲着渔鼓简板竟往城门口撞来。守门军士拦住喝道:"你这道人往哪里去?"徐茂公满面笑容,上前深深一揖道:"列位,贫道是云游到此,今欲入城做些生意的。"军士喝道:"你的眼乌珠是瞎的么?不见现奉圣旨,挂着榜文,不许游方僧道入城,你却要往哪里去?"徐茂公见喝,抬头把榜一看,叫声:"列位,贫道初来,不知令旨,如今就不进去便了。"茂公说罢,回身转来暗暗笑道:"你不许我进城,我自有法儿进去。"走到一个面店门首,对店主人打个稽首,叫声:"店主人,有板凳借一条,贫道借此地唱个道情,化几文钱下碗面吃。"主人道:"有,在此。"就取一条凳与徐茂公。茂公坐下,把手中渔鼓简板敲动,那些人便走拢来,正是:

钓竿执在渔翁手,安排香饵钓金鱼。

毕竟徐茂公怎生相请,且看下回分解。

第四十五回　辞雄信二杰归唐　白虎星官封比肩王

诗曰：

世充虽设养贤堂，不识英雄定四方；

却被茂公色引去，三贤指日尽归唐。

那徐茂公唱起道情，十分好听，众人围住听唱。正唱之间，远远的望见程咬金坐着罗成的西方小白龙，飞也一般冲出城来，把众人吓得乱嚷乱跌。程咬金见了，哈哈大笑，故意把小白龙连转几个窠罗圈，吓得众人都没命的跑，一拥挤进城去。徐茂公趁此也混入城，把门军士也不能做主，哪里查点得许多。

不表程咬金作耍出城，单讲徐茂公一路相问："秦叔宝老爷住在何处？"有人指引道："在三贤府内。门首竖一牌匾，上写'三贤府'就是了。"那徐茂公径往三贤府来。那府门上，有单雄信打发来的两名家将坐着管门。那家将二人，正坐得毫无兴趣，见了徐茂公，忙叫一声："道人你会唱道情的么？可唱一个故事与我们听听。"徐茂公即坐在府门上，敲动渔鼓简板，唱起道情来。

里面秦叔宝正坐在床上服侍罗成的病，那罗成忽听得外边渔鼓响，叫一声："表兄，小弟睡得好不耐烦，可叫那唱道情的进来，唱个道情听听，解闷解闷。"叔宝道："兄弟要听么？待我去吩咐外边，唤他进来。"说罢，忙走出房来，传一声出去："唤那唱道情的进来！"那外边连忙令道人进去。叔宝立在厅上，见那道人却是徐茂公，倒吃了一惊，连忙进厅来见过了礼。茂公便问："罗成兄弟在哪里？"叔宝道："他有病睡在床上。"就引徐茂公进房见了罗成，相叫一声，放下渔鼓简板就坐在床上，叫声："罗兄弟，不想病得这般光景！"遂与罗成把一把脉，说道："罗兄弟，你的病是个烟缠病，过几日就好。"两边说些闲话。叔宝见茂公不提起唐家，叔宝也一句不问。只见程咬金放青归家，从外面走将进来，一路叫："秦大哥！罗兄弟！"走入房中，见了徐茂公,十分大骇,心中想道:“我闻徐老大做了唐家军师,为何却到这里?”又见他这般打扮,摸不着头路,便大叫道:“老大为何做这般叫化生意?”扯过简板,啪嚓折为两段,一把拿住渔鼓,一挤挤得粉碎。啪嗒掉出一轴画来,倒觉稀奇,拾起来打开一看,说:“啊唷,原来是灶君王爷!为何放在这个里头?”叔宝一看道:“这个不是灶君,是个将官的图形。”茂公道:“正是。”程咬金一闻此言,便大叫道:“是呵,是呵,我晓得了。前日单二哥说,定阳王刘武周新得一员大将,复姓尉迟,名恭,字敬德,身长一丈,腰阔十围,面如黑炭。起兵以来,日抢三关,夜夺八寨,又得太原一省,连夺府州数十余座,鞭打枪挑,伤死大将四十余员,杀得唐家闭门不出。目下唐家用人之际,敢是唐王思想我们,故差老大前来,相请俺三人么?”茂公笑道:“然也!”程咬金便大叫:“秦大哥,快快收拾起来,我们就走!”叔宝看看他,又看看床上的罗成,说道:“兄弟,你为何这等冒失,你看罗兄弟病得这般形景,我们如何舍得抛了他去?”罗成叫声:“表兄,你老大年纪了,不趁此时干些功名,挣一领蟒袍玉带,荫子封妻,等待何时?你两人快些前去,勿以兄弟为念!”叔宝流泪道:“表弟呵,承你好心,但恐我二人一去,单二哥回来,一定要难为你了,如何是好?”罗成道:“哥,你放心前去,兄弟自有道理。”叔宝只得收拾了二轮车子,载了张氏、裴氏,拜别了姑母与先时同来的人,并着秦安一行,到了城门口。叔宝令秦安将家小送往长安去,叫徐茂公远远相等,却叫守门军士去报单雄信来城门口相别。

那单雄信正在府中,军士报道:“启驸马爷,秦老爷、程老爷带了家小出城,将老小先往长安去,二位老爷在城门口相等,令小人来请驸马爷去说话。”单雄信一闻此言,两边的胡须都撕开来,忙叫:“带马!”飞身跨上能行青鬃马,加上两鞭,飞马来至城门口,把鞭一撩,跳下马来。家将牵住马,雄信走上一步,双手握住叔宝的手,只叫得一声:“秦大哥,叔宝兄,你却要往何处去?若要去也须到小弟舍下相别一声,小弟也好摆酒送行,如何却来这里,方来通知小弟?”叔宝未及回言,程咬金大叫道:“两只脚生在我们肚子底下,要走便走,却要来问我怎么?我老实对你说,如今不在这里做闲人了,要去干功名,取富贵,这里闲人实是做不过了!”单雄信叫声:“兄弟,愚兄又不曾与你吵闹,为何说这些话?”叔宝叫声:“二哥,他性情是这样的,二哥深知其人。但小弟在此打搅不当,所以要往别处去。”单雄信道:“何得如此相瞒?莫非要去投唐么?”咬金道:“然然然,你竟是个活神仙。我对你讲过了,我好好一个罗成交付与你,若是病好了,还我一个人,若是不济事了,也要还我一把骨头。”叔宝道:“你看这个匹夫,一些道理也不晓,二哥你也不必介怀。”单雄信叫声:“取酒过来!”家将备席追来伺候,即满斟送过去。雄信接了,捧过来与叔宝,叔宝一饮而尽,一连三杯。雄信又来敬咬金,咬金道:“谁要吃你的酒?”雄信道:“兄弟,不饮便罢。”叔宝与雄信对拜四拜,二人上马而去。

单雄信径上城楼,推开护城板来看,只见二人走去,远远树林内走出徐茂公来,三人一路而去。雄信把钢牙咬啐,叫一声:“牛鼻子的道人,你来勾引了二人前去,那罗成小畜生不病,一定随他去了。”心中一想,下城提槊,径往三贤府来。那罗成见二人去了,叫罗春:“你去立在房门口,若单雄信来,你可咳嗽为号。”罗春立在房门口,只见单雄信提槊走将进来,罗春高声咳嗽。单雄信问道:“你的主人可在房内么?”罗春道:“病在床上,好苦。”雄信叫声:“你且闪开。”走到房门口,听得罗成在床上叹气道:“黄脸的贼,程咬金这狗男女,你这二人忘恩负义的,没处去,就住在此间,如今看我病到这个田地,一些也不管,竟自投唐去了!哎,皇天啊!我罗成若死了便罢,若有日健好的时节,我不把你唐家踹为平地,也誓不为人了!”雄信听了这些话,即抛了槊,懊悔道:“我一念之忿,几乎断送好人!”忙走进来,叫声:“兄弟,你不必心焦,若果有此心,俺当保奏吾主,待兄弟病好之日报仇便了。”罗成道:“多谢兄如此好心,感恩不尽。”单雄信忙请太医,与罗成加意医治。数日之内,把病症调治好了,即当殿保奏,封罗成为一字并肩王,按下不表。

再说徐茂公、秦叔宝、程咬金三人正行之间,咬金大叫道:“此去投降,自然有大大的前程!”叔宝道:“我们去不必说,但兄弟去有些不稳便。”咬金道:“为什么呢?”叔宝笑道:“兄弟,难道你忘情了斧劈老君堂,月下赶秦王么?”咬金一闻此言,叫声:“啊呀,这事完了,完了!秦大哥,你真个不是人入出来的,早对我说声,方才不与单二哥这等恶开交了!如今不去了,只得另寻头路了!”徐茂公道:“不妨,凡事有我在此,包你无事便了。”咬金道:“你包我无事么?千金担要你一个挑的。”茂公道:“这个自然,你放心前去便了。”当下三人到了白壁关寨边,徐茂公叫声:“二位兄弟,且在此等一等,待我先去通报了,再来相请便了。”程咬金道:“那事要你与我先说一声,若或杀了我,我是要与你讨命的哟。”茂公点头道是,走入帐去。

秦王一见,即满面春风,叫声:“王兄,三人可来了么?”茂公道:“罗成有病不来,秦叔宝、程咬金在外候旨。”秦王大喜,便要叫宣进来,茂公忙道:“主公且住,那程咬金竟要抓他进来,主公必要拍案大喝道:‘程咬金有斧劈老君堂之罪,把他径杀便了。’”秦王吃惊道:“王兄,此言差矣!那桀犬吠尧,各为其主。今日到来,就是孤家的臣子了,为何又问他罪来?”茂公道:“这人却要这般待他,他方得服服贴贴;若不问他的罪,他见得唐家没有大将,请我到来,就要自以为是,不遵法度起来了。主公径要杀他,待臣等自然竭力保他便了。”秦王依允,下旨:“宣金装锏架宣化斧临潼关救驾秦恩公入营!”咬金道:“要死啊,这句话先当不起了!秦大哥,在你身上要劝他一劝的啊!”叔宝道:“这个自然。”即入营拜伏于地。秦王叫声:“秦王兄请起!”双手扶起叔宝。叔宝道:“主公,那程咬金召他进来,必须要问他的罪,绑他就杀。那时臣等却来保他,主公便赦了他,他方肯依头顺脑,不然他就要倔强不遵了。”秦王微笑道:“好,你们这班朋友,倒多是算计他的。”便下旨:“宣月下赶秦王、斧劈老君堂的犯人程咬金入营!”左右答应一声,就赶过去把程咬金抓入营来。咬金俯伏在地,便大叫道:“千岁爷啊,徐茂公力保臣来的,臣因有罪,原不来的。”秦王想一想道:“不是啊,原来他们两头做鬼作弄他的,事已到此,不得不然。”心中不忍,只得硬了头皮叫声:“绑去斩了!”徐茂公、秦叔宝忙道:“主公,权且赦他前罪,待他后来立功赎罪便了。”秦王忙令松了绑。当下大排筵宴接风。坐中秦王说起尉迟恭的利害道:“孤自领兵到此,紧守寨门,不与交战。”叔宝道:“这些将官在昔日却哪里数得着他？臣也不知会过了多少好汉，若然主公令弟赵王在时，这将官就有几千几万，却也不经打起。”秦王道：“正是么，可惜孤这个先弟没了！昔日在潼关，只一下打得十八家王子没了火种，跪献降书，却有何人可敌？”咬金想道：“这件事说起来我好恨啊！”

当下秦叔宝吃了几杯酒，立起身来，披挂端正，跨上追风呼雷豹，直至白璧关下，单讨尉迟恭交战。探军报入关来：“有一黄脸大将在外讨战。”不料尉迟恭往马邑催粮去了，宋金刚便问：“哪位将军出去会战？”有大将水生金愿往，上马提刀，冲出城来。一见叔宝，说声：“完了！昔日上扬州抢状元，秦叔宝的撒手锏打死殷岳，罗成的回马枪挑死杨林，那个不知？那个不见？如今唐朝来此人，我命休矣！”即欠身道：“秦将军，小将甲胄在身，不能全礼，马上打拱了。一向不知出麾何处，几时到此的？”叔宝道：“今日方到，你可去叫尉迟恭出来会战。”水生金道：“岂有此事，小将既已到此，难道交手也不交手么？乞将军相让一二！”遂拍马抡刀。叔宝举起提炉枪，即便迎来。不及两个回合，拨开了刀，耍的一枪，刺下马来。喝声：“去！”割了首级，复又抵关讨战。探子飞报入府，宋金刚大惊，便问：“此将叫何名字？”败兵道：“小人们走得远了，只见水将军与他说了半日话，然后杀起来一枪就刺死了，却不曾听得他的名字。”当下有大将魏刀儿大怒，上马举钢叉冲出城来。一看见是叔宝，叫声：“啊呀，不好了！怪道水将军被刺死，原来遇了秦叔宝！啊呀，我既出马，再没有回去的道理。”举叉劈面来战。好叔宝，未及一个回合，拦开叉，提起金装锏，照顶梁门当的一锏，打下马去，割了首级，大叫讨战。探子报入帅府，只说有了名字，叫做秦叔宝。宋金刚一闻此言，叫声：“不好了，发不得将了，高挂了免战牌罢！”叔宝便知尉迟恭不在关内，掌得胜鼓回营。

秦王一闻叔宝枪挑水生金，锏打魏刀儿，心中大喜，吩咐摆宴庆功。

那程咬金心中十分不好过，立起身来，走到秦王身边，假意叫声：“主公，吃一杯！”就把秦王袍袖一扯，秦王看他一看，他把眼睛一瞅，依先坐了吃酒。到了黄昏，徐茂公、秦叔宝告辞，秦王道：“二位王兄请回自营,单留程王兄在此。”二人告别自回营去安歇。秦王却叫声:“程王兄,你方才扯孤一把,有何话说?”程咬金道:“主公,你看月明如昼,闻知白璧关十分有景,臣保主公去看探如何?”秦王道:“孤家昔时最喜夜游,但是孤家自夜探北芒山,纵放宝驹追赶白鹿,误到金墉,被程王兄捉拿之后,却不敢夜游了。”程咬金道:“呀,往事休提,今晚有臣保驾,前去观探一番,有何不可?”当下秦王依允,头戴一顶束发金冠,双挥雄鸡翅,身穿一领杏红袍,腰束碧玉带,左插金披箭,右插一张宝雕弓,手提定唐刀,上了逍遥马。程咬金顶盔贯甲,挂锏悬鞭,上马提斧,君臣二人悄悄离了营门。果然月明如昼,万里无云。

咬金保着秦王来至白璧关下,看这关门十分峻险。咬金叫一声:“主公,怎么这样一座关,二位王爷不能守住,失于贼人了?”君臣二人正在城下观看讲话,不料尉迟恭催了五千粮草到了关下,忙来缴令。宋金刚道:“这些粮草在哪里稽迟,一去不来,这也不必说了。如今来了山东秦叔宝,巡察要紧,今夜可去巡关!”尉迟恭领了帅令,到关上来巡关。却有军士指道:“南首月光之下,有二人在那里指手划脚的看。”尉迟恭一看,远远见一个插鸡翅翎的。尉迟恭道:“这一定是唐童。”忙下关来,叫声带马,即提了丈八长矛,悄悄的开了关,催开抱月乌骓马,大叫:“唐童休走!”那辔铃唧唧的响,程咬金叫声:“不好了,主公退后些。”挥动手中八卦宣花斧,一马迎上前来。月光下见尉迟恭,叫声:“啊唷!”犹如烟薰太岁,火烧金刚,比那图上的又觉十分怕些。

看官,那程咬金、伍云召在扬州因下棋打过尉迟恭,缘何今日却不认得起来?只因那时尉迟恭时运未来,面如泥土一样的。如今时运到了,发亮起来,变了形容,所以不认得了。尉迟恭前番冒冒失失,又不曾知程咬金名姓,忙乱之间,一时也想不起,哪里认得程咬金?当下尉迟恭大喝一声:“你这厮却是何人?”咬金喝道:“我的儿,爷爷就是程咬金。你这黑炭团可就是尉迟恭么?”尉迟恭道:“然也。”程咬金把斧一举,当的一斧盖下来。尉迟恭把长矛架住了。当的又是一斧,尉迟恭又架住,一连三斧,到第四斧,也没劲了。尉迟恭叫声:

“匹夫,原来是虎头蛇尾的!”即把丈八蛇矛嗖嗖的刺来,咬金忙把斧乱架。尉迟恭见他家伙乱了,拦开斧,扯出钢鞭,耍的一鞭,正中左臂,咬金噗通一声,跌于马下,死在地上。秦王叫声:“动不得手!”尉迟恭即把长矛来刺秦王。秦王把定唐刀架住,叫声:“尉迟王兄,孤与你无怨无仇,缘何如此?”尉迟恭大喝一声道:“呔!唐童啊唐童!我在太原投军,你道我吃了九斤肉、一斗米、一坛酒,就打我四十,革退了军名。今日相逢,怎说无仇?”说罢,即把丈八蛇矛劈面刺来。秦王看看遮架不住,那程咬金却是个闻土星临凡,若打死了,见了土即便活转来。他叫一声:“好打!尉迟恭勿伤我主!勿伤我主!”拾斧在手,跳上马来战。正是:

秦王原是真天子,故有星官相救来。

要知程咬金与尉迟恭交锋胜败,且看下回分解。

第四十六回 秦王夜探白璧关 叔宝救驾红泥涧

诗曰：

进退无知一莽夫，却叫真主受灾魔；
君臣月下遭惊险，亏得秦琼解网罗。

当下尉迟恭下追秦王，忽听背后程咬金喊声追来，心中倒吃一惊，怎么死了的人又会活的？把矛一摆，抛了秦王，径奔程咬金。不几合，拦开斧又是一鞭，打中右臂，噗通的响，咬金又跌下马去，死在地上。尉迟恭举矛又朝秦王刺来，秦王叫声："动不得手！"举定唐刀架住，声声只叫："王兄，王兄！孤昔日曾在潼关招兵，那太原招兵并不是孤家，却是大王兄、三御弟在那里，王兄你不要认差了！"尉迟恭大喝道："俺开关，明明看见旗号上是'西府秦王'四字，你这厮推到哪里去？不要走，吃俺一矛！"举矛嗖嗖刺来。秦王哪里挡得住，那程咬金在地上又醒转过来，叫声："黑炭团，勿伤我主！勿伤我主！"拾斧上马来战。尉迟恭道："你这厮却也不是个人，直头是一条水牛。"遂把矛一举，咬金即便举斧相迎，未及几个回合，拦开斧要的又是一鞭，咬金把身一侧，正中背上，噗通掉下马来，又死在地上。秦王又叫一声："动不得手！"尉迟恭即举矛刺来。秦王把刀一架，架住长矛。尉迟恭大怒道："好唐童，焉敢拦我三次！"把矛一举紧紧刺来。那程咬金早又活了，拾斧上马，叫声："尉迟恭住着！我有话说。"尉迟恭摇摇头道："这厮，倒亏他实是经打得起。"便住了矛，叫一声："程咬金，你有何话说？快快讲来！"咬金道："我君臣二人，都是没用的，就被你打死了，也是个乘其无人，劫其无备，不为好汉。我那里秦叔宝哥哥却不肯与你干休，明日在阵上也要这般打你。我如今对你说过，你在这里既有本事，果然是好汉，却不要伤我的主公；我去营中请了秦叔宝来，你若在他面前也敢这般行为，就算你真正好汉。你若怕他，却不要放我去，径将我君臣或则拿了去，或则打死了，明日自有他出来问你，你却也活不成了。”尉迟恭一闻此言，只气得三尸神直爆，七窍内生烟：“啊唷，啊唷，啊唷唷！你去，快快叫他来，我自有本事在他面前拿你们。去，你快快叫他来！”程咬金道：“我却不放心，万一我去了，你一闷棍把我主公打死了，却如何是好？”尉迟恭道：“大丈夫一言既出，驷马难追。我有本事，等那秦叔宝来，一并拿你三人。去！你快去！不必在此多言！”

那秦王口内说不出的苦，天下难道有这样的人，自己脱身去了，却把我交与他，他难道是吃素的么？

当下程咬金走了几步，又带转马来，叫一声尉迟恭道：“我却是不放心，你可赌个咒与我，我好放心前去。”尉迟恭道：“你去之后，我若动手杀唐童，日后不逢好死，撞死在紫金门！”程咬金道：“这就是了，我便放心前去。主公，你在此等一等，待臣去叫了他来便了。”

当下程咬金奔回营中，打起鼓来。徐茂公连忙起来，便问：“有何事故？”程咬金道：“不好了，秦大哥呢？快些去救驾，都是主公要我同去探看白壁关，却撞着了尉迟恭，把我几乎打死，如今特来请秦大哥去。”徐茂公一闻此言，心里一似十五个吊桶打水，七上八下的；浑身一似中风麻木，二腿犹如斗败公鸡。忙说道：“那、那、那主公却在哪里？”咬金道：“主公我交与尉迟恭了。”徐茂公一声喝道：“呸！亏你这样一个死人，却把主公将付与敌人，自己却走了！”叫一声：“绑了，拿去跪在辕门首，若救得主公回来便罢；若救不得回来，将他万剐千刀！”左右一声答应，将他绑出，一边忙请秦叔宝起来。叔宝在睡梦中一闻叫声，先惊得发晕，起来连忙顶盔贯甲，飞上呼雷豹赶来。

这边尉迟恭果然一些不动，那秦王却倒去引他，叫一声：“王兄，孤家昔日果然不在太原招兵，况且王兄一次能吃一斗米、九斤肉、一坛酒，孤家定要加官。你难道不认认人看？”尉迟恭不听此言倒罢，一闻此言，那无明火高有三千丈，按捺不住，大叫一声：“唐童，你不提起便罢，一说之时，却也顾不得了！”挺手中长矛，要的一矛刺来。秦王将刀一架，叫声：“王兄，你说过的，如何动起手来？”尉迟恭哪里肯听，使着长矛紧紧刺来。秦王招架不住，回马望东败去。尉迟恭大喝一声:“唐童,你哪里走?”催开抱月乌骓马,随后赶来。这边秦叔宝一到,不见二人,有小军说道:“往东去了。”秦叔宝催开呼雷豹望东赶来。那秦王挡一阵,败一阵,秦王一想:“且射他一箭,使他知我的利害,或者不赶来,也未可知。”便袋内取弓,壶中拔箭,搭上弦,扭回身,叫一声:“王兄,看箭!”耍的一箭。尉迟恭把头一低,那箭在盔上哧呖呖一声响,箭却掉下地去。尉迟恭叫声:“什么响?”放下长矛,把罗汉鼓一松,将盔除下来,月光中一看,只见一对凤眼齐开,说:“啊唷,当时李友白先生曾说:‘后来上阵,有人谢中你一箭,那凤眼就开的,便是真命帝王。’叫我下马降他。难道唐童是个真主么?呀,说哪里话,吃了一斗米、九斤肉、一坛酒就要打,料不是真主。李友白啊李友白,俺尉迟恭只得背了你了!”把盔先戴上,收一收罗汉鼓,催马赶来。

此时虽然鸡已鸣了,月光还大,十分好看。见秦王一根翎尾折断了,倒拖着定唐刀而走。尉迟恭却双手托着丈八蛇矛,大叫:“唐童,哪里去!”紧紧赶来。后边那秦叔宝手举提炉枪,高声大叫:“尉迟恭,勿伤我主!勿伤我主!俺秦叔宝来也!”尉迟恭把矛一按,回头一看,见了叔宝,叫声:“唐童,你的救驾兵到了,哈哈!”尉迟恭回马把秦叔宝一看,果然人才出众,相貌非凡。叔宝把尉迟恭一看,真正好个黑脸,忙把提炉枪一摆,劈面刺来。尉迟恭举丈八蛇矛,即便相迎。秦王却叫:“秦王兄,你却下不得绝手的啊!这人孤家要他投降的。”那尉迟恭听了,好气啊,怎么说这般有力的话。

看官,当日玉皇大帝差紫微星临凡治世,又要差二十八宿下凡帮助,那二十八宿不肯,大哭道:“前日昆阳大战,有许多功劳,他却酒醉斩姚期,醒来逼邓禹,如此无情。”说也伤感,大家一齐不肯保他,却差三十六天罡下凡保他。这二十八宿气不甘服,也下来吵闹紫微,这就是众反王了。这秦叔宝却是左天蓬大帅星临凡;这尉迟恭却是黑煞神降世。那黑煞神晓得左天蓬是利害的,却不肯下凡来,玉帝便道:“若黑煞神一出,把左天蓬带了几分痨病。秦叔宝与尉迟恭就杀得个对手了。”

当下两人正战之间,秦王只管叫:“秦王兄,下不得绝手的哟!”

尉迟恭听说,好不大怒,拦过了叔宝的枪,回转马径奔秦王。秦王吃了一惊,回马便走。尉迟恭紧紧赶来,叔宝却也追来。

此时天色微明,秦叔宝一来是个空肚子,二来是睡梦中起来的,三来吃了些惊,那胸前一阵阵的恶心,污血只管堆起来,一口口咽下去。当下尉迟恭转到美良川,却是一条狭狭的弯路。尉迟恭追过了山弯,停住了,心想:"待这黄脸的贼来,蓦地来赏他一鞭,打他一个不防备。"遂左手举鞭,右手提矛等着。秦叔宝到了这个弯边,心中一想:"这黑炭团真要躲在里面,我若走去打一鞭来,怎么样的招架?"便按下了枪,取出两枝金装锏来,上下拿着。一过弯来,尉迟恭大喝一声:"照鞭罢!"要的一鞭打下。叔宝把左手的锏架开鞭,右手当的一锏打来。尉迟恭叫声:"不好!"将手中矛一架,哐的就是一鞭。叔宝架开鞭,要的又是一锏;尉迟恭一矛架开锏,当的又是一鞭。叔宝架开鞭,却待要打,尉迟恭却回马跑了。这名为"美良川三鞭换两锏"。尉迟恭打他三鞭,叔宝只换得他两锏。那小说上却说三鞭换两锏是打背心的。叔宝二锏重二百八十斤,尉迟恭的鞭重八十斤,就是一根铁柱,打下去也要打个缺儿,何况身体,乃精血所成,岂有此理。

当下尉迟恭追赶秦王到了一个所在,秦王只叫得一声好苦。原来是一条大涧,名为"红泥涧",约有四丈宽,水势甚急。秦王回头望见尉迟恭紧紧追来,忙把逍遥马加上几鞭,叫声:"马,你过去罢!"那马一声嘶吼,前蹄一纵,后蹄一蹬,从空一跃,即跳过对岸了。此时,他却不径走,反带住了马,叫声:"王兄你看这样大涧,孤家一马跳了过来,岂非天命?好好回去罢!"尉迟恭闻言大怒,把马一夹,叫声:"宝驹,你也过去了罢!"那马一纵,也跳将过去了。叔宝在后,望见二人都跳过涧去了,心中着急,把马鞭在呼雷豹头上乱打,此马着急了,把二耳一竖,轰的一声吼叫。那尉迟恭幸亏也是宝驹,还不致跌倒,不过两脚一松,慢了一步,秦王加鞭急走,秦叔宝的呼雷豹也跳了过去。那尉迟恭拍马径奔秦王,叔宝便拍马顶住尉迟恭尾后。三人一路赶到一山,名为黑雅山。徐茂公早已算定,差下马三保、殷开山、刘洪基、段志贤、丁天庆、王君起、鲁明月八将在此等候。那八将远远望见尉迟恭追着秦王而来，即一齐出马来战尉迟恭。尉迟恭使开这杆丈八蛇矛，逼得那八将如走马灯的一般。正战之间，却有宋金刚令箭到来，叫尉迟恭即刻回关听差，不得有误。尉迟恭得令，只得去了。

这边秦叔宝遂保秦王回营，但见程咬金绑缚，跪在辕门上，口中自言自语道："救得主公回来便好，倘有差误，端正杀我不成了？"伸头探脑，一看见秦王与叔宝来了，忙叫道："好了！好了！秦大哥你可先进去，我还要与主公说句话儿。"叔宝道："主公，恕臣先进营了。"秦王道："王兄请说。"咬金见叔宝入了营门，即膝行几步，叫声："主公，你见了军师，说不得是臣劝主公去探白壁关的，若说了是臣劝主公去的，臣的吃饭家伙就要去掉了。主公若要臣性命，除非主公认了是自己要去看白壁关，携带臣去保驾，故尔同去的，这便有几分活得成了。"秦王道："这原是你不是，如今孤家权且认了，下次再不可造次。"咬金道："不消说起，下次若再如此，也不是个人养的了。"

当下秦王到营，茂公迎入帐中，欠身打拱道："主公受惊了。"秦王道："这是孤家自取其祸，要咬金王兄保驾，去看看白壁关，不想撞见了尉迟恭。"茂公微微一笑，叫声："主公，你不必瞒臣，臣已知道了。"就吩咐把程咬金推进来。左右答应一声，即把程咬金推入。徐茂公大喝一声："你这大胆的匹夫，怎么要主公夜探白壁关，几乎丧了性命？"咬金大叫道："屈天屈地啊，只是主公要我保驾去探白壁关，故此我同去的啊！主公，你也要放出良心来，害臣受死哩！"秦王道："果然是孤家要他同去的。"徐茂公道："既是主公认了，臣难道定要杀他么？但此人我这里用他不着。"吩咐："册上除名，速速赶出去！"咬金道："你这里除名不用，叫我往哪里去呢？"茂公喝道："你这样匹夫，本军师这里怎么用得着？快些走，不必多言。"咬金没瞅没睬，只得向秦王道："主公啊，军师要赶我出去，还须主公说话，劝解军师一声。"秦王道："凡事只可一，不可二，孤家说过一遭了，难以再讲。"咬金看看叔宝，叫声："秦大哥，你可与我说一声。"秦叔宝道："主公尚且难言，我一发管不得。"咬金上前一步，对了茂公道："我的军师老爷，你当真不用我么？"茂公喝道："你这匹夫，这般作怪，还不走么？"咬金把须一捋，叫声："罢，此处不留人，自有留人处！"叫声：

“主公，臣别过了，或一年半载来望你们一次，臣去了！”秦王心中好生不忍，见徐茂公认了真，不好多言。

咬金走出营外，便叫家将：“快些收拾走路，军师不用我了，我们去罢。”家将们道：“老爷往哪里去？军师不过一时恼怒，略略消停几日，慢慢再和他说情，何必如此性急？”咬金听说，心中想了一想，道：“哪里等得消停几日！待我再进去求一求看，若果不用，就走罢。”只得复回身入营来。徐茂公看见了，把案一拍，大怒道：“匹夫，你既去了，又转来做什么？”咬金道：“到底在这里好。可看昔日之交情，还是收用了罢！我的军师，我的老大！”茂公见他花嘴花脸的苦求，一发大怒，把案乱拍道：“谁是你军师？谁要你叫老大？你快走便罢，少若迟延，吩咐左右看棍！”咬金道：“真正再来不值钱了，就走！就走！”扬扬走出营门。

家将们见了道：“老爷，怎么样？”咬金道：“走走走！不必噜苏，哪里受得起这牛鼻子道人的臭气！大丈夫哪处不去做了人！”跳上马，招齐家将，随路就走。约行了十里来路，回头叫声：“家将，我们且商量商量，如今到哪里去的好？”家将道：“小人们随老爷的主意，有甚商量？”咬金点头道：“正是。”勒马又走。一路思量，又走了十四、五里路，到了一个所在，叫做言商道。只听得一声锣响，跳出五、六个强人来，挡住去路。那为首的二人，一个叫毛三，一个叫勾四，大叫：“留下买路钱去，饶你性命！”咬金哈哈大笑道：“原来是我的子孙在这里，好极了，爷爷正要银子用，快快献上来！”毛三听说，心中大怒，便要动手。勾四道：“慢些，此人不象是善男信女，且问个明白。呔！你是什么人，敢在此处来往？自古道：靠山吃山，靠水吃水，何故说我们是你子孙，难道你不怕死么？”程咬金道：“你这狗头，人也不认得，爷爷就是瓦岗寨称混世魔王的程咬金！你要我买路钱么？”那一班人闻言齐跪倒道：“果然是前辈宗亲，不知老爷缘何却在这里，有什么贵干？”咬金道：“我因与唐朝小秦王帐下的军师牛鼻子道人不合，奔走出来的，去向尚未有定。你们这干人住在哪里？”众人道：“小人们在此言商道中东岳庙内扎定居住，既是老爷去向未定，何不在此做个大王？”咬金道：“妙，妙，此乃有趣之事，快走，快走！”就随众人一径到庙中来,吩咐把神像抬开了,就坐在公案上。众人一齐拜倒,山呼千岁已毕。咬金道:"如今又复任混世魔王了!"封毛三为丞相,封勾四为阁老,传令大小喽罗:"凡有孤单客商,不许抢劫。若是大风,定要夺他。若遇有游方道人来往,拿住就杀。"众人齐声答应。这咬金在言商道落草,且按下不表。

且说秦王见徐茂公赶了程咬金出营,便问道:"军师,今日缘何这般认真?"茂公道:"臣非真要逐他,只是故意激忿他前去。"正是:

夺取介休粮饷草,干立功劳宽罪愆。

毕竟程咬金落草如何,且看下回分解。

第四十七回　咬金落草献军粮　叔宝枪刺宋金刚

诗曰：

混世魔王呆复呆，言商道内把兵埋；

此时原是唐王福，劫夺军粮献送来。

当下徐茂公回对秦王道："臣岂认真逐他，不过激励他去与主公干立一件功劳，使他将功折罪；不过六七日内，他即来也。"秦王道："原来如此，孤实不知，今可放心矣！"

再说程咬金住在言商道东岳庙中，一日，毛丞相道："人主初登大位，人多粮草少，介休县今解来粮草一万，打从此处经过，请大王发兵夺取，不知可使得么？"程咬金哪里晓得押解粮草的领队官就是尉迟恭，真正黑漆灯笼。听说有粮草打从此处经过，便大喜道："既如此，吩咐鞴马，待孤家自去发个利市，马到成功便好。"勾阁老忙奏道："主公，臣有一计，包管容易成功。主公的威风不必说了，但是我这里人少，寡不敌众，主公可穿出大路，挡住了解粮的将官，臣等往斜路上抢了就走，不怕不成功。"咬金道："倘被他追杀进来，又费力了。"毛丞相道："主公放心，这里言商道中路径最杂，凡活路上都有圈儿暗号，死路上没有圈儿暗号，我们这班人认得真切，都是会走的，若外来的人哪里晓得，他便走来走去，都是死路，没处旋转，纵有千军万马，也只当吃孙子的了。"咬金道："既如此，依计而行。"即顶盔贯甲，提斧上马，抄出了言商道。

只见远远的粮草来了，一马上前喝道："呔！留下买路钱来！"那些众兵见有响马挡路，往后飞报尉迟恭："启先锋爷，前面有响马挡路！"尉迟恭大怒，挺枪上前，一看原来是程咬金。程咬金一看，叫声："完了，原来是这黑炭团。"尉迟恭便问："你这狗匹夫，在此做甚么勾当？"咬金道："奉军师将令，在此等候你多日了。我对你说，你把粮草好好送与我程爷爷，我便饶你的狗命，若有半字支吾，我就送你归天。”尉迟恭骂道：“狗匹夫，不要油嘴，照爷的家伙罢！”嗖的一枪刺过来。咬金知道利害，躲闪过了二枪，尉迟恭略松懈些，他便大斧大砍。如此不上几个回合，那边毛三、勾四一班喽罗，轰的一声，杀散了众兵，推了粮草，拥入言商道中去了。咬金把斧一按，叫声：“黑炭团，承惠了，改日谢你。”回马一溜烟也进言商道去了。尉迟恭回头，见失了粮草，拍马追来。见程咬金跑过两个弯，兜三个转，影也不见。尉迟恭高声大叫：“程咬金快出来，和你讲话。”哪里叫得应。他火性直发，把马往里边一走，兜转来是这个所在，兜转去又是这个所在。只得又高叫一回，毫无影响。心中想道：“粮草乃系紧要之物，今遭失去，如何可以回见主将呢？嗄，也罢，只得再往介休去见张士贵，告诉他失粮之事，要他再发粮草一万，以应军需便了。”没奈何，只得再往介休去。不表。

单说这边程咬金打听得尉迟恭去了，叫声：“列位爱卿，这些粮草，一些也不要动它。”毛三、勾四道：“臣等正要扶助大王招兵买马，日后得保主公登九重之尊，所少的是粮草，为何不要动呢？”咬金道：“众卿，你们有所不知，我若要做皇帝，那瓦岗寨好好一座宫殿城池，兵马又多，钱粮又广，就白白送与别人了。你们不晓得，那个做皇帝是最气闷的事，今把这些粮草俱解到白璧关，见我主公秦王，你们都有功劳，定然收用，自有军粮吃。在此终非了局，此乃正当不易之理。”毛丞相道：“主公议论虽是，倘然军师照前不用主公，那时臣等这班人倒有些进退两难了。”咬金道：“这有何难？若是不用，我们依旧再来，只好勉强再做一做皇帝了。”众人听说，只得从命，咬金即吩咐五百余人推了粮草，径往唐营而来。

再说秦王，一日升帐，问军师徐茂公道：“程咬金一去数日，尚无下落，不知几时可得回来？”茂公道：“只在早晚，料应来也。”不多时，传报进来道：“程咬金在营外求见。”秦王大喜，吩咐作速摆酒伺候。外边众将俱已叙过了，程咬金进营来，先拜了秦王，然后参见军师。徐茂公道：“你去了又来怎么？”秦王道：“程王兄已伏罪过了，军师看孤之面，将就些罢了。程王兄，你去这几日流落在哪里安身？”咬金道：“臣被军师赶出，一时往哪里去？如今天下荒乱，筢儿的生意又做不得了。臣没奈何,只得复了本行。”秦王道:“复什么本行?”咬金道:“依先做强盗,在言商道降服了一班喽罗,封了几个臣子,改换了年号,还做草头王。不料尉迟恭在介休县解来一万粮草,被臣杀得片甲不存,打劫了一万粮草前来献与主公。军师若肯收用呢,依先归保主公;若一定不收呢,臣却带了粮草,自去图王立霸。日后兵精粮足,抢州夺县,成了气候,那时主公不要怪我。臣是先说在前,听凭裁取。”徐茂公微微笑道:“你要我收你,且吃了酒,再到一处去,成了一桩功劳,即便收你。”秦王遂即赐了座,与众官饮宴。

咬金用过酒饭便问:“军师发令,如今要到哪里去干甚功劳?”茂公道:“你可带领原来的人,我再差马三保等八将,点兵一千帮你,仍到言商道去。那尉迟恭又解一万粮草来了,再劫了他的,便算你一大功劳。”咬金道:“军师,这个使不得。此事只可一次,不可二次,那黑炭团好不凶狠,若被他一鞭打死了,那里去讨命?”茂公喝道:“咄!你方才说杀得他片甲无存,如今又说怕死,你明明是与尉迟恭通谋,用里应外合之计,来骗本军师么!左右与我绑去砍了!”程咬金吓得魂不附体,连忙答应道:“不必动怒,我就去便了!我就去便了!众位将军!但是我说过,你们去便同去,若成了功,要算我一人的功劳,大家不许争夺的。”众将道:“这个自然,哪个要来分你的功劳?我们大家帮助你一个马到成功便了。”咬金大喜道:“这便足感众位!”遂辞别秦王,同了八将与原来一班喽罗,一齐重到言商道中扎住,此言慢表。

再说尉迟恭又往介休县来见张士贵,说道:“小将经过言商道,被唐将程咬金暗劫粮草一空,自恨不小心,一时失误;然军中不可一日无粮,倘或有变,主将岂不责备贵职?乞贵职再发兵粮一万,以济军需,庶免牵连之罪。”张士贵听他讲到其间,没奈何只得又发粮草一万,对尉迟恭道:“既已如此,事不宜迟,将军可速领解去,务必小心护卫,连夜前行,勿误军需。”嘱咐了一番。尉迟恭点头道:“晓得。”即领了一万粮草,星夜起解而来。那知程咬金已在言商道专等多时了。左右报说粮草来了,程咬金便哈哈大笑道:“咦,果然大风来了!”便横开宣花斧,出马拦在路口。尉迟恭趱行到此,一见咬金,倒吃一惊,问道:“程咬金,你这狗头又在此做甚么?”咬金道:“你程爷爷么,又在此等你的粮来。我家军师叫我致谢你,你如今一发把粮草送过来,改日一总奉谢你。”尉迟恭听说大怒,骂道:“好狗匹夫!那日一时不曾提防,被你劫去。今日又来,看爷爷手中的枪送你命罢!”耍的一枪,劈面刺来。那程咬金会跳纵法,犹如猴跳圈一般,蹿来蹿去。尉迟恭在这边,他便跳到那一边;尉迟恭赶到那边,他又闪在这里。正在躲来躲去,那边马三保等一齐杀出,冲散了军士,抢了粮草就走。程咬金道:“住手!无心战了,粮草已到手了。多谢你,黑炭团!若有时,只管送来,我们那里尽都用得着。”尉迟恭大怒,拍马赶来,这一路兜转去,端然是这个所在;那一路抄出去,又是这个旧所在。盘旋叫喊了一会儿,总无人应。尉迟恭心中又气又恼,只得带了从人,又往介休县去,不表。

这里再讲程咬金与马三保一干人,推了粮草,径往营中来见秦王,细言其事。徐茂公道:“你们不必停留,再到言商道中去,那尉迟恭还有粮来,但是只有一半。虽然抢他不得,却也大家没份。你们可仍旧到彼挡住了他,马三保与众将带领前兵,多备硫黄焰硝,径把粮草放火烧了,大家各有功劳。”程咬金道:“难道还有得来么?就去!就去!”这叫做三遍为定,不误主顾。依先同这一班喽罗,来到言商道中等候,不表。

再说那尉迟恭复失了粮草,又到介休县来,见张士贵,细述复失之事。张士贵大惊道:“啊呀将军!连失二次,非同小可,如今粮草实是没有了。”尉迟恭道:“委实是小将不识路径,有此失粮之罪,不必言矣。万望贵县周全,不必定要一万,就是随多随少,付我前去应用。”张士贵道:“也罢。”介休县又凑集了五千粮草,叫一声:“将军,这一遭却要小心,不可又失了。”尉迟恭道:“贵县可把我车辆内用铁环搭钮,搭做一联,使他抢劫不动。再差人往白璧关通知宋金刚领兵接应。”申发了文书,然后起解。

不表尉迟恭此番小心准备,再说徐茂公在营中时刻筹计。那日传令,差秦叔宝带领一千人马,往白璧关西首,埋伏在树林中,如此如此。叔宝得令,领兵去了。不表。

且说宋金刚得了尉迟恭的文书,文书上写着连失了二次粮草,心中十分着急,若再有失,如何是好？连夜点齐一万人马,悄悄出了白璧关,往介休县接应。正行之间,一声炮响,秦叔宝当先拦住,大喝一声:“宋金刚往哪里走!”宋金刚在前面,一见了秦叔宝,便三魂失了两魂,也无心恋战,回马落荒而走。岂晓得秦叔宝的呼雷豹好不快,宋金刚哪里走得及,只得回身厮杀,叫声:“秦琼,你赶人不可赶上壁,我的刀砍过来了!”秦叔宝拦开刀,耍的一枪,正中当心,翻身落马。叔宝跳下马来,枭了首级,杀散众军,径奔白璧关来。那关中一时不曾提防,被叔宝杀到关中,接引秦王的兵一齐进城。叔宝又往偏合关、鸠门关。那尉迟恭一日取此三关,被叔宝一夜即复了三关。按下不表。

且说尉迟恭解粮到了言商道上,却见程咬金又在前头,心中大怒道:“这人真正是尿浸麻条,又臭又韧。”程咬金呼呼大笑道:“好军师,果又来了。黑炭团,快快送过来。不然大家得不成,放火烧去了罢!”尉迟恭大怒,拍马使矛刺过来。咬金遮拦招架,又是跳来纵去。后边马三保一干人马杀过来,抛上干柴烈火,径把车辆烧着。程咬金道:“如何？你不会做人情,如今大家得不成了！我要告别了!”尉迟恭回头一看,犹如火焰山一般,心中大怒,拍马追来。又三两个转身,几个弯,不见了。尉迟恭叫喊连天,气得目瞪口呆,只得回介休不表。

这里程咬金一干人马回到白璧关。秦叔宝的兵马也回来了。秦王下令起兵,竟到介休县下寨。心中只要这人归降,故不围城。便问:“哪一位王兄可去劝尉迟恭归降?”程咬金道:“待臣前去劝他来归。”秦王道:“你去须要小心在意。”咬金道:“不须吩咐,我去叫他来便了。”即提斧上马,来至城下,大叫道:“快唤尉迟恭出来,程爷爷有话讲。”尉迟恭大叫道:“你这狗头,今日自来寻死么?”程咬金道:“呔！我好意来对你说句话儿,那宋金刚已死,三关已复了,你还要装什么腔？好好下马投降,与我爷爷驮驮斧头,早晚服侍我些;你若好呢,就赏了你一名官儿做做……”尉迟恭不待讲完,举枪就刺。程咬金连忙招架,哪里是他对手？还亏得他会蹿会跳,所以不致有伤。尉迟恭大怒,发狠说道:“程咬金,程咬金！我不杀你这狗匹夫,非为好汉!”举枪狠狠刺来。程咬金闪过,回马而走。尉迟恭道:“世上哪里有这样的狗匹夫,战阵上蹿来跳去。”只得也回马入城而去。

程咬金回营,秦王问道:“事体如何?”咬金摇头道:“不相干,直头是一条水牛,一句也不肯听。”秦王踌躇道:“如何是好!”徐茂公闻言道:“臣闻此处有一隐士名唤乔公山,与尉迟恭十分情厚,若得此人前去便好。主公可差人以礼聘来,必有商处。”秦王依允,遂令秦叔宝备礼往聘。不一日,秦王升帐,报称:“秦叔宝聘取乔公山同来,在外候见。”秦王道:“宣进来!”乔公山进帐,一见秦王生得龙眉凤目,真乃帝王之相,心中暗喜。口称:“山野农民乔公山参见,愿主公千岁千千岁!”秦王亲手扶起,吩咐看坐。说道:“孤家闻长者与尉迟恭甚相契厚,不知果否?”乔公山道:“臣昔在麻衣县务农,尉迟恭打铁营生,十分穷苦。臣知风鉴,看他生得豹头环眼,燕领虎髯,必是国家栋梁。因他时运未来,臣不时周济他。近闻在刘武周处为将,可惜误投其主。”秦王道:“刘武周拜宋金刚为元帅,封尉迟恭为前部先锋,杀奔雁门关。尉迟恭日抢三关,夜夺八寨。今孤家复夺三关,宋金刚已灭,那尉迟恭现围在介休城内,意欲攻打,恐玉石俱焚。故请长者到来,欲烦长者往彼说降此人,不知可否?”乔公山道:“臣蒙主上委命,敢不愿效微劳?”秦王大喜,遂封乔公山为参军之职。

乔公山辞别,即到介休城下,叫声:“城上的营长哥哥,相烦通报尉迟将军,我乔公山故人相访。”守城军士误听做乔东故人,即忙通报:“尉迟将军,城外有一人一骑到来,叫什么乔东故人,要求见将军。”尉迟恭想道:“有什么乔东故人?”张士贵道:“故人者,故乡之人也;乔东者,莫非将军贵处地方有什么桥东也?”尉迟恭想道:“我那边哪里有什么桥东地方,想是奸细。”遂吩咐军士:“搜检明白,抓他进来!”军士一声得令,一齐出城,把乔公山拖下马来,绳穿索绑,拿到县堂,噗通一丢,犹如馄饨一样。尉迟恭大喝道:“何方奸细,擅敢来探城内军情?快快招来,饶你性命。如有虚情,左右看刀!”乔公山在下面叫声:“将军,难道不认得老夫么?”尉迟恭往下一看,见是个老人,数年不见,却不认得了,微微冷笑道:“明明是个奸细,一派胡言,拿去砍了!”乔公山又叫道:“将军,那年上扬州时,求亲告友,无处借盘缠，亏我乔公山赠你银子，你到了扬州。今日富贵，你就反面无情么？”尉迟恭闻言，重新仔细一看，叫声：“啊呀，原来是乔老员外！军士误报，说是乔东故人，因此只道是个奸细，多多得罪了！”连忙下来，亲解其缚，请他上坐，并把报事的军士打了四十皮鞭。尉迟恭道：“当初蒙员外大恩，赠我银子，上扬州考武，不得第而归。回到家中又遭了人命，弄得俺上天无路，入地无门，只得前往太原投军，道我食量大，又遭驱赶，后来幸遇：

山后恩公刘武周，招贤纳士把名留！”

不知乔公山怎生说降，且看下回分解。

第四十八回　敬德识破假首级　公山赍书刘文静

诗曰：

武周原是降凡星，山后称王服众心；
只该稳守弹丸地，谁知失算被唐吞。

当下尉迟恭对乔公山说道：“我亏了定阳王封我为前部先锋，杀奔雁门关，日抢三关，夜劫八寨，杀得唐家亡魂丧胆。目今奉令在此催趱钱粮，谁想被程咬金那厮，在言商道上劫取粮草三次。又闻得他杀了俺元帅，恢复了三关。俺今独守孤城，进退两难。目今世乱荒荒，刀兵不已，不知老员外到此有何贵干？”乔公山道：“老夫此来不为别事，特为将军而来。”尉迟恭道：“为俺来，有何见教？”乔公山道：“将军，我想人生在世，须要见机而作，有道：‘良禽择木而栖，贤臣择主而事。’将军有了一身本事，可惜误投其主。老夫为了将军人命一事，恐怕牵连，故尔移居至此介休城外。昨蒙秦王相召，封我为参军之职。我特奉旨前来，要召将军归降，将军可看老夫昔日交情一面，降了唐家罢！”尉迟恭大叫一声：“老乔，你此言差矣！我只知列女不更二夫，忠臣不事二君。我既有了主公，哪里有再降别人的道理？这些不中听之言，不须提起，若不看昔日交情，就要一刀两段。吩咐摆酒！老乔，你快吃了酒与我去罢，休再多言。”

乔公山无可奈何，只得坐下吃酒，尉迟恭与张士贵两下相陪。正饮之间，只听得城外炮响连天，喊声不绝，军士忙报进来：“启上将军，不好了！今有唐兵攻城，四面布起云梯，团团围住，攻打甚急，请令定夺。”尉迟恭拱拱手，别了乔公山，提矛上马。到城上望外一看，只见城下秦叔宝、程咬金一班战将，在营前指手画脚道：“呔！尉迟恭，你此时不降，更待何时？”尉迟恭大怒，取弓箭在手，呼的一箭射下，正中程咬金的坐马。那马腿上着了一箭，前脚一低，后蹄一起，噗通一声，把程咬金一个翻筋斗，跌在城下，满身灰土。咬金忙爬将起来上了马，取了弓箭，追到城下道："呔！黑炭团，降不降由你，我又不来求你，我又不来阻你，你为何射我一箭？难道我不会射你的么？待我也射支儿与你看看。"说时迟，射时快，一箭射上城来。尉迟恭大怒，吩咐军士一齐放箭。那城上的射下来，这里城下的秦叔宝，也令众军士一齐放箭射上去。那徐茂公同秦王也出营来观看，只见一边的箭射上，一边的箭射下。秦王因见自家的兵将多，恐伤了尉迟恭，忙下令军士不许放箭，只把介休城团团围住。

尉迟恭在城上督射了这半日，见下面唐兵不十分攻打，心中宽了三分。其时已过了下午，肚中饥饿，只得下城回县，见乔公山还在堂上，尉迟恭道："你怎么不去？"乔公山道："老夫没有将军的令，不敢擅自回去，这叫做来得明去得白。请问将军，方才出战，胜负如何？"尉迟恭道："今日不曾交战，你快些回去罢！上复你家主公，说我尉迟恭宁死不降的；若要归降，除非我主公死了，我便归顺。"这句话尉迟恭也是说差了的。他心里边想说句断绝的话：除非我与主公都死了，然后降你。意思是后世去，才肯归降你。不料说差了，有分教：

武周性命今难保，一旦威名丧国邦。

也是天意凑巧处，那乔公山道："既然如此说，将军日后不可失信的哟！"尉迟恭也不开口。乔公山只得别过出城，回营缴令道："他说主人一死，就肯归降。"秦王道："刘武周兵据马邑，又未年老，一时怎肯就死？他明明把这句话难我。"秦王不觉愁容满面。徐茂公道："主公放心，臣有一计：可在众军之内，选一个像刘武周头貌的，封他子孙万户侯，赠千金，将他杀了，把他首级送去，只说是刘武周的，我们杀了送来。他一莽夫，自然认是真的，决然归降了。"

秦王就令将数十万兵一一选过，选出五、六个像刘武周面庞的来，俱身长丈余，腰大数围。秦王一见大喜。内中有一人，竟与刘武周身材面貌色色无二的。便打发了这五人仍旧各归营伍，单问那一个像的道："你姓甚名谁，年纪多少，可有妻子？孤家今日要大用你，要问你借一件宝贝，即封你为万户侯之职。"那人听了十分欢喜，便叫声："千岁爷，小的名唤孟董，妻子死了，养三个儿子，大的今年十来岁了，两个小的还小。因小人的妻子死了，都寄在外婆家里。小人的年庚四十二岁,在千岁营内当一名火头军。若是小的有的东西,无有不肯借与千岁的。”秦王道:“孤家要借你的东西,不是什么别的,只因见你相貌与刘武周一样,故此欲借你首级,前去招那尉迟恭来归降,孤家即封你子孙为万户侯,赐以千金。”那人道:“啊,千岁爷啊!这事情是使不得的!这个头是要留在此吃饭的哟!”咬金道:“只此一遭,下次不是这样便了。”那人流泪,大哭起来说道:“小的死了,方才的话千岁爷不可失信的哟!小的住在太原东门外青布桥西首,有一个王阿奶,就是小人的丈母,三个儿子都在那里。”秦王叫程咬金,程咬金道:“晓得了。”赶上前一刀,把那人的头砍下来。茂公吩咐取木桶盛了,付与乔公山:“令你再到介休县去。”

乔公山奉令到了城下,大叫:“城上的快报进去!那刘武周已死,特送首级在此。”军士闻言,报入县中:“启将军,不好了!王爷死了!有人送首级到此。”尉迟恭道:“在哪里?”军士道:“就是前日来的乔员外,现在城外候令。”尉迟恭道:“开了城门,放他进来。”乔公山来至堂上,只见尉迟恭大叫一声:“老乔,你说俺主公死了,如今首级在哪里?”乔公山道:“木桶内的不是么?”尉迟恭两泪交流道:“在木桶内么?”把木桶盖一开,只见鲜血淋漓,一颗刘武周的首级在内,便放声大哭道:“啊呀,我那主公啊!倒是臣害了你了!”把首级双手捧起来一看,便哈哈大笑道:“我说俺主公驾下,还有强兵百万,战将千员,焉能就取得他的首级?你们看得这等太容易了,反来骗我。”便叫一声:“老乔,你且过来,我问是谁的?你好生欺俺!”便将首级照着乔公山劈面打来。乔公山慌忙闪过,便道:“将军,自古道:‘君子一言既出,驷马难追。’将军有言在先,说主公死了,即便归唐。如今你主公首级在此,如何你悔赖前言,岂是大丈夫的气概么?悔却前言,便为不信;把你自己主公首级抛掷在地,又为不忠。你不信不忠,何以为人立于天地之间?我家主公非无良策擒你,他一心一意苦劝你者,不过要你投降,故尔不加毒害。你也不识人的好歹,却只管越扶越醉,觉得太过了!”尉迟恭闻言,大怒道:“你这老头子,哪里学这些鬼话来,只好骗三岁孩童,俺尉迟恭可是骗得信的么?俺主公兵镇马邑,也不怯似你唐家,不知你将何人的首级来哄我?你去对你主公讲，有本事的，大家前来厮杀，不要用这些诡计。”乔公山听了这番言语，不觉哑口无言。停了一会，说道：“将军，你怎见得不是你家主公的首级呢？”尉迟恭道：“老乔，难道你不知鸡冠刘武周么？俺主公果然死了，决不失信于你。饶你性命去罢！”乔公山道：“是。如今却是将军真正说过不失信的了，管保就送鸡冠刘武周首级来就是了。”

公山说罢，回身出城，径转唐营，参见秦王，道及被他识破之事。徐茂公道：“可惜失于检点，这也罢了。目下刘武周统兵威镇马邑，他殿下有一人，姓刘名文静，官拜兵部尚书。其人心向主公久矣，待臣修书一封，差人送去，管教数日之内，刘武周首级定献军前矣！”秦王大喜。茂公随即修书一封，就差乔公山带领五百人马，打着尉迟恭的旗号，只说兵围介休，如此如此。乔公山领命前去不表。

茂公又差秦叔宝带领一千人马，埋伏在白璧关之南，地名“多树村”地方，若见刘武周兵马来时，不可拦阻，让他过去；他若复回方可阻截，不许放回去，须要他首级回来缴令。叔宝得令，带领人马去了。茂公又叫：“程咬金，你也带兵马一千，慢慢而行，可接着刘武周之兵，只许胜，不许败，违令者斩。”咬金领了令，叫声：“军师，小将夜来受了些风寒，肚里正在作痛，难以交战，不是小将怕他，须要带个帮手同去，才可放胆。”茂公道：“你自前去，少不得自有兵来救应，不要帮手的。”咬金道：“小将实是有病，若能取胜，这就不必言之；倘然败了，乞军师念昔日之情，这个‘斩’之一字，千万认真不得的哟！”茂公道：“自有公论，不必多言，快些前去！”咬金皱着双眉，捧着肚子，走一步叫一声：“啊唷！”走出营来，便叫：“家将过来，扶我上马。”咬金上了马，勉强提了斧头，领兵前去。在路仔细思量道：“还好，幸喜得我军师叫我慢慢而行，我如今一日上走得一二十里路，就安营将息便了。”

话休烦絮，再说乔公山奉了秦王旨意，领了军师将令，带着五百人马，打着尉迟恭的旗号，一路前进。行了两日，前边已近马邑地方，但见定阳王正带了人马，扎下一个大营盘在前面。啊，真个剑戟森森，刀枪密密，兴云耀日，鬼骇神惊。你道刘武周为甚扎下这大营盘在此？因他闻得秦王复了三关，元帅已死，又闻得兵围介休，一心记念尉迟恭,恐他有失,故此起兵前来接应。因为出兵日子不利,扎营在此。

乔公山来至营前,叫道:"军士报进去,有正印先锋尉迟恭差人到此求救。"那军士道:"住着。"忙报将进去道:"启王爷,今有尉迟将军差人求救,现在营外,请令定夺。"定阳王道:"放他进来。"乔公山走进营来,双膝跪下,口称:"山野农民朝见我王,愿我王千岁千千岁!"刘武周便问:"卿家何方人氏,姓甚名谁,今见孤家有何话说?"乔公山奏道:"臣乔公山,乃朔州麻衣县人氏,务农为生,能识风鉴,与尉迟将军同乡,自幼相交。因往介休相访尉迟将军,正遇唐兵围城攻打,十分凶险。今特奉尉迟将军之令,前来求救。望我王早发救兵,以救介休之急。"刘武周道:"先生请起。孤家恨唐童复了三关,杀了孤家元帅,正要统兵前去救应,只为起兵性急,遇了黑道红纱,故此扎营在此。方才先生说长于风鉴,敢烦先生相孤一相,可有九五之位么?"公山领命,抬头一看,只见刘武周一双圆眼,两道浓眉,紫堂面色,下面一部黄须,额上新起三条杀纹,早已知道,不好明言,便奏道:"大王龙眉凤目,真乃帝王之相。"刘武周大喜,吩咐大小三军:"今乃黄道吉日,就此发兵。"那些将官应声领旨,即日起兵。乔公山奏道:"臣乃农民,不谙武事,但见交兵厮杀之声,就惊得个半死,望大王宽恩,放臣回去,自耕自种,以终天年,臣之愿也。"刘武周道:"先生不愿为官,孤也不好勉强,赐卿回乡。"公山谢恩,径往马邑而去。

再说定阳王兴兵来至白璧关,过了许多树林之处,就是秦叔宝伏兵之处。叔宝见刘武周兵马过去,方才出来截他的归路。那马邑到白璧关,也有数百里的路程,缘何来得这么快?因那刘武周一心记念尉迟恭,有道救兵如救火,恐他有失,不由你不快。话休絮烦,前边遇着程咬金的兵马扎住,前军来报:"启上王爷,前面有唐兵扎营,不能前进,请旨定夺。"刘武周下旨扎营。一声炮响,安营下寨。便问:"哪一位将军去出战?"有大将王龙上前道:"臣愿往。"那王龙出了营门,提了一柄月牙铲,上马直抵唐营,高声大叫道:"哇!唐营中军士听着:借你口中言,传俺心腹事。今有天兵到此,怎敢挡住王爷的去路？速速让开，放王爷天兵过去，万事全休，若道半个不字，爷爷这里动手，管叫你：

野花淡淡无颜色，白草纷纷尽着霜。

有本事的出来会俺！”那些唐兵因咬金有病在营，一闻讨战，个个好不惊慌：“报启上将军，今有定阳王刘武周领兵在营外讨战，请令定夺。”咬金闻报，只叫得晦气：“刘武周，你何不再消停几日，待我病好了，然后会战。如今却害了吃得做不得的病，如何是好？又奉了牛鼻子道人的令，只许我胜，不许我败；况且今日是头一遭会刘武周，不知他的手段如何？昔日在四明山大会众王子，见他也象一个好汉，只不曾与他交手，万一杀不过，岂不出丑？”遂吩咐小军：“我程老爷疼痛得紧，挂了免战牌罢！”小将把免战牌挂出。王龙一见大怒，一马来至营前，把免战牌打得粉碎，高声大叫道：“我闻得唐家有三十六员大将，今日正要会战，他们为何把免战牌挂出？今日我若不冲他的营，也不为上将！”遂把手中月牙铲摆一摆，一马冲来。这边军士把箭乱射，他也进来不得。“外边将官打破了免战牌，竟要冲营进来了！”程咬金道：“啊唷，我肚中疼痛得紧，如何是好？真正要死哩！吩咐抬斧头伺候，待我解一解手去。”旁边走过一个家将来，叫道：“老爷，真正是‘急惊风对着慢郎中’。马也鞴了，战与不战，请速速相商定夺。若再停一停，被他杀进营来，这叫做‘滚汤泡老鼠，一窝都要死。’”咬金听说，心中无奈，手也不解，走一步，叫一声“啊唷！”心中想道：“‘丑媳妇少不得要见公婆面的’，况我程咬金也是一个好汉，死活出去见一见。”便一头走一头叫道：“军士们，你们少停。若见我老爷胜了他，你们摇旗呐喊，助助我老爷的威风；若是见我老爷杀他不过，你们都降了他罢！”说罢，来到营门，家将扶他上马。咬金把斧一提，今日这把斧头重了这许多！没奈何，把斧双手拿了。

程咬金乃唐家一员上将，今日就象一只落汤鸡，这叫做“好汉只怕病来磨”。一马来至营前，抬头一看，见不是刘武周，心中就放下了几分。王龙问道：“来将通名。”咬金道：“我是不说，你也不知。爷爷乃是神尧高祖二太子秦王殿下、官拜大元帅秦麾下螭虎大将军，姓程，双名咬金的便是。来将通名。”王龙道：“我乃定阳王部下，官封千胜大将军，王龙是也。程咬金，俺一向闻得你也有小小的名儿，今日遇俺王爷爷，只怕你难逃狗命了。”说罢，当的就是一月牙铲铲过来。咬金双手把宣花斧往前一架道：“好家伙！”叫声：“住着，俺爷爷一时害了肚泻病，你略等一等，等我去解一解手。”

正是上阵交锋战，偏遭泻病痛难禁。

毕竟程咬金怎生模样，且看下回分解。

第四十九回　咬金抱病战王龙　文静设谋诛定阳

诗曰：

接得军师书一函，英贤腹内启波澜；

也应唐祚天相助，由彼君臣命受悭。

当下程咬金腹痛利害，说与王龙："待我回去解一解手，再来与你交战。"王龙听言大怒，说道："你这狗头，戏弄我王爷爷么？"当的一月牙铲铲过来。程咬金也骂道："好狗头，连铲我程爷爷二铲么？"一时心头火起，提起宣花斧来，照着王龙当当当一连三四斧，把王龙杀得盔歪甲散，倒拖兵器，回马便跑，口口声声只叫："好利害！好利害！"

程咬金见他去了，意欲下马出恭，战场上不好意思，见西边一带大树，说："也罢，不免到那里解一解手，有何不可！"一马来至树林边，下了马，拿了斧头，走到一株松树背后。正撒得畅快，那王龙回马一看，只见程咬金往西边树林内去了，他却回马，轻轻地掩上来看，只程咬金的马拴在树上。王龙想道："这狗头往哪里去了？"转过树来一看，只见程咬金在那里解手，心中大喜道："想这狗头该死，我却在这里成功。"轻轻地来至树边。程咬金见有人来，只道是乡民在那里砍柴，遂叫一声："呔，砍柴的，有草纸送一张来与我。"王龙应道："有，送你一铲！"当的一铲过来。程咬金吃了一惊，一看，见是王龙，叫声："不好！"立起身来，一只手提着裤子，一只手拿了斧头，只捡树多的所在就走，却去躲在一株大树背后。王龙才到树边，被程咬金狠命一斧，砍着马头。王龙跌下马来，被咬金又是一斧，结果了性命。王龙本欲欺咬金而来，谁知反被咬金算计。也正是：

强中更有强中手，暗里须防人不仁。

咬金把王龙首级砍了，上马回营，把首级号令营前。自此，咬金的泻肚病也好了。

再说刘武周正坐在营中，探子飞报进来说："启上大王爷，不好了！王将军被唐将程咬金杀了，把首级号令营前了。"刘武周闻报大怒，亲自出马，直抵营前，只要程咬金对阵。这边军士也连忙报进："启上将军爷，刘武周在营外讨战，指名单要将军出马。"咬金道："说不得伸头一刀，缩头也是一刀，怕不得这许多。"吩咐带马，提斧出营，来至阵前。只见刘武周头戴双凤抢珠的赤金盔，身穿黄金鱼鳞锁子甲，坐下走阵嘶风马，手执九环大砍刀，赤面黄须，一似天神下降；声音宏亮，犹如二月春雷。咬金一马上前，叫道："定阳王，请了！自从四明山一别，又在扬州一会，不觉数年了。"刘武周骂道："唗！卖柴筢的匹夫，谁与你打拱？"咬金笑道："定阳王，你这句话讲差了，岂不闻古人说得好：'人将礼乐为先，树将花果为园。'我好意与你打拱，你却不识抬举，缘何开口便骂，难道我程爷爷不会骂人的么！你这变不全的畜生！"刘武周举刀劈面就砍，程咬金把斧急架相还。两马交迎，双兵并举，大战有十四五个回合，马打有三十个照面。程咬金哪里是刘武周的对手，因奉军师将令在身，只许胜，不许败，故尔勉强支持几个回合。况又水泻病才好，如何支持得来？只有招架之功，没有还兵之力。那刘武周这把大砍刀，犹如云片一般，夹头夹脑砍将下来。咬金无法抵挡，只得回马，径望白璧关南首败下来。后边刘武周阵内，又转出四个英雄来，都是有名的大将：一个姓薛名化，一个姓柏名祥，一个姓符名大用，一个姓太叔名原。那四将随着刘武周在后面赶来，口中大叫："拿拿拿！快拿程咬金！"

程咬金心惊胆战的乱跑。前面乱跑的，好似猛风吹败叶；后面追赶的，犹如急雨打梨花。正在心慌意乱之间，只见前边树林中闪出一员大将，身坐风雷豹，手使提炉枪，大叫一声："秦叔宝在此！"咬金大喜道："救星到了！"立住马，看秦叔宝来战那定阳王。刘武周一见了秦叔宝，即大骂道："黄脸的贼，你杀孤元帅宋金刚，又劫孤家粮草，今日相逢决难饶命。"即把大砍刀一摆，来砍叔宝。叔宝亦使枪劈面来迎。二马横冲，刀枪并发，杀做一堆。那刘武周后面四将一齐杀上前来，这边程咬金也杀过来。叔宝一枪刺中了太叔原，翻身落马；咬金也是一斧砍死了柏祥。刘武周见损了二将，心中大怒，轮刀力战叔宝;却又越想越气闷,无心恋战,只得虚闪一闪,回马便走。叔宝、咬金随后追赶,直追至刘武周营前,那营后又闪出十数员将官,救驾进营去了。这边秦叔宝与程咬金合兵一处。按下不表。

再说乔公山来到马邑,一路寻至兵部尚书衙门,叫声:“门上的,相烦通报一声,说有报紧急军情事的,要见你家老爷。”门上道:“住着。”进内禀道:“启上老爷,外边有一人,口称报紧急军情事的,要见老爷。”这老爷就是刘文静,官拜兵部尚书,京兆三原人,也与李靖同窗,胸藏韬略,文武全才。数日前接得李靖锦囊一封,道他误投其主,今应天命归唐,世子秦王乃真主也。故尔有意归唐,奈何无便可乘。那日闻报有紧急军情事的来人求见,即吩咐道:“着他进来。”门上答应一声,传话出来。乔公山来至里边,双膝跪下道:“大老爷在上,下书人叩见。”刘文静便问何处来的,公山将书呈上道:“老爷看书,便知明白。”文静拆书一看,原来是徐茂公差来的,上面写着:“大唐神尧高祖驾前军师徐茂公,致定阳王驾前兵部尚书刘老爷台下:勣闻识时务者为俊杰。目今兵困介休,尉迟恭不日归唐,你主刘武周已入我牢笼之计,犹如网中之鱼耳。先生岂有尚未识天时而恋恋在彼耶?意欲兴师到来,但念先生与李药师系同窗至谊,故特差参军一员致达先生,请先生通权达变,速取了刘武周之首级,归唐计功,不失王侯之位。书不尽言。徐勣顿首。”那刘文静看了书,就记起当初赵王李元霸救他之恩,忙出位请乔公山起来见礼,留他在内署,问了姓名,款待酒饭。夜宿一宵,明日带领三千人马,只说解粮为由,同了公山,带了夫人马氏、妻舅马伯良,径往介休进发;一应大小事情,俱交与营兵史仁掌管,按下不表。

再讲刘武周升帐,打旗小卒飞报道:“千岁爷,有兵部尚书刘文静解粮到此,现在营门外候旨。”刘武周道:“宣进来。”刘文静进营参拜道:“臣刘文静见驾,愿主公千岁千千岁!”刘武周道:“平身。”刘文静站起来道:“臣闻唐童那厮害了元帅宋金刚,又兵困介休,臣放心不下,特解粮草,并带领兵马三千,亲自前来保驾,共破唐兵。”定阳王闻言,大喜道:“生受卿家费心。”吩咐排宴庆功,至晚方散。是夜,刘文静身披软甲,手提宝剑来到帐中。刘武周听得走动,便问:“何人在此行走?”文静应道:“臣刘文静在此护驾。”刘武周只道他一片忠心,故尔不防,不道被刘文静闪进帐中,举剑一下斩了首级,带出营去,招呼阵上道:“有愿去投唐者,同去;如不愿投唐者,大家散去。”那些兵将也有去的,也有不去的。刘武周十万三千人马,散去一半,还有数万,随了刘文静,向唐营投顺去了。

秦叔宝、程咬金接着刘文静,见了刘武周的首级,不胜之喜,合兵一处,同往介休县来。兵行三日,已到秦王营寨候令,不表。

且说秦王问徐茂公道:“秦叔宝、程咬金一去数日,未知下落何如? 孤甚放心不下。”茂公道:“主公请宽怀,臣算阴阳,日内就该到了。”道言未了,忽听外边传报进来说:“报启千岁爷,秦元帅、程将军已回营,现在营外候旨。”秦王闻报,大喜道:“宣进来!”秦叔宝同程咬金,并刘文静及乔公山一齐进营,俯伏在地道:“臣秦琼、臣程咬金奉令战灭定阳王,特来复旨。”秦王道:“平身。二位王兄劳累了!”吩咐上了功劳簿。“臣乔公山,奉令前往马邑送书说降,刘文静现已来归附,前来复旨。”秦王道:“先生请起。”也记上功劳簿。“刘文静去暗投明,带领人马归降真主,特献刘武周首级,少当寸进之功。”秦王道:“王兄请起。”秦王见刘文静人才出众,应对如流,十分欢喜。吩咐摆宴庆功。次日就差刘文静往长安朝见神尧高祖,按下不表。

秦王又命乔公山进介休城,将刘武周首级送去,激降尉迟恭,使他心死。乔公山领令,一径去叫城通报。守城军士报与尉迟恭说:“有乔公山叫城求见。”尉迟恭闻报,吃了一惊:“这老乔好生无礼,两次三番来此混帐,莫非讨死么! 今日不知又将何物前来哄我? 且放他进来。”军士奉令,即放乔公山进城。乔公山来至衙内下马,背着木桶上前,满面堆笑道:“尉迟将军,老夫不敢失信,今取得真正鸡冠刘武周的首级在此。”把桶放在桌上。尉迟恭把桶盖一掀,将首级仔细一看,只见鲜血淋漓,果是一颗鸡冠刘武周的真头。那尉迟恭不见犹可,一见之时,放声大哭道:“啊呀! 主公啊! 倒是臣害了你了! 老乔,我把你这狗头碎尸万段才罢,如何杀了我主公? 不要走,吃我一刀!”不由分说,拔出腰刀,上前一把提过来,望他颈上咔哧一刀,把乔公山砍为两段。吩咐大小三军一齐带孝,就把首级用朱红匣子盛了，供在上面，结起孝堂；又把乔公山尸首抬出。尉迟恭换了白盔白甲，点兵出城，要与主公报仇。上前到唐营，高声大叫："只要唐童出来会俺！"

秦王闻报，带领三十六员上将，分为左右，来至阵前，叫声："尉迟王兄，今日可该归顺孤家了罢！"尉迟恭见这一班英雄在面前，更有秦叔宝保定秦王，遂心生一计，道："唐童，我主已死，本该归顺，但要依俺三件事。"秦王道："王兄愿降孤家，莫说三件，就是三十件，也无不依你。"尉迟恭道："第一件，要你同程咬金在我鞭下钻过去。"秦王正要开言，徐茂公向前低声道："此尉迟恭之计也，不可应承。"秦王道："不妨，依得。王兄还有那第二件呢？"尉迟恭道："第二件，要把俺主公的首级合尸一处，归葬入土；第三件，要你披麻带孝，还要程咬金那厮拿哭丧棒。这三件，可依得么？"程咬金上前道："后二件都依你便了，那第一件钻鞭不能。"秦王说道："都依，都依。"尉迟恭道："今日就要钻鞭。"把抱月乌骓马一纵，拦住在正中，便把手中水磨竹节钢鞭举起，叫声："唐童，快来钻鞭，才见你的真心，降你便了。"

这边秦叔宝许多战将，都有不平之色。徐茂公道："不妨，三件都依他，包管无事，尉迟恭今日决来归顺也。"秦王叫声："程王兄，同孤家去走一遭。"程咬金口内说硬话，心中到底有些胆怯，前番尝过他竹节鞭三下的了，知道利害不过，因秦王之命，没奈何，只得应承。又想道："这黑炭团，若是打了我主公，定然不来了；若不打下来，就显了我是不怕死的好汉了。"即叫一声："尉迟恭，俺程爷爷来了！"径往鞭下钻过来。尉迟恭大喜："你这狗头，前日在言商道中三次劫俺粮草，今日却来吃我一鞭。"举鞭正要打他，心中又一想道："且住，若打了这狗头，唐童一定不来了，且饶他这狗头。'擒卒先擒王'，且打了唐童再处。"程咬金在鞭底下打了一个寒噤，钻过去了。秦王一马上前，叫一声："尉迟王兄，孤家来也！"把头一低，往鞭下钻来。尉迟恭大喜，把钢鞭举起，大喝一声："唐童，照鞭罢！"哈喇一鞭，打将下来。只见秦王顶梁上化落落冒出一道红光，红光内闪现出一条五爪金龙，将鞭抓住。尉迟恭亲眼看见，吓得魂不附体，回马奔往介休城中去了。

秦王就差程咬金前去取刘武周首级安葬。程咬金领旨，到介休城传报尉迟恭快送刘武周首级出城，以待秦王祭葬。尉迟恭将定阳山首级木桶送出城来。秦王又差军士寻取刘武周尸骸，凑成一处，当营结起孝堂。秦王满身穿白，程咬金手拿哭丧棒，把刘武周首级尸骸用朱红棺木盛殓，灵前摆列香花灯烛，供献全猪全羊、金银纸锭，先是秦王举哀行礼，程咬金只在地下叩头，众将官一一拜吊。

尉迟恭在城上，亲见秦王如此诚心，想道："当年李先生对我说，如有人射得你盔上凤眼开者，便是真主；那日在白壁关赶他的时节，被他一箭射开了凤眼，岂不是真主？况且今日主公已杀了，元帅又被他杀了，叫俺在此，上不上，下不下，做什么好？'哲人见机而作，君子达时为先。'今日若不归顺，失了机会。也罢，降了他罢！"便呼大小三军开了城门，备了降旗出城，自己一马先至唐营，滚鞍下马，俯伏在地，口内只称："尉迟恭计穷力竭，情愿归降。死罪！死罪！"噗噗噗叩头伏罪。秦王亲自出营，叫声："王兄请起！"双手来扶，挽手同行。来至营内，又与众官一一见礼过了，秦王吩咐摆宴接风。命程咬金进城清查府库钱粮，就把刘武周葬于介休城北，每年春秋祭扫。那张士贵也投顺唐家了。养马三日，起兵回长安不表。

再说那刘文静，奉秦王旨，径往太原朝见神尧高祖。在路行了五日，前边来至一镇。天色已晚，那镇上也有许多人家，寻店安宿。抬头见一家门首，高挂酒旗安寓招牌，便进店叫道："店家何在？"里面走出小二笑嘻嘻的道："老爷想是吃酒住夜的么？"应道："正是。"小二看见一行二十余人，先是夫人马氏、舅爷马伯良。进内把马拴在后槽，老爷吩咐随从人等收拾行李，各个检点明白，吩咐店家打扫内外房户。刘老爷与夫人在内房用了夜饭，吃了茶，洗了手脸，收拾安歇。马伯良同从人在外房吃了夜饭，各各料理安歇。小二关门闭户，当夜无话。到了二更时分，忽听得门外化落落起一阵阴风，风过处现出一个头戴二龙抢珠的金盔，身穿蜡龙赭黄袍，满身流血的人，这人大叫一声："刘文静奸贼，还孤家的性命来！啊呀，奸贼啊，你好狠心也！孤家不曾亏负了你，你却：

太平之时嫌官小，扰乱之时怕出征。

更甚者，杀害君上，大逆无道。孤家今日告准阴司，前来索命。”刘文静此时吓得半死，把脚乱蹬，连叫数声夫人。夫人在睡梦之中，哪里听得？一时自知无理，只得坐起身来，双膝跪倒，口称：“大王爷饶命！臣自知罪了。但大王爷既死不能复生，乞放臣见了高祖，若得一官半职，就将檀香雕成大王龙体，每日五更三点先来朝见大王爷，然后去朝唐王；若有虚情，死于刀剑之下。”那阴魂欲要上前，奈有火光冲照，正是：

一报终须还一报，冤冤相报几能休？

毕竟刘武周阴魂索命如何，且看下回分解。

第五十回　秦王兴兵定洛阳　罗成大战尉迟恭

诗曰：

马邑讨平得将才，秦王好不称心来；
欲求五色将军面，待向河南定夺裁。

当下刘武周现形报仇，恶狠狠欲上前来活擒文静，亏文静威光勇冒，阴魂不能近身，只是指手骂道："你这奸贼，出口有愿，少不得恶贯满盈，我在阴司待你！"又起一阵阴风，忽然不见。那文静惊醒，却是南柯一梦，惊出一身冷汗，夜间不便对夫人说明。次日天晓起身，众将梳洗已毕，算还房钱饭钱，一路径投长安而来。不日之间，到了长安馆驿之中住下。次日五更入朝，山呼已毕，即进上得胜表章。高祖大喜，就封为兵部尚书。即日进府，用檀香刻成刘武周浑身，头戴平天冠，身穿杏黄袍，腰系蓝田带，足登无忧履。每日五更三点朝拜，不表。

再说秦王一路回兵，对徐茂公说道："孤家心中所乐五将，乃青黄赤黑白之五色也。如今穿红的有了程咬金，穿黄的有了秦叔宝，穿黑的有了尉迟恭，还少穿白穿青二人。那穿白，孤想着罗成；穿青的想着单雄信。若此二人可得归降于唐，岂不妙哉！"徐茂公对道："主公，这穿白的罗成，要得他归降，也还容易；独有那穿青的单雄信，主公你休去想他。"秦王听说，忙问道："这个有何缘故呢？"徐茂公道："他与主公有仇。昔日高祖在楂树冈射死他兄长单雄忠，故尔他死不投降的。那洛阳王世充招单雄信为妹婿，封为驸马；罗成封为一字并肩王。此二人俱在洛阳，主公既想念二人，何不发兵径取洛阳？单雄信虽不能得，罗成决然可以制伏来的。倘或打破洛阳，得其土地，亦非不美，有何不可？"秦王大喜，吩咐前军作后队，后队作前军，就此取路，前往洛阳进发。

不一日，兵到洛阳，离城十里扎下营寨，炮声响处，早已惊动单雄信。那日单雄信正在巡城，闻知秦王兵到，吃惊不小；幸有罗成在此，心中稍宽一二。即准备擂木、炮石、灰瓶等类，添兵把守。即日入营来见王世充。朝见已毕，王世充忙问："卿家到此，必有所干。"单雄信道："唐家领兵临我洛阳，现在离城十里安营，此来犯界，不可轻视，请主公升殿，共议计策为上。"王世充准奏，立时鸣钟击鼓，王世充升坐银鸾殿，聚集文武百官。朝拜已毕，王世充便问："列位爱卿，目今兵临城下，将近壕边，唐童那厮兵马不善，敢问众卿计议安出？"有军师铁冠道人奏道："臣夜观乾象，见罡星聚于洛阳，目下定有一番争战。"雄信道："我邦虽则兵精粮足，又有罗成在此，可以抵敌，然须得再借一支人马，以为保备为上。"王世充道："事无大小都要驸马筹谋，代孤主张才是。"雄信道："这是臣所当然，必须斟酌万全，诸公可同心协议，以体主公安略，无致轻忽。"那王世充君臣计议在朝，按下慢表。

再讲秦王坐在营中，对众将道："哪一位王兄出马先建头功？"闪出尉迟恭道："臣归主公，未有执箭之功，待臣出马取这洛阳，献与主公。"秦王大喜，亲赐御酒三杯，选铁骑三千，发兵起马。尉迟恭奉令，提枪上马，化落落一马当先，直抵洛阳城下，高声大叫："城上的听着，报与王世充知道，快捡有本事的将官出来会俺！"守城军士慌忙报入："启上千岁爷，城外有唐将讨战。"王世充便问："哪位爱卿前去退敌？"单雄信道："待臣出马，以观兵势如何？"王世充大喜，即赐御酒三杯："愿驸马出去，旗开得胜，马到成功！"单雄信领旨，上了青鬃马，提了金顶枣阳槊，出了朝门，来至城下，小军开了城门，放下吊桥，化落落一马直至阵前。抬头一看，只见对阵那员将官一张黑脸，两道浓眉，坐下乌骓马，手使长枪，好似烟熏的太岁，浑如铁铸的金刚，十分难看。单雄信便叫一声："丑鬼通名！"尉迟恭把眼一看，只见他青面獠牙，红须赤发，头戴紫金冠，坐下青鬃马，手执枣阳槊，就像圣帝殿内的温元帅，又像是阎王面前的小鬼。尉迟恭道："我是丑的，你的尊容也齐整得有限。"单雄信反觉羞颜，举起金顶枣阳槊劈面就打。尉迟恭将矛一架，叫声："住着，俺尉迟恭的长矛不挑无名之将，你快通上名来！"单雄信被他架得一架，在马上就晃了两晃。

明知利害,不是对手,也不通名,回马就走,扯起吊桥,紧闭城门。按下不表。

单讲尉迟恭,一团高兴奉命前来,名也不通被他走了,仔细思量,今日是第一遭出阵,怎么利市也不发?在城外叫骂了半日,只得回营复令,说道:“今日出马,有一青面红须将官,名也不通,回马就去了。”秦王吩咐:“今日既然不曾交锋,明日再去讨战便了。”

这边单雄信,次日来请罗成说:“有唐将讨战,甚是凶勇,望乞贤弟退得唐兵,不枉愚兄昔日拜盟交情。”罗成道:“单二哥说哪里话来?自古道:‘食君之禄,必当分君之忧。’蒙主公封我为一字并肩王,又二哥厚情,胜于手足相待,今兄弟未曾出兵,不知交兵之事。既今兵临城下,不必说了,待罗成即刻出兵便了。”单雄信大喜,即刻准备枪马。罗成提枪上马,出了城门,来至阵前。只见尉迟恭威风凛凛,带领三千铁骑,排分四下。罗成问道:“这黑鬼可是尉迟恭么?”尉迟恭道:“然也。你可晓得俺日抢三关、夜夺八寨的利害么?你也通个名来。”罗成道:“你晓得爷爷的名么?你爷爷乃是燕山罗元帅的公子,今在东镇王驾下,爵封一字并肩王罗成的便是。”尉迟恭道:“我闻得有个罗成,原来就是你。你来得正好,专待拿你去请功。”把手中长矛一摆,耍的就是一枪。罗成把枪隔过,回手也是一枪。尉迟恭未曾招架,耍的又是一枪。罗成连忙隔得住,耍耍一连三四枪。这尉迟恭手忙脚乱,那里来得及?叫声“不好!”兜转马就走。单雄信在城上看见,大喜,亲自提兵杀将出来。那三千铁骑杀得马乏兵消,掌得胜鼓回城去了。

尉迟恭杀得哮哮喘气,败回营中,见了秦王,只叫得一声“利害!”程咬金道:“想是你得胜回营了吧?请主公上了功劳簿。”尉迟恭道:“程将军休得取笑。今日东镇王手下的将官叫做罗成,我是战他不过的。待程将军明日出去,自然得胜回营的。”程咬金道:“不敢相欺。若是我去,非得胜,还要降伏他来投顺,这才算有本事的。”秦王道:“如此,程王兄明日可出阵去,要降伏他顺从方好。”尉迟恭想道:“待我明日出去掠阵,看他光景,说他几句,以消今日讥诮之仇。”

这边单雄信又请罗成出阵。这里程咬金到了次日,也没处推托,只得出来。尉迟恭又奏道："主公，末将今日情愿去军前掠阵。"咬金道："妙！你不来看看，也不见我的手段。"秦王道："尉迟王兄去掠阵，亦可助威。"就命放炮出营。二人随即离营。尉迟恭随后，看他交手如何，谁想程咬金却是六国里贩马七国里贩牛的人，巧言如狡，心中早已打算定了："必须如此如此，方可安妥。"一马来到阵前，先丢一个眼色，然后叫声罗成，又把这张嘴来努这么两努，然后说道："你为何昨日欺侮我们的尉迟恭？"又把眼睛霎霎。那尉迟恭在背后，那里晓得他做鬼。罗成见了程咬金，心中不好意思，又见他做出许多嘴脸，不知何意。咬金一马上前，轻轻说道："罗兄弟，你今日长我威风这一遭儿，我感激你不尽了。"罗成笑了一笑，两边会意。程咬金举斧就砍，罗成假意回手，大战二十回合，马打四十个照面，罗成虚闪一枪，回马就走。程咬金大呼小叫，随后追赶。追至城外，见他进城去了，方才转来。尉迟恭哪里晓得他们是一向相好的弟兄？见了他今日交锋这般威风，只把舌头伸了出来，缩不进去了："原来程咬金这般的狠哪！罗成如此骁勇，为什么今日这般不济事？"程咬金对尉迟恭道："我好好叫他投降，他倒不肯，今日却便宜了他。"尉迟恭道："那日言商道上，将军的本领也只平常，如今大不相同了。"咬金道："难道是假的么？你若不信来，与我试试看。"尉迟恭道："又来了！伤了情分，十分要紧。"程咬金道："料你也不敢。"

二人回营见秦王，说明战败罗成之事，秦王大喜。徐茂公心中明白，笑了一笑道："今日果然有功，明日可再去，须要罗成归顺；如不能说得他来，军法从事。"程咬金道："这遭淘气了，真正又是难题目来了。我是与黑炭团说耍儿的话，谁知今番军师弄假成真起来。"没奈何，只得领令。此言慢表。

再说罗成进城来，单雄信在城上，亲眼看见他两个眉来眼去说了些鬼话，又见罗成败了回来，心中十分疑惑。下城来遇见罗成，叫一声："罗兄弟，今日辛苦了。"罗成笑了一笑，二人并马来至一字并肩王王府门前，二人便一同下马，行至里边坐定。雄信开言道："罗兄弟，小弟有一句斗胆不怕人怪的话儿要与你讲。"罗成道："二哥有话，但说何妨。"雄信道："方才我在城上见你同程咬金交头接耳，他的本事我岂不知，如何胜得你来？俺单通待你也不薄，莫非你有意欲去投唐来灭我洛阳么？大丈夫说话要讲得明白，莫使我心下狐疑。”罗成道：“单二哥，你说那里话来哪！你但知其一，不知其二。昨日与尉迟恭交锋，只消三枪，杀得他大败；今日程咬金来，小弟正要拿他，不想他见了小弟鬼头鬼脸，小弟再也猜他不出，只道他有意归降洛阳，故此假败一阵。此言句句是真，怎敢欺瞒二哥？”单雄信道：“原来如此，单通还放心不下。你若果有真心，明日再去出战，须要生擒程咬金进来，才显得你真心为了洛阳。罗兄弟，单通方才这些言语，多多有罪，不可记怀。”罗成道：“小弟怎敢。”单雄信别了罗成回府不表。

再说罗成心中想道：“好没来由被他絮絮叨叨这一番噜苏，俺生平性直，耳内何曾听得那番话？”闷闷昏昏，坐在金交椅上，直到点灯时候。秦氏老太太着丫鬟送夜膳出来，叫道：“大老爷，请用夜饭。”那罗成只是短叹长吁，丫鬟见此光景，进来报与太太得知。那太太道：“既如此，接大老爷进来。”丫鬟领命，又到外边叫道：“大老爷，太太有请。”罗成来到里边，深深作揖，叫道：“母亲，孩儿拜揖。请问母亲唤孩儿进来，有何吩咐？”太太只叫一声：“我儿，做娘的闻你有些不快，故此唤你进来，问你为什么事情愁闷，须说与做娘的知道。”罗成道：“母亲，孩儿蒙东镇王封了一字并肩王，又承单雄信十分厚待。目今秦王起兵攻打洛阳，那秦王帐下却有表兄秦叔宝，并程咬金一班朋友都在那里为将，却不道想起昔日在山东贾柳店拜盟情况，故此昨日孩儿出兵胜了尉迟恭一阵，今日又出战，恰恰遇着程咬金，孩儿与他相交一番，一时之间，不好动手，那程咬金又对孩儿做了些手势，孩儿一时不明白，只得假败了一阵回来。谁想单雄信疑心于我，将孩儿噜噜苏苏了一番，为此孩儿闷闷不悦。”太太闻言，说道：“我的儿啊，做娘的为了你表兄，连你父亲也要拗他的，再没有今番为了单雄信，倒要与至亲表兄为难起来的道理。况且那边朋友多，这里只有一个单雄信。依娘的主意，不如归了唐家罢！”罗成道：“母亲，儿闻秦王好贤爱士，有人君之度，投唐果是，只是单雄信面上过意不去。”太太道：“儿啊，这有何难？只消将计就计，瞒着他便了。但儿日后遇见他，避了开去，不与他交战，这就是你周旋朋友之情了。”罗成道：“母亲言之有理，孩儿依计而行便了。”就在太太房中吃了夜饭，一宵无话。

次日天明，程咬金又来讨战，尉迟恭照前掠阵。那程咬金一马当先，来至城下，喝道：“呔，城上的，开了城门，速速把王世充绑了送将过来，待我程爷爷自由自在的一斧头砍为两段。若是罗成呢，今日不必再出来了。”小军闻言，飞报单雄信：“启驸马爷，城外又是程咬金讨战。”单雄信道：“再去打听。”小军答应而去。那单雄信又对罗成说道：“罗兄弟，今日要与单通把程咬金拿进城来，方显你与单通是个知心知意的朋友，不可又被他杀败了。若再杀败了回来，那时你罗家的名头传开去，说你连一个程咬金也战不过，岂不要被人笑话的么？”罗成听他这番言语，又气又恼，又推托不得，只得提枪上马，开了城门，化落落一马来至阵前。只见程咬金又丢眼色，那罗成又好气、又好恼、又好笑。你道为何？他怕的是絮絮叨叨、叽叽咯咯，偏生这单雄信又是要言三语四碎烦的；及至对阵，那程咬金又对他做鬼脸，不由你不笑起来。只听程咬金叫道：“罗兄弟，昨日承你盛情，让我燥皮了一日，今日再让我燥皮燥皮，才算像个知情知趣的好朋友。”罗成道：“乱话！昨日为了你，受了单雄信一肚子的臭气，今日却要与你认真了。”程咬金道：“好兄弟，这杀阵是断断认真不得的哟！我还有一句好话对你讲，但此处不是讲话的所在，你略略让我三分，我与你到没人的去处，细细的对说个明白。”罗成道：“讲得有理。”

他二人说罢，就杀将起来。这程咬金斧砍来，罗成不招架，斧是收住；这罗成枪刺去，程咬金也不隔开，枪是留情。足足战了十五个回合，马打七八个照面，程咬金虚闪一斧，回马就走，竟不往营内败来，倒往北首落荒而走。罗成随后赶来。他二人不知追到何处去了。尉迟恭道：“程咬金这狗头，今番输了。想罗成追去，决然了命。俺奉命掠阵，岂可袖手旁观？主公知道，可不有罪！不免前去帮他一帮。”便催开抱月乌骓马，摆动丈八蛇矛枪，化落落一马往后追来了。不表。

再说程咬金同罗成来到那一个所在,离洛阳五十余里,地名“对虎崖”,只有树木,并无人家。程咬金道:“罗兄弟,住着,这个所在无人来往,正好说话。”罗成就住了马,说道:“有什么话讲,快快说来。”咬金道:“罗兄弟,你家的舅母一向对我说:‘我家并无至亲,只有罗成嫡嫡亲亲这个小外甥,我欢喜他不过,但愿他时刻与我叔宝孩儿聚在一处。自从那年来给我拜寿,不知为甚把一个青面獠牙的人打了一顿,他就使性走了,使我好生放心不下。’这句说话,我记得碧波生清。在此我想,你如今住在洛阳,却与这青面獠牙的人同住,岂不使你舅母太太之心不安?况且雄信早晚之间絮絮叨叨,最烦碎不过的,我想倒亏你听得过。”罗成道:“别样事情既往不咎,惟有那絮絮叨叨的碎烦,真个听不得。

这是明知不是伴,无奈事急且相随。”

毕竟罗成怎生归唐,且看下回分解。

第五十一回　咬金说降小罗成　秦王果园遇雄信

诗曰：

御果园中花木新，君臣游赏十分春；

青龙何意偏相犯，异煞来时定不仁。

当下程咬金听见罗成说此“明知不是伴，事急且相随”这两句，便趁势说道：“罗兄弟，既然如此，何不归了唐！况且不负令舅母老太太之心，得与叔宝表兄时刻相亲，同为一殿之臣，有何不可？你今回去与老伯母尊堂太夫人商量商量，还是独自在洛阳的好，还是与至亲好友日日做一块的好？若商量定当，依我的说话，今日就归了秦王罢！”罗成道：“商量不商量，自然归唐的好。但我家母、妻子都在洛阳城内，待我设法送出城，那时就来归唐，同保秦王便了。我去也！”一马就走。

程咬金道：“罗兄弟转来！还有一句要紧的话对你说。”罗成道：“还有何事？”咬金道：“我同你在此说了半日，还有尉迟恭在那里掠阵，就是单雄信，想必他也在城上观看，为甚他们两个不见了，岂不又生疑心？”罗成道：“便是。”咬金道：“有了。我同你杀转去，若是遇见尉迟恭，须要给他一个辣手段看看，日后使他不敢在我朋友面前放肆。”罗成道：“说得有理。”两个重新杀将转来。罗成拖枪败走，程咬金在后追来。

再说尉迟恭赶来，遇着程咬金将罗成追赶，他却哪里晓得暗里，心中想道：“前日他卖弄手段，今日待我报仇。”就在马上把枪一摆，大叫：“罗成，你前日的威风哪里去了？今日不要走，吃我一枪！”耍的一枪刺过来。罗成正为单雄信在城上观看，没有计较解他疑心，一见尉迟恭，十分欢喜；又听了程咬金一番言语，把枪一隔，耍的就回一枪。尉迟恭连忙招架，只见耍耍耍一连几枪。尉迟恭招架不定，指望程咬金来帮助帮助，回头一看，不见程咬金，手一松，腿上就着了一枪。叫声“啊唷,啊唷,不好了!”回马就走。后面罗成催开西方小白龙,化落落一马追来。尉迟恭无奈,只得回马又战,怎当得罗成那一杆枪,要要要又是几枪。“啊唷,啊唷唷!”罗成又一马赶来;赶得尉迟恭上天无路,入地无门。正是:

一盏孤灯看看隐,来了添油活火人。

那尉迟恭被罗成追到一株大树边,就往大树后要走。罗成叫道:“哪里走!”要的一枪正中尉迟恭。不防树后闪出一员将官,用两根金装锏把枪架住,只叫一声:“动不得手!”罗成道:“你可是表兄?”秦叔宝进树后把手一招,罗成道:“知道了!”回马往洛阳去了。原来这大树离城不远,恐怕单雄信看见,故此罗成去了。那徐茂公算定阴阳,预先差秦叔宝在此等候。闲话少说,那程咬金先来缴令:“今日大战罗成,直杀到对虎崖地方,被臣一番言语,他已依允,明日准来归降主公。”秦王大喜,重赏咬金,回营不表。后有秦叔宝、尉迟恭来缴令,所说之事言罗成有归降之意,这话不表。

再说罗成进城来见单雄信,那单雄信亲自出迎,只叫一声:“罗兄弟,今日辛苦了!适才小弟在城上看战,虽然不能生擒程咬金,这尉迟恭被你杀得大败,躲进树内。兄弟正要拿他,为何又放走了去,即便回来?”罗成道:“单二哥,那树后因有埋伏,故此回兵。”雄信道:“原来如此,倒是小弟多疑了。”雄信回府不表。

单讲罗成回府,走入内堂,太太道:“我的儿啊,今日开兵遇见何人?”罗成道:“母亲,孩儿遇见程咬金。”遂把程咬金一番言语从头至尾说了一遍。太太道:“儿啊,那程咬金的言语,句句有理,须当如此而行,有何不可?”罗成大喜,连夜把家眷送出城外。

次日来见单雄信,叫道:“单二哥,家母思乡甚切,弟欲送家母前往燕山,然后再来扶助洛阳,故此来与单二哥说一声。”雄信道:“贤弟想送令堂老嫂等回燕山之期,定于何日?”罗成道:“就是今日。一应家眷车马都在城外等候,家母命小弟多多致谢单二哥,小弟就此奉别。”雄信上前一把扯住道:“啊呀,罗兄弟,你好薄情!小弟不曾与你有什么,又不亏负于你。目今兵临城下,正是用人之际,怎么说要回燕山?我晓得了,莫非要投唐么?只消与单通说明,我也阻挡你不得。若是果回燕山，不去投唐，我单通就下你一个全礼！”说罢，单雄信就跪将下来。罗成慌忙扶起，叫一声：“单二哥，小弟果回燕山，并不去投唐。”雄信道：“既不投唐，为何如此之速?”罗成道：“家母之命，特来谢别。”雄信道：“看酒过来！”家将答应，就将酒杯满满的斟上一大杯酒，送将过来。雄信接在手中，叫一声：“罗兄弟，小弟奉敬你早去早来。”罗成道：“多谢二哥！”吃了酒，作别起身，单雄信亲自送至城外。罗成上马加鞭，头也不回，径自去了。

雄信在城上，望见罗成到那株大树边，忽闪出秦叔宝、程咬金，同罗成家眷，都入唐营去了。不见犹可，一见之时，那把无名怒火直往顶梁门上冲将出来，高声大骂：“罗成，你这小贼种，早知你今日忘恩，悔不当初在三贤府中将你一槊打死，以免今日之患。啊！小贼种啊小贼种，日后若有相逢，我与你势不两立！”咬牙切齿，怒犹未息，忽见远远有支人马来至城下，为首三人大叫道：“我等是昔日刘武周驾下之将，今被唐童灭了我主，我等气不甘服，情愿到此投降，以待他日报仇。”雄信大喜，接取进城，同到府中，把三将带来的人马都到教场内扎营。雄信与三人见礼，问道：“列位将军，高姓大名？今日降临小国，吾主之幸也。”一人道：“小将姓史名仁，在刘武周驾下封正印总兵。”这人道：“小将姓薛名化。”那人道：“小将姓符名大用。因有刘文静之变，故此同来。”雄信大喜，摆酒接风，次日带领三人朝见王世充。世充见了大喜，都封为大将军之职。且按下不表。

再说秦叔宝、程咬金、罗成三人到了唐营，把家眷安顿好了，然后进营。秦王看见，亲自下来迎接，叫声：“罗王兄来了！”遂挽手来到里边。罗成道：“罗成叩见秦王，愿主公千岁千千岁！”秦王道：“啊，王兄请起！”又与徐茂公、秦叔宝、程咬金、张公瑾、史大奈等一班朋友一一见过了礼，吩咐摆酒接风。秦王在上面一桌，那两边却是徐茂公为首，一位位排将下来。因罗成新来，故逊第一位。那尉迟恭心中想道：“罗成这厮，小小身材，怎么在那马上如此利害，想是在马上操练惯的，他的本事料也有限。也罢，做我不着，不免假做敬酒为由，待我抓他一把，擒将出来，与众人笑一笑，有何不可！”就满斟一杯，一只手将杯送过来。罗成道：“多谢将军！”把双手来接杯。不曾提防得，早被尉迟恭伸过钉耙样的大手，抓定了勒甲绦，“噫，过来罢！”往上一举。这个势子，拳经上有的，名为“托梁换柱”。众人齐吃了一惊，不知何故。罗成不防备他，被尉迟恭一举举在半空中。那罗成叫一声：“黑子，你放了罢！”尉迟恭道：“不放，如今怕你怎么？”罗成道：“真个不放么？”尉迟恭道：“真个不放。我看你在阵上八面威风，如今也被俺燥皮一燥皮，何不再把前日的手段拿出来使一使？”罗成道：“你讨笑我，真个不肯放么？待我自放与你们看看。”说罢，把两只手齐向尉迟恭耳根上一拍；这拳势名为“钟鼓齐鸣”，原是罗家的杀手。尉迟恭着了一下，头一晕，把手一松，噗通一交跌倒在地。罗成将身一纵，跳下地来。众人扶起了尉迟恭，大家笑了一回，依先吃酒，至晚方散。以后尉迟恭再不敢小觑罗成了。

次日天明，秦王升帐，众将参见已毕。秦王道：“今日端阳佳节，众卿各自回营闲要一天，明日开兵便了。”众将领命，各自散去。也有去吃酒的，也有去打围的，也有下象棋的，独有程咬金同秦叔宝、罗成二人，到外边随处游玩，单剩秦王同徐茂公闲坐在营。秦王道：“孤家同军师出营观看外边风景，卿意如何？”茂公领旨，同了秦王走出营来，一路观看前去，不觉行到了一座大花园。原来那座大花园名为“御果园”，离洛阳城不远，乃王世充起造在此游玩的所在。只因唐兵扎营在此，故尔无人看守。秦王同茂公走进园中，只见那园中有四时不绝之花，八节长春之景，两边种满奇花异草，中间起造一座假山，真正八面玲珑，十分灵巧。徐茂公保定秦王上了假山观看，远远望见一座城池。秦王问：“这个城池莫非就是洛阳城么？”茂公道：“然也，这就是洛阳城了。”

他君臣二人正在假山指手画脚的看，不料单雄信却在城上巡察远望，见御果园假山上立着二人，一个身穿道服，一个头戴金冠，身穿大红袍，坐下银鬃马，料是秦王，心中大喜，即忙跳上青鬃马，提了金顶枣阳槊，出了城门，吩咐军士道：“快报与史仁、薛化、符大用三位将军前来接应。”说罢，拍马飞奔。那单雄信来至御果园，轻轻进了园门，来到假山的下面，摆一摆金顶枣阳槊，大叫一声：“唐童，你来此送命罢？罗子来抓你的首级也！”这一声喊，犹如半空中起个霹雳。秦王、徐茂公吃了一惊，回头一看，见是单雄信，叫声：“不好了！主公，难星到了！”忙下假山。单雄信来至面前，举槊就打。秦王着忙往假山背后就跑，茂公慌了手脚，只得飞赶向前，一把扯住了单雄信的战袍，死也不放。雄信大怒，叫道：“唐童！唐童！你走，你走！”徐茂公道：“单二哥，看小弟薄面，饶了我主公罢！”单雄信道：“茂公兄，你说哪里话来？他父杀俺的亲兄，大仇未报，日夜在心，今日狭路相逢，怎教俺饶了他？决难从命！”那徐茂公死命的把单雄信的战袍扯住，叫道：“单二哥，单二哥，可念贾柳店结义之情，饶了俺主公罢！”雄信听着贾柳店结义之言，一发怒从心上起，火冒顶梁门，叫一声：“徐勣，俺今日若不念昔日在贾柳店结拜之情，就一剑把你砍为两段。也罢，今日与你割袍断义了罢！”拔出佩剑，耍的一剑，把袍袂割断，纵马去追秦王。

那徐茂公明知不能挽回，只得飞风赶出园门，加鞭纵马，要寻救驾将官。正在心慌，只见面前澄清涧边有一员将官，赤身在那涧水中洗马，却是尉迟恭。他只为众人都去闲要，独自一个到此涧边，见涧水甚清，心中大喜，除下乌金盔，卸下乌金甲，把衣服脱得精光，只留得一条裤子，把马卸了鞍辔，正在涧中洗得高兴。只见军师飞马前来，大叫：“尉迟恭，主公有难，速速前去救驾！”尉迟恭闻言，吃一惊，慌忙走上岸来，一时间心慌意乱，人不及穿甲，马又不及披鞍，只得歪戴了盔，单鞭上马，同了徐茂公化落落出马，径往御果园而来。那澄清涧到御果园，原有五里之路，只因此时人强马壮，不多几时就到了园门口。尉迟恭大叫道：“勿伤我主！”那单雄信追赶秦王，秦王只往假山后团团走转，又向一株大梅树下躲了进去。雄信一槊打去，却被树枝抓住，这叫做“圣天子百灵相助”。雄信即忙把槊抽拔出来，那秦王已飞逃出园门而去。雄信随后追出园门，大叫：“唐童，往哪里走？”正追之间，劈面撞见尉迟恭赶来，倒吃了一惊，便大骂道：“黑脸的贼，今日俺与你拼了命罢！”耍的一槊打来。尉迟恭举鞭相迎。秦王遇见了徐茂公，君臣先回营去了。

单讲这单雄信，哪里是尉迟恭的对手，战不上三合，雄信一槊打来，尉迟恭一把接住，回手一鞭打来。单雄信好不着忙，把槊一放，空手的跑了。尉迟恭一手举鞭，一手拿槊，飞马来追。你看他好赶啊，紧赶紧走，慢赶慢行。看看追至澄清涧边，劈头遇见秦叔宝、程咬金、罗成同在涧边玩耍，他们见尉迟恭追赶雄信，三人吃了一惊，一齐上前拦住。咬金喊道："呔，黑炭团住着！这个青面将是我们的好朋友，不得无礼！"又见他手内拿着雄信的金顶枣阳槊，叫声："黑炭团，这是单二哥的兵器，为什么要你拿了？快些还他！"那尉迟恭与他三人，都是不投机的，就把这柄金顶枣阳槊往地下一插，谁知那槊即陷入地中数尺。咬金道："单二哥，不要理他，看老程面上，拔了槊去罢！"单雄信气忿忿过来拔槊，谁想用尽平生之力，这槊不动一动。程咬金道："黑炭团，休得无礼！快快把槊拔起来还了单二哥，好待他回去。"尉迟恭道："这般没用的，亏你做了将官。"说罢，上前轻轻的一拔，就拔了起来，向单雄信面前一丢，单雄信接了槊，自觉满面羞惭而去。不想那地下就涌出一股泉水来，至今传为古迹，名曰"拔槊泉"，按下不表。

再说那尉迟恭满心得意夸口道："若不是我拔起还他，那青脸的贼，今生休想拔起来。"程咬金听他夸口，心中不肯服他，就要弄起鬼来了，便叫声："秦大哥、罗兄弟，你们听见他说大话么？"叔宝、罗成道："不听见。"你道他二人为何不听见？只为单雄信吃了亏，不好意思，故此远远站着，所以不听见。咬金道："他说若不是俺尉迟恭拔起来还他，你这黄脸的贼，今生今世休想要拔它起来。"二人道："有这等事么？我们同去问他。"便一齐上前问道："尉迟恭，你拔槊也不为奇事，为何骂起我们来？"尉迟恭道："俺何曾骂你，你亲耳听见的么？"罗成道："是程咬金对我们说的。"叔宝即叫过程咬金来对会。咬金道："黑炭团，你不要改口，我听见你骂的，骂道什么脸儿的贼，若不是俺尉迟恭拔起来，你今生今世休想拔起来。"尉迟恭道："我骂的是青脸的贼，是单雄信啊！何曾骂你们来？"叔宝、罗成心下明白。咬金说道："你既赖了，就罢了，我们将来也放些本事与你看看。"罗成一时高兴，叫道："哥哥，我们要要去！"咬金道："好有兴。"叔宝道："将甚东西来玩要？"咬金道："秦大哥，你看，当路一株枣树在此，将它拔了起来，一则与人行了方便；二来让尉迟恭看看我们的本事。"

叔宝未曾依允,程咬金叫声:“尉迟恭你看我们秦大哥来拔这株枣树哩!”叔宝见他说了,无奈,走到树边一看,见此树约有斗口大粗细,高有数丈。叔宝把衣掩起,用八字脚站定,使一个坐马势,两手紧紧扣住树本身,将身一低,往上一拔,一声响亮,把这株树连根拔了起来。大家喝彩。咬金对尉迟恭道:“比你高些么?如今该罗兄弟来了。”罗成道:“小弟力退双驹罢!”咬金道:“怎么样一个退法呢?”罗成道:“用两匹好马当面放来,小弟用一只空手推他转去。”咬金道:“好,妙啊!”

只因要逞英雄将,不惜身躯用力来。

毕竟罗成怎样力退双驹,且看下回分解。

第五十二回　黑煞星误犯紫微　天蓬将大战建德

诗曰：

东镇反王智力穷，书招四路逞威风；
不知天意兴唐业，枉用功劳总是空。

程咬金把尉迟恭的乌骓马牵来，秦叔宝也将自己的呼雷豹牵将过来，叫道：“罗兄弟，我在那边放来，你在这边等着。”罗成道：“你们只顾放来便了。”咬金把马牵去，来到三百步之外，将两匹马连做一处，一连三鞭，那两匹马丢开八个蹄子飞也一般跑来。罗成不慌不忙，把两足八字样站住，那马刚到面前，一手扭住乌骓马，一手推定呼雷豹，两马站住动也不动一动，众皆喝彩：“果然好大气力！”咬金道：“但我在这边放马，不曾看见。”罗成道：“你既不曾看见，秦表兄，你去放马，待我再退与你看。”咬金道：“罗兄弟，妙啊！”那秦叔宝把马照前一样放来，罗成立在中间，等候那马对面冲来。罗成却不像方才这样退法，将自身闪立在半边，让马跑了过去，然后抢上前，用两手把两马的尾扯住，叫声：“不要走罢！”用力一扯，两马一齐立住。咬金大叫道：“妙啊！妙啊！玩了半日，我们如今回去罢！”罗成道：“且慢！如今献本事轮到你了。”咬金笑道：“我免了罢，难道我也要来献一献技么？”罗成道：“这个自然免不来也，要献一献本事去。”咬金抓头摸颈的踌躇，回头一看，只见那边一块大石碑立在那一首，便说道：“小弟无甚献技，倒不如走马推碑罢！倘推不倒，你们不要笑我的哟！”说罢，就勒马走到那一处，约离碑有二箭之地，把马加上三鞭，一马跑到碑边，把双手向碑上用力一推，噗通一声，将碑推倒，那匹马就打从碑上跑了过去。众人大笑，回营去了，不表。

再说单雄信失意回来，遇着三将接住，一路回城，只叫得一声“罢了！”回府闷闷不悦。单说王世充闻此消息，摆驾来到驸马府中探望，叫一声：“驸马，都是为了孤家，致使驸马如此劳心劳力。”单雄信道:“主公说哪里话来？臣受主公大恩,虽粉身碎骨,难以补报。”君臣正在讲话,忽报铁冠道人到来。大家见过了礼,王世充道:“目今唐将凶勇,罗成又去,驸马又屡战不能胜,不知军师可有妙计退得唐将么?”铁冠道人奏道:“臣夜观天象,见罡星正明,一时恐未能胜;又见奎、木、井、毕四星甚添光彩,主公可聘请四星共助洛阳,不愁唐兵不破矣!”王世充忙问道:“军师所说四星,却是哪四位英雄?”铁冠道人回答道:“主公,那奎星是曹州宋义王孟海公,那毕星是相州白御王高谈圣,木星是明州夏明王窦建德,井星是楚州南阳王朱粲。若得此四路兵来,何愁大事不成。”王世充听说大喜,单雄信设席款待,至晚方散,按下不表。

再说那秦王回营,大小将官都来问安。秦王道:“今日若没有尉迟恭,孤家性命休矣!”道言未了,秦叔宝、罗成、程咬金、尉迟恭等都到了。秦王叫一声:“尉迟王兄,孤家若没有王兄前来,几乎性命不保。吩咐先上功劳簿,到那回朝之日,再奏与父王知道,与王兄

麒麟阁上标名姓,五凤楼前画浑身,

以报功臣便了。”就命摆酒,众卿同饮。那秦王在席上只管称赞尉迟恭。这尉迟恭心中大悦,不觉酒落欢肠,吃得大醉,坐在椅上把身不定的乱摇。咬金看见笑道:“黑炭团,主公略把他三分颜色,他就开起染坊来了。”秦王道:“且自由他。”咬金道:“待我叫他一声。”秦王道:“你好好扶他一扶。”咬金上前来扶,不防尉迟恭把手搭在咬金颈上,慢慢的勾紧来用脚一扫,把咬金噗通一跤跌在地下;这拳势名为“童子拜观音”。咬金起来,欲要认真,被叔宝、罗成上前扯住。尉迟恭道:“今晚我不回营去了,同主公睡了罢!”秦王道:“使得。”打发众人回营,自己同了尉迟恭回营来。有服侍秦王的人,先来与尉迟恭脱了衣服,扶他上床,因他酒醉,上了床就睡着去了。然后秦王也上床来,恐惊醒了尉迟恭,就轻轻的睡在他脚后边。谁想那尉迟恭是个蠢夫,一个身翻将转来,把一只毛腿搁在秦王身上。秦王因他是酒醉之人,动也不敢动,反将双手抱住而睡,按下不表。

再说徐茂公在帐中,偶然出帐,仰天观看星头,只见紫微正明,忽然有一黑煞星相欺。徐茂公大惊,忙叫:“众将速速起来救驾。”那些

将官都在睡梦中惊醒，各执兵器，打从帐后杀来，口中大叫："救驾！"秦王闻喊，吃了一惊，连忙叫醒尉迟恭来："王兄！王兄！不好了！有兵杀来了，快些起来！"尉迟恭一闻此言，酒都惊醒了，连忙起来，拿了竹节钢鞭打出帐来。只见灯笼火把照得明如白昼，仔细一看，原来都是自家的人马，一时摸不着头路。秦王提了宝剑也出帐来，问众将道："贼兵在于何处，敢是王世充杀来么？"众将道："不见王世充杀来啊，只因军师说道主公有难，故此臣等前来救驾。"秦王道："孤家没有什么难，可速散去罢！"众将回营，按下不表。

次日秦王问徐茂公夜来之事，茂公道："臣昨夜夜观星象，只见紫微星正明，忽有黑煞星相欺，此系主公有难，故此速传众将前来救驾。"秦王将尉迟恭把毛腿搁在身上缘故说了一遍，两边方明，按下不表。

再讲王世充发下四封请书，又将金珠宝玩，差官四员，往曹州、明州、相州、楚州，请四家王子共助洛阳，要与秦王来决胜负。先说明州夏明王窦建德，是日驾坐早朝，黄门官启奏道："今有洛阳东镇王差官在此，下书人现在午门候旨。"窦建德拆开一看，上写道：

洛阳东镇王王世充拜书于夏明王窦建德王兄驾下：

自从紫金山一别几载，群雄四起，各霸一方。有云："天下者，天下人之天下；非一人之天下也。"惟唐之时，前在紫金山恃弟元霸，藐我众将，又辱我各邦，今又兴兵犯我小国，弟将寡兵微，不能对敌。特此差官，谨具黄金万两，彩缎万端，良马千匹，美女百名，伏乞鉴纳。敢乞王兄速起大兵，救弟之危，实为万幸也。王世充顿首。

窦建德看罢来书，即大怒道："兔死狐悲，物伤其类。唐童这小畜生，前在紫金山，他兄弟李元霸仗着一身本事利害，孤家是你嫡亲母舅，也要跪献降书。孤家正要起兵前事问罪，如今倒遇王世充之便。"即封书一函，打发差官先回，致复王世充。就于次日领兵五万，带同大将苏定方、梁廷方、杜明方、蔡建方四将，御驾亲征，望洛阳进发。只留大元帅刘黑闼在明州守国。此话慢表。

再说曹州宋义王孟海公，得了王世充来书，即带了马赛飞与黑白二夫人三个妻子，起兵五万，来助洛阳。还有相州高谈圣，带了飞钹禅师盖世雄，起兵五万，来助洛阳。还有楚州南阳王朱粲，带了史万宝，起兵五万，来助洛阳。按下不表。

再说王世充在洛阳，那日升殿问道："孤家费了许多金银美女，不知四处兵马肯来助我否？"铁冠道人道："臣算阴阳，四处兵马定然来的。"世充闻言，眉头一皱，叫声："军师，你说得好吉利的话！"道人闻言，掐指一算，心中暗暗叫声："罢了，可惜害了四家王子了！这是火烧眉毛，且图眼下。"正在商议，外边军士报进来道："启上王爷，今有明州夏明王窦建德，带领人马五万在外，请旨定夺。"世充闻报，同铁冠道人、单雄信一齐出城迎接。世充叫道："窦王兄不远千里而来，扶我小国，此恩此德，真正天高地厚！"建德道："王王兄说哪里话来，济国扶危乃世之常事也。"二人并马入城，带来的兵马及苏定方等四将，都扎住在城外。少刻，单雄信带了史仁、薛化、符大用送牛、酒到营，又点兵马五万出城扎营，共有十万，对了唐营扎下。世充摆宴接风，建德就在城外营内安歇，按下不表。

再讲次日，秦王升帐，问茂公道："孤家心想五人，今日已得了四个，只有单雄信未曾归降，军师有何妙计得他降顺，乃孤家之愿也。"徐茂公道："主公不知，这单雄信心如铁石，怎肯来归？此话且休提起，况目今王世充请了四家王子来助洛阳，正有一番大战，若擒了单雄信，就把剑放在他颈上，也不肯投降的。"正在讲话，外边军士报进来道："启上千岁爷，今有明州夏明王窦建德，领兵数万来助洛阳，现在扎营城外。"秦王道："再去打听。"茂公道："一处到了，还有三处未到。"秦王道："孤家母舅，难道要与外甥交兵么？"茂公道："当日窦建德在紫金山，被赵王元霸要他跪献降书，故尔结下冤仇。"秦王摇头道："岂有此理！"秦叔宝道："明日待臣去探他一阵，便知端的。"

次日，秦叔宝顶盔贯甲，提枪上马，出了营门，一马跑到阵前，叫道："快报明州窦建德知道，速速前来会我！"小军飞报进营。窦建德闻报，亲自披挂，带了四将，齐出营来，横刀立马于阵前，认得秦叔宝。秦叔宝即上前去，叫声："大王请了，我闻大王乃主公之母舅，缘何反助他人？大王可听末将之言，还须相助我主共破洛阳，一则全了名分,二则免被他人笑话。”建德叫一声:“秦琼,你可记得紫金山之事么,你速速回去,可叫世民出来,孤自有说话对他讲。”叔宝道:“自家至亲,何必认真,认真乃禽兽也。”建德大怒:“你敢骂孤家么?”回顾四将道:“快与我拿来!”后面苏定方顶着白盔,穿着白甲,骑白点马,使烂银枪来战叔宝。怎当叔宝那枝神枪,真能神出鬼没,不上三个回合,那苏定方看看招架不住。窦建德背后,又闪出梁廷方、蔡建方、杜明方三将。叔宝大战四将,全无惧怯。战了四十个回合,窦建德大怒,把刀一摆,也来助战。这番叔宝力战五将,一场厮杀,真杀得天昏地暗,日月无光。叔宝大吼一声,一枪刺中杜明方。窦建德大怒,把刀就砍。叔宝拦开刀,身边取出金装锏,耍的一声打来,正中窦建德肩膀。窦建德叫声:“啊唷,不好!”回马败走。蔡建方叮当的一锤,望叔宝打来。叔宝拦开锤,耍的一枪,正中咽喉,跌下马去。梁廷方、苏定方即保了窦建德,败回营中。叔宝也便回营缴令,备言战败窦建德之事,秦王大悦,不表。

再讲窦建德,第一日开兵,折了二员大将,咬牙切齿,恨着叔宝。单雄信忙问交战之事,窦建德备言叔宝利害,雄信大怒道:“也罢,明日待罗子自己出去,与那黄脸的贼拼命!”次日,雄信带了史仁、薛化、符大用等出营交战。茂公叫罗成出去会战,罗成道:“我不好出去。”叔宝道:“我也不好出去。”咬金道:“亏你这样的军师,他们两个如何去见得单雄信?若是罗成出动,他一定要骂道:‘罗成,你这小乌龟,那日无处去时,住在我二贤府内,就象养猪养狗一样养你,你有些瘟病时,就象服侍儿子一般看待,买药调理。你又明明说不去投唐的,如今却去投唐了,这张嘴直头是屁股了。’这二番骂来,如何当得?所以自然不好出去。若是秦大哥出去,他也要骂的,骂道:‘黄脸的贼,那日在潞州,没有单雄信周旋看顾,你死过多时的了!今日恩将仇报。’故此,自然也不好出去。独有老程是去得的,一则本事对得他过,二则我是来得明,去得白,三则功劳大家得些。”秦王大喜,叫声:“程王兄,那单雄信是孤家心中所爱的,你断断不可伤他性命。”咬金道:“这个我晓得,斧头也晓得,主公心爱的,一动也不动他便了。”

咬金说罢，即提斧上马，一马来至阵前，叫声："单二哥，你今可好么？"雄信见是咬金，即回答道："托赖平安。"咬金道："单二哥，今日你来做什么？"雄信道："我来讨战，你叫黄面贼出来，罗子与他拼命。"咬金道："啊，原来是秦叔宝没良心的，他惶恐得紧，不好见你。"雄信道："你来何干？"咬金道："小弟不像这些人，我与你厮杀一场，还算好朋友。"雄信道："好个老实人！若是我先动手，就为我不是了。也罢，让你先动手。"咬金道："不敢，还是二哥先来，请啊！"雄信道："罗子不便动手，伤了情分。"回顾三将道："与我拿来！"史仁、薛化、符大用等三将齐出。咬金叫声："得罪！"噗哧一斧，把史仁砍为两段。二将死命来战，咬金又道："得罪！"把薛化也砍死了。符大用见势头不好，回马就走，咬金道："有心让我得罪了罢！"赶上去一斧，也劈下了马，把三将一齐结果了性命。雄信叫声："罢了！"回营闷闷不乐。

有军士报道："今有曹州宋义王孟海公带兵五万，现在城外候旨。"王世充即同窦建德、单雄信等一齐出城迎接，挽手进城，见礼坐下。王世充道："有劳王兄大驾。"孟海公道："小弟来迟，望乞恕罪！请问王王兄与唐童见过几阵了？"王世充就将窦建德出阵折了二将，今日单雄信出阵又折了三将，从头至尾细说了一回。孟海公道："既如此，待小弟明日擒他便了。"王世充即摆酒接风。

次日，王世充、窦建德、孟海公一齐升帐。王世充便问："今日那一位将军前往唐营讨战？"道言未了，只见闪出一员女将道："大王，妾身愿往。"原来是孟海公二夫人黑氏。王世充大喜。那黑夫人头戴珠凤冠，身穿皂缎团花战袍，使两口双刀，骑的马名为"一锭黑"，出了营门，来到阵前，姣声细语的道："唐营军士可有能事的？出来会奴家！"军士飞报进营："报千岁爷，今洛阳有员女将讨战，请令定夺。"茂公便问众将："何人出去会战？"早有程咬金闪出说道："小将愿往。"茂公道："女将讨战，出兵须要小心在意。"咬金即提斧上马，出了营门，抬头一看，果然是员女将，即大叫道："何处婆娘，敢来寻老公么？"黑夫人大怒道："哇！油嘴的匹夫，照俺手内宝刀！"说罢，将双刀并起，直取咬金。咬金道："我好意与你玩要玩要，为何你就动起手来?”便举宣花斧劈面相迎。一马横冲,双刀并举,大战二十余合,黑氏虚闪一刀,回马就走。咬金道:“正好与你玩要,为何就走?”随后赶来。马头连着马尾,黑氏放下刀,便取出流星锤来,回身一锤打来。咬金一闪,正打中右臂,叫声:“不好!”回马便走,败回营中。黑氏又来讨战。咬金回营,叫声:“啊唷啊唷!好婆娘,被他打了一飞锤。若日后撞着我,水也要弄他的出来。”

只见军士又飞报进营:“报千岁爷,那员女将又来讨战。”茂公问道:“如今何人前去出阵?”早有尉迟恭道:“小将愿往。”军师道:“须要小心。”尉迟恭提枪上马,至阵前抬头一看,只见那女将,一张俏脸黑得来倒也风韵,犹如一朵黑牡丹。尉迟恭见了,十分欢喜,心中想道:“俺尉迟恭自别妻子,不觉有年,正是:

不通鱼雁来和往,未定存亡死活情。”

毕竟那黑夫人斗战如何,且看下回分解。

第五十三回　尉迟恭纳黑白氏　马赛飞擒程咬金

诗曰：

可笑曹州孟海公，带其妻妾在军中；

虽然女将行兵有，谁道同归黑面雄。

当下尉迟恭想道："俺今见此女，黑得来有趣，倒觉动火。"便大叫一声："娘子，你是女流之辈，晓得什么行兵打仗，不如归了唐家，与俺结为夫妇，包你凤冠有分；若不听我好言，俺这杆黑缨枪刺来，你就要死哩，那时岂不悔之晚矣！"黑夫人闻言大怒，不觉那

芙蓉面上红痕起，柳叶眉边杀气生。

便道："我闻说你唐家是堂堂之师，再不道是这样一班油嘴匹夫，不曾见着女子面的一般。"便把双刀直取尉迟恭。尉迟恭也把长矛急架相还。两下交战，未及五个回合，黑夫人回马就走。尉迟恭赶来，那黑夫人放下双刀，取出流星锤来，耍的一锤打来。那尉迟恭眼快，叫声："来得好！"把枪一扫，那锤索就缠在枪上。尉迟恭用力一扯，撞个满怀，轻轻的一把提了过来，就在马上连叫几声心肝宝贝，便回营缴令。茂公问道："胜败如何？"尉迟恭笑道："抢得一个女将，现在营外。"茂公不曾开口，咬金便道："要杀便杀，不必停留，就待末将去监斩。"茂公道："监斩用你不着，如今有个大大的功劳，你只怕做不来。"咬金道："除了交锋打仗，我都会的。"茂公道："今日原不是打仗交锋，就是那尉迟恭擒来的女将，与尉迟恭有姻缘之分，如今只要你去劝他从顺，就算你一件大大的功劳。"咬金道："这有何难？只是便宜了他。"秦王道："程王兄去做媒人，孤家就做主婚，着尉迟王兄即日成亲。"

咬金奉命走出营来，吩咐把这黑夫人送到尉迟将军帐下去。那手下家将一声答应，就将黑夫人解去绑缚，随程咬金一同送往尉迟恭帐中来。只见尉迟恭笑容满面，早在营外迎接，叫道："程将军，今日

什么风儿吹得你到来?”咬金故意作要道:“我的来意么,只为那一日端阳佳节,主公赐宴着实隆重了你,你做作万千,把我勾跌了一跤,不曾打得你。今日特来,你睡在此,待我打一个惬意的。”尉迟恭笑道:“程将军又来了,那一日得罪了你,明日一总赔罪,免打了罢!”咬金道:“我是与你作耍。你这黑炭团,真正馒头落地狗造化。我主公着我与你做媒。”把着黑夫人道:“欲将此女赏你做了老婆,你岂不好受用么?”尉迟恭笑道:“承主公好意、将军盛情,但不知此女意下如何?烦程将军同他到后营去,与我道达其情。若肯顺从,程将军之恩,我尉迟恭没齿不忘的了,日后正好与程将军交好。”咬金笑道:“亏你这个黑花面,如此老脸,说出这样话来。你自快去,速把酒肴端正那里!”尉迟恭应道:“晓得。”

不表尉迟恭自去端正,且说那程咬金坐在帐中间,便说:“把这女子推将进来!”手下应道:“是。”便将黑夫人推到里面。咬金道:“看个座来,叫他坐着,好待我程将军与他说话。”那黑夫人坐下。咬金道:“你前日在阵上把我程将军打了一流星锤,倒也利害,如今还在这里疼痛,这也罢了;但我们这里大凡擒来的将官都要杀的。今番也是你的造化,我军师有好生之德、怜爱之心,道那尉迟恭是个独头光棍,故要把你赏他。我程将军便对军师说道:‘那尉迟恭与擒来的女将成亲,岂可将就草草?’那时我主公便说:‘好,待孤家做了主婚,程王兄你去做了大媒,他们两个黑对黑,倒是一对绝好夫妻。’”程咬金话未说完,黑夫人就大怒起来,照定程咬金面上,拍达一个大巴掌。咬金不曾提防,大叫一声:“啊唷,好打!”骂道:“你这贱婆娘,好歹都不识得。肯不肯只消好好的说,为何把我媒人打起来,岂不失了做新娘子的体面?是军师下令赏配与尉迟恭的,你有本事,自去打老公,与我媒人有什么相干?”黑夫人骂道:“你这油嘴的匹夫,把老娘当什么人看待?奴也是一家王子的爱姬,虽然不幸被你唐将擒来,要杀就杀,何出此无理之言?难道老娘有夫之妇,岂肯再嫁人的么?油嘴的花面匹夫,擅敢满嘴胡言!”回转头来,看见帐上有口宝刀挂在上面,黑夫人怒气冲冲,立起身来,要去抢刀。程咬金喝道:“家将,快与我拿下此泼妇!”当即赶过十多个家将,前来拿住,依先把黑夫人绑缚了。咬金便大叫道:“反了！反了！岂有新娘子把媒人乱打的！”

尉迟恭在帐后,听得外边喧嚷,赶将出来说道:“程将军,既然他不肯成亲,不必勉强了。”咬金道:“放你娘的狗臭屁！你们做亲,可以草草不恭,我做媒人可是正大光明的,难道不做就罢了不成？如今既来之,则安之,这媒人是断断要做的。你把那准备的酒肴快快拿出来,我在外边吃酒;你推他往后面去做亲,就如一块生铁落了炉,也要打他软来,况你是打铁出身,难道倒不在行么？这个绑缚是放松不得的,你只消把他犹如活牛皮楦鼓,生做来就是了。”尉迟恭满心欢喜,说道:“程将军,如此得罪了。”遂将黑夫人推到后帐去,并吩咐:“摆酒出去,与程将军吃,叫他慢慢的吃去。”手下答应,就将酒肴送出。

不表程咬金在外吃酒,单说尉迟恭推黑氏到后帐来。黑氏便问道:“你这匹夫,推老娘到这所在做什么?”尉迟恭道:“我奉主公之命、军师之令、媒妁之言,与你成亲。”黑氏道:“既然如此,难道做亲是绑了做的么?”尉迟恭道:“也说得是。”连忙把夫人放了。那黑氏一放了绑,就摆起一个拳势来,叫声:“尉迟恭,我老娘是有丈夫的,你不要差了念头,好好送我出营去。若说这件没正经的事,老娘断断不从的。你若要动手,老娘也是不怕的。”尉迟恭道:“程咬金叫我不要放你,我尉迟将军就是山中老虎,也要捉他回来,何况你这小小女娘,怕你怎么？如此倔强,罢了不成?”说罢,趁势赶上前去。那黑氏也摆个势子抢过来。他两个你推我扯了一回,那黑氏到底女流,又兼脚小,转身不便,被尉迟恭拿住,竟往床上一丢。黑氏连忙爬起来,早被那尉迟恭压上身来。黑氏将拳乱打,尉迟恭把一只手将他双拳一把捏住,便去宽解衣裙。黑氏将身乱扭,终究力小,那里强得过尉迟恭,却被尉迟恭渴龙见水、饿虎攒羊的一般,正是:

颠狂柳絮随风舞,轻薄桃花逐水流。

那黑氏夫人得其佳景,倒觉尉迟恭的本领胜于孟海公百倍了,不觉心花大放,十分欢悦。便娇气软语的道:“尉迟将军,奴家本不从顺,被你用强力逼迫,事已如此,奴家只得从你了。”那尉迟恭是个粗蠢之人,怕她逃走去了,把她双手紧紧捏住,那两只嫩手都捏得乌青。听了她说得可怜,才把手放了。还恐她要走,心中尚是提防,谁想她

竟将双手伸来,搂住尉迟恭。正如:

穿花蛱蝶深深见,点水蜻蜓款款飞。

两下你贪我爱,着意绸缪了一回,方使云散巫山,起来重整衣服。黑夫人便叫声:“将军,我们姊妹三个,奴家是孟海公第二位夫人,还有第三位夫人白氏,也有手段的,与奴最说得来,胜于嫡亲姊妹。明日将军一发捉了来,都服侍了将军,使我姊妹不致两下相思。还有结发夫人名唤马赛飞,有二十四把飞刀,名为‘柳叶神刀’,十分利害,与我二人最说不来。那马氏心狠,却不可与同归。”尉迟恭听说,十分大悦道:“娘子说得有理。但是这程咬金,你前日得罪了他,如今要出去赔他一个罪儿,日后好与他相见。”黑氏道:“羞人答答,叫我如何去见他?”尉迟恭道:“这不妨,他是极喜奉承的,我们如今拿了酒走出去,大家吃杯儿,就丢开手了。”

夫妻二人算计已定,拿了一壶热酒走将出来。走到程咬金面前,只见咬金低了头,正吃得高兴。叫声:“程将军!”那咬金抬起头来,见尉迟恭手中拿着一壶酒,黑氏把衣袖遮了口,只管嘻嘻的笑。程咬金明知他来赔罪,只因有些害羞,故此走到面前只管笑。咬金假作不知,大吼一声,喊叫道:“在这里了!”把尉迟恭、黑夫人都吃了一惊。咬金道:“你们两个干得好事啊!那一日在阵上,我说你莫非寻老公么,你骂我油嘴匹夫;今日好意与你做媒人,又把我颊面乱打,又是一等油嘴匹夫的骂。打也打了,骂也骂了,酒也吃了,不知你们如式不如式?”尉迟恭笑道:“如今做过了亲了。”咬金道:“不许你开口,要待他自来告诉我听。”尉迟恭笑道:“程将军,如今不必说了,方才得罪了你,我故此叫他在此请罪就是了。”咬金道:“我不要他请罪,要他与我说说儿,不然我就与你们两个拼命。为什么打我?为什么骂我?如今你们两个原是这等好的。”尉迟恭道:“程将军罢了,如今不要说了,待我叫他来和你说说儿就是了。”咬金道:“既是你这般说,叫他快快过来,说说不妨碍的,此乃人人如此的,况我又是个媒人,快些说起来。”尉迟恭便对黑氏道:“娘子,你支吾他两句也就罢了。”黑氏无奈,只得掩着嘴笑嘻嘻的对了程咬金低声说道:“奴家方才一时之怒,得罪了程将军。如今奴家不敢违命,已与尉迟将军做过亲了,前来请罪，谢谢大媒。”说罢，就道了四个万福。咬金连忙回礼，叫声：“不敢。你方才既然不肯，为何一时又没了主意？”黑氏听说，这脸上就霎时黑里泛出红来，倒像目下作兴的棕色一般。咬金笑道：“不要害羞，大家来吃喜酒罢！我老程饶便饶了你们，媒人钱是一定要的。”大家一齐笑起来。里面就摆出酒来，三人共饮，直吃到月转花梢，咬金大醉而去。他二人后帐内，重施云雨，再作鸳鸯，又做了一出襄王神女的故事。如今不比起初，更觉欢爱百倍，抱头交颈而睡。

次日天明，秦王升帐，二人谢恩。徐茂公道：“今日还有一个女将前来，尉迟恭你一发捉了来，一总赏了你。”秦王不信，笑道：“军师哪里有这般先见之明，尉迟王兄如何有此叠叠之喜？”道言未了，忽见外边军士飞报进来：“报启千岁爷，外面又有一员女将前来讨战。”秦王大喜，叫声：“尉迟王兄，快去擒来，一发赐你成亲。”咬金道：“又是这狗头造化了，我这媒人是做定的，又要吃喜酒了。”尉迟恭大喜，提枪上马，来至阵前，抬头一看，只见这个女将生得千姣百媚，比黑氏更觉好些。原来那白氏只因黑氏被擒，不见首级号令，心中十分挂念，为此前来打听消息。这白氏头戴双凤冠，身穿鱼鳞甲、内衬月白战袍，坐下梅花点子马，手使梨花枪，娇声软语说道：“你这黑脸贼，好好送还了俺家姊姊黑夫人，万事全休；若道半个不字，管教你这黑脸贼狗命难逃！”尉迟恭道：“不要破口，你姊姊黑夫人，嫁了我了，你也嫁了我，配合成双罢！”白氏大怒道：“呔！好匹夫如此无礼，吃我一枪！”就把梨花枪一摆，叫声：“看枪！”耍的一枪刺来。尉迟恭架开白氏手中梨花枪，两人大战未及十个回合，就拍马撞个满怀，也活擒了过来。掌得胜鼓，回营缴令。

秦王大喜，又赐与尉迟恭完婚。遂将白夫人送至尉迟恭营中，黑夫人迎进后营。白夫人初时不从，黑夫人再三相劝道：“贤妹啊，那孟海公是不成大事的，况他与马赛飞十分情厚，我与你常时落后。今唐家秦王系真命天子，尉迟恭又是个骁勇英雄，做人十分情厚。做姊妹的无奈相从，倒与我情投意合的，况你与我最为亲爱，故今劝你不如从顺了罢。”白夫人听了黑夫人一番言语，只得依允。却好秦王差军士送合欢酒来，命尉迟恭同黑白二夫人拜堂成亲。众将都来庆贺，不表。

再说王世充闻此消息，对孟海公道："谁想二位夫人都被尉迟恭擒去，唐童就一并赐与他结为夫妇，世上哪有这般欺人的道理！"孟海公闻言，不胜惭愧，弄得脸上红了白、白了红，大叫一声："罢了！"正在忿恨，走过大夫人马赛飞来，说道："大王不消发怒，待妾身明日出阵，擒拿这两个贱人来千刀万剐，与大王消恨便了。"孟海公闻言，心中想道："明日他去出阵，倘然照着前样，便怎么处？"又回想一想道："嗳，岂有此理！这马赛飞是我结发夫妻，岂比那小老婆的心肠？"遂叫一声："御妻，孤家万里江山，全在御妻你一人身上，你须小心。"马赛飞道："妾身晓得，大王请自宽心。"一宵无话。

次日，马赛飞头戴金凤冠，身穿大红绣龙战袍，外罩黄金宝甲，坐一匹走阵桃花马，手中抡一柄绣鸾刀，肩背上系一个朱红竹筒，筒内藏二十四把神刀，一马当先，直至唐营，高声叫道："唐营军士听着，快叫那黑白两个贱人出来！"小军飞报进营说道："启千岁爷，外边有个女将讨战。"秦王道："为什么他们有这许多女将，一日一个，不知还有多少在那里？"咬金道："主公，如今这个赐了臣罢！"徐茂公道："你擒得来，就把他赏了你。"咬金听得这句话，顷刻骨头没有四两重。叫声："多谢军师！"即提斧上马，杀至阵前，仔细望前一看，见这女将比前日两个还胜百倍，心中大喜道："也是我老程的造化。"便高叫一声："姣姣的娘啊，你今年青春多少了？"马赛飞道："来将讲什么鬼话！"咬金道："我要你做亲，你道快活么？"马赛飞见咬金的面庞是黑的，便问道："你莫非就是尉迟恭么？"咬金道："正是，你要嫁他么？"马赛飞大怒，骂声："黑脸贼，你擒俺两个贱人做这样的丑事！"咬金道："这便何妨？"赛飞道："今日遇着俺，必要剥你皮抽你筋，方出俺的怒气！"便把手中绣鸾刀一抡，直取咬金。咬金举斧相迎，叫声："娘啊，好刀！"不上三四回合，马赛飞就算计起来，把两口刀一只手拿了，那一只手却将肩上的描金朱红竹筒拿下来，开了盖，叫声："黑贼，看俺宝贝来了。"咬金抬头一看，呼一声，一飞刀起于空中，咤的一响，正中咬金肩上，咬金翻身跌下马来。马赛飞正要将刀取他首级，心中想道："俺若如今一刀杀了这黑贼，岂非便宜了他，不如活捉他回去,慢慢的将他千刀万剐,以出俺大王之气,有何不可。”就把程咬金绳穿索绑,活捉回营,请令定夺。

王世充、孟海公闻之大悦,就吩咐快把黑贼推进来。小军一声答应,就将程咬金推至面前。正是:

贪心欲得佳人女,反被裙钗活捉归。

不知孟海公把程咬金如何处死,且看下回分解。

第五十四回 罗成力擒马赛飞 咬金脱难见秦王

诗曰：

女将飞刀利害深，谁知破法有高人；
皆因唐主多洪福，将士俱存报效心。

当下咬金推至帐前，立而不跪。孟海公骂道：“尉迟恭，你这黑面贼，孤家闻得你日抢三关，夜劫八寨，背刘投唐；前日又擒我爱妾黑白二氏结为夫妇；自道英雄无敌，如此欺人，谁想今日一般也有被擒的么？”程咬金道：“你们眼乌珠是瞎了的么？打炭铁的弄了你的爱妾，却来寻我卖柴筢的出气。”旁边走过单雄信来说道：“王爷，这不是尉迟恭，他叫程咬金。”孟海公便对马赛飞道：“御妻，人也不认明白，混乱就拿。”马赛飞道：“既不是尉迟恭，就拿他去砍便了。”孟海公正欲吩咐，咬金便大叫道：“单二哥好人，你快来救我一救！”雄信道：“昔日为朋友，今朝为敌国，关我老子的鵰事！”咬金道：“我投降了，难道也杀不成？快饶我命，情愿投降便了。”雄信道：“你果有真心投降，便不杀你。”咬金道：“狗入出的哄你，实是真心。”雄信见是用人之际，即忙禀道：“他情愿投降，望王爷饶他一死。”王世充道：“既然情愿投降，且监禁后营，待退了唐兵，放他便了。”众王俱道：“言之有理。”就把程咬金监禁后营不表。

再说唐营军士飞报进帐：“启千岁爷，不好了！程将军被这女将拿去了！”茂公道：“这匹夫因好女色，故尔被擒。”秦王道：“程王兄被女将捉去，怎生救他回来？”茂公道：“主公不妨，不出二日，他自然归来。”道言未了，外边又报进来：“报启千岁爷，那员女将又在营门讨战。”茂公道：“哪位将军前去？”尉迟恭应得半声，早被黑夫人一扯，尉迟恭住了口不应了。茂公心内明白，就叫罗成，说道：“外边的女将，他有飞刀廿四把，十分利害，你去出战，只要不放他手空；手不空，神刀便不能起。快与我拿来！”罗成得令，即上马提枪，出得营门，果见一员女将。那马赛飞看见罗成只有十七八岁，唇红齿白，美如冠玉，头戴金冠双龙抢珠，把额两根雉尾高标，真个威风凛凛，仪貌堂堂，不觉心中大喜道："这样的俊俏郎君，与他同宿一宵，胜如做皇后了。"罗成问道："这婆娘敢就是方才擒程咬金的么？"马赛飞娇声滴滴的应道："正是。"罗成大怒，就把银枪一摆，要的一枪刺来。马赛飞把刀一架，说声："小将，住着！俺还要问你青春多少，可曾娶妻么？"罗成道："你这婆娘要问俺做什么？"马赛飞道："我看你小小年纪，不知交兵征战的利害，恐伤了你的性命，岂不可惜了，故此问你。不若与俺家结为姊弟，助孟海公，我和你正有好处。"罗成听说，大怒，骂道："不要脸面的淫妇，你虽然生得妖娆，奈我罗将军不是好色之徒！照爷爷的家伙罢！"就要的一枪刺来。马赛飞被他几句话羞得满面通红，骂声："小贼种，你敢连刺老娘两枪么？"不觉心中大恼，就摆动手中双刀，来战罗成。罗成抢上一步，借势一提，就把马赛飞擒过来。掌得胜鼓，回营缴令。徐茂公吩咐监在后营，按下不表。

再讲洛阳军士飞报进去："启王爷，不好了！"王世充忙问道："为什么？"军士道："那位马娘娘被罗成小将活擒去了！"孟海公听见，叫声："罢了！孤家献尽丑了！"又叫道："王王兄，小弟为救洛阳，发兵来此，两个爱妾被他拿去出丑，这也罢了。如今这马氏是要紧的，怎生救取回来才好放心？"王世充道："正是。这便如何救取呢？"忙问铁冠道人："计将安出？"铁冠道人道："除非将程咬金去换取马娘娘回来。"王世充大喜，便问："哪位将军押程咬金，到唐营去换取马氏娘娘回来？"有单雄信愿往。王世充道："驸马可速去速回。"

雄信领命，来到后营，只见程咬金在囚车内叫道："单二哥，你来看看我么？"雄信道："程兄弟，罗子特来放你回去。"咬金道："且住，你既有这般好心，为什么捉到之时不放了我，直到如今才来？其中必有缘故。你对我说明了，我才出来；不然，情愿住在囚车里头，我是再不出来的。"雄信道："今日马赛飞被罗成擒去了，如今要将你去换来。"咬金道："二哥，这倒不相干，说过归降就是了。俺坐在这个里头，安安静静倒不好，难道倒要去交锋打仗，做那吃力的事情么？单二哥，我不去！我不去！"雄信道："你这个人惯会说自在的话。就是被他擒来，也亏我单通全了你的性命，今番做哥子的这点面情，难道就不肯看的了?”咬金见他唠叨起来，想道：“不好啊，这个人性子极不好的，万一变了脸，反为不美。”便道：“单二哥，这遭看你面上，就去，就去。只是那马赛飞小花娘，把我擒来，一些好处没有到我，如今要我去换他，须把好酒好肉请我吃个畅快才好去。”雄信道：“这些小事也要放在口里?”说道：“家将取酒过来!”咬金出了囚车，把酒肉吃个醉饱。雄信道：“如今同去罢?”咬金道：“单二哥，我是直性汉子，若同了你去，就没了我的体面了。待我自己回去，包管送还你马赛飞小花娘便了；如若不信，待我发一咒与你听：我程咬金回去，若不放马赛飞回来，天打木头狗遭瘟!”雄信道：“不必罚死咒，我哥子是信得你过的，去罢!”

那程咬金出了营门，一路思想：“这婆娘昨日把我伤了一飞刀，幸亏不太伤害，必须摆布他一番，才出我心头之气。”回到营中，秦王大喜，果然不出军师妙算。叫声：“程王兄，你回来了么?”咬金道：“臣被马赛飞这婆娘把这竹筒放出飞刀来，被她拿了去。臣在那里倒也好酒好肉，好生过得。亏那单雄信要送臣回来。臣说：‘承你一片好心，待我回去放马赛飞还你。’他却说了千千万万多谢。主公，看臣面上，把这马赛飞还了他罢！若是主公下遭要这个人，都在臣程咬金身上；主公早上要，臣早上拿来，晚上要，臣晚上拿来。”徐茂公心内明白，说道：“程咬金，你休得在主公面前夸口，谁不晓得那马赛飞有随身本事，二十四把柳叶神刀放出，好不利害。你是尝过滋味的，只怕你日后拿他不来。”咬金道：“不难。只消待老程杀起狗来，将这狗血涂在他的飞刀上面，自然飞不起了。”秦王道：“也讲得有理。”吩咐将马氏推出来。咬金对马赛飞道：“你这不中抬举的，我程爷爷要你做个偏房，你却千推万阻，一般也有今日落在程爷爷手内，我程爷爷如今却不要你做小老婆了!”却把他周身上下看了一回，吩咐小军：“与俺推出去！把宝贝用狗血涂抹了。”

那马赛飞被程咬金说得昏头涨脑，满面通红而去。回至营内，孟海公一见叫道：“爱妻，苦了你也!”马氏哭道：“奴家受尽程咬金那厮许多的羞辱，又将我宝贝弄坏，好不可恨!”孟海公道：“日后再擒这断,将他千刀万剐,与爱妻出气便了。苦只苦这宝贝被他弄坏,怎生是好?”马赛飞道:“不妨。王爷好生在此等候,只消奴家前往山中七日七夜,重炼飞刀二十四把,再来复仇便了。如今辞别王爷前去,不出十日之期来见王爷,有何不可?”孟海公想道:“我御妻没了宝贝,就在此也无益,不如等他自去重炼飞刀,好报此仇。”遂叫声:“御妻,须要早去早回,免得孤家挂念。”马赛飞道:“晓得。”即便作别起身。出了营门,趱路前去,走了一日一夜,来至一山,名叫“杏花山”,只见奇花异草,香风不断,翠柏苍松,浓荫可人。真正:

山里有山山景好,山桃山杏满山开。

寻到了一个石洞,就在洞里安身,每日午时三刻就炼飞刀。看看到了七日,二十四把飞刀已经炼就,正要下山,只见一个道人前来,叫声:“马赛飞,你但晓得炼就飞刀要去害人,却不知自家的死活。那秦王乃是紫微星君下降的真命天子,这孟海公不过是奎星降世,以乱隋室,不久就灭。你不要差了念头。此番下山去,性命决然难保了。就是那几家王子,不出三月之间,尽灭于刀剑之下。不若拜我为师,带你归山,与众仙姑修仙学道,长生不老,你意下若何?”马赛飞听了这番言语,惊得毛骨悚然,只得双膝跪下,叫声:“师父,弟子情愿跟随师父出家。”即把飞刀抛弃于地,同了道人修仙学道去了。那道人就是谢应登叔父谢洪度。他成了正果,见马赛飞起了不良之念,故此前来点化他,也是仙缘有分,后来也成正果。此话不表。

再讲孟海公,自从马后一去十天音信杳然,心中十分记念,想道:“当此兵微将少之时,怎生退得唐家兵马!”欲待回转曹州,马赛飞又不知下落,只得闷坐帐中长吁短叹。一日,王世充见孟海公有回兵之心,急得无法,只得问计于铁冠道人,说道:“军师,孤家同众王兄与唐兵交战,连折了数将,孟王兄的黑白二夫人又被擒去,如今唐兵十分凶勇,马夫人一去杳然,军师可有妙计退得唐兵,复得归还他二位夫人?”铁冠道人道:“主公放心,要退唐兵也不难,臣有一个朋友姓鳌名鱼,乃琉球国王的四太子,今在日本国招为驸马,其人有万夫莫敌之勇,胜过唐家李元霸,不让先朝楚霸王。主公可不惜珍宝聘请得此人来,何愁唐兵不破?”王世充闻言大喜,即日就备珍宝玩物,请军师前往。

铁冠道人奉命赍礼物往日本取路，不表。却有军士报进帐道："报启上王爷，今有相州白御王高谈圣、楚州南阳王朱粲二路人马来助大王，齐在营前，请旨定夺。"王世充闻报大喜，吩咐大开营门，同二王、众将一齐出来迎接高谈圣、朱粲来至帐中，各个见礼，吩咐摆宴接风。次日王世充升帐，众将分列两旁：上面头一位却是窦建德，众王子因他与唐童至亲，不助唐童反助洛阳，乃义士也，故此逊在第一位；第二位乃是高谈圣；第三位孟海公；第四位朱粲；第五位是王世充。这五王子龙位坐了，下面还有盖世雄、史万玉、史万宝、苏定方、梁廷方、单雄信等一班将官。一个个顶盔贯甲，挂剑悬鞭，弓上弦，刀出鞘。王世充开言叫一声："诸位王兄，感蒙不弃，来助弱国，奈唐童这厮兵强将勇，几次出战损兵折将，弟却心中不忍，敢问诸位王兄有何妙计退得唐兵，弟当不惜土地以谢众位。"当下有白御王高谈圣道："小弟初来，未知深悉。若言胜负，乃兵家常事。至于小小唐童，有何不可破敌哉！王王兄不必忧心，待弟生擒这唐童便了。"便问众将："何人去拿唐童？"有盖世雄愿往。高谈圣道："小心在意。"盖世雄口称得令。他有随身宝贝"飞钹"，昔日在扬州考武，用这飞钹，被王伯当神箭射伤，他又往天平山重新炼好回来，却投了高谈圣，在他帐下为将。今日来助洛阳，又要把这飞钹卖弄神通。他原是头陀打扮，有一首词儿为证：

头上金箍光闪烁，身被五色锦袈裟；飞钹起处是堪夸，禅杖神惊鬼惧。谁知保得相州王，嗏，只恐一场笑话！

那盖世雄不喜骑马，善于步战，大踏步来至唐营，大叫一声："军士，快叫能事的出来会俺法师！"唐营小军飞报进来道："启上千岁爷，今有一和尚，口称法师，前来讨战。"茂公闻报，心中吃惊，顷刻双眉紧皱，叫声："怎么好？"众将忙问道："军师几场大战，尚且不惧，今日闻一和尚，为何便眉头不展，愁闷起来？"茂公道："列位将军，你们哪里知道，我算阴阳，那和尚就是盖世雄，昔日在扬州考武，你们都曾会过他，岂不知他的利害么？昔日只有七片飞钹，如今却有二十四片飞钹，况他本领又是高强的。若还出阵，必要伤我唐营几员上将，故此一闻和尚，便知是他相助相州白御王高谈圣来此。洛阳大会五龙，将有一场大战。”

军师正在愁闷，忽见走出一员女将，茂公仔细一看，乃黑氏夫人也。那黑夫人上帐叫道：“军师老爷，妾身黑氏蒙主公军师大德，并无折箭之功，今日情愿领兵出战，把这秃驴活擒进营，以报大恩于万一也。”茂公闻言，心中一想道：“妙啊！大凡出兵，最怕妇女。僧道他非有暗宝伤人，则不敢前来会战，今番此女出去与盖世雄会战，正合相宜。”遂吩咐道：“盖世雄非同小可，你去须要小心。”黑夫人一声：“得令！”上马舞刀而去。白氏夫人与尉迟恭放心不下，愿同出去掠阵。茂公应许。夫妻三个同出营门，果然有一个头陀，生得来形容奇怪，手提水磨禅杖，大踏步向前，高声喝道：“呔！你那婆娘，敢来与师爷爷交手么？”黑氏也骂道：“你这贼秃驴，还不知俺女将军手段利害么？”说罢，摆动双刀，飞马就砍。盖世雄举禅杖相迎。马步交战，双兵并举。那和尚要与高谈圣定天下，这妇人要与小秦王争社稷。这一场好杀，只杀得：

　　日月无光神鬼惧，天昏地黑兔狐愁。

男女二人大战了二十回合，马打有十八个照面。黑夫人心中想道：“这秃驴果是骁勇，常言道：‘先下手为强，迟下手为弱。’”便虚闪一刀，回马就走。盖世雄叫声：“哪里走！”大踏步随后赶来。黑氏挂下双刀，身边取出流星锤来，耍的一锤打来。盖世雄将身一侧，正中肩膀，轰的一跤跌倒，大叫一声：“狠婆娘！好流星锤！”顺手取一片飞钹，往上一丢。黑氏却不看见，兜转马来，正要砍他首级，却不曾提防半空中有一飞钹落下来，叱咤一声，正中后背，翻筋斗跌下马来。白氏早已看见，忙摆动手中这杆梨花枪，化落落一马当先，大叫道：“秃驴！你敢伤我姊姊么？老娘来也！”举枪直刺盖世雄。那盖世雄早已起身，也举禅杖相迎，来战白氏。这尉迟恭随后一马冲出，抢回黑氏。

再讲白夫人与盖世雄交战，未及十五六个回合，世雄恐他也会弄鬼，早把飞钹丢起。那白氏见他打伤姊姊，心中却也时时留心，刻刻挂怀，十分提防。早见飞钹飞起，明知利害，回马便走。那一钹也正中在背上,幸亏不曾打下马来,早被尉迟恭飞马抢出救了。白氏因见盖世雄飞钹利害,不敢交战,败回营中。秦王看见他三个出去倒有两个着伤,心中闷闷不乐,吩咐退进后营调养。谁知那飞钹是用毒药炼就的,凡遇着伤的,七日内便要送命,其痛难当,饮食不进,那二位夫人叫喊了一夜,尉迟恭直服侍到天明,一夜何曾合眼。秦王升帐,众将排列两旁,军士又飞报进来:"启上千岁爷,昨日用飞钹的和尚,又在营前讨战。"徐茂公闻报,只是摇头失色,下面许多将官,心中不服。正是:

只因飞钹多妖法,故使军师难处分。

毕竟谁人能破盖世雄的飞钹,且看下回分解。

第五十五回　八阵图大败五王　高唐草射破飞钹

诗曰：

不信头陀盖世雄，能飞毒钹用神通；
三原仙客闻风到，施设奇谋定大功。

当下秦叔宝上前道："军师，就是这头陀盖世雄，末将曾认得他的，又非三头六臂，怕他怎么？待末将出马会他一阵何如？"茂公道："使得，须要小心防他飞钹。""得令！"那叔宝提枪上马，出了营门，来至阵前，不用通名，挺枪就刺。盖世雄忙举禅杖相迎。两下大战二十余合，盖世雄就丢起飞钹，叔宝要躲也来不及，也着了一钹败回。凡唐营出马的将官，被飞钹打伤者，共有二十余员，独有这咬金暗里使乖，当场设巧，再不做声。还有那尉迟恭，日夜在帐后服侍两位老婆，故此也不去会战。那盖世雄日日前来讨战，徐茂公无计可施，只得挂出免战牌去。盖世雄看见，大笑而回。对五位王爷说了，五位王爷大喜道："他只道威风无比，那知今日也有挂免战牌的时节。"单雄信道："我们今夜不免提兵去劫营，管教他：

尸横遍野神号哭，血流成河鬼泣悲。"

五王闻言，大悦道："驸马言之有理。"传令三军准备停当，今晚劫营。不表。

再说徐茂公正在议事，忽听传报进来："报启千岁爷，外边京兆三原李老爷求见。"徐茂公闻报，便喜笑颜开说道："好了，好了，药师来时，大事成矣！"秦王与众将即忙出帐相迎。李靖到了里面，大家见礼已毕。李靖道："贫道在海外云游，闻得盖世雄在此用毒药飞钹伤人，故此特来探取他的飞钹。"正在谈论，只听得后帐有悲苦之声，便问："为何有此悲苦之声？"秦王道："只因出战，被盖世雄飞钹打伤。"李靖即便取出一包药来，分救众将。此药果是仙丹，吃下去，立刻痛都好了。

众将都出来拜谢。徐茂公就把军师印剑送与李靖掌管,李靖道:“贫道只好权时受纳,待贫道破此飞钹,削去五王,便要往北方去会一个朋友。”说罢升帐,报掌军师,那众将打拱已毕,分列两旁。李靖道:“贫道方才进营,见洛阳营内有一道杀气冲天,今晚王世充必来劫营,必须杀他一个片甲不还!”即传令道:“秦叔宝过来!你带兵一支,前往御果园,埋伏左右,待黄昏时分,王世充人马必到此处经过,你可挡他的归路。”秦叔宝得令。军师又道:“罗成听令!你带一支人马,前往西北方埋伏。”罗成口称“得令!”军师又令尉迟恭:“你带一支人马,往东北方埋伏。”尉迟恭口称“得令!”军师又令白夫人:“你带一支人马,往西南方埋伏。”白氏一声“得令!”军师又令黑夫人:“你带一支人马,往东南方埋伏。”黑氏也称“得令!”军师又令殷开山:“你带一支人马,往正南方埋伏。”殷开山口称“得令!”军师又令马三保:“你带一支人马,往正东埋伏。”马三保应声“得令!”军师又令史大奈:“你带一支人马,往正西方埋伏。”史大奈口称“得令!”军师又令张公瑾:“你带一支人马,往正北方埋伏。”张公瑾口称“得令!”军师道:“尔等众将,但听中军号炮一起,一齐杀来,违令者斩!”众将得令前去。军师又令程咬金过来:“与你令箭一支,到十里之外取高唐草来,明日准要。”程咬金口称“得令!”接了令箭,出来说道:“方才热闹的生意轮我不着,冰清的戏文叫我去做。家将们哪里?”应道:“有!老爷有何吩咐?”咬金道:“你去快些拿了绳索扁担,同我去割马草。”家将奉命同去,此言不表。

单讲洛阳王世充,到了三更时分,同着各家王子、大小将官,点齐人马,悄悄的来到唐营,呐喊一声,一齐动手,顷刻点起灯笼火把,照耀得如同白昼。窦建德摇动九五大砍刀,孟海公抡着宣花斧,高谈圣使着两根狼牙棒,朱粲挺着三股叉,王世充摆着方天戟,那一班战将盖世雄、苏定方等各执兵器,大吼一声道:“让俺者生,挡俺者死!”正在逞勇,忽听得唐营中轰的一声炮响,正东上,马三保杀来;正南上,殷开山杀来;正西上,史大奈杀来;正北上,尉迟恭杀来;西南上,白夫人杀来;东南上,黑夫人杀来。四面八方一裹,把五王与众将并一万人马团团围住。那五家王子与众将大吃一惊,明知中计,心慌意乱;

欲待回兵，又听得放炮一声，霎时间，西面火把点处雪亮。朱粲连忙摇动三股叉，正逢着马三保。王世充大怒，即摆动画杆方天戟，一马冲来，劈面正撞着尉迟恭。窦建德挺着九五大砍刀，前边来了白氏夫人使梨花枪迎住。那黑氏逞强，使两口双刀杀来，不料正撞着旧主，孟海公骂道："无耻的贱人，今番怎敢来见孤家？"黑氏羞得满面通红，无处躲避。高谈圣使动狼牙棒，却遇殷开山敌住。众将奋勇前来，却被罗成枪到处尽皆落马。那盖世雄慌慌张张，况是黑夜交兵，又不敢放起飞钹，口口声声只说得一声苦，弄得上天无路，入地无门。此一番交战，杀得五家王子的兵马，尸积如山，血流成海。那五王子只得拼命杀出阵中，看看败至御果园来，回头一看，只见自己的人马，十停去了九停。幸得众王俱在，单单不见了苏定方、梁廷方二员大将。原来那苏定方看见势头不好，连夜逃回扬州去了，后来保刘黑闼，后五龙会又来交战。

那王世充叫了一声："列位王兄，今番此败，大辱我等，各邦声名休矣！"言之未已，一声炮响，闪出一队人马来。为首大将是秦叔宝，摆着提炉枪，挡住去路。五王又吃一惊。盖世雄忙举水磨禅杖来战，怎当得秦叔宝这杆提炉枪神出鬼没，盖世雄这根禅杖哪里杀得他过，欲待放起飞钹，又恐黑夜之中误伤五王性命。众王子已经杀了半夜，都杀得骨断筋酥，各自躲去，谁肯还来顾恋盖世雄？可怜那盖世雄，正在难解难分之际，忽见左首杀出一支兵来，原来是单雄信。他见众王子兵马零乱，只得带兵前来接应，却遇见秦叔宝，便大怒骂道："黄脸的贼，罗子来拼命了！"举金顶枣阳槊打来。叔宝叫一声："单二哥，小弟不敢回手。"兜转马，败回唐营去了。五王子才得回至本营。到了天明，齐集众将。各位王子道："王王兄，我等意欲报仇雪耻，奈无大将破敌，如何是好？"王世充道："前日军师铁冠道人，前往日本国，相请鳌鱼太子到来，待他一到，方可开兵。"

不表众王计议，再讲唐营众将，得胜报功已毕，外边走进程咬金来，缴令说道："小将奉令寻取高唐草到了。"李靖道："取过来看。"程咬金叫声："挑过来！"只见十几个小军，扁担索子挑着青草进来，共有十三、四担。李靖道："不是此草，所要者高唐草也，速去换来！"咬金道:“小将在绝高的高唐路上割来的,怎么不是高唐草?”李靖道:“还要胡说,快去换来!”咬金无奈,只得又到高山之上,割了几多担草来。李靖大怒,骂道:“好匹夫,不善干事。违我令者,本该斩首,姑念你有功在前,饶你一死。如今你既无能去取高唐草,你可去取盖世雄首级献来;限你三日,如若三日内没有,定行斩首。快快去取来!”咬金只得领了令,走了出来,仔细一想,说道:“没奈何,这个牛鼻子道人,倒比那个牛鼻子道人还凶。那盖世雄岂是当要的!倘或与他交战,被他一飞钹打来,岂不白白的死于非命?若还不去,却违了这牛鼻子道人的军令,又要割头,这便如何是好?”左思右想了一回,说道:“也罢,我且躲在外边,待这牛鼻子道人去了,那时再回来,还是那个牛鼻子道人好讲话些。”咬金逃躲在外,我且慢表。

再讲李靖又差尉迟恭前去取高唐草,尉迟恭领了令,一路往乡村野处寻觅而来。只见一小户人家,但听内面有人唤道:“高唐,你可将我身下的草,换些干净的来。”又听见一人应道:“晓得了。”少停,只见一人拿着许多乱草,出门欲向河中去洗。尉迟恭拦住问道:“你叫高唐么?”那人应道:“正是。”尉迟恭又问道:“你手中是何物?”那人道:“家中有产妇,此是她身下的草,有了血迹,故此拿去丢在河内。”尉迟恭大喜,连忙说道:“既是这些草没用的,把与我罢!”那人道:“你要,就拿了去。”尉迟恭连忙接了,回来缴令。李靖见了大喜,吩咐众军士道:“把草分扎在箭上,但见盖世雄放起飞钹,一齐放箭。”众军士得令。李靖就唤秦叔宝前去讨战,叔宝得令,拿了提炉枪,上了呼雷豹,化落落一马当先,来至阵前讨战。盖世雄大怒道:“晚间交战,不便用宝贝,故此便宜了他那黄脸贼,今日又来讨战,我就把飞钹拿他,有何不可!”遂取了禅杖,大踏步走出营来,喝道:“呔!你这黄脸的贼,昨夜挡俺师爷的归路,今日又来讨死么?不要走,照爷爷禅杖罢!”举起禅杖就打。叔宝把提炉枪劈面相迎,马步相交,一场大战。来往约有二十回合,盖世雄回身就走。叔宝随后赶来,盖世雄大叫一声:“黄脸的贼,看师爷的宝贝!”呼的一声放起一片飞钹。李靖在营门早已看见,吩咐放箭。罗成早取弓在手,搭箭当弦,弓开如满月,箭去似流星。当的一箭,正中飞钹,跌下地来。盖世

雄看见大怒道:"小贼怎敢破师爷的宝贝!"索性就把二十三片飞钹一起放起,倒也好看。竟像:

满天蝴蝶乱交加,一似乌鸦排阵势。

这番唐营内众将,大家各个放箭,嘤嘤的一齐把箭射来,只听得半空叮当响,这些飞钹都已纷纷扬扬落下地来。盖世雄看见,一惊不小,只叫一声:"罢了,枉了俺几载功劳,一旦坏于此地!"就手举禅杖奋勇打来。叔宝回马就走,盖世雄纵步追来,叔宝身边取出金装锏来,要的一锏打来。盖世雄将身一闪,早中后心,叫声:"啊唷!不好了!"倒拖禅杖就走;不上几步,即口吐鲜血起来。那盖世雄一时昏乱,却不往自己营门败进,反往北首落荒而逃。叔宝因思穷寇莫追,也便回营缴令。此言不表。

单讲盖世雄,一头走一头想道:"俺是出家之人,有如此法宝被他破了,如今有何颜面再见各位王子?不若回转天平山重炼飞钹,寻一个安身的所在,念佛看经,做我的本等之事,有何不可。今番自己不是不该相助洛阳,却被秦琼这贼打这一锏,几乎伤了性命。"盖世雄走了一日一夜,况且又厮杀一日一夜的,被他伤坏了宝贝,心中又气又恼;又被叔宝打了一锏,背上又痛,身子十分狼狈。抬头见一个小小庙堂,那山门首匾额上写着"土地祠",心中想道:"也罢,待我不免进去瞌睡片时,再作区处。"盖世雄走进庙门,见一块拜板,倒也干干净净,就把禅杖做了枕头,睡将下去。因辛苦了两日两夜,这番一放倒,就睡着了。正是:

只因一枕邯郸梦,做了阎王殿下人。

哪里晓得这程咬金奉李靖军师将令,三日之内,要取盖世雄的首级,心中想道:"此乃掘地寻天,断断做不来的。"他怕飞钹利害,不敢讨战,又不敢回营,只得逃之夭夭。一连二日,又不曾带得干粮,腹中十分饥饿,只得到村民人家去抢。方才正抢得些酒饭吃了,走到这土地庙内,因拜板上犹恐人来看见,故此钻入神厨底下。那神座上有黄布桌帏遮护,所以盖世雄进庙,不曾看见,也是这和尚命数当尽。

那咬金一觉睡醒翻身,忽听得耳朵内雷响,心中想道:"我方才进庙,见皎日晴天,哪里来的雷响?我如今又饿起来,再去抢些点心吃吃。”说罢,起身钻出神厨,往外一看道:“是哪个把庙门大开在此?”再四下一看,见拜板上睡着一个和尚,鼻息如雷。仔细一看,却原来就是一向认得的盖世雄,不觉老大欢喜,叫声:“啊唷!我的好人啊!”正是:

踏破草鞋无觅处,得来全不费工夫。

急忙赶到神厨下,取来了宣花斧,照大腿上一斧。可怜盖世雄在睡梦中着了这一斧,叫声:“啊唷!”醒来一看,原来也认得程咬金,却把两只大腿砍得挂下叮当了,遂叫一声:“程咬金啊!你把我头上一斧也罢,如今叫我死又不死,活又不活。做你不着,结果了罢!”咬金道:“我奉军师将令,要来取你首级,我如今偏要拿个活的回去。但是怎样一个拿法呢?嗄,有了。待我去寻条索子来。”咬金走出庙门,团团一看,只见那边有一个打柴的樵夫,拿着扁担索子走过。咬金赶上前来,把索子抢了就走。那人大怒,回头一看,见他青面獠牙,想这一副凶急嘴脸,定然不是好惹的,只得罢了。咬金走进庙中,把盖世雄一把扯起,将索子捆了,就像捉猪一般;把自己的宣花斧做一头,就把禅杖做了扁担,放在肩头上挑了就走。一路匆匆,回转唐营缴令。秦王大喜,就差程咬金斩首号令。咬金奉令,便对盖世雄道:“我如今才来结果你了!”遂一刀斩了首级,号令军前。

再讲洛阳军士飞报进营道:“启王爷,不好了!那飞钹禅师首级,被唐家号令军前了!”众王闻言,大惊失色道:“这却如何是好?”正在惊慌,外边又报进来道:“启王爷,今有日本国驸马带领兵马三千,现到营前了。”众王齐出迎接,来至大帐,见礼坐定。只见那驸马面如傅粉,唇若涂朱,一头黄发挽就三个丫髻,当头戴顶金冠,都是珠玉穿就,却生一双怪眼,鹰嘴鼻,招风耳,耳挂一串金环。身上穿着长袖锦丝的倭衣,脚下穿一双高底鱼皮番头战靴。身长一丈四尺,使一柄长柄的金瓜锤,有万夫不当之勇。一口番语,再听他不出的。却带两个通事的将官,一个叫王九龙,一个叫王九虎,二人乃嫡亲兄弟,原是山东人氏,自小习学枪棍,因做了大盗,问成死罪在狱。多亏秦叔宝与他们上下使用,改重为轻,救了他二人性命。后来逃到日本,竟做了通事。兄弟二人时常说起秦叔宝的大恩未曾报答,今有此便,特谋此差到来。

众王道:“难得驸马远来,为甚我们军师不同来?”那鳌鱼一些不懂,只得两眼张开,看着旁边。王九龙便对驸马叽哩咕噜说了一番,那太子方才明白,开言也是叽哩咕噜对众王子说,众王子那里听得出一句,也是王九龙过来说道:“军师又往别处访游,故请太子先来。”列位:你道铁冠道人为何不同太子回来?他是有意的,因见王世充不像成大事的,故此只说别处访游。正是:

竟作逍遥云外客,不恋红尘未了缘。

毕竟鳌鱼太子怎生迎敌,且看下回分解。

第五十六回　秦叔宝力斩鳌鱼　单雄信哭别娇妻

诗曰：

请将求兵少善谋，五王枉是惜春秋；

不如早作归唐计，荫子封妻位列侯。

当下王世充只道军师又去请借兵马，心中满望他回来，便吩咐摆酒，同众王子与太子接风。次日五王升帐，请太子坐在上面。众王子道："今日请太子开兵，不知可否？"那太子不懂。却说王九龙私下对王九虎打番话说道："我闻恩人秦叔宝，今在唐营为将，秦王十分重用。今驸马骁勇利害，恩人岂是对手？若出兵，不是当要的，必须如此如此方好。"二人无意向着太子，那太子只得呆看。这众王子又说道："我等今日欲请太子开兵，不知可否？"那王九龙才走过来，对驸马道，只听咕噜咕噜说了几句，太子点头说道："啯哒，啯哒。"众王不懂，王九龙道："他说待我就去。"众王闻言大喜，送太子出兵。

那鳌鱼太子要逞威风，提了金瓜锤，上了白龙驹，来至阵前，大喊大叫道："达马姑达马姑！"王九龙、王九虎随定驸马，双骑并驾，大叫道："呔！唐营兵卒，快叫能事将官出来会战！"小军飞报进营："启千岁爷，外边有一倭将讨战。"李靖便问："何人前去会他？"程咬金道："倭将是难得见的，待我去看看儿。"便闪出来说道："小将程咬金愿往。"李靖道："小心在意。"应道："得令！"咬金披挂上马，到了营门，来到阵前，把那倭将一看，说道："嗄，原来是这样一个，倒象东岳庙中的道人，手里拿的金瓜锤，看来倒有五十斤重。"便叫一声："呔！倭寇，通个名来！"这鳌鱼太子全然不懂，王九龙道："他问你名字。"鳌鱼道："尾必尾必。"咬金不懂，说道："不知他说些什么，待我且骂他一顿，看他如何？呔！自古道：'倭子的须，蛮婆的皮'，你是开眼乌龟，不值半个低铜钱的。我入你的倭娘！"鳌鱼不懂，王九龙道："永里落花打呀却马落。"鳌鱼大怒，骂道："呀介杀杀瓜！"咬金道：

“你倭寇人说不得的，照爷爷的斧罢！”举斧就砍。太子把金瓜锤一架，咬金道：“好利害，把我的虎口都震开了！”回马就走。幸喜走得快，不然性命难保。

程咬金径回营中，只叫道：“好利害！”便将交战之事诉说一番。外边又报进营说：“倭将又来讨战。”李靖又问众将：“谁人敢去出战？”秦叔宝应声愿往。李靖道：“须要小心。”应道：“得令！”叔宝提枪上马，来到阵前，果见一员倭将，他的两名通事，甚是面善。那鳌鱼太子问道：“古木牙打苏。”叔宝不懂他的番语，便问两个通事的：“他说些什么话？”王九龙道：“他问你叫甚名字。将军，我与你有些面善啊。”叔宝道：“我乃山东秦琼。”王九龙道：“原来将军就是秦恩公！啊呀，秦恩公，此人力大无穷，必须骗他，回头方好挑他。”叔宝大喜。那鳌鱼也问通事，说道：“米多而呀人里。”（他问的是见到那将官，说些什么？）九龙道：“他说杀杀哩杀杀哩哈哈牙却打是像。”（说那将官说道：“琉球国王死了，快些回去。”）那琉球太子却是大孝子，听见说国王死了，把头一侧。叔宝就当胸一枪，刺得他翻身跌下马来。王九龙下马，斩了首级，兄弟二人同叔宝回营。叔宝问道：“虽与二位面善，不知曾在何处会过？”九龙道：“恩公，你难道忘怀了么？昔日在山东，我兄弟二人问成死罪，在狱多亏恩公相救。如今在琉球做个通事。小人叫王九龙，兄弟叫王九虎便是。”叔宝道：“嗄，原来是二位，这也难得。”便一同进营见了秦王，也封了将官。

李靖又下令秦叔宝：“可将空头官诰，前往红桃山，看锦囊上行事，不得有违！”叔宝领令，上马提枪而去。李靖又令程咬金：“你去离红桃山二十里路处，在凉亭内，见一个麻面无须的，身背包裹腰刀之人，先斩了首级，回来缴令。”“得令！”程咬金领令去了不表。

再说洛阳军士飞报进营，叫声：“众位王爷，不好了！那琉球通事官帮了唐将，把鳌鱼太子杀了首级，号令在营外。”五位王子闻报，叫一声：“罢了！”高谈圣、窦建德、孟海公、朱粲四王子即欲各回本国。王世充道：“若列位王兄一去，孤家休矣！”正在慌张，有单雄信上前说道：“众位王爷且慢！臣还有一处人马在红桃山，兄弟三人叫侯君达、薛万彻、薛万春。得此三处来助，也还不怕。待臣修书一封，叫单安小心前去便了。”五王大喜。单雄信即忙修书交付单安，单安领命，前往红桃山而来。正打从凉亭边经过，即见程咬金。那程咬金前在三贤府里，单安时常来服侍，两边都是认得的。咬金不忍就杀，对他说了，单安明知不对，便自刎了。咬金砍了首级，便去缴令不表。

再说秦叔宝，奉令前往红桃山。打开锦囊一看，却原来要他招安三位英雄，故差他红桃山住下。且按下不表。

再讲单雄信正在营中，忽报唐营将单安首级，号令营门。雄信闻言，大怒，回头一看，只见五王众将都已杀尽，独力难支，遂叫一声：“罢了！”只得来见世充道：“臣回洛阳去干一事就来。”世充道：“孤身边无人，驸马速去速来。”雄信别了世充，心中一想：“我闻当初南阳伍云召有一子托孤朱粲，今已长成将门之子，武艺必然高强。待我见朱粲，要他提调前来，或者能胜唐营众将也未可知。”忙来见朱粲。朱粲道：“驸马前来，有何话讲？”雄信道：“大王在上，末将有言相告，闻得大王有位继子伍登，勇力出众，今在南阳，欲请大王提调前来，与唐将交战，决能取胜，未知大王尊意如何？”朱粲道：“驸马有所不知，那伍公子年纪尚小，今年才得十三岁。承伍云召所托，抚养是有的，但当初伍云召被宇文成都打破南阳，将公子托付之时，才及周岁。后来云召投了河北李子通，做了元帅。不料扬州开科，被左雄所害，伍氏一脉只存公子。我相同李密，反出江都，为南阳王。今孤承蒙相召，故此兴兵前来，不想兵败将亡，孤当不日回国，谅这小子焉能取胜于唐？驸马此话休题。”雄信叹口气道：“罢了！”只得别了朱粲，径到洛阳。

雄信走入府中，早有宫女报与公主娘娘：“启娘娘，驸马爷回来了！”即吩咐摆酒。驸马与公主对酌，公主忙问道：“驸马，妾闻兵临城下，日逐交锋。今日想是唐兵退去了，故此回来见妾。”雄信叫声公主：“你说哪里话来？你还不知道唐童的利害哩，他帐下兵强马壮，将士勇猛，一个个能征惯战，尽是英雄，却把我们借来的几国将士都杀得干干净净，只留得五位王子。就是那马赛飞神刀、盖世雄飞钹，尽皆化为乌有。前日往红桃山借兵，单安又被他杀了，眼见大势已去，将来必致玉石俱焚，为此回来与公主吃杯离别酒。公主啊，我今日与你吃酒，明日只怕就不能见面了，若要相逢，除非来世。”说罢，不觉流下泪来。公主道：“啊呀，万里江山，全仗驸马；况我哥哥出兵城外，他身伴无人，你快些去罢！驸马啊，你岂不知江山事大，夫妻事小，我妾身虽为女流，岂可不晓你的心事？但恐破城之后，有污于我，你却放心不下。驸马请自宽心，你好好保我哥哥，退得唐兵，万分之幸；倘有不测，妾愿死节，以报驸马，决不受辱偷生耳！”雄信道：“说得好爽快，公主，你果有此心，我便放心。”公主含泪道：“果妾之真心也。”雄信道：“公主，你实有此意么？”公主大哭道：“驸马，妾身实有此意。”雄信哈哈大笑道：“妙啊，这才是我单通的妻子。如今说不得了。”便往身边拔出佩剑一柄，付与公主道：“俺将宝剑赠你，城若一破，单通就在阴司等你。”青英接剑道：“晓得。虽然如此，驸马此去，意欲何为？”雄信道：“我受你哥哥大恩，未曾报答，我今此去，情愿独踹唐营，即死在战场之中，也得瞑目。死后做鬼，也必杀唐童，以雪仇恨也。”那雄信一时说得性起，不觉怒发冲冠，叫道：“公主，好生在此候我音信，若有三长两短，不可忘了方才此言。我去杀唐童也！”往外就跑。公主含泪扯住道：“驸马，妾身与你说话不上两个时辰，怎么就去？亏你与我做了夫妻一场，竟置我于度外，再住住去。”雄信喊道：“公主不要扯俺！”把公主一拂，公主跌倒在地，雄信也不回头，径自去了。可怜公主晕倒地下，众宫女连忙叫醒，那公主手执丈夫所赠的宝剑，放声大哭，众宫女相劝不表。

再说那唐营，李靖来见秦王道：“贫道今日交还兵符印信，要往北海去了。”茂公道：“五王未擒，雄信未拿，为何要去？”李靖道：“如今不难，叔宝在红桃山，自会招安侯君达的人马。至于五王，我有锦囊留下，亦易擒的。雄信一人，何足惧哉？”秦王摆酒送行，众将齐在，李靖独把尉迟恭一看，知他到长安有一番大难，遂取出一丸丹药，递与尉迟恭道：“你归长安，十二月初一日可服之。”程咬金见了，说道：“他有两个老婆，恐他不能服侍，故此送他些春药么？”也便忙叫道：“军师，既有丹药，我也要讨一粒。”李靖笑一笑道：“也送你一丸。”咬金道：“几时吃的？”李靖道：“也是十二月初一日吃。”说罢，起身去了。此话慢表。

如今再说单雄信别了公主，一马出城来到营中下马，也不与王世充说明，即顶盔贯甲，提槊上马，出了营门，叫声："老天，今日俺恩仇两报之日也！"化落落一马直至唐营，大声喝道："呔！唐营将士，罗子来踹营了！"把槊一摆，踹进营来。正是一人拼命，万夫难当。守营军士见他来得凶勇，把人马开列两边。雄信便叫道："避我者生，挡我者死！"径往东营杀来。人到处纷纷落马，马到处个个身亡。雄信又大喊道："罗子今日不要性命了！"把金顶枣阳槊没命的打来，就象害疯颠病的一般。小军飞报进来："启上千岁爷，不好了！单雄信踹进营来了。"徐茂公即差尉迟恭去拿来，秦王道："这是孤家心爱之人，待他出出气儿，自然归顺，不可阻挡。"又报："单雄信杀到西营来了！"程咬金道："主公既要单雄信投降，何苦把自家人马晦气？待臣去擒了他来，怕他不降！"秦王依允，咬金即一马出来，正遇着单雄信杀来。咬金道："呔！单二的狗才，怎敢放肆来此踹营？程爷爷来了！"雄信怒喝道："呔！程咬金你这狗头，罗子今日要变脸了！"就一槊打来。程咬金道："呔！单二狗才，你要杀秦王，跟我程爷爷来。"就把眼珠一睃，回马就走。雄信赶来，咬金领他先往东营杀来，"啊唷，不好了！单二这狗才，砍头的杀来了！"又往西营杀来，又往南营杀来，又往北营杀来。这是咬金弄鬼，故意慌慌张张败走，叫声："不好了！杀来了！杀来了。"看看杀到中营，咬金想一想道："这事不对啊，如今若再领他杀进去，这牛鼻子道人岂不疑心？况且里面是去不得的。呔！单二的狗头，此是中营，主公众将都在里边，只怕杀不进去了。"咬金回马，径往别处去了。

那雄信听见秦王众将都在里边，倒顿了一顿。可怜这番单雄信杀得来骨断筋苏，那匹马也跑不动了，遂大叫一声道："罢了，如今事已到此，也说不得了。"只把金顶枣阳槊一摆，将马一纵，杀进中营。看官：你道单雄信有多少本领，这样一座大大的唐营，如何东西南北团团杀得转来？有个缘故。他只因势穷力竭，明知独力难成，不能挽回天意，故此别了公主来踹唐营，这叫做"一人拼命，万夫莫敌"。及至杀了进来，只因都是结交的朋友，又是秦王一心爱他，无有军令，又有个程咬金呆子故意领他，所以被他团团杀转。那雄信杀到中营，把槊乱打,大叫道:“唐童,俺单雄信来取你首级也!”秦王闻言,倒也不在心上。徐茂公忙奏道:“主公虽然爱他,他却越扶越醉,万一杀将进来,难以招架,依臣愚见,还须拿住了他,待他降不降再作理论。”秦王依允。徐茂公往下一看,那些众将都是贾柳店结拜的朋友,谅来不肯伤情,独有罗成与他面和心不和,遂叫:“罗成！你与我去擒这单雄信!”罗成道:“得令!”秦王道:“罗王兄,那单雄信是孤家心爱之人,切不可伤他性命。”罗成答应,即上马提枪出营,正遇着雄信奋勇打人,便叫一声:“单二哥,不必逞凶,俺罗成来也!”雄信大怒道:“你这忘恩负义的小贼种,你说不投唐的,今番却来挡俺,老子与你拼命罢!”即一槊打来。罗成道:“我不与你赌骂,拿你去见主公罢。”把枪掀开了枣阳槊,一把拿过来,往地下一掷,叫一声:“绑了!”

众军士将他绑缚了,推至秦王面前。罗成上前道:“臣奉令生擒雄信,在此缴令。”雄信也不跪,便大骂道:“唐童,我生不能啖汝之肉,死当以摄汝之魂!”骂不绝口。秦王满面陪笑,亲解其缚。雄信手松,只见秦王佩剑在身,就拔剑在手,照秦王砍来。两边将士急救,被他砍倒二十余人,秦王躲入后帐,茂公急令:“用绊马索绊倒了,照前绑下!”秦王出帐,吩咐不可罗唣,亲自上前道:“单王兄,气也出得你够的了。前日楂树冈之事,实系无心,你在御果园追我一番,亦可消却前仇。孤家今日情愿下你一个全礼,劝你降了罢!”秦王即跪将下去。雄信道:“唐童,你若要俺降顺,除非西方日出!”秦王再三哀求,怎当雄信心如铁石,只是不睬。秦王无奈,只得立起来问徐茂公,徐茂公道:“苦劝不从,只得斩首。”秦王依允,把雄信绑出营门,就差罗成监斩。茂公又奏道:“臣等与他结义一番,可容臣等活祭,以全朋友之情。”秦王允奏。

茂公便同程咬金等众人设下香烛纸帛,茂公满斟一杯送过来道:“单二哥,桀犬吠尧,各为其主。可念当初朋友之情,满饮此杯,愿二哥早升仙界!”酒到面前,雄信把酒呼来照茂公面上一喷,骂道:“你这牛鼻子的道人,老子好好一座江山,被你弄得七颠八倒,今日还要说朋友之情！什么交情！谁要你的酒吃!”茂公道:“二哥虽不吃,我是尽我的理。”然后张公瑾、史大奈、南延平,一个个把酒敬过来,雄信只是不肯饮。咬金道:“你们走开,让我来奉敬一杯,他必定领我的。”众人道:“都是朋友,难道偏受你的?”咬金道:“你看我偏要他吃一杯。”说罢走来,上前叫道:“单二哥朋友满天下,知心有几人?须要晓得我的性格,象我程咬金,肯降就降,单二哥不降就砍,倒也爽快。就是日后老程死了,阴司会见单二哥,也说你是宁死不降的好汉,比他们这些贪生怕死的远胜十倍。小弟奉敬一杯,看我平昔为人老实,肯吃就吃,不肯吃就罢,再不可勉强。”正是:

血性男儿天下有,谁知雄信十分强。

毕竟这单雄信死活如何,且看下回分解。

第五十七回　秦琼建祠报雄信　罗成奋勇擒五王

诗曰：

雄信执见性刚强，多少良言劝不降；
珍重故人酬絮酒，全名完节重伦常。

当下程咬金又道："单二哥，你是烈烈轰轰的汉子啊！"说罢，即把酒送到口边。雄信道："老子吃你的。"即把酒吃了。咬金道："单二哥，再吃一杯，愿你来生做一个有本事的好汉，来报今日之仇。"雄信道："妙啊！老子也有此心。"把酒又吃了。咬金道："单二哥，这第三杯酒是要吃的，愿你来世将这些没情的朋友，一刀一刀慢慢的剐他。"雄信道："这句话也说得有理。"又把酒吃干了。咬金对众人道："如何？我老程来劝单二哥吃酒，他肯吃的，原有个道理。"众人道："这些肉麻的话，我们说不出的。"罗成上前道："单二哥，小弟不是怕你不过，因我们都是朋友，岂可不敬你一杯？但你与俺表兄何等交情，众朋友都归了唐，单二哥这等执意，觉得太过分了些。今番小弟奉令监斩你，若要性命，可速速商议。不然，你快饮此酒，待小弟开刀。"雄信听见此言，骂道："罗成！你这小贼种，背义投唐，我今生不能杀你，来世杀你全家。老子入你的亲娘！"罗成听他骂得刻毒，一时性起，大怒，拔剑把雄信一剑砍为两段。他一点灵光，直往外国投去了，后世变了盖苏文，来夺唐朝江山。此言不表。

再说叔宝在红桃山闻得擒了雄信，飞马来救。走到面前，头已落地。叔宝抱住雄信的头，大哭道："我那雄信兄啊！我秦琼受你大恩，不曾报得，今日不能救你，真乃忘恩负义。日后，九泉之下，怎好见你？雄信兄，我只好来世相报了！"跪在地下，哭个不住。众将劝了半日，方才住哭。即忙进营，哭诉秦王道："臣受单雄信大恩，欲把尸首安葬，以报昔日之恩。"秦王允奏。徐茂公道："明日可破洛阳，生擒五王。安定天下，在此一举，众将无许懈怠。罗成过来听令！"

罗成应道:“有!”“你带领一万人马,埋伏在家锁山,等待五王到来,生擒活捉。限你午时拿下解来;若差时刻,斩首号令!”罗成道:“得令!”茂公又道:“尉迟恭、程咬金听令!”二人应道:“有!”“你两人明日冲他左营。”“得令!”“黑白二氏过来!”应道“有!”“你两人明日冲他右营。”“得令!”“张公瑾、史大奈、南延平、北延道,你们明日冲他中营。”“得令!”这里连夜点兵端正不表。

再说王世充升帐,与各王见礼已毕,五王坐定,忽见军士飞报进来道:“启千岁爷,不好了!昨日驸马独踹唐营,被唐将擒住斩首。”王世充闻言,犹如冷水一淋,大叫一声:“天亡我也!”一交跌倒。众王慌忙扶起,世充醒来,大哭道:“啊呀!驸马!如今叫孤家怎生是好?”窦建德道:“王王兄,且免悲伤。目今看来,洛阳难保,不若带领兵马,同孤家回转明州。孤处还有元帅刘黑闼,有万夫不当之勇,镇守在那里,还可再来复仇。如今急宜速走,若再迟延,我等休矣!”朱粲道:“窦王兄之言有理。就是孤家南阳还有精兵,公子伍登,乃伍云召将军之子,骁勇无敌,镇守在那里。不如大家回兵,再去整顿人马,前来复仇。如若延误,只恐不保。”众王道:“有理。”正在议论,忽闻唐营炮响。小军飞报进来道:“千岁爷,不好了!唐兵杀来了!”众王大惊,齐上马杀出来,只见营盘已乱。众王欲寻路逃走,留待日后报仇,谁想四面都是唐兵。众王明知不好,只得拼命杀出。忽遇张公瑾杀至,王世充挡住;史大奈杀来,窦建德对定;南延平杀来,正遇高谈圣抵住;北延道杀来,孟海公敌住;金甲、童环杀来,朱粲敌住;樊虎、连明杀来,史万玉、史万宝对敌厮杀。那唐将与五家王子这一场狠战,有词为证:

> 但见兵对兵,将对将,自古交锋谁肯让;弓对弓,箭对箭,今日相逢多不善。枪对刀,谁肯饶;锤对斧,无拦阻。长枪短剑一齐忙,铁甲藤牌随地舞。

世充见势头不好,叫声:“众王兄,速往明州去罢!”五人一齐杀出,窦建德领头,齐往明州去路败将下去。被唐兵追赶三十余里,史万玉、史万宝俱已阵亡,不表。

现说秦王在营,已进午膳,忽然想起罗王兄为何此际尚不回来,即忙出营探望,谁想五王才败下去。秦王道:“此去家锁山,尚有数里之遥,即刻捉住解来,早已未申时分,如何是好?”忙传阴阳官报时刻来,阴阳官道:“报启千岁爷,此时乃午末未初了。”秦王闻报,好生着急,走到后营,见了一圆日影,即跪下地来,暗暗祷告天地道:“世民日后有天子之分,此日一毫不动,待罗王兄回来,孤才来告退。”祷罢,把金簪拔下,正中日影插好不表。

且说徐茂公已破洛阳,请秦王入城。秦王吩咐:单雄信家小,不可杀害。一面出榜安民,盘清府库。不想公主闻得秦王破了洛阳,即将宝剑自刎而死。叔宝即将他夫妻合葬在南门外,又起造一所祠堂,名为“报恩祠”,以报他当初潞州之恩。秦王就封他为洛阳土地,至今香火不绝。

再讲五王带了残兵败去,回头见唐兵不来,心中方安。王世充道:“列位王兄,都是小弟之罪,害列位兵亡将死,弟有何颜?不若自刎了,以报列位相助之恩。”四王齐劝道:“王王兄,事已至此,且往明州再作计议。”

五王一路而行,来到一山,名唤家锁山。正行之间,忽山后一声炮响,闪出一支人马,当头一员小将,挡住去路,大叫:“小爷爷在此等候多时,速速绑了,待我解去,省得动手。”五王抬头一看,见是罗成,惊得魂不附体,叫声:“罢了!”窦建德道:“列位王兄,罗成虽然骁勇,难道我们怕他,大家束手被擒不成?不若与他交战,倘得过了此山,就有性命了,谅他不过一人,我们拼命与他杀罢!”众王齐声道:“有理。”一齐杀将过来。遂把罗成围住在当中,拼命厮杀。未及四个回合,罗成卖个破绽,被窦建德一刀砍来,罗成把枪一架,指东打西,一枪刺中孟海公的腿上,翻身落下马来,被手下捉拿去了。窦建德大怒来救,不料马失前蹄,跌下马来,也被拿了去了。王世充、高谈圣、朱粲三人着了慌,欲待要走,怎当罗成赶上喝道:“哪里走!”一枪刺来,正中高谈圣右肩,也被拿去。朱粲见高谈圣被拿,心中一发慌,被罗成照背一枪,跌下马来,被擒不表。

王世充料不能胜,杀开一条血路,往山里就跑。罗成后面追赶。那王世充正在慌张,忽见一个道人走来,认得是当初背画的道人,因他赠给琼花图画,献与炀帝,才得上扬州的。记得自己曾对道人立一个誓言:“我此去若不保真主,自立为王,屋里现出一山,山中跳出一只白额虎来把我吃了。”有此一番原由,只见那道人叫道:“王世充,此乃家锁山也,后面罗成白虎星也,汝气数当绝,勉强无益。”说罢,化阵清风就不见了。王世充便顿然呆住,顷刻气力全无,一跤跌下马来,也被擒了。此时正当日午,罗成一看大喜,军士将五王解往洛阳城中,其余残兵,一半投顺了,一半逃回明州。刘黑闼闻之大怒,即自称为后汉王,封苏定方为元帅,兵镇明州,按下不表。

再说秦王破了洛阳,升坐殿中,专候罗成回来。早有小军飞报道:“罗将军生擒五王,现在午门外候旨。”秦王吩咐快宣进来。罗成来至里面,朝见了秦王,把生擒五王之事,说了一遍。秦王大喜,说道:“此乃罗王兄莫大之功。”吩咐摆宴庆功。遂即杀牛宰马,大摆筵席。顷刻间,笙歌满座,鼓乐盈耳,君臣欢悦,安心畅饮。秦王对茂公道:“罗王兄勇猛,世上无双,你看日正至午,力擒五王,真孤家梁栋也。”茂公应了一声,对秦王道:“臣知此番成功虽是罗成勇猛,实乃主公所致。”秦王道:“与我何干?”茂公道:“主公忘了金簪插日之事么?可速拔去,以待夕阳西下。”秦王方才省着,道:“是啊!”急忙出城。来至帐后,见日影依然在此,秦王拜了四拜,把簪拔起,那日光嗖的一移,顷刻昏暗异常。那边城内席上在饮将士,正在欢呼狂饮,忽然伸手不见五指。咬金道:“不好了!天变了!大家要遭瘟哩!”茂公便将此事对众人说明,众人道:“原来如此,这是主公洪福所致。”

真命转日回天力,百世咸称明圣君。

忙令阴阳官查定时刻,阴阳官回报道:“戌时已没,二更天时分了。”即差内侍四名,点灯迎接秦王。那秦王拔去簪,也不料就暗,心中吃了一惊,出营来看,却好有内侍张灯迎接,连忙同了进城。来至殿中,只见灯烛辉煌,如同白日。众人出席恭迎,齐声庆贺。秦王也觉奇异,非常之喜,开怀畅饮,不表。

再说次日,茂公来见秦王,说道:“那五家王子,乃系钦犯,可上了囚车,着人先解往长安,听高祖发落,以显主公之能,众将之功。”秦王大喜道:“军师之言有理。”茂公就叫秦琼,秦琼答应道:“有。”茂公道:“我有锦囊一封,速将五王解往陕西长安,路上须照锦囊行事,违令者斩。”叔宝应声得令,将五王上了囚车,解往陕西长安不表。茂公然后吩咐班师,众英雄带领大小三军,即日一齐起身,那一路上:

喜欣欣鞭敲金镫响,闹盈盈齐唱凯歌声。

程咬金好不快活,在马上大叫道:“如今好了,回京朝见高祖,道俺有许多功劳,自然蟒袍加体,玉带垂腰,不封王侯,就是国公。哈哈,我真快活啊!”尉迟恭道:“便是不枉投唐一番,今日得胜班师,连我也快活,哈哈,妙啊!”茂公道:“你不要快活尽了,独有你两个只道自家功高,还不知自家的大罪。只怕那些功劳,也还准折不过那些罪孽哩!”咬金道:“我有何罪?”尉迟恭道:“我也无罪!”茂公道:“程咬金月下赶秦王,斧劈老君堂;尉迟恭私探白壁关,三跳红泥涧。那两般罪名,就要斩了。那高祖谅不容情,主公也讲不得分上。”咬金一闻此言,不觉失色道:“完了! 这遭不好了! 老大,你这两句话倒也说得不错。呔,老尉!”尉迟恭道:“怎么说?”咬金道:“真正不对哩,我同你走罢!”茂公道:“他却还好,曾在御果园救驾,还可保全,你却是难。”咬金叫道:“大哥,你是个做军师的人,难道没有什么计较,救救我的狗命?”茂公道:“话便有一句,高祖听不听,这也难料。”咬金着急道:“好阿哥,对我说说看。”茂公道:“万岁问起月下赶秦王,斧劈老君堂,你可说道:‘桀犬吠尧,各为其主。如今归了万岁,做了唐家的臣子,也是这样赤心报国的。’或者万岁饶你,也未可知。”咬金道:“我自有主意,不要你费心。”一路上,说说笑笑,径往长安而来,按下不表。

再讲秦叔宝解着五王,取路先行,来到半路上,打开茂公锦囊一看,原来为窦建德是主公大舅,若回到长安,定然宽恕,日后恐有更变,故此要在馆驿中,放火烧死众王,以免后患。叔宝心下明白。前边离着长安不远,有一所陕西古驿,先有驿官前来迎接。叔宝令军士将五王推入驿中,四围堆满干柴,至黄昏时分,四面放火。一霎时火光腾腾,可怜五王数载英雄,今日绝于此地。烧了半夜,把五王性命结果了,叔宝便吩咐军士,救灭了四下房屋。次日,秦王大兵已到,叔宝上前认罪,言驿中失火,烧死五王。秦王道:“既死不能复生,只是孤家母舅在内,可认出葬之,以表甥舅之情。”谁想那五王烧做一样颜色,再也认不明白。秦王无奈,一并葬之。至今陕西城外有五王墓。

再表次日秦王进兵长安,将人马扎在教场上,众将安顿了家眷。次日,神尧高祖驾坐早朝,景阳钟响,龙凤鼓鸣,传旨文武两班,有事出班奏事,无事卷帘退班。早有黄门官启奏:“今有二太子秦王得胜班师,带领投降将士,齐在午门候旨。”高祖道:“宣秦王。”秦王来至大殿,俯伏道:“臣儿世民见驾,愿父王万岁!万岁!万万岁!”高祖道:“王儿平身。你把出兵之事,一一奏来。”秦王道:“臣儿仗父王洪福,所到之处,无有不胜。今有归降众将秦叔宝、尉迟恭、徐茂公、程咬金、罗成等三十六员,俱有汗马功劳,求父王一一加封官爵,是臣儿之幸也。”遂把册籍二本呈将上去,放在龙案上。高祖一看,一本是众将归降册,一本是功劳簿。高祖先看归降册,第一个却是山东秦叔宝。高祖大喜,传旨宣临潼山救驾人。茂公道:“这功劳不小。”叔宝来到丹墀,俯伏道:“秦琼见驾,愿我王万岁!万岁!万万岁!”高祖道:“平身,卿家未归唐之前,先有救驾之功,后面那些功劳也不必看得,封卿为护国公之职。”叔宝山呼万岁,谢恩起身,穿了国公服式,站在一边。高祖又看到罗成,日锁五龙,尚未过午,其功不小,传旨宣上来。黄门传旨,罗成来到殿前,俯伏道:“臣罗成见驾,愿我王万岁!万万岁!”高祖见他青年秀逸,更兼武艺高强,心中大喜,加封为越国公。披了服式,也站在一边。高祖又看到徐茂公在金墉时节改诏救驾,有“本赦秦王李世民”这一句,其功不小。以下不必看了,宣进朝中,朝拜已毕,加封为镇国军师英国公之职,披了服式站在一旁。

高祖看到程咬金的名字,沉吟了一会儿道:“程咬金乃是山东的响马,后来助李密,曾月下赶秦王,斧劈老君堂,那一应罪名却也不小。”遂传旨绑进来。一声旨下,殿前校尉如狼似虎,立刻赶出午门:“呔!哪一个是程咬金?”程咬金见势头来得不好,不敢应声,又想道:“丑媳妇免不得要见公婆面。”只得上前应声道:“我便是。”校尉见他应得一个是字,就飞赶过来,把咬金夹领毛一把,揪翻在地,就绳穿索绑了。咬金道:“苦恼了啊!轮到我老程就要淘气起来。”被校尉推至金阶,咬金大哭道:“万岁啊,人来投主,鸟来投林,大家都有功劳,为何偏生欺我?”高祖喝道:“掌嘴!”校尉上前,打咬金一连几十个大巴掌。高祖骂道:“你这贼,可记得满牢罪人都赦免,不赦南牢李世民,月夜赶秦王,斧劈老君堂的大罪么?”咬金哭叫道:“万岁啊! 岂不闻桀犬吠尧,各为其主? 昔日在金墉做李密的臣子,但知李密,不知有秦王。如今归降了万岁爷,是唐家的臣子了,若遇别人,也要赤心报国,这叫做吃黑饭护黑主。俺这狗性极有真心腹,最好相与的。再无一言哄万岁爷的。”“啊!”高祖听说,心中一想道:“他也说得有理。”忙把功劳簿一看,见他也有许多功劳,即忙下旨道:“看你功劳分上,赦你前罪,松了绑,封为总管之职。”咬金忙谢恩,换了服式,犹如死里逃生,快活不过,昂昂然俨若一官,立地一旁。众人暗暗笑他:

只因做人多粗卤,不识贤愚善恶情。

毕竟唐高祖以后如何,且听下回分解。

第五十八回　殷齐王谋害世民　尉迟恭御园演功

诗曰：

弟兄何事起风波？骨肉伤残天性无；
万事算来皆有命，徒然暗里费工夫。

当下高祖又看到尉迟恭的名字，就想着日抢三关，夜劫八寨，三跳红泥涧，鞭打柴驸马，不觉勃然大怒道：“此贼来了么？不许朝见，速速斩首，以报驸马之仇。”众校尉领旨，忙将尉迟恭衣衫剥下，立刻花绑了，只等行刑旨一下，就要开刀了。那秦王一见，急忙跪将过来，叫声：“父王，尉迟恭打死姊夫，抢关劫寨本该得斩，但此时也是各为其主，后来投了臣儿，御果园独马单鞭来救臣儿的，功劳也可准折得过，望父王开恩。”高祖闻奏，心中一想道：“他既肯赤身露体，不避刀枪，前来救驾，也可饶他一死。”高祖尚未传旨，只见大太子殷王建成，三太子齐王元吉，满面怒容，如有妒忌之意。因此，当初志公禅师有诗为证：

朝走西来暮走东，人生却似采花蜂；
采得百花成蜜后，到头辛苦一场空。

看官，你道说书的为何道此四句？只因那唐高祖的大太子建成，差了主意。你是东宫大太子啊，那座万里江山怕有何人抢了去？白白里空做一番死冤家，皇帝倒没得做。闲话少说，书归正传。再讲那殷、齐二王，见世民带这许多英雄，又百般夸功，父王又轻易听信，只得上前奏道：“父王，莫听世民之言。臣儿细想尉迟恭之功，其中有假。”高祖便问：“焉见得其中有假？”建成道：“臣儿闻得单雄信名扬四海，有万夫不当之勇，尉迟恭单鞭独马，又不穿衣甲，如何战得他过？”元吉也奏道：“父王，臣儿也有一说，向闻得那御果园离澄清涧有五里足路，徐勣虽然马快，往还就是十里路。那单雄信莫说是有名的大将，就是略小本事的将官，十个世民，也被他结果了。所以知他这功劳是假的。如今世民这般护卫他，实系蓄心不善。故此搜罗这些亡命之徒，日后定然扰乱江山。依臣儿之见，不若速斩尉迟恭之首，以报姊夫之仇。这些众将人马，速调他方，若留在长安，只恐为祸不小。”

高祖闻言，未曾开口，早见班部中闪出一官，紫袍金带，执笏当胸，上前奏道：“臣兵部尚书刘文静，有事奏闻陛下。”高祖道：“奏来。”文静道：“臣闻，有功者必赏，有罪者必罚，赏罚分明，而使天下之人皆愿立于我朝。今四海英雄纷纷投唐，都感主上圣明，故皆不避艰险而来。今若念其旧仇，来必处死，是反来投坑了。沙场苦战，把那性命来换的功劳，皆指望封妻荫子，耀祖荣宗。今一旦远调不用，臣恐闭塞贤路，反不如战国之齐桓公了。望陛下休听二王之言，臣不胜幸甚！”殷、齐二王又奏道：“刘文静与他同党，望父王拿下才是。”秦王奏道：“不必疑惑，尉迟恭在御果园救臣儿是真的，莫听王兄御弟之言。父王若不信，可叫尉迟恭演这一功，与父王观看。”建成道：“如要演，可在御花园中，也要照样离园五里，尉迟恭去洗马，也要徐勣去唤，往还若差了些儿，其功尽假。”高祖准奏，又问单雄信何人去扮，元吉道：“臣儿手下有一王云，可去扮。”高祖道：“好。把以下三十四人尽封总管，明日御花园演功，就此退朝。”众官回府不表。

再说殷、齐二王回到府中，元吉叫声：“王兄，你看世民今日回来，这些将官一个个如龙似虎，日后父王归天，这座江山谅来我与你无分，故此，方才在父王面前，将那些官算计得一个，明日就少了一个。但为今之计，欲图日后得江山，不如今日先除世民。”建成道：“计将安出呢？”元吉道：“趁明日在御花园演功，就叫王云前去杀了世民，这天下还怕何人得了去？”建成道：“御弟之言虽有理，然杀了世民，父王必定追究，万一王云说将出来，这却如何是好？”元吉道：“做王云不着，待王云成事回来，就一刀把王云杀了，便死无对证了。虽然苦了王云，要做皇帝也管他不得。”建成大喜，就吩咐唤王云。

那王云身长八尺，青脸黄须，却与单雄信相貌一般，自幼学枪棒，武艺精强，善使一把大砍刀，只因打死了人，逃在殷王府中。一时闻唤，来到里边，说声：“二位千岁在上，王云叩头。”二王道：“王云，自古道:‘养军千日,用在一朝’,孤今日有用你之处,你敢去么?”王云道:“啊呀,千岁爷!俺王云若没有二位千岁爷相救,死在陕西多时了。虽粉身碎骨,也难报千岁的大恩。今日用俺之处,自当不避水火。”殷、齐二王道:“好一个王云!明日尉迟恭在御花园内演功,先有二太子秦王在园游玩,要你假扮单雄信,可把二太子秦王杀了,我把西苑贵妃赏你为妻,日后孤登九五,封你一个大大官,你须要用心前去。”王云初时只道干别样事情,大呼小叫道:“俺去!俺去!”听见杀秦王,声也开不得了,两只乌珠只管看,口里舌头吐出来了,再也缩不进去。元吉道:“好王云,莫非怕死了,不敢去么?”王云道:“千岁爷要杀那尉迟恭呢,俺便就去;若杀二太子,这个小人怎敢?”建成道:“王云你若杀了二太子,有事都在孤身上,包管你无事。孤日后做了皇帝,你就是个大大的开国勋臣了。你用心前去。”王云只得依允。不表。

次日,高祖摆驾到御花园,在万花楼上聚齐文武百官,要看尉迟恭演功。那尉迟恭朝散回来,闷闷不乐,黑白二夫人问道:“相公今日回来,面带不悦之色,却是为何?”尉迟恭道:“二位夫人有所不知,只为明日十二月初一日,高祖有旨,要演昔日在洛阳御果园救驾的功劳。今当天气寒冷,怎生下水洗马?不要说道救驾,就是冻也冻死了,如何是好?”黑氏听说,忽然想起道:“相公不必心焦,前日在洛阳,李靖老爷临去的时节,曾送你一丸丹药,叫你到十二月初一日,同烧酒服之,可避大难。如今果有大难,服之想来不妨。”敬德闻言大喜。当夜不表,到了次日,先吃了些酒饭,然后吃药,那药不吃犹可,一吃下去,啊唷唷,身上好似火烧,心中却象油煎,汗淋如雨,胜于六月炎天。他就上了乌骓马,提了竹节钢鞭。离王城有一御河,旁边有一条桥,名曰御河桥。他就除下了乌金盔,卸下了乌金甲,把马去了鞍,自己又脱了衫袄,往中一跳,滚来滚去,好不燥皮。自己洗了一回,然后牵马在河中去洗,暗暗的嘱道:“等一会儿,若有奸臣贼子,全仗你的威风。”那边桥上立着许多人来看,起先都与尉迟恭担忧,后来看他在水中好似滚水热汤,不冷的一般,大家惊异,不表。再说那尉迟恭在御河桥下洗马,全靠了李靖这丸丹药,故此毫不受冻,只等徐茂公从御花园来请他救驾,此言慢表。

再说那高祖便问:“今日演功,那假单雄信可曾端正了么?”元吉道:“臣儿端正多时了。”高祖就命秦王同徐茂公先到御花园游玩。二人领旨,下了万花楼,来至下面。茂公道:“主公,今日演功,却要带了刀去,臣有一言叮嘱,主公着实要仔细提防,那王云不是善良之人,小心为主。”秦王道:“孤晓得了。”说罢,就提了定唐刀,同茂公上马,也往假山上去,指手画脚的观看。

再说那元吉就唤王云吩咐道:“你不可忘记了我的言语。”王云应声:“晓得。”上马提刀要行,被秦叔宝一把扯住。元吉道:“万岁在楼上要看演功,你好大胆,为何扯住王云?”叔宝道:“三千岁岂不晓那单雄信用的是金顶枣阳槊,不是用砍刀的,故此扯住,叫他换了槊去。”元吉道:“兵器总是一样的。王云,既是这般说,换了槊去罢。”王云不敢争执,就换了槊。提槊上马,来至假山,大叫一声:“呔!唐童,俺假单雄信来也!”这一声喊,那秦王是防备着的,听见一个“呔”字,就往山下跑。王云随后赶来,徐茂公慌忙上前,一把扯住了假单雄信的战袍,假作慌张之状,说声:“单二哥,不可动手。”王云变着脸道:“我与你什么朋友?”说罢,即拔腰间所佩的宝剑,要的一剑,把袍割断。茂公也不等他割断,把手一放,竟拍马出园,飞奔往御河桥来。离桥还有半里路,就叫:“救驾!”那尉迟恭是有心等候的,把眼不住的望着那条通御花园的来路,远远一闻茂公的声音,他就飞上了乌骓马,举了竹节钢鞭,豁喇喇一马径往御花园来,大叫一声:“勿伤我主!”这一声喊,犹如晴天上一个霹雳。那王云用刀惯的,用槊实不便。也是秦王福大。那王云赶着秦王,见秦王往假山后团团走转,举槊便打。秦王大惊道:“不过在此演功,只当玩要做戏来,你怎么认起真来?”王云睁着两眼喝道:“谁与你玩要做戏来?当真要来取你命了。”说罢,就要的一槊打来。秦王大怒,骂道:“好贼子!怎么当真起来?”遂把定唐刀一架,来战王云。那秦王哪里是王云的对手,只得又走,王云随后又赶上来。正是:

贪图爵赏高官显,不顾君王礼数深。

再不道尉迟恭忽然就到,那高祖在万楼花上观看,见尉迟恭人不披甲，马不备鞍，果然单鞭独马，威风凛凛，相貌堂堂，声如霹雳，心中大喜。又见王云起初还好，后来十分无礼，看看要伤秦王，高祖心中有些发恼。看见尉迟恭到来，心中放宽。尉迟恭大叫道："勿伤吾主!"王云看见尉迟恭赶到面前，遂弃了秦王，举槊望尉迟恭劈面打来，尉迟恭把鞭往上只一架，王云哪里招架得住，早被尉迟恭一鞭结果了性命。三人齐来复旨，高祖看见尉迟恭赤身跪在楼下，一些寒冷也不怕，回头见程咬金不住的发抖。程咬金也因早上吃了李靖的丹药，不想犹如得了发抖病一般，满身寒栗，抖个不住。只见建成奏道："尉迟恭无礼，打死王云，望父王正罪。"秦王亦奏道："今日虽只演功，王云却认真要害臣儿，幸亏尉迟恭赶来救驾，望父王开恩。"高祖心下明白，不说出来。遂下旨道："依秦王所奏，封尉迟恭为总管，就此回营。"尉迟恭家将取衣服来，与尉迟恭穿好，各回衙门。自此无事，足足平安了一年。

不道高祖内苑有三十六宫，七十二苑，内有二宫，一名"庆云宫"，乃张妃所居；一名"彩霞宫"，乃尹妃所居。这张、尹二妃，就是昔日炀帝之妃，只因炀帝往扬州看琼花不回，召裴寂问圣驾几时回来，那裴寂也是袁天罡、李淳风之流，深知阴阳，便奏与张、尹二妃知道，说："圣驾是有去而无回的了，况今真主已出，将当治世。"二妃忙问道："你知真主是谁?"裴寂道："就是李渊。"二妃见说，心中暗想道："我见李渊堂堂仪表，凛凛威风，实有人君之度，况兼士庶敬服，裴寂之言不谬。"那番，二妃就用一个美人计，召李渊到宫，赐宴灌醉，将他抬上龙床，陷以臣奸君妻之罪。李渊无奈，只得依从二妃。登了大位，这张、尹二妃终是水性杨花，怎耐得高祖数月不幸其宫，岂无怨望之心？这一日，张妃来望尹妃，说道："姊姊，我们把皇帝与李渊做了，指望不时取乐，谁想他忘恩负义，一年之间来我宫中不上十次，耽误了我们的青春，怎比昔日炀帝雨露均沾，怜香惜玉，几多恩爱。如今算来，足足有三个月不睬我们了，亏姊姊耐烦得过。"尹妃笑道："贤妹，我岂耐烦得过？我如今又有惜玉怜香之人，不要那昏王与我缠帐。"张妃道："姊姊，你休得骗我，岂不晓：

小犬隔花空吠影，深宫禁院有谁来?"

尹妃道："我不骗你。"张妃道："既不骗我，更有何人？快快说来，万事全休，不然，与你同去面君。"尹妃道："你不要着忙，我细细说与你知道。那惜玉怜香之人，不是一个，却是两人。我分惠一个与你受用如何？"张妃笑道："若得如此，姊姊是大恩人了。请问姊姊，究竟是何人？"尹妃被他盘问不过，只得说道："贤妹啊，那惜玉怜香的，不是别人，就是太子建成。那一日，我在御花园游玩，不道撞见了他，被他说了几句宽心话儿，又道日后天下定是他的，登基之日，就立我为正宫皇后。我被他歪缠不过，只得应允了一声。是夜，竟到我宫中来。我本不肯纳他，怎当得他这一副老面皮？"尹妃说到此处，就住了口不说了。那张妃巴不能够要听这风情月兴之言，见他住了口，忙发急道："姊姊，到底你从不从，快快说来。"尹妃掩口微笑道："不瞒你说，我是久旷之人，只得和他做了羞人的事儿了。"张妃道："原来如此有兴，我还要问你，你说两个，那太子建成只得一人，那一个又是何人也敢到此？"尹妃道："那一个么，只为这建成太子与我如此如此了，却被三太子元吉察知其情，日日也来此鬼混。如今，现在龙床上睡着，你来得正好，我正分身不开，你与我代代劳罢。"一把扯住张妃就走。张妃假做不肯，被他扯到里边。尹妃推醒元吉，叫声："不怕羞的入娘贼，快些起来！又有一位替代我的心肝来了！"元吉正在酣睡，却被尹妃推醒，骨碌一声爬将起来，抱住了张妃，心中大喜，叫道："啊唷！我那活宝的美人啊！快快救我一救！"张妃面涨得通红，心中十分欲得，外貌假做不肯。那尹妃含笑，殷勤在旁，十分相劝。张妃带笑，半推半就，与元吉成其好事。正是：

皆因贪恋施云雨，做了襄王入梦中。

张妃与元吉相偎相抱，十分恩爱。这番好事才完，正逢建成来到。建成见元吉和二妃笑做一堆，不觉勃然大怒，拔出腰间所佩之剑，欲杀元吉。尹妃连忙止住，就将此事说明，各人大笑。是日治酒作乐，按下不表。

再说秦王因出兵日久，记念王姊，遂往后宫相望。姊弟二人见礼坐下，秦王问道："王姊，小弟自从出兵在外，不知王姊安否？"公主叫声："御弟，自从你驸马姊夫亡后，做姊姊的何曾跨出宫门，一味总受凄凉。也是为姊的命该如此。”就吩咐侍儿治酒留饮,至晚才散。秦王别了王姊,一路出宫,打从彩霞宫走过,听得音乐之声,只道父王驾幸此宫,便问宫人道:“万岁爷在内么?”那宫人见是秦王,不敢相瞒,便说道:“三千岁在里面,不是万岁爷,乃太子也。”秦王闻言大惊,连忙摇手,叫声:“不要声张!”轻轻往宫内一张,果见建成搂抱尹妃,元吉抱住张妃,在那里饮酒作乐。秦王不见犹可,一见之时,就惊得半死,只叫得一声:“罢了!”欲待冲破,恐怕扬此臭名出去,况是嫡亲手足;如若声张,性命决然难保。千思万想,一时无计。正是:

恐防手足伤天性,不敢称扬丑恶名。

毕竟秦王怎样禁止建成,且听下回分解。

第五十九回　世民宫门挂玉带　敬德屈受披麻拷

诗曰：

天命归唐在世民，建成元吉枉劳心；

仁君自有群英护，鸩酒虽凶计不成。

当下秦王见此丑事，不敢冲破，想成一计道："嗄！有了！不免将玉带挂在宫门，二人出来，定然认得，下次决然不敢胡为，戒他下次便了。"就向腰间除下玉带，挂在宫门，竟自去了。不表。再说建成、元吉与张、尹二妃调笑戏谑了一番，二妃道："二位千岁，天色已晚，恐有嫌疑，请各散去，明日再会罢。"建成、元吉依允。二妃相送出宫，抬头看见宫门首挂下一条玉带，四人大惊。二王把玉带仔细一看，认得是秦王世民腰间所围的，即失色道："这却如何是好？"二妃道："太子不必惊慌，事已至此，必须如此如此，这般这般。"二王大喜，出宫不表。次日，高祖驾坐早朝，设立两班，文武黄门官传旨："有事奏事，无事退班。"道言未了，只见内宫走出张、尹二妃，俯伏在地哭奏道："臣妾二人，昨日同在彩霞宫相聚闲谈，忽有二太子秦王闯入宫来，臣妾见他醉酒，问他何处留饮，他回说后宫相望王姊，故尔吃醉，继后把臣妾十分调戏。现扯下玉带为证。"就把玉带呈上来，高祖一见，正是：

怒从心上腾腾起，恶向胆边勃勃生。

便叫："美人，且回宫去，待孤处置畜生便了。"即传旨宣秦王上殿。秦王来至殿上，俯伏道："臣儿朝见父王，愿父王万岁，万万岁！"高祖一看，见他腰间系的是金带，便问道："玉带何在？"秦王道："昨日往后宫相望王姊，留在王姊处了。"高祖道："好畜生！怎敢瞒我？做得好事！"就命武士拿下，用龙凤剑速速斩来。众武士一声领旨，上前将秦王绑了，推出午门。有徐茂公、秦叔宝、罗成一齐跪下，奏道："臣等不知万岁何故要斩秦王？"高祖也不好说出宫内之事，只说:“为玉带一事,问这畜生便了。”叔宝又奏道:“万岁,这玉带小事,可念父子之情,赦其一死,且将他下在天牢,待等日后有功,将功折罪便了。”高祖道:“本该斩首,今看秦恩公面,将这畜生与我下入天牢,永远不许出头!”众武士领旨,将秦王押入天牢去了。

这消息传入后宫,公主不知端由,细细打听,方知秦王为失了玉带,下入天牢,心中一想道:“多是因望我而起的祸端,竟拿柴绍之带来救秦王。”那公主终是妇人家见识,不顾前后,遂出宫见驾道:“女臣儿朝见父王,愿父王万岁!万万岁!”高祖道:“汝孤孀寡妇,今有何事出宫见父?”公主道:“女臣儿无事不敢出宫,只因昨日御弟秦王进宫相望女臣儿,失落玉带一条在女臣儿宫中,又闻秦王下入天牢,故送玉带前来。”遂把玉带送将上去。高祖一见,心中大怒道:“好贱人!你丈夫柴绍的玉带,怎敢欺瞒孤家?孤家晓得你与这畜生一党。”命彩女宫娥将公主凤冠蟒袍除下,永不许出宫朝见。那公主一见父王发怒,羞得满面通红,自知无理失见,被父王识破机关,遂含忿触阶而死。正是:

只因相救仁慈弟,反累香消玉损亡。

那公主亡年三十九岁,死得可怜。高祖道:“这贱人倒也死得好。”吩咐把尸首抬过盛殓,合葬柴驸马之墓不表。

再说建成得计,心满意足,忙上前奏道:“世民下入天牢,众将都是他心腹之人,定然谋反,父王不可不防。”元吉奏道:“父王可将众将远去边方,不得留在朝内,倘有不测,那时悔之晚矣!”高祖怒气未平,不觉失口道:“也不须远调边方,单留护国公秦叔宝在朝,余者革去官爵,任凭他去罢。”叔宝道:“臣本该在朝保驾才是,今意欲请旨告假,前往山东祭祖一番,望吾王垂念愚诚,开恩准奏。此去多则半载,就来入朝保驾。”高祖道:“依卿所奏,钦赐还乡,祭祖已毕,就来供职。”即行退朝。叔宝谢恩而退。此言慢表。

再说那些众将,见旨意已下,谁敢不遵?一个个多端正车马,打点行李,带了家小,各个回家。那程咬金道:“秦大哥,罗兄弟,你们两个怎样的主意?”罗成道:“我与表兄同往山东。”咬金道:“罗兄弟,你的主见不差,表兄表弟正该如此。当初在贾柳店中拜盟的时节,有官合做,有马同骑,小弟如今也同往山东如何?这叫做你也好,我也好,三好合到老。我们一家儿住着,房钱大家出些。”叔宝、罗成大喜道:“同往何妨?”三人商议停当,各带了家眷,径往山东去了不表。那徐茂公依先扮了道人,却躲在兵部尚书刘文静府中住下。独有尉迟恭吩咐黑白二夫人:“先往朔州天堂麻衣县致农庄去,还有几亩荒田,家中还有妻儿,自耕自种,尽可过得。你们一路慢慢而行,待我且往天牢拜别秦王,也尽君臣之义一番,然后回去。”白氏夫人道:“将军前去,速去速来,凡事须要小心,妾同姊姊先往前途相等。”尉迟恭应道:“晓得了,你们自去。”那黑白二夫人带领车马,径往山后取路先行不表。

单讲尉迟恭出了寓所,避入一座冷寺。等到下午时分,拿了酒饭,扮做百姓一般,头戴烟毡帽,身穿布直衣,一路来到天牢门首。见一个禁子出来,尉迟恭把手一招,那禁子看见,便走过来问道:“做什么?”尉迟恭道:“我是殷王府中差来的,有事要见你家老爷。”禁子道:“什么事情?”尉迟恭假意低声道:“有一宗大财香在此,你若做得来,就不通知你家老爷,也使得的。那财香我与你分了。”那禁子道:“有多少财香?所作何事?可行则行,可止则止。”尉迟恭放下酒饭,身边拿出一个大银包来,足有二百余两。那禁子黑眼乌珠,见了白炼银子,十分动火。便说道:“此处不是讲话的所在,这里来。”把尉迟恭领到狱司衙门。那衙门前半边有一间小屋,两人进内坐定。禁子笑问道:“不知足下所作何事?可以不要通知本官的。”尉迟恭道:“我乃殷王府中的亲随,早上王爷赏我一百两银子,要我药死秦王,这一百两银子,要送与狱官的,又恐狱官不肯。王爷说,只要有人做得来,赏了他罢;若做出事来,我王爷一力承当,并不连累的。”那禁子听说,大喜道:“药在哪里?”尉迟恭道:“药在饭内,你不信尝一尝看?”那禁子道:“又来了,这毒药可是尝得的么?亏你说了出来。为今之计,你可认我为兄弟,我可认你为哥哥,方可行事。”尉迟恭会意,便叫道:“兄弟,我来看你。”那人道:“哥哥,多谢你。”两下一头说话,一头竟向牢里走来。有几个伴当,见他二人如此称呼,都不来管他。到了一处,那人开了门,推尉迟恭进去,那人就关了门去了。

尉迟恭进内四下周围一看，只见秦王坐在一张交椅上，尉迟恭上前跪下，叫声："主公啊！臣尉迟恭特来看你，你可好么？"秦王一见了尉迟恭走来，即抱住放声大哭。尉迟恭道："主公且免愁烦，不知此事从何而起？那些众将多被革除了官职，都已回家去了。如今叫主公在此，无人保驾。臣又要回山后去了，故此前来拜别主公，特备些须酒饭在此，供奉主公，以表臣一点丹心。"秦王道："多谢王兄，此事因玉带而起，也不便对你说明。"君臣正在讲话，忽听门外叫声："哥哥，快些开门！"尉迟恭听得叫唤，开了门，问道："做什么？"那禁子说道："哥哥，事体成了么？"尉迟恭道："不曾成事。"那禁子道："还好，随我来。"尉迟恭道："我要在此伺候，不去，不去！"那禁子发急道："今有齐王千岁亲自到此，不知何故。倘然问起你奉那一位王爷来的，你怎样回答他呢？"尉迟恭听说齐王亲自来此，便说："兄弟，倘他不问，竟过；若或问起，只说我是殷王所差。"那禁子道："这个使不得，倘齐王盘问根由，岂不连累及我？快些出去，齐王来了。"尉迟恭道："好兄弟，看银子分上，待我躲在此间，谅他看不见的。"那禁子道："既如此，必须躲在黑暗之中才好。"尉迟恭道："你去，我晓得了。"那禁子去了，尉迟恭就去躲在黑暗之中不表。单讲齐王同狱官带领二十余人，来到天牢。齐王走进里面，叫声："王兄，做兄弟的特来看你。"秦王道："足见御弟盛情了。"元吉叫手下看酒过来。秦王明知他来意不善，便道："御弟，此酒莫非有诈么？"齐王道："王兄，你且满饮此杯，愿你直上西天。"秦王大惊，不肯接杯。元吉吩咐手下的："如不肯吃，与我灌他下去！"

众人齐声答应，正要动手，忽然黑暗里跳出一个人来，大喊一声，犹如在半天中打一个霹雳，喝道："你们做得好事啊！"大步上前，一把抓住齐王元吉，提起醋钵大的拳头，一上一下的打。众手下欲待上前救应，尉迟恭道："你这班该死的狗头！敢上来么？一个个都打死你！"元吉道："不、不、不可动手！不可动手！"仔细一看，却原来是尉迟恭，惊得元吉魂飞天外，魄散九霄，叫道："将、将军放、放手，饶了我罢！"尉迟恭喝道："你好好实对我说个明白，今日到这里做什么？"元吉道："将军，孤家念手足之情，特送酒饭来与王兄吃，并无他意的啊!”尉迟恭怒道:“你还不对我实说么?也罢!”把手一紧,那元吉就叫喊起来:“啊唷!啊唷唷!”顷刻蹭倒在地,痛得一个半死,连忙叫道:“王兄,劝一劝啊,如今要打死哩!”尉迟恭道:“主公莫响。我实实问你,你这酒内藏什么毒药在内?你还敢支吾我,就一拳打死你,便有何妨?”元吉道:“啊呀!将军看王兄面上,饶了孤罢!”秦王终是个仁德之君,心中倒也不忍,叫声:“尉迟王兄,放了他罢,有话待他好好的讲。”尉迟恭道:“不相干。我便饶了他,他却不肯饶我。也罢,要我饶他,须要他写一张伏辩与我。”元吉道:“孤是写不来的。”尉迟恭喝道:“你写不来么?”就将两个指头向元吉脸上一拨,元吉痛得紧,好似杀猪的一般喊叫道:“待孤写就是了。”尉迟恭问狱官取了纸笔,放了手,付与他道:“你快些写!不怕你飞上天去。”元吉看来强他不过,这番要全性命,自古道:火烧眉目,且图眼下。没奈何,只得提起笔来,写了一张伏辩,付与尉迟恭道:“写完了,拿去看。”尉迟恭道:“你且念来与我听。”元吉便念道:

立伏辩:齐王元吉不合于大唐六年四月十三日,因王兄李世民遭缧绁在牢,不念手足之情,顿生不良之心,记私仇而行谋害,又假送酒而藏毒药。不想天理昭彰,幸逢总管尉迟恭识破奸谋。日后秦王倘有不测等情,俱是元吉之故。所供是实。大唐六年四月十三立伏辩。齐王元吉画押。

元吉念完,敬德接在手中说道:“饶你去罢。”元吉犹如离笼之鸟,漏网之鱼,两脚如飞的去了,尉迟恭道:“这伏辩放在主公处,那奸王谅不敢再来相害,臣如今要回山后去了。”尉迟恭即拜别了秦王,便叫声:“兄弟,开门放我出去。”那人见尉迟恭打了元吉,惊得浑身冷汗,早已逃走去了。

尉迟恭来到外边,只见十数个大汉慌忙的走来,说道:“尉迟老爷,方才的事万岁爷知道了,道你私入天牢,毒打齐王元吉,如今万岁爷差下官兵拿你,你快些同我去罢。”尉迟恭慌忙问道:“你们是哪里来的?”众人道:“我等奉程咬金老爷之命,前来救你的。”尉迟恭听说是程咬金差来的,连忙同了就走。此际已是黄昏时分,尉迟恭心慌意乱,不曾辨得路径,却被众人领到一家门首,直进大厅,转到里面。其屋甚大，又到了一间书房，那众人道："尉迟老爷在此少坐，待我们进去请家爷出来相会。"那些人去了。尉迟恭想道："今日众人都回去了，怎么他们还在此间？这狗头，看他不出，倒有两分主意，却寻得好大房，这样子我却从不曾看过一回。"又想一想道："啊唷！且住啊，我想那老程，他的家人我都认得，为何方才这些人我却一个也不认得呢？"正在满肚疑心，只见一个人拿了酒肴出来，摆在桌上，说道："尉迟老爷，先饮一杯，家爷就出来了。"那尉迟恭辛苦了一日，一闻酒香，拿到嘴边就吃，也不尝辨个滋味，不想才吃得几杯，就头昏眼花，两手全麻，立脚不定，噗通一跤，跌倒在地。内边即赶出二十余人来，把尉迟恭绳穿索绑了。

看官，你道这一家是什么人家？原来就是殷王府。那建成与元吉通同设计，欲害秦王，故送药酒入牢，不道被尉迟恭在牢拿住齐王，打了一顿，逼写了伏辩，早有细作报知殷王，故设此计。不想尉迟恭一莽之夫，误中其谋。好一似：

蜻蜓飞入蜘蛛网，要脱身来难脱身。

当下众人禀知殷王，说尉迟恭吃了药酒，拿下在此了。殷王道："将他洗剥干净，绑在庭柱上，用皮鞭先打他一顿下马威，再行发落。"众人答应一声，即把尉迟恭洗剥了，绑上庭柱，将皮鞭乱打一顿。尉迟恭醉迷之人，哪里晓得受此荼毒。直到五更渐渐醒来，开眼一看，见自家身上衣服洗剥，赤身绑着，满身疼痛，不知何故。心中想道："昨日吃酒，也只吃得几杯，如何醉得这等昏迷不醒人事？"至此，方疑又中奸王之计了。少刻天明，只见建成出来，坐在上面，两边站立一班骁勇将士。建成呼呼大笑，骂道："尉迟恭！你这狗头！俺家父王万岁爷，恐防尔等助秦王谋反，故此打发尔等回去。他们众人都已去了，独有你偏不肯去，擅敢大胆私入天牢，行凶无状。如今，你要官休，还是要私休？"尉迟恭道："官休便怎么样？私休便怎么样？"建成道："若要官休，问你与秦王谋反，夜闯王府行刺亲王，将你万剐千刀，剥皮揎草。若要私休，好好把昨日齐王写的伏辩送还了我，也要写一纸与孤。"尉迟恭道："俺官休私休都不怕你！"建成听说，大怒道："这狗头，还敢嘴强！"吩咐手下："与我满身搜！"那众手下一声答应，赶将过来，把尉迟恭身上团团搜，偏不见有甚伏辩。正要拷问，只见元吉到来，兄弟二人见礼已毕，元吉骂道："尉迟恭，你这砍千刀的狗头，好好送还了我三千岁的伏辩，万事全休，饶你狗命。若不在身边，放在别人处，也实对我说，不然孤就要用刑了！"尉迟恭道："要伏辩也容易，到万岁爷殿上就还你便了。"元吉大怒道："你这狗头！不动刑法，料你不怕。"吩咐左右将鱼胶化烊，用麻皮和钩，搭在他身上。此名为"披麻拷"，若扯一片，就连皮带肉去了一块。左右端正好了，将尉迟恭身上满身搭到，竟象野人一般，倒也好看。元吉问道："你这狗头！招也不招？"尉迟恭不知利害，只说道："招什么？"元吉道："不招？"吩咐左右："扯！"手下一声答应，把麻皮一扯，就连皮带肉去了一大块。可怜疼痛难禁：

只因报主存忠信，却受奸王用极刑。

毕竟尉迟恭性命如何，且看下回分解。

第六十回　黑闼兴兵犯鱼鳞　定方一箭伤九虎

诗曰：

徐勣军师见识深，阴阳决断甚分明；
早知黑煞逢凶患，特遣尚书救免情。

当下尉迟恭大叫："啊唷！好利害啊！"元吉吩咐再扯，左右又是一扯，又连皮带肉去了一大块。尉迟恭又大叫道："啊唷唷！痛杀我也！"元吉一连吩咐扯了十五六扯，这个尉迟恭喊叫得犹如杀猪的一般，只说："啊唷唷！痛死了我也！"元吉骂道："你这贼！昨日的威风，如今哪里去了？我问你，孤家的伏辩哪里去了？快快说来！"尉迟恭被他摆布得：

思想上天天无路，欲求入地地无门。

这番没奈何，只得说道："啊唷！王爷饶命啊！那一张伏辩昨夜酒醉被擒，想是失脱了，不知去向。叫我哪里还有得还你？"元吉怒道："好贼子，这等可恶，左右拿去砍了罢！"建成连忙止住道："御弟，这狗头杀不得的，那一张伏辩是最要紧的，必要追究出来，不然日后父王知道，不当稳便。况且你的笔迹，父王又是认得出的，真正不妙。"

里边二王正在拷问，忽见外边报进来道："启上千岁爷，兵部尚书刘文静老爷有机密事情，求见千岁王爷。"二王听说机密大事，只得吩咐传见。二王就在外厅相见。这刘文静行过了君臣之礼，二王赐坐，问道："先生此来，有何见教？"刘文静道："臣无事不敢惊动千岁，今有尉迟恭夫人黑氏来到臣府，说道白氏夫人在前途相等，不见丈夫回去，无处寻找，说有一张纸，是千岁爷的伏辩，要去见驾，特来见臣。臣一闻此言，弄出来非同小可，故此告知千岁。"二王大惊道："如今怎么样呢？"文静道："此事不是当耍的哟，依臣愚见，必须寻出尉迟恭还他，讨了伏辩才妙，不然，这张纸可是不可与人知道得的。

若黑白二氏去见驾起来，万岁爷一知，千岁爷就不当稳便了，臣去了。”说罢，转身就走。二王忙一把扯住道：“此事欲烦先生与孤商量调停才好。”文静道：“千岁，此事没有什么商量，只要寻得尉迟恭还他，自然不怕他不还这张伏辩的。如今尉迟恭不知哪里去了，谅是商量不来的。”建成道：“先生，尉迟恭不必寻得，他却在孤府中，还他就是。但这纸伏辩要先生身上还我的。”刘文静道：“实不相瞒，臣看事不对，早已骗得他这张纸在此了。”建成道：“拿来我看。”文静道：“有了尉迟恭方好送还，不然，臣反受他黑白二氏之累了。”建成就吩咐放了尉迟恭。只见尉迟恭出来，满身是血，只把头来摇道：“啊唷唷！死也！死也！”径往外边去了。文静就取出伏辩送还，说道：“二位千岁啊，方才若没有臣的时节，几乎弄出不好看来了，如今还了此纸，二位千岁可以放心，包管无事了。”说罢，就起身作别出门。看官，你晓得刘文静这纸伏辩从何得来？皆因徐茂公躲在他府上，算定阴阳，早早差人到天牢中，问秦王取出此伏辩，又设此计策，救了尉迟恭出来，何曾有什么黑氏夫人到他兵部府中。这些闲话不表。

且说尉迟恭得放，好似：

鳌鱼脱却金钩去，彩凤飞升出玉笼。

连忙奔出城门，一路来赶家眷。却好黑白二氏往前途相等，至暮不见丈夫回来，便重又寻将转来。夫妻遇见，说明此事，黑白二夫人倒吓得老大吃惊道：“幸亏吉人天相，逢凶化吉；不然，几乎不能会面。”尉迟恭道：“正是。”又叫声：“二位夫人啊！俺自从投唐以来，指望什么封妻荫子，如今反受这样苦楚，倒不如守业终身，做个田舍郎的好。”夫妻三人，一路谈论些世态炎凉、功名富贵的烦难，正是：

曾经历尽风波险，安稳原归田舍郎。

在路早行夜宿，非止一日，回到了山后天堂府麻衣县致农庄上。寻到自己家内，方知几遭兵乱，妻儿不知去向，田产皆已乌有。尉迟恭叹息了一回，只得重整田园，耕种为活。那些乡民晓得他是一员大将，不愿为官，隐居在林下，今日你来请吃酒，明日我来请赴酌。敬德便任凭那些乡民请去饮酒快乐就是。一村再无贼盗侵犯，什么缘故呢？那些贼盗闻知尉迟敬德做了一村之主，哪一个不要性命的敢来偷盗？为此平安。按下不表。

再说建成、元吉两个奸王，将秦王这些将官都已算计开去了，又常常使人进牢，欲害秦王，亏得秦王乃真命之主，所谓：

圣天子百灵相助，逢祸患立化祯祥。

暗里却有个徐茂公不时调护使令，那文静刻刻提防，照管得紧，因此下手不得。二王大怒，欲害文静，无奈兵权俱在他手内，故此无可如何，害他不得，只得丢手。

不想，唐朝骨肉伤残的消息，传到了明州后汉王刘黑闼那里。那刘黑闼是夏明王窦建德帐下的大元帅，因建德被罗成所擒，国中无主，众将推举刘黑闼，即自称为后汉王。这日闻报大喜，叫一声："唐童！你这小畜生！孤只道你那一班狐群狗党的强盗，永保横行天下，不想也有走散的时节。此时不与孤主公报仇，更待何时？"即日带了大元帅苏定方，点起雄兵十万，望陕西大国长安进发。一路上明盔滚滚，亮甲层层，所到之处，势如破竹，并无敌手。前边已到鱼鳞关了，军士连忙报上说："启上王爷，兵抵鱼鳞关，离城只有十里了。"刘黑闼道："吩咐大小三军，就此安营。"军士忙传令道："呔！千岁王爷有令，吩咐大小三军，就此安营。"众军士齐声应道："得令！"只听得三声炮响，扎下营寨。刘黑闼升帐，众将参见完毕，分列两旁。刘黑闼便问道："众将，何人敢去抢关？"有苏定方在班部中闪出来应道："臣愿往。"刘黑闼道："小心在意。"苏定方应声："得令！"他就头戴凤尾银盔，身穿鱼鳞锦甲，弯弓插箭，挂剑悬鞭，提着一杆烂银枪，坐下一匹白点龙驹马，出了营门。化落落一马到了城下，大叫一声："呔！城上的军士，快告守城将官，速速献城投降，万事全休；若道半声不肯，恼了俺爷的性子，杀进城来，叫你一个个都做无头之鬼，那时悔之晚矣！"那鱼鳞关守城小军飞报进帅府："启老爷，不好了，今有明州刘黑闼领兵十万，来与窦建德报仇，有将在城下讨战，请令定夺。"

那个守关的将军你道何人？他姓王，兄弟二人，一名九龙，一名九虎，原系山东人氏，后在日本琉球国内鳌鱼太子身边做个通事。五龙大会时，助秦叔宝灭了鳌鱼太子，遂降顺唐朝。他因在外国回来，带得许多奇珍异宝，送与建成、元吉，故此，就做到了鱼鳞关总兵之职。当下王九龙闻报,便问众将:“谁敢前去会战?”有兄弟王九虎应声道:“小弟出关去会他。”王九龙道:“使得,贤弟须要小心。”九虎应声道:“得令!”只见他顶盔贯甲,提枪上马,奔出帅府,便令军士开了城门,放下吊桥,把马一拍,豁喇喇一马来至阵前,便喝道:“无能贼寇!焉敢兴兵来犯天朝?可通个名来!”苏定方道:“俺乃明州后汉王刘黑闼王爷大元帅苏定方便是。今我主欲与夏明王窦建德恩主报仇,故特兴兵来此,快通名来!”王九虎道:“嗄!原来你就叫苏定方?看你前在洛阳,夜劫唐营,后来不见了,只道你砍死了,原来是怕死逃走的,今日又来送命么?你要问爷的名字么?俺乃大唐神尧高祖驾前、官封镇守鱼鳞关总兵大元帅麾下、正印先锋二老爷,叫做王九虎的是也。”苏定方道:“嗄!原来是你?俺闻你是琉球国驸马的通事,与那秦琼一党,谋杀了鳌鱼太子,背义投唐,谅你难敌吾手。好好献关,饶你狗命。”九虎道:“你道爷不善战么?试试爷的枪看!”耍的一枪刺过来。苏定方大怒,把枪劈面相迎。两马跑开,双枪并举,正是一个半斤对了八两。大战二十回合,马打四十个照面,不分胜负。那苏定方放下了枪,左手取弓,右手搭箭,扭回身嗖的一声,正中前心。王九虎倒翻筋斗跌下马来。苏定方回马斩了首级,掌得胜鼓回营,将首级号令营门不表。

再说唐兵飞报进帅府:“启老爷,不好了!二老爷阵亡,首级号令营门了!”王九龙闻言大惊,吩咐紧闭城门,不可出战。一面差官赍本,前往陕西大国长安见高祖告急求救,按下不表。

再说高祖驾坐早朝,文武百官山呼已毕,黄门官启奏道:“鱼鳞关总兵官有告急本章奏闻万岁。”把本章递上龙案,高祖看了,大吃一惊,便问:“两班众卿,计将安出?”班中闪出一员,紫袍玉带,上前奏道:“臣兵部尚书刘文静,启奏陛下,目今国无大将,难以交兵,为今之计,可赦出秦王,带罪征讨,定破明州刘黑闼之兵,将功赎罪。”高祖尚未降旨,忽然闪出殷、齐二王,一齐奏道:“父王休听刘文静之言,自古兵来将挡,水来土掩。臣儿不才,愿统雄兵前往鱼鳞关,务必生擒苏定方,活捉刘黑闼。如若不胜,甘受其罪。”高祖大喜,就命建成、元吉即日兴师,高祖驾退回宫。

那二王领旨，在教场内克选精兵十万，放炮祭旗，一路杀奔鱼鳞关来。非只一日，到了关下，有把关总兵官王九龙前来迎接。进了帅府，二王坐定，王九龙把交锋之事，告诉了一遍，摆酒接风，当夜不表。次日，二王同王九龙全身结束，顶盔贯甲，带兵出城。炮声响处，排下一阵，名曰“三才阵”，好利害也。正是：

杀气横冲神鬼惧，威光直透斗牛宫。

三人齐出阵前，请刘黑闼前来打话。那后汉王闻报，亲自出营，旗幡招展，也排下一阵，名曰“二虎把山阵”。建成拍马上前叫声：“刘黑闼！你在明州怎不做自己的草头王，却敢来犯我天朝的边界？速速退去，孤还念你是母舅之将；若不听，悔之晚矣！”刘黑闼骂道：“你那两个奸王，昔日仗着那一班狐群狗党，如今也有一日没了牙爪，谅你二人不是孤的对手。”回顾苏定方道：“你与孤擒来！”苏定方大吼一声，一马冲将出来，举枪就刺。这边有王九龙催马上前，大呼道：“不必恃强，爷爷来了！”举枪就劈。未及十个回合，被苏定方大吼一声：“着！”耍的一枪，正中王九龙咽喉，一跤跌下马去了。建成大怒，摆动金背刀来战苏定方。刘黑闼叫道：“孤家来也！”使动大刀来战建成。那元吉亦怒，摇动金枪，冲将过来。苏定方连忙截住厮杀。大战十个回合，建成哪里是刘黑闼对手，被刘黑闼拦开建成手内的金背刀，顺手扯出鞭来，望建成耍的一鞭打来，正中后心，满口喷红，伏鞍败走。刘黑闼随后赶来，元吉见建成着了一鞭，心中一慌，不防被苏定方一枪正中左腿，几乎落马，同建成一齐大败回营。不料，后面刘黑闼大叫：“众将趁势踹营！”那明州众将一齐踹进营来。好利害啊，远者枪挑，近者刀砍，只见：

枪挑将纷纷落马，刀砍兵个个身亡。

那怕你什么三才阵势，只杀得兵翻马倒。殷、齐二王挡不住，败入关来，闭门不及，被明州兵一涌而进，只杀得尸山血海，二王失了鱼鳞关，败往紫金关去了。按下不表。再讲刘黑闼得了鱼鳞关，盘查府库，出榜安民，养兵三日，杀奔紫金关来。离城五里，炮响安营，不表。

再说那紫金关的守将，姓马名伯良，就是兵部尚书刘文静的妻舅，他本是公子出身，不谙武事。这一日，正在府中饮酒作乐，摆列着：

十二红裙歌艳曲，两行翠黛斗新章。

忽有小军飞报前来："启上老爷，不好了，那殷、齐二王失了鱼鳞关，败回紫金关来了，现在城外，请老爷出去迎接。"马伯良闻报，倒吃一惊，连忙起身出城迎接。二王进城，到了帅府，见礼已毕，摆酒接风。他们三个甚是合得来，你道为何呢？原来都是酒色之徒。二王一到，马伯良凑趣逢迎，就让两个粉头前来陪酒。那粉头一个名为"随地滚"，一个叫做"软如绵"，俱生得来：

沉鱼落雁花容貌，闭月羞花媚态姣。

兵临城下，并不说起行兵打仗之事，只是吃酒取乐。建成道："马将军，你原来是个妙人儿，只是你姊夫做人不好，孤家有甚心事要做的，他却在那里偏要与孤家作对。"马伯良道："我那姊夫是不会做人的，千岁不喜他，何不用计除之？"建成道："再无便当的机会，况且兵权在他手内。"马伯良道："千岁放心，都在小臣身上，捉他一个短处，包管与千岁出气便了。"二王大喜。小军又飞报进来道："启千岁爷，不好了！刘黑闼兵马离城五里安营了！"二王大惊道："将军，这却如何是好呢？"马伯良道："不要理他，我们今日且吃酒，二位美人，奉敬二位千岁爷一杯。"两个粉头娇声软语，抬身敬酒，二王大悦。其夜尽欢而睡，一宵无话。来日，马伯良参见二王，说道："千岁爷，可速往长安去见万岁爷，说未到之前，鱼鳞关已失，如今刘黑闼兵马扎营紫金关外了。要奏臣马伯良大胜明州兵，只是兵微将寡，还要添兵救应。如此奏法，定然无事。"二王大喜，便作别起身。马伯良道："千岁，此去须寻一个有本事的将官，前来帮助帮助，我那姊夫的首级，都在小臣身上就是了。"二王满口应承，起身往长安不表。

只这马伯良倒也会守城，凭他叫骂，只是不睬。若见攻城，他便到城上，令军士打下灰瓶石块，倒也难破。这且按下不表。如今要说山东秦叔宝。

秦叔宝同了程咬金、罗成一家同住。叔宝空闲无事，却生出一场大病。你道他生什么病？却害那吐血的病症。原来他少年吃尽劳苦，积受风霜，如三挡杨林，九战魏文通，三倒铜旗，又在澄清涧拔枣树,受这些劳伤,故害了此病症。一日睡在床上,忽然想起秦王受罪天牢,不觉两泪交流,哭道:“我那主公啊！今生只怕不能够见你了哟!”程咬金道:“不必哭了,做我老程不着,再做起混世魔王来,杀上长安,抢了主公,那时招兵买马,积草屯粮,再保主公做起皇帝来,有何难处?”罗成喊道:“你又来了,他是个病人,如何听得你这些说话。”便叫一声:“表兄,你若记念主公,待小弟扮做客商,前往长安探望主公一番。有何不可?”叔宝听得此言,骨碌一下爬起来,坐在床上,大悦道:“表弟,你果有此心么?”正是:

一片忠心惟报主,皆因仁主爱贤臣。

毕竟罗成怎样上长安探秦王,且看下回分解。

第六十一回　殷齐王屈打罗成　淤泥河小将为神

诗曰：

正直偏遭奸计谋，英雄失志等云浮；

只因边将无良策，故使殷齐报旧仇。

当下罗成欲往长安探望秦王消息，叔宝大悦道："表弟，果肯前去，为兄的写书一封与你，你可往兵部尚书刘文静府中投下，自然得见主公的。切不可与两个奸王看破。被他看破，只恐别生异端，反为不美。须要小心，速去速来，免为兄的记念。"罗成说道："晓得了，明日就行便了。"罗成进内来别母亲、妻子，说要往陕西大国长安探望主公秦王。太太吩咐道："须要小心。"罗成道："晓得。"次日，罗成拜别了年高的母亲，年少的妻子，叮嘱好生照看幼子。又拜别了表兄表嫂，带了罗春作伴，扮做客商，望陕西大路而行。咬金相送十里才回。罗成一路而来，不止一日，已到长安。正要到刘文静府中去，记起秦表兄与自己一封书信，要送到刘文静府中的，因匆匆然，不曾带得，忘记在家中了，这便如何去见他呢？他想：如今且寻旅店住下，再作商议。一头思想，却正行到一家歇店门首，便吩咐罗春把行李搬进歇店去。罗春答应，主仆二人进店。不提防正值殷、齐二王在店门首经过，早已被他看见。正是：

无心人对有心人，到底年轻未老成。

那殷、齐二王欲害秦王，时时防备这几员大将前来窥探，必要算计，摆布他个尽绝。当下一见罗成，还恐不是，又差人来打听，果然是罗成。建成、元吉大喜。次日，高祖驾坐早朝，二王奏道："臣儿奉父王旨意，领兵到鱼鳞关，不道其关已失，只得守住紫金关，被臣儿连败他数次。奈军中无有上将，未免不能擒拿贼首，望父王再发一员上将，添兵征剿。臣儿特地回朝，望父王准臣儿之奏为幸。"高祖道："为今之计，差哪一位将官前去方好？"建成道："今有越国公罗成，现在饭店住下,不知何故,父王可降旨一道,赐他官还旧职,挂先锋之印,前去灭贼,刘黑闼必可擒矣!”高祖允奏,即发圣旨一道,来召罗成。那罗成在旅店歇了一夜,次日正要往刘文静府中,却有圣旨下来,不怕你不接。那天使开读道:

> 圣旨到,跪听宣读。大唐皇帝诏曰:“朕思昔日玉带一事,皆秦王之罪,与尔众卿等无涉。朕思念众卿之功,不时追悔。今有明州刘黑闼为乱,兵犯紫金关,奈无大将可破。今有殷、齐二王所奏,闻卿到京,朕知大喜,还卿旧职,权挂先锋之印,前往紫金关。破贼有功,另行升赏。”钦哉,谢恩。

“愿我皇万岁,万岁,万万岁!”读过圣旨,香案供奉,一面就有军士来接罗成上马,径往教场中来。到了演武厅上,参见二王,即挂了先锋印,祭旗放炮,前往紫金关进发。殷、齐二王把他管定,哪里肯放松他一步。罗成无奈,只得差罗春前往天牢,看了秦王一番,不表。再说兵马已到紫金关,马伯良前来迎接,同入帅府,当夜不表。次日,二王升帐,众将见礼分立两旁。建成道:“今日开兵,谁敢出阵,生擒刘黑闼,活捉苏定方?”连问数声,无人答应,罗成推托不得,没奈何,只得上前答应一声说道:“罗成愿往。”二王道:“你是前部先锋,逢山开路,遇水叠桥,凡遇交锋打仗,必须奋勇上前,怎么由你这样一个慢腾腾的性儿?孤这里问过几次,才出来答应,岂是做先锋的职分所为么?你如今不来答应就罢,既来领令,不可由你自性,须要生擒活捉报功,违令者斩。”罗成道:“得令!”即提枪上马,开了城门,化落落一马来到阵前,高声大叫道:“呔!你们营中可有苏定方,快快叫他出来受死!”那明州营中军士飞报进来道:“报启千岁爷,外边有将讨战,声言要元帅爷出去会他。”刘黑闼道:“那紫金关守关唐将马伯良这狗头,连日凭我们叫骂,只是闭门不出,今日想是有救兵来了。不知是谁人,待孤家亲自出去会他。”说罢,即提刀上马,三声炮响,开了营门,上前一看,认得是罗成,叫一声:“罗将军请了,孤与将军昔日在扬州一别,闻得将军归了唐家,却无罪而被革。今日我兵杀到,无人抵敌,又来用你。眼见得唐家待人无情无义,日后太平了,依然用你不着。为今之计,我劝罗将军不如归了孤家,与你平分土地,共掌山河,有何不美?”罗成道:“刘黑闼,你这乱话休讲,今日俺奉令擒你,不要走! 着罗爷爷的枪罢!”耍的一枪就刺过来。刘黑闼大怒,也挥动手中刀来战。当下二人,一个枪挑,一个刀砍,这一场好杀,直杀得:

腾腾杀气冲霄汉,凛凛威风蔽日黄。

二人大战十有余合,那刘黑闼看看招架罗成不住,苏定方明晓得罗成的利害,主公焉能敌得他过? 遂暗放一箭,嗖的一声射来。这里罗成一枪,正中刘黑闼,忽闻得弓弦响,罗成将身一闪,那刘黑闼就逃回营中去了。这苏定方的箭,却中在罗成腿上,罗成大怒,就拔下腿上的箭,回射苏定方,也是嗖的一声响,苏定方也将身一闪,正中在左臂上,几乎落马。罗成本欲踹营,拿捉苏定方,因腿上有些疼痛,不便再杀上去,恐被他们暗算,只得掌得胜鼓,回营缴令。

殷、齐二王问道:“罗成,今日出兵可拿下刘黑闼么?”罗成道:“今日出兵,大败刘黑闼,箭射苏定方。”二王道:“为何不踹他营盘,径自回来?”罗成道:“臣正与刘黑闼交战,不防苏定方那厮暗放一枝冷箭,中在腿上,故尔不便踹营。”二王大怒道:“唗! 被他射了一箭,还说得胜回营? 自古道:‘为将者眼观四处,耳听八方。’一枝冷箭尚且招架不来,焉得为上将? 我且问你,昔日在家锁山,日擒五龙,这些本事哪里去了? 今日要擒一个刘黑闼,尚且不能,你明明欺孤家不是你的主公,一心只向世民便了。有这样的国贼,违孤家的军令,吩咐绑去砍了!”武士一声答应,把罗成绑了,推出辕门。当下有马伯良道:“千岁爷,目今用人之际,若斩罗成,这紫金关就难保了,不若放他转来,待他杀退明州之兵,挣下了功劳,怕不是二位千岁爷的?”建成道:“马将军,你但知其一,不知其二。这罗成是秦叔宝、尉迟恭的一党,都是秦王的羽翼,孤家正要一个个摆布他,日后江山方得孤家有分,故此要将他处斩。”马伯良道:“要他死,有何难处? 且待他破了刘黑闼,寻个衅端,慢慢杀他便了。”建成道:“既如此,死罪饶了,活罪难免,吩咐就此军前捆打四十御棍。”那武士把罗成推将转来,不由分说,打了四十御棍,两腿直打得皮开肉绽。正遇着罗春赶到,见主人如此光景,扶到帐中睡下,把看秦王之事说了一番。罗春叫道："主人啊！你却忘记了秦爷之言，若到长安，谨防两个奸王相害，正所谓：

明处时时须吊胆，暗中刻刻要惊心。

不道今日落在他手中，定然遭其毒害。主人啊，你不若听罗春之言，私自回家，也得安闲自在。若再住在此间，定然性命难保。"罗成闻言，大喝一声："胡讲！自古道：'忠臣不怕死，怕死不忠臣。'我来探望主公，也是一番诚意，不合被两个奸王看见。但今日奉的是神尧皇帝高祖旨意，岂可不赤心尽力？若然私自回家，岂不是一则违圣旨，二则算为不忠，况又辱了我罗家名头。从今以后，罗春啊！你断断不许多讲，主人自有调处。"按下不表主仆之事。再说明州营内，后汉王刘黑闼正坐营中，早有细作打听罗成被二王痛责四十御棍之事，前来通报刘黑闼。刘黑闼一闻此报，十分大喜道："此乃天助我也。"即忙起身，带领众将出营，手指唐营骂道："你这两个狗王，不会用人，如此一员虎将，无罪受责。眼见得关内无人，此关垂手而得也。"说毕，统领大小三军直抵紫金关下，布起云梯，架起火炮。刘黑闼道："今日若不破此关，誓不回营。"众将听了，大家奋勇当先，攻打十分利害。早有关内小军飞报进来道："报启千岁爷，不好了！真正不得了了！那刘黑闼统兵十万，前来攻打，我兵难以招架，危在顷刻，请旨定夺。"二王闻报，大惊道："有这等事？"便同了马伯良一齐上城，亲自督兵紧守，只把那护城板推开，往下一看，啊唷！见这明州的兵马有四座大营盘，你看他盔滚滚甲层层，正是：

人似离山勇猛虎，马如出水狠蛟龙。

真正旗幡蔽日，金鼓震天，就象潮水一般涌将上来。建成一见，三魂尽失；元吉看了，六魂俱亡，抖做一团，只叫得一声："如今怎么好？"马伯良道："二位千岁，且是放心，不必惊慌。自古说：'兵来将挡，水来土掩'。亏我救得罗成这员有力量的勇将在此。如今着他去，退得贼兵，将他杀了；退不得贼兵，也将他杀了。岂非一举而两得乎？"二王道："说得有理。"火速发下金批令箭一枝，就着左营把总宋抿前去。

宋抿得令来到罗成帐中，把金批箭递与罗成说："有二位千岁军令,着罗先锋去退兵。"罗成闻言,接了令箭,跳起身来就走。吓得罗春心惊胆跳,连忙一把扯住,叫一声:"主人啊!你要往哪里去?"罗成道:"二王令箭到,要我去出关杀贼,岂不闻救兵如救火?故此要去出关杀贼。"罗春狠命一把扯住道:"主人啊!虽是如此,但你棒疮未愈,如何出得兵,杀得贼?"罗成道:"啊呀!罗春啊!我但知报国除贼寇,那顾身躯狼狈情。况且,我罗成是雄雄大丈夫,烈烈奇男子,就去不妨。"罗春道:"主人既要去,今日不曾吃饭,可用些酒饭,才好去打仗。"罗成自恃骁勇,看得明州之将不在眼中,哪里肯听罗春之言,上马提枪径奔紫金关来。罗春无奈,只得拿些面饼藏在怀中,随定罗成到了关上。二王也等不得他见礼,就道:"将军,你看他这四座营盘,这许多人马在此攻城,好不利害。你已奉了万岁爷的旨意,做了前部先锋,好自在的性儿,却坐在营内偷安。如今令你出去,定要踹他的四个营盘,生擒这两个贼首,包管在孤家身上,就封你为大大的公侯,如齐景公一般。若再违了孤家的军令,莫想打了你四十,就轻轻的饶了你,一定要斩首辕门,决不轻恕!"

罗成闻言大怒,也不理二王,也不带罗春,单身独骑,开了城门,豁喇喇一马杀将出来。那些人马一见罗成,吓得象河水一般,哄的一声都退了下去。罗成摆动那杆银枪,犹如蛟龙戏水一般,踹进明州营来,如入无人之境。劈面撞着刘黑闼,罗成叫声:"哪里走!"耍耍耍,一连数枪,杀得刘黑闼甲散盔歪,众将一齐上前救护,被罗成连挑大将一十八员。苏定方赶上来,没两个回合,被罗成杀得气喘吁吁,败了下去。明州兵将抵敌不住,只得撇了粮草,急忙退去四十余里,方才收拾残兵败将,安营下寨。刘黑闼只叫得一声:"老天啊老天!孤指望报仇雪耻,今日这一阵,倒被他杀得马仰人翻。眼见得不能与主公报仇的了!也罢,不如回转,再作商议。"正欲传令,早有苏定方急出止住,说道:"主公不可回兵,胜败乃兵家常事。目今唐营只有罗成一人,秦王又下天牢,众将又皆各散。臣有一计可杀罗成。此处有一地方,名曰淤泥河,待末将前去挑战,引他到此,主公可独坐对岸,两边芦苇内可埋伏三千弓箭手。罗成若见主公坐在对岸,决然弃了臣,来奔主公,定然踏在淤泥河内。罗成纵有三头六臂之能,怎当得住三千神箭手？罗成一死，还有何人是主公的对手？这座紫金关岂非可垂手而得？”正是：

计就月中擒玉兔，谋成日里捉金乌。

当下刘黑闼大喜道：“将军言之有理。”一一准备，依计而行不表。

再讲罗成正要追赶明州之兵，不觉杀了半日，腹中饥饿起来，腿中棒疮又疼痛难熬，只得一马来至城下叫关。二王在城上问道：“刘黑闼的首级抓下了么？”罗成道：“不曾。”又问道：“苏定方的首级可有了么？”罗成道：“也还没有。”二王道：“既无二人的首级回来，又违我的军令了。”罗成大叫道：“二位千岁，言之差矣！俺罗成今日连挑贼将十有余员，又追赶贼兵数万，退去数十余里，还说违令么？既要二人首级也不难，且开了城门，待俺罗成吃饱了战饭，还你二人首级便了。”二王大怒道：“你这狗头，说得好自在的话儿！有了首级开关，若没有首级不开关的。”罗成道：“吃了战饭，再去取他首级未迟。”建成怒气直冲，吩咐左右放箭。军士一声答应，城上的箭就如雨点往下射来。罗成坐在马上，抡动一杆银枪，有葶篮大的花影，护住身上，只听得那些箭叮叮当当都分为两下去了。元吉见射他不伤，说道：“且放他进关，用些妙药调在饭内，令他吃了，庶免后患。”即吩咐开城。不提防罗春杂在众人中打听消息，听了此言，在城上大叫一声：“不可进城，我来也！”望城下一跳，奔至罗成马前，怀中取出面饼与罗成充饥。罗成正饿得很，所谓饥不择食，胡乱的吃了几个，聊且充饥。二王在城上看见，不觉大怒，只叫罗成回关用饭。

罗成正要回关，罗春道：“不可，若回关去，只怕性命不保，还是回家去的好。”道言未了，只见苏定方早一马已到，大叫一声：“罗成，你枉有功劳，殷、齐二王不能用贤，把你看得如同仇敌，今日大获全胜，饭也没得你吃，在这里吃面饼，岂不羞死了人？我劝你不如归我主公，他日一统山河，平分天下，南面称孤，有何不美？何苦与不仁不义的两个奸王立什么功劳？”罗成听见苏定方之言，心中又好气又好恼，大叫一声：“休得乱讲！我正要拿你，你往哪里走？”说罢，催马上前，要的就是一枪刺来。苏定方举枪劈面相迎。两马跑开，双枪并举，大战十个回合，马打二十个照面。你道苏定方为何能战这二十个回合？一来呢，罗成方才大战一场，有些辛苦；二来呢，棒疮疼痛；三来，苏定方要引他到淤泥河去。所以，勉强支持，战了二十余合。这苏定方看看招架不来了，只得虚闪一枪，回马就走。罗成随后赶来，足足追赶了十余里路，罗春也随后赶到，跑得气喘吁吁，大叫道："家主爷！"正是：

义仆忠心惟报主，事当急难特追来。

毕竟罗春说出什么话来，且看下回分解。

第六十二回　罗成魂归见娇妻　秦王恩聘众将士

诗曰：

二王毒计害贤豪，义士忠臣哪得招；

怎比世民仁德主，归心天下众英标。

当下罗春叫道："家主爷啊！你岂不晓穷寇莫追么？那明州兵将方才被家主大破，这一阵真正势穷力竭的了，那苏定方又来交战，莫非其中有诈？我劝家主爷不要追赶了。况二位奸王一心只要害你，不如早早回家去罢！"罗成听说，就住了马，正在打算。这苏定方见罗成不追，他又回马高声叫道："罗成小贼种，如今也有些怕了，故此不敢来追你爷老子。若不怕，再来，我和你见个高低。"罗成闻骂，复又大怒，赶了上去，两下又战斗起来。不上三合，罗成钩开了苏定方手中的枪，取出银装锏来，当的一锏，正中后背，几乎落马，伏鞍大败而走。罗成又赶十余里，罗春步行再也赶不上。那时罗成也住了马，心内踌躇，打算不去追赶。不想这苏定方见罗成不追，又回马骂道："罗成小贼种，有人说你是卖屁股的小官，你有心取你爷老子的首级，才为好汉，你那一锏也不在你爷老子的心上。"罗成大怒，又赶苏定方。这番苏定方不敢回马，望前且走且骂。罗成大骂道："你这瓮中之鳖，网内之鱼，我罗将军若不取你首级，誓不回兵！"说罢，紧赶紧走，慢赶慢行，看看追到了刘黑闼扎营的所在，只见刘黑闼独自一个，坐在一把交椅上，大笑道："罗成，你今番该死也！"罗成一见大怒，弃了苏定方，即奔刘黑闼，一马抢来，轰通一声，陷入淤泥河内。那河内都是淤泥，只道行走得的，谁知陷住了马，再也走不起来。两边芦苇内埋伏着三千弓箭手，一声梆子响，箭如雨下。罗成虽有十分本事招架，也来不及。只叫一声："中了苏贼之计矣！"不防左肩上中了一箭，说声："啊唷！"手中枪略松得一松，乱箭齐着。可怜一个罗成，正如：

蜻蜓飞入蜘蛛网，顷刻难逃一命魂。

竟射死于淤泥河内，就象柴笆子一般，一点灵魂径往山东来见妻子。

再说罗家小夫人，正抱着三岁的孩子罗通睡在床上，时交二更，得其一梦，只见罗成满身鲜血，周围插箭，白战袍都染红了，上前叫道："我那妻啊！我只因探望秦王，被建成、元吉两个奸王设计相害，逼我追赶明州后汉王刘黑闼，中了苏定方奸贼之计，射死于淤泥河内。妻啊，你好生看管孩儿，我去也！"忽闻镜架上青铜镜子跌在桌上，拍的一声响，这一响非同儿戏，将夫人惊醒，却是南柯一梦。不觉浑身冷汗直淋。次日，夫人将此事说与太太，太太一惊非小，连忙说与秦叔宝、程咬金知道，都各个惊疑此梦不吉，但尚未全信。不表。

再讲明州后汉王刘黑闼，射死了罗成，也不取首级，竟撇下死尸，重又统兵，飞奔来攻紫金关。那罗春见人马去了，忙来寻觅主人，寻至淤泥河内，见了主人的尸首，即放声大哭一场。便问乡民寻扇板门，放在淤泥河上面，然后将身困倒，用手向下去一扯，就将罗成的尸首扯了起来。罗春身边却有银两，就买了一口上好棺木，盛殓了主人，自却做了孝子，一路奔丧回来。

不止一日，到了山东，先往家中报信。一进门来，程咬金看见，便问罗春："为甚戴起孝来？"罗春道："不好了！小老爷死了！"程咬金一闻此言，大叫道："不差！不差！那日罗夫人得其一梦，定然他回家显魂了。我去通报。"一路大呼小叫说道："不好了！罗兄弟果然死了！快请弟妇出来。"丫鬟飞报进去："启太太、夫人，不好了！老爷没了！"太太道："怎么讲？"丫鬟道："老爷没了！罗春奔丧回来，棺木即刻就到了。"老太太与夫人听了这句话，吃惊不小，一个哭一声："我那罗成儿啊！"一个哭一声："我那相公啊！"一齐晕倒在地。罗春忙叫道："太太，苏醒！夫人，苏醒！"叫了数声，婆媳二人慢慢哭将转来。此时外边棺木早已到了，停在堂中，婆媳二人直哭得伤心惨目。罗春遂把二王相害的始末这番言语，细细诉说了一遍。程咬金道："老伯母，不必哭了，弟妇也不必伤悲。自古道：'既死不能复生'，那两个奸王早欲将他砍做十七八段，只是主公面上不好意思。如今主公在天牢内，我们走散了，少不得这几处反王杀来，这两个奸王，少不得死在眼前的。那时若再来寻我们,待我做程咬金的,啐他十七八啐。你太平时节,将我们打发回家,自耕自种;反乱之际,就又思量起我们来。”咬金又一想道:“我便是这样说,但这桩事情都是秦病鬼起的祸端,他今日哭‘我那主公啊!’明日也哭‘我那主公啊!我要看你一看不能够了!’因此惹动了罗兄弟的一片热心去探望,害出这样事来。如今死的死了,病的呢,弄得不死不活,想来也在早晚之间了。只得做我程咬金不着,照管罗通侄儿大起来,再也不要去管唐家之事,只张开两只眼睛,看他两个奸王做些什么事便了。”正说得高兴,只见家将来报道:“秦爷不好了,闻罗爷的消息,大哭一声就死了。”正所谓:“福无双至,祸不单行。”连忙来看秦叔宝。只见他家也是老小惊慌,乱哄哄的。幸亏叫了醒来,秦叔宝口口声声只叫:“罗贤弟啊!都是我做表兄的害了你也!”便哭个不住。就与罗成开丧,请僧做道场追荐,不表。

再道刘黑闼杀到了紫金关下,奋勇攻打。士卒飞报进营,二王大惊,埋怨马伯良道:“孤说放他进来吃了战饭再去打仗,你说退得贼兵也将他杀了,退不得贼兵也将他杀了,故此,我必要首级,然后开关。如今被他射死,兵马又来,这却如何是好?”马伯良道:“这是千岁爷自己的主意,与我什么相干?怎么埋怨起臣来?为今之计,千岁爷可再往长安求救,臣在此依旧守关,须要速去速来才好。如若耽延日期,失了紫金关,不干臣事。”建成、元吉见此关难保,巴不得要回长安。当日离了紫金关,来到长安,来见父王,言及罗成阵亡,明州兵十分凶勇,紫金关危在顷刻,望父王再遣能事将官前去救应。高祖闻言大惊,便问两班文武:“计将安出?”闪出一员大臣,执笏当胸,上殿奏道:“臣兵部尚书刘文静,启奏陛下。我国久已无人,难以交兵厮杀。为今之计,可赦出秦王,前往山东寻访护国公秦叔宝到来,方可退得刘黑闼。目下紫金关无人救护,臣虽不才,愿统雄兵救应。”高祖闻言大喜道:“依卿所奏,即下旨赦秦王之罪,速往山东寻访秦恩公到来,将功折罪。”

秦王从天牢出来,进朝奏道:“臣儿不敢前去。”高祖便问:“何故?”秦王道:“臣儿一人往山东,秦叔宝若肯来是为万幸;万一他不肯前来，岂非徒然有这一番往返了？”元吉奏道：“叔宝不来，可聘尉迟恭到来，亦可战退贼兵矣！”秦王道：“贤弟差矣，你还要提起这尉迟恭怎的？他往日曾在御果园救驾，有了这样大的功劳，不能够封妻荫子，反革除他官职，受那披麻之苦，今日他还肯来帮助么？”高祖道：“昔日都是那两个畜生起妒嫉之心，将众人散去。如今秦叔宝、尉迟恭二人，不是不肯前来，只怕两个畜生又要将他算计。如今降旨一道，着秦王往山东请秦叔宝，往朔州请尉迟恭，其余一应众将都要招抚回来，官还旧职。敕封秦叔宝、尉迟恭锏鞭，上打昏君，下打奸臣，不论王亲国戚，先打后奏，那两个畜生，就不敢来算计了。”秦王大喜，连忙又奏道：“今有徐茂公先在京中，已到午门候旨。”高祖道：“宣进来！”原来都是徐茂公阴阳有准，算定这事能做成，故使刘文静奏赦秦王。秦王上奏高祖，敕封二将，方好制伏两个奸王。那时徐茂公宣至金阶，朝见已毕，高祖即着徐茂公同了秦王，往山东请秦叔宝，往朔州请尉迟恭，赐其鞭锏，寻取众将回来，官还原职。秦王领旨，同了徐茂公带了五百兵丁，前往山东不表。

再讲建成、元吉各要性命，躲在府中，再也不敢出来了。再说刘文静起兵前往紫金关拒敌，又生出一番仇怨，弄得性命难保，我且慢表。

先讲秦王同了徐茂公，君臣二人带领五百军校，在路非止一日，已到山东。徐茂公道：“主公可将人马扎在树林幽僻之处，换了便服，前去相访，未知主公意下如何？”秦王道：“军师言之有理。”就将五百兵丁扎下，换了便服，君臣步行而来。且喜到了门首，程咬金看见说道：“噫！你是牛鼻子道人啊，一向躲在哪里，如今到此何干？你记得做军师的时节，何等贼形？今日与我一样的了。”徐茂公道：“不必胡言，主公在此。”秦王叫一声：“程王兄，孤在这里。”程咬金一见秦王，叫声：“啊呀！主公来此，生意上门了，请到里面去坐。”秦王来至里边，程咬金见过礼，秦王道：“孤闻罗王兄阵亡，他灵柩却在何处？”咬金道：“在后堂内面。”秦王道：“烦程王兄端正祭礼，待孤家祭奠一番。”程咬金领旨，忙去整备祭礼，即引秦王、茂公来到里面。秦王一进后堂，抬头看见了孝帏高挂，不觉泪如雨下，上香行礼，哭一声:“罗王兄啊！孤家怎生舍得你,你有天大的功劳,不能享太平之福,为了孤家死于战场之上,是孤家之罪也！今日可念孤家一点敬心,在此祭奠你。你英灵不爽,可来飨此微忱。”说罢心如刀割,大恸起来。里面罗夫人知秦王在此祭奠,心酸痛切,哭声甚哀。秦氏太太见媳妇悲哭,他老人家忆着丈夫身亡,全靠这个儿子,不道今又为国捐躯,也是哭一个不了。徐茂公看见,也就掉下几点泪来。程咬金见他们哭得伤心,也哭将起来:“啊呀！我那罗兄弟啊,唐家是没良心的。太平了,不用我们,如今又不知哪里杀来了,同了牛鼻子道人在此,犹猫哭老鼠假慈悲。思量来,是骗我们前去与他争天下、夺地方,正所谓:

瓦罐不离井上破,将军难免阵中亡。

好好一个罗兄弟,英雄无敌的大将,白白的送在殷、齐二王的诡计之中,死于万弩之下。啊唷！我那罗兄弟啊！”

那一片哭声甚响,早惊动了秦叔宝,他因患病在家,住在房中调养,睡在床上,听得一片哭声,便问道:“今日为什么有此哭声?”家将禀道:“今有秦王千岁同了徐茂公在此祭奠罗爷,故此有这一片哭声。是罗太太与夫人十分恸哭,连及程爷也在那里哭个不住。”叔宝一闻此言,把双手将两眼一擦说:“秦王来了么?我正要去见他。”骨碌一声,将身爬起,那病不知不觉就好了三分。走到后堂,叫一声:“主公在哪里?”秦王道:“秦王兄,孤家在此访你。”叔宝一见秦王,即忙行礼,请秦王坐定,便问:“主公今日焉能到此?使臣得见主公,实为万幸,但此来必有所论。”秦王道:“王兄,你还不知道,只因孤家为家事被张、尹二妃搬弄,父王将孤监在天牢,众王兄俱皆革职,放回家里。那明州刘黑闼自称后汉王,声言要与孤之母舅夏明王报仇,拜苏定方为元帅,起倾国之兵杀来,把总兵官王九龙、王九虎二将杀死,夺取鱼鳞关,已到紫金关。父王命殷、齐二王出战,杀得大败,回来请救,正遇罗王兄入京,探望孤家,被二王瞧见,保他去做前部先锋。只因二王不能以贤为主,致使罗兄被贼暗算。如今金阙危在旦夕,父王因赦孤出牢,立功折罪。今奉圣旨前来,请秦王兄前去破敌立功。”秦叔宝闻言,便叫:“主公呵,罗家兄弟为国亡身,可怜他母亲妻子无人照管，臣因中表至亲，理应留臣在家照管。主公要退明州之兵，可另寻别人去罢。”徐茂公道：“今日特奉圣旨前来相召，还要前去召尉迟敬德。圣上有旨在先，仍恐殷、齐二王相欺，特敕你两个人锏鞭，上打昏君，下打奸臣，不论王亲国戚，皆先打后奏。劝你去罢！”程咬金接口道：“论理，原是不该去。若封了锏鞭，令先打后奏，这两个奸王，若照旧作怪，我就打死他。圣上若封了我的斧头，我就砍十七八段。秦大哥，你就去罢！”叔宝不应。

又见里面走出一个小厮，唇红面白，眉清目秀，大耳垂轮，上形端正，总角双丱，约有三四岁光景。满身穿白，走到秦王面前来，喊声：“皇帝老子，我家爹爹为你死了，要你偿命。”秦王便问：“此是何人？”程咬金笑道：“主公，这个就是罗成兄弟的尾巴，叫做罗通。年纪虽小，倒也是有气力的，真正将门之子，日后定是一员勇将。”秦王大喜，双手把罗通抱起来，放在膝上，遂取出一锭金子与他，叫一声：“王儿，果是孤家害了你父亲，孤终久不忘你父亲一片忠心。”便对叔宝、咬金道：“孤欲过继罗通为子，二卿意下如何？”叔宝道：“主公，这就是贵人抬眼看了！”即忙唤：“罗通快下来，拜了主公。”叔宝扶定罗通，向秦王拜了八拜。里面罗夫人摆出酒来，上坐了秦王，下面众位挨次坐着。秦王说起往长安一事，二人只得应承了。

过了一夜，次日，叔宝与咬金即别了秦氏太太并罗夫人及自己家小，同秦王出了门，仍到僻静处招呼了兵马，一齐取路望山后进发。不一日，已到朔州致农庄，众将人马依先拣僻静处扎伏，四人仍旧换了便服，一路望敬德家中步行而来。早有一班同尉迟恭日日吃酒的乡民父老，见了四人威风凛凛，相貌堂堂，知是唐朝大大的贵人了。慌忙前来报与尉迟敬德，说道：“今有陕西大国长安来的四位贵人，带有五百余人，把人马扎在树林中，有四位贵人换了便服，步行而来。一路访问将军老爷的府中，不知何故？”尉迟恭听了父老之言，心中一想道：“啊呀！莫非唐王有事，差这四个公卿领兵前来相请我么？呔！我想唐家的官，岂是做得的？我前番几次三番把性命去换功劳，还受两个奸王如此欺侮，若非尚书刘文静相救，几乎被他披麻拷活活处死。如今回归田里，自耕自吃，倒也无忧无虑，何等自在逍遥，好不快乐。还要去争名夺利做什么官? 他来寻我,我有个道理在此。”便说:“二位夫人在哪里?”那黑白二夫人听见呼唤,忙出来道:“相公唤妾身们出来,有何吩咐?”尉迟敬德道:“二位夫人,我对你讲,少停,若有唐王差人到此寻我,你们只说我害了疯癫之症,连人也都认不出了。你们二人不可忘了,千万是这样对那来人说。”两位夫人应声:“晓得。”正是:

皆为殷齐无道理,却教勇将悔求名。

毕竟尉迟恭怎样装病,且看下回分解。

第六十三回　尉迟恭诈称疯魔　唐高祖敕封锏鞭

诗曰：

　　神尧高祖是明君，深晓殷齐妒嫉心；
　　欲使秦王求上将，先封鞭锏压奸臣。

当下尉迟恭吩咐二位夫人已毕，忙走到里面厨房下，将灶锅上黑煤取来，搽了满面，将身上的衣服扯得碎零挂落，好似十二月二十四跳灶王的花子一般。二位夫人见了这个形象，把肚肠都几乎笑断了。

却说秦王与茂公、叔宝、咬金一路访问，来到了尉迟敬德门首，即走进里面坐下。程咬金高声大叫道："黑炭团在家么？"里面黑氏夫人问道："是哪个？"咬金道："就是与你做媒人的程咬金在此。"黑氏夫人听见了程咬金三字，即同了白氏夫人走出来了，说声："啊呀！原来是程叔叔在此。丫鬟，看茶出来！"到了外厅一看，又见了秦王、叔宝、茂公都在此，又叫声："啊呀！原来千岁爷也在此。"即见过了礼，又与茂公、叔宝、咬金一齐见过了礼。里面丫鬟送出茶来，吃罢，二位夫人即忙问道："不知千岁爷到此有何贵干？"秦王就将那一番言语从头至尾说了一遍。二位夫人道："千岁爷还不曾知道，我家丈夫于数日之前，不知怎么却害了疯魔之病，日日在家大呼小叫，连人也不认得，如何可以去出得兵、战得阵？岂不枉费了千岁爷一番龙驾了？"秦王闻了这番言语，只是跌足叹息。咬金、叔宝是将信将疑。那徐茂公却冷笑一声，便问："今在何处？"

话尚未完，忽听得里面大呼小叫起来。黑氏道："里面如今疯癫出来了。"秦王与三人抬头一看，只见尉迟敬德跑将出来，大叫道："反了！反了！天兵杀出来了呀！原来是列位大仙来拜我的生日。"指着叔宝道："你是曹国舅。"看定秦王道："你是蓝采和。"对着茂公道："你是吕洞宾。"一把扯住咬金的手道："你是柳树精啊！偷了仙桃，结交四海龙王，合了虾兵蟹将，来抢我的金银宝贝。如今被我捉住在这里了。”把咬金一扯，自己反跌倒在地，骨碌碌滚来滚去，口内说个不清。忽又自地上爬将起来，说道：“如今要变一个老虎去吃人！”哦一声叫，就一个筋斗翻了进去了。

秦王看见如此光景，明知他不能前去，只得吩咐众人：“我们作别去罢。”叔宝、茂公、咬金便答应。大家作别起身，黑白二位夫人相送出门，见四人望前去了，那黑氏夫人对着白氏夫人说道：“今日相公诈为疯魔，如此这般形景，连那未卜先知的军师徐茂公，也都骗信了。”二位夫人大笑不表。

再说大唐君臣四人，依先来到树林僻静之处，唤五百个兵一路回程，打点望长安进发。秦王在路上叹口气道：“可惜一个尉迟恭，被革回家，怎么害了这样一个疯病，今生休矣！”茂公笑道：“主公，你还不知其细。如今不难，只消再差程咬金转去，如此如此，这般这般，包管尉迟恭就不疯魔了。”秦王闻言大喜，即吩咐程咬金带领二百兵丁前去行事。咬金领旨，即将二百余人扮做喽罗模样，自己扮了大王，火速复到致农庄上，把庄门团团围住，口称：“我乃红石山都天大王，闻得庄上有孟海公的黑白二夫人，生得十分齐整，速速送出与我做个压寨夫人，万事全休，若有半声不肯，把你这害疯病的狗头砍为万段。休得迟延，快快献来！不然，就令喽罗们放起火来，先烧他个半庄。”咬金这一声喊不打紧，早惊慌了庄中这些乡邻朋友，大家都说：“不好了！不好了！这个当不得。”连忙飞报尉迟敬德。

那尉迟敬德正诈疯魔，打发秦王君臣去了，自以为得计，与黑白二夫人夫妻三个吃酒快乐，一闻邻友传报，直气得三尸神直爆，七窍内生烟，大怒骂道：“何处毛贼，敢来放肆？”即提鞭上马，跑出庄门，抬头一看，果见有一个大王，一张朱砂脸，似颜色画的，手执一杆长枪，再也认他不出。咬金见尉迟恭出来，高声喝骂道：“你这黑鬼可就是害疯病的狗头么？快将夺来的两个老婆，送出来与我都天大王拿去做个左右压寨夫人，我便饶你这黑贼一死。若道半个不字，将你砍为万段才休！”尉迟敬德不听犹可，听了此言，心中无明火高有三千丈，大怒骂道：“啊唷唷！你这何处来的无名毛贼，敢在我尉迟爷爷这里放肆！不要走，照爷爷的鞭罢！”当的一声，将鞭打下来。咬金把枪一架，回马就走。尉迟恭大喝道："你这毛贼，往哪里走?"也把马一拍，随后赶来。忽见树林里边走出三个人来，却是秦王与叔宝、茂公，一齐大笑道："尉迟将军，害得好疯病也!"程咬金道："媒人也不认得，竟杀起来!"尉迟恭一见秦王，叫声："罢了，中了军师之计了。"连忙弃鞭下马赔罪，重新请到家中，摆酒接风。方知：

军师妙计如诸葛，诱骗将军去立功。

秦王便将从前之事，细叙始末。尉迟恭无奈，只得同了两个夫人，别了邻里，相随秦王起身，取路往陕西大国长安进发。在路不止一日，到了长安。朝见高祖，高祖大悦，立刻降旨道："今有刘黑闼兵犯紫金关，损兵折将，难以拒敌，非卿等二员虎将不能得胜，故特遣秦王世民召卿等前来，望卿等莫记从前之过。今后不论王亲国戚，如有奸佞不法，敕封卿等锏鞭，先打后奏。"即取锏鞭上殿，叔宝、敬德俯伏殿前，呈上鞭锏，高祖就提起御笔写道：

御赐钢鞭付敬德，不论王亲与国戚，
若遇不法奸伪事，即行打死无停歇。

写毕，即付与敬德，尉迟恭道："谢主万岁!"高祖又提御笔写道：

敕赐恩公锏二根，专打朝奸并佞臣。
不论王亲与国戚，任从此锏去施行。

写毕，即将锏付与叔宝，秦琼道："谢主万岁!"高祖道："二位爱卿，请即往教场挑选人马，督同众将，到紫金关去破贼，立功另行升赏。"叔宝、敬德又奏道："臣启陛下，此行必须要秦王千岁同去，以振军威。"高祖准奏，就命秦王同去。即日兴师前往紫金关进发不表。

且说殷、齐二王暗暗叫苦道："当初不合将尉迟恭屈加披麻拷，今日一个封鞭，一个封锏，都是父王御笔亲书赐与他们的，若日后要报仇来，叫我两个如何打得起?"二王十分着急，心想但愿他们此去一如罗成一样，只有出兵，没有回来便好。

不表二王心肠恶毒，再讲刘文静统领雄兵到了关中，即着马伯良为先锋，连打几阵，被杀得大败。文静大怒："如此无用将官，怎生镇坐此关?"便上本入朝，把马伯良削职回家去了。谁想马伯良哭诉姊姊刘夫人，刘夫人女流之辈，不知大义，便发起恼来，恨着丈夫，对兄弟马伯良道："你姊夫这等无情，我父母双亡已久，只留得这个兄弟，怎么就下这等毒手，将他削职赶回？也罢，兄弟啊，你姊夫现塑刘武周浑身在家内，只将此事去出首，看他做得官成，还做不得官成！"马伯良闻言大喜，即将刘武周身上的衣服剥下来。次日，高祖驾坐早朝，马伯良取了衣服入朝出首。高祖不察其事，龙颜大怒，忙点兵围住府门，先将刘夫人一刀杀了。正是：

只因小忿成大怨，堪笑裙钗自害身。

可怜阖门杀害，就是马伯良的妻子亦遭其难。一面差官召回文静，路上即行处斩，此话不表。

再讲秦王到紫金关，不见刘文静，问起情由，方知其事。秦王大惊，连夜写本将刘武周作祟之事，细细奏明，差官飞奔长安。正值高祖驾坐早朝，黄门官启奏道："今有秦王千岁差官赍本到来，现在午门候旨。"高祖传旨："宣进来！"差官进朝俯伏，山呼已毕，把本章呈上龙案。高祖展开一看，方知屈杀了刘文静，龙颜大怒，即传旨将马伯良碎剐凌迟。正是：

只道害人还害己，上苍报应最公平。

此话不表。

再讲秦王兵马已到关中，你道刘黑闼为何不来攻打？只因他起兵十万前来，被罗成杀去了倒有一半，心中到底懦怯，也要学王世充的故事，差官聘请四家王子共破唐兵。你道请的是那四家的王子呢？一个是南阳朱殿下，名唤朱登，就是南阳侯伍云召之子，承继与朱粲抚育的，故此称为朱殿下；一个是苏州沈发兴；一个是山东唐璧；一个是鲁州徐元朗。俱约即日兴师到来。是日，唐璧先到，以楚德为元帅，统领雄兵五万到来。早有小军飞报刘黑闼。刘黑闼带领众将接进营中，见过了礼。刘黑闼笑容可掬说道："有劳王爷不弃故主交情，兴兵来助，灭了唐家，情愿与王爷平分天下，同掌山河。"唐璧亦微笑回答道："不敢，弟念昔日与夏明王窦千岁情谊，恨被唐家所灭，难得刘王爷与主报仇，兴兵到此，故尔拔刀相助。"刘黑闼言称多谢王爷，即吩咐摆酒接风。当夜无话。

次日升帐，即开兵到关前讨战。那唐璧头戴黄金盔，身穿杏黄袍，外罩黄金甲，腰拴碧玉带，脚下穿一双龙吞口战靴，坐下一匹黄花马，左弯弓，右插箭，暗藏钢鞭，手执一柄金背钢刀，同了刘黑闼、楚德、苏定方等一班战将出阵。独有唐璧一马当先，来到关下，高声叫道："呔！守城军士，快报你家主将知道，今有天兵到此，快快献关与我。如若不肯，我们杀将进来，管教你玉石俱焚，那时悔之晚矣！"小军听得，飞报进来道："启千岁爷，门外有将讨战。"秦王便问道："哪一位王兄出去会他？"有秦琼愿往，秦王道："王兄小心在意。"叔宝应声得令，即顶盔贯甲，挂锏悬鞭，上马提枪，放炮一声，开了关门，来至阵前。抬头一看，认得是唐璧，一时不好变脸，即欠身施礼，开言叫一声："故主唐爷，小将甲胄在身，不能全礼，马上打拱了。"唐璧见了叔宝，叫一声："秦琼，孤家往日待你也不薄，你反山东时节，孤家袖手旁观，不来管你；今日你恩将仇报，敢来与孤家会阵么？"叔宝道："唐爷差矣！我主唐王，与你素无仇隙，你今起兵到来，甚出于无名。我劝唐爷不如顺归了唐家，也不失王侯之位。若执迷不悟，那时悔之晚矣！"唐璧听了此番言语，不觉怒气冲天，大喝道："胡讲！自古道：'天下者，乃天下人之天下，非一人之天下也。'孤家争取江山，那管什么有仇无仇。你这个马快手晓得什么？不必多事，照爷爷的刀罢！"举刀就砍。叔宝使枪急忙架住了，便说道："唐爷不必发怒，还要三思才是。"唐璧将刀又劈面砍来。叔宝又抡枪架住。一连架过三刀。叔宝便说道："唐爷，小将曾在你标下一番，故此让你三刀。如今要还枪了啊！"唐璧哪里肯听，举刀又是砍来，叔宝把枪往上一架，那唐璧在马上就晃了几晃，这把刀也几乎架脱了。叫声："秦琼，你这厮果然好利害也！"料来不是对手，回马就走。

后面楚德看见主公输了，便大怒拍马上前，大喝一声："勿伤我主，俺楚爷爷来了！"摆动手中这柄神钢叉，来战叔宝。你道叔宝为何不伤唐璧？只因这唐璧乃叔宝的故主，故此不伤他的性命。今见楚德出马，便搭上手，只战得八、九个回合，被叔宝钩开叉，耍的一枪刺来，正中前心，翻身跌下马来。叔宝取了首级，掌得胜鼓回营。秦王大喜，说道："秦王兄少年英雄气概，至今尚在。"遂吩咐摆酒贺功。

正饮之间，小军又飞报进来说："启上千岁爷，昔日众将俱在关外,求见千岁爷。”秦王闻言大喜,吩咐开关迎接。那一干众将,都闻得秦王赦出天牢,又封了鞭锏,不惧奸王,故此个个都来。那众将见开关迎接,即忙一同进关。朝见已毕,秦王又吩咐摆酒接风,俱留在关内听用。

再说刘黑闼见唐璧输了,又折了一员元帅楚德,心中十分不乐,忙与唐璧商议道:“王爷,为今之计,唐将十分骁勇,怎生是好呢?”唐璧道:“孤家想那秦琼如此利害,又不料元帅楚德竟被他伤了,且候众王子到齐,再作商议。”二王正在讲话,忽见小军飞报进来:“报启王爷,今有南阳王朱登,上梁王沈发兴,大秦王徐元朗,三处人马一齐都到了。”二王大喜,一齐出来接进营中,见礼已毕,刘黑闼道:“多承列位王爷,不辞跋涉而来,弟心甚觉不安。”三王道:“辱蒙相召,本欲早候,乃羁迟时日,有负见招之意,望乞恕罪。”黑闼道:“三位贤王说哪里话来?弟承列位王爷,不弃旧主交情,特来扶持微弱,助弟为主报仇,此恩此德,自当没世不忘。”众位王子同声回答道:“不敢。”刘黑闼即将交兵战败之事,一一说明,遂吩咐摆酒接风,当夜不表。

次日五鼓,众位王子升帐,众将打拱分列两旁,俱各明盔亮甲,满营杀气冲天。刘黑闼道:“请问今日哪位王爷出阵?”相问未完,早有南阳王朱登道:“小侄愿往。”四位王爷大悦道:“御侄将门之后,年少英雄,今日出兵,决能夺取此关。但此去须要小心。”朱登道:“列位王叔,不必费心,小侄此去,必须活擒唐将,方见我手段。”四位王爷大喜道:“御侄言之有理。”看官,你可知那朱登就是伍云召之子伍登,他家传武艺,所以这枪法甚妙。年纪不上十八、九岁,生得面如满月,头戴束发紫金冠,身穿锁子黄金甲,左插弓,右悬箭,手执长枪,坐下一匹能行惯战白花马,犹如:

东吴小将周公瑾,三国英雄吕奉先。

果然好一员年少英雄也。只见他带领手下兵马,出了营门,好不威风凛凛,杀气腾腾。四王大悦,一齐上马出营掠阵。只听炮响一声,朱登一马当先,来到关下,高叫:“呔!守城军士,快去报与秦王知道,有能干者出来会我!”小军飞报进来:“报启千岁爷,外边有一员小将讨战。”秦王便问道:“哪位王兄出去会他?”闪出程咬金道:

"主公,小将愿往。"秦王道:"程王兄,小心在意。"咬金听了,应声:"得令!"便顶盔贯甲,提斧上马,放炮一声,开了关门,一马冲出,来到阵前,见了朱登,叫声:"啊唷!好一个齐整的小伙儿!快通个名来,我好晓得!或者是故交之子,我好留情饶恕;若是野贼种,我就一斧砍为两段,省了多少是非。"朱登闻言大怒,喝道:"你这丑鬼,休得多言!要问孤家的大名么?我乃南阳侯朱登是也。"程咬金道:"嗄!你叫朱登,乃是野贼种,不要走,照爷爷的斧罢!"夹头就是一斧劈下。正是:

英雄虎将虽然勇,不及朱登万一强。

毕竟小将如何抵敌,且看下回分解。

第六十四回 五龙大战紫金关 弥天妖法战唐将

诗曰：

黑闼威名也枉然，五龙后会战关前；

谁知小将知天意，匹马归唐姓早传。

当下朱登见唐将一斧劈来，叫声：“好冒失鬼的丑匹夫！焉敢无礼？”忙举手中银枪叮当一架。程咬金当的又是一斧砍来，朱登叫声：“啊唷！好一员猛将！”话未完，当的又是一斧。一连三斧，把朱登劈得汗流浃背。说声：“好利害！”却待要走，不道第四斧就没力了。朱登微微一笑，道：“原来你是个虎头狗尾的丑鬼。”就把手中这杆银枪紧一紧，劈面来迎，一连几个回合，把程咬金杀得来：

只有招架没回兵，甲散盔歪汗直淋。

朱登见他斧头忙乱，就趁势拦开斧，扯出鞭来，当的一鞭，正中咬金左肩，便大叫一声：“啊唷！小贼种，打得你爷老子好利害！”回马便走，大败进关，来见秦王，连称利害。秦王便问：“如何？哪位王兄再去迎敌？”道言未了，闪出一将道：“主公，小将齐国远愿往。”秦王道：“将军须要小心。”齐国远应声得令，一马冲出关门，与朱登交战。不上十个回合，也大败回关。次后，史大奈出去也败了。这个朱登连败唐将三员，阵前好不威风，满心大悦。四王掠阵，见他年少英雄，好不个个欢喜。末后，尉迟恭出战，与他交手有百十余合，才杀得个对手。正是：

一个半斤对八两，石将军遇铁将军。

两下杀到日色西沉，见天色已晚，各自收兵。这小将朱登回进营中，四王接见，俱皆称贺道：“御侄如此英雄，真天神也！”吩咐摆酒庆功。不表。

再说尉迟恭回进关中，言称朱登年纪虽小，本事高强，一时难以取胜，且待明日俺家出去，必要活擒这小厮进关，才见手段。秦叔宝道:“尉迟将军不可,我知他非别,乃是南阳侯伍云召之子,非朱登也。他只因隋炀帝无道,伊祖与父,忠心不昧,祖遭荼毒,父被逼迫,继与朱粲抚养成人,原是将门之子。待末将明日出去会他,将好言说他归降主公便了。”秦王大喜道:“秦王兄说得伍王兄归降,实孤家唐室之大幸也。”遂吩咐摆酒贺功。

次日,朱登小将又在关外讨战,叔宝即顶盔贯甲,挂了金装锏,提了提炉枪,上了呼雷豹。一声炮响,开了关门,来至阵前。抬头一看,只见朱登果然好一员小将也!

疑似罗成年少日,顶冠束发一般同。

那朱登立马阵前,见关中旗门开处,飞出一员唐将,真个威风凛凛,相貌堂堂,如天神一般。未曾会战,不知此将何名。忽听他高声叫道:“贤侄,叔父秦叔宝在此对你讲话!”朱登听得大怒道:“哇!放狗屁!你这匹夫,孤家何曾认得你?擅敢妄自尊大,称侄道叔。看枪!”说罢,挺枪就刺,叔宝也大怒道:“不中抬举的小畜生!”也把手中提炉枪急架相还。二马横冲,双枪并举。正是:

棋逢敌手无高下,将遇良材各逞能。

两人大战有三十个回合,马打有六十个照面。叔宝见朱登枪法并无破绽,心中一想:“是了。”即挡住了枪,说道:“贤侄,我对你讲,你还有所不知,我对你说明始末,你方知我叔父不差。当年你父伍云召在扬州,曾与我有八拜之交,结为异姓兄弟,情同手足。曾对我言及贤侄寄托朱粲收养,他日长大相逢,当以正言指教。不道你令尊过世,贤侄如此英雄,也算将门有种。目今唐朝堂堂天命,岂比那刘黑闼卑微小寇?劝贤侄不如归顺唐朝,一则不失封侯之位,二则弃小就大,不使天下英雄耻笑,以成豪杰之名。贤侄以为何如?”朱登听了叔宝这番言语,心中不觉洞然省悟。只因四家王子在后掠阵,恐识破其情反为不美,只得变脸说道:“不必多言,照孤家的枪罢!”一枪刺来。又战了数合,心中想道:“他与我父相好,亦曾闻得朱父王说过。方才所言,十分有理。我既有归降唐朝之心,与他战斗何益?”就把枪一架,拦开叔宝手中枪。一闪说道:“我不及你。”回马就走。叔宝道:“哪里走!”拍马随后追来。四家王子见朱殿下败走下来,恐防有失,忙令众将放箭射住。叔宝只得带住马,回进关中,不表。

再讲朱登回到营中,说道:"列位王叔,那唐将秦琼果然十分利害,小侄不能及他,被他杀败而回,不好看相。"四位王爷道:"胜败乃兵家常事,御侄何足介意,明日再出兵去战,务必擒拿唐将便了。"吩咐摆酒与朱登解闷不表。

再讲次日五王升帐,刘黑闼道:"今日哪位将军出阵打关?"只见走过一个道人,身穿道袍,腰系丝绦,足穿芒履,肩上背一口宝剑,上前说道:"大王,今日待贫道去会阵便了。"五王一看,原来是上梁王沈发兴的军师,名唤弥天真人,是个有法力的道人。五王大喜道:"军师须要小心在意。"弥天真人出了营门,来至关下,叫声:"守关军士,快去通报,叫能干的将官出来会我!"关上小军飞报进帐:"报启千岁爷,今日关外又是一个道人前来讨战。"秦王问道:"今日哪位王兄出关会战?"闪出程咬金道:"主公,昨日秦大哥辛苦了,今日待小将去会他。"秦王道:"程王兄,若说道人,须要更加小心。"咬金应声得令,即提斧上马。一声炮响,开了关门。来到阵前,抬头一看,见是一个道人,咬金就对了他,吐一口涎唾,说道:"该晦气,我老程最恼的是牛鼻子道人,惯会作乖的。俺这里今日要杀贼,没有功夫鬼混,你去换一个来,好待我程将军赏他几斧头,也爽快些。快去换来!"那弥天道人听他说话有些呆头呆脑,不觉倒好笑起来,说道:"你这呆将官,休得看小了贫道,只怕你还不是我贫道的对手哩。你不信,我与你战一战看。"程咬金道:"方才与你作耍,如今实对你讲,要战一战,战两战,这都不难,只是要与你说过,我程将军不是夸口,说实在,战场上交锋打仗,足足有千百来遍。凡遇这些出家人,惯会兴妖作法。今番与你交战,都要拿出真本事来,断断不许兴妖作法,做出这些鬼脸来。若讲得通,与你交战,若讲不通,与我请便罢!"弥天道人道:"看你这呆将官不出,倒也乖巧,猜破我的心思。也罢,既已讲明,不动法术便了。"程咬金道:"妙啊,妙啊,这个才是。如若少停,杀不过,作起法来,我程爷爷要把你十七八代的祖宗都骂到的呢!"说罢,举起宣花斧就砍。那弥天道人用剑急架相还。马步交加,一场大战。要晓得,那弥天道人是步战的,手中军器又短,如何是程咬金的对手？他那三斧头又是有名的，把这道人直杀得吁吁的喘气。没奈何，又要用起法术来了。那弥天道人口中念念有词，把手中宝剑往西北一指，大叫一声："程咬金！你看那边什么东西来了？"咬金抬头一看，便叫："啊唷！"只见西北上一股黑气，那黑气之中，跑出许多豺狼虎豹、狮象恶兽等类，后面又跟定一班奇形怪状、披头散发的恶鬼，赤着身，露着体，哀哀哭泣，向咬金飞奔而来。咬金惊得魂飞天外，魄散九霄，大叫道："说过不许作法的，如今为什么又作起法来？我入死你这说谎的牛鼻子道人的亲娘！"一头骂，一头看，看来难以招架。正在心慌，只见东南上起一阵青气，这青气冲来，霎时间，把这些豺狼虎豹、狮象恶兽等类，并这些披头散发、奇形怪状的恶鬼，纷纷扬扬的俱变为白纸，飞往云霄之外去了。咬金大喜，即忙回进关中缴令。不表。看官，你道方才弥天道人的妖法被何人所破？只因秦王洪福齐天，恰逢李靖云游到此，看这道人用妖法来害咬金，故将正法破之。李靖来到关外，便对守关军士道："我三原李药师，要见秦王。"军士连忙报进帅府："报启上千岁爷，今有京兆三原李药师老爷，要见千岁爷，现在关外候旨。"秦王闻报大喜，连忙同众将出关迎接。进了关门，各个叙礼问安，即吩咐摆酒接风。当夜不表。

次日，秦王升帐，众将官齐集，见过了礼。外边军士忙报进来道："启千岁爷，昨日那个道人，今日又在关外，要请李老爷出去答话。"李靖道："既如此，待贫道出去会他，自有分晓。"遂出了关门，来到阵前相见。李靖叫一声："道兄请了！"弥天道人亦称一声："道兄请了。"李靖道："请问道兄，何处名山仙府，在何真人名下出家的？有如此高术，决非等闲之辈，何不再去修炼长生妙道，受其清福，何苦却在红尘之中，恋此孽障，岂不枉送了性命么？"弥天道人道："你是香山门下的徒弟，能知过去未来，善晓呼风唤雨，算得阴阳有准有条，你且把我算一算，看可晓得我是何等之人。"李靖就在袖中把指头轮算，算来算去，再也算不明白。便道："你要我识你的本来面目也不难，且和你罢兵数日，待贫道去寻究根源出来便了。"那弥天道人呵呵大笑道："你虽是香山门下弟子，要知我的本来面目，只怕好不烦难。凭你上游三十三天，下游一十八重地狱，中游名山海岛，若寻得我的本踪去迹,才算你是一个能人。我今日先试一个手段与你看看,也见我的本事。”说罢,把剑往空一指,那一口剑,霎时间就一口变十口,十口变百口,百口变千口,千口变万口。满天都是宝剑,纷纷扬扬落下来。正是:

弥天道人异术高,满空飞剑落飘飘。

当下,李靖见弥天真人作法,他也不慌不忙呼呼大笑道:“此乃千变万化之术,贫道也会的,何足为奇。待贫道也变与你看便了。”说罢,也把宝剑向空一指,果然照样一口变了十口,十口变了百口,百口变了千口,千口变了万口,也是纷纷扬扬落将下来,倒也好看。果然:

香山门下神通广,不让弥天法力强。

两下虽然斗法,却也你不伤我,我不伤你。大家一齐收了剑。弥天道人道:“如今限你一月,前去寻访,还得我本来面目出,然后与你交兵便了。”李靖应声道:“使得。”二人各自回营。

单讲李靖回到关中,秦王问道:“军师方才出关,打话一番,谅已探知弥天道人的细底。被他兴妖法,不能破贼安边,全赖军师发令施行,早除此患为幸。”李靖道:“主公有所未知,那弥天真人,我算他不是凡人得道,决然异怪奇妖变化来的。有他在内作祟,焉能破得五家王子?贫道欲请令箭一枝,着尉迟恭带领三千人马,往湖广荆州去走一遭。”秦王道:“使得。”尉迟恭听见,遂即上前来领令。李靖吩咐道:“你可带领三千人马,前往湖广荆州雷十朋处,借他的照妖镜到来临阵一用,勿得违误!”尉迟恭说:“得令!”

那尉迟恭领了军令,即带领了三千人马,一径往湖广荆州而来。在路不止一日,已到了荆州,即吩咐安营。次日,就出马来到城下,高声大叫道:“俺乃大唐神尧高祖驾前,官拜都总管尉迟恭便是。今奉军师将令,要来与雷大王这里,暂借照妖宝镜一用,待破了弥天真人,即当奉还。你快与我通报!”小军听得,飞报进府:“报启大王,今有大唐总管尉迟恭,说奉军师将令,特来要与大王借取宝镜破阵。”那雷十朋大王有弟兄三个:第一个是雷十朋,在荆州自称楚王;第二个为元帅;第三个为先锋。那第二、第三,弟兄二人,自小闻得山东秦叔宝是个英雄,因慕想其名,故一个取名赛秦,一个取名胜秦。那赛秦的面貌与尉迟敬德无二,他也用一杆点钢枪,坐下的也是一匹乌骓马。弟兄三人闻报尉迟恭到来,要借宝镜,十朋就叫声:“二位御弟,那唐朝差尉迟恭到来,要借我们的宝镜,却怎生回他呢?”胜秦道:“王兄,那面照妖镜是我家镇国之宝,岂可轻易借人?若然借与他们,倘或被他视为己有,那时,是弃与他好呢,还是举动干戈?动干戈又要损兵折将,耗费钱粮。况且目下刀兵正炽,万一自家要用,却如何是好?”雷十朋道:“既如此,御弟可一面前去辞他,为兄的就一面点齐人马。倘他不肯,引兵归国,为兄的就统兵杀出城来,管教他不留片甲。”那雷胜秦道:“王兄,你说哪里话来?你还不晓得尉迟恭的利害,他在刘武周处时节,曾日抢三关,夜劫八寨。王兄,你若今日违忤了他,为害不小。”雷十朋道:“如此,怎生是好?”胜秦道:“王兄,我小弟倒有一个计策在此,除非如此如此,骗他进了樊城。只消这般这般,管教不劳张弓折箭,使他自毙,岂不为美?”雷十朋闻言大喜道:“既如此,御弟可依计速行,骗他进来便了。”

雷胜秦奉令出城,一马来至阵前,抬头一看,见那尉迟恭面貌果然与赛秦二哥无二,同是豹头环眼,黑脸铀须。便上前开声道:“尉迟将军,小将雷胜秦马上打拱了,不知将军台驾到此,有失远迎。今奉王兄之命,特请将军暂进樊城,敬治水酒一杯,与将军接风。那宝镜一事,莫说借用,就是奉送,亦理所当然。况我王兄正有归顺大唐之意,日后与将军乃是一殿之臣,幸勿见却。”尉迟恭乃是直性之人,并不疑惑,便大喜道:“多谢将军美情,我当领教。”便同胜秦并马进了樊城,入帅府,把人马扎在教场。犒赏了三军,即吩咐摆酒款待。酒至中间,胜秦细细盘问他家常之事,尉迟恭见他们一派恭敬之心,只道是实,并不藏头露尾。一时高兴,就把始初打铁营生,扬州考武,金龙池收服龙马,铁羊打出双鞭,在刘武周处为先锋,后来归顺唐朝,纳取黑白二位夫人为妻,因探望秦王,打了齐王元吉,被殷王建成骗去受披麻拷打,放归田里,于山后致农庄种田,封单鞭与刘黑闼交战,因弥天真人妖法利害,故奉军师将令到贵处相借宝镜去破法,一一说得详细。其夜酒散,就在帅府宿歇,不表。

单讲胜秦出来，暗暗通知百姓，搬移城外居住，连夜拽起塞水闸板，把长江之水竟往樊城灌来。顷刻，平地水涨一丈有余，吓得那三千人马在教场内存身不住，都跑上城来。尉迟恭在帅府还未睡醒，只道哪里杀来了，连忙起身穿好衣服，及至走得出房，满地都是水滚将进来。尉迟恭即顶盔贯甲，上了乌骓马，离得帅府。只见府门前水涨来有五六尺了，连地都看不出，城上军士把火球火把照得雪亮。正是：

长江之水灌樊城，雷氏三雄大不仁。

毕竟尉迟恭怎解此厄，且看下回分解。

第六十五回　雷赛秦假尉迟恭　秦叔宝擒黑面贼

诗曰：

两员黑将貌相同，局骗唐师入贼中；

只道奸谋人不识，那知天意不能容。

那尉迟恭奔上城，往下一看，只见那大水顷刻涨有一丈二尺了。待到天明往城外一望，啊唷！你看波浪滚滚，一派都是大水。我且按下不表。

再说那雷十朋与二弟雷赛秦，点选人马，只等三弟胜秦行计回报，以观动静。等待五更时分，家将飞报道："三将军回来了。"胜秦下马到府，弟兄相见，雷十朋忙问："御弟，事务如何了？"胜秦大笑道："二位王兄，那尉迟恭果然中我之计，如今已为瓮内之鳖了。我细细套问尉迟恭家中之事，他便从头至尾，这些始末根由，一一说知。今已水困樊城。"雷十朋大悦。雷赛秦便说道："如此说来，尉迟恭今番性命休矣。我们速即打扮起来，好取唐家世界。"雷十朋道："此事全仗二位御弟用心，若得事成，功劳不小。"且按下荆州之事。

再讲唐营李靖，等了数日，不见尉迟恭回来，便在袖中轮指一算，大叫一声："不好了！尉迟敬德前往荆州，镜不能借，反有水灾之厄。谁去荆州救他出难，并取照妖镜前来，好破弥天道人妖法？"道言未毕，早有殷、齐二王走出说道："待孤家兄弟二人前去如何？"看官，你道这建成、元吉因何到此？只为秦王出兵，屡屡建功，高祖责备他无能，故此着他二人同来观兵。今闻军师相问，故欲建功。李靖不好违他，便说道："二位千岁要去也好，但是众将谁可保驾前行？"有秦叔宝答应道："小将愿往。"又走过黑白二夫人也说道："既然妾身夫主有难，妾身也愿随秦将军同去。"李靖欣然依允："二位夫人同去甚好。"五人一齐领兵前行。正是：

旗分五色龙与蛇，将别贤良君与臣。

取路前行，不止一日，到了荆州。吩咐扎下营盘，二人即亲到城下大声叫道："呔！荆州守城军士听者，今有殷、齐二王提兵到此，数日前有总管尉迟恭将军来借照妖镜，为何不见回来？莫非被你暗算了么？现提兵特来救取，你若好好送还，万事全休。若道半个不字，管叫你一城百姓都做无头之鬼！"荆州小军飞报进去说："启上大王爷，不好了！今有唐朝殷、齐二王，提兵前来救取尉迟恭。"雷十朋闻报，便令二弟雷赛秦去会他。赛秦奉命，即忙披挂上马，提枪出来。抬头一看，只见殷、齐二王身穿王服，装扮轩昂，坐在马上。赛秦即大骂道："你这两个奸王，来寻我老子做什么？我老子受你多少欺侮！如今这里楚王甚是有道，亲贤重武，我已死心归顺了。正待要来拿你这两个奸王，消我心中之恨，你今日却来寻死路。不要走，照爷爷的枪罢！"要的一枪刺来。二王抬眼一看，分明认得他就是尉迟恭，见此势头不善，连忙搭转马头就走，大喊："反了！反了！"一路叫进营来。黑白二夫人连忙问道："二位千岁王爷，何人反了，如此大叫回来？"二王道："就是你们的尉迟恭反了！"黑白二夫人哪里肯信，便说："二位王爷，岂有此理，我丈夫怎么肯反起来，莫非千岁爷看错了么？"二王道："孤家兄弟二人岂有看错之理？如若你二人不信，可亲自一同出去认一认看，就知孤家之言不错了。"黑白二夫人起身就走。二王上前拦住道："孤家说是这等说，一同出去却使不得。如今只许你一个前去认来，一个要在这里做当头的，若一齐去了，孤家放心不下。"黑氏夫人道："这句话也怪不得千岁说。"白氏道："既如此，待做妹儿的前去认来，姊姊可在此等着。"黑氏道："贤妹使得，你前去可细细认来。"那白氏夫人说声晓得，即忙跳上了这匹桃花马，提了这一杆凤嘴梨花枪，一马冲出营来。抬头一看，只见那对阵的将官，果然是尉迟将军在那里扬威耀武。白氏夫人那里认得出：

天生异相却相同，黑脸乌须姓不宗。

便上前叫声："相公，你敢是真个疯魔了么？为何做出这样事来？快快回去是正经道理。"那雷赛秦看见唐营女将出马，只见他：

轻盈好似风中柳，袅娜浑如雪里花。

到也生得十分齐整。听他口称相公，说这两句话，心中一想，便知道他就是尉迟恭的白氏夫人，遂叫一声："我那白氏的妻啊！我不是轻易背主投降的，只因我自从投唐以来，受了殷、齐两个奸王多少欺侮，屈加披麻拷打。那高祖皇帝也不知轻重，我做丈夫的，与他有许多汗马功劳，都是把性命去换来的，怎么不把高官厚禄的公侯贵爵与我，却只得授一个总管，焉能够有封妻荫子的地步？就是前日，又无罪恶，平白把我放归田里，仍旧往山后去自耕自吃。如今国家多难，又令主公秦王寻我们出来上阵冲锋，与他争江山、夺世界；若太平无事，依然削职归农。我仔细想将起来，其心甚是不服。今见这里荆州楚王，甚是有道，不要说尊贤爱士这许多好处，前日见我兵到，他就摆齐銮驾，带领文武公卿，下礼躬身迎接，让我上首见礼，摆酒接风，十分恭敬。我看他一片真心实意，比起那唐家待人，大不相同。谅那楚王必成大事。故此，我就归顺了他。蒙他封我为一字并肩王，分茅列土，好不受享。妻啊，你可回去，同了那姊姊黑氏夫人速速过来，做个王妃，岂不好么？"正是：

一篇捣鬼无根话，骗得裙钗认了真。

那白氏夫人听了这番话，信以为实，欲待走了过去，又患二王难为黑氏。心中一想："也罢，不若回去与姊姊商议，定计同归，有何不可？"正是：

琐琐裙钗无大义，此心那比丈夫雄。

就说："将军既然归楚，妾身自有理会。"把头一点，马转回营。黑氏一见，连忙问道："贤妹，真假若何？"白氏道："姊姊，当真是他。"把方才所说之言，照样说了一遍。这黑氏不听犹可，听了此言，就勃然大怒起来，直气得：

三尸神直爆火花，七窍内阵阵生烟。

便骂道："这戎囊子，说了如此言语，直头不是人了。贤妹，不可理他，待我去责备他便了。"说罢，提刀上马，飞出营门，抬头一看，果然不差。那雷赛秦看见唐营又飞马走出一员女将，好比：

芙蓉开在黑池边，浑如一朵水青莲。

倒也生得黑里俏。心中一想，必定这个就是黑氏夫人，便又叫道："我那黑氏的妻啊！你丈夫因在唐家受了无限欺侮，今已降了楚王了。妻啊,你可过来罢!”黑氏变了脸,就大骂道:“你这无耻的禽兽!我只道你是个顶天立地奇男子,故此我姊妹二人失身嫁你。再不想你是这等无礼无义的畜生!好好同我回去见主公秦王,我还与你是个夫妻,若是不听,休要怪我。”雷赛秦道:“哇!贱人,我不听你,难道你又去嫁了一个丈夫不成?若不过来,不要走,待我动手拿你过来便了。”黑氏夫人大怒,举起双刀直取雷赛秦。雷赛秦又骂道:“好贱人!怎敢无礼?”提起枪来就战。那雷赛秦的手段,倒也来得,黑氏只道真是他的丈夫,料战不过,只得虚闪一刀,回马就走。雷赛秦不舍追来,黑夫人就身边取出流星锤来,看见雷赛秦追近身边,即一锤打来,雷赛秦把枪一架,那流星索子却缠在枪上。雷赛秦用力一扯,象真尉迟的枪法擒他一般,被他拿了去了。黑氏心中想道:“是自家的真丈夫,倒也放心,只是气他不过。”

再讲秦叔宝在阵前看战,见黑氏被他拿了,心中大怒,即便取弓搭箭,嗖的一箭射去,正中雷赛秦的左肩,只听噗通一声,应弦而倒,黑夫人与雷赛秦两人一齐跌下马来。叔宝飞马跑来,擒了雷赛秦。黑氏夫人即跳上自己坐骑回营,此言慢表。

再讲殷、齐二王,见雷赛秦追黑氏的时节,只道他真个是尉迟恭归顺楚王雷十朋,即忙上马,双双径回长安,入朝来见高祖。奏道:“尉迟恭归顺了楚王,封他为一字并肩王。臣儿统兵往楚,他竟要活擒臣儿弟兄前去报仇,幸臣儿二人命不该绝,走脱逃回,得见父王奏闻异事。恐生他变,望父王即行定夺。”高祖闻奏,龙颜大怒,说道:“且候报到,议究便了。”此话不表。

再讲秦叔宝擒了雷赛秦,回进营中,军士推至面前,叔宝仔细一看,却看出不是尉迟恭。原来,尉迟恭上身长,下身短,那雷赛秦是上身短,下身长,一时骑在马上看他不出,今在地上就看出来了。叔宝问道:“你这厮是谁?敢假冒我家尉迟恭将军的名目么?你可快快实说,还可饶你狗命,若不实说,把你立时枭首,以泄我恨。”正是:

真者是真假不来,假者是假真不成。

雷赛秦尚不肯直说,黑氏夫人上前一看,也看了出来,心中大怒,说道:“你这厮到底是谁?怎敢在阵上讨我的便宜?”就赶过来,一刀将雷赛秦左耳割下。雷赛秦大叫一声："啊唷唷！痛杀我也！待我说便是。我非别人，乃是荆州楚王雷十朋的兄弟雷赛秦便是。"白氏夫人连忙问道："你这厮因何知我们的家事，前来哄骗我们？几乎上了你的当！"也赶上前，一刀割去雷赛秦右耳。雷赛秦大叫道："啊唷唷！痛死我也！"便道："这不关我事，都是俺兄弟雷胜秦设酒请尉迟将军，骗他说出这些话来，对我说了，故此我才晓得。"叔宝道："如今尉迟将军在哪里？"雷赛秦道："这也是我兄弟胜秦，设计决长江之水，将尉迟将军围困在樊城，有半个月了。"叔宝道："这厮如此可恶！只是长江之水，非同小可，怎能禁止得住？若是水困半月，尉迟将军命该休矣！"雷赛秦又说道："那江水困樊城，也是仙人说定，只有一丈二尺，故此，前日探事小军报来说，尉迟将军同三千人马俱趴在城头上躲水，尚还未死。"叔宝道："若得未死还好，不然，把你三弟兄的狗头，一齐万剐千刀，也还自为轻恕。我且问你，如今怎样一个法儿禁得水住，救得尉迟将军出来？"雷赛秦道："这事极易，此去樊城东南上，有一块大闸板，只消令军士前去放下了这块闸板，水就退矣！"

黑白二夫人听他说明，即刻起身，带领军士前往东南上来。抬头一看，果见有一闸板，有许多兵卒守住在那里，看放江水进城。二位夫人大怒，提枪舞刀，赶将过去，大喝一声，杀将起来。这些守关的楚兵，干得甚事？却被二位夫人杀散。遂令军士放下了闸板，水即渐渐退去。二位夫人大悦不表。

且说那尉迟恭，自从那夜扒上樊城，可怜三千人马在城头上，哪里来的粮草。初时杀些马匹来吃，到后渐渐不济，这些军士无法，只得在城上掘些野菜、蒿菜来充饥。不道命不该绝，却在城上掘起耗米三千石，尉迟恭大悦，这三千人马，方能不至饿死。看官，你道这米是哪里来的？原来就是前回书中，数年前金墉城李密的仓中之米，被众飞鼠盗去，搬运到此的。正是：

　　唐王有福全兵将，水困樊城耗米来。

所以，过了半月有余的水困之灾。这一日，忽见城下的水渐渐退去，尉迟恭大喜，即领兵马杀出樊城。正遇着黑白二夫人杀到，夫妇相逢，虽不抱头大哭，却也各人掉泪，犹如：

古木逢春花再发，月轮遇望又重圆。

相见已毕，尉迟恭便叫道："啊唷，二位贤妻啊！我做丈夫的几乎不能够与你们相见。"二位夫人道："相公，幸亏军师妙算，复令妾身姊妹同秦叔宝将军前来，活擒雷赛秦，说出水决樊城之事，妾姊妹赶来放下闸板，方得水退，救相公脱离此厄。"三人一头讲话，一头取路回营。与叔宝相会，诉说一番情由。叔宝道："将军恭喜，那雷赛秦已被小弟擒住了。可恨奸王不问明白，竟回长安去了。只怕他在高祖面前，又生一番是非矣！"尉迟恭道："真者是真，假者是假，这也由他罢了。如今雷赛秦在哪里？"军士道："现囚在后营。"尉迟恭大怒，拔出宝剑，正欲去杀。秦叔宝上前，止住道："不可，且取了宝镜，然后将他拿往紫金关，待主公自己发落便了。"尉迟恭怒气方平，应声道："秦将军说得是。"遂即提枪上马，来至荆州城下。那楚王雷十朋早已知此消息，与三御弟雷胜秦商议道："谋事在人，成事在天。御弟算就万全之计，无奈天不从人所愿。孤家想将起来，那唐高祖决是真命之主，我等不如投降了大唐，以全性命，有何不可？"胜秦道："王兄言之有理。"遂把降旗竖起，捧了传国照妖宝镜，出城赔罪。上前叫声："将军，都是兽弟不好，今已被擒，孤家愿将宝镜、降书、降表献上。"尉迟恭见他十分哀求，心中倒也不忍加害，遂准了他的降书，取了宝镜，回营来见叔宝，备言前事，叔宝大喜。那尉迟恭、秦叔宝，即同了二位夫人，将雷赛秦打入囚车，领了这三千人马，一同往紫金关来。

见了秦王，就把从前之事细细说了一遍。秦王大怒，吩咐把雷赛秦速行斩首。李靖忙奏道："主公，不可杀他，若杀了雷赛秦，使尉迟恭日后在万岁驾前，再也辩不清了。今主公可速令黑白二位夫人，将雷赛秦解往长安，去与二王对明白了，然后，凭朝廷发落，何等不美？"秦王大悦道："军师言之有理。"就命黑白二位夫人，解雷赛秦往长安，去与两王对证。二员女将领旨就行，我且慢表。

再讲李靖有了这面照妖镜，就要开兵去照弥天道人的本来面目。只听三声炮响，开了关门，分开阵势，咬金上前叫道："快叫牛鼻子道人出来！"小军飞报进营，五王闻报，一齐出来。只听得一声炮响，早已摆开阵势。弥天道人，手提宝剑，走出营来，叫声："李靖，你到荆州雷十朋那里，去借了照妖镜来照我么？"李靖道："然也。"那弥天真人大怒道："李靖，你若照我不出，性命难保了。请把镜子来照照看，若是看不出，近些来照。"李靖取镜在手，对照道人，只见一道白光，再也看他不出是什么东西。李靖心中想道："这也奇了，那镜中照出一道白光，决是白蛇精变成的。待问他一声看。"李靖正要动问，这弥天道人先问道："李靖，我仙面目是何物？算你香山道学高。"

毕竟李靖怎生回对，且看下回分解。

第六十六回　宝镜照出弥天道　五王失算丧家邦

诗曰：

阵前斗法显神通，堪笑妖僧识见空；

却被祖师收伏住，焚香扫地做仙童。

当下李靖就叫道："弥天道友，我这宝镜内照你是一道白光，莫非你就是白蛇精得道来的么？"弥天真人大怒道："哇！胡说！贫道功高行大，你师林澹然，还要让我三分，怎么说贫道是白蛇精？不要走，吃我一剑！"把手中宝剑劈面望李靖砍来。李靖也把手中剑急架相还。两下大战不及十个回合，李靖岂是弥天真人的对手，不若先下手为强，便口念真言，把剑对弥天道人，喝声道："疾！"只见那口剑上起一道红光，犹如：

燎台烽火腾空焰，万朵红云扑面来。

一堆烈火望弥天真人身上烧来。那弥天真人全无惧怕，反呼呼大笑道："李靖，我只道你是香山门下，法术高强的，却原来只得如此小技，也敢来班门弄斧！"说罢，不慌不忙，也把这口剑往李靖脸上一指，那剑上就起一声霹雳，这霹雳过了，又起一阵狂风，啊唷唷，好不利害！顷刻间：

飞沙走石乾坤暗，日色无光神鬼惊。

反把这团烈火向李靖劈面吹来。李靖大吃一惊，即收了法术，把剑往地上一指，那平地上忽起一朵乌云，李靖跨上云头，径往东南而走。弥天道人高声喝道："由你走到哪里去，我会赶来也。"说罢，也把手中剑往地上一指，也起一朵乌云，那弥天真人也跨上云头，追赶李靖，不知追往哪里才住，我且慢表。

再说那刘黑闼呼齐人马，说道："今日不破此关，誓不回兵！"传令一齐杀出，早有苏定方催开白点马，摆动雪花枪，一马冲来。那秦王也在那里掠阵，看见苏定方一表非俗，心中欢喜。看见他冲来，叫一声:“苏王兄,投顺了孤家罢!”苏定方大叫一声:“唐童休走!”即劈面一枪刺来。秦王大惊,把定唐刀招架,却来不及了。正在着忙,只见头顶上放出一道金光,抓住了苏定方的枪头。苏定方想道:“原来那唐朝小秦王李世民倒是个真命天子,故此顶上有金龙现出。料想刘黑闼将寡兵微,不能成事,不如归唐朝,得图出息,有何不可?”想罢,忙放落手中之枪,下马投伏,跪拜马前。秦王大喜,也便慌忙下马扶起。那边唐璧见苏定方投顺了唐朝,不觉心中大怒,摆动金背刀,杀将过来。这里,程咬金催开铁脚枣骝驹,摆动宣花斧,上前敌住。

朱登见四王不能成事,唐家大将甚多,秦王天生异相,谅来天下是唐朝的了;方才苏定方又投了唐,我也只得归顺了罢。便拍马向前。逢秦叔宝迎住,叫声:“贤侄,你可知天命归唐,休要执迷不悟,快快投顺了唐家,与愚叔同为一殿之臣,有何不美?”朱登叫声:“叔父,你既要小侄归顺唐家,须要保举我永镇南阳。”叔宝大悦,说道:“贤侄,此事都在我愚叔身上便了。”朱登大喜,即同叔宝投降于唐。秦王大悦,此言不表。

再讲那鲁州王徐元朗,见苏定方、朱登两人归唐,便心中大怒,使动手中这柄托天叉,杀将过来。尉迟恭见了,催开抱月乌骓马,摆动乌金枪,接住厮杀。上梁王沈发兴使着宝剑杀来,这边张公瑾、史大奈接住厮杀。那刘黑闼带领众将杀来,这边徐茂公招呼殷开山、马三保、段志贤、刘洪基等一齐战住。那一场狠战,非同小可,直杀得:

阴风惨惨天昏暗,怪雾腾腾日色黄。

我且按下不表。

再说那弥天道人追赶李靖,在云端内紧追紧走,慢赶慢行,正是:

急行好似离弦箭,慢行好比月边星。

赶至一山,李靖按落云头,仔细一看,原来那山名为紫阳山,有一洞府,名曰水火连环洞,乃系林澹然仙师修行之所,只见洞门前有一派仙景,正是:

乔松翠柏参天秀,鹤鹿成群绕地行。

李靖无心观看景致,径走入洞中去了。这弥天真人随后追来,也按落云头,赶至水火洞口。见李靖走入洞去,想他必去叫林澹然师父出来与自己答话了,便在洞门前耀武扬威,大喝道:“呔! 李靖,你走了进去,敢是叫师父林澹然出来见我么? 叫他快些出来,我在此等候,不怕你飞到天外去了。”

不表弥天真人在洞外喊叫,且说李靖到了洞中,只见师父林澹然垂帘默坐于蒲团之上,李靖走到面前,倒身下拜,说道:“师父在上,弟子李靖参见,愿师父圣寿无疆!”那林澹然开眼一看,便说道:“李靖,你到此何干?”李靖把从前之事,细细说了一遍。林澹然早已知道弥天真人出处,便说道:“他是千年的弥猴,采天地之灵气,受日月之精华,修炼得道的,可取捆妖绳,出去收他进洞,听我发付,断断不可伤他性命。”李靖道:“领法旨。”林澹然起身便往后边取出捆妖绳,付与李靖。李靖双手接取,辞别师父,来至洞外。弥天真人见了,大叫道:“李靖,我只道你躲得过的,原来就出来了,莫非去向师父借取什么宝贝,又来卖弄神通么? 贫道不怕,你取得什么天罗地网,我也会走得出的。”李靖道:“正是借得一件宝贝在此。”弥天真人道:“我也不怕的,请用起来。”

李靖拿出捆妖绳,望空中一丢,弥天真人认得是捆妖绳,回身就走。谁知那宝贝起在空中,有霞光万道落将下来,就走也来不及了,早被捆妖绳捆住。那弥天道人就现出原形,乃是一个白猿。那捆妖绳捆在他颈上,犹如猢狲做把戏的一般,被李靖拿进洞中。林澹然道:“你这孽畜,如此无礼,取宝剑斩了罢!”李靖答应:“领法旨。”提剑正要施行,那白猿看见,跪地哀求道:“师父,可怜弟子有千年道行,乞饶一命,情愿在此修行,再不敢到红尘中去作事了。”林澹然乃得道仙师,自然慈悲,见他哀求,便开口道:“李靖,这孽畜既如此说,饶他一命,将他用水符锁住,就留在洞中,当一个道童,与我烧香扫地罢。”李靖道:“领法旨。”就将水符锁住,取下捆妖绳。白猿得放大悦,忙向林澹然座下叩谢不杀之恩,安心在洞做道童了。

李靖方才拜别师父,驾起云头,仍旧到唐营而来。只见紫金关前一道杀气冲天,阻住云头,李靖往下一看,却是两边交战,便叹息道:“也是明州刘黑闼罪孽深重,纠合众王子,劫数难逃,待我暗助他一阵成功,有何不可?”就将手中宝剑往下一指,只见刮起一阵狂风,顷刻间：

千年大树连根拔，万里江湖浪泼天。

啊唷唷！好大风！飞砂走石往下打来。说也不信，那飞砂走石，只打得众王子的兵马，这唐营兵将一个也无害。我且按下不表。

再讲南阳王朱登，便叫一声："秦叔父，待小侄去招呼本部兵马，斩取刘黑闼，作进见之功。"叔宝大悦道："贤侄之言，说得极是。"那朱登便一条枪、一骑马杀将转来，招齐了自家的本部人马，去归唐朝。复返身杀入明州刘黑闼阵内，这一条枪杀得好不利害，犹如：

白龙取水空中舞，带雨长蛟浪里翻。

这一场好杀！那苏定方看见朱登入阵逞能，他也高兴起来，即忙上前叫声："主公，待臣也去助他一臂之力，以破明州兵献功，有何不可？"秦王大悦，便叫道："苏王兄，须要小心。"苏定方应声："得令！"即把坐骑一拍，冲出营来。这一条白银枪使在手中，好不利害，真正了不得：

见一个来挑一个，见两个来挑一双。

直杀得惨惨愁云起，腾腾杀气生。这边张公瑾与沈发兴交战，史大奈连忙相助。只杀得沈发兴大汗直淋，料想杀他不过，幸亏军师弥天真人传授妖法，便把那手中宝剑望南一指，口中念念有词，只见那剑头上，顷刻生出一团烈火，重重叠叠放将出来，啊唷唷！真个好火，犹如：

火烧赤壁孔明计，烂额焦头魏卒逃。

那烈火一团一团的望唐营二将烧来。这番张公瑾、史大奈吓得魂飞天外，魄散九霄，啊唷唷！打转马头好跑。二将只顾败走，哪里晓得云端自有李靖看见，就把宝剑往下一指，起个霹雳打下，那火就灭。沈发兴大吃一惊，不提防，苏定方一马冲到，不问情由，竟向沈发兴后心一枪，翻身落马，定方便下马割取首级。

可怜独霸上梁王，赫赫威名顷刻消。

再说尉迟恭战住徐元朗。要晓得，那徐元朗岂是尉迟恭的对手，不上十个回合，被尉迟恭的枪一枪刺去，正中咽喉，翻身跌下马来，尉迟恭也便下马割取首级。正是：

英雄久占大秦地,一旦威名关下亡。

再说程咬金与唐璧交战。那唐璧虽是做过山东节度使,将门之子,武艺全备,只是哪里敌得过天降将星,怎当得起程咬金这三斧头的利害。第一斧砍来,就当不起了,那程咬金不由分说,赶上前,把第二斧噗通一响劈下地来,便下马走过来,割取唐璧的首级。正是:

威镇山东名久传,可怜一斧丧黄泉。

那咬金得胜飞马而去,那番只留得一个明州后汉王。刘黑闼见此光景,大叫一声:"罢了!罢了!杀的杀了,降的降了,可怜数十万人马,只剩得五万有零。这番料难复仇。"就打点领兵回马而逃。只见朱登一骑马飞也赶来,刘黑闼叫声:"御侄,救我一救,孤当没齿不忘大恩。"那朱登也不回言,举枪一刺,正中前心。可怜刘黑闼翻身跌下马来,朱登就上前取了首级。有诗为证:

堪笑明州后汉王,不思己力乱称强;
若能谨守遵唐室,尽可施威霸一邦。
与主复仇仇未复,请兵长志志难长;
英名丧与朱登手,此恨绵绵死不忘。

再表朱登追杀残兵,可怜这二十五万明州之兵,一时之间,杀得天昏地黑。你看这一路战场上,尸积如山,血流成河。李靖见四王已死,即便下落云头,来见秦王,说道:"主公,这后五龙劫会,大数注定,四王已灭,一王已归。贫道特来作别,要往海外云游去了。"秦王再三相留不住,便问弥天道人究竟是何妖怪,李靖就把师父林澹然用捆妖绳擒住千年得道的白猿,收服在仙洞使用的话,一一说明,便长揖乘风而去。秦王深喜他道行清高,有超凡脱俗之妙,只得放他去了。

当下徐茂公传令收兵,只听得一声鸣金,众将纷纷回转,都往帅府报功。程咬金得了凤鸣王唐璧的首级,尉迟恭得了上梁王徐元朗的首级。朱登进营参见秦王,叔宝奏明保举之事,并斩后汉王刘黑闼之首献功,秦王闻言大悦,说道:"待孤家班师回朝,奏过父王,另行升赏。"朱登谢恩。苏定方献上沈发兴首级,其余一班众将所献大将首级,不计其数。秦叔宝便一一记明,上了功劳簿。秦王吩咐摆酒贺功，众皆大悦，直饮到：

日影西沉天外去，月光初上海东来。

一宵无话。来日秦王传旨，留尤俊达为鱼鳞关镇守总兵官，副将金甲、童环二员佐之，又留刘洪基为紫金关镇守总兵官，副将樊虎、连明佐之；两处分兵十万镇守。六将领旨，自去打点守关。秦王带领其余众将，随即班师，放炮一声，起兵就行。一路上好不得意，正所谓：

三军齐唱叨叨令，众将喜赋凯旋歌。

往陕西大国长安进发。早行夜宿，非止一日，到了长安。等次日入朝朝见。我且慢表。

先讲二王，自从那日在荆州回国，奏知父王说："尉迟恭投降雷十朋，起兵谋反，臣儿二人蒙父王差往紫金关观兵，军师李靖着令秦叔宝与黑白二夫人同往荆州，目观其情，奏闻父王定夺。"其时，高祖大怒，信以为实，只等后来报到调处，不想久无捷报，正欲遣将发兵，先行拿问尉迟恭家属，恰当黑白二夫人解到雷赛秦入朝，面奏假冒之事。高祖传旨，宣雷赛秦当殿，把龙目一观，果然与尉迟恭面貌丝毫无二，传旨推出朝门斩首。便唤建成、元吉上殿，埋怨道："你这两个没用的畜生，凡事最不细心，动不动好歹不分，便来轻事重报，诳奏于朝。以后若再不细心，活活将你两个畜生重处一死。"二王十分惭愧，跪于阶下，几乎把头都磕碎了。

正是从前作错事，如今没兴一齐来。

高祖喝声："去罢！"二王爬起身来，满面羞惭，退出朝门，回府不表。高祖即驾退回宫。一到来日五更三点，驾坐早朝，打起龙凤鼓，敲动景阳钟，正是：

文听鼓声朝天子，武听钟声拜圣人。

文武百官朝拜已毕，分列两班。高祖传旨："有事奏事，无事卷帘退班。"道言未了，早有一官，纱帽红袍，执笏当胸，上殿奏事："臣黄门官，启奏陛下，今有秦王得胜班师回朝，带领众将，现在午门候旨。"高祖闻奏，龙颜大悦，传旨宣进来。那秦王闻言，来至金阶说："臣儿世民朝见父王，愿父王万岁！"高祖道："王儿平身，你可将出兵之事，一一奏闻为父知道。"秦王领旨，便将前事一一奏上。又将功劳簿，上呈龙案。高祖御手展开。从头细看一遍，龙心大悦。传旨："宣徐茂公、秦叔宝、尉迟恭等三十七人见驾！"秦王领头，众将进朝朝见。山呼已毕，高祖喜逐颜开，说道："朕有封诏一道，着黄门官上殿宣读。"黄门官领旨上殿，念道："圣旨已到，跪听宣读。诏曰：

朕闻有功必赏，尔诸将勤劳王事，赤心报国，今幸班师，宜享太平。所有开国功勋，今当封敕。恩臣秦叔宝，临潼救驾，佐朕扫平宇内，晋封护国并肩王、天下都督大元帅，赐双锏，专打奸佞。尉迟恭单鞭救驾，封为虢国公，赐单鞭，先打后奏。徐茂公封英国公；程咬金封鲁国公；魏征授兵部尚书；朱登复姓伍，封开国公；苏定方封锡国公；马、段、殷、刘、尤五将，皆封为国公；一十八将，俱封总兵。故罗成，封越国公，妻封一品夫人；故刘文静，封太子太傅。赐黄金万两，建麒麟阁，表扬诸将功勋。钦此。"

毕竟怎生起造麒麟阁，且看下回分解。

第六十七回　麒麟阁旌表功臣　升仙阁奸王斗富

诗曰：

唐室山河一统成，皆因圣主得贤臣；

功勋旌表凌烟阁，众杰雄名万古称。

当下，黄门官开读高祖封赠功臣诏书已毕，众将齐声山呼："万岁！万岁！万万岁！"谢恩出朝。高祖起驾回宫不表。

单讲程咬金封了鲁国公，好不快活。他就头戴金幞头，双龙抢珠扎额，身穿大红绣龙蟒袍，腰拴镶金白玉带，脚踹粉底朝靴，摇摇摆摆，欣欣然好不得意，与众功臣在朝房议造麒麟阁。先唤画工画其图形，然后打算木料砖瓦动工建造，议论纷纷不一。这程咬金最性直的，便说道："起造麒麟阁，要索之极多。蒙万岁爷赐我们金子一万两，吾们要好看，大家拿出来添补，三千银子一个在里头。须要造得那座麒麟阁飞檐走阁，齐整华严，要比那个隋炀帝昔日游幸江都起造的迷楼一般，才算我们做汗马功劳的臣子，胜似那个亡国败家的皇帝百倍了。"众人俱大笑起来，说道："程将军既是说得出这句好话，先是你为头，快拿出三千两银子来帮助，我们众人无有不遵台教的。"那程咬金方才这句说话，不过是好胜作耍之言，今见朋友笑了，他倒有些不好意思，便笑嘻嘻，呆着脸道："众位，你们大家拿了三千银子一个出来帮助，我老程也说不得了，别样事情不管，这些豆腐小菜钱，都算在我帐内便了。但是你们都要拿出来的，若有一个不拿出来，我老程就要将他十七八代祖宗都牵出来骂的。"叔宝道："你这个蠢才！如今做了国公，也该学些体面，岂可照旧做响马一般，胡言乱道的混帐，失了公卿的品格。"咬金见叔宝抢白了两句，忍气吞声，自知其过，扭起了这张嘴，再也不敢多口了。

再说当日朝廷就有旨意出来，起造麒麟阁，命工部尚书，督同该管有司官职，即日兴工起造，钦限三个月完工。那些有司官，唤齐各

项匠人,不下数千名,纷纷起造。正是:

高阁凌虚标姓氏,巍巍不朽古今称。

足足忙乱了三月,完工复旨。早惊动了那长安城内城外的百姓,都称麒麟阁千古奇逢,难得看的。大家扶老携小,男男女女,一齐来看,都沸沸扬扬,喧喧嚷嚷说道:“啊唷唷!好齐整!你看四周围一带,都是玛瑙石砌就的;四边亭柱,都是乌木紫檀。高有十丈,阁造三层。上铺琉璃碧瓦,四面雕龙画凤的纱窗,真个景致非凡,好一座仙人楼阁。”我且慢表。

单讲高祖闻麒麟阁钦限完工,传旨摆齐銮驾,到来游玩。细细观看一遍而回,龙心大悦,命秦王写一副对联,挂于阁上。写道:

双锏打成唐世界,单鞭撑住李乾坤。

且说阁内造得极其华丽,一日高祖坐朝,黄门官启奏道:“麒麟阁摆设完备了。”高祖闻奏,命殷王建成、秦王世民、齐王元吉,弟兄三人赴麒麟阁庆贺诸位功臣。上前各个见礼已毕,那些众将,只与秦王说说笑笑,惟有殷、齐二王,却无一人理他。咬金见了,心中想道:“这两个狗头,一向自恃太子,大模大样,把我们众朋友百般欺侮。尉迟恭因入天牢探望秦王,将元吉毒打一顿,被建成着了人骗入王府,屈受披麻拷打,亏得牛鼻子道人叫刘兵部相救。可怜罗成兄弟无人相救,被他们陷于死地。如今幸得高祖明白这个道理,把秦大哥的双锏与尉迟恭的单鞭,一齐御笔,题诗在上,叫他们专打朝中奸佞,不论王亲国戚,先打后奏,故此他两个狗头好象哑巴子一般,不敢撒野。待我老程不免去耍他们一耍,也好与罗兄弟阴魂出出怨气,也算做好朋友一番,有何不可?”就走将过来,喊道:“呔!你们两个在这里做什么?我家主公收纳英雄,挣下功劳,在此麒麟阁庆贺我们功臣,赐宴饮酒,好不光彩。你这两个退时倒运的废物东西,一出兵去就杀得片甲无留,大败而归,看起来真正是没用的人了!要你们在此做什么?只好与我弄弄鸡巴!”叔宝见他作耍,犹恐殷、齐二王不逊起来,不好看相,连忙走将过来,喝退咬金,羞得殷、齐二王含羞大怒而去。

来到府中,建成与元吉商议道:“我们也造一个高阁起来,比那麒麟阁更加齐整几倍,也与我们两府的众将士日日饮酒作乐,以出出今朝被程咬金这狗头羞辱的恶气。贤弟，你道如何？”元吉道：“王兄说得有理。”次日，二王就拨出两府钱粮，就在那麒麟阁对面，也造起一所高阁来。不消数月完工，却也与麒麟阁一般高大，也是极其华丽。上悬一个金字的匾额，名曰“升仙阁”。两边也有一副对联，上写道：

龙楼日日生祥瑞，凤阁朝朝起彩云。

那殷、齐二王也在里面吃酒作乐，倒造化了这一班家将，日日赐宴，陪二王吃一个醉饱。只因升仙阁造得穷工极巧的齐整，那些长安百姓，都去看二王的升仙阁，这一边的御赐麒麟阁，倒没有人来观看，渐渐冷落了。这些众英雄都不以为然，只有那个程咬金是好胜好事的，看见这些百姓都去看升仙阁，称赞阁中富贵等许多好处，独有自己这里的麒麟阁非但无人称赞，连看的人也渐渐稀少起来，心中甚是不服，想道：“嗄！是了！我有个道理在此。”次日，遂买了几百担干面，叫人做起肉馅包子来，若百姓来看麒麟阁的，每人赏他包子两个，正是：

好胜之人惯吃亏，卖嘱百姓费己财。

这赏包子的消息一传，传扬开去，到明日，众百姓俱来看麒麟阁，领赏肉馅包子，去而复来，络绎不绝的好看，真正闹热不过的兴头。程咬金扬扬得意，好不快活，果见二王那里的升仙阁一个人也没有去看了。这边二王得知这个消息，便说道：“这个何难之有？明日也做起肉馅包子来，每人赏他四个包子。”这些众百姓何乐不为？真正好造化，复又去看升仙阁了，弄得那些百姓们倒是：

两头忙乱日奔波，争夺包子少与多。

那咬金一时兴发起来，他们四个，我们这里每人赏他八个便了。一到明日，每人赏八个包子的消息传扬开去，这些众百姓最贪多的，又一齐都来观看麒麟阁了。这边殷、齐二王大怒道：“赏包子有甚希罕？孤家明日每人分赏一钱银子。”这消息传出去，那些众百姓生意都不去做了，若老若幼，挨挨挤挤，都来观看升仙阁，要领赏这一钱银子，把那街道都挤满了。咬金看见这个光景，不觉大怒起来，想道：“我老程因一时赌气，把家中银子都使尽了，如今连这包子都分不起了,哪里及得这两个狗头有钱,一日花费万金。”心中昏闷不过。这一日,正逢尉迟敬德吃得大醉,坐在那里说酒话,咬金便走过来对他说道:“老黑,那万岁爷封你的钢鞭做什么?”尉迟恭道:“万岁爷叫我专打朝中奸佞不法之臣,你难道不晓得这个缘故,又来问我么?”咬金道:“如今殷、齐二王私造升仙阁,每人赏一钱银子,引得众百姓不务生理,这等不公不法,你怎么不打他呢?”尉迟恭道:“他们两个有钱,自去做畅汉,关我老子甚事?”咬金道:“原来你是没有用的,当初被他骗去,屈受披麻拷打,吃了他们两个这一场大亏,如今趁此机会何不公报私仇,打他一顿?”尉迟恭是一莽之夫,听这句话,不觉:

无明火向心头起,旧恨竟从胆上生。

当即大怒,立起身来,赶至升仙阁来,手提钢鞭,虎势甚迫。程咬金心中一想道:“然这黑炭团一时性起,打杀了这两个奸王,又是一番淘气的事,追究起来,又说是我老程参掇他去的。待我不如一路叫喊前去,等他两个狗头害怕,预先走了,我就哄骗这老黑,拆倒了这个升仙阁,岂不是好?”想停当了,连忙一路喊叫前去:“殷、齐二王私造升仙阁,耗费钱粮,尉迟恭黑炭团来了,来打了,你们大家走开些!”

二王正在升仙阁饮酒作乐,忽听下面喊叫,推开纱窗往外一看,吓得魂胆消烊。便说道:“不好了!尉黑子来了!”慌忙飞奔下阁,一溜烟,弟兄两个都逃出后门走了。

那敬德抢上升仙阁来,不见了二王,正没处出气,忽见咬金走到说道:“老黑,他两个虽然逃走了,打不着,这升仙阁是私造的,在此引诱百姓,何不将他拆毁了,也与万岁爷省些银钱?”那尉迟敬德正在大怒之间,忽闻咬金之言,说道:“有理,有理。”连忙叫齐手下数百名家将,立刻要拆升仙阁。那班家将也怪二王一向做人不好,今闻家主吩咐,齐声答应,大家动手,不消一日工夫,就拆得干干净净。正是:

耗费钱粮起造成,一朝却遇败家精。

又把那些什物、家伙、玩器之类,都打得件件粉碎,方才住手。尉迟恭哈哈大笑,说道:“打得好燥皮!”回府去了,不表。

再说那二王飞奔逃归王府,差人打听,回报道:“启二位千岁王爷得知,不好了!那尉迟恭打上升仙阁,不见二位王爷,就唤手下把这一座齐齐整整的升仙阁,立时拆光了,玩器、什物等项,尽行打得粉碎,方才住手回去。”殷、齐二王一闻此言,直气得:

眼珠爆出眉毛外,手脚浑如冷水喷。

大叫一声:“罢了!罢了!啊唷唷!尉黑子这狗头!真正了不得了!”建成道:“三御弟,我们气他不过,不如把此事明日早朝奏闻父王,必要问他一个无事生非、欺君灭主的罪,杀不能杀他,打也打他一顿,才消我恨。”元吉连忙摇手道:“王兄,此事算来动也动不得,况且这座升仙阁,原是我们气不甘服他们的麒麟阁,故此私自两个拿出银子来造的。怎敢奏闻父王,寻他的事,倒去拽被头,讨屁臭?看来这场亏,我与王兄要吃他的了!”建成听说,又叫:“三御弟,你的见识虽是,但是,秦王世民手下这些将官,我为兄的心里到底恼他不过,全赖三御弟再想一个绝妙的计策来,把他们这些将官,一个个弄他尽死方休,须要做得干干净净便好。”元吉听言,便把眉头一皱,顷刻计上心来,说道:“有了。”建成忙问道:“怎么样呢?”元吉道:“王兄,我想如今天气炎热,这些将官都住在天策府内,只消王兄明日早朝启奏父王说:‘那秦王手下这些将官,一向在沙场征战,汗马功劳,受尽许多辛苦,今虽宁居在天策府,今夏天暑气炎蒸,可令太医院官,虔合香茹饮汤,颁赐他们,以见父王爱贤恤士之心。’父王必然准奏。那时我们就去传那太医院官到府中来,着他暗藏巴豆、大黄等物在香茹饮汤内,颁赐前去,不怕他们不吃,若吃了下去,使他们自然一个个刮肠刮肚的泻死,岂不干净么?”建成听说,大喜道:“妙,妙,妙!好计,好计!”一宵无话。

来日五更三点,二王一同入朝。只听金钟响,画鼓敲,万岁君王视早朝。真个是:

户外昭容紫袖垂,双瞻御座引朝仪。

御炉香烟一阵缭绕,高祖驾坐龙亭,传旨两班文武:“有事出班奏事,无事卷帘退班。”高祖传旨方罢,有殷、齐二王上殿启奏道:“臣儿建成、元吉,有事奏闻父王。”高祖道:“你两个所奏何事?快快奏明。”“臣儿因念秦王麾下将士,边关立功,安享未久。值此盛暑,父王爱贤恤士,何不颁赐香茹饮汤,解散炎蒸,以表父王之恩。”高祖闻奏道:“王儿之言甚善,依卿所奏,即着太医院英盖史,合就香茹饮汤,颁赐秦王府。”众将领旨,高祖朝散回宫不表。

单讲殷、齐二王退朝回府,就差内侍去召英盖史来。那英盖史闻殷、齐二王相召,慌忙来到府中,参见已毕,便问:“二位千岁见召,不知有何吩咐?”二王道:“孤家弟兄有一事相烦,不知先生可肯依孤么?”英盖史道:“千岁令旨,臣敢不遵?”二王道:“先生,孤家弟兄,只为天策府一班将士,个个倚着秦王的势力,每事相欺于孤。今日万岁爷要赐他们香茹饮汤,敕着先生料理。孤家意欲拜烦先生,于每服香茹饮汤中暗藏巴豆、大黄发泻等药,待他们吃了,个个泻死,有何不美? 故此,特召先生到来叮嘱。”英盖史听说此言,心中跳个不住,连忙回说道:“二位千岁爷啊,别样事无有不遵,此是险毒之事,断断不敢奉命,乞二位千岁爷另寻别人罢!”二王又道:“先生不必推辞,你今日依孤行了此事,他日孤登九五之位,就封你为一字并肩王,岂不富贵极矣!”那英盖史闻说此言,心中十分动心:“啊唷,妙啊! 若依了他,这并肩王稳稳做得成,况他是大太子,他日高祖归天,皇帝自然是他的,料无别人可夺。”因一时动了贪图富贵之心,就忘了天理好生之德,又想一想道:“这香茹饮汤况且又是皇上特赐,因吃多了作泻,与我无相干涉。”打算已定,便依允道:“既承二位千岁美意,臣敢不领命?”二王见他允了,便大喜,相送出府。英盖史回归太医院府中,连忙合好了香茹饮汤,奉旨送去不表。

且说众将士退朝回来,在天策府内居住,因天气炎热,大暑逼人,各自闲耍。程咬金扯了尉迟恭到一间书房内着象棋,咬金道:“我与你今番着一个小意思,竟是十两一盘罢。”尉迟恭道:“就着十两罢。”两个就着起象棋来。不想程咬金一连输了三盘。那程咬金最算小的,为何肯与尉迟恭着起十两银子一盘的象棋? 只因前年在扬州夺状元的时节,见尉迟恭象棋甚低,其实此乃他前日未遇时运的时节,银子少,心慌意乱,故此输了。如今时运亨通,自由自在的下棋子,自然又高又精,咬金如何着得他过? 所以连输三盘。咬金道:“我下你不过,如今要让我一个车才好。”尉迟恭道:“我如今不着了,你方才输与我十两一盘,这三盘银子,快快拿出来与我,待我作东备酒,相请诸位朋友吃酒,尽醉方休,有何不可?”咬金听说,哈哈大笑道:“容易,容易!我这三盘棋子决不赖你,强如你在扬州着棋,被伍云召打得做狗叫。”尉迟恭被咬金取笑了,不觉大怒起来。正是:

只道着棋寻快活,那知着出气星来。

毕竟尉迟恭怎生息怒,且看下回分解。

第六十八回　李靖丹救众国公　太宗位登显德殿

诗曰：

天意无私只有公，二王枉费逞奸雄；
世民自有人君福，士庶归心相向同。

当下尉迟恭听了程咬金取笑的言语，不觉大怒，欲待厮打起来，忽见外边家将飞报进来道："圣旨到了，快请二位公爷冠带了，出去接旨。"两人闻报，只得连忙穿好了衣服，走出外边，与众将一同俯伏接旨。那钦差开读诏书曰：

朕深处水晶宫，尚且不胜盛夏之酷暑，想尔等众卿，同居天策府，必然烦热更甚。特命太医院虔合香茹饮汤，一体颁赐，庶不失朕爱士之心也。钦哉！谢恩。

众将士山呼万岁。谢恩已毕，请过圣旨，香案供奉，太医院英盖史复旨不表。再说程咬金连忙走将过来，说道："这是上赐的香茹饮汤，必定加料，上号透心凉的，我们大家来吃。"吩咐左右，快拿大杯过来。先是秦王一杯，然后众将各吃一杯。唯有尉迟恭与程咬金两人说道："此乃上赐来的，果然又香又甜，难得吃的，我多吃几杯。"两人贪嘴不过，大杯吃了十来杯。一个说道："啊唷！妙啊！果然爽快，透心凉的！少停，我们再来吃罢，如今再去着象棋，何如？"尉迟恭道："如今不着了，你要赖东道的，直头不是人，我再不信你了。"咬金道："不着就罢了。"两人各自走开，别寻头路玩耍去了。

看看到晚，众人肚中忽痛起来。咬金道："咦！这也奇了，难道吃了大大十来杯香茹饮汤，暑气还不解么？再去吃他娘罢。"走将过来，又吃了几杯。谁想更加疼痛，大叫："啊唷！啊唷！不好！不好！要出恭了！"连忙走到坑上，泻个不住。自此为始，一日最少也有五六十通。敬德亦如此。秦王众将略略好些，却也泻得头昏眼花，手足疲软，都泻倒了。

这消息传将出去，那殷、齐二王闻之大喜，说道："妙啊，今番天策府中之人，一个也活不成了！"不道高祖在内宫，闻知天策府中将士吃了御赐香茹饮汤，一齐都泻倒了，不觉大吃一惊，十分着急。又传旨，速令太医院来医治。英盖史接旨，知泻药发作，打点前去医治。那殷、齐二王又来相召，到府下阶相迎，十分优待，说道："先生真正好妙手段的郎中，其药甚灵，果然吃了你的药，就要断送性命。如今天策府内众将士命在旦夕了。圣旨着你医治，如今此去，快快送他们上路要紧！"英盖史也不敢推辞，口称遵命。辞别出来，到天策府中医治，索性把大黄巴豆放在药内煎将起来，与众将吃了，一发泻得不堪。

不表太医不良，单讲徐茂公军师，既然熟识阴阳，怎么不知二王弄鬼算计？只因此是高祖皇帝御赐的，故尔不去算得，中了二王毒计。那番见众人服了太医之药，倒一发更凶了，茂公疑心起来，把指头轮算一算，叫声："啊呀，不好了！"连忙来见秦王，说道："主公，可速传令诸将，勿饮汤水丸药，若再吃下去，大家性命定难保矣！"秦王忙问何故，茂公说明轮算阴阳之事，中了诡计，故不可服药。秦王大惊，不好声张，长叹一声，忙令众将，莫饮汤水，省节饮食。无奈诸将食肠最大，泻是泻，吃是要吃的。正在没法，却好救星到了：

秦王洪福大如天，相救英雄妙手来。

那李靖从北海云游而归，到长安来见秦王。见礼已毕，秦王告知："诸将中毒受泻，未能轻愈，军师何以治之？"李靖答道："不妨。"随将几丸丹药放在水中，叫众将吃了。果然仙丹妙药，吃下去，肚就不泻了。大家轻身行走起来，众将倒也罢了，只有程咬金与尉迟恭，心中大怒，不肯干休，就要出气。无奈泻了这几日，两脚犹如醋瓶一般的酸，再走也走不动。将养了数日，平复如旧。两人私下商议道："那香茹饮汤是万岁赐的，药是太医院合的，只消究这太医院，自然明白。"

这日，两人同到大理寺府中来，衙役连忙通报本官，那大理寺出来迎接进厅，见礼已毕，分宾主坐下。咬金道："我们两个今日非为别事，要借你这座公堂审究一桩事情。"大理寺应道："是，遵教便了。”二人起身，走到公堂两边，摆下两把虎皮交椅，朝南坐下。咬金道：“贵寺请便罢。”大理寺应声晓得，里面去了。咬金唤过两名快手道：“我要拿一名钦犯，你快去拿来！”那快手禀道：“求老爷出签。”咬金喝道：“鸡巴的签！伸臂膊过来！”提笔写道：“速拿太医院英盖史回话，不得有违！”那个快手应道：“是，晓得。”知道这程将军的性格，故此不敢回言。出了府门，一路思想道：“这个人劫王杠，卖私盐，做强盗，知什么道理？这个太医院是朝廷的命官，怎么就好去拿？今我们写起一个帖儿，只说请老爷吃酒，他一定肯来，那时就不关我们事了。”算计已定，来到太医院门首，把帖子投递进去。只见家丁出来说：“你们先去，我老爷就来了。”两个快手回去，不表。

再说英盖史，不知底细，只道大理寺请去看病也未可知。即忙吩咐打轿，往大理寺去。到了门首，不见来接，心中想道：“定是他又陪别客在内，自己进去，倒也觉得知己。”进了仪门，到甬道边，只见程咬金、尉迟恭两个会着，两边分列衙役，那英盖史心中老大一惊，只得上前打拱道：“下官不知二位公爷在此，有失进谒，望乞恕罪。”咬金是认得他的，便大喝一声：“你这狗官，怎么见了俺家还不下跪？”喝令左右：“与我抓他上来！”两边衙役一声答应，犹如鹰拿燕雀，赶将过来，连忙将他剥去冠带。太医院大怒道：“我是朝廷的命官，怎敢如此放肆！”咬金喝道：“该死的狗官！你既是朝廷的命官，怎敢药死朝廷的将官？快把香茹饮汤之事招来，免受刑法！”那英盖史听了香茹饮汤之事，惊得魂不附体，只得勉强上前来辩解道：“这是万岁的主意，与我什么相干？”说是这等说，那个身子却捉不住，抖得如翠花一般，面上失色。尉迟恭早已看出他这等心虚的形景，叫道：“程将军不必与他斗口，夹他起来，不怕他不招明白。”咬金道：“是啊。”吩咐左右：“取铜夹棍过来，把这狗官夹起来！”两边答应一声，把英盖史套入夹棍内，尽力一夹，此时：

思量叫天天不应，打点入地地无门。

可怜几乎痛死，心中好不懊恼，又不敢说出真情，只叫冤枉。咬金见他不招，说道：“再换一副利害的夹棍过来！”两边应道：“是！”英盖史想道：“晦气！今日撞着了这两个活强盗，招也是个死，不招也是个死，不若招了，也免一时痛苦。”只得叫声：“愿招！”咬金吩咐画供。那英盖史一一写在纸上，呈将上来，放在案桌上。咬金看不出写些什么在上边，便对尉迟恭道：“老黑，你念一遍看。”尉迟恭看了一回，连一字也不识，不知他写的是怎样说话。便大声叫道：“大理寺出来，念与我们听！”这个大理寺躲在屏门后面，看得发笑，闻得叫唤，忙走出来，清清白白一字不错的念与他二人听了。二人大怒，跳将起来，说道：“啊唷唷！可恼，可恼！哪里有这两个奸王，如此可恶！相烦贵寺，与我把英盖史监下，待我们奏过朝廷，然后与他们讲究。”大理寺连连领教，吩咐把英盖史收监。二人辞别回府，一宵无话。明日早朝，只听：

静鞭三响王升殿，两班文武口称臣。

咬金、尉迟恭二人俯伏金阶，把此事细细奏明。高祖大怒，即着内侍去召殷、齐二王，又差校尉去调太医院英盖史。内侍、校尉俱称领旨，一齐出朝，各自分往。先是英盖史调至殿前，叫苦道：“是殷王、齐王二位千岁的主意，与臣无干。”二王亦到，见事发觉，大胆上殿，朝见父王。高祖便说：“又是你们两个！”二王道：“臣儿怎敢，这是太医院妄攀扯臣儿，希图漏网，待臣儿去与他质对。”高祖允奏。二王走下来，英盖史见了二王，口称：“千岁，害得臣好苦也！”殷王即忙上前，拔出宝剑，喝道：“该死的狗头，怎么牵扯孤家？看剑！”要的一剑，把英盖史砍为两段。高祖见了，明知二人同谋，欲要问罪，却是提不起这忍心，只得喝道：“此事尚未明白，怎么就大胆把他斩了？”二王道：“臣儿问他，他却言语支吾，一时性起，把他斩了。”高祖正在两难之际，只见秦王奏道：“父王，臣儿想，英盖史违旨不法，今已斩首，不必深究，着他眷属，好好收殓，还给他冠带便了。至于此事，亦是众将该有数日之灾，父王不必费心，省得多事多愁。”高祖听了，也不回言，竟是退朝，大气回宫，不觉气成一病，不表。

再说二王回至府中，说道：“若不斩此太医，几乎弄得不好看相。为今之计，乘父王有病，我们只说守护禁宫，假传父王圣旨，兴兵杀入天策府，把众人一个个都结果了，以绝后患。”建成、元吉商议停当，十分大喜，准备速行。正是：

周郎妙计高天下，只恐难瞒诸国公。

我且慢表二王欲行诡计，再说秦王在天策府中，知道父王怒忿成病，十分忧惧，恨不能以身代父。不想高祖之病日重一日，众将屡屡劝秦王早即帝位，以安天下之望，秦王只是不肯。那一日，徐茂公急忙来见秦王，说道："主公啊，臣观天象，那太白经天，已见两次现于秦雍二州之分界，合应在主公身上。况且殷、齐二人所谋不轨，主公须要预备。"秦王道："军师之言差矣，自古国家立长不立幼，今殷王建成，既为长兄，又立东宫太子，自然掌山河，主社稷，九五之位是他的。军师如何说出这般话来？"茂公见秦王不允，无可奈何，只得出来与众将商议道："如今太白经天，高祖归天在即，国不可一日无主，那殷王建成，虽立东宫，心性不仁，一味奸诈，岂是人君之度？秦王主公爱贤尊士，气量宽宏，实系应世之主。无乃于礼有碍，再三推托，力请不允。我算阴阳，本月十六是登位吉期，如今怎由得他主张？"程咬金道："我们去杀了两个奸王，不怕主公不登宝位。"茂公摇手道："不妙！不妙！此非善计。我已打算在此，除非今晚众将都要全身披挂，暗藏利器，到了三更时分，敲开天策府，将门楼拆去了，拥将进去，强扶主公上马。将兵埋伏在玄武门左侧，若二王不来，是他的造化，若是不见机，他统兵到来，那时追杀未迟。"众将都道："军师之计甚妙！"商议已定，各人饱食战饭，顶盔贯甲，准备好了。

是夜，一齐到天策府来敲门，秦王明知有变，吩咐不许开门。众将见不肯开，只得爬上门楼，将绳索拴缚好了，一声呐喊，大家用力一扯，拍挞一声响，把一座门楼，顷刻扯倒了。众将忙一齐拥将进去，来到议事厅上。秦王骇然一惊，疾忙出来，尚未开口，早被程咬金替他顶冠、披袍、束带，扶上龙驹马，拥出天策府，送到玄武门，埋伏在要路。早有殷、齐手下探子，探知消息，飞报进殷王府来："报启上千岁爷，不好了！那天策府众将都明盔亮甲，簇拥秦王进玄武门，不知何故，特此报闻，请候裁夺。"建成闻报，一惊不小，忙令内侍急请齐王。那元吉慌忙来到，建成道知其情，问道："三御弟，计将安出？"元吉道："王兄，不必着忙，我已打算在此，只消王兄速传东宫侍卫，点兵杀出，只说是奉圣旨的，要诛乱臣贼子，谅秦王自不敢抗敌，岂不一举成功矣!”建成大喜道:“御弟之言甚善。”即忙出令,点齐东宫侍卫说:“养军千日,用在一朝。今晚全在此一举,须要勇力杀出。若能灭此乱臣贼子,共享荣华富贵不小。”这些侍卫兵将齐声答应,都是戎装披挂,弓上弦,刀出鞘,威风凛凛,杀气腾腾,提了兵器,飞身上马。元吉也带侍卫家将,自以为能赶到玄武门,会集东宫众将,先要杀到天策府来。谁知惊动了尉迟敬德,他奉军师将令,领众埋伏在此,远望尘头起处,火把通红,无数兵马,明盔亮甲,手执兵器而来。为首领兵的,却是殷王建成。尉迟恭大怒,拍马上前,大叫:“奸王,你往那里走?”建成一见尉迟敬德,不觉着了忙,喊声:“啊呀！不好了！尉黑子来了!”便大着胆,喝道:“尉迟恭,不得无礼！孤奉万岁爷圣旨,在此巡察禁门,你统众到此,敢是要造反么！左右,与我拿下了!”东宫侍卫还未上前,尉迟恭大怒,喝道:“放你狗臭屁！什么圣旨不圣旨,都是你两个奸王的诡计。今番断不容情了。吃我一鞭!”那建成见不是路,回马便走。尉迟恭放下鞭,就弯弓搭箭,嗖的一箭射去,正中建成后心。他叫声:“啊唷!”便两脚朝天,跌下马来。咬金从旁抢出,就一斧砍为两段,取了首级。

再表后面元吉,带了人马赶来,早有秦叔宝抢出,大吼一声,提枪直刺。元吉大吃一惊,叫声:“不好!”正要逃走,不想马失前蹄,一交撞下马来。叔宝举起双锏,要的一下,把元吉打做两段。那侍卫兵将大怒,个个放箭,两边对射。秦王看见,大叫道:“我们弟兄相残,与你们众军何干？速宜各退,毋得自取杀戮,枉送性命!”那众将一闻秦王传命,方才各自散去。

却说高祖病已小愈,忽见敬德趋内请安,奏称殷、齐二王作乱,秦王率兵诛讨,今已伏戮,恐惊万岁,未敢奏行,特来谢罪。高祖一听此言,不觉泪下。病后之人,惊郁于胸,郁涨起来,竟致南柯一梦。报知秦王,秦王大哭不止,徐茂公道:“主公,死者不能复生,哭也无益,天下不可一日无主,速宜登位,然后端正大事。”秦王无奈,只得允从。即皇帝位于显德殿,百官赴阙朝贺,改为贞观元年,号曰太宗。遂颁哀诏,尊高祖为太上皇。葬殓已毕,册立长孙氏为皇后。殷、齐二王原照王礼祭祀,晋加荫封。文武百官,俱升三级。其余秦王随征将士,并皆重用。叔宝单题一本,荐伍登为南阳王,镇守南阳等处地方,以袭父职,庶不负忠良之后。秦王允奏,即封伍登为南阳王,世守南阳。伍登山呼万岁,感谢君恩,辞朝赴任不表。再说秦王传旨,大排筵宴,犒赏士卒;开仓赈济,大赦天下。万民感戴,各国遵依。真个风调雨顺,盗息民安,修文偃武,又见太平,景象一新。有诗为证:

天眷太宗登宝位,近臣传诏赐皇封;
唐家景运从兹盛,舜日尧天喜再逢。

图书在版编目(CIP)数据

说唐传/(清)无名氏著.—长沙:岳麓书社,2019.1(2023.10 重印)
(中国古典小说普及文库)
ISBN 978-7-5538-0927-4

Ⅰ.①说… Ⅱ.①无… Ⅲ.①章回小说—中国—清代 Ⅳ.①I242.4

中国版本图书馆 CIP 数据核字(2018)第 055219

SHUOTANG ZHUAN

说唐传

作　　者:[清]无名氏
责任编辑:曾　倩
责任校对:舒　舍
封面设计:浙江有观文化创意有限公司
特约插画:王岩琰　王雨辰

岳麓书社出版发行
地址:湖南省长沙市爱民路 47 号
直销电话:0731-88804152　0731-88885616
邮编:410006

版次:2019 年 1 月第 1 版
印次:2023 年 10 月第 6 次印刷
开本:890mm×1240mm　1/32
印张:15.125
字数:436 千字
印数:28 001—31 000
书号:ISBN 978-7-5538-0927-4
定价:29.00 元

承印:湖南天闻新华印务有限公司

如有印装质量问题,请与本社印务部联系
电话:0731-88884129